看太阳

强建才 ◎ 著

云南人民出版社

图书在版编目（CIP）数据

看太阳/ 强建才著. -- 昆明：云南人民出版社，
2024. 9. -- ISBN 978-7-222-23161-0
Ⅰ. I247.5
中国国家版本馆CIP数据核字第2024VQ0026号

责任编辑：梁明青
装帧设计：成都现当代文化传播有限公司
责任校对：严 玲
责任印制：窦雪松

看太阳
KAN TAIYANG

强建才 著

出 版 云南人民出版社
发 行 云南人民出版社
社 址 昆明市环城西路609号
邮 编 650034
网 址 www.ynpph.com.cn
E-mail ynrms@sina.com
开 本 720mm×1010mm 1/16
印 张 31.25
字 数 480千
版 次 2024年9月第1版第1次印刷
印 刷 雅艺云印（成都）科技有限公司
书 号 ISBN 978-7-222-23161-0
定 价 88.00元

云南人民出版社微信公众号

如需购买图书、反馈意见，请与我社联系
总编室：0871-64109126 发行部：0871-64108507 审校部：0871-64164626 印制部：0871-64191534

版权所有 侵权必究 印装差错 负责调换

序言

一叶知秋，大气磅礴
——《看太阳》序言

阅读《看太阳》是一个艰难而漫长的过程。在电脑屏幕、手机屏幕上锱铢累积地阅读完四十多万字的长篇小说，对我来说还是不多见的阅读体验。幸运的是在读完之后，感到了这样的艰难和漫长是值得的。

平心而论，在我的阅读经历中，以改革开放四十多年的历史为背景，以一组人物的命运轨迹为线索，涵盖了农村、乡镇和县城等生活场域的长篇小说并不鲜见，尤其是以创作现实题材见长的河南作家，但《看太阳》可以称得上近年来河南长篇小说的重要收获，特别是在河南日报"顶端新闻"文学频道连载后，引起很大反响，总阅读浏览有望突破百万大关，获赞万余条，评论达五千余条。在我看来，其与众不同之处也正是能够从习惯拓展新颖，变程式代以突破，由正典汲取力量，从而呈现出了鲜明的创作特色，获得了广大读者的认可。

作品以改革开放为起点，刻画了在农村一起长大的方舟、袁海茹、马宏亮三个中心人物，通过三人不同的人生轨迹和追求之路，展现了改革开放以来，从农村到乡镇，再到县城波澜壮阔的历史画卷，虽是历史长河的点滴，却仍有一叶知秋的效果，并给读者提供了在大历史背景下更为深入、清醒的理解和反思。三个主要人物的人生经历和心路历程都做到了有迹可循，令人信服。方舟从一个热血青年，一步步追求享受，失去敬畏，最后彻底蜕化变质；马宏亮历经坎坷人生终于投机致富，因忘乎所以，不仅葬送了自己，也毁了后代；袁海茹，不忘初心，终成正果。作品的可贵之处在于，作家将四十多年里社会肌理和民众精神深处的变迁，与人物的成长演变巧妙地编织在一起，在思辨的高度上进行了探讨，达到了抚触心灵的深度。

强建才先生的小说结构为"点焊式",体现了作家的自信。在我的理解中,作品以方舟和马宏亮两条线索并行,交汇点(焊接点)并不多,而这些仅有的交汇点却构成了人物命运的强烈转折,并且将人物看似并行的线索在实际上紧紧地融合在了一起,也始终营造出了人物命运归宿的悬念感。

我与强建才先生缘吝一面,经文友辗转介绍相识,更多的了解是在文字之中。坦率地讲,强建才先生的叙述语言具有极强的地域性,相对口语化的写作也使得作品呈现与强建才先生常年起居的场域牢牢绑定的状态。强建才先生长期生活工作在豫、陕、晋黄河金三角地带的灵宝市,长达半个多世纪的夙兴夜寐、朝夕与共,使得他熟悉和挚爱这一方水土,这里的历史文化、民风民俗,已经深深融入他的血液和骨髓中,不但给他提供了取之不尽的人物和故事,也形成和锻造了他的语言。如果说还有可期冀之处,恰恰也在于此,强建才先生在他规划中的《地之道》《人之道》的写作中,若能将语言在强烈的地域色彩和通顺的口语化写作的基础上,拓展出更冷静、更简洁、更有张力的语感,势必将呈现出更有穿透力的语言特色,也更能延续强建才先生作品大气磅礴的整体风格。

在强建才先生的第一部短篇小说集《金三角夜话》的序中,河南当代文学最完整、最重要的亲历者和领导者之一南丁先生写道:"在文学受到冷落的如今,这年轻人又处在繁华的金三角,却仍迷恋于爬格子的事业,难能可贵,且等着看他更好看的小说。"《金三角夜话》出版于1994年,距今已整整30年了,这个当年的"年轻人"仍然处在繁华的"金三角",却已是年过花甲的老作家;当年给强建才先生作序的南丁先生的年纪,也正是如今强建才先生的年纪。这是多么奇妙而温暖的轮回。南丁先生说"且等着看他更好看的小说",作为后生晚辈,有幸从事南丁先生为之呕心沥血的工作,我也愿意且荣幸地把这句话送给强建才先生。

南飞雁

2024年4月28日于出差途中

试上超然台上看
——读强建才先生长篇小说《看太阳》

什么叫天之道，什么叫天道？出生在《道德经》诞生地灵宝市函谷关的强建才先生，以天之道的总纲，瞬间就把我们带到了秦岭巍峨、大江东去、铁板铜琶大气磅礴的巨大的氛围当中。什么叫天之道，可问己心，可问外物，可问社会，可问宇宙，可问当下，可问未来，可问传统，可问理念，可问学术，可问你我，可问她他，无不可不问？而谁曾这样问过？谁曾起过这样的疑问？

好的文学作品，特别是长篇小说是要塑造新鲜的世界观的，是要讲人性人伦的，是要超然物外的，是要站在超然台上看的。苏子寄蜉蝣于天地，却能忘怀得失，尽赏造物者之无尽宝藏，他亲自修建超然台，由人事无常的惆怅中超脱出来，也无风雨也无晴，一蓑烟雨任平生，最终给我们的生活，给我们的思想挖掘深度、广度、厚度、温度，最终给我们带来归根结底的美的愉悦。

强建才先生用淡然温润的现实主义笔调，以《看太阳》为总引来剖析人性，统领情节，与超然台有异曲同工之妙。他用严谨的现实主义的笔法，对浮华虚幻的俗世，复杂暧昧的人性，纠缠交错的欲望，枝枝蔓蔓，弯弯绕绕，描画尽显，留给文本以无尽重音和延宕。

通读全书，果觉痛快淋漓，酣畅之至。愈发感觉到文题相符、表里如一、通天通地、大道周新。作者满怀悲天悯人之情怀，始终以宽宥悲悯的底色维护人的尊严，彰显出他探究人心幽微的不俗功力。我始终提倡作为一个作家，一定要大胸怀、大格局、大气魄写大的题材、大的冲突、大的矛盾、大的跌落，这样才能激荡开来，才能给人以震撼，给人以思索，给人以启迪。但大驹之下实难驾驭，百千庶人确是难统。强建才在这方面功

夫不浅，庖丁解牛、游刃有余、题文相映，堪称大家。

强建才先生是一个有着充分自觉的现实主义的创作者，他用几近白描的手法缔造出了有血有肉的一系列人物形象，给我们当代文学人物走廊增添了些许的色彩，其中的方舟就是让人们过目不忘的一个典型的文学人物。

方舟，出身农家，时代的大潮使他考上了大学，而后全社会重用知识分子，他平步青云，由一个乡镇干部成长为县委的副书记。后又受到重用提拔成为正县级的县人大常委会主任，兼任县煤炭工业领导小组的组长，这就使得他始终大权在握，由最初的对待恭维、送礼等行为感到愤怒不自然到理所应当、心安理得，这一系列的转变，作者用大量的篇幅入木三分进行了详尽的刻画。最重要的事件就是他的父亲和他的儿子出车祸，双双死掉。这太残忍，太残酷，却也是天道使然，谁也阻挡不了，无法预料。在白事的处理当中，各乡镇长，县里的各个部门纷纷前来吊唁，最后送的礼金数万之多！人皆散尽，望着小屋里木桌上齐整整摆放的数万元人民币，他的岳母看得惊呆了，方舟也看得惊呆了。当了领导，钱难道来得就这么容易吗？这到手的钱实在是无法再退回去呀！为了平息母亲和妻子的悲伤，他第一次决定把它留下来。作者写得客观真实残酷。靠红白喜事敛财已是一些贪官污吏惯用伎俩。但把直面红白喜事收礼作为重头戏来写的作品还委实不多。方舟面对这堆钱，他也没有办法拒绝，蝼蚁之穴，一溃大堤。

由于这次意外事故，他和妻子袁海茹形同陌路人，妻子患了严重的心理障碍，不再生育孩子，而是领养了一个孩子。这时候，众多机敏的煤矿老板嗅到了特别的味道，便开始动用千般花样、万般手段围猎方舟，给他送钱送美女，把他拉入了万劫不复的浑潭。作者深入生活，架构情节顺理成章，人物发展草蛇灰线，一章一节都有来源，一字一句皆有依据，逻辑严谨，让人觉得天道使然。方舟也矛盾徘徊，痛苦挣扎，清醒迷茫，思索沮丧，振奋颓废，诸多的情感描写得淋漓尽致，让这个人物不断"高大"血肉丰满。人们不仅仅是谴责他，还对他充满同情，这也是天道人道地道之必然循回之结果。天之道，损有余以补不足。方舟起初循天道而行，后期则"损不足以补有余",悖逆天道,终成余食赘形,富贵而骄,自遗其咎。

作者塑造的另一个人物马宏亮也是让人慨而慨之,一节三叹。他与方舟、袁海茹是小学同学"三剑客"。他在一家企业工作,后来下岗,最窘迫时穷得连五分钱都拿不出来。但后来学做炒拉条,结识了一个煤炭总工程师,一封推荐信梦幻般使他空手办起了煤厂,当上了老板。当他得到巨额回报后,提出二十万现金时,出现了一段经典的描写:他把这二十万现金摔到地上,摔到床上,咆哮着喊叫着,痛哭了大半夜,害得父母敲他的门害怕他出个好歹。马宏亮生意做大,回到家乡投资特色农业项目工程,一大堆荣誉光环铺天盖地向他涌来。谁知他定力太小,因贪婪最终南柯一梦,而被几乎打回到初始状态。作者把一个下岗工人梦幻般身份的变换万千感慨、百般滋味描写得极其到位,让人叹为观止,正应了那句"塞翁失马,焉知非福;塞翁得马,焉知非祸"之谶。

长篇小说是写人性的,是写人伦的,现实中的人性人伦比我们想象的还要复杂丰富诡异矛盾,甚至不可理喻。作者塑造的汪云、柳成明两个煤矿老板的形象也令人耳目一新、忍俊不禁,继而发人深思。比如汪云老板,他们为了拉拢方舟作靠山大伞,分别使出了美人计、金钱计、酒色计。其中最精彩的一段是汪云把自己精心培养的秘密武器春桃亲自送到方舟的宿舍,又怕方舟名义上的妻子已是乡镇党委书记的袁海茹万一来找方舟,便自愿在楼下担任起站岗放哨的任务。看着方舟在楼上与自己喜欢的人恣意取乐,汪云心里也是打翻了五味瓶,百味杂陈。

堂堂的老板一呼百应、一吼千诺,竟干出如此窝囊、如此蝇营狗苟之事,他们自己也觉得羞愧、也觉得可怜、也觉得丢人、也觉得下作。潮流挟裹,身不由己,颇觉无奈。作者给矿老板给予人道主义的剖析,亦让人唏嘘不已。

作者以自己丰厚的生活感受和洞察入微的深刻理解,使刻画出的人物冒着活生生的泥土气息,恍兮惚兮如入其境、如见其人。而不是闭门造车,胡编乱造。曾几何时,虚幻穿越、凶杀陷害、血雨腥风、鬼魅魍魉大行其道,而实实在在描写生活、描写屋檐下的人生的作品却屡遭冷落。正

像美国好莱坞大片火爆一时、盛极全球，而现在日渐式微、日薄西山、气息奄奄，我们的读者，我们的群众，我们的时代呼唤共情共振共鸣的现实主义作品，云中雾中闭门造车之作势必被抛到爪哇之国。火爆一时的《人世间》里的周炳坤，热闹一时金宇澄的《繁花》里的阿宝，就是因为活在我们街道小区与我们同喝胡辣汤和热干面而将被人们铭记，而《看太阳》给我们呈现的方舟、马宏亮等人物，在新时代、新时期随时间推移也必将愈发鲜亮，在文学典型人物长廊中占据一席之地。

　　强建才现实主义的深厚功底还体现在他对脚下的这片土地的深沉挚爱。小说通篇弥漫着黄河金三角区域特有的语言特征、风土人情，为崤函大地在改革开放大潮之中的发展史、变化史留下了弥足珍贵的文学记录档案。

　　《看太阳》是一部非常好看的小说，矛盾冲突尖锐，电影画面强烈，让人不忍释卷。听说已有一些影视公司闻风而动在与作者沟通交流筹备拍摄成影视，这是天道使然，再好不过的事。

　　《看太阳》的题目好，选材好，人物塑造好，现实主义的笔法运用得好，但仍然存在白璧微瑕。感觉主要是方舟在最后被纪委调查交代问题的场景，结构描写过于简单简短，其实这是最受读者欢迎，最引人入目，也最锤炼人物性格，人性优劣百分百大暴露的关键情节，却轻轻地一笔带过，叫人感觉有些遗憾。通篇景物描写与人物内心情感波动的挖掘还可再深再细再波折一些，让读者拍案而起或同掬一捧泪水方更过瘾。

　　沉舟侧畔千帆过，病树前头万木春。我与强建才先生也算好友，听说新书即将正式出版，一时性起，方拉拉杂杂写了这么多。一管之见，还请诸位读者行家批评指正。

刘佰洋

目 录

第一	001
第二	020
第三	033
第四	046
第五	057
第六	069
第七	081
第八	094
第九	107
第十	120
第十一	128
第十二	142
第十三	152
第十四	168
第十五	178
第十六	189
第十七	201
第十八	215

第十九	229
第二十	242
第二十一	253
第二十二	269
第二十三	283
第二十四	296
第二十五	310
第二十六	324
第二十七	338
第二十八	351
第二十九	367
第三十	381
第三十一	392

回音壁

白描架构下的乡土情结	孙天禄 472
红尘问道	任金国 475
《看太阳》的艺术特色	卫 伟 480
我读《看太阳》	杜建超 485

第一

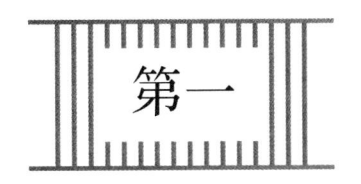

方家河是东塬上的一个大村,方姓是大姓,人口占到村里的一半以上,紧接着数得上的是马姓和袁姓,其余的都是零星的三户、五户的姓,也主宰不了这么大的一个村,包括连村里干部选举这样的大事也只有随声附和,举个手,应个声表示存在而已。

方家河的支书叫方天兴,兄弟五个,在村里确属大户,人丁兴旺。方天兴当书记二十多年了,在西昌公社各项工作走在前边,几乎年年是先进村。公社书记换了多少茬,但没有领导起意换方家河大队的支部书记。原因很简单就一个字硬,没有拿不下的工作,而且多年村里也没有到公社、到县里上访的,问题就地消化在大队里,上边的领导高兴还来不及哩。

方舟是方天兴唯一的儿子,十七岁了,在念高二,心想这熊娃子就是有福、命好、运气好,就正好碰上国家恢复了高考,这是第二年,原本还想让他去当兵,但他脸一扭,一脸的不乐意。看儿子的脸不高兴,他也努了一个怪脸,不再提这码子事。

"你真是有福!学习好了,你考个大学,也给咱方家光宗耀祖一回!"

方舟努了个怪脸,伸出手。

"又要钱?"

方舟上边是两个姐姐,自知自己是传宗接代的儿子,从小父母姐姐都是惯得不是法儿,在家中享受着非一般的待遇。

"上星期才给了你十块钱,你花完啦!"

方天兴挠着头,掰着眼问道。

方舟瞅了老子一眼,一拍屁股就要走。那意思是要不下钱不要啦,也懒得向他说好话求情,从小就是天马行空,独来独往。

"回来!"方天兴摸摸口袋叫住儿子。

"怎么?"方舟懒懒地翻着眼,知道老子硬不过自己。

"再给你十块钱,这今年天旱,井里总只能打半桶水,下个礼拜天准备把井淘下,还要花钱哩,别人一个月花三块、五块的,你个小祖宗给我省着点,你爹可不是开银行的!"

"知道了爹,这不是要考学啦,吃得好些,考个大学,你不就赚了吗?"方舟也知道给老爹算账和打气。

"真的!"方天兴一挠头乐啦。

"争取吧!"方舟也给自己留有余地。

"你可给我用点力,真是能考上大学,我方家可真是烧高香啦,去年恢复高考第一年,咱这三村五邻,可没考上一个,你别说大话!"

方天兴知道,这可是方家天大的事。但又怕儿子的嘴不牢,把不住这张嘴。

"要在心里暗暗加油,多用功。这可是你娃子一辈子的大事,考上了学,你就离开了农村,连户口都搬走啦,成了国家的人,就是你爹这个几千口人的支部书记,也要沾你小子的光呀!但不能让人知道,万一考不上,满村的人会笑话你,会笑话你爹,那咱的人就丢大啦。"

"真的?"

方天兴严肃地点点头。知道这儿子的脑瓜儿聪明,听老师说,儿子挺有希望的。你笨想,一个班五六十名学生,考上学的寥寥无几,除天分好的外,学习知道用功,班主任和任课老师是一个非常重要的环节。

"老师把我盯得好死,我就奇怪啦,为什么老师对我要求这么严?"

"严师出高徒,自古如此。你想想,谁当老师的不希望自己教的学生里出几个大学生,说明你有希望,老师才这样严格要求你,你要是班里的尾巴生,老师才不下这劲呢。"

方舟听父亲这么一说,觉得有些道理,不由得有些得意扬扬,飘乎乎的,似乎那张录取通知书如探囊取物一样容易。

"别松劲,这多少学生都在用功。都想借此跳出农村,拿工资,考不上学可能就在农村干一辈子活,当一辈子农民。"

"知道了，爹！"

"明白就好，好好学习，要什么你爹、你妈都依你、都满足你。条件只有一个，就是今年给咱考上大学！不然就打烂你的屁股！"

方舟不怕老爹，知道他舍不得打自己，从小就没挨过揍，所以一努嘴，做了个怪脸，背上干粮便往八里外的学校走去。走到村口还是蹲在路边等一个村的同学。

村子大，这一届全村就有十二个应届毕业生，但在这十二个同学里，方舟心中最要好的只有两个，村东头的马宏亮，一个是村西头的袁海茹，三人是一个班的，上学放学几乎是形影不离。说白了是对脾气，这就是古人所讲的，物以类聚，人以群分。

五月的天，太阳特别红，空气也特别的热，方舟穿着绿布长裤，里边穿个白棉背心，灰色的衫子也没扣，他坐在村西的大枣树的阴凉处，四处张望着，想着这两人也该来啦。恍惚间，首先是村东头的马宏亮背着馍袋从右边闪了出来。

"嗨！"

方舟吓了一跳，心里咯噔一下。一看是黑瘦精干的马宏亮，不免有些生气和窝火。

"你咋呼个球哩，吓死我啦！"

"一个男子汉大丈夫，不会就这点胆吧！跟个小老鼠一样。"

正说着，长着一副鸭蛋脸，穿着花格长袖布衫，黑色长裤，扎着长辫子的袁海茹，迈着轻盈得几乎没有声音的脚步，好像是飘到二人的中间。

"走吧！"

"嗯。"

"嗯。"

两人几乎是同时从鼻孔中发出同样的声音，但眼睛仍盯住羞答答、白里透红的海茹的脸。

"怎么了？"这海茹感觉浑身的不自在，不知道自己是怎么了，挪来挪去，把上身下身看了个遍。

方舟移开视线，掰着带问号的眼，似乎在问马宏亮，你看什么？给人家解释一下。

马宏亮被将了这么一军，面红耳赤，实在是因为海茹这白格上衣衬托出她的鸭蛋脸、大眼睛、长辫子太美了，简直一副美人图，但又不能说出口，真要是把想的说出来，那才真怪死啦。他挠着头皮，不知道如何应付这样的场面，更无法回答方舟的问题。

"没有！"

"没有，你把人家海茹看得都不好意思啦！敢有，你不把海茹给吃了？"

方舟看着海茹的脸，对着马宏亮说。打心眼里讲，今天的确漂亮，有如出水芙蓉。要说这也真的怪，这么些年了，真的没有发现她像今天这么美，这么漂亮，到底是为什么呢？一方面从没有看过她穿这件花格子衣服，与朵朵红晕、带着羞答答的脸和黑色长裤子，形成了和谐完美的结合，所产生的特殊视觉效果。自己算明白啦，但也知道马宏亮不一定明白，这也需要思考和动脑筋。

马宏亮还真是给将住了，自己的确如此。但这也不奇怪，爱美之心人皆有之。连忙从馍袋中摸出几个黄里透红的杏，新鲜得如从露水下摘的。

"这么鲜！"

"你尝下海茹！"

方舟连忙一把抓住几个塞到海茹的手中，在这交接杏的过程中，第一次手摸到了海茹的手，肌肉电击一般产生了异常的震颤。虽说是同村，从小学到初中、高中同学多年，又同桌多次，他也没有，也没敢牵过她的手，而且上小学、初中时，课桌比较短，为了防止各自过线，同桌的男女在课桌上总要用白粉笔画定一条线，各自不能过线，成了约定俗成的规矩。

马宏亮眼见十几个杏，方舟这么一抓送人，双手再一抓，这揭开馍袋里的杏便见底啦。自己竟一个没吃上，但这又不能发火，嫌人家抓啦，一定会被骂成小气和小抠，特别是当着海茹的面。况且就因为这几把杏却救了自己，大家一下话题变了。

"这是哪的杏？"

"西沟的!"

"沙土岭上的杏就是好,沙甜沙甜的,而且是甜核!"

马宏亮见方舟吃得津津有味,两手抓的杏很快吃得精光,一听这还是甜核,拿着核也不舍得扔。

"真甜!"海茹用樱桃小口吃了两个,见马宏亮的嘴在动着,心想这八成是让这方舟给抢光啦。

"给宏亮,你也尝一个!"

"不用啦,我在屋里都吃啦,这些是专门给你们拿的。"

"给你吃个精光,心疼了吧?"方舟抹了一下嘴巴,阴阳怪气地说道。

"就你嘴贫,吃了人家的杏,还说风凉话,羞羞羞!"

海茹实在是有些看不惯方舟的做派,抽着嘴做了一个怪脸。

"这都叫风凉话?"

方舟瞪着不解的眼珠子问。但又不想伤了海茹的面子,要说也是,吃了人家好吃的又说这话,的确有些不道德。但脑子转得飞快,立马换了一个笑脸。

"宏亮,对不起啦,都是我这心直口快,嘴上没遮拦,请原谅!"

"说哪,都是好伙计,说到这就见外,咱们谁和谁,狗屁袜子没反正!"

瞬间,就这一句话,满天的云就散啦。各自背上馍袋上了路。两人抢着要替海茹背馍袋,海茹知道谁也不能让背,因为她心里清楚的是,这让谁背都不合适,毕竟不能把馍分成两份,况且这几个馍,自己也背得动。这凡是自己能解决的事,尽量不打扰别人,因为这人情债不能欠,欠了人情债,是无法还的,还会让自己难受。

两个人都没抢上这美差,心里都没有感觉有什么尴尬和不舒服的,故而像往常一样时而一字形走,时而并行而走,下了一个大坡,走完了足有八里的路程,进了学校的大门。

方舟和马宏亮都开始关注袁海茹,从心里有点男女之间的喜欢,萌生了一种爱慕,暗暗攒了劲。

袁海茹是位十分娴静且细心的人,细心是女人的一种特质。心境如

水，心细如麻。心中不由一颤，一种复杂的心情，更多的是恐惧和害怕，这种感觉是第一次，知道正值一年一度的高考，明白这是自己人生的非常重要的关头，不容分心。今年是第二年高考。由此，海茹关闭自己要萌发的爱，一定要全身心投入到高考的拼搏中。只是光自己明白，就显得太自私。

进了学校的大门，她对白皙的方舟和黑瘦的马宏亮说道："咱们三人都要齐心协力拼高考，争取榜上有名。我们的人生轨迹就会发生一个根本的改变，我们的身份一生可能因为考上大学而改变！"

"说得好，取掉一切私心杂念！"

方舟对着马宏亮说，言外之意就是针对他的，说他的！

"我才没有什么私心杂念，我比你们大一岁，我是这么想的，考不上大学，大不了回家务农，上山修水库，中国人多啊，考不上学就不活啦！"

马宏亮虽然这样说，知道海茹是好心，也知道现在面临高考，对一个人的一生是多么重要和关键，肯定要一搏，结果如何不一定重要，重要的是自己努力发挥了自己的真实水平，就无怨无悔！况且，这海茹的话里透露出现在不是谈婚论嫁的时候，好好读书、好好学习才是正事，才是正理，一旦误入歧途，不但毁了自己的一生，还会后悔一生的。

"谢谢海茹的提醒！"

两人几乎是同时说出这样的话，是不是真心，是不是实意，心里都跟明镜似的。

"争取我们三个都榜上有名！"

他们的心还是放在了这最后说出的一句话上。三个人分开，进入寝室，分头放了干粮袋，早早进了教室看书做题。高考已经进入倒计时，课基本不上，老师画了范围，大量的问答题、填空题，有老师出的题，有按复习大纲出的模拟试题。方舟他们三个所在的班是文科班，历史、政治、数学、语文各科老师都在各尽所能，把结合去年首次高考的经验向学生们传递，因为许多学科，事先没有题，在正式的高考中已出现，没人敢疏忽老师的提示。

"要全面准备，重点题、重点做、重点背，重点的题要反复背、反复记、相互提问、加强理解和记忆。"

老师们虽然自信，但也不敢下断言，这样的方法却保证了学生全面掌握，又重点突击，无论是出的没出的，任课老师都没有责任。

方舟在复习中显得比较科学和精明，他总是在清晨独自一人在学校僻静的果园中背和记一些东西，然后列成题，自问自答，不但提高了记的效果，更重要的是提高了效率。而袁海茹则不同，大多时间是在教室里，默默地做练习题，心中背诵题。马宏亮总是在饭前饭后蹲在学校的园边、地头拿着书一遍又一遍的背东西，把题往脑子中记。自我感觉方法适应自己，效果也不错。笨鸟先飞，马宏亮给自己定了位。

三个人也交流，但各有各的办法，各选择自己以为最好的学习方法。

时间又到了周末的中午十一点。方舟感觉自己的复习比较踏实，又想到父亲说的明天要淘井的事儿，为了证明自己的能力，他想叫几个朋友去帮忙，但如今又是临近高考的关键时候，无法叫人帮忙，实际上帮忙不帮忙并不重要，老爹在村里干书记多年，想帮忙出力的大有人在，自己也没必要管这档子事，井自然就淘好啦。但他想在父亲面前要表现自己长大了，也可以为家里的事张罗出力。

下课了，三个人扎在一块。

"哎，晌午我给咱改善一下，咱去晚点，我拿饭票到老师的伙上打三份菜，我打听过了，今天是米饭和炒肉片。"

说到肉，三个人的嘴角不由得蠕动了一下，那种油香，似乎飘然而至，一下像钻进了肚中的肠胃里，三个人你看看我，我瞅瞅你，面面相觑，心知肚明都笑了。

"那咱的馍呢？"

"馍照取，放起来，咱的馍都是玉米面棒子，还怕人给抢走不成？"

"听说前些天，班里的一个同学拿着两半馍去晚了点，让来得早的给拿走了，守到最后，只有一袋放着红薯和玉米两半的馍，孤零零留在大笼格里。"

"这人也太缺德啦！"马宏亮说。

"人都想吃好的呀！"方舟不以为意，好像以为这是天经地义的，吃了

就吃了呗。

"那也得看是不是你的，吃时能咽得下去？"

方舟见海茹续上话茬，自知说的没理，也就一笑了之，立马转移话题。

"怎么样？米饭和炒肉片，晌午我请客！"

大家也都想吃，连方舟也想吃。

"为什么呀？"海茹问。

马宏亮点点头，表示认同，总要为了什么？

"为什么？"方舟挠挠头，想了一下。

"这个礼拜，老爹给了十块钱没花完。对啦，上次吃了你的杏，权当我回请吧！"

"这个理由充足，也行，那我们就吃一下大户吧，反正你家条件好。"

海茹一听这话有理，中国人讲滴水之恩当涌泉相报，不就是这个理吗！

"好！"

一致通过。

这方舟还真的把这事办了。

看着每个老师端一碗米饭，加上一份飘着肉香的菜，海茹和宏亮都不敢看，但肉香还是无孔不入，变着法转进人的肠道，发出响声，无可改变地进行自己的生理反应，这使得人为地想控制也是无能为力。

直到老师们都打完了饭菜。因为老师伙上的师傅都是他们村里的，认得方舟是方天兴的儿子，故而有时遇见也打招呼。

"干什么？"

"我想吃米饭。"

"你跑错地方了吧，这是老师的伙！"

"没错叔叔，我会给你票，又不白吃你的。"

方舟拿出一沓饭票和菜票。

"一个人？"

"三个！"

"你倒管事不少，和你爹一样，能吃就吃。"

师傅用勺子刮了刮炒菜的锅底，四下看了看："今天吃饭的老师少，正好剩下几份，就好过你们，让你三人也改善一下。"

方舟把饭票、菜票按门口黑板上的价付足了。出门给两个在外的使了个眼色，两人知道事成功啦，拿出自己的碗、碟，进去到窗口打好饭。

"端出去，到旁边学生灶上，不要在老师灶门口。"师傅交代说。

"那边人不多啦。"方舟也说道。

三人端着饭菜，围成一圈，蹲在门口的大柳树树荫下，做贼一样吃开了。

有吃得晚的学生，也闻到了三个菜里的肉香，朝这个有肉香的地方瞟了一眼，是那么地羡慕。因为在农村，只有在过年的几天，才能吃上白馍、油条和肉菜，在场的学生感觉这三个学生也太奢侈啦。

方舟看着马宏亮，狼吞虎咽，很快把饭菜一扫而光。

"完了？"

"完了。"

"没饱？"

"你呢？"

"一样。"

只有海茹小嘴在细嚼慢咽地吃着，看着两人的眼神。

"要不，给你俩拨点？"

两人头摆得乱转，自己没吃饱也不能图别人的那份，何况是女生的。

这时候，大柳树下，绿茵茵的柳枝条在微风中摆动，无数的枝条形成一道特别美又惬意的景观。吃饭的学生已走得没踪影儿。大师傅已开始用笤帚冲洗着大锅。

海茹已吃完，三人围成一圈。

"真香。"

"真舒服，跟过年一样，这肠胃好久好久没见过肉星啦，什么时候能像老师一样左手端个瓷碗，右手端个装菜的瓷盘，上边摆一双筷子，放上四两一个的白馍头，那就知足啦！"

方舟叹息道。

"做梦!"马宏亮笑话道。

"做梦,只要考上大学,离这么一天也就不远啦。成了国家人,转成市民,拿着工资和老师一样!"

方舟才不服气呢。

这海茹饭是吃饱了,但心细的她,总还是觉得方舟想说什么没说,天上不会掉馅儿饼,同样不会掉这白米饭。

"饭也吃了,有什么话就说吧。"

"有什么话,没事呀!"方舟装着摇头。

"对,有话就说,有屁就放。"

马宏亮没想到这顿免费的午餐里边还会有什么事,这才如梦初醒。

"要说也没什么事。"

"别藏着掖着啦!"海茹说。

"事嘛,倒是有一样,也不值得说。"

"别卖关子啦!"

听这口气,马宏亮没想到这方舟还真有什么事瞒着自己,不由得挠挠头皮。

"明天老爹说要淘井,你们两个有空的话,也给我装装门面,说明我方舟也有号召力,还有几个朋友。"

"小菜一碟,就是下井把井底的泥水淘干嘛,这活干过,别的没有,力气有的是,算我一个。"马宏亮满口答应,毕竟吃了人家的嘴软,这也算等量等价交换,也没什么吃亏占便宜的。

"哼,就说你要有什么事,你不会平白无故地请我们吃饭,虽然像下井刨泥、搅辘轳的活干不了,打下手做个菜、烧个火没问题,算我一个。"

"一言为定!"

"一言为定!"

方舟很满意,也很得意,觉得两个同学很给力,很给面子。这顿饭花得值,让父母看看自己长大了,会办事啦。可不是像父亲瞪着眼所说的,光知道要钱。想想就来气,这在中国,不就是老的养小的,小的长大了又养活小的，生生不息，才有了一代又一代的人吗？

待方舟回到家里时，天已近傍晚，夜的帷幕依然在不知不觉中已降临到大地。进了院子，坐西向东的大院门开着，因为明天是周六，学校不上课，因为惦念着家中明天要淘井，他也不想像复习班的学生把自己埋在书堆中，拼命死记硬背，往脑子里装问答题、装名词、装数字、装地名，而且是反复地装，反复地记忆。因为本身这文科就是这特点，都是些人名、地名、时间、地点、问答题。准备是对的，但谁知道这出题的人，在哪个老鼠不拉屎的地方冷不丁给你出道题，真是搅得头都痛。但又没有别的好办法，多读多背，多写多练，除了死记硬背，还是死记硬背。但自己有一套办法，感觉还是有效的，人常说起得早不一定身体好。自己在记一些东西时，选择在一天脑子特别清醒的时候背，用不了几遍就能在脑子中留下记号，一提立马会从记忆的仓库中非常轻松地提出来。故而，他该打球时在篮球场上跑来跑去，不忘一天出一身臭汗，一冲洗感到浑身轻松，大脑又特别清醒，学一点、背一些就能记住。

进了院子，挂在门楼里的灯亮着，想必家人是给自己开的，因为每个礼拜六总是这个时候回家的，时间也八九不离十。

"回来啦！"

"嗯！"

"没吃饭吧！"

"妈，你问这是啥意思，我到哪里吃饭去？"

"你说的都是废话，赶紧给方舟热饭去。"

"是呀，你爹说得对，这蒸了一天的馍，忙里忙外的脚一天走得疼，脑子都糊涂啦，妈给你热饭去，顺便给你炒两个鸡蛋！"

"这就对啦，我方舟今年要是金榜题名，这可是光宗耀祖的大事情，咱这方家这几辈人啦，可还没出过大学生呀！"

"你都是方家河这么大村的书记！"

"书记算个屁，在村里混几个工分，管管闲事，你要考上大学，可比你这个当爹的强多了。"

方天兴摸着儿子的头。

"俺都十八岁啦，还当人家是孩子！"

"哼，十八怎么了，就是二十八、三十八，在你爹面前你都是儿子，永远是孩子，明白吗，你长一岁，你爹也长一岁，你永远撵不上的！你小时候算卦先生说你命好有福，老爹到时候还要沾你的光！"

"嗯？"方舟疑惑地翻了一眼，看了看父亲。他不明白这人生的命，算卦先生也能看得出来，未免觉得太神奇和玄乎了。

"明天淘井……"

"这是大人的事，你专心学习，明天的人，饭菜都安排好啦，你只管一门心思高考就行啦！"

没等方舟把话说完，老爹忙截住话头，不让方舟把话说完。

"你不叫人家说完！"

"不说了，洗把脸准备吃饭！"

说完，外边有人叫，方舟闷闷不乐地看着父亲向大门走去，屋檐下的灯光照着父亲的背影还是那样的高大。心想在父亲的眼里，自己在他面前永远是孩子，这是永远改变不了的现实。但他就是想证明一下，自己不是孩子，而是一个顶天立地的男子汉大丈夫，而作为父亲的他并不理解自己的一番心思。

相反，马宏亮回到家就没有这般的待遇，父母没有文化，下边又有一弟上初中，两妹在村里上小学。

"怎么回来这么晚？"

"不晚呀，一放学就往回走！"

"说你老是顶嘴，去挑担水去！"

"我还没吃饭哩！"

"打完水再吃，饿不死！"

马宏亮挑着担子来到井边，去掉上边盖的草席，扣上桶，轻松地放到底，习惯猛一放"咕咚"一声，又猛一搅，握住的辘轳把便感觉沉甸甸的，上来的水，看不清是清是浑，但满满的一桶水是毫无疑问的。令他不明白的是，自己住在村东头，距方舟的村南也没多远，地势高低也差不多,他的井又怎么会干了呢,难道地下是不同的水道?真是奇怪,东北姑娘叼个大烟袋。

莫看马宏亮黑瘦,但确实有力气,拿起扁担挑起足有八十斤的两桶水,在一阵扁担的吱吱声中,走上了北房的台阶,看着清澈的水,心里纳闷,一股脑儿掫起一桶水倒进了半人高的水瓮中,轰然有声。

"这桶甭倒啦,妈一会还用,你洗洗手吃饭去吧!我娃也辛苦啦,还要复习高考,回来还要干活,谁叫咱娃们多,劳力少呢!"

"没事,今年考完试,我就上水库工地干活挣工分去!"

"我娃长大啦,吃饭去!"当妈的看着宏亮黑瘦的脸,好心疼呀。

当爹的坐在院里的小木墩上,吧嗒地抽着旱烟锅子,咳嗽声中,吐着痰,灯光下那紫色古铜一般的脸,被淹没在烟雾中。

"爸,你少抽点烟!"

当父亲的看了儿子一眼,本来想熊儿子几句,小娃知道个屁,这一家老小要生活,抽烟也不过是解解闷、解解乏。但一想儿子也算听话,又老实不惜力气,也全是为了自己好,老子不容易是真的。但正如他妈说的,当儿子的也不容易,便又咳嗽了一声,把烟锅在鞋底下磕了几下,收了烟袋。

马宏亮同样也知道父亲的负担重、压力大,拼命挣工分在养活这个家。但一年到底分红时,总还是透底户,学费之类的全靠妈养鸡喂猪来维持,再接不住,就去亲戚朋友那借。所以多少次给父亲说,不上学啦,父亲开始不说,想了半天才说:"你有这个心,知道心疼你爸,知道你爸辛苦,你爸就是累死,也值啦。不过咱丑话说到前边,你好好学,考上了你就远走高飞离开农村,有出息了,你爸你妈你的弟弟妹妹都要沾你的光!你要珍惜这一年的机会,考不上就回家务农,帮你爸养活这个家,没有下年再考这一说!"

"好,爸,儿子答应你,我刚都给我妈说了,一考完我就上水库去,一是能挣工分,二来吃在水库,也给家里省份口粮。"

当时老爸点点头,泪水却悄然淌了下来。这儿子听话也省劲,连当老子的也感动啦。这家中条件差,儿子跟着自己从小也没惯着,也没享什

福，倒是穷人孩子早当家，通情达理什么都懂得，作为一个农村人，谁不想让儿子考上大学，有个好前程，有出息。虽然给儿子的最后通牒是有些苛刻和不近人情，但左想右想这也是没有办法的办法。真后悔，当初要这么多的孩子，养活不了，结果也是儿子遭罪，自己遭罪。这世上的事很多都是这样，想明白，后悔晚啦。

袁海茹的家在村西头，回到家中的时候，父亲已开始磨镰刀，镰刀在磨石上发出吱吱的响声。父亲虽然也是农民，从小也念过几年的书，会打算盘，好赖在村中算上是个文化人，多年来承蒙方天兴书记看得起，当着大队的会计，管着公章。在村里还算是个人物，生性憨厚诚实。在村里人缘还不错，可惜的是，自从有了海茹以后，老婆竟然再也怀不上孩子，随着年龄的增大，想要一个男孩子的愿望，渐渐化为泡影，没了希望。想想人生有许多事也是身不由己的，兴许就是自己的命，命中没有儿子。老婆也常常安慰自己，一个女儿好，人常说闺女是父母的小棉袄，将来老了，她知道心疼自己。就是在人说没儿子是绝户的时候，心中难免的不是味，感觉人前抬不起头来，隐隐作痛，对不起袁家的祖宗，好在有一个兄弟，有两个继承烟火的和尚头儿子，和老婆曾经商量抱兄弟家的一个，但当时，自己还算计着，万一哪天，自己有了儿子，岂不麻烦？随着时间的推移，两个儿子渐渐长大，人家把娃拉扯大啦，虽然是亲兄弟，也不好张口。所以便把这事给搁下啦，越往后越不好说。

"妈，我回来啦！"

"哎，这饭一会就好啦！"

"妈，我来烧火，你歇会。"

"你妈烧，你放学都跑一路啦，这七八里的路也够累的。"

海茹将沉甸甸的书包放到自己房间里的桌子上，出来理了一下头发，换了妈，蹲在玉米叶子拧的小墩子上，看着通红的灶火。

"不用添柴啦，糁子也差不多啦，我给咱炒菜去。"

"好，妈，我知道啦。"

天已完全黑下来，窗前灶火上安的一盏十五瓦的灯泡照亮了灶台和院里的一块很大的地方。

灶火前，她的心中仍旧是在静静地想着复习的题，但很快让自己的思想把学习的事翻了过去，毕竟大脑一直在这转，感觉效果并不一定好。老师是这么交代说的，在实际的运用也是这样。她回味着中午的米饭和肉片，至今肚里还有那肉香，回想起来，还真跟过年一样，不由得用舌尖舔了一下嘴唇，似乎还有米饭、肉片的香味。从灶膛的烟囱那飘出来的烟在屋檐下折回来，洒落的灰烬落在她的脸上和头发上。

室外的天空，星光慢慢从夜幕中蹦了出来，星星点点，煞是好看地摆在夜空中，好像是在和人类进行着对话和沟通。

次日，当太阳跃上遥远的东山，挂在东方的天空时，方天兴叫的几个人陆续到了家里并开始干活。水井坐落在院子的东南角，一边已堆起一桶一桶攒成的小泥堆，土色的水流了一地。

方舟立在一边，看着父亲在井口上摇着辘把。一会儿的工夫，随着木架的轱辘显得油腻的吱呀声，一桶带着水的稀泥便被摇了上来。方舟想帮父亲的忙，又不知道如何帮。

"去，小心泥水溅到你的身上。"

方舟只得又退到一边去，他想着答应来帮忙的两个同学，怎么不见踪影，是家中有什么事来不了吗？莫非这顿米饭肉片白搭了。不来，起码也吭个声，打个招呼，没想到这么不靠谱，说话不算数，这不是让自己丢人，昨天已告诉父亲，村里两个同学要来帮忙。

"舟舟，馍烧好了，叫下边的叔伯上来吃块馍再干！"

妈这么一喊，当父亲的也听见啦，便朝井下喊了声。

"上来吧，吃点再干！"

"好，上来！"

正当纳闷的时候，高大个子的马宏亮进了院子，看见南边已干开啦。

"来啦？"

"来晚啦。"

马宏亮看看都几竿子高的太阳吊在东天上，感觉来晚啦，他是趁早在屋里吃完，复习一会儿历史、地理的题，脸上是生出几分的不好意思。他前脚进院，袁海茹后腿就到，方舟甚为高兴，把二位叫到井边。

"看这泥水到处流。"海茹小声嘟囔着,手握住辫子,小心地挪动着脚步。

"你们来干什么?马上就要考试啦,这点活还让你们来,这方舟真是的,分不清轻重,去,先去吃馍去!"

方舟当众被父亲吊着脸训了一顿,也是感觉浑身不自在,但他说得在理,自己又无法反口反驳,实际上也不敢反驳,看着父母平时惯着自己,但发起火来,方舟还是挺怕的。那眼睛一瞪,高喉咙亮嗓子,手一扬,他就躲得远远地。

方舟借坡下驴,引着两个来到房檐下,海茹挺有眼色,连忙换了方舟妈烧火。

"好的,让我和点辣子水去,好蘸馍吃,中午婶子给你们擀面条吃!"

马宏亮感觉来得晚,没干活,倒赶上吃饭,挠挠头表示出有些不好意思。这还能蹭上一顿白面条吃,这运气也太好啦。心里琢磨着多干点活,起码对得起这两顿饭吧。毕竟在这个年代,吃顿饱饭,更不说是白米加肉的饭,已是太奢侈的事啦。

正在吃饭的时候,马宏亮十二分没想到的是,从井下蹬着高筒雨靴戴着安全帽、一脚一脸的泥的人竟然是自己的父亲。马宏亮一下愣住啦,嚼着馍的嘴停了下来,继而恍惚地站了起来。

海茹认得这是宏亮的父亲,连忙舀了盆水,把盆沿上搭着的毛巾递了过去。一猛把这父子间瞬间的尴尬给遮掩了过去。

宏亮趁势坐了下来,赶紧吞完了馍,不知父亲那眼中的一盯是什么意思,反正自己要换父亲下去淘井,让父亲歇会,不管父亲愿意不愿意。他都要这样做。心想自己也大啦,可以为父亲分担些。这些活,几年前在上初中的时候都干过。

这方天兴作为村党支部的书记,看到这一幕也心生怪异,这么大的一点活,父子俩都来啦,让人家父子难堪,自己肚里同样不舒服。这点淘井的小活,要说自己和孩子、老婆都能干了,就是方舟干不了,捎个话两个女婿过来干,自己连手都不用动。看这闹的,他用同样的眼光瞪了方舟一眼。

一猛地，方舟身上有跟过电一样的感觉，反正是老爸不愿意。可他就是不服气，就是要叫几个同学来帮忙，自己也能干，来帮忙有什么，在这村里谁不帮谁的忙？他又回了一眼给父亲，那是不服气不认错的表示。当父亲的也很快接收了儿子的信号，知道这是在和自己唱对台戏，但在这种场合又不能摆父亲的架子和威风。只能招呼大家先吃，这在农村叫半晌午饭，因为起得早，干活的怕顶不到吃午饭的时候，所以家里的人总要给地里干活的人，烧个干馍，提着开水送到地里去。

馍吃完后，马宏亮穿上了高筒的泥靴子，戴上藤条头盔，执意踩着井窝下井了。

"好，你先干一会，我换你！"

虽然方舟的父亲、马宏亮的父亲都厉声反对，但都挡不住，马宏亮根本听不进两人的一句话，那种固执、执拗没人能拦得住。

"你们都要高考啦，这点活不用你们小孩掺和！"

"这么不听话的孩子！"

马宏亮的父亲叹了口气，掂着大烟袋蹲在一边直怄气。

到了十点多的时候，太阳径直把热烘烘的光一股脑儿洒到方家的院子里。改不了孩子的脾气，也只好依着他们的任性。

方舟和马宏亮的父亲，只好亲自在井沿上值守，因为上边的这是最为重要的环节。

"好吧，他们两个要干也行，咱在上边把住关！"

"好！"

一桶又一桶浑黄的泥水搅了上来，倒在井口边的空地上，速度比一早那阵子快了许多。

方舟在上边也闲不住，帮着大人在抬倒泥水。过了两个钟头，他要下去，做父亲的也不好说什么，人家的孩子能下去，咱的孩子也能下去，嘴里都在嘟囔自己下去，但说不出口，寻思这话无法出口，只能由着方舟性子。

马宏亮的头刚露出井口，方舟连忙拉住手把他拉了上来。

"不用！"马宏亮一跃而上，跳将上来。

"慢点,耍二球哩!"

父亲没好气地给了句。

马宏亮麻利地卸下头盔和泥雨靴,方舟同样接过戴上穿好,这活计自己从小也知道怎么干,轻车熟路地下了井。

"注意安全!"方天兴不忘探着脑袋叮嘱儿子,毕竟在自己的心目中,他还是个孩子。

"放心,没事!"

方舟的话从井口下带着回音传了上来。

马宏亮知道自己的脸都成了泥脸,感觉有些痒和不舒服,手一抹更是成了花脸。

"宏亮,水都舀了,快把脸洗下!"

海茹见马宏亮抹得跟唱戏的一样,捂着嘴想笑,但又觉不合适,赶紧打了水递了过去。

"这、这、这……"

宏亮在脸盆前蹲下,抿住嘴,挤住眼,"哗哗"几下。

"别睁眼,我给你换水去。"

"嗯。"

宏亮心中想,这海茹真好,人长得漂亮而且心肠好,性情温柔,自己要能讨上这样一个人当老婆,那真是自己的造化啦。这满村的男孩女孩多少人都订了娃娃婚,唯独我们三个没订,也不知道是为什么?这幸亏都没订,要不别人订走了,自己怕彻底就没了希望。

用净水一洗,毛巾一擦,这才彻底地睁开了眼。马宏亮不敢和海茹多说话,大人都在干活,自己也不能歇,赶忙过去帮倒井水。

渐渐水多了起来啦。

"这水跟泛一样,刮不完呀!"

"差不多啦,上完这桶你上来!"

"好!"

当上完这最后一桶时,马宏亮非要一个人掂着倒这桶水,他的力气的确不小,很轻松地掂着走啦,但没走几步,脚下一滑,连人带桶摔倒

在地。

"哎呀!"

马宏亮撕心裂肺地惨叫一声。

院子的人一阵慌乱。

看太阳

第二

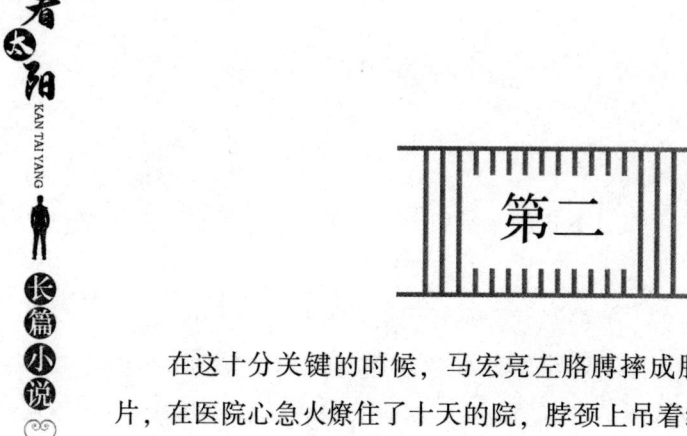

在这十分关键的时候，马宏亮左胳膊摔成肌肉拉伤，到县医院拍了片，在医院心急火燎住了十天的院，脖颈上吊着纱布条做的绳吊着缠着绷带的胳膊回到方家河，因为这等形象不雅，索性不去学校，让方舟把所有的学习书本和资料拿回来在家复习功课，迎接一年一度的高考。这伤筋动骨三个月，况且这大热天，又怕伤口感染，虽是肌肉拉伤未伤到骨头，药还得按时吃，好在伤在左胳膊，还不影响写字和吃饭，这也是不幸中的万幸啦。

这当父母的关了家门，双双在医院伺候了马宏亮十天，早忙净啦。做父亲的也是愈想愈生气，掂个旱烟袋一脸的愁容。

"你这熊娃，你可凑这个热闹干甚，淘个烂熊井你就能不下你，这下好啦，学校也去不成，这高考还有指望？"

"没事爹，现在正常的课都上完了，在学校也是上自习，背一些东西！"宏亮知道父亲担心，试探性地安慰着父亲说道。

"放屁，这在家里和学校一样，那学生就不用上学校啦，说你嘴还犟，我——"

父亲拿起烟袋真想磕他两下，解解心中的怨气，但一想这娃还吊着绷带抬起来的手软软地落了下来。瞅瞅儿子怯生生的苍白的脸，心中觉得儿子也挺可怜的，这时候揍儿子同样也下不了手，只能唉了一声。心中虽然想说，这机会只有这一次，考砸了，复习是不可能的，况且父子已有约定！那就老老实实务农吧，反正咱家的娃们多，多一个劳力，多一份收入。嘴张张又没说出一个字来，这不祥的丧气话，关键时候是要命的。

"好好复习吧，听天由命，这跟种庄稼一样，只要努力了，就会有

收成！"

当父亲的没敢说别的，生怕不吉利的话影响了他的学习积极性。

"嗯！"

院里的梨树，在院中撑起了一片绿荫，树下放着平时来客人时用的方桌，上边放满了各样薄薄厚厚的书本和复习资料。说真的，马宏亮的头脑都大啦，除了数学是做题，背背公式。其他的历史、地理、政治都是要死记硬背，说到一个地名、人名大脑都要有反应有记忆。但这一个人又没法检查自己的这道题记住了没有，只要把各样的问答题、填空题排列起来，然后自问自答，同样也达到了复习的效果。想到这里心中挺自慰和高兴。南边枣树上绿茵茵的，枣叶上结出的小枣同样充满了生机，微微地好像嗅到了枣子的香味，挪挪屁股下边的木墩，感觉坐的时间久了，便起身想在院中走一走，放松一下自己疲劳的大脑。

"宏亮！"

"方舟！你又来啦。"

"怎么，不欢迎来看你？"

宏亮见方舟又拿来鸡蛋、饼干类的东西，就觉得不好意思。这是自己不小心跌倒的，摔得住了院，前后送钱，又送东西，次数多了对自己就成了一种负担。

"这出院都一个多月了，来就来，别拿东西！"

"好吧，下不为例！我老爹总是觉得为我们淘井你受了伤，这是人情账呀！"

"别这么说，什么账不账的，怨只怨我毛手毛脚的干活不小心捅下这祸！"

"不说了，我今天给你送来最新的复习材料，你赶紧看看！"放下东西就要走。

"你这东西！"

"都说啦，下不为例！"

"我爸又该熊我啦！"

"礼多人不怪嘛，谁叫我家条件比你家好，我走啦！"

"今个周末,不去学校啦?"

"去呀,学校有那种气氛!"话一回来,立马后悔啦。

"不是,人多热闹!"

方舟努嘴做了个怪脸,看着西天的太阳离地平线还有一竿子高的样子,不好意思地走啦。所谓的不好意思,他也是在想,当初若不是想逞能,用米饭肉片做诱饵,央求两人给自己圆场争人气在父亲面前显摆,也不会把事情弄到今天这种地步,弄不好就这一件事把宏亮高考的事给搅黄啦,那自己可成了宏亮一生的罪人。想到这里,还真有点胆战心惊,顿生几分害怕,想不到竟有这么严重的后果。但就目前的情况而言,想得还有些远,还有些为时过早,说不定自己没考上,反而宏亮考上了呢!一天结果没出来,就存在着巨大的变数。想到这里,愧疚的念头,随之风消云散,对这事倒有心安理得的感觉。况且从上次宏亮看海茹的异样眼光来看,心生妒意,到十八岁的年龄也是成熟的时候,对于男女之间的爱慕,也属正常事儿。但两个男性追同一个女性,必然只能有一个达到目的,一个只能放弃和牺牲,自己当然不希望也不甘心成为后者。要是这次意外能让他的大学梦破灭,无疑也增加了自己的胜算,这总是一种不可告人的私心。

方舟感觉这少了宏亮,和海茹便有了机会,诚然目前是以备战高考为前提,在这方面还是不敢大意和分心,但年轻的心还总是有一种冲动和向往。

回到家中,背上干粮袋,便来到村西头一家独门独户的院门前,隔着门喊:

"海茹!"

"哎!"

一个银铃般的女音从院里飘了出来,真是悦耳动听。

"呼啦"一声,门开了。露出鹅蛋型绯红的脸蛋,一见是背着干粮袋的方舟,双手扶着门板,犹豫了一下。

"说好了去学校,还磨蹭什么?"方舟不解。

"你去吧,这个周末我不去了!"

"你的复习资料，书本呢？"

"我都带回来啦！"

"啊！"

方舟觉得海茹也没告诉自己，但仔细一想，人家又为什么告诉自己呢？只有呶着不高兴的一张嘴，把馍袋又换了个位置动动，"嗯"了一声，觉得十分没面子地走了。

真是扫兴，方舟百思不得其解，这明明在学校复习，消息又灵又多，有了问题还有老师可问，有同学可交流，可她为什么留在家里呢？他想了一路，猜了一路，还是没想明白。就这样的一个看似非常简单和容易的事，就如同是备考高考一样，背了一道题，但的确不知道，出题的老师会从哪个不起眼的角落里冷不丁给你弄一道题出来。所以你想得再多，也是枉然，索性不再想这码子事。

袁海茹也看到方舟悻悻而去的神情，但她知道自己为什么变卦不去学校的原因是不能告诉他的，说了他会瞪圆眼睛的。

扭头一看这西天的太阳还有一竿子高，离天黑至少还有一个多钟头，回去拿了两本书、挑了一摞复习资料，都是新近老师发的、同学转抄的，匆匆忙忙拉上门上了锁，出门而去。

她心中想的是马宏亮，担心这跤摔的，会影响他的复习、影响他的高考成绩，从小学到高中，这多少年啦，还是有一份感情在里边，她心地善良，更同情弱者，还是希望能帮他一把是一把，能帮上一点是一点。

袁海茹夹着书本，拿着复习材料，径直来到村南马宏亮的院子的梨树下。

"啊！是海茹呀，你吓死我啦，你是怎么进来的？"

"你说呢？"

海茹指着朝南开的大门。

"噢！"

宏亮挠着头皮，原来也是自己太专心啦，竟没听到她轻步走了进来，站到自己的身后的确吓了自己一跳。连忙要去寻坐的东西，海茹早轻步从房檐下拉了一个小凳子，塞到屁股下坐到了宏亮的对面。毕竟在时下

的农村，男女有别，不能太近乎，那样会遭人议论的。

"这是最新复习材料和老师出的新题，你也看看。"

马宏亮看到这些眼睛都湿啦，自己有了病，不能到学校，都忙着准备考试，各顾各的，谁关心自己，谁还惦记着自己，他看着袁海茹，凄然泪下，强捂着嘴不让失声痛哭的声音出来。

"男子汉大丈夫，哭鼻子没出息！"

"嗯！"马宏亮屏气呼吸，让自己的心情平稳下来，是呀，英雄有泪不轻弹，只是未到伤心处！就是这个理。海茹的举动，触碰到自己心里的脆弱的敏感神经，感动流泪是正常的，无动于衷反而不正常。

"海茹，你心真好！"

"心里知道就行啦，别挂在嘴上。"

但他还想说的前半句是，你人漂亮。但知道这话不能说，说的话就俗啦。说不定对方就感觉自己不怀好意，这可是压垮同情、怜悯之心的一根稻草。自己虽心慕海茹，但要压在自己的心中，要用实际行动来表达和支撑这个想法，给自己这些资料和信息，发出的信号是让自己努力，争取榜上有名，而并不是让自己去爱她，追求她，那样真就是大错而特错啦。但他隐约地有一种预感，自己今年的高考会因为这次的伤而与大学失之交臂，这种预感将会失去与海茹之间感情的延续和发展。

"也许我宏亮这辈子没这份福气！"

"怎么，你失去信心啦？"

"我预感不好，怕愧对你的帮助！"

"人要拼搏，只有拿出你的勇气，你的实力，那真就是不成功，也会一生无悔的！"

"做题吧！我们都要争取，毕竟人生的机遇总是有数的！"

"嗯！"

而远在八里之外的方舟，肚里像揣着只兔子，心中的疑问让自己怎么也平静不下来。猛地想到了马宏亮，会不会是帮他复习功课，毕竟半个多月以来，他不在学校，新的题、新的资料，马宏亮没有。自己也没有向马宏亮提供的想法，自己没做是一种自私的行为，会让海茹看不起的，会说

自己做人不地道。

方舟如坐针毡，在学校再也坐不住啦，心急火燎地想回去，但看看天色已暗，这时候回去天早黑啦，什么事情也做不成，回到家少不了挨父亲的训，遂打消这个念头。寻思着，要是能考上大学，不愁这海茹能跳出我的手心。这才叫磨刀不误砍柴工。他为自己的心机而有几分的骄傲和自豪，也想好了明天回家的理由。

第二天一早，吃过早饭的方天兴又想到了马宏亮，随着高考的一天一天临近，而这孩子的伤还不能好，不能正常到学校复习，这万一考不好学，自己怕要落一辈子的埋怨，心中不免有几分的烦躁和不安。虽然这隔三岔五地送些好吃的，仍是放心不下。次日，在太阳升起来几竿子高的时候，还是推开马宏亮的家门。只见这大梨树下，马宏亮与村中会计的闺女相对而坐，方桌上放满了书本和复习资料，方天兴惊呆了。心想，这方舟不是都上学校去啦，这海茹怎么还在这呢？便悄然退了出来，生怕惊动二位年轻人，出门正好撞上从地里回来的宏亮父亲，方天兴把他拉到门里人看不到的门边。手指着里边，那意思是在说，这两个怎么回事？宏亮的父亲也不吭声，反倒拽着天兴，拉到更远的地方，这才喘口气说："听孩子说，这海茹怕宏亮因有伤，吊个绷带上学校不好看，待在家里，看不到最新的题和复习资料，所以利用周六专门送来这些一起复习！"

"我还以为这海茹和宏亮处上对象啦！"

方天兴肚里酸，更是带着酸味说道。

"唉，你这当书记，就别挖苦我这平民百姓，我宏亮哪有这福！人家闺女不过是怜悯我家宏亮而已。"

天兴想想这话讲得也实诚和有理，在心中和表面点点头。对比一下想想这闺女做得对，但方舟怎么就想不到、做不到呢？

说曹操，曹操到。

方舟正因为昨天一猛想到了这海茹为什么不和自己一同上学校，为了验证一下自己的判断，索性一早便从学校赶回村中，一探究竟。想不到在这里和父亲撞了个满怀。

"回来干什么？"

"我的一本书掉在家里来取！"

方舟早有准备，顺口答道，毫无惧色，理直气壮地答道。

"取书跑宏亮家做什么？"

"我想把老师新出的题和资料给宏亮送来！"

"这龟儿子的还挺义气，好样的，做得对！你快去，人家海茹正在和宏亮对题！"

"真的！"

方舟眼睛一亮，还真让自己猜对啦！也顾不得和两个大人打招呼，径直跑进了院子。

"方舟！你怎么来啦？"海茹站起来一脸地纳闷问道。

"兴你帮宏亮，就不兴我来？这是几个老师新出的复习题，宏亮你看看！"

"海茹都给拿来了！"

"她拿的不是最新的！"

"谁说的？"海茹一边把小凳子递给方舟一边问道。

"还犟嘴，这是昨天上晚自习政治老师新出的，你这有？"

这一猛把海茹的嘴给堵住啦。自己没去上自习，肯定不会有这些题。心想自己考虑还是不仔细让方舟抓住了破绽占据了上风头。

"没事啦，感觉这胳膊已不疼啦，一会到村卫生室把这给拆了。"

"真的？"

"嗯！"

宏亮取下挂在颈上的纱布绳，自由地转动着手腕和胳膊。

"你慢点，可别伤着！"

"没事，感觉一点都没事啦！"

方舟和宏亮的父亲，一听宏亮胳膊没事高兴得欣喜若狂跑了进来。

"没事啦！"

"没事啦！"

"好啦！"

"好啦！"宏亮挥舞着胳膊。

"慢点!"

"没事啦,走,到卫生室把这拆了!"

"走!"

三个人又簇拥在一起,出了大门,往村中的卫生室走去。

太阳把热烘烘的空气,洒到大地和人们的身上,田野上的麦浪已呈金色飘出浓郁的麦香,晒麦的麦场早已碾压一新,平展光亮,引得小孩子在上边扎堆嬉戏。场里的打麦机也抢修完毕,连农家的院里,镰刀已磨得锃亮,一把一把堆在那里,等着收割这个丰收的季节和分粮后的喜悦,对这一天的期盼同样充满了期待。这一季的收成,决定着百姓人家一年的生活安排与水平!

当马宏亮从村卫生室出来时,看着红红的太阳,伸展了胳膊,活动着四肢,这近乎关闭的生活,让自己几乎窒息,高兴地从卫生室半人高的石阶上跳了下来,握紧拳头,感觉从此开始了正常的生活和学习!

"怎么样?可以上学啦?"

方舟迫不及待地问道,因为自己达到了目的,当然是急着回到学校。

"当然啦,这十来天憋在医院和家中都跟疯了一样,怕拉下功课,把高考给搅黄,愁死人啦!"

海茹倒是静静地看着宏亮,抿着小嘴,眨着似乎会说话的眼睛,同样享受着这无忧无虑的欢乐生活,心中默默地祝福着,都能如愿一跃龙门,榜上有名。

"等我一会儿!"

"怎么?"

"我回家拿上馍袋和书包。"

"好!"

宏亮一阵飞跑,如同撒欢的小鹿,脚下生风了。嘴里好像还哼着歌曲。

卫生室离家不远,一会便跑进院中,父亲一听同样是喜出望外。

"胳膊好了?"

"嗯!"

"亮他妈！"

"哎！"母亲应声出了上房的内门。

"你到抽屉里给宏亮取两块钱，我到楼上给他装袋小麦，这高考临近，也给娃补补！"

"好，我娃也辛苦啦！"

前脚母亲把两块钱塞到自己的手里，后脚父亲便从梯子上下来，给自己装有五斤重的小粮袋，这是好东西，拿到学校的总务那，加点钱就换成了饭票，可以吃和老师吃的一样的四两白馍。宏亮知道这一收麦，交完公粮，队里就开始按人口分小麦啦。这次一家人的粮食接住了茬。加上这次住院，父亲才破例给自己开小灶，心里很感动。诚然父亲也希望自己能榜上有名，光耀马家祖宗，况且这村中姓马的是外来人，没有几家，势单力薄的，从不跟别人争强，父亲见人说事，很少见他挺直腰板，总是低调做人，小声说话，日渐长大的自己才慢慢明白了其中的道理。

"爸，我一定好好复习，争取好成绩！"

"乖娃子，只要努力就行啦，这考不上学，就回家务农，这考不上大学的农村人，也没见有饿死的。"

宏亮是应届生，对参加高考，心里还是没底，更谈不上有底气，这样说，也是给自己留个后路，万一大话吹出去，结果没考上也没法给家人交代了。听了父亲的话，知道他的心中也是多么想让自己考上大学远走高飞，摘掉自己的农民身份。做父亲的谁不想自己的儿子，自己的后代出人头地，有更好的前程和人生呢？

"我走啦！"

"去吧！"

待到宏亮来到卫生室，方舟嘟囔着，这么慢，再晚了，赶不上学校的中午饭啦。好在方舟什么都在学校，一块又来到村西头海茹家门口，等了不大工夫便上路啦。

好在太阳还没有到中午，路两边的杨树下还有一道道阴凉儿可以行走。方舟没有带东西，便分头替宏亮背着五斤重的麦袋，又替海茹掂上那瓶咸菜罐。

"加油！学校十一点半开饭，现在还有半个小时！"

"到学校又怎样，咱又没搁馍，赶去也是白去！"

"不用愁，宏亮康复啦，我用饭票菜票请客，不用咱这砖块馍！"

"怎好意思，又吃你的。"

海茹说着，又瞅着马宏亮，那言外之意，不会再吃一顿饭又出什么事来吧。宏亮看她盯着自己说话，一猛还联系到上回的事情上，只是感到有一股清风从自己面前飘过。

"不会的，就是庆祝一下宏亮胳膊好啦，一点事都没有，我方舟不会那么损，给谁都下套！你这个海茹，就你心细、心眼多，老是怀疑和不相信人。"

海茹只是嫣然一笑了之，好像什么意思都在这一笑中，也让方舟百思不得其解，显得十分的神秘让人摸不透她的心思。心中还想再说，你这个海茹呀，就不能让人省点心。

宏亮到了学校，按照程序，到班主任那销了假，这一报到，算是正式上学。

"抓紧时间复习，有什么问题及时问各科老师，语文吗，随时来找我！"

"谢谢老师！"

班主任是教语文的，宏亮想想还是应向各科的老师报到，这是基本起码的礼节。然而自己在年级和班里，一来不是特别优秀的学生，二来又不是特别调皮的学生。一个年级近二百号学生，结果是学生认识老师，而老师不可能认得所有学生，更不用说能叫每位学生的名字了。

由此，觉得向班主任报到是必需的，而向其他科的老师报到显得多余，遂打消这样的念头。

中午饭时，三个人围成一堆，方舟也自然买了单，用自己的饭票，买了饭菜馒头，宏亮又感到一种说不上来的不自然。

"海茹，这什么都让方舟买，感觉我们好像都在吃大户呀！"

"呵呵！"

海茹一听宏亮这话，笑得几乎把饭喷了出来，忙掩着小嘴喘着气，脸

憋得一片绯红。这方舟气得一脸的痛苦状:"我这请你们吃饭,怎么一下就成打土豪、分田地的大户啦呢,我是胡汉三?我是刘文彩?"

"胡汉三、刘文彩哪有这么好心呀,你看电影里哪有让贫困的佃户吃饭的,除了讨债就是逼债!"

海茹把方舟说得丈二和尚——摸不着头脑,如置云雾里。一脸的迷茫和迷惑。

"对呀!"宏亮应声。

"这样说来,我还成了好心的财主啦?"

"对,这叫有福同享、有难同当!"

"这不成桃园三结义啦!可我们也没结拜呀。"

吃完饭,同样是最后一拨的人,在一摆行的水龙头下刷了碗筷。迎风飘扬的柳枝,随风轻盈地摆着,煞是好看!

"下午没有辅导,是自由复习时间,你们都如何安排?"

海茹抿着嘴,若有所思地,一手端碗,一手摆弄着垂下来的柳树纤长的枝条不吭声。

"我十来天没来,我这人笨,还是坐在教室好好复习吧!"

"我一会还去苹果园边的桐树下背题,海茹呢?要不咱俩对对题?"

海茹瞪了方舟一眼,那显然是不愿意,的确在学校,敢和女学生说话多了,都会引起同学的指画和议论。这敢蹲在一起对题,那可是成新闻传开的。想想这种要求简直就是白日做梦,痴心妄想。

"我错啦!我说的不对,我给你道歉!"

"知错能改还是好学生!"

宏亮算是看清方舟啦,还是不失时机和海茹套近乎,这让自己感到心里特别的不舒服和反胃。但又不能说什么,又不能表示什么?好在海茹给了他个闭门羹,让自己也算出了口气。这货处处想表现自己,而且总想压别人的点。谁让他爹是出人头地的村支部书记,而自己的老子是镢头拌墕根种地干活的农民一个,虽然人家也种地干活,但不一样呀。他心里知道,这小主还是不敢惹,村里的事情说不了还有好多事,还会有求于人家,弄翻啦,以后真遇着事,如何张口?

过了没多久，在烈日炎炎的夏天，三个人和同学们一样如同上战场怀着忐忑不安的心情，踏进了可能决定一生命运的考场，而马宏亮所知道的是，自己只有这一次，所以他更多的是感到一种恐惧和害怕，从心理上先输了。一天、两天，一次次下，又一次次上。考完一科，这科的一切就放到脑后，让自己脑中开始复习下一科的内容。利用考前那么一个多钟头时间，都在各自捧个书本和复习资料默默地背着念着，重点过一遍，一般地瞟上一眼，谁知道会出哪道题，谁知道会从哪出？老师画的重点，有些还是真对上啦，撞上了。一看有这题时，非常兴奋，很快把题做了。

但令宏亮气恼的是，这历史地理的填空题，明明自己复习过，应该知道答案，可偏偏就是想不起来，就是在脑子里出不来。愈是急也愈是想不起来。虽然把这放到最后，但仍然是想不起来。

"最后十分钟！仔细检查一下自己的姓名、考号是否填好，交卷时叠好。"监考老师看着手表在提醒。

看着同学们都开始在一片沙沙声中开始交卷，知道这是最后一科，他看着方舟和海茹都开始交卷啦，而且很自然，一定发挥得可以，自己呢，再想也想不起来，亦胡乱填上，反正不会有空题的，错对也就赌一把，他对了考号和姓名折叠好卷子，走上讲台。

按照学校安排，考完试又举行了毕业典礼，而且在南边放着几排球篮的操场上各班都拍了毕业照，等通知再领毕业证和合影照！

海茹从未说自己考得如何。

方舟倒是说自己发挥得不错。

只有马宏亮觉得没考好，知道自己还是走不出父亲的宿命——农民！

考完试，回到家中，父亲看着马宏亮的脸，知道这是没考好。

"没事，没考好咱就种咱的庄稼！"

"爹，我没考好，一些题都应该做对的，可一紧张都忘啦！"宏亮哭啦。

"爹知道，这都是人的命，命中注定你吃哪碗饭，走到天边也改不了。我娃不哭，爹不怪你。都大小伙子啦，掉眼泪多没出息，也罢，过几天队里修水库该换班啦，咱们父子去这可是两个劳力呀！你好好睡几天，趁空

给你兄弟和妹子的功课辅导下!"

"嗯,知道了爹!"

"甭没信心,兴许大多数人都没考好,说不了,你还有希望,榜上有名哩!"

宏亮知道,爹是在安慰自己,反正说出的话,如同泼出去的水,是无法收回的,父子间协定也是算数的。

过了没一个礼拜,马宏亮随着父亲赶着驴车到南山的工地修水库去了。方舟和袁海茹待在村里等着高考的信息!

第三

当马宏亮和父亲修完水库，套着毛驴车路过县城的教育局门前，见一张纸的录取红榜下站满人时，马宏亮心中一阵颤抖，他希望有自己的名，但又怕没有自己的名，正犹豫时父亲掂着旱烟袋："去，看看吧！"

宏亮硬着头皮下了车，挤进看榜的人群，是退出来的有人欢喜，更多人是愁。毕竟录取的是极少数，揣着不安的心跳，从名校到普通的院校，在最后的两张榜中，赫然发现了方舟和袁海茹的名字，再仔细看看，确实是有他两人的名字。一猛感到羞愧、失落，在人生的一个起跑线上，自己是真正的落伍和掉队啦。感觉好像天在旋，地在动，最后也记不清是如何离开现场和上了驴车的。当父亲的一看儿子的脸色，知道是名落孙山，也在预料之中，也不问宏亮，赶着驴车，追着渐落的夕阳，往县城西的方向奔去。

到了方家河村时，方舟和袁海茹考上大学的消息早传遍全村，村民争着一睹那盖着通红印章的录取通知书，两家人应接不暇地向大人小孩发着烟糖，毕竟在过去方家河几辈人中有了大学生，而且是两个，的确是件大事和喜事，村中人啧啧的赞叹声不绝于耳，同样在这三村五邻里也都是首屈一指的事。

马宏亮受不了这种气氛的压抑，不想见人，恨不得变条小虫钻到地下人看不到的地方，人前好像矮了半截，而当父亲的本来也没有那么多的嫉恨，但在全村这样的环境里，也燃起了无名之火，这宏亮要不是帮你方天兴淘井摔伤，误了功课，也不至于落到今天的地步，让满村的人小看，心想这当书记的也好赖得给个出路和说法。

结果也不错，方舟和袁海茹被录取到师范学校上学。方天兴自觉心中

有愧，为马宏亮争取了参军的名额，想这时能参军亦是十分得不容易，因为在时下的农村，小孩要想离开农村，远走高飞，只有两条路，一是上学，二是当兵。当兵有机会可提干。两条路都是殊途同归，同样可以改变农村人的命运。特别门上会挂上"光荣军属"的牌子，而且队里会给记上一个上等劳力的工分。父亲很高兴和满意，拿着不值钱的礼品和马宏亮上门感谢！

"好好干，宏亮，到了部队还可以继续读书学习，虽然没考上大学，但部队也是一所大学校，可以锻炼人，培养人，干好可以提干，转户口的，和上大学是一样的效果，而且是一人参军全家光荣！可别学你叔当了几年兵，没有本事，爬回农村！"

"谢谢叔给了这个机会，一定珍惜努力！"

这年冬季征兵开始得早，学校到年后才开学，而当兵年前就要启程。方舟和袁海茹在照相馆与穿着绿军装、胸戴红花的马宏亮照了张合影，显得十分的帅气和精神，也成了三人一生永远美好的回忆！

日月如梭，转眼间四年过去啦，方舟、袁海茹双双从师范学院毕业，由于原来县革委生产指挥部改为县政府，政府刚成立不久，而且恢复高考后的大学生还没毕业，师范学院毕业生便成了抢手货。特别是二人又各有特点，方舟因为在校热情活跃，能言善语，善于沟通，担任学院团委副书记的职务，还是入党积极分子，这评语赫然写在档案里。袁海茹的学习成绩，在这届学生中名列前茅。两个人填好个人简历后，一纸调令一个分到县妇联，一个分到政府办，双双进入大院工作。

而马宏亮亦在三年后退伍回到梅县，因为参加过对越自卫还击作战，回来也被安排到县水泥厂保卫科工作。从此，三人都回到家乡工作。虽然在学校和部队有书信往来，但总是隔着千山万水。过年回到村里，三个人又聚到了一起，一猛长大了，也好像出息啦，相互问候，问问各自的情况和现状。方舟瞅着马宏亮看海茹的眼神，他开始懊悔，一毕业就应该把和袁海茹的事搞定，虽然马宏亮的条件，无论是家庭条件、工作条件都和自己没法比。但仍害怕这马宏亮的出现，会使这好事产生变数。虽然自己是近水楼台先得月，和海茹保持着相对亲近的关系。何况在学校也是有许多同学在追着自己，这点袁海茹心中也十分清楚，加上家中父母也在撮合这桩事，婚事也定了，大家都愿意。海茹也没意见，就是结婚时间在拖，把个方舟气得不知道她在想什么，等什么？该不会是在等马宏亮吧？虽然这两年都和她在一起，但他不知道人家在想什么，和宏亮有无来信和往来。毕竟这是门当户对、郎才女貌的好姻缘！如今马宏亮一个退伍军人，无论从家庭条件，还是本人现如今的身份地位，完全不在一个层面上，也不具备竞争力，在这一点上方舟还蛮有自信的。

很快通过单位领导的提亲，经过按农村的一些程序和习俗，方舟家完成了各项准备工作，在村里推了一辆崭新的凤凰牌自行车，在吹吹打打的乐器声中和"噼噼啪啪""咚咚"的鞭炮声中，把打扮得仙女似的袁海茹接回了方家，方家的宅院中布棚连成一片，不见天日，更是高朋满座，过了不知多少荏饭，总算待完了客，也更是创造了全村规格最高、待客桌数最多的纪录。

马宏亮自然也从县水泥厂回到村中，在丰收的金秋十月，参加了二人的婚礼。这昔日的高中同学，一下拉开了距离，在人们嘻嘻哈哈的气氛里，自己仿佛被忽视和边缘化了。人前矮半截的感觉十分明显，故而坐席吃饭的时候，他也不想在村里的人前晃悠，怪丢人现眼的，故而躺在屋里的炕上睡大觉，独想自己的心事。

然而，一家人都在帮忙混事情，家中也没人做饭，直到胃里空了，饥肠辘辘的时候，他才想起这没吃饭的地方，在灶房里寻吃的，从吊在楼上馍筐里摸出一个馍，到案板上寻了块生蒜就着啃开啦，肚里怪怪的味，而且有一种酸味，这假若是自己和海茹一起考上了学，也许今天的新郎官就是我马宏亮。然而，这现实是残忍和无情的，没有假设和如果这个概念的说法。正在寻思的时候，外边的大门"吱啦"一声推开啦。

"谁？"马宏亮吓了一跳。

"我！"

"妈！你怎么回来啦？"

"唉，还是这海茹心眼好，这事情场上人多，叫我给你端了碗扣碗和两个蒸馍！"

宏亮的嗓子一酸，一猛真想哭，忙接过香喷喷的扣碗肉。

"快吃吧，海茹悄悄给我说，不见你吃饭，怕你嫌人多，窝在屋里。这她怎么知道你就一准窝在屋里呢？"

老妈也是百思不得其解地一边看着儿子，一边在心里问着自己，这是怎么回事？

当妈的虽然仍不解其中的缘故，也没有时间来探个究竟，心中也惦念着自己儿子的婚事，这自己的娃虽然不及方舟在县政府大楼里工作，但也有份正式的工作，这人比人气死人，但反过来比上不足，比下有余。这同村的年轻人比不上宏亮的大有人在呀！想到这也有一种满足，便拖着一双大腿，风风火火出门而去。

待老妈出去拉住了大门，这才回到屋檐下的小桌前，看着一碗的肉和白白的馒头，大口大口吃开了。

吃完两个馍和一碗肉，肚子发出响声，彻底是给撑了起来。用舌头舔舔嘴唇，又从暖水壶里倒了碗开水，又用碗倒了倒，满口地咕咕喝了个碗朝天。胡乱地倒在自己的那间屋的炕上，倒在那，看着房顶发呆。都到这个时候，海茹还想着自己，好像是自己肚里的蛔虫一般，能猜到自己在想什么，她一定明白自己的心情，同样希望自己能理解她的心情，这种婚姻是没有选择的。他打心底不怨人家，谁叫自己没出息、没考好呢！这也许像父亲所说的是自己的命吧，这三尺之上有神灵，谁知道这神明是如何安排自己的命运的。

一想到这里，宏亮的心中还真有几分的害怕，什么是神灵？什么是命运？想想在对越自卫还击作战的战场上，多少同班战友倒在血泊中，扔在了战场上，而自己能安然无恙地回到地方，回到家乡，已经是十分地庆幸啦。但从眼下看，这世界最可悲的是自己所爱的人成了别人的新娘。

马宏亮不知啥时辰，在一种满足中呼呼大睡，与院子里枣树上的知了声里外遥相呼应着。日有所思，夜有所梦。这蕴含着一种内在的联系，也有着必然的结果。梦中，被自己一种伤心流泪和号啕的大哭所惊醒，哽咽没有休止，泪水依旧在淌，做了什么梦？为什么哭？回忆到梦中的情景、

场面和事，想不到对这海茹心底竟是那么的在意，那么的爱。然而，成为方舟的媳妇已成事实和定局，任何人、任何力量都无法改变。自己再想也只能是做梦娶媳妇，成为虚无缥缈的幻想。想到自己也同样是傻到冒啦。还是回到现实中，找个媳妇过日子吧，看父亲的脸，没有说，也是催促自己，作为一个普通的农民，普通的老百姓，盼儿结婚为马家生下传宗接代的子女，则成了人生的一项任务和大事。在这点上，马宏亮自己明白，更理解父母的期盼和想法，这些都是人之常情，无可厚非的事情。暗下决心，从此再也不想袁海茹这档子事！

到晚上闹洞房的时候，宏亮还是随几个同学去了，毕竟两个都是自己从小要好的同学，怎么也该庆祝一番、高兴一番。但在逗乐逗趣的过程中，总是那么的无奈和提不起精神。但又怕这种情绪和内心的东西，显露在自己的脸上和表情上，让人说自己心胸狭窄，那可真是弄巧成拙，授人以柄，势必会贻笑大方的。

而在村里，还有一个热点，分了自留地，一个几千口人的大村，一些大集体的矛盾渐渐暴露出来，土地到户的呼声，愈来愈高，而且在全国的有些地方已开始实行，但在这方家河，在这十个队里，各种势力也正为争一个队长、争一个会计，大打出手，相互攻击和指责。马家是个外来户，本来村里就没几家，你拉我拉，把个宏亮父亲拉得头昏眼花，两边都不敢惹，也都不敢得罪，谁来说，听谁的，会场上和人多的地方，从不吭声发言表态。

宏亮回到家里和父母说道这事，也是主张分地。

"折腾啥哩，土地一下户，各干各的，也就根本没有这么多的事。"

"是呀，这个土地下户几十年前就有过，也救了中国人的命，我看这有可能，地分到户，人也会精心用心，这大锅饭，牛拽驴不拉的心不齐，不是个长法，人还都是吃不饱饭！"

宏亮在心中点头，知道父亲虽然没文化，但说的都是在理的大实话。看来这农村弄得乌烟瘴气的，争得头破血流的势头，土地到户也是大势所趋，反正自己是这种感觉。

果然，待秋收之后，上边来了通知，土地真的分到一家一户，成片的

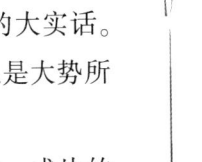

土地被划成了一溜一溜的。从此，方家河也和全国农村人一样，完成了由吃大锅饭到土地到户的一个历史巨变。从此，队里的钟不响了，干活没人安排了，没人记工分啦。各扫自家门前雪，别管他人瓦上霜。人们善待土地，把土地当成宠儿一样，因为老百姓都知道，这多收的粮食就会流到自家的粮仓里，多劳多得这也是实实在在、看得见、摸得着的事。

一遇到收种，包括在外工作的、上班的也会趁着礼拜天和假期回村帮忙。家中有了粮，有了收入一方面减轻父母的负担，反过来还可以帮衬儿女。因为毕竟这市民户口工资有限，粮油都有数的。马宏亮是深有体会的。一个月这三十五斤根本不够吃，一个月总是透底，熬不到月底，还得像在学校一样靠家里帮衬着。感觉有一个家在农村的父母真好！家里的这块自留地，同样滋润了自己在外工作人员的生活。就是在城里找对象，成了家但农村仍是自己魂牵梦绕的根，也是自己的家、自己心灵的归宿，这里的一草一木，陪伴着自己走过人生的十八个春夏秋冬，这种感情是刻骨铭心的记忆，永远无法抹去。

而对于方舟而言，却不尽然。正春风得意的他，位居金山县最高行政大楼里的一名工作人员，他的心中有一种火热的追求，浑身有一股用不完的力气和精神，明媚的阳光在他的眼前晃动，一切都是充满希望和光明的，踌躇满志。他庆幸这人生的第一次分配，看着周围的人，大都是文化程度不高的人群，而且年龄偏大，根本没有自己的朝气和精力，学习上级的文件一看便能领会，一看便能记住，感觉自己脑瓜儿特别的管用，偷偷感觉自己高人一等，是时代的宠儿，但亦常常告诫自己，不能表现出来。故而在领导和同事中间表现出来更多的是尊重和谦虚，而且保持着一种报恩的心理，他把自己与海茹结婚时去的领导、同事所送的礼金，非常郑重地记在家中的笔记本上。海茹见到他认真的样子好奇地笑着问道：

"你这还记变天账哩！"

"这叫知恩图报，礼尚往来，咱结婚人家来了，年轻人好说，结婚时咱也去帮忙，咱也给上相同的礼，家有儿女结婚之类的大事时也要帮忙和还礼！"

海茹很理解方舟，默默地用眼睛点点头，上前拱进了方舟的怀里。

"海茹!"

"怎么了?"

"怎么了,你现在可是怀着我们的孩子,怀着我们方家的后代呀!"

方舟轻轻抱着海茹,在脸上给了一个甜甜的吻。海茹在刹那间也感到一种温馨和幸福。

"中午我给咱做面条!"

"西红柿炒鸡蛋!"

"你怎么知道!"

"早闻出来啦!"

"狗鼻子一样尖!"

海茹用指头按住方舟的脑门,方舟露出一脸的灿烂。慢慢松开了手,放她去做饭。

实际上,政府大楼刚盖成不久,这坐北向南的四层楼,在这县城中是最为雄伟高大的建筑。他也明白了,这是县城最为重要的部门,同样是权力最大的机构之一,全县的政策发布、经济运行都在政府的操作之中,大到一个个项目的建设,小到百姓的生活用品、建设用品、一个自行车券、缝纫机票以及木材、油料的计划的批复,感觉这是中国从计划经济向市场经济的过渡,很困惑地在改变中。实际方舟也感到这种变化,有市场经济,但计划经济在这一特殊时期,还不愿退出这历史的舞台。特殊阶层,特别人群,还在捏着计划的权利,享受着体制间的差价,说明了物资方面的匮乏和不丰富。

一天上午,父亲搭班车,心急火燎地来到挂着梅县政府牌子的大楼,喘着气上到三楼找到儿子。

"怎么了爸?早饭吃了吗?"

"吃了!"方天兴嘴动了一下,说了句假话。

"有事!"

"嗯!"

方天兴点了一下头,从办公室踱了出来,显然办公室人多,不方便说话。

在过道里,方天兴看看左右没人时说道:"这天热啦,浇地得用些柴油!"

"那就买呗!"

"计划价便宜多啦!给批个一吨半吨的!"

"还要什么?"方舟知道其中的猫腻,又怕这点事,求一次领导不容易,又不能一有事就张口。

"好吧,那就再批点木材、钢筋、水泥,你爸想把三间北房拆了,扩盖成四间平房,况且这农村也兴这个,你回家也有个地方,来客也装人!"

"多少?"

"三方木材,十吨水泥,五吨钢筋!"方天兴知道儿子心思,用一次是一次。

方舟瞅了一眼父亲,挠挠头,心想这数目不小,遂给了父亲家中的钥匙。

"你到我后边先歇会,办好了我把票送回去。"

方天兴这支部书记也干了多年,大场面、大领导也见过不少,有儿子在这大楼里,亦经常光顾这政府大楼,如履平地,心想也正好利用这空闲时间上街到政府对面的一家刘记羊肉馆,花了两毛钱要了碗羊肉汤,一毛钱要了个黄馍,那股油香,特别地馋人,虽然是在夏天,这四季梅县的人都爱喝这羊肉汤。不在乎吃肉,毕竟一份羊肉抓的就那么几片肉,最要紧的是要喝这汤,这里的规矩是只要你掏了两毛钱,添汤可以不受限制,故而有村中人或学生一群人腰里别着干粮多人喝,把个老板喝得刹了声的故事。当然自己好赖是有身份的人,肯定不会有那种让人不齿小瞧的吃相和做派,添了两次,感觉肚子已绷紧啦。故而放下碗筷,点上一支烟,挺舒服地吸了一口,把烟压在肚里憋了一会,才长长地吐出来,感觉很舒服。想想刚才的灵机一动,怎么就突然蹦出来盖平房的想法,又没和老婆商量过,更没跟儿子讲过。这方舟就相信啦,想想这还是一种利益驱动,想占便宜呀,这就是近水楼台先得月的道理。就是真不盖,拿上这指标,转手一倒腾,少不了赚个几千块钱,还会落上一个人情,知道我方家政府有人,没人敢小瞧!想到这里,得意地拍拍自己的脑门,我方天兴也不笨，还怪聪明的，随即掏出五角钱递给老板，找的两毛钱，随手放进自己皮革做的钱包里。

"慢走，有空再来！"

"好的，味道很正宗，下次一定来！"

在方天兴看来，这羊肉馆的老板对自己挺客气，甚至表现出有种巴结的味道在其中，莫不是知道自己的身份，八成是想自己大摇大摆地从县政府的大门出来。这人还贼精贼精的，遂上去给发了支烟。

"呦，还是大前门的好烟！"掌柜拿起烟在鼻孔处闻闻，啧啧赞叹道。一种羡慕的目光，油然而生。方天兴高傲而又有礼节地点点脑袋，在屁股下拍了一下，背着双手，迈着八字步，便往政府大门的后边踱去。

太阳已经升起来啦，已高高地挂在东方的天空上，透过空中的云层，穿过城里高大伟岸的杨树，映出图案一样的光彩，一股燥热洒到大街上和行人的身上和心里。

方舟听到父亲的那席话，心中一猛有点诧异，毕竟家中要盖房的事，压根也没听说过，一下冒出来，的确还真有几分的猝不及防。但这些疑问是不能在办公室的过道上问个清楚的，说得多啦，蹿进同事或领导的耳朵里，保不准会引来一些是非。故而，权当真有这回事，想想这真要是要个三百、五百公斤柴油的事，到下边的财委去张个嘴，想必事情也就办了，但这要讲吨的物资，怕办公室的这些人就当不了这个家。既然父亲张了这个口，也肯定有他的道理，心中也有了盘算。先到一楼的财政委办公室找到办公室主任，礼节性拆开烟盒递上一支上去，把剩下的烟放在桌面上。

"呦，小方，这会有空啦，坐。"

刘主任把烟放到桌子上，上边的零散烟摆得满满的，足有十几根，看来这财委办公室成天有人来办事，显然比自己的政府办公室要实惠呀！

"家里父亲说要浇地，想要点柴油。"

"要多少？"

"二百公斤吧！"

"不说了，主任给我的权力是三百公斤！"刘主任坐好，提笔写了，石

油公司：请供应平价石油三百公斤。从抽屉里拿出印章，咣一声盖上了大印。

"谢谢，刘主任！"方舟受宠若惊，感觉一猛给了自己很大的面子。

"没事，家里有什么事净说啦！"

方舟见办公室又进来几个人来，也不便久坐，拿上纸条装进口袋告辞出了门。

这柴油的事情是办了，但这剩余的大头，知道这是办公室主任办不了的，寻思良久，还是上到二楼，到主管计划经济的副县长办公室，敲了门。

"进来！"方舟听到声音，便推门而进。

"苏县长。"

"哎，是小方呀！有什么事？"

"嗯！"方舟哼了一声，张张嘴，没有说出一个字。

苏县长知道这小东西肯定有事求自己，又很拘谨得不好意思。

"有事说吧！"

"好吧，苏县长，我父亲来说，家里想盖几间平房，想要些钢筋、水泥和木材。"

"说吧，要多少？"

"我爹说要三方木材、十吨水泥、五吨钢筋。"

"不少呀，不过盖房子也是大事，你在办公室服务领导，整天加班写材料，也辛苦！"

苏县长提笔给计委写了条子，这三样如数批了，最后写上自己的名字。

"去，拿到三楼计委找杜主任！"

"谢谢，苏县长！"

方舟很是感激，自己一支烟都没递上，这么大事，就办了，连自己也感到意外和惊喜。

"不用谢，好好工作，以后把材料写得再好些。注意多理解上级的文件精神，对政策要吃透，材料才能有档次，更有说服力！"

"明白了苏县长，我会努力的!"

"去吧!"

方舟走出苏县长的办公室，真想大喊大叫，但这是心中的兴奋和激动，是不宜发泄和表现出来的。

一路顺风，拿着办好的两张单子，回到政府后边的宿舍楼，敲开了房门，把两张单子递到了父亲的手中。

"这事可办成啦?"

"这还能假。"

坐下来，递给父亲支烟，方舟又为父亲点上火。

"怎么一股羊膻气，喝羊肉汤啦?"

"哎!我方舟有出息啦，比你爸强啦!"

"别自夸啦，我还要上班，你把条子拿好到木材厂、钢筋厂和石油公司把事办啦，中午就不回去啦，等海茹回来做饭吃!"

方舟拿了钥匙就要走。

"算啦，你这小锅小灶的，你爸心急，你去吧!我喝口茶水，上午把事一办，我骑着自行车半个钟头就到家啦。"方天兴看着儿子这一间房子的家，一个大立柜，一个桌子、一把椅子，一对沙发，中间有件茶几，整齐放着锅碗瓢勺等东西，上面还放了件煤油炉子说道。

"好吧!"

方舟拉上门走啦，楼道里传出他走路发出的沙沙的脚步声。心中明白父亲不愿留下吃饭的缘由，的确是不方便。一旦生下孩子，这一间房子会显得更拥挤、更紧张，看来这得再要一间房的事成了燃眉之急的大事情。离开办公室时间不短啦，还是得赶紧回办公室，万一领导临时有事寻不到自己，那就误事啦。毕竟这上班的纪律自己还要遵守的。

很轻松地上了楼，坐到自己的办公桌前，把今天的工作和领导交代的事理了一番头绪，这才喘了口气，为自己冲了杯茶水，放到桌前，看着这粗粗的带着花的茉莉花茶飘在瓷杯上边，知道这水温可能不够数，便拾起茶杯盖，放了上去。不承想这闷一下茶也就冲开啦，这种茶的香味是那么浓。

一时的闲暇，便想起了海茹。她在妇联上班，妇联属于县委系统，在政府东面的另一座大楼中。看看表已十一点半，拿起电话让总机给转到妇联办公室。一听不是她的声音，知道是办公室的小夏和自己的年龄差不多。

"小夏，叫海茹接电话！"

"是方舟吧？"

"嗯！"

"稍等，海茹姐，方舟电话！"

海茹在另一张桌子上办公。听到小夏的招呼，连忙挪动笨重的身子，快步走了过来。

"怎么了，方舟？"

"你中午想吃什么？"

"唉，这吃什么呢？要不，蒸点米饭，炒个菜。"

"好的，我过十分钟把米淘了，把锅先搭上。"

小夏在一边，两人的对话听得十分清楚，羡慕地眨巴着眼睛。

"看你多幸福，方舟这样关心体贴你！"

有对比才知道差别而自己就没福，丈夫在工厂上班一天忙得一身灰，自然就没这样浪漫，丈夫和自己是高中同学，虽然住在城里，吃饭也是一大家人，虽然热闹但与人家双双都是大学生是不可同日而语的。

看着小夏高挑的个子，吹着一头的卷发，一脸的自信，虽然是打字员，但从言谈举止中透露出城里人的气质，对农村人而言有一种优越和居高临下的姿态。海茹作为首批毕业的大学生，当然是不吃她这套的，毕竟自己是农村出来的大学生，一场"文化大革命"，没有再出过真正意义上的大学生，特有的那种矜持，同样让小夏感到一种敬畏。骨子里边的那种城里人的傲气，浑身散发的香气一猛被抵消了许多。

海茹看了表，时间到十二点，便收拾了桌上东西，蛮费力地起身，挺着拥有四个月身孕的肚子出了门，离开了县委大院，来到街上，正当午时，太阳直射下来，街两旁的树下没一点的阴凉，感到一种特别的燥热和心烦。随着下班的人流往县政府的大楼方向走去。

刚拐过弯，一猛见一个衣着破烂的老年妇女，长长的头发十分脏乱，坐在地上，一边放着一捆破烂，蹲在同样没有树荫的树下，显得十分得可怜。面前放着一个铁盘，里边有人施舍的硬币和纸币。海茹心中一片的凄凉，遂弯下腰把兜里存的五块钱和零散的硬币、纸币一把把放进了老人的铁盘里。

老年妇女看到了五块钱，眼里放出十分惊讶的光，双手合十感谢，颤抖的脸上，皱褶一猛好像少了许多。

待海茹走过后，老妇人拿着五块钱，在眼前端详了许久，悄悄把钱塞进了烂棉絮的兜里。

大街上太阳依旧那么红，空气仍是那么的热，没有一丝的风。偶尔有几个骑自行车的人风驰而过。

方舟约莫时间差不多，来到宿舍楼边，接住了海茹，看她精疲力尽的样子，递了毛巾。

"快把脸擦下，看把你热的！"

"嗯！"

方舟牵着海茹的手，两人走进了楼道，蹒跚着脚步。

"米都搭上啦，菜也切好啦！"

"模范丈夫！"海茹为方舟伸了一个大拇指，两人会意地笑了。

第四

方舟在政府办公室，主要任务是给领导撰写讲话之类的材料，毕竟他上的是师范，学的是中文类，看的书相对多些，自然喝的墨水也多些，文字自然成了自己的强项。在许多人的眼里，包括一些领导在内，方舟自然成了带有宝贝似的"秀才"和文化人，在单位备受大伙的宠幸。但愈是在这样的情况下，方舟愈是表现得谦虚和谨慎，包括在一些小的细节事情上，更是注意。比如办公室打扫卫生，一开始自己按时上班，但门已开，办公室的水磨地板上早已拖得干净，各个办公桌都已擦得锃亮。办公室的一位副主任是标准的"一头沉"，家属在农村的刘鸣公，四十来岁，也住在政府机关的单身楼上。方舟早来二十分钟没抢上这活，心中总不服气，索性早来半个小时，当他拖完地，收拾好桌子时，刘主任推门一看笑了。

"你还真把我的专利抢去啦！"

"不是，你年龄大些，腿脚不方便，我年轻，理当我来打扫！"

孺子可教，刘鸣公心中感慨道。就因此，方舟在办公室连年都是受表扬的先进工作者。这知道多干、愿意吃亏，在一定的程度便是人生最大的智慧，由此彰显了一种人格力量。虽然在众多的人群中，保持着按时上班的传统，也不愿多干一点工作以外的事，而且心情坦然。实际在人生的旅程中，吃亏是便宜，占便宜是吃亏，里边的确有着一种内在的联系。在经历过许多事情后，有些人才会明白其中的道理和奥秘。方舟感觉自己是个土生土长的农村孩子，生来也没那么矫情，多干点没什么。

随着儿子的诞生，方舟开始做爸爸，更体会到做父母的辛劳付出，因为政府机关也只有这么一间房子，而且海茹半年产假后，又要上班，的确

是不方便孩子的抚养，两人商量后便把孩子断奶后送回了方家河，让父母抚养着，因为孩子可爱好动，父亲便给起了个小名叫"毛毛"的称谓，但方舟感觉名有些土，心中自然不乐意，但又不好驳父亲的面子，只好也就认了，但这不能代替了官名，上户口时，自然要正式给毛毛起个官名，他是想好一个官名，叫方洋。自己叫方舟，是方方的一条船，儿子自然要比自己强，那就叫方洋，那是蔚蓝色的大海，有着无限的发展空间。袁海茹很高兴，也是没有更好的名字代替，知道这方舟心气高傲，望子成龙是中国人传统的希望，于情于理都说得过去，所以渐渐地毛毛这带着土气的小名，便被洋洋所代替，更多的是这洋，还有洋气的味道。洋气，让自己的孩子将来，有更多城里洋气是方舟夫妇的理想，毕竟土气是城里人笑话农村人的话，但愿土气成为历史。这同样是社会发展的一种趋势，但心中有数的是，孩子也不能长期放在农村，毕竟在农村待得时间长了，这口音的农村化，习惯的农村化，这同样让两个人有一种担心，也与自己的希望是大相径庭，甚至是格格不入的。起码在孩子上学前班的时候，一定要把孩子接回来。他也知道最近机关也正在盖政府的家属楼，那两幢的楼房，自然有着自己的一套也是确定无疑的事情。他算计着楼房的竣工日期和洋洋上学前班的时间，很期望住上一套属于自己的家属楼，有水有电有卫生间和厨房，很期待也很期望这一天的到来，如此一来，儿子洋洋亦可安然到县城上学。

然而，不测风云来了，而且是有些急风暴雨式的，来势凌厉，甚至连考虑的机会都没有。

这是一个初春的上午，方舟正常坐在办公室的桌前浏览着报纸，放在桌子上的茶水还冒着热气，飘着茶香。此刻，从门口走进来一个中年人，一张黑瘦窄长的脸上，双眼露出凶狠的目光，中等身体，上边是蓝外套，里边露出秋衣，下穿一条黑色长裤，脚蹬一双绿色球鞋，双手抱着肚子。

"这是政府？"他瞪着眼问道。

"是呀！进来吧！"

方舟一听来人说的是外地口音，加上来人的眼光又十分凶险，举止十

分奇怪，看他两手抱肚子，总不会是想拉肚子，可要真是想拉肚子，他会问厕所在哪？为什么要寻政府，顿感几分的蹊跷，还是急忙站起身，离开桌子，连忙迎了上去。

"你坐下，我给你倒杯水去。"

方舟连忙把来人让到办公室西侧的长条木沙发上坐下，转身要去倒水，这是办公室人员基本的礼节。

"不倒，我不喝水！"

来人仍旧双手紧紧捂着肚子，提高了嗓音，还真把方舟吓了一跳，的确在参加工作几年来，真还是没遇到过这样一位客人，心中不由顿生一串的疑虑和问号。

"你是？"方舟连一句完整话都没说出来。

"这政府楼真是大气漂亮呀！一定花了不少钱吧？"

方舟被这话浇得一头的雾水，这政府盖的楼，漂亮不漂亮，花多少钱与你有什么相干呢？

"你有什么事？"方舟心里来气，话语的口吻也发生变化。

"我找你们的县长！"

来人抱着圆大的肚子跳将起来，一脸的凶相，连发黄的牙齿也露了出来，那双眼睛如一对刀子劈头盖脸刺向方舟。

方舟一下蒙了。

"县长下乡啦，今天不在！"

"不在，你现在立马给我叫回来，我有十分重要的事情要和他商量！"

这来人的吼声很大，同在办公室守电话的小刘也凑过来，上前劝阻。

"别碰我！"来人大喝一声。

"怎么啦？给你说县长不在，你没听见，这是政府办公的地方！"

二楼办公室的走廊上，听到这办公室的吼声，围上几个人，把门口几乎给堵上啦。方舟作为秘书，心中本来就有许多的疑惑。看到门口又围了许多的人，生怕传出去，影响政府的形象和威信，在这政府办公室大吵大闹成何体统。他附到小刘的耳边小声说道："你去隔壁向齐主任汇报下情况。"

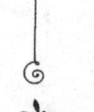

"嗯!"

"大家都各回各的办公室上班去!"

方舟伸开胳膊,打着手势让围观人散去,都是上班的,自然知趣,纷纷都走开啦。现场只剩下两个人,气氛一下缓和了许多,来人平静了许多,重新坐了下来。方舟趁机也倒了杯白开水,来人并未伸手来接。

"我把水放这了。"

"哼!"来人哼了一声,警惕地盯着方舟。

方舟顿感一股冷气,扑面而来,这种眼光只有在电影中看到,那就是杀人犯、抢劫犯才有的目光,真不然今天是遇到歹徒啦。

"有什么事好好说,这是政府办公的地方?"

"好说个球,叫你们的县长来,给你说,你当不了家、做不了主!"

"做不了主,但可以给你传达呀!"

"传达个球!"

"你敢骂人!"方舟大怒,觉得在这堂堂的政府,竟受到如此的人格侮辱!

"骂你是轻的!"

方舟心想,这人也太猖狂了,骂人还是轻的,光天化日之下,你还想干什么?心中如此想,但他并没有敢如此说。两双眼睛都在怒目对视着。

这时,办公室的齐主任和小刘一前一后,赶了过来。

"怎么回事?"

方舟一看齐主任过来啦,一下心中像吃了定心丸,硬实了许多,伸手说道:"这来人,说要见县长,我说县长今个不在,他在办公室大吵大闹,还骂人哩!"

"骂你,这还是轻的。"来人凶相毕露。

"你说什么?"齐主任大怒。

"说什么?骂你是轻的!"

齐主任感觉这人的神经是不是有问题,要么是里边隐藏着什么?连忙附耳给小刘说了两句。小刘连忙去了隔壁的办公室,并把其他科室的领导也招呼出来,在人数具备了压倒性优势,一旦发生什么事,起码可以控制

住事态。

来人一看这来了许多的人，感到有一种慌乱，诡异的脸上顿时冒出一层黄汗，坐立不安，浑身乱颤。

"你们都甭过来！"

来人厉声，再次提高嗓门几乎是吼道，一跃抱着肚子站了起来。一时两边到了剑拔弩张的地步。正巧这时候穿着便服的公安局的张副局长快步迈进了办公室，过去拍着来人的肩膀和善地说：

"有什么事坐下来说。"

方舟一看公安局的局长到了现场，这一块石头才算落了地，深深地松了口气。

可来人一猛更感到了害怕，在张局长的手掌拍到肩膀的同时，眼睛几乎都红了，大吼："别碰我！"

"怎么？"

"叫你别碰我！"

原本张局长是想把来人叫到公安局去，毕竟这是政府办公室的地方，这又吼又叫的，闹得整栋大楼办不成公。何况来时，已布置了两个小组，一个小组在大院里，一个在政府的楼道之间，都有人员在随时待命。虽然这吼声把整个大楼的秩序给搅乱啦，但执勤的人员把过道、楼梯、办公室的门口已全部控制。

方舟还在放心和庆幸时，突然被来人的一只铁钳一样的手，给钳住了脖子，来得是那么得快，又是那么得突然，猝不及防，连一点的反应时间也没有。

"别胡来，我是公安局的！"

"公安局算个球，老子是'野狼支队'的！你们谁敢动一下，我的手一按，就和你们，和这幢大楼同归于尽。"

来人的衣服不知什么时候已经解开，腰里露出扎满的炸药筒，几根电线绕来绕去，手中拿着一个开关的小盒。

现场的气氛一下像凝固了一样，现场的人全都愣住啦，张局长毕竟经过大风浪、大事件，包括一些突发事件，但这毕竟是重大危急的事件，一个决策，甚至是一个动作，都成导致一场严重甚至是灾难事故的发生。他连忙做了一个停的手势，从来人的身边向后挪去，并示意所有的人都退去，先把现场气氛降下来。

"好，我们都退下，别冲动！"

张局长退后啦。

然而方舟却如同是羊入虎口，一听一看可以说第一时间吓得六神无主，一旦来人这手一按，周围和自己以及周围的人就会灰飞烟灭，从这个世界，从这个地球彻底消失，大脑瞬间变成一片空白。被勒得喘气已有一些困难，但不敢挣扎，更不敢出手，唯一的意识也只有一点是清晰的，就是要让罪犯平静下来，一旦罪犯情绪失控，后果不堪设想。

"去，现在就去给我准备五十万现金！"

在场人一听，这罪犯提条件了，说明这事还有谈的余地，起码他也不想死。看着有一定经验的张局长，大家一条紧绷的心一下落了下来。

"好说！我这就去安排！"

"别耍花招，要不就同归于尽！"

"不会的，这人和楼不都捏在你手中！"

"明白就好！"

"叔，你把胳膊松点，我这气都上不来！"

"坐到沙发上，等钱一到就放了你！"

方舟明显感到喘气舒畅多了，挨着罪犯坐到沙发上。但这歹徒，显然是老主意在胸，不论张局长怎样说，手不离这引爆装置的小黑匣。紧张的气氛几乎让人窒息，墙上的挂钟，嘀嘀嗒嗒的响声特别刺耳。这里发生的情况，惊动了所有的人，大楼里所有的工作人员，全部在紧张而有序地撤出大楼，大楼内外持枪的公安武警把所有楼口、大院出口全部控制，所有的闲杂人员都离开了这幢大楼。这是一场新中国成立以来梅县从未遇过的突发案件，公安局第一时间上报到市局、省局。市局的应急处置中队，第一时间也来到现场与现场指挥的局长相互沟通现场情况和处理方案。按照县委主要领导的意见：先把罪犯稳住，五十万现金一次提取，先让罪犯离开大楼，再伺机制服罪犯。

在办公室里，其他的人都陆续撤离，办公室只剩下三个人。

"老乡，家是哪里的？"

"西部的！"罪犯随口十分沉稳而答，但有一点手不离那黑匣！

"要钱，你可是找对地方，你真有眼光，政府有的是钱！"张局长和罪犯搭讪着，心想以此转移他的注意力。但人家心里有反应，表面上反应却不大，只是头往下点了那么一点点，双方心里知道此时容不得任何失误，谁都无法承担可怕的后果。

经过这么紧张的折腾，方舟的心里倒一下平静了许多。在这种场合下，怕是没有任何意义而且没有价值，他心里明白的是自己并不孤立，相信对于这突发事件，县里的领导和政法机关都关注事态的发展。退一万步而言就是今天把自己和大楼一并扔在这里，自己仍然没有选择的余地，就如同在炮火连天的战场，退下去是死，还不如冲，冲也许还有生的机会，就是真光荣还落个烈士的称号。人的一生关键的那几步路如何走，是进是退都在一念之间，是非功过和成败，同样取决于这一念之间的抉择。一步可能登上辉煌的殿堂，一步也可能掉进万劫不复的地狱。

过了许久，特别是挂在墙上的闹钟更多的是让人感觉时间过得太慢、太慢，屏气呼吸的三个人，都有一种按捺不住的状态。歹徒的脸上淌下了汗水，黑里透红的脸颊显出一种焦虑的等待，他的眼光和张局长的目光碰撞到一起，似乎在问，怎么回事，钱怎么还没有送来？

张局长似乎猜到和感受到来自对方的这样的信息和疑问，便起了身。

"不许动！你敢过来，我就……"

罪犯比画了一下右手，那种威胁力，仍然还是巨大的。

"看你的嘴干啦，给你倒点开水，不行吗？"张局长停住脚步在征询他的意见，那言外之意不喝算了。

他经这么一提醒，感到这也的确是有些渴啦，但也绝不会让一个公安人员靠近自己，以防发生意外的不测。

"你把水杯放到这边的茶几上。"

两只手都在忙着，只能用一张干渴的嘴表达自己的声音。

"这就对啦！你也知道到银行要取这么多钱，这是要有一个过程和时

间的。"

张局长瞄了一眼罪犯，也曾想到借递水之机，一跃而上制服他，但又观察了现场，毕竟风险太大，便放弃了这种念头，从暖壶里倒出的白开水仍淌着热气，索性又取了一个杯子，用两个杯子，倒来倒去的，降低温度，以此来稳住对方，尽量拖延时间。

"老伙计，咱待你不错吧，怕烫着你呀！"

对方用眼皮眨了一下算是回答和认可，因为他实在感到这上下嘴唇干瘪得动一下都好像会产生疼痛。

眼看着杯子里的水不冒热气啦，这才小心地伸着腰把水端过去，老远把水放在罪犯临近的茶几上，又退回原处，蹲在地板上，从兜里掏出一支烟点上。

就在此时，罪犯连忙咬住白瓷杯的边沿喝了几口，先压住了干渴。虽然方舟感觉脖子有些松动，但也不敢轻举妄动。心中在想要动张局长是会给自己发信号的。虽身处危难之地，但脑子和思路还是十分清楚的。但一下看清了张局长在看到歹徒喝下几口水后，脸上十分诡异的笑容，这让方舟感觉十分奇怪，莫非在这水里他做了什么手脚？不会有这么神奇吧？竟有如此未卜先知的神算，仔细回忆他倒水时的场景，并未发现有动作呀，要是下药，他又是如何把药放进水杯？药又放在哪呢？满脑子雾水的方舟，既兴奋又困惑，又不敢把这些感情暴露在眼里和脸上，但心中有底的是这歹徒中招了、栽啦、走到头啦！

"再添点，说不了钱马上就来啦！"

歹徒盯着张局，眼一动不动地见没什么实际动作，也便往门口扫了一眼，又快速收回目光，场上静静地，只有闹钟的秒针在哒哒地响着。

歹徒一猛打了哈欠，感觉也是累啦，强睁着双眼打起精神，心中清楚的是，一旦瞌睡啦，便会立马被人捆起来。

张局感觉这火候快到啦，起身拧开了靠墙脚的一台落地扇的开关。

"看我们傻，大热天不知道开电扇！"

风呼呼地吹开啦，一会儿的工夫，歹徒手一软，闭上了眼。说时迟，那时快，张局一个箭步冲了上去，双手铁钳一样拧住歹徒的右手，顺

手把那爆破用的小黑匣子抢了过来。机会往往是留给有准备的人，方舟睁开歹徒的左胳膊，立马用吃奶的力气把歹徒扭了起来。

候在外边门口的武警和公安民警一拥而上，先剪断连接线，后又卸下歹徒身上的炸药，在极其短暂的时间，利索地完成这一连串的动作和任务，歹徒口吐唾液。

"水、水……"

没等他说出口，人早像小鸡一样被五花大绑拎了出去。整个大院一片掌声，这样一场最大的一次恐怖案件，最终得以成功安全化解。

当时，守候在大院外的警戒线外的海茹，也心急如焚地等候着消息，为自己的丈夫捏着一把汗。她不敢想象这万一是什么概念，万一是什么后果。她真想冲进去，看个究竟，一次一次被执勤的人员挡了回来。

"我丈夫在里面。"

"正在营救，正在处理！"

"歹徒身上绑着炸药呢！"

"别吆喝！"

当歹徒被五花大绑押进警车时，袁海茹跑进大院里。看到脸色苍白的方舟，跑过去，一把抱住方舟就号啕大哭起来。

经历了一场生死的方舟，同样也是神魂颠倒，跟跄着，感觉天旋地转的，倒在海茹怀里。

在场的救护车也即刻派上用场，拉着方舟向医院疾驰而去，呜呜的尖叫声在空无一人的街道上空久久地响彻着！

实际上方舟也只是因为从未经历和见过这样的场面，心里的过度紧张导致身心出现了大的反应，到医院检查后并无大碍，只是惊吓所致的现象，在医院里输了液体。这所住的房间是医院为数不多的单间。一时间方舟成了全县的英雄，来看的领导、同事络绎不绝，好吃的、好喝的放了一堆一堆的，连采访的记者也是来了一拨又一拨的。父母也闻讯赶到医院。

"回家！"

"再输几天！"

"回吧，在这太烦啦，我快要崩溃啦，实在是受不了啦！"

"那咱回方家河？"母亲问。

"回什么村，我没事就上班啦！"

但亲自为方舟检查治疗的院长，对于方舟出院的事，还是做不了主的。

"你要出院，我看可以，不过我得向领导汇报一下。"

"你是院长，还请示谁？这事都当不了家，做不了主？"

方舟心中有十二分的不明白和疑惑，显出不高兴的样子。

院长一看方舟的样子，生怕产生误会，毕竟是政府办的人，接触的都是领导。

"不是这个意思，方秘书，你的情况比较特殊，领导有交代！"他连忙解释道。

方舟听罢明白了其中的意思，知道包含着有几分的恭维和关心，连忙将话头一转：

"谢谢！本来就没事情，也做了各种检查，一切也都正常，这两天睡在病床上，没病都给睡下病啦！"

院长没法说的是，这方舟住院的事情，卫生局长是有交代的，交代的原因是县领导肯定给局长有交代，因为方舟又不在卫生局上班，这里边的弯弯曲曲，心中也是清楚的。

"好吧，既然你想出院，检查又没啥病，我一会给领导汇报一下，要是没什么，十二点前就给你办出院手续。"

"谢谢！"

方舟甚为高兴，实在一天也不想在医院待啦，没病躺在这，也并不是什么好差事。

他如愿以偿在十二点前办理完了出院手续，县政府办的刘主任还用仅有的一辆绿吉普车来医院接，方舟感到莫大的荣幸，知道这车一般也只有县长和副县长坐，自己一个小小的秘书，平时很少有机会坐这车的。只记得，今年的三四月份，在驻地部队上演新拍摄的电影《少林寺》，这一车里挤了十二个人，好在路不远，那场景呀，几乎把胖子挤成瘦子，为了先睹为快，当时也顾不得这么多啦。这次除了前边开车的司机和坐在副驾驶

位的刘主任，后边就是母亲、海茹和自己，松松朗朗感觉就是不一样。然而，这样兴师动众，方舟心里还是有些过意不去。

"刘主任，我出院就去上班，还麻烦你亲自来接。"

"应该的，在处理这次事件中，你表现得很沉稳和理智，是立了大功的，这可是李县长说的。"

"谢谢领导！"

主任这话说得这样客气，让一个方舟脸都有些发热，心中明白的是，在这场危机的处理上，自己表现得是不错，一个冲动，一个细节出问题都可能酿成大祸，铸成大错，而且是无可挽回、没有机会改变的。回想起来自己仍然是胆战心惊、心惊肉跳，轰然一声巨响什么都没啦，很可能此时早已到另一个陌生的世界，回想起来仍旧心有余悸。这就是一个人的命，冥冥之中是不以人的意志为转移，而且无法预知和明白地玄之又玄的事情，这可能就是三尺之上的神明吧。也许这种神秘的东西是存在的，只是人们不能认识它而已，所以就在人们的印象中，好像一种认识似乎成了迷信而已，其中的奥妙也不是自己一介普通人所能说得清、道得明的。

在上班期间，接到公安的一份内部通报，梅县的社会秩序似乎出现了问题。抢劫、杀人案件处处发生，连县城的大街也有人持刀抢劫，弄得人心惶惶，甚至在南山的边远偏僻地方，一些黑恶势力，竟霸占新娘，和过去的土匪没有二样，普通百姓忍气吞声，敢怒不敢言，犯罪气焰十分嚣张，其性质十分恶劣，影响极坏。党中央及时部署安排严厉打击各种犯罪活动，一夜之间把一大批乡镇街道的邪恶分子和势力集中抓捕，关押在一个戒备森严的大院中，集中审查。

方舟有幸也参加了集中抓捕的行动，在县、公社、村干部的带领下，由公检法司和荷枪实弹的民兵参与下，突击完成了任务，一定程度上净化了社会环境，稳定了一方安宁。

作为副科级干部的办公室秘书方舟做梦也没有想到的是机遇的天平正悄然向自己倾斜，而且来得异常的猛烈！

第五

　　宏亮和新媳妇娟红双手合一，脸憋得通红。说实在的，自己比方舟还大，两人的娃都几岁啦，在地上跑来跑去的，也让自己的父母羡慕和眼馋，做父母的想早早抱孙子也是人之常情，无可厚非，作为人之子，宏亮深深理解父母的心情，在他的心底这辈子可能永远遇不上像海茹一样的女人，这也可能是冥冥之中自己的宿命，一种沮丧、无可奈何的心情，最终也成就了自己人生的婚姻，而且是没有余地的选择，刚才多关注了一下海茹，看方舟眼中的凶相，恨不得将自己给剐了，这就是男人，这就是男子不允许和容忍别人染指自己的女人，这也是男人的底线和红线，什么好像都可以忍让，唯独这个不行。若踩了，男人会和你拼命的，起码在这个年代是这样的。如要公道，打个颠倒，宏亮也在心里理解了老同学这样的表现和心态，知道这是不道德而且是危险的，在内心深处重重地关闭了这扇情感的铁门。

　　从此宏亮的生活开始趋于正常，几乎是遵循着日出而作、日落而息的原始生活规律一样，日复一日，年复一年，孩子也一天天长大，但在一天天忙碌而又是平凡重复的日子中，心中把妻子杨娟红和袁海茹做着对比，甚至她的一言一行，说话的口气，走路的姿势，做事的方式，他偶尔盯着娟红看着。

　　"怎么啦，这么阴阳怪气地看着我？"

　　娟红看着宏亮，有些愤怒地吼道，心想这都结婚几年啦，儿子也都几岁啦，那眼光就像突然间不认识自己一样让人感觉怪怪的。

　　宏亮被这种怨气一下子唤醒，原本已在自己心中关闭的这扇窗户突然

悄悄又打开啦。这藏在心中的这份秘密如同是揣在怀中，紧挨着心口的一只小老鼠，不时或突然蠕动一下搅得自己心中阵阵不安。

"噢，我看你穿的这格子衣服很漂亮！"

宏亮为掩饰自己的失态，赶忙搪塞道。

"什么呀，这衣服都穿了两年啦，还漂亮呀？寒酸呀！"

杨娟红用眼抠了他一眼，歪着嘴角，表达着自己的一种意见和心情，那言外之意讽刺和不满，一件旧衣服穿了好几年，这就是人所说的，嫁汉嫁汉穿衣吃饭。

宏亮对娟红充满唠叨的话，没有敢与之正面交锋，毕竟人家吃不好、穿不好是自己这个丈夫没做好呀，不怨天、不怨地，就怨自己挣不到钱，不争气，谁叫自己的负担重呀，而且是家中的老大，下边的妹子、兄弟还要上学，都要花钱，自己一月挣得几十块钱，少不了帮衬些。为此，娟红总不满，有意见。

"这钱都帮衬家里啦，咱的日子咋过？"

"那你说兄弟、妹子花钱，我这个当哥的能撒手不管？"

宏亮强压住心中的怨气，笑着反问道。

"也不是撒手不管，但咱的小日子也得过吧？这咱孩子马上也要上幼儿园啦，总是还得攒些钱吧？"

娟红想说这家中就是填不满的无底洞，但她只是如此想却不敢如此说。

"知道啦！"

宏亮白了娟红一眼，心中的滋味同样是怪怪的，感觉自己同样是架在火柴口，日子不好过，心里也是不舒畅。生在这样的家庭，十分地矛盾。娟红同样理解丈夫的难堪处境，虽然自己有份工资收入，父母都是有工资收入的，平时也没少帮这个家，但宏亮一月的工资总是花得几乎精光，他平时也是十分地节俭，从不乱花一分钱。她曾多次要让他把工资交给自己掌管，但都被宏亮断然拒绝。他知道这权一交，帮衬家里的事都给搅黄了，所以这个权是不能交的，二人心照不宣，常常为钱的事拌嘴和闹意见。反过来，自己和宏亮过一家也好几年啦，同样心疼他。孩子吃的喝的，他也从未让娃受症，这保卫科的差事，说白了也就是工厂看门护院的，厂里发的有带标志的蓝工作服，多少年啦，宏亮就像老虎下山，就这身皮和衣服。难道他不可怜吗？毕竟是自己的夫君，这还一夜夫妻百夜恩呢，何况这生儿育女这么多年哩？有时候，她感觉自己是城里人，和来自农村的马宏亮相比，有一股少有的优越感哩。

"农村人，一个字那叫土！"

"农村人怎么啦？"

"农村人不讲究！"

"农村人，农村人是人的祖先，查查身边人不出两辈人，祖先都是农村人，中国是有几千年历史的农耕社会，这城里发展才有多少年？"

"什么？农村人是城里人的祖先？"

"不信你回去问你爸，看看你爸的爸爸是做什么的？"

马宏亮非常肯定地说。

这农村人是城里人的祖先，娟红第一次听到这样的观点，感觉着自己吃了亏似的。

"你胡说，你坏呀！"

"我说的是真话！"

面对娟红喋喋不休的纠缠和无理取闹，宏亮感觉自己说得很正常，心中也暗暗偷笑，让这自以为是城里人的杨娟红一下降了辈分。

"别闹啦，今天是周末，我还要回家接蛋蛋呢？"

蛋蛋是两人的独生儿子，社会提倡独生子女，特别是有工作的公职人员，都是这样要求的，谁敢超生罚款带开除公职，多少人偷生啦，但没有手续，以身试法，一个个都被通报，被开除。生下儿子的心倒是踏实，虽然再要一个女儿更好，像娟红这样的家庭，一胎生了一个儿子，心中仍然是希望再有个女儿做伴。

相比而言，在城市生儿生女倒无所谓，可是在农村没有儿子的家被人瞧不起，称其为绝户，下边没有烟火延续啦，所以偷生超生的现象特别多，虽然被罚了款，甚至更严厉的处罚，但仍杜绝更正不了心中的观念。在开展计划生育之前，农村一个老妇，硬是生了十二个闺女，到第十三个

时终于生出一个男娃。这个女人一下感觉完成了任务，实现了自己的人生价值。遗憾的是，这个女人在生下男娃后不到一年时间便走了，彻底离开了这个充满艰辛的世界，这就是农村的传统观念。

从住房上讲，宏亮夫妇住的梅县房产所的房子，一月交着很低的房租，一平方米也就是几角钱，虽然只有那十来平方米，但吃的、住的地方是分明的，整个住的地方、做饭的地方都是功能分明，而且十分的方便。就在这城区的老街上，一溜两行都是公家的房子。水管没有能铺到每家每户，出了门在街头上，有一个临时的售水站，这个水管平时没人的时候是锁着的。宏亮家中同样有一只黑水缸。一次可盛一担两桶水，吃喝洗刷也能用一个礼拜，至于洗衣服用水，那是有些奢侈，大多数妇女会选择端着盆和衣服到城东的河里去洗，这样又不用掏水费，更节省和实惠。沿着清澈的河水，在天气好的日子里，河两岸全围着众多的妇女，在一片嬉笑声和棒槌捶打衣服的响声和搓洗衣服的声中，在这样一个自由的地方，长舌头的妇女们会东家长西家短，说着来自其他家庭的传说和故事，而且其中不乏酸不溜秋的男女之间的事情，有些更是父亲、养女的事，有的是老公公与儿媳的事，而且说得有声有色，有鼻有眼，都跟亲眼看到一样。

宏亮、娟红的住处也是坐西向东的一间房子，也就是十二个平方的样子，在门前下靠右手，有一间五平方的小灶房，住的地方十二平方，在这都是很大的啦，房间支着双人木板床，家具也同样是一件十分时尚的大立柜，加上一件梳妆台，另外放有一张吃饭用的小桌和几个小凳子，这就是一个十分精致的小世界。

这厨房里放有煤球、炉子、案板，上边放着油盐酱醋类的东西，加上锅碗瓢勺的家什，下边依次堆放着带盖的水缸、火炉和煤球，有次序整齐摆放着。

娟红毕竟是城里人，城里人不比农村人，她有她的讲究和生活方式。一到周末，这生活的日程安排，由娟红这内当家的做主。自然接娃回家是大事，两个人都上班，不可能为了抚养孩子而放弃工作，所以和大多数人一样，选择让农村家中的父母代养孩子。一方面这是大事，孩子不会受到虐待，不会受到委屈，这是最好的选择。真有父母不方便的，也会选择主要亲戚不上学的闺女来城里看管孩子，虽然也不会出工资，最多是四季给添添衣服，逢年过节最多给几个零花钱，大家都会心满意足、皆大欢喜。毕竟一个女孩子从农村来到城里，也同样是开了眼界，看到了城里的花花世界，有许多让农村孩子感到新奇的东西，新鲜的事物，得到了一种平衡和满足，因为有亲戚这么一层特殊的关系，平时也比较容易沟通和相处。

"你回去接蛋蛋，让爸妈留心一下，看亲戚里有无在家合适的女孩来看孩子！"

"让人家来住哪？"

"住我妈那！"

"能行吗？"

"我说行就行！"

宏亮知道娟红在老丈人家的位置，也是敢说敢当，说话还是有一定分量的。但自己掰着指头算算姑舅姨家，还真没有在家不上学的女孩呀。

"没有呀，你就别费这些劲啦，自己的孩子，自己操心！"

宏亮说白了，知道娟红在小算计，无外乎是图个便宜，丈母娘不上班在家待着，都不能看娃，父母在家还要干活，招呼蛋蛋是有些吃力。但这也是没有办法的办法，没有选择的选择。娟红嫌蛋蛋每次回来，在地上爬来爬去的不像个样，两口也都心疼。

娟红见宏亮不接这个话茬，自己对主要亲戚的家里的情况又不甚了解，感到心里憋气，抽着嘴端了一盆洗菜的水泼到门口，也是对自己不好心情的一种宣泄。

宏亮艰难地从厨房里推出了擦得锃亮的自行车，车把横梁上绑一个竹条编的座椅，一出来正碰上娟红将水泼到门口的地上，知道这是对自己和农村家庭的不满。心中都想说，你妈在家闲闲的，就不能把孩子带上，况且城里住的地方没有那么多的土，孩子一天也不会弄得那么脏！但他若有所思地看了一眼娟红，嘴蠕动了几下，话还是没有出口。知道这话一出口，两人又该抬杠或者吵得脸红脖子粗，也没价值更没意义，干脆闭口不言。虽说儿子是妈身上掉的肉，但为了孩子，在这点上两人是一样的。宏亮寻思到这里，也不愿计较她泼那一盆脏水的事啦。

他是个仔细人，不但擦净了车子，而且给车充了气，又按按感觉差不多，这才把塑料的气门盖拧上，一切都是那么不慌不忙，有条有理，瞅瞅表，又看着西边的太阳。估摸着这来回要用的时间，便推车出了巷子。中国的地势是西高东低，梅县也是如此。方家河村在县城的西边，除塬上平展的路外，大多是上坡，虽然回去是费点劲，但回来却下坡的多，自然也会省些力量，总体是平衡的。有起有伏，有顺势有逆势，自然如此，人生也是如此，不可能总是阳关大道，有上坡就有下坡，就如同人生就是有甜茶和苦茶两种，前半生喝的甜茶多了，后半生就可能会轮到喝苦茶；相反前半生苦茶喝多了，后半生的甜茶就可能喝多了。

毕竟是年轻力壮，宏亮心中好像有用不完的力气、使不完的劲，一口气蹽到方家河村，此时的儿子蛋蛋，立在村边和老母亲在村边的大槐树下玩。孩子知道今天爸爸会来接自己的，自己虽然平时住在农村，但自己是城里人，而不是农村人。农村到处是土，而且很脏。但城里水泥地面上就是大风刮起也没有农村这么多的尘土。

"爸爸！"

蛋蛋一眼便看见蹬着自行车的宏亮，母亲抬手放在额头上眯着眼，看得不太清。

"是你爸？"她问孙子。

"是的。"

"爸、爸！"蛋蛋大声喊着。

宏亮也看见了母亲和儿子，也听到孩子的呼喊声。这是一个憋了一个礼拜儿子对父亲的呼喊，孩子想自己，同样自己也想孩子。他看到村前的路面上也没有人和车，便一手掀掉头上戴的麦秸帽，拿在手中向孩子挥舞着。

"蛋蛋！"

"爸爸！"

孩子挪着小碎步，迎着父亲的方向跑去，他看见父亲车架上的小座椅，那是给自己准备的，平时坐在里边，手扶着车把，甭提心中有多高兴。宏亮加快了速度，也想抱抱孩子，但他心中还是理智和清楚的。在距孩子还有百十米的地方，他刹住车，停在路边，蹲在地上喘着气等蛋蛋过来。

"蛋蛋！"

"爸爸！"

宏亮抱住儿子，紧紧搂在怀里，轻轻吻了儿子的额头。

"想爸爸了？"

"嗯！"

"爸爸也想蛋蛋啦！"

"真的！"

"是真的！"

"我要坐车车！"

"好，爸抱你上去！"

宏亮看看表，回到村口用了半个小时多点，看着太阳已挂在西山的尖上，用不了十分八分的就要掉进茫茫的大山里。虽说是回去的时间并不宽松，但回来接儿子，不能连家也不回去一趟，撇下东西让妈带回去，连父亲的面也不见一下，显然不厚道，自己也不会这么做。

"妈！"

"哎！"

宏亮知道母亲也很辛苦，如今土地下到户，忙里忙外还要为自己看孩子，的确也是不容易，看着母亲满头白发，心中十分地酸楚，很不是滋味，也有一种内疚和自责包含其中。这妹子高中毕业后成了家，而兄弟还在上大学二年级，虽然自己在兄弟的学费、生活费上帮衬不少，但主要还是靠父亲在土地里刨呀、种呀、收呀，最辛苦的还是父母，最操心的仍然是二位老人。回到家中，放下蛋蛋，把买的点心和好吃的递到母亲手中。

"花这闲钱干什么？"

"这是给我父亲买的烟和两瓶酒！"

宏亮知道父亲喜欢这口，烟是五块钱一条的黑工字烟，烟过瘾，而且痰少，酒是四川酒，八块钱一瓶的。父亲的担子最重，同样也最辛苦，烦了抽几支烟，闷了喝几口酒，这点习惯和爱好也不算奢侈，做儿子的能做

的也不多，也不能解脱父亲的劳累，感觉做儿子的也没什么出息。

看着太阳西沉后很短时间里，天色虽不说暗淡，但光线明显暗了不少。宏亮有点焦急地看着门外，母亲也明白他是着急要走，不过想见父亲一面。

门外，父亲好像是有预感一样，背着锄头，推门而进。

"宏亮回来啦！"

"嗯，我接蛋蛋回去，跟爷爷再见。"

"爷爷再见！"

宏亮忽然想起一件事，还是娟红说的寻亲戚看孩子的事。

"妈，咱亲戚有没有不上学的女孩？"

"怎么？"

"娟红想把蛋蛋接回去住！"

"也是，孩子也该上幼儿园啦，咱这村里又没有幼儿园，老住在农村也不是长久之法，娃要读书识字，我们又教不了。"

"没有！"当妈的掰着指头在心中数了一遍，摇着头，肯定地说。

父亲蹲在地下闷了口烟，看着宏亮的脸，手抓耳腮想着说："这娟红她妈、她爸，不都退休了？"

按理说蛋蛋虽是外孙子，可这还是亲呀。父亲这问话，弄得宏亮也没法给老人解释。他心里也是这么想的，但人家不接茬，这当女婿的也不可能把儿子送过去塞到两个老人的手中。但他能理解的是，城里人清闲惯了，也不想说自己揽事，况且娟红兄弟的娃老两口给带着，也是客观现实。自己的儿子按理该自己管，不应再给父母增加负担。他和娟红都在上班，无法照顾孩子，这矛盾如何解决，这道难题，也是自己无法解答的。

"嘀！嘀！"外边响起了喇叭声。

这是汽车的声音，很响亮。在这方家河的村里很是稀罕，宏亮也很纳闷，根本没想到这喇叭声音是打给自己听的。

方舟和海茹从吉普车里走下来。

"方舟！"宏亮大梦初醒。

"宏亮！你也接孩子？"方舟泰然地抱着毛毛。

"嗯，你现在还在政府办？"

"没有。去年都下乡啦！"那言外之意，办公室那是伺候人的差事。

司机熄了火，也跟着下来，知道两人是同学，下来圆个场。

"去年都到山阳镇干镇长啦！"

"是吗？恭喜老同学高升！"

"这刚才我们接毛毛回县城，听说你也在接蛋蛋。海茹说，天色不早了，要不把你的自行车放到车后箱里，坐我的车回县城？"

宏亮知道这都是海茹的一番好心，但作为方舟把车停在自家的门口，更多有一种炫耀的味道，虽昔日曾是好同学、好朋友，但现在人生的道路上，已今非昔比，差别已明显拉开了距离。一个普通职工和一个干部、一个领导干部就要差几个档次。

"谢谢，不用啦，我和父亲说几句话！"

蛋蛋看着这挺神秘的小汽车，探着小脑袋，也想看看这车是什么样，也想体会一下坐车的感觉。当和父亲眼光相碰时，见父亲轻轻摇了下头，知道不同意，也只能噘着小嘴失望地低下头。

海茹过去抱了下蛋蛋问道："蛋蛋和阿姨坐车回去吧！"

蛋蛋看着宏亮的脸，宏亮了解孩子的矛盾心情，生怕他闹着要坐车，弄得自己下不了台，同样也会非常难堪和被动。趁孩子没表示时连忙从海茹怀里抱过蛋蛋。

"跟叔叔、阿姨和毛毛哥哥再见！"

"叔叔、阿姨、毛毛哥哥再见！"

"好吧，骑车带孩子慢点。"

"好的，这轻车熟路！"

双方看着天色已差不多啦，也不敢多寒暄。宏亮和父亲孩子一起送方舟出了院门，眼见着小汽车屁股后冒着一股烟，卷起一片尘土扬长而去！

蛋蛋看着车，呆呆地看着。

宏亮抱着孩子，进了院子，知道孩子懂事，没有给自己找麻烦，感觉有一种莫大的慰藉，连忙把孩子放到小座椅上，推上车出了门。虽然村里的路仍旧是土路，但还是平的，况且在村子里，自行车自然比较稀少，见

了村里的乡亲还要打招呼，要是骑在车上，仍有许多的不方便和失礼。

急忙推着自行车出了村，抬起长腿，蹬动了自行车。太阳落山了，空气的温度也陡然降了下来，随着自行车刮来的风，宏亮一猛感觉一种从未有过的清凉和惬意！

而在吉普车里，方舟埋怨海茹说，就不该去宏亮家去。

"怎么不该去，捎人家一下，况且天色已晚，也是一番好心，都是老同学，这个方便也不违法。"

"好心有好报？宏亮承这个情？"

"承不承情是他的事！"

"说不了，宏亮还是以为咱在寒碜人家呢？"

"不会吧！"

"你没看见宏亮的眼神！还有你这小王，你开好你的车，介绍我的身份干什么？"

"好的，方镇长，我错了，以后一定改！"

方舟感觉自己的人格受到了侮辱，自己下驾来到他门口，是给足他面子。怕自己的情绪影响司机开车，这宏亮不给海茹的面子，还真是热脸碰住了凉屁股，连自己也蒙羞和丢面子，况且这昔日的同学，早不在一个层面上，交流沟通的内容、形式、话题都扯不到一块。

"没事，以后注意点！"

方舟的语气明显地缓和，但当领导的那种威严仍在，他知道这个度，领导就是领导，同志就是同志。他不想在车上当着司机的面讨论家里的事、同学的事。所以瞅了眼海茹迷上眼打起了瞌睡。

海茹知道方舟的意思，抱着毛毛在车辆的摇曳中昏昏欲睡。

山阳镇处在秦岭余脉，随着改革开放的加快，自从上边有了有水快流、强力开发的政策后，昔日冷清的偏远山村，一下子热闹了起来，国营、集体、个体一股脑儿投资到了煤矿开采上，巨大的利润和效益逐渐成为了梅县的支柱产业。这充满诱惑的"黑金"同样吸引来自天南海北的人来梅县圆淘金梦。这一猛山阳镇陡增近万人的流动人口，昔日里冷清落后的小镇区，成了名噪一时的小都市。

"嘟嘟！"

方舟的砖块一样的手机响了。

"喂，我是方舟！"

"方镇长，县里的刘副书记到山阳镇了。"

"什么？啥时候到的？"方舟感觉这办公室主任有些失职。

"刚到不到二十分钟！"

"那史书记呢？"

"史书记陪着，让你抓紧赶回来！"

他本想冲办公室主任发火，但一想自己毕竟是二把手，副书记兼镇长，有什么事还得瞅着把一把手往前边推。这样的方式，一是对领导的尊重，有荣誉往一把手脸上贴，有重大事尽量多汇报，多请示。这是原则，下级服从上级，一把手是对上级党委负责。任何东西都是利害相连的，他有成绩高升了，顺水推舟自己也就可以上一个台阶。所以当不好副手的人，永远做不了一把手。什么是一把手，一把手就是最后下决心，一锤定音的人，具有决策性、不可更改和不可挑战性的权威。虽然这下去当镇长，要说按行政职务都是正科，但书记就是一把手，镇长就是二把手。书记是对上级党委负责，而镇长是对上级政府和人民群众负责。虽然一段时间以来，实行的是党政分开，实行"一支笔"制度，所有的支出是乡（镇）长一支笔签字生效，但党委书记的一把手权威和意见是不容置疑的。书记一把手不签字，不代表他的意见不具权威性。

有的乡镇的领导，特别是乡镇长的领导，以为只有自己的意见体现着合法性和权威性，与党委书记的一把手分庭抗衡弄矛盾，甚至排斥书记挑战其权威性，实际上都是弱视和短见的。党委不可能任由政府所思所想，这是党的性质所决定的，学过历史的人都明白其中的道理。况且这利害相连同样是哲学范畴里的辩证法，物极必反亦是这个道理。

"又是去喝酒啦！"海茹问方舟。

"喝什么酒？光知道喝酒，这是工作！明白吗？接待领导就是工作！"

这话说得再明白不过啦，领导决定着下属的政治生命，叫你干就是对你的信任，不让你干就是不信任。领导的意见在一定程度上就是党委和组

织的意见。海茹忽然醒悟过来，一下翻过这个梁，从自己的思想和嘴上彻底划去了这个词的存在。

"那少喝点，早点回来！"

"嗯！"

方舟感觉自己这位媳妇也不愧为新一代知识分子，有见识同样有水平，妻子对丈夫的理解就是对工作最大的支持。

看着天都渐渐暗淡下来，丈夫还要上山去接待领导、去工作，心里还是心疼自己的丈夫，也同时感觉今天自己的任性，让去宏亮家的一幕是自己的过失和错误，方舟的生气和愤怒自己应该是可以理解的！什么样的人在什么场合说什么话，办什么事都应该是有规则的。眼看方舟和司机开车要上山啦，她心中有些放心不下，抱着娃来到车前，对司机小王说："你叔下午都没吃饭，回家做饭已来不及啦。你年轻，招呼着先到那个饭店吃点，垫垫底，让他少喝点，喝完睡觉！"

"好的阿姨，我会的！"

"天马上要黑了，开车慢点！"

"嗯！"

坐在后边的方舟，听着这些话，感到妻子的一片关心，连眼角都有些湿润的感觉。

"跟爸爸再见！"

"爸爸再见！"

"让爸爸早点回家！"

"爸爸早点回来！"

方舟把头伸出来，亲了儿子一口。

"走！"

小车迅速消失在朦胧的暮色里，巨大的县城出现一片一片的灯光，预示着一个城市夜生活的开始……

第六

　　一路上，坐在吉普车里的方舟，心里在暗自思忖着，刘书记周末，而且是在周末的休息时间，肯定不是为吃一顿饭这么简单的事情，因为作为主管组织的副书记，其权力是很大的，他又是当地人，从基层一步一步走上副县级的领导岗位，梅县县城上上下下不能说是位高权重，其人脉广泛，就是作为县委书记在重大问题上也要郑重地征询他的意见才做决断，其影响和重要性可见一斑。平常要请他吃饭的，可以说都排成队，一般是挨不上号的，这在梅县都成广为人知的秘密。所以，这次去山阳镇，事先并未告知自己，也在情理之中。毕竟自己只是二把手的镇长，并不觉奇怪和生气，上边还有一锤定音的书记。最近风传着，县里的领导班子，要做比较大的调整，原因是自上而下要求革命化、年轻化、知识化、专业化，年龄和文化水平都有具体的限制。作为"文化大革命"结束后恢复高考后的第一批毕业的大学生，感觉幸运的天平正在向自己方向移动和倾斜，一个副科级的秘书，直接选择到煤炭乡镇的山阳做了镇长，已让众多的同事羡慕和眼红不已，一旦前边的书记高升和调离，这一把手眼见也是非自己莫属啦。这众多如毛的煤炭企业，储量丰富，甚至是取之不尽用之不竭的资源，天南海北的大户，甚至一些从京城、省城各级的有识之士都蜂拥而至，无穷无尽的资金都带到了山阳一个昔日名不见经传、偏僻贫穷甚至有些荒凉的小镇，使这昔日的丑小鸭成了众星捧月般的白天鹅。好吃好喝的饭店隔三岔五便有几家挂牌开业，庆贺的鞭炮声在小镇也是此起彼伏。就连中国人少见的西方的舞厅更是灯光闪烁，生意好得没法来形容。

　　方舟的眼花了，不敢动形于色，更是连大气也不敢出，生怕有人看出

和猜出自己这种内心世界和对权力的追求和企图,心跳加快,似乎多少有点气喘,心中暗暗告诫自己,一定要稳住自己的阵脚,千万别粗心,一定要保持谦虚谨慎、戒骄戒躁的作风。这该是自己的,别人是抢不走的;不该是自己的,抢也没用。虽然是二把手的镇长,但在这山阳镇地盘上的干部、企业老板们,没有一个小看自己的,到哪都是畅通无阻的。

小王是个机灵鬼,镇长没吃饭,自己同样是饿着肚子,这招呼县委刘书记,有史书记接着也不会失场和凉场,而且是在机关的灶上,径直把车开到镇的山阳饭店门前。

"方镇长,先吃点?"

"嗯!"

方舟手掂着砖头块一样的黑色移动电话下了车。小王羡慕地看着这东西上竖着翘得高高的天线,下边的信号灯闪烁个不停,这相隔千万里,天南海北的人都可随时通话,真是神呀!这都是过去的人们,想都不敢想的,而今已变成现实。他甚至天真地想,自己多会能有这么一款可别在腰里的移动电话?

山阳饭店是镇上派出所一名叫汪水的合同民警开的,条件和环境都是镇上数一数二的饭店。汪水的大哥在山阳山上开煤矿,与镇上关系处理得不错,这名合同警在下班后便站在结算柜台前,穿着带有标志性的黑色警服,表示对客人的尊重,也让一些痞子、混混之类的人不敢光顾这里闹事,还可以来维护这里有一个井然的秩序。这也是方舟当镇长以来,亲自点的镇政府接待各级领导的一个定点饭店,原则上在山阳镇,只有这么一个饭店的账可以在镇政府报账。这种政策对于汪水而言那就是天大的恩惠和支持。

汪水一见小王推开门,知道方舟镇长大驾光临,连忙迎了上去。

"方镇长咋不打声招呼,我提前安排!"

汪水替方舟拿上这移动电话,十分客气又带着恭敬的巴结。

"临时的!"

方舟轻描淡写说了一句。

三个人一同来到二八八的房间,这是每天为方舟专门留的一间雅间，房间很大。一张大的八仙桌，一桌可轻松坐十八个人，一幅气势恢宏的秦岭山水画贴满整面墙。房间设有沙发和茶座，来进餐时，客人可舒服坐在那品茶聊天，一位女孩专门负责冲茶倒水，很是讲究。

"太浪费啦，我不订就不留这间啦。有客人你就让用吧！"

"哪能呢？史书记和你这两间，雷打不动，客人再多也不能占！不怕空着，就怕有任务没房间，在山阳服务政府，服务领导是最重要的！这一点，我大哥有交代和安排，这是咱山阳饭店的规矩，雷打不动！"

就这点，着实让方舟感动，山里人就是待人实诚，做生意的人也就是机灵。

"吃什么？我去安排！"

"不安排了，上两份肉夹馍和肉丝苜蓿汤，要快！"

"太简单了吧？"

"县里刘书记还在机关等方镇长！"

小王附在汪水耳边嘟囔了两句，一听刘书记的大名。汪水吓得脸都变了颜色，再也不敢吭声啦，连忙告辞，心急火燎地向一楼的后厨跑去。他知道这个时候要马虎搪脸，误了事自己负不起这个责任的。小王也不敢马虎，服务员倒好的茶水自己也不敢喝，跟着汪水下了楼。

方舟和司机的晚餐很简单，每人一个有地方特色的肉夹馍。一小碗酸辣肚丝汤，三下五除二解决问题。

方舟看着偌大豪华的房间，还是觉得这是一种浪费。

"以后我十二点前未定，就不留这个房间啦！"

"这？"汪水挠着头。

"你大哥那我给他说。"

方舟知道这汪水是听他哥的话，这容易，一个电话就能搞定，他一挥手，言外之意，这事就这么定啦。

汪水仍在挠头。

"怎么？还有什么问题？"

汪水喃喃地说："你这间退了，那史书记的那间呢？"

方舟一听，这还真是问题，自己把这间退了，这书记的留在这，如何

处理，书记要知道这事，会如何想呢，自己退了，显得很廉政，这不反衬他的奢侈和浪费！

"算了，先就这吧！"

方舟一时也没有什么好的办法，也只能先维持现状。

"好！"

汪水如释重负，连话语和神情都显得是那么的轻松。目送着方舟和小王离开了饭店，小王要在账单上签字，汪水连推带拉给免了，做大生意的不在这小地方抠也是一种经营之道。

十分钟后，方舟急急忙忙赶到镇政府机关，办公室主任早站在办公室的门口候着。

"刘书记和史书记都在雅八等你！"

"走吧！"

办公室主任引到机关食堂的雅间门口便止步。这位主任很有分寸，知道这县里领导来和书记镇长说事，商量的都是大事，无须自己知道的事，这都是原则，也是不可逾越和触碰的红线，除非领导叫自己服务或需要给领导敬酒，有需要领导会叫自己的，知道自己的位置在办公室，连这间雅间的外面也是不能站立的，躲在门口偷听也同样是犯大忌讳的。

办公室主任和司机小王和几个领导的司机也都安排在远离雅八的地方，上了四个好吃实惠的热菜，没有凉菜也不带酒。作为领导的司机，同样有一个规矩，工作期间是不准喝酒的，发现一次立马卷铺盖走人，司机一参加工作上了岗，这便成了一条明文规定，所以喝不喝酒便成了为领导选聘司机的一条重要标准。当然，技术熟练程度和大脑的灵活度、反应快慢同样重要，因为领导的安全可是比天还大的事，许多应聘的司机，因为喜欢饮酒便被挡在圈外。

方舟进了房间，先是快步跑到刘书记的面前，恭敬地握手，表示发自内心的热烈欢迎，然后道歉说自己来晚啦。

"回家了？"

"是呀，娃在村里，没人照看，周末把娃接回来。"

"史书记，方舟可是大学生，要好好培养，年青有为，大有希望，大

有希望呀!"

"是呀,方舟主管政府工作,工作安排得井井有条,也让我这个书记很省心、很放心呀!"

"谢谢领导的关怀和支持!我先给刘书记端一杯酒,以表我的心意!"

"好,方舟这个酒我喝,一定得喝!"

刘书记客气地站起来,接过酒一饮而尽。

"史书记知道,咱这山阳是小乡镇,端酒是有规矩的,来了尊贵的领导都是端三碰一!"

方舟用眼睛看着史书记的脸,希望得到他的肯定和支持。一般地,感觉领导喝一杯就是给端酒者很大面子啦,他心怕这三个酒端不出去。

"是呀,山阳是有这个规矩!"

史书记明白方舟的想法和意思,非常肯定地打了个圆场,况且刘书记今天要办的事还需方舟办理,虽然主观上是自己的意思,但这个程序还是要走的,故而毫不犹豫给了方舟一个挺大的面子。

"好吧,既然喝一个是喝,三个也是喝,今天是周末,也就放开一次!"

方舟又给刘书记端了一个酒,最后一个史书记和方舟又陪了一个酒。

方舟一看,一边还坐着主管矿业公司的副镇长刘欢和矿业公司的经理于涛,最后一个不认识,刘书记亲自介绍说是他的一个同学,姓柳叫成明,是县里一个公司的老总。这敬酒讲究的是不空人,这也是一个礼貌问题。

"史书记,给你端一个?"

"咱就免了吧!"

"不能免!"

刘书记连喝了三杯酒,加上刚开始喝的,脸都开始发红。

虽是五粮液,但喝多了一样上头,一样能醉人。

这副镇长和经理,都是成天在一个锅里搅稀稠,碰一个酒也就算过了。到了柳总那,这可是个重头戏,既然是刘书记的同学,那可是不敢慢待的,仍然是端三碰一,走完了场。

"这方舟来得晚，我们可是都下了一瓶半啦！"

"说得对，方舟来晚啦，进场酒得补上！"刘书记用筷子捣着菜，也发话啦。

方舟心里也清楚，和领导喝酒，这补进场酒一般是少不了的事，虽然不知道刘书记上来具体为什么事，看看今天这个场，八成是和煤矿有关，但这喝酒不说事，同样是官场的一个规矩。

方舟想想也没有什么顾虑，要以领导喝好、喝高兴为原则，索性取了一个高脚杯，一股脑儿倒满。

"刘书记，我今天是回家啦，来得晚啦，不说是进场酒，先自罚一杯！"说完便一饮而下。

"痛快！快坐下来吃菜，垫垫底。"

"在村里吃了！"

刘书记伸起了大拇指，这一杯少说也有四两，忙把一盘羊肉挪到方舟的面前。

"谢谢刘书记！"

方舟点头向刘书记表示感谢，这同样是一种礼节，要是不表示，那就是失礼，领导同样会以为那是不识抬举，连忙夹了一块挺厚的羊肉块放进嘴里，又喝了半杯红茶水，肚里便感觉饱啦。

按照常理，陪领导坐场，那是不能吆喝的，只有端酒和碰酒，这同样是一条不成文的规矩，有领导在场，你敢吃三喝四，那就叫太不识相，毕竟领导就是领导，总是有上下之分，和同学、战友、朋友是有原则性区别的。

一圈下来后，其余的人开始敬酒。有县上的领导在场，史书记和方舟也都不敢把自己当领导，按照这端三碰一的规矩，一圈圈轮了下去，也没有什么好推托的。

轮到刘书记的同学柳总走圈，这人长得大个子，白白胖胖的，可谓是腰圆膀粗，额头宽宽的，很有福气和财气，相貌不一般。

"我柳成明初来宝地，沾老同学刘书记的光，能和各位共聚一桌，得以相识，希望今后在山阳镇能得到各位的大力支持。我和方镇长一样先喝一杯为敬!"在众目睽睽之下便一饮而尽。

方舟这才感觉到这人来头和目的,肯定是与这矿山有关系,说不了是看上镇矿业公司哪道脉或哪个洞子。但就是知道或感觉到了是这码子事,自己也不敢这个时候开口和吭声。虽然自己是负责一方的镇长,但在这种场合是没有发言的权利,只有听和听从吩咐的份。只有喝酒再喝酒,喝多了、喝醉了,什么也不说、什么态也不表,反正天塌下来有高个子顶着,这个场的高个子就是史书记。方舟想到这里,心里也是有了主意,索性端来的酒就喝。

姓柳的老总,喝了那一杯酒后,端着满满的一杯酒,虽然觉得头晕目眩,自己同样不敢慢待,还是晃荡着站起来,拱着手一副示弱状。

"那不行吧,我的那杯酒可是下肚了,这杯酒方镇长得喝吧。"

柳总同样把眼睛看着刘书记,一个外地人要在这山阳镇挣钱,借着这酒场不造势立威是不行的。

"方舟年轻,这酒得喝,以后柳总在山阳镇还得靠你多帮忙支持,这样吧,你把这杯喝了,也算给我一个面子,给我老同学一个面子,我陪你三盅酒如何?"

"帮忙谈不上,有什么事,山阳镇千人打锣,一人定音,有什么事,史书记一说就是啦。"

他看着酒满满的一杯,又挠挠头,这真是来硬的。领导没有命令自己喝,但说话的语气,还要陪自己喝三盅,这明摆着是让自己喝,这可是没有什么商量和讨价还价的余地。

"我喝!"

他和刘书记碰了下酒杯,同样是站起来一饮而尽,但坐下来便酩酊大醉,歪倒在椅子上。

史书记连忙叫来办公室主任和小王把方舟架回了办公室。这一杯酒,同样也救了方舟,就是他想的那样,在山阳镇天塌下来有大个子顶着,这个大个子就是镇党委的史书记。

在方舟不在场的情况下,柳总要的那个坑口,以五百万元的价格让给了柳总的公司,而且连夜签了合同办了手续。

此时，方舟仍在自己的房间里呼呼大睡，心眼亮堂时，猜想和现实一样，刘书记该办的事一定成了。他心里清楚的是，凭自己的力量是挡不住的，这煤矿生产出来的是黑金，这山阳镇周围的矿，吃的都是大矿脉，说白了山阳镇矿业公司吃的矿都是循着国营大煤矿的主脉，靠打游击的方式，偷偷打进去，开采些煤矿，这源源不断的黑金，换来的也是无穷无尽的金山银海。偷采国营矿，这细究起来也是不小的罪名，故而方舟心中也有几分忌惮和害怕，这矿业公司给镇上带来的利益也是巨大的，动辄几百万元、几千万元的收入，这些真金白银，都是实实在在的，一个山阳镇根本花不完、用不尽。这些都是打在镇财政的收入账上，加上这几年梅县县城也在搞新区的开发和建设，上百万甚至几千万的资金被调往负责新区建设的指挥部，用于新区的道路、水利、桥梁、大型建筑项目。这上级政府调用下级政府账上的资金，也是正常的。因此，山阳镇在金山的位置也是十分重要的，在这里主政的书记、镇长关心的人也与日俱增。为争这一位置，有人都到省里、地区托人托关系，让领导往下压，有时候连县里的主要领导都没有拍板的决定权。这就是所谓的权大一级，压倒泰山，书记和县长都是本地人，为家乡办好事，把家乡建设得漂漂亮亮也是本意，不至于搞砸了让家乡人戳脊梁骨。在动这方面的人时都要思虑再三，反复权衡，因为梅县政府新区建设的关键时刻，在资金方面，不能没有山阳镇的支持，所以对于山阳镇的领导班子，特别是主要领导的调整，还是十分慎重和小心的。对于上头的过分过头要求，还是尽量解释和软磨，毕竟作为一级党委和政府发展才是第一要务。

　　方舟之所以心有余悸，自己上任之初，自己的顶头上司，梅县的副书记、县长张之初把自己叫到办公室，意味深长地说道："你这是咱政府推荐出去的人，山阳镇在梅县的位置扎眼和重要，梅县正在进行新区建设的关键时刻，这是解放以来梅县所遇到的第一次也是难得的发展机遇，能抓住这次机遇，梅县的面貌就会发生根本性和巨大的变化，错失这次发展机遇，你我作为土生土长的梅县人，都会成为家乡的罪人！"

　　方舟认真地听着，而且不停地用笔在小本上记录着。

　　"说白了，让你去山阳镇当镇长，就是要把好山阳镇的钱袋子，为梅

县的新区建设提供更多的资金支持!"

想到这里,方舟回想昨晚的事,有些后怕啦。眼见着这位柳总来事,这明摆着是要山阳镇财政的"钱袋"里抢钱花。自己的处境又十分地尴尬和为难,挡明显是挡不住,这不给刘书记的面子,怕吃亏的是自己,自己的政治前途和政治利益,必然受到影响甚至伤害,而且对这件事结果又起不到决定作用;要向张之初县长反映这事,那自己弄得树敌太多,结果是猪八戒照镜子里外不是人。但作为自己的直接领导张县长,有对他的承诺,看不好山阳的"钱袋子"是有失守土之责的。刘书记是管组织的书记,也得罪不起,怎么办?上天无路,入地无门。这还真是没有好的合适的处理办法,有如是老鼠钻到风箱中。想想昨晚的一醉方休也算是一种理智的选择,把皮球踢给史书记,自己先没有决策方面的责任。但他心中也是明白的,这是哄得了一时,哄不了一世的,这瞌睡还是要打眼里过的。

果不然,方舟还没起床,外边便响起了敲门声。

"方镇长!"

"谁呀?"

"是我!"

方舟听到这是副镇长刘欢的声音,知道心中怕的事就来啦。

"等会儿!"

他知道这是昨晚的事,轮到他签字啦,因为以前实行的是镇长一支笔,镇长是法人,书记可以拍板定案,但办事是要政府办的。这装人的事是书记,落人情的是书记,担责任和背黑锅的可能就是镇长。

方舟起来草草洗了脸,怕来人等时间长了,嘴里叼着牙刷开了门。副镇长刘欢在前,矿业公司经理于涛在后,刘欢拿着一张合同,发现盖着红彤彤的大印,心里就犯毛。

方舟漱了口,用毛巾擦了脸,掰着眼看着合同。

"这是什么?"

"这是昨晚说好的事,九号洞转让给柳总的成明矿业公司的转让合同。"

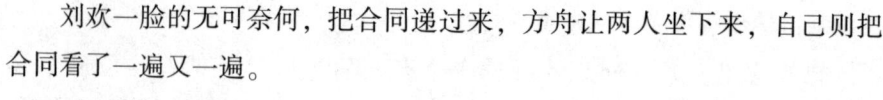

刘欢一脸的无可奈何,把合同递过来,方舟让两人坐下来,自己则把合同看了一遍又一遍。

"把九号口给柳总了?"

"嗯!"

"五百万元?"

"五百万元!"

"咱这九号洞一年给镇财政上缴多少?"

"八九千万元吧!"

"那咱是有病?"

"那史书记让拟的合同,昨晚说好的事情!"

方舟相信刘欢的话是真的。

"先放这吧!"

"那柳总还在外边等着合同呢!"

"让你先放这你就先放这!"

刘欢一脸的愁容,他只知道这事若办砸,自己这个主管矿山的副镇长这个位置怕坐不稳啦!因为他知道和明白的是,一个副镇长所分管的工作,不就是书记的一个念头和一句话。着实为目前情况发愁,这镇长显然是不想承担这份责任,而史书记又把这活计压在了自己身上,上有刘书记,这哪是自己能扛得住的事情,这把自己一个小兵夹在中间,这可是要命的,这办砸啦,自己的饭碗、自己的政治生命也都就玩完了,没根没钱的一介农民,好不容易弄了个副科,碰上这种事,也怨自己倒霉和时运不济。周围都是领导,都是惹不起的人,叫自己如何办?怎么办?

刘欢看了一边的于涛,那是一脸的忧愁和无奈,眼看着这事要砸,两人肚里感觉和知道相差无几,抬起屁股离开了方舟的办公室。

"那我们走啦,你再看看!"

"知道了!"

方舟虽然有些不耐烦,心中正在思虑这事如何处理,这刘欢的一句话让自己有些来气。心在想,你这副镇长,也太不把我这镇长当回事,我没搭话,你就敢把合同给签了,虽然是书记搭了话,但也得放口气让我知

晓。反过来要想公道需打个颠倒，若自己放在刘欢的位置，同样为难，有意缓和一下气势，把手搭到刘欢的肩上送出了门。就这一个小小的动作，便让刘欢都有一种想哭的感觉，这是一种理解和支持，这就是当领导的艺术和水平！

"谢谢方镇长！"

这就是一种相通，刘欢好赖也是四十来岁的人，知道里边的曲曲折折，这财政上的钱，都调到县上，这摆着把公家财政的钱往私人兜里送，不合理，同样也是违法的，自己也不愿意办这事，但有什么办法呢？这方镇长肯定也为难，这九号洞就是山阳镇的金库，也是梅县的金库，这在国营煤矿的圈子里画出这一片的区域，也是国营对地方政府做出的巨大让步。对这洞的保护和管理也是十分严格的，巨大而优质的煤炭资源就是一座金山银山，就是成立的警务区也是不定点地轮换。

方舟不敢大意这事，急忙拨通了史书记的电话。

"史书记，你好，我是方舟！"

"你好方舟，醒来啦，你喝高弄得我也败下阵来，也喝多啦，在领导和外人面前喝得现场直播啦，人丢大啦！"

"不好意思，没能保护好领导！"

方舟连忙做自我检查。

"没事！你说。"

方舟这句话说得自己感觉舒服和中听，也摆好了自己的位置，在大是大非问题上心中还是清楚的。

"史书记，刚才刘镇长和于经理拿来关于九号洞的合同？"

"九号洞可是咱山阳和梅县的'钱袋子'！这要动，得请示县委和县政府，咱山阳镇可做不了主，你说呢方舟？"

这使得方舟猛一愣和昨晚酒场上的判若两人，幸亏自己没签字，要不就闯下祸啦。

"哪，刘书记那？"

"没事，我来解释，在一边布个坑口可以，这九号洞绝对不可能的事，谁来说都不行，你明白吧！这是原则和规矩！"

"我明白史书记!"

方舟吓出一身冷汗,这搞政治的就是可怕,但他不知道史书记对刘书记如何交代和解释。这种情况若是自己不挡这么一下,后果是十分严重,甚至是要命的责任,是负不起的责任,承担不起的后果呀!

方舟放下电话时,心里仍然在怦怦地跳动,看看镜中的自己,一脸蜡黄,而且脸颊渗出了露珠一样的汗水!

第七

刘书记在第二天的上午快十点时，在办公室收到了初中老同学柳成明的电话，知道昨晚所说好的事泡汤啦，第一感觉是勃然大怒，这说得好好的怎么隔了一晚上就说话不算数，就突然变卦呢？这不是纯属玩弄自己、丢自己的人吗？这方舟喝多了，最后不在场，不签字情有可原！可这史书记在场呀，当场拍了胸脯，交代好了事呀！这家伙是怎么啦？

"知道啦！"

刘书记在电话中也不便表达什么，况且很多事不便在这里说，也不便让这远离政治世界的老同学知道。自己心里怀揣着众多的疑问和一团火，没等对方说完，便毅然毫无表情地挂断了电话。几乎是喘着粗气，坐在沙发上，点上了一支烟，狠狠地抽着，咽到肚里，又从鼻孔中喷了出来。霎时间，不大的办公室里便弥漫着烟雾，他想到了打电话，但又放弃了这种动作和想法，这样做有失自己的身份和架子。在梅县这么些年，都是别人看自己的脸色说话办事！没有谁敢挑战自己这种权威，这姓史的是吃了豹子胆啦，敢把自己当猴耍，当面扇自己的耳掴子。正在恼羞成怒、百思不得其解的时候，电话铃声响啦。刘书记抬起屁股走到办公桌前，拿起了电话。

"刘书记，我是老史，我马上过去！"

"你来吧，十点半还开常委会！"

"知道啦，我两分钟就到！"

他还是毫不客气地不等他说完话便"咔嚓"一声挂断了电话。这老史，他应该清楚，安排去山阳镇干书记是自己力争的，狗日的他心知肚明，临到有事跟我耍心眼，办不了事就不要答应，答应的事就要办得干净

利索。他抬眼看看墙上挂的嗒嗒响的闹钟,差两分钟就十点啦。连忙整理参加会议的本、笔,又摸摸兜里的烟,估摸着还有半包,便心静下来等,心想有着二十多分钟也就够用啦。

"咚、咚!"两声响。

"刘书记!"

"进来吧!"

他听到来人的声音,习惯性地,屁股粘在沙发上连动也没动一下,说道。

"刘书记!"

"你这是?"

见老史提着一个袋子,不由警惕起来,连脸似乎一下都变了颜色,突然严肃起来。

"这是朋友从国外捎来的几条古巴雪茄烟,挺香挺过瘾的!"

一听是美国和古巴的黑粗听子烟,那种香味似乎飘进了自己的鼻孔中,这种感应的诱惑力还是巨大的。这件煤矿的事仍旧是耿耿于怀,但脸上的严肃气氛显然淡去了不少,不想因此给对方,也是多年老伙计心里增加太多压力。

"坐吧!"他看看墙上的闹钟。

史书记从难堪的境地总算解脱出来,急忙把烟放进办公桌下面的柜子中,如释重负地坐了下来,这领导和被领导的界限和区别也是要有的,规矩不能乱了,心想这刘书记也不会因这小事把自己弄得下不了台,自己这快步赶着上来,加上进门那一惊吓,自个心里七上八下,况且昨天晚上的事弄砸啦,这也不是电话里能说清楚的事儿,亦不是小事,的确是件原则问题,昨晚都喝多了,不方便细问,又不知道这事是一个什么概念,刘书记要办,不知是在什么情况下和怎样的一种情分。

"昨晚是怎么回事?"

还是刘书记先耐不住先开口。史书记知道这领导是憋了一肚子的怨气,毕竟自己也是堂堂的一方诸侯,应承的事没有给办,心中也有几分的愧疚和不安。这如何回过头给领导解释也不是一件小事,也是忧心忡忡。

"刘书记,这柳总的事我没有办好,在这向你先检查!"

"检查什么,这有点小题大做啦!"

"刘书记,我感觉这不是一件小事,毕竟这九号洞是山阳镇和梅县的'钱袋子',况且梅县在新区的开发建设中!"

这刘书记一下听明白啦,头皮猛炸了一下,这虽是昔日的老同学,多少年啦,也没有什么交往,不过看在自己在这个副书记的位上,也是想借自己的地位和脸面谋求企业利益最大化而已。这涉及梅县的"钱袋子"这么原则和敏感的问题,不要说乡镇的书记、镇长做不了主,表不了态,就是自己这个县委副书记也没有权力,也不敢表这个态呀!

刘书记忙起身拉住史书记的手,感激地点点头。

"你和方舟做得对呀,九号矿区不仅是山阳镇的,更重要是梅县的,你们没有权力,连我也没有这个权力呀!真是喝多了,嘴上和脑子里少了道保险,这是教训呀,你们做得对,也救了我呀,要是真把这合同签了,这就是对党和政府、人民的犯罪呀,国营煤矿为支持梅县的城市建设,让出的这近二十平方公里的矿区,是梅县政府和人民的!我从内心谢谢你们呀!"

其中的道理,猛然间让刘书记全给说了出来,史书记感到这满天的乌云都散啦。当领导说得这么中肯,这么有高度,令自己一下看到领导的水平和觉悟。

"谢谢刘书记!"

这种理解和谅解同样让自己感动甚至激动,原本抱着挨训的态度来的,结果反而让领导感谢自己,真是成了意外的收获!

"原则是原则,如今这政府是国营、集体、个体一起上,政策是允许的,你同学的事情不是不能办,而是在九号矿区区域不能办,但周围还是有矿口,让他选一个,有投资肯定有利益!"

"好!你们看着办吧,不能违反原则,这样也好让我给这位昔日的老同学交差呀!"

史书记听到这里真是大喜过望,不但化解了这场危机,而且达到了双方的体谅和满意,这种结果太令人意外和高兴啦。

"这烟我也收下啦！今天也不留你啦，多会儿找个时间，好好聚聚，让柳总也好好感谢你们！"

"不用，刘书记！"

刘书记看着闹钟，连忙收起本、笔和史书记一起下楼，向不同方向走去。

史书记如释重负，又如同害了一场大病，心中害怕而又庆幸，这么一件大事便在不知不觉之中让自己给摆平啦，心中不由得对这年轻的方舟生出一种敬畏之意，这么一挡，挡走了一场祸事呀。心惊肉跳的害怕过去啦，随之而来的是疲惫和心累，大脑里一片空荡荡的像放空气的皮球，蔫不唧地上了车。

"送我回去休息，没特殊的事别打搅，让我好好睡上一觉！"

"好的，史书记！"

带着前后加力的越野车，快速地驶出了梅县大院，往家在城中的东北方向驶去！

方舟同样是怀揣着忐忑不安的心情在关注昨晚刘书记交代的事情发展的进程和结果，在自己政治生涯十分关键和微妙的时期，这件事对自己的重要性不言而喻。理解是最好的结果，而不理解则是最坏的情况，但他相信自己的最佳选择，甚至是一种艰难的正确抉择，无论事态如何地发展，在这大是大非问题也是无怨无悔的。

到十点半的时候，方舟实在是忍不住啦。他也知道史书记去了刘书记的办公室说和这件事，但一直等不到消息。虽然自我感觉良好，而且主意已定，但不想在风口浪尖中受到伤害，毕竟人生这种机遇是十分珍贵的，不要说大风大浪，就是小风小浪也同样会在无意中改变自己人生和政治的方向和走势，这一点同样是毋庸置疑的事情。最后，还是忍不住拨通了史书记的电话。铃声响了三四下没人接，便连忙挂断了电话，怕史书记在现场说事，不方便接听电话。难道还没有说完？还是出现了那种不好的结果，方舟心中在想，用史书记的话说是负荆请罪去啦，可见这事的严重程度。他很揪心和担心，不安和不好的预兆同样在折磨着自己。

"丁零零……"

自己的手机响了，一看是史书记的号码，连忙摁下接听。

"史书记！"

"嗯，是方舟吧？那事已经摆平啦，给柳总到周边弄个口就是啦！"

"真的！"

方舟被这意外的消息所震惊，激动得连自己的耳朵几乎也不相信啦。

"这不，我是连惊带吓的，说完事就回家躺着啦，还没来得及给你说呢！"

"史书记真是厉害！"

方舟在自己的手机旁为史书记伸起了大拇指，大脑真的很兴奋很高兴，一下子满天的乌云散了，全是太阳下的蓝天和白云。

"下午不如好好给书记老兄摆上一桌，多端几杯酒！"

"免了吧，让我好好睡一觉！"

"那改天一定补上。"

"这事咱是绑在一条绳上的蚂蚱，弄砸锅，跑不了你，同样也走不了我，都过去啦，咱都避过了一次灾难呀！"

"是呀，史书记，我记下啦，你休息吧！"

方舟说完，连忙挂断了手机，知道处理完这件事，史书记和自己一样也是累呀！脑子仍在重复事件如处理不好的后果，年轻的方舟身上的神经和肌肉仍在战栗，毕竟像小船小帆似的方舟还是经不起这样的风雨！

岁月和历史，像一页页日历，翻过了一张又一张，同时让这些发生的人和故事变成一段又一段的历史。

方舟根本没料到的事发生了。

上级在没有打任何招呼的情况下，对方舟进行十分突然但又十分快捷的考察，而且是梅县县委副书记兼组织部部长的刘书记亲自带队，亲自找方舟谈话，十分的严肃，一边有记录的工作人员，连山阳镇的史书记都纳闷，按照程序和惯例提拔副县级也是先提拔书记，后提镇长。史书记一头的雾水，看着忙碌的刘书记，心想莫非是这领导还是记了仇，在整治自己，给自己难堪，让自己丢人？几次欲言又止，又如何问呢？难道问为什

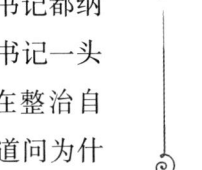

么不考察我？他在心中摇摇头。论年龄，方舟小自己十二岁；论学历他是本科，自己则是高中；论工作时间长他十二年，论工作经验和贡献，方舟都无法与自己比！到底是什么原因导致这次反常事情，而且是十分重要的事件发生呢？难道是方舟到县委书记那打了小报告？这可太歹毒啦，但反过来想，凭对他的了解，感觉方舟还不是这种人，不会做出这种损人不利己的傻事，但问题又能出在哪个环节呢？

在找自己这个书记谈话时，他毅然决然地肯定了方舟的党性和原则性，虽然只是笼统地讲一下，但作为重要的一条讲在前边，倒弄得刘书记的脸色有些红和浑身的不自在。史书记忽然意识到这在肯定方舟的同时，无形映射伤到刘书记的痛处，但这很快就过去了。

"继续说，今天考察方舟同志，就是要听听你的意见，毕竟作为山阳镇党委，你是班长，对县委和政府是要负责任的。"

一度紧张的史书记听到领导的这一席话，感到自己的心胸和思想有些狭隘啦，怎么能以小人之心度君子之腹呢？在大是大非的问题上还是要讲党性、讲原则的，这是作为一名党员，特别是党员领导干部，最起码的政治素养和政治要求。

"方舟同志到山阳镇近两年以来，不但年轻、精力充沛，而且作为有文化的领导为镇党委带来了朝气，引领了机关同志干事创业的热情和工作主动性、积极性。"

"都记好！"

"一条一条都记好啦！"

这么严肃的议题和场合，考察组的人员是一丁点儿也不敢马虎大意的。

经过一天紧张的工作，到机关、下乡村、入企业，通过干部、群众、党员的走访了解，当然对方舟原籍的重要亲戚的历史考察也在同时进行。

"休息会儿吧，同志们都紧张一天啦，走，到山阳镇政府的后院的山上，走一走，呼吸一下新鲜的空气，也放松一下，二十分钟后再工作，反正就剩下方舟本人啦。"

刘书记看了下表，是下午五点钟啦，工作人员连忙收拾了笔和纸，有

条不紊地塞进皮包中,拉上拉链,起身到镇政府的院子中,如释重负地伸伸腰,各自点上烟,悠然地向后院走去。

此时,太阳已闪过了西山,山坳里到处是太阳折射过来的余晖,中午的酷热也变成一种清凉。

"刘书记,下午吃点什么?"

无论如何,史书记虽然这眼看着是给别人做嫁衣,但作为山阳镇的党委书记,尽一下地主之谊仍旧是必需的,上前附耳请示领导。

"下午嘛,在伙上吃工作餐,越简单越好,就是烧点面汤,弄几个家常菜就行啦。"

"伙上的师傅水平有限,这山阳镇上外来的各路高手多得很,同志们跟领导都辛苦一天啦,让变变口味!"

"方舟,你说呢?"

"史书记说得对,听史书记的!"

方舟的肚里跟明镜似的,甚至从史书记的脸上看到了复杂甚至有点沮丧的心情。毕竟书记是一把手,隔着书记考察自己,搁在谁身上感觉都是怪怪的,那种猜测、失落和无可奈何,甚至是一种想不通的烦恼、气愤都是正常的,都在情理之中。此时更是不敢多说话,更怕说错话。诚然,考察一结束,履行过程文件一下来,自己也许就成了领导,而在这种特殊而又十分敏感时期,还是要慎言慎行,自己还要摆正位置,书记就是这里的一把手。

"史书记,你和方舟安排吧,品尝一下特色也可以,但有一条,不能带酒!"

"好,下午就吃清江鱼火锅吧!"史书记给办公室主任做了安排,同样是一锤定音。

刘书记显然是感觉到了史书记心中的疑惑和有一种情绪,故而往后边拖,看着山上的风景,若有所思地抽着烟,慢悠悠地摆着八字步,方舟知道这是一种信号,是要和史书记说悄悄话,自然不愿第三者听到,知趣地赶往走在前边的工作人员。

"我去给他们引路!"

"嗯！"

领导用鼻子"嗯"了一下算是同意。看着方舟远去，刘书记拍着史书记的肩说道："这次考察方舟，我也是临时得到消息，按上级省委的要求，领导干部要革命化、年轻化、知识化、专业化，每个县委、党委班子中要有一位三十五岁以下大专学历、任正职一年以上进常委班子，在梅县，按要求翻遍干部的档案，也只有方舟符合这一条件，这是一项政治任务，非常仓促和紧急，你知道就是啦，不是组织和我不考虑你，而是爱莫能助，以后再看机会吧！"

"我明白了，谢谢刘书记！"

史书记一下明白了，如梦初醒，知道自己是抢不过、争不过的，况且这是政治，政治许多时候是不以个人的意志为转移的，这就是一个人的命，也是自己的政治命运，强求无益，反而会有害。

"什么位置？"

"我只知道进常委班子的，具体还没研究，这个嘛，你就不要操心和打听啦。"

"好，是我多嘴啦！"

史书记连忙做出捂嘴状，怨自己多言，险些失口，毕竟这都是组织原则，不该打听的事绝对不能打听的，这在官场上叫犯忌，为自己犯这种低级的错误而感到着急和惭愧。

"你看我这张嘴！"

"好啦，知道就好，让都回吧！"

刘书记看了看表，又瞅了瞅快落山的太阳，眯着眼若有所思招呼道。

做组织工作的，原则性和时间性的把握还是比较到位精准的，前边几个在方舟的引领下，在二十分钟到达之前已开始往回走，而且包含了返程的时间，准时在二十分钟之内返回工作岗位。

考察工作组仍旧是在党委会议室里举行，几个人同时摊开了包，取出记录本，准备开始工作。

原先在外溜达的轻松气氛和随意的节奏瞬间消失殆尽，工作一开始几乎近于临战状态，会议室里没有桌子，只有一圈的沙发，坐上去软绵绵

的，感觉挺舒服。

考察组四个人，在刘书记的带领下坐在北面的位置，方舟坐在南面，所贯通的是面前都是八十公分高的茶桌，而且红漆非常亮，是褐红色的，整个房间几乎是一尘不染，东西方向的窗户上吊着两件红平绒的落地窗帘，显得庄严而且有几分肃穆。

"开始吧！"

"嗯！"

组织部常务副部长，请示刘书记后便开始履行工作职责。

"现在我们开始考察组最后一项议程，由刘书记对考核对象方舟镇长进行当面考核！"

"按照组织考核程序和安排，由我对你进行当面的组织考核，最后要形成文字考察报告上报县委常委会，你们几个晚上要加班，连夜完成！"

"是！"

坐在对面的方舟，如同是坐在考场的考生，不知道主考官会出什么样的题让自己回答，心中虽有几分的激动，但更多是心跳加快，告诫自己考虑好再回答，不抢答，对含糊不清，把握不准的不回答。

"方舟同志，现在我开始问你第一个问题，你对于中央关于改革开放这么一项重大决策是如何理解的？"

方舟对这一个问题，心中还是有准备的，而且专门在乡镇和村干部会上做了专门的研究和辅导。

"改革开放是党的十一届三中全会形成的一项重大决策，是世界形势的需要，也是中国社会经济发展的需要，是中国融入世界经济、打开国门吸收世界经济、发展中国的重要决策。实践证明，这项决策改变了中国社会经济的结构，改变了中国的面貌和思想观念。"

"很好！"

刘书记评论道，而方舟也知道，这题到此为止应该画个句号啦。

"现在，我问你第二个问题，你对中组部提出的适度放宽在招商引资过程中对干部的要求，是如何理解和把握的？"

对于这样一个问题，心中还是有顾虑的，原因是改革开放这一决

策，在实际运作过程中，甚至对干部的要求都是有冲突和矛盾。

"对于中国共产党而言，改革开放就是一场史无前例的革命，既然这是一项国策，在实施的过程中面对来自国外资本主义国家人员的生活习惯问题，作为地方领导如何招待、对接？适当放宽对领导干部的要求，也是党中央的正确决策，只要有利于改革开放这个大原则、大目标。适度放宽在改革开放、招商引资过程中的对接和对领导干部的要求，这对国家有利，对发展社会经济有利。实践证明，中国的经济体制、企业改制、技术上与国际发达国家接轨，中国的面貌得到极大的改善，干部干事创业的积极性得到充分调动，敢于干，勇于负责，勇于担当！"

方舟还想举一些例子，加以佐证自己的观点，但发现刘书记开始点头了。

"说得很好，表达的观点和认识很清晰。"

"谢谢刘书记的鼓励！"

方舟显得很腼腆和拘束，虔诚得几乎无可挑剔令人信服。

"现在，我再问一个问题，你对梅县的发展有什么建议！"

方舟感觉领导出的这个问题有些大，几乎是老虎吃天——无法下爪。总体围绕着国家改革开放的大背景下，梅县招商引资，引进的企业发挥作用和社会效益已显现出来，感觉还是从身边的山阳镇说起，以点带面也许更好一些，但忌讳这件事会触及到领导的想法，而此时此地，出这样的一个题，只有不吐不快，何况刘书记一行是代表县委组织在和自己谈话。方舟沉默了约莫半分钟，就这感觉都是那么的久，毕竟一圈的人都在看着自己，等着自己。

"我讲得不成熟，也不一定正确，个人感觉梅县县委、县政府几年来，进行了城市的新区建设和开发，这是解放以来梅县最大规模的城市规划和建设，但这项工作需要资金作为支撑，向上级申请又不现实，靠百姓所交的农业税、特产税只是杯水车薪，解决不了根本问题。建议县委将国营矿支援地方的九号矿区收回，成立县办煤矿，既然县里需要这钱，这也便于矿山发展和经营管理，把这钱用到刀刃上也许更好！"

刘书记没想到这么一个小小的镇长，竟有如此的眼光和战略定位，欣

然感到方舟可堪大用，首先站起来："说得好！有水平、有眼光、有全局观念！"

场下的考察成员也都站起来，场上响起了热烈的掌声。

方舟的脸红啦，不住地向考察组人员鞠躬致谢！

"那山阳镇呢？"

"山阳镇在周围建立矿区，虽然没有九号矿区那么好、那么多的资源，但也会有不小的效益，小规模、多点开发也够镇上用了！"

"这个建议好！明天常委会我就向书记、县长和常委们汇报！"

"谢谢刘书记！谢谢考察组的领导和同志！"方舟再次致谢！

考察活动在热烈的气氛中圆满画上句号。在晚饭中史书记无论安排什么菜，刘书记都不干预。

"好吧，今天作为在梅县干了多年的副书记，特别地高兴，原因有两条，一是推荐年轻的方舟进班子，为梅县委输入了新鲜的血液；二是方舟建议成立九号矿区梅县煤矿，是大手笔，有远见、有魄力！"

"史书记，可有意见！"

"没有，反正收入的钱都给了县里，镇上不过是过路财神！况且钱多了，我们的干部也容易犯错误！"

史书记也是违心地讲着话表下态，谁不知道钱多了日子好过。这一块好大的肥肉一并送给了人，眼见这金山银山的九号矿区易主，他心里仍有一种怪怪的味。还有方舟一句话把年收入上亿的摇钱树拱手就送人，这个人情也是够大的啦，心中暗想这东西还没看出来不但有水平，而且还有城府，跟自己干了快两年，没向自己吐一字，这转眼间，自己昔日的手下，一跃就要成为自己的领导，他也不敢说反对的意见和风凉话、牢骚话，况且刘书记又分外赏识，这是什么概念？人家年轻又有文化，前途不可限量呀。

刘书记的初中同学柳总，是一个十分机敏的人，企业家有做企业的长处，早得到老同学来山阳的消息，而且是来考察方舟的，透精的柳总嗅到这种机遇，几乎是一箭多得，这机会是绝对不会错过的，况且虽然上次九

号矿区的事谈砸啦，然而在周边又补了坑口，而且煤矿产量和效益亦相当不错，虽有县城的机械厂，但多一个挣钱平台，谁不乐意？就目前的境况干个一年、两年的腰里别个几百万的不在话下。

下午的饭安排在镇上的山阳饭店，坐的仍旧是二楼的八号雅间。

"除司机和晚上加班整报告的不喝酒外，统统都有。"

几个人刚举起杯子。

柳总拧开门，提着两瓶包装精美、写着谁也看不懂的洋酒进来啦。

"我柳成明可是不请自到呀！"

"柳总，什么风把你给吹来了。"

"刘书记，你光临山阳镇也不吱一声让我招呼一下领导，让我以尽地主之谊呀！"

"客气啦，老同学，公务在身，恕不能奉告，抱歉，快坐！"

刘书记站起来，伸着手要拉老同学到身边坐。柳总放下酒，先和在场人握了手，到方舟跟前，特意多握了几下，小声说，恭喜恭喜！令方舟惊叹，这今天的消息可传到他的耳朵里了。

"前天伙计进了几件英国的洋酒，正好让老同学品尝一下！"

"让你这当老板的破费，这不是打我脸让领导批评我，堂堂的一个山阳镇，不会出不起这钱！"

"品尝一下，柳某岂敢喧宾夺主呀！"

柳成明一听史书记的话茬硬邦邦的，心里在犯嘀咕，脸上发烧，这气势让自己直打战，莫不是哪点做得又不到位？

"柳成明是我的老同学，史书记和方镇长也都帮了不少忙，理当表示感谢！"还是刘书记的一句公道，现场救了驾。

"是呀，应当表示感谢！这下午饭我包了！""那倒不必！"

方舟插话了，这饭钱让姓柳的出，岂不让人指脊梁。

"好的，我听各位领导的，下次我到县城安排，务必请各位赏光！"

柳成明入场，还是坐在史书记和方舟的下边，以示礼貌和尊敬。

场上恢复了平静。饭局按程序进行，各怀心思的人员，有的喝的是高兴酒，有的喝的是庆功酒，也有的喝的是闷酒。

大千世界，什么人都有，什么事都有可能发生，有人高兴，有人愁……

看太阳

第八

在对方舟进行考察前几天，发生了这么一件事，从而对几个人的一生发生了根本性的改变。

一天晚上，方舟和几个乡镇的朋友，在县城一家饭店吃完饭也喝了不少的酒，因为平素关系不错，让司机小王送自己到场，便让他回去等自己电话。也因此多饮了几杯，因为人很对脾气，心情舒畅，正值周末，也未叫小王来接自己，并谢绝了朋友要送自己的好意，想在街上自由地溜达一番回家。正值初夏，人们活动范围，晚上从室内转到室外的场所。外边的夜市上照得灯火通明，明若白昼，灯光处人声鼎沸，晚餐处人头攒动，桌上放着白酒、饮料，三五成群，吆三喝五的好不热闹。这改革开放不到十年，人们的生活条件、生活水平已发生了巨大的变化，感觉这是一种社会的进步，时代的进步。只是感觉喝得有点多了，但神志清醒并未喝醉，方舟这手握着大哥大，在这茫茫的人海中也是鹤立鸡群，相当气势。正踌躇满志、朦胧看世界的时候，突然迎来了几个醉汉，其中小个子是个小痞子王飞龙的，挺着个大肚皮，抠鼻子挖眼，走着外八步，眯着眼睛看行人，满嘴喷着一股酒精的气味，哼着"济公"里的曲子"鞋儿破，帽儿破，身上的袈裟破"。一眼瞅见方舟的神态气质，感觉压住了自己，遂停下曲和步子，手指着方舟的额头："什么玩意，看你的熊样，手拿大哥大，腰别BB机，耐他妈跟县太爷一样。"

"你骂谁？"

方舟勃然大怒。

"嗨，大爷就骂你啦，怎么样！"

这王飞龙喝得半醉的，手指跟捣蒜一样，一巴掌上去搧在方舟的脸上，一脚也顺势踢在大腿上。把方舟弄得猝不及防，一下给愣住啦。一股无名之火从肚中喷出，一种血性如炎热的岩浆就要喷发出来，甚至准备好了反击的动作，着实想教训这混蛋的人渣痞子，几乎忘记了自己是一名党员，一名领导干部的身份。

说时迟，那时快，一个身影从身后窜出来，来到方舟的前边。

"周旭山！"

方舟一眼认出，这不是刚才吃饭在一起，相邻乡的办公室主任。只见中等身材的周主任，上去对准那王飞龙一个标准的下勾拳，一拳便把那人打倒在地，哼哼着站不起来。

"再敢在这梅县撒野，老子打断你的腿！"

躺在地上的小痞子没想到这来人出手这么快，力气这么大，感觉今天也是碰住硬茬啦，这一拳打得肚皮痛，也爬不起来，几个小痞子准备一齐动手，被自知理亏、识相的王飞龙给挡住啦。

"算你狠！"

"瞎了你的狗眼，光天化日，敢在这撒野，信不信打个电话，让公安来把你扔进号子里！"

周旭山是体校毕业回来的，有一身的功夫，抬起脚做出要从肚子踩下去的架势，把个王飞龙吓得抱住头，缩成一团，几个痞子也愣在那，不知如何是好。

"滚！"

"我们走，伤得要紧吗？"

周旭山拉住方舟，询问了一下，不知他受伤了没有。

方舟摸摸挨过巴掌发烫的脸颊和被踢了一脚的大腿，摇摇头说没事。有周旭山这一拳把王飞龙打趴下，方舟心里亦有一种平衡，何况自己也是堂堂的一镇之长，传出去对自己也影响不好，遂和周旭山离开了闹市，往回家的方向走去。

"你怎么在我身后呢？"

"我们乡的胡书记怕你喝多了,让我跟在后面送你回家!"

"谢谢你了旭山,没有你及时出手,今天晚上还不知道要捅什么豁子、出啥事呢?"

"对于这痞子,我收拾他几下可以,可你镇长出手,就不合适也不划算啦!"

方舟心存感激,把周旭山这个人记在心中,这兴许是天意派来保护我的人呀!在分手时,方舟握住周旭山的手。

"谢谢!"

相互留了号码。

"以后有空到山阳镇来,我好好感谢你!"

"这都是应该的,有什么需要帮忙出力的,周某愿效犬马之劳!"

"客气啦,再见!"

"嘟嘟……"

方舟的大哥大响啦。

"海茹,我马上到家啦!"

方舟挂断电话,目送着周旭山消失在街道的夜幕中。说是街道,也就是梅县里唯一古老的老街,有着两间房子,一个卫生间的房子,在这县城里已是比较奢侈和豪华的啦,有多少人还是几辈人挤在一间的房子里,这房管所的头也是给自己很大的面子。

这周旭山虽然和自己不熟,况且也不在一个层面上,平素的来往也不多,但这么一次就把他牢牢记在心中,而且感觉对自己很忠诚,自己也很信任他,从这一刻起,方舟产生出提携他的初步想法。

袁海茹在得到方舟所说的山阳镇柳总的事情时,也的确为方舟捏一把汗,作为一个普通干部又没有什么背景,父母都是面朝黄土背朝天的农民。普通得不能再普通,平凡得不能再平凡,得罪了领导,随便一句话都可能把自己碾压得不成样子,打回到原形和原始状态。但她心里边还是支持方舟的,一个方面做人要有良知,当领导干部要有原则和底线。触碰到

这方面，那是不能马虎和犹豫的，对党的事业和工作造成损失，那是不可饶恕的，甚至是一种犯罪。这可不是干好干不好，政治上进步与否的事情，那就是一种犯罪，甚至要追究责任的重大问题，所以她站在丈夫的立场上。

"要是不办这事得罪了领导，不说政治上进步化为泡影，恐怕连这个镇长的位置也不一定能保得住！"

方舟忧心忡忡。

"就是这样一种结果那都比违反原则、办错事强，起码自己清清白白不被组织处理，比让百姓唾骂强！"

方舟心里何尝不是这样想，在这个艰难的抉择上，自己并没有后悔，从心灵的深处，感谢这位和自己从小一起长大的妻子。毕竟文化程度的高低，在一定程度上决定着一个人的政治眼光和政治格局的大小。

在这件事终于有了结果，而且是两全其美的结果时，方舟第一时间告诉了妻子，两人同时如释重负。

"真是我的好媳妇，和我想到了一起！"

方舟在家抱着海茹，含笑着，幸福地说道。

"嫁鸡随鸡、嫁狗随狗，谁让我是你方舟的人呀！"

方舟感觉经过这样一件事以后，心中有点累和疲劳，虽然时过境迁，事情已过去啦，但政治上的风险，也是心中有一种莫名惧怕和担心。

在那天的晚饭上，自己也喝了不少的酒，因为他感觉从县里的刘书记、乡里的史书记到刘书记的同学柳总，态度一猛发生天翻地覆、三百六十度的巨大变化。虽然是考察，还不知道什么职务，在没有见到红头文件之前，什么情况都有可能发生和出现，一是保持一种谦虚和矜持，让在场的领导不要看出自己兴奋张扬的心态，说实在的，方舟的回答开始有些膨胀和激动，没想到在自己的人生道路上，在刚好三十多岁的时候，竟然有可能一步迈上了副县级的台阶。周围的话变了，人的脸也变了，人们都在众星捧月般地在向自己端酒。但他汲取了酒多失言失态的教训，还是尽量

控制在安全线以内。

"方某酒量有限，敬请原谅！"

连刘书记这次也破天荒地从高高在上的神坛走下来，来到方舟的面前，方舟连忙站起来。

"刘书记，怎么敢惊动你过来，你说叫方舟喝多少，我就喝多少！"

方舟的激动，是平素里刘书记总是坐在主位上，人上去端酒，连屁股也不动一下，今天就破了这么大的例，着实让人感到意外。

"不，都知道，我是轻易不给人端酒的，今天我特别高兴，长江后浪推前浪，一代更比一代强，让方舟这样年轻、有文化、有政治责任心和担当的人进班子，这是党和人民之幸，也是梅县之幸呀。方舟你喝三杯，我陪你一杯！"

"刘书记，你坐到位置上，我喝就是啦！"

方舟几乎是推着、央求着把刘书记往位置上让。

这刘书记正对方舟的真诚，也坚持不得，只得依次归位。

方舟立在刘书记的身边，仰头喝了柳总掂壶倒的三杯酒，又碰了一杯，这一圈的酒是敬完了，方舟的酒喝得也差不多啦。感觉这酒喝得好像到了喉咙眼，再多一点好像都会溢出来一样。他在告诫自己，一滴也不能喝了，再喝一杯怕就要"现场直播"啦，可就要丢人啦，但他的大脑还是十分清醒的，便想到今天这场非常特殊，毕竟是考察自己，一圈的人都在为自己忙乎，要是离场或现场不雅都是不礼貌的，想到了吐酒，因为在乡镇这种场合比较普遍，于是借口方便要离席一会。

"柳总你招呼着方镇长！"

"明白，刘书记！"精明的柳总应声道，上前要扶方舟。

方舟非常镇静把柳总按在椅子上，拍拍肩膀。

"不用不用，这里轻车熟路两分钟就回来，就两分钟！"

他要去放酒，有人跟在自己身边，这事还怎么办，方舟的执意让柳总只好听从。

"好，一言为定，不说两分钟，超出五分钟罚酒三杯！"

"好!"

方舟利索地出了雅间,来到卫生间门口,看着后边没人跟,这才进去上了锁,蹲在水冲便池前,一挠喉眼,加上闻到了便池的臭味,哗一声,这胃里的酒便如喷泉一样给倒了出来,感觉倒得差不多了,连忙冲了水,洗了手,漱了口,走了出来。

这柳总虽然识趣没跟方舟过来,却在雅间门口等着。

"没事吧,方老弟?"

"没事,柳总!"

方舟感觉这柳总是在和自己套近乎,人之常情、人之常情呀。这水往低处流,人往高处走嘛。

方舟在五分钟内回来啦,就这五分钟几个热菜已经上桌啦。

"让方镇长喝汤!"

这次史书记过来亲自为方舟盛汤。

"史书记,你别!"

"别什么?以后还要老弟多关心呀!离开了山阳镇,还要多关注山阳镇的发展呀!"

"说哪啦?我还是书记你手下的镇长呀,你这样折煞老弟呀!"

方舟起身连忙挡住,把史书记劝回座位上,执意自己来打汤,但回过头时,柳总已把汤打好放在座位上。方舟无可奈何,点头感谢柳总。

"你太客气啦!"

"应该的、应该的!"

方舟心中流淌着一种巨大的冲动,伴着血液的膨胀,人都是现实的。他偷偷审视了桌上的人物,揣测着各自的心态,这就是人生,这也就是社会,但他尽量掩饰住自己的心态,仍是十分谦卑和平静地把这件事应付过去,尽可能表达一种感谢的神情,毕竟,有些人晚上还要加班写对自己的考察报告,这嫁衣裳还没做好,一点的闪失也许会烧成一锅夹生饭。所以表现得特别谨慎小心,执意给刘书记、史书记和考察组的同志舀了汤,而且十分客气地双手端过去,无论是否愿意与否,他都这样执意去做,这就

是自己的意志，包括柳总也一视同仁，姓柳的惊得忙从座上跃起来。

"方镇长，岂敢劳你大驾！"

"说那的话，工作上是同志，饭局上就是兄弟！"

"说得好，实在！这就是大事讲原则，小事讲情义，日后必成大器！"

刘书记停下蠕动的嘴，抹了一下嘴角评论赞赏道，引得一圈人的共鸣。

在这样的一种环境和气氛中，方舟完成这样一场人生历程中，也许是最后一次在山阳这块地方违心所办的一件事。然而，脑际中又出现了自我否定的念头，因为，作为农民出身的自己，在人生和政治层面，还有许多的领导，不可能如天马行空想做什么就做什么，总还有人上人的脸需要自己去看，去揣摩。

他很平静，包括送刘书记一行走的时候，仍然是亲自开车门，亲自为领导用手遮掩住车门上部，双手合十送一行人上了车。在送走客人后，又和史书记、柳总二人叙了叙旧，免不了礼节性的聊会儿。

饭桌上此时已显得稀松和冷清，机灵的柳总早看出方舟的心思，借机出去了几分钟。但在很短时间，从这雅间便涌进来，这山阳饭店老板的大哥汪云，这在山阳这块地界上算得上是呼风唤雨的人物，方舟在山阳的这段时间，也没少和他来往，虽然弟弟汪水在这开饭店，但背后的支撑，还是这当哥的作主，因为从这酒店的建设投资、设备增加，甚至这小楼里的歌厅包间，无不是他的想法和杰作。

"恭贺方镇长，恭贺方镇长，在史书记的推荐下，山阳又出了您这个大人物，实乃山阳镇之幸呀！"

汪云不愧是见过大世面的人物，在这种场合，又要奉承县上的头，又不能得罪了山阳镇的一把手，这尺寸的把握是十分重要而又十分微妙的，一圈人佩服得五体投地，令史书记、方镇长喜上眉梢，不能不说这就是水平，就是不一样。在场人无不伸出大拇指，说话让不同的人都高兴，这真不是一般的水平。这几句话把一圈的大大小小的人物都给摆平啦。

汪云四十来岁的样子,脸和眼神显得都有一些和气和斯文。在这样的气氛中,史书记和方舟也都得把敬上的酒一饮而尽,也使这个场得到一种完美的结局和收场。

"怎么样,到楼上的小包间唱几首歌庆祝一下?"

汪云试探性把目光投向史书记,但话撂在方舟的面前。史书记喝了酒仍在亢奋之中,自然没什么意见,但如今大形势在明摆着,眼看着方舟很快成了自己的领导和上司,这可不能由着自己的性子,自然给汪云递眼色到方舟那。

方舟在大是大非上面还是清醒的,这考察组刚走,自己就敢去歌厅,而且还是几个人同时出现在这种场合,未免有些张扬和放肆了吧?

"你和史书记、柳总去吧,今晚上我实在是喝多了,头晕眼花,怕伤了大家的兴致!"

史书记眯着眼没吭声,把这事重重地扔给了汪云,毕竟在这汪云是东家,别人都是客,客随主便也是规矩。

"就唱几首歌,吆喝一下,庆祝一番!"

"是呀,过几天方镇长高升调走了,这样的机会就难有啦!"

史书记发话啦,他知道这方舟是怕几个人捏到他的把柄,也不愿这么多人在一起。此前,这唱歌跳舞的场方舟也没少去,这猛然间一口拒绝,显然是已不把我这个书记当回事啦。

方舟一下听出话中的弦外之音,心里不由咯噔一下,也甭说,这突然的变化来得着实让自己左右为难。

柳总同样不是吃素的,自然明白各自的心理,便大度地说:"我看是这样吧,咱就不集中在一起,汪老板楼上也都有小包间,各自为政,各自娱乐如何?"

汪云一拍脑门,知道这柳总还是人才,放在一起是热闹,但领导都不方便,真是四两拨千斤,这一句话点到领导的穴位上啦。

"走吧!"

"好,那就亮亮嗓子,放松一下吧,你说呢,史书记?"

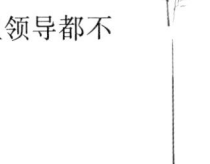

"好，就算是一种庆祝吧！"

这样的结果，大家都高兴、都满意，一圈人都高兴。

这种场是汪云的自然不会放过这样的机会，这两个人物对自己太重要啦。而且特别精心做了准备。当然两人都不敢得罪，特别是这方舟年轻，一进班子，前途无量呀，这棵大树可是很大很大的阴凉呀！史书记在山阳更是大领导，都不敢得罪和怠慢的。这绵里藏针的汪云心中自有布局，这开矿搞经济的人如若没有布局，遇到事要吃大亏的，这点汪云心中是清楚的。

此时此刻，这柳总心中也是这样想，但今天晚上自己不过是拿了两瓶洋酒，其他的插不上手，想表现也没法插手，都是开矿的，而且自己还有城里的机械公司，最不缺的是钱，但为此弄下不愉快也不值得。他也想挂上这条线，但他认为还是有机会的，不会像史书记所说，过了这村就没这店，就没有了机会。他相信自己的这种思想和想法。所以也有一种客随主便的坦然面对。

汪云安排好了史书记和柳总，特意来到方舟的包间，这包间有唱歌的电视，一对红木软包沙发，中间有个小舞池，空调是早就开着的，凉凉的挺舒服。他附耳对方舟低声说："这今天刚从陕西那边来了几个服务员。"

"随便，能唱歌就行，不能太奢侈和张扬呀！汪云你知道这些的，让领导高兴但不能给领导挖坑！"

按汪云的秉性，腰缠几千万，这当领导的能放在眼里人也不多，听这话心中也起了无名之火，这巴结你，你说什么挖坑，简直热脸贴冷屁股，但气归气，以后在山阳镇、在梅县还不得靠人家，这样想着，心中的气，也就全抛到九霄云外，成大事必能屈能伸。

汪云拨了一个电话，很短时间，这包间的门铃便响了。

"来了。"

"进来！"

昏暗的灯光下，如穿一身的花色连衣裙，看着就十七八岁的样，嫩得

像一掐能滴下露珠一样，方舟感觉连自己的眼神都有些异样。

"好好陪领导！"

"一定的！"小姐努着樱桃小嘴，微笑着如一朵花。

汪云不敢久留，连忙起身离开了房间。

"领导听什么歌？"

"你推荐几首！"

方舟感觉这小姐一是年龄小，二是不像别的先与客人套近乎，进来后站到点歌台前的岗位上站定，很特别，这也就是首先知道尊重自己，然后才有可能得到别人尊重的道理。

"你是想听爱情的还是人生的？是传统歌曲还是浪漫的？"

这小东西，硬还是把这一堆问题的球一股脑儿全踢给了自己，再来回折腾，也就没什么意义啦。

"好吧，先来首《北国之春》和《长相依》吧！"

"好的！"

在放开音乐后，小姐披着长发扭着屁股把话筒递到了方舟的手里，自己也拿了一只。方舟站起来清清嗓子，看着电视上的歌词和小姐并排唱起来。

两人配合得不错，都感觉很满意，因为没有那种在舞厅释放粗暴性泄露，自然方舟是上过大学的人，是有文化的人、有素养的人，而且是有一定身份的人，绝不会轻易动手动脚做出粗俗的举动。

唱罢一首曲子，第二首是柔情的曲子，是很美的，趁两人坐在沙发上吃瓜子、糖块之际。方舟的心痒痒，手更痒痒，想问小姐的年龄和地址，但想想这都是职场忌讳的。想想也作罢，但不知姓名，这称呼小姐也不礼貌。

"噢！"

方舟欲言又止，这歌厅的小姐都特别聪明和机灵。知道方舟的身份，也猜到他想要知道什么。

"领导！"

"别这么称呼，就叫大哥！"

"好，方大哥，我叫胡春桃，高中毕业，现年十八岁，陕西人。"

"好漂亮呀，有如是出水芙蓉，真像仙女下凡呀！"

"真的？"

"真的！"

"你不请我喝杯红酒？"

"好，来，碰一杯！"

春桃眯着眼和嘴，轻轻喝了口，阴暗灯光下显得血红一样的酒，然后为方舟点上一支烟。

"你不抽？"

"女孩抽烟，让人看不起。"

胡春桃嫣然一笑，手又捋了一下乌黑的长发，长发这么一闪，一缕缕的长发飘到方舟的脸上，发丝透出的芳香有一种钻心浸肺的功效，弄得方舟多少有些神魂颠倒和浮想联翩，几乎不能自制。

"咱们跳一曲？"

"好的，就放第二首！"

"好的！"

胡春桃像小燕子似的过去，打开了歌曲，方舟也拧掉烟头，走上沙发前边的小舞池。

在这夏天的季节，都穿得很薄的衣服，而且歌厅的小姐还露着许多地方，抱着、跳着，身体的接触不出问题才叫奇怪哩。

方舟从搂着小春桃的细腰开始，身体真似过电一样，那种肉体的接触，令其有一种冲动和期望，甚至想把小春桃抱在怀里去吻一下她那樱桃小嘴，去抚摸一下她绵软的乳房。在他如痴如醉几乎不能自制的情况下，他忽然想到了今天的事，连忙松开手，装出一种头晕的样子。

"今天喝多啦！"

小春桃同样感觉到客人态度的突然改变，必定是有原因的，连忙扶着方舟下了场，到沙发上坐下，热情地为他按头揉腰的，又有一种肉体的接

触和摩擦，这火花就要点燃，便会一发而不可收拾，便果断地关闭了一切的思想，这来日方长，是自己的一定会跑不掉的。

"给你汪总说，我要先走啦！"

"怎么说走就走，给领导没招呼好，老板要处罚我的？"

"怎么叫好？"

"让客人吃好、喝好、玩好！"

"玩好了！"

方舟大着胆子，在小春桃的屁股上着实拧了一把，抱着她的腰。

"男人真坏！"

"男人不坏，女人不爱，是吗？"

方舟走意已决，遂拨通了汪云的电话。

"走啦！"

汪云正在歌厅与小姐调情，看到方舟的电话吓了一跳，怎么这么快就走啦，是出现了什么问题吗？好在都在一层楼上，不到两分钟就赶了过来。

"怎么了方镇长？再玩会，我还说再给你端杯酒呢！春桃，怎么不把领导服务好！"

"领导不喜欢我呀！"

"不，很喜欢，春桃的服务很好！"

"真的？"

"春桃听好，从今天起你就在这专门为领导服务，不准和别的客人唱歌跳舞！"

"好的，老板！"

方舟头嗡一声，知道这是给自己多大的面子。

"太过分了吧？"

"一点都不过分，方镇长，汪云随时听从你的指示和安排，愿效犬马之劳！"

"好了，相信你啦！"

方舟出手和汪云手握在一起，都挺用劲，似乎都在表示一种相知的感知。

"就不打扰各位啦，我先走一步！"

方舟上了自己的专车，在一阵颠簸中，往县城方向赶去。

"喝多了？"

"不多！"

"累了，你到那歇会，我停下把空调打开？"

"好吧！"

方舟一猛感觉车上有些热，直到冷风吹到身上，才感觉到一阵的舒服，举目望窗外，漆黑夜空中，偶尔有村落的灯光一闪而过！想想山阳的这块地方还没有焐热，就又要离开这块热闹喧嚣的地方，不由得产生一种伤感。不过这人往高处走，水往低处流，这是人生和自然的法则。人生自然如此，社会经济诸多方面，又何尝不是如此呢？

第九

按照程序，梅县县委将方舟拟任县委副书记报到东阳市委，很快批文就下来了。

世间事总是几家欢喜就会有几家愁。刘副书记正值四十五岁年富力强之时，调任市人大常委会主任，感觉年纪轻轻的便被无可奈何地放到二股道，虽然说是副县升为正县，但这明升暗降的味道，刘书记是尝到了，而且是无可奈何体会至深，退出了常委，也就没有那神圣的一票，话语权大打折扣。虽然人大常委会主任还有一定的权力，县政府包括一府两院及各部门的人事都要经过自己的点头，但作为负责组织工作多年的他，心中跟明镜似的，知道自己的位置和权力。面对组织的决定，起初还真有些骇然和不理解，没想到这革命，改革选拔年轻人，把自己给淘汰啦，革命革到了自己头上，真的没什么说的，雄心勃勃的自己，一下像扎了轮胎，感觉自己的政治生命一下子到了头。

梅县县委书记是一位四十八岁的当地的工农干部，名叫昌伟明，他深情地说道："今天开这个会，感觉很高兴，梅县县委常委增添了年富力强，又有文化的一批人，为梅县县委输送了新鲜的血液，这在梅县的历史上是第一次，但我相信这不是最后一次。在这批人的考察期间，最让我感动的是新任县委副书记的方舟同志。他当时在山阳镇任镇长，曾建议把九号矿区收归梅县领导，这个建议表明了他的大局观、全局观意识，这叫后生可畏呀！"

场上响起了热烈的掌声。

方舟在这样的会议上受到了表扬，连脸都红了。

昌书记出手示意停下。

"所以在这次常委分工时,我提议方舟县委副书记兼组织部部长并牵头组建梅县煤矿,还要拿出方案为梅县的新区建设筹集资金!"

　　方舟一猛感觉心中咯噔一声,一副重担实实在在压到了自己的肩上,这昔日的一个镇政府的工作,猛然间扩大到全县的诸多行业的部门,这是一种信任,更是一份责任。他的身心和思路面临着一个很大的适应和调整。

　　"下边请方舟书记给大家说几句,大家欢迎!"

　　方舟在一片热烈的掌声中,站了起来,并点头向一圈人致谢。

　　"坐下说!"

　　昌书记抬手示意,方舟入座。

　　"今天第一次参加这个会,没一点儿准备,首先感谢梅县县委和昌书记,我只简单地表个态,绝不辜负县委及昌书记的信任,团结一切力量,努力工作,在梅县县委和昌书记领导下,恪守职责,严格要求,不辱使命!"

　　甭小看这十二字表态,令会场又响起了热烈的掌声,这表态的简短十二字,掷地有声。

　　散会以后,方舟分别召开了组织工作会议和梅县煤矿筹备会议。在全县广播中,方舟作为梅山的核心领导之一经常出现在当地的广播中,成为一位响当当的人物,全家也因此搬进了常委红色砖的家属楼。全家第一次住上了三室一厅的住房,把那个只有六岁的儿子毛毛,高兴地在地板上滚来滚去。

　　"方舟,看把你儿子高兴的样子?"

　　方舟笑而不答,也不去阻止儿子,任由海茹去理解和处理,自己脑子中的事太多啦。

　　"毛毛的事咋办?"

　　"你安排吧!"

　　"我的意思,先叫父母轮流招呼着,到明年上小学再想办法吧!"

　　"行,你当家吧!"

　　方舟知道,这老丈人家就海茹这一个闺女,两口在家,忙时也忙,闲

来也寂寞，来招呼娃，暂时可以，可娃上学，辅导学习是大事，怕到时就不行啦！

"爸爸！"

"儿子！"

方舟拍拍儿子身上的灰，抱起来放到怀里。

"怎么了，儿子？"

"听说，爸爸当了很大的官！"

"谁说的？"

"妈妈说的。"

海茹怕方舟怪罪自己。

"妈妈没说！"

"就是妈妈说的！"

儿子坚持，海茹红着脸。

"是妈说的。"

"就是嘛。"

三口人正说着，电话铃响了。

"谁呀！"

"方书记，东阳市的张书记来了，昌书记叫你中午过去！"

"好的，我这就过去！"

"饭都好了！"

海茹嗔怪地拉下脸。

"别埋怨了，这就叫公家的人身不由己呀！"

方舟掂起装着大哥大的包就下了楼。

小车也早已候在楼下。

司机在接到方舟电话后，也没顾上吃饭，立刻就开车过来，停在楼下待命。这小王知道如今方舟的角色变了、地位变了，自己轻易也不敢多问话，多说话。

"到梅县宾馆！"

"嗯！"

小王也不敢多说，送到地方，按规矩自己干自己的工作。

"到餐厅吃饭！"

"明白！"

那话的意思，吃完饭在这等着，不就这意思吗？感觉这方舟官大啦，话少了，一觉醒来感觉完全变了一个人，自己也有点害怕啦！小王挠着头，有点想不通和不舒服。自己是服务工作者，尽到自己的职责就行啦，尽心尽力做好分内工作，至于领导怎么看和对待自己，那是人家领导的事情，也是左右不了的，想多了也是白搭。

方舟任职的消息很快传遍了全县，这县委副书记兼组织部部长，而且还主管着梅县煤矿的工作，这是多大的权，多大的势啊。说白了简直比一个二把手的县长的权力都大呀！

昌伟明并不是不知道给方舟的权力有些大，但感觉方舟年轻，而且对重大问题的见解有大局有高度，便索性押上这么一宝，压压担子看看他的表现。

在短短的几个月时间里，方舟不仅成功把梅县煤矿给组建起来，而且形成了一定的规模和效益，连组织部的工作也做得井井有条，所有的在册干部的档案，无论解放前、解放后，包括"文化大革命"中的情况都是一目了然。不同年龄的干部情况都记录在案。这让昌伟明白用对一个人，对于全县的工作所起到的作用是巨大的，又一次证明毛主席所说过的"政治路线确定之后，干部是决定性因素"的正确性。

包括在梅县开矿的汪云，押宝在方舟身上是英明和正确的。实际上，那天方舟晚上走后，汪云把胡春桃叫到了自己的办公室。根据自己对方舟的理解，方舟本身就是梅县人，给他弄个本地的小姐，他一定会介意，况且自己的老婆又是从小长大，也算是青梅竹马，又是大学生，人又长得漂亮，物色的人方舟不一定动心和看得上。在汪云心中这只要是钱能办得到的事，对自己而言都不是难事。他差手下得力的人到山那边去物色服务员。在这次物色活动中，胡春桃便成功入围，来到了山阳饭店工作。

"方舟对你印象如何？"

"还可以吧！"

"和他跳舞、唱歌！"

"就这些？"

"嗯，跳结束时，他狠狠地抓了我屁股！"

"真的？"

"真的！"

胡春桃很认真，而且很可爱地红着脸对汪云说道。她心里清楚的是，老板很有钱，同样是在考验自己，老板是看自己的价值和对客人的影响力，这当然是和自己的收入是有联系的，所以她也不敢说假话骗老板，况且相信自己是骗不了老板的。

汪云凭自己的直觉，这一宝押得有价值，听到春桃肯定的话语，毫不犹豫地从小包中，抽出一沓子十元面额的人民币塞到春桃的手里。

春桃知道自己的位置，她想到这好像是老板的奖励，但同时也在暗示着要自己做出那一方面的付出，因为她知道两千块钱，绝对不是无缘无故飞来的钱。在招自己来时，那位大姐特意问了她的年龄，文化程度，甚至看了她的毕业证和身份证，甚至特别询问自己是否处女。当初面对这样尖刻刁钻的问题，虽然也感到了一种不自在和舒服，但面对一沓子崭新的钞票，打记事起，没见过这么多的钱，还是像学生回答老师问题一样，顺从地回答啦。今天当真正的老板再次提出这个同样的问题时候，她才知道这处女的重要性。

"老板，这钱太多，我不要，我也害怕！"

胡春桃看着汪云的脸，犹豫地把钱还给了汪云。

"怕什么，钱又不是狼，它会咬你？"

汪云接过这整板的钱，拍击着左手，想想自己在母亲八十岁这时，村里有钱人都是拿着钱袋送礼，谁还数呢？看来山里女还是老实。在瞬间，眯着一双眼看着春桃，多么可爱的小姑娘，她一定很美，搂在被窝里肯定会很开心和让自己满意，想到妙处和歪处，他不由打了重重的喷嚏，一猛意识自己进了角色，也喜欢上了这小姑娘。

"感冒啦，这空调的温度是有点低啦！"

"要不调高点？"

胡春桃信以为真，被汪云挡住。

"不用啦！春桃记住，以后你只招呼方镇长，明白吗？"

"嗯！"

春桃一脸的纳闷和不明白的神色。

"钱还是拿上，用不完存起来或寄给家里！"

当然，虽然钱是个好东西，这整捆的钱胡春桃更是没见过。但还是希望是这种自己推辞后钱还能回到自己手中，这不远千里来到这里干服务员，陪客人唱歌、跳舞、喝酒，还不是以笑脸挣这几个钱，所以当时推辞不收这钱，当时都有点后怕，所庆幸的是这钱又回来啦。

"谢谢老板！"

胡春桃把腰都弯下有八十度。

"听着，到山阳街上买几件时髦的裙子，从明天开始你就不在酒店歌厅上班啦。"

"不在这上班，那干什么？"

胡春桃更是一头雾水，莫非老板要把自己养起来，包起来？这样想着，心里便有几分的害怕甚至胆怯。

"从明天开始你到山上矿部办公室工作，到时负责打扫办公室的卫生，给客人端茶倒水。"

春桃知道，自己出来的目的是挣更多的钱，凭自己的姿色和年轻，在歌厅会挣很多的钱，这山阳镇自从有了煤矿可火啦，山南海北的有钱人都到这里淘黑金，有钱人多的是，听人说光陪老板高兴，在歌厅的小姐一月挣千儿八百都是小菜一碟，挺容易的事情，可上办公室干这活哪能挣下钱？

她眼皮耷拉着，表达自己的不愿意。

"你是怕挣不到钱吧，这点你放心，一月先给你两千，你在办公室除上班外，没事你给我读书！"

"读书？"

"对，读书。一个在单位上班的一月也就是几十块钱，一个副县级也就是十八级干部也就一百零五块。给你的钱顶多少副县级干部！"

这一说，连胡春桃自己也吓了一大跳，不知道这两千块钱，竟是这样的概念，这诱惑力也是极大的啦。想到一个月要挣这么多钱，心里那份激动无以言表，但不知自己要付出怎样的代价，她想到自己这个人，但没想到的是老板让自己读书，提高自己的文化水平和修养。读书又算什么样的工作和任务呢？涉世不多的胡春桃便想不通啦。

"听我的话，前几天给你说过的一句话，你还记得吗？以后只让你服务方镇长，不准接待别的客户！"

"嗯！"

胡春桃记得老板的确是说过这话，后来还奇怪，怎么专门让自己服务这个人，今天这话又重新提起，不由得引起她的注意！

"以后你就是专门服务方镇长，不准接待接触别的人！"

"嗯！"

胡春桃更不明白，怎么自己一下就成了专门服务姓方的人啦，这个服务又是什么概念呢？

"同意了，有你享不尽的荣华富贵！听我的话，你就会有花不完的钱，你愿意吗？不愿意就可以立刻走人，从此不要让我在山阳镇看到你！"

她知道这老板看着面色文雅，但在这山里他也是一字千金，敢和他顶嘴的人没一个好下场，虽然来的时间不长，但对这位汪云她知道的还是不少，这些都是自己的师傅和领班说的，其中水分很少，说的都是有鼻子有眼的！

"我听你的就是啦！"

"好，不准后悔呀！"

"嗯！"她怯生生地点了点头，是沟是崖都得往下跳。

"干好了，你就是我汪云的摇钱树，我亏待不了你。"

"汪老板，我一个外地女孩，在这无亲无故，人生地不熟的，以后你就是我的亲人，什么事都靠你，你说叫我做什么我就做什么，大事你就给我做主啦！"

胡春桃一副小鸟依人的可人的样子，连一向狡诈阴险、善于耍权谋的汪云也被感动啦，心中不由得叹道：真是懂事听话的好姑娘，定能为自己

出力，这好钢也必将用在刀刃上。

"我有一个要求，不知当说不当说？"

"说吧！"

汪云真想拉住春桃的小手，抱在怀里亲热一番，但理智终究战胜了冲动，在大是大非的问题上，脑子还是清晰的。这种女孩自己同样是见多啦，心中并不稀罕，也没有那种激动和刻意的追求，面对这种情况，只是玩玩的一种心态，很难动起自己的真情。

"我今年十八！"

"十八岁？"

"想认老板为干爸！"

春桃带着几分羞涩，壮着胆把话说了出来。汪云被这一声叫得茅塞顿开，这样更有益于做成这桩大事，更好说、更好操作。为什么一向认为很聪明且智商过人的自己，没有把这事想透，猛然站了起来，把春桃吓了一跳，不晓得这老板会不会答应，或认为自己太过唐突。

"好！让干爸抱抱你。"春桃高兴地点了点头，想这下真就靠住山了，心里一下有底了。

汪云高兴地点了点头，抱住扑进怀里的春桃，很有礼节在小脸蛋上很有分寸地轻轻吻了一口。

"干爹！"

"哎！"

"这事成了？"

"是的，不过我汪云认干女儿，可是要有仪式的，不会这么随便，到时要给我的干女儿好多礼品，把你打扮得花团锦簇、佩金戴银、珠光宝气的。"

"谢谢干爹！"

"随后我让下边请了先生，选个黄道吉日，好好热闹一番！"

"好的，老板！"

"明天就去矿办公室上班，暂时不要叫干爹，等仪式之后再叫不迟，干爹会有一份惊喜和厚礼给你。"

"一切都听干爹的!"

胡春桃温顺得跟小绵羊一样,轻轻推开依稀离不得他的软绵而且发热的小手。

"去吧!"

"慢!""咋了?"汪云一猛感到事情不对。这公开炒作张罗认干爹事有不妥。虽然自己不在乎别人怎么说,但人言可畏,唾沫星淹死人的道理他也是知道的。好赖自己也是远近闻名的。这下分明是告诉社会上的人,自己包养了大闺女,不妥,不妥。而且又有吃不上狗肉还惹一身骚的可能,太不划算。何况这么一折腾,在社会上一传,方书记还会喜欢春桃吗?答案是肯定的,从此不再喜欢春桃了。汪云想到这,着实吓了一大跳,这险些坏了大事。"没事,该给你的不变,刚才认干爹的事先不说,对谁也不要讲。要从长计议,不急,不急。你放心在山阳镇,就是在梅县我也会像保护照顾闺女一样待春桃,明白吗?""听老板的。"春桃当然不明白汪云突然变卦的原因,但又不敢明说。"明天先到矿上办公室上班。"春桃发现汪云一脸严肃,而且话语中没有商量的余地。但她想老板能把自己当闺女一样对待的承诺也就心满意足了。"好,听老板的。"过了一会,又眼见汪云搂着叫门进来的小姐走了。也知道干啥去干啥了。人嘛,谁不稀罕钱?如今的社会,男人喜欢女色,女人喜欢男人腰里的钞票。唉,都一个样。春桃感觉手里这沓钱,硬邦邦的,连忙忐忑不安地把钱装进小包。眼神又恢复了原来的状态,老板还是老板,自己还是自己,内心一片茫然。

住进常委的红色墙壁的家属楼之后,作为家属的袁海茹,心情和状态一下也发生了变化,一下子人们包括同事对她的态度发生了极大的变化,甚至让她感到了头晕目眩,感觉不是原来的自己了,回家奇怪地照照镜子,自己还是那个袁海茹呀!没有变化啦!

噢,她一下想明白啦,自己如今成了方夫人啦。这是自己这星星沾了方舟这月亮的光啦,恍然大悟,一下算想明白啦,同时在心里边、心灵深处感到相当的不舒服,一个人为什么要沾别人的光,难道一个副书记就这

么重要吗？甚至可以改变另一个人，在别人可以引以为荣耀，但自己这样一个女人，却感到是一种可怜悲哀。她想不明白的是自己是独立的一个人，有自己的工作、事业、收入，为什么要依附一个男人、自己的丈夫呢？有个单位的同事在说一件事的时候突然扯到方舟。

"方舟是方舟，我是我，怎么能把我们扯到一起呢？"

"他是你丈夫，和你在一锅饭里搅稀稠，晚上在一张床上睡！""你！""打嘴！"同事做出打状，海茹急忙挡住，知道同事说得没错。看来自己的认识和思想并不被同事们所认可，连一个独立的人也做不成啦，她转而怀疑这个人情社会，这是怎么啦？迷茫地看着周围的人，包括方舟在内，也在经过她心灵和目光的审视。

"海茹你是怎么啦？"

方舟回家看见海茹抱着娃静坐在沙发上，目光有些呆滞，猛地吓了一跳，放下手中的包连忙过去摸摸她的额头。

"不烧呀！"

"你才发烧哩，我好好地烧你个头呀！"

海茹没好气地推开孩子毛毛，上厨房去做饭啦。这个礼拜轮着父亲在这看护毛毛啦，有老人在这，何况是自己的父亲，一般海茹是不主动寻事的。老人也知道这女婿如今是有出息啦，是全县的大名人，而且权力极大，原先那个对自己嘘寒问暖的女婿不见啦，换来的是道貌岸然、一脸官样的方舟。老汉也觉得有些不自在和不舒服，打心眼里也不愿待在这监狱一样的房子里。在家院子很大，而且到地里转转干干活，身子也感觉舒畅。这接娃、送娃，看着活不重但手脚不停，还挺累人呢！一到晚上躺在床上，腰酸背痛的。想想自己就这么一个闺女，将来有一天走不动、干不动啦，还要靠闺女。这一个女婿顶半个儿，还不得指望人家？能干的时候，给人家出出力，也是为将来自己好哩。想到这里，一时也就来了精神，那种埋怨的情绪，立时跑得没了踪影儿，心安理得躺在床上等叫吃饭。做起了一个庄稼汉所做的梦来，想想这女儿在做饭，女婿当领导的又一天忙，和毛毛亲热也是正常现象，做人理解人是至关重要的一件事情，他起了床来到客厅，看见方舟父子俩在那。

"毛毛，来跟爷爷玩，你爸爸一天工作忙，让他歇会！"

"不嘛，我就是要和爸爸玩！"

毛毛黏着爸爸就是不离开。

"没事，爸！"

方舟很感动，也知道这老人的心思和想法。老人嘛，特别是农村的老人，有这样的想法和那样的心理都是正常的，这眼见老人没儿子，照料他肯定是自己和海茹的事情，这也是一种责任和义务，也没啥可推托的。

"爸，你歇会，饭做好了，我叫你！"

"嗯！"

老人感到心里很温暖，点了点头，向自己的房间走去。

方舟寻思和考虑的还是进屋那一刹那间海茹的目光呆滞，不知是什么原因，还是有什么事情在瞒着自己。

"毛毛，刚才你妈妈怎么啦？"

"妈妈好好地呀！"

方舟想从小孩子的嘴里套出实情，因为像这样的小孩是不会说谎的，但方舟的直觉告诉自己，这种表情和神态肯定不是无缘无故的，难道自己一转眼当了领导，这作为媳妇的海茹会不高兴，单位的同事还有人敢寻她的事不成？方舟想到这里同样也是百思不得其解。随着职务的变化，工作项目的增加，人际关系面的增加，与海茹沟通也在渐渐减少，特别是围绕家庭琐事话题也很少提及，留在大脑中的问题都是一些比较大的事情。

方舟在上班不到半个月时间里把那位周旭山调到了组织部，先平调给安了个办公室主任的位置，此人对自己的忠诚也感动了自己，一时半刻怎么也忘不了。这种轻描淡写的调动，只是一句话便按照程序把人调了过来，这组织部的办公室主任，也不是谁都可以当的，这服务领导、协调上下关系是组织部工作中要紧的一个岗位。周旭山心知肚明这是领导对自己的恩惠和重用，以方书记目前的走势，虽不能说是如日中天，起码来说，这走势也是强劲有力的，抱住了这根粗壮的大腿，还怕没官做？连几个副部长对自己也另眼相看，都在揣摩着这事。原来的办公室主任让下基

层任了职务，把这个原来的刘书记、如今的人大常委会主任也打电话表示感谢。虽然放在人大的岗位上，但在梅县的干部队伍中仍有很大的影响，这一点方舟心中也是非常清楚的。

周旭山非常机灵，知恩图报。他心中清楚的是，这办公室主任的职责是服务领导，是重中之重的任务。他又开得一手好车，深得方舟的欣赏，原来开车的小王便被调离，周旭山成为方书记的专职司机。他会准确地把握领导的意图，领导一个眼神一句话都会引起他的注意，都会给以解读，久而久之，几乎成了领导肚里的一个蛔虫，也并非图得虚名。周旭山因而可以说成了方书记的秘书，他的话在一定程度上也就代表着领导的意思，他的话分量很重、含金量也很高。慢慢在圈里传开了，一些走不到领导身边的人，似乎都想借周旭山这个平台把话传递过去，一些事也就这样办啦。

在干部调整中和组建梅县煤矿的过程中，昌伟民征求方舟意见，方舟思虑再三还是建议山阳镇党委书记接住了新组建的矿长和书记。在这点上考虑史书记在山阳工作时间长、人熟、工作熟，从全市的工作大局出发还是有益处的，最后经过常委会研究，任命很快下发，而且方舟亲自到山阳镇宣布这项任命和新的山阳镇书记人事任命。史书记知道这一位置很多人都盯着，但最后能不能花落自家，他的心中还是有数的。

"感谢县委和方书记的信任！"

"这是组织对你的信任，我们干部是党的干部，一定要尽快开展工作，以新班子、新机构开创工作的新局面！"

想想柳成明九号洞的事情，他的心中还是有些后怕，如果不是及时回头，祸事早捅下，怕今天也没有这种机会。深感方舟的大局观念，不干好工作真的对不起组织和方书记的信任。大事还要讲原则，这是自己人生的一条底线，人生没有这条是会犯错误的，一旦形成事实，造成损失，后悔都来不及，因为这个世界上从来就没卖这种药的。

作为一次宣布了两个单位的班子，按常理中午还是按照规矩由镇政府在汪云开的山阳饭店吃了顿饭。

汪云从周旭山那里早知道了方书记这一行程，心中也早有主意，特意安排在方舟原来的那个大雅间。

这是足有两大间的雅间，是专门给方舟留的。

"这间该安排客人就安排！"

"哪能呢？这个雅间会一直留在这的！"

"太浪费啦！"

方舟一进去，一眼瞧见了胡春桃坐在茶座上泡茶。

"方书记，你好！"

方舟一愣，挥手示意，汪云连忙俯身在方书记耳边小声说："春桃目前已不在酒店，在我矿部办公室！"

"好，做得好！"

方舟一时来了兴致，心中亦很高兴。周旭山也忙里忙外、安排座位，他也经常和汪云沟通和联系，甚至一些很机密的事情，二人都在对接和安排。汪云心中清楚，这梅县煤矿成啦，方书记又推荐史书记当了矿长，这一整体的安排都在按着自己的想法在运作着，幸运的天平在一直向自己倾斜。汪云更坚定了自己的布局和信心，从方书记微笑的脸上，他似乎读懂和明白了什么！

第十

　　人在屋里坐，祸从天上来。这话说得一点也不错。在这神奇的大世界中，什么事都有可能发生和出现，有些是人们希望看到的，有些是人们不希望看到的，希望与不希望都会来到和发生，好像也是不以人们的意志为转移，不知道为什么会发生，但该来的都来了，有的甚至改变众多人的命运和人生轨迹。

　　方舟作为县委副书记兼组织部部长，一天的工作排得满当当，甚至连吃饭的时间都给安排了，这是周旭山工作做得扎实到位，甚至出席什么场合、穿什么衣服，他都有建议权，而且说得头头是道，连方舟也没有什么说的，时间一长，也就养成了习惯，这类的事都让周旭山大包大揽给统管啦。

　　袁海茹省出了很多心，连在家吃饭不吃饭，也要听周旭山的电话通知。自从方舟当了领导以后，饭很少在家吃，而且每晚回来得比较晚，十有八九是一股酒气，回家一上床便呼呼大睡，而且是鼾声如雷。开始不习惯还真不能入睡，心中也烦，后来习惯了，听着这鼾声便欣然入睡，这似乎成了催眠曲，听不到这鼾声反而还睡不着。人就是贱，连她也好笑自己，奇怪得连自己也无法解释，思虑久啦，这也就是习惯成自然呗，也没有更深奥的道理在里边。

　　她仍是日复一日在单位上班！日出日落，消耗着生命的二十四小时的光阴，一次，周旭山掂上来烟酒和东西来到屋里，关门而走。

　　"这是什么？"她问方舟。

　　"这是朋友吃完饭，给的烟茶，一点小意思！"

　　"一点小意思，我们都有工资，难道买不起这些东西，要拿别人

的，别忘啦，拿人的手短，吃人的嘴短！"

"嗯！"

方舟听到这话，显然听到一种教训的味道包含在其中，不由得有些勃然大怒，难道这些道理还用一个妇道人家教吗？这女人真是管了三尺门里还想管三尺门外，这手伸得也太长啦。但这一天不落家，回来就吵架，有老丈人在招呼孩子，要一发火，显然不合适，遂拍拍海茹的肩膀点点头，也算是变相承认人家说得对，一场家庭的小危机、小冲突就这样化解啦。

这一天是晴天，也是礼拜天，随着煤矿业的迅速发展，梅县县城同样是人流稠密，特别是在汽车站、火车站外，背包、背行李卷、背铺盖卷的外地人，用人流如潮来进行比喻并不过分，就连县城中心的新华广场同样是你来我往，车来车去，拉民工上山，拉生活物资，拉煤矿设备，也匆匆繁忙地在县城里穿梭，梅县县城显得地方小啦，窄了。

虽然是周日，方舟还在上班，在县委的会议室开会。

海茹仍旧在妇联加班，在常委住的小红楼的家属楼的二楼，屋里剩下毛毛和他的外爷在家，看着十四寸的彩电里的节目，毛毛手里拿着遥控器，在翻来覆去寻找自己喜欢的节目，但除了看过多遍的《西游记》外，幼小的毛毛再找不到心爱的节目。

当外爷很有耐心，伸手做成弯曲状让毛毛把遥控器拿过来，孩子也明白当爷的是要看节目啦，一些频道上的戏曲节目也让他着迷也想看看，但又不能和外孙争着看，只能是等到孩子不看啦，这才能轮到自己。

毛毛看到了，也知道当爷爷的心思，毕竟已经上二年级啦，也戴着红领巾，穿着上白下蓝的一身校服，肉嘟嘟的脸，泛着一片红晕，显得活泼而机灵。仰头瞧瞧墙上的闹钟，挠挠头皮，稍微寻思了一会，想出去玩会儿，跑到自己房间里取出红面黑条的篮球，在客厅"咚咚"拍了起来，毕竟人小球大，他也逮不住，碰脸伤手的，钻到屋角去寻球，一会便折腾出一身的汗水。

"去洗洗脸！"

"爷爷，咱去新华广场！"

"去那做甚?"

"那里的小朋友多!"

"你和咱楼下的小朋友玩不行吗,非要去那?"

当爷爷的也嫌广场上的人多车多,外孙子又贪玩不好看管,也不安全。

"不嘛,我就要去那玩!"

毛毛愁着脸,噘着小嘴,拿出一种非去不可的缠劲,站在爷爷的身边,用小肩膀不断地摩擦着爷爷的身体。当爷爷看着外孙的模样,知道这死缠烂打是非要去不中,反过来想想,这娃在学校里圈了一礼拜,放放风也是应该的。小孩好动,这是天性,至于讨要吃的、喝的也是人之常情。

"好,爷爷同意了!"

毛毛抱着球欢呼着。

"别拿球啦,到那找小朋友玩会就回来,最多玩一个小时就回来!"

"不,把球塞进网兜里,爷爷给毛毛拿着到那再拿出来玩!"

"好吧。"

当爷爷的笑得一脸的灿烂,虽然是外孙子,但亲热得比内孙子都亲,毕竟还是留有自己袁家的血脉,寄托自己两家人的希望。欣然把球塞进尼龙绳做成的网兜里,拎起引着毛毛出了门下了楼。

红楼距热闹的广场并不远,但当爷爷的一猛感到这街上的人和车好像陡然多了,陌生的面孔相同而又不同,闷头寻思,是自己出来少啦,还是今天逢集,后来想明白啦,也许是周末的缘故这人才多起来,忙一手拎球,一手拉紧毛毛的小手,如同是看风景一般,在来往的人行道上往广场方向走去。

向东走了不到二百米,再折向南也就是三百米便来到中心广场。说是广场,实则面积并不大,广场后边有书店、饭店和商店,进进出出的人还是挺多的。他拎着球,环顾四周,并无多大空旷的地方,是有几个小朋友在玩,毛毛仔细瞅瞅,并没有自己的同班或同校的小朋友,便兴趣索然,从眼神来看也是大失所望。显然是后悔啦,毕竟这空场还没有所住楼前的空地大,但并没有回去的表示。广场前边还是栽有多年的大杨树,撑起相对大的阴凉处，不然炽热的太阳直射在这里是停不住人的。

当爷爷的一看场面，拉着毛毛来到一棵树阴比较大的树下，松了手打开网兜翻出皮球递给毛毛。

"就在树下玩一会儿就回去。"

"好吧，爷爷！"

毛毛接过球，在地上拍打着，这里又没有球篮又投不成，当爷爷的收了网兜，揉成一团，塞进了裤子的兜里，取了一张准备好的报纸，铺在水泥地面上蹲了下去，眼睛瞪得跟铜铃一般，看着孙子在玩。但不一会便松懈了，也坚持不下去。炎热的天气好像也容易使人困乏和疲倦，渐渐垂下了眼帘，似乎进入梦乡的境界。

"爷爷！"

毛毛的一声喊叫把个当爷爷给吓醒了。

"怎么了，毛毛？"

他看着满脸是汗水的孙子，连忙起身从裤兜里掏出手巾，轻轻给毛毛擦了擦，拉到树下。

"爷爷，天真热！"

这小孙子，天真热是什么意思，肯定不是吃什么，八成是想喝什么？这小东西知道从农村来的爷爷没钱，孩子在犹豫和为难，想想这也是外孙的一份孝心。当爷爷的看看外孙的模样很温馨也很贴心，遂定下神来，看着外孙。

"怎么，你觉得爷爷没钱？"

"嗯！"

"你错啦，爷爷今天兜里有五块钱！"

他从兜里摸出五块钱的纸币让外孙看，实际这是女儿让他买烟抽的，可当爷的舍不得，留下备着外孙出来想吃什么时用。

"真的！"毛毛看到钱一阵惊喜。

"嗯！"当爷爷清晰肯定地点点头。

"妈妈说不让爷爷买好吃的。"

"为什么？"

"爷爷是农民，没有钱。"

当爷爷的眼角瞬间湿了，但他不想让外孙看到自己软弱的一面，立刻揉了一下眼，以免让毛毛看见。

"这天还真热！"

爷爷看着淌着汗水的毛毛，心痛地把他抱到怀里，心想这孩子真乖真懂事，然后慢慢推开。

"说，今天毛毛想吃什么，爷爷满足你的要求！"

"爷爷真好！那给毛毛买一个冰糕，两个口香糖。"

"好，你在这等着，爷爷就去那边商店里给你买！"

"嗯，谢谢爷爷！"

"你在树下别乱动，爷爷一会就回来。"

"好的。"

毛毛眨巴着眼睛，小脑袋可爱地点了点，心中有一种期盼，眼见着爷爷向广场后边的商店走去。好动是孩子的天性，过来没一分钟他看见了放在地上圆鼓鼓的篮球，由不得拾起球拍了一下，球弹起来，蹦起来，超过了毛毛的头顶，球一下失控，掠过毛毛的头，飞向了近在咫尺的路边。

"我的球！"

毛毛惊慌地跑上路去捡自己的皮球，在他的心里和眼里，只有在路上滚动的球。当他伸手要抱住球的那一刻，那么极短的瞬间，一辆绿色敞篷拉着电机的吉普车呼啸而过，来不及躲闪，"啊"的一声惨叫，毛毛便被拦腰碾压而过。

太阳高挂的马路上瞬间流淌了一片血泊。

"碾死人啦！"

人们哄成一团，把陡然停下来的车围起来，司机吓得脸色泛青，惊得不知所措，慌乱的人们在四处张望。

"谁家的孩子？"

"多可怜呀！"

"快叫120！"

"毛毛！"

毛毛的爷爷因为离得很近，他熟悉孙子毛毛的声音，是他的声音，举目望去，毛毛已倒在可怕的血泊中。他手中买的冰糕和两块口香糖掉到地下，全然不知道，他迈着慌乱惊恐的步子扑到了路中，看着孙子圆睁着眼，血仍在汩汩地向四处流着。

　　"毛毛，我的孩子，快、快、快救救我的孩子！"

　　急救车赶到现场，医生手到孩子的鼻下一探，摆摆手，孩子已没有了呼吸。

　　"不可能呀，孩子刚刚还好好的，让我去给他买冰糕和口香糖，医生快救救孩子，医生我老汉给你磕头啦！"

　　当爷爷的腿软得跪在救护车一边，如捣蒜似的不住地磕头。

　　"孩子没呼吸啦！"医生摇摇头。

　　"不可能、不可能！你看孩子的眼还睁得大大的，怎么会没呼吸呢？他是方舟的儿子，县委副书记的儿子！你们要救救他呀！"

　　"方书记的儿子？"

　　一圈人惊呼，连医生也机械地再用手感觉一下，摇摇头。

　　"孩子是停止呼吸啦！"

　　医生严肃地向毛毛的爷爷和一圈人说道，并且将孩子的遗体放上了担架，用白布给孩子盖上，招呼人抬上白色的救护车。孩子不在啦，看看哭昏了头的老汉，医生还是把孩子拉走了，放在路中间总不是个办法。

　　"毛毛，爷爷对不起你呀！"

　　当爷爷的眼见救护车走啦，他伸手摸摸淌在路中的孩子的血，血还是热的。

　　刹那间，老汉面对着这突如其来的横祸和灭顶之灾，天好像都要塌下来。这计划生育，提倡只要一个孩子。可自己倒好，看孩子把孩子看得让车给碾死啦。这如何向身为年轻的副书记、自己的女婿方舟交代，如何对至亲至爱的女儿交代啊？他抬头看天，天上的太阳仍是那么红，那样的炽热！这似乎主宰人生死的老天爷，操你八辈祖宗，你是昏了头瞎了眼啦！他摇摇晃晃、满身满手的血迹站起来，把一圈的人吓住了，没人敢近身，没人敢走近他。

"快，快叫方舟书记来！"

"老大爷，你要想开点！"

有几位年轻人怕出什么事，上前想拉老人，老汉一甩手，那殷红的血洒到年轻人脸上、身上，一圈人吓得不敢靠近。

老汉擦了一下脸，立刻脸上都成红的，眼睛也都成红的了。他的脑海中一下浮出死亡的念头，那毛毛的身影，那含笑的眼神，与爷爷亲密的动作，可怜毛毛，爷爷在老了之后还指望你养老呀！可怜孩子临死，临离开这个世界之前，渴望一个冰糕、两块口香糖的愿望却没实现，便带着这样一个遗憾一命归西，步入黄泉。何况，他小小的年纪会在阴暗恐怖的阴曹地府害怕的。毛毛别怕，爷爷来陪你，他的主意已定。况且，他一下子把方、袁两家的香火继承人断送了，这是死罪呀！不可赦免的死罪呀！

他抬眼看看四周，一圈惊恐的人群也不知所措，猛地看见了广场两边的一对粗大的水泥柱子，一时心里有了主意。慢慢地向柱子走去，走到跟前拍拍柱子，热热的，生硬生硬的，仰首望去太阳光和眼睛形成撞击，晃得他眼有点花。又看看四周喧嚣的人群，往后退了有二十步的样子。他的想法必须是决定性的，如遇求死不能，那可是要遭大罪、受大症啦。

老人在两个手心吹了吹，为自己打了打气，鼓了鼓劲，像一头发狂的老牛，向那根石柱冲去，当周围的人发现老人意图时已经晚了，老人的头撞向了石柱。

一时间又一个血溅四周的场面发生啦。

"快，快叫120！"

"快，快救老人！"

周旭山刚接到县医院的电话，是知道情况的第一人。一问情况，连脸都失色了，连忙闯进了会议室，连这起码的规矩都忘啦，也顾不得啦。他冲上前，眼中淌着泪水，在方舟愕然之时，附到耳边："毛毛出事啦，人在县医院！"

说完扭头就走，脸上挂着泪水便出去啦。方舟一愣，大脑一时一片空白，但毕竟是副书记级别的干部和人，稍微愣一下："下边请魏部长安排工作，会议继续！"

方舟快步跑出会议室，周旭山还站在那。

"怎么回事？"

"毛毛在新华广场南边路上出车祸啦！"

周旭山没说完，泪水便刷刷淌了下来。方舟不敢问结果，拉开门，一头扎进了车里。

"海茹呢？"

"她，我拦不住，独自跑过去啦！"

"快！"

当路过新华广场的南边时，周旭山老远看到了那片已经发黑的血迹，心想八成就是现场，由不得踩下了刹车。

"这可能就是现场！"

方舟下车看着那片血迹，泪如雨下，正在这时，人群中有人大喊。

"老人撞柱啦！"

"什么？"

方舟腿软得已经挪不动了，周旭山一阵飞蹿，抢先来到了广场边上。方舟痛苦地跌倒在地上，似乎永远也爬不起来了，举目望去，夕阳如火，夕阳如血……

第十一

惨不忍睹的场面和血淋淋的现实让整个梅县震撼和惊呆了，也使得方舟所关联的几个家庭承受了空前的打击。

方舟感觉哭干了自己的泪水，他感觉自己的眼里没有了泪水，喉咙沙哑，感觉这表面的神经，增加无缘无故的震颤。

老人被整容后放进冰棺中，按照年龄和生辰八字看了坟地和下葬时间，没什么问题。在医院里也给毛毛整了容，穿上了新的没有穿过的校服，用黑布盖上眼睛，同样躺在冰棺中。方舟低头看着父亲，因为父亲当了多年的支部书记在村里红白事招呼得太多啦。

"按照咱这的规矩，不到十八岁是不能回村入棺的！"

"不行，毛毛我娃只有九岁，村可以不进，得给我娃做具棺材，好赖娃也到尘世上走一回啦，毛毛，我娃的命好苦呀！"

袁海茹在医院号啕大哭，哭得一圈的人都挂着泪水。

当爷爷的早已泣不成声，在这风俗习惯与爷孙情缘对决当中，天平在向亲情方向倾斜。方舟用眼神央求着自己的父亲，海茹的心声和要求，自己作为父亲何尝又不是这样想呢？

"好吧，给毛毛按孙子辈，在咱坟地给看个位置，让娃进方家的祖坟！"

大局便这样按程序走了。毛毛的坟挖得浅，按照风水先生说法，深了，他受用不起，还对家人不好。一家人没什么说，连袁海茹也默认了，没什么好说的。第二天上午一早，村里人把毛毛的遗体从医院装进棺材送到地里便埋啦。

当天夜里，海茹父亲被送到屋里搭上了灵床灵棚，按先前看的日

子，应该是第三天的下午未时下葬，在家里要停够三天。

在方家河，方舟和妻子在家中为老人守灵，一觉起来，袁海茹眼已完全红了，而且在一夜之后，在短短不到二十四小时，乌黑的头发全白了。

"海茹，你怎么啦？"方舟睁眼醒来发现妻子的头发全白了，伤心地抚摸着海茹头发号啕大哭。紧紧地把她抱在怀里，眼泪又猛然哗然而下，滴在海茹苍白如霜的长发上，这一夜愁白头的神话竟降到自己的家中。

海茹眼呆呆地看着他，并没有什么明显的反应，急得方舟手摆弄她的脸，仍然是无动于衷。他知道这种一次失去两位亲人的悲痛，而且都是血色中失去。这种打击、这种悲伤是巨大的，而且是常人在心理生理上无法承受的。

"海茹！"

"嗯！"

"我的海茹，你要挺住呀！一定要挺住呀！"

想到自己堂堂一个县委副书记，在这突发的灾难面前竟同样是束手无策、一筹莫展，难道真的生死有命，真的生有时辰，死有地方？都是上苍安排的？这种迷信的东西，真有这么深奥、神秘，难道果真在冥冥之中有一种神秘的东西在主宰着尘世中的每一个生命、生灵的生死与命运。方舟这样属于知识分子层面的人，心里一片迷茫，而且不是一般的迷茫，甚至感到了一种恐惧和害怕。松开海茹的手，虽然天已快亮，然而还是吹来一股风，将蜡烛吹得摇曳不停。看着老人的遗像，他想了很多，一种死亡的孤独、凄惨、凄凉的氛围笼罩着。毕竟作为一个成年人，虽然自己是人生第一次直面死亡的场景，面对残忍而且血淋淋的自己亲人的死亡场面，想明白啦，人生就是生老病死的循环，就像春夏秋冬的四季一样，死亡是人生最后一个旅程和归宿。谁也走不出这一神奇的诅咒。人生的希望在子孙，而且正在事业飞黄腾达之时，上天突如其来给自己送来这一灾难，心一时凉了，作为支撑人生的信念、理想和希望受到了巨大的打击，一切都来得这样匆忙和迅速，如闪电一般，接连而至的便是一个惊雷，在目瞪口呆不知所措之时，灾难已血淋淋地降临到自己的头上，弄得自己一头雾水和迷茫。

方舟老丈人和儿子的突然离世，在梅县影响巨大，一传十，十传百，在很短的时间里几乎传遍了全县，在机关、在街头、在乡村的村头、庄稼地里，人们都在议论着，而且不知哪位行内人讲："方舟的阳宅、阴宅有毛病，祖上的坟埋偏了方向！"

"胡球说，这方家祖上几辈都没出过官，这一下出了县委副书记，祖上坟没埋好，能一下出这么大的官？"

议论归议论，争辩归争辩，但埋人的事还是要按规程进行。方舟的父亲干了多年的村支部书记，经过的事多，见过的事更多，在度过悲伤期之后，面对现实还是他不二的选择，迅速召集管事的开会分工，安排了丧事，虽然是亲家的事，家里出了这么大的事，他不操心也不行。

一大早在海茹的家里、村口和门口便挂上了黑色的挽幛："沉痛悼念袁老先生仙逝"，落款是方家河党支部、村委会。在不到十点时候，不大的院子里的棚子便搭建了起来，整个院子便被严严实实罩了起来，方桌一排排摆了起来，人进人出，人来人往。管事的、帮忙的渐渐进入角色，炉灶、厨房都按程序开始了工作，买菜的、烧水的、砍柴的、招呼打墓的，不光村里，连公社的党委书记都赶来帮忙，小车在空旷的村部前停了好一片。这气势这场面，方家河的人多少年也没见过。连县委大院上班的人都来了几十号人，周旭山作为单位的办公室主任，几乎全权负责这事，连这大厨也是党校来的，就顺路把菜、肉都是从县城拉了上来了。

周旭山是个十分机敏的人，而且办事从不拖拖拉拉，干净利落是他的风格。厨师是由党校的副校长推荐，在县上也是数一数二的。

"我说姜校长呀，无论如何在十二点之前要开始出菜，四凉四热，不能误事！"

"是的，周主任，我盯着这事，保证按这个要求按时出菜，这不，一溜行的灶台已搭好了！"

周旭山瞄了一眼，看见石板和泥土撑起的灶台一字形排开，火已生着，柴烟和湿泥散发的气体融合在一起，甚至遮住了人们的视线，熙熙攘攘的人流，把海茹家的大门和宅院几乎占满，到处都是人。

按照农村的规矩，老人仅有海茹一女，方舟作为唯一的女婿，也就成了不二的守灵孝子，孝子就要有孝子的样子，尚且如此沉重的要紧的事，方舟同样得披麻戴孝，也说明这袁家也后继有人。经过方舟父亲的协调，海茹的姑舅姨家的主要亲戚的子女也都相继到场，老人的灵前也有两排穿孝服的男子，代替了方舟的守灵和还礼的职责，把方舟也给解放出来。

"方书记，是这样，这里已全部安排妥当，你和嫂子就回到家歇一歇，昨晚一夜都没休息好，在那边也好招呼！"

方舟感觉这周旭山把事情安排得有条有理很周到，毕竟自己的家里从住到环境都相对好些，在这里土墙土院子、土地坪，真要来个同事显得寒酸得不成样子。

"好吧，你让人把那边房子收拾一下，等会昌书记和几个领导要来！"

从县委大院抽的十几个人同样有几个女同志，周旭山明白领导的意思，马上安排让带过去到方舟院里把客厅的案子、茶几、烟缸、茶叶、茶壶、茶碗全部准备好，时间不等人，一旦领导到来，手忙脚乱误了事，这可不是芝麻大的事情，这领导没小事，怕也就是这个道理。周旭山在这点上，心明得跟镜子一样，深刻明白这事分量和内涵。

果然，周旭山刚把方书记的平房刚收拾好，自己的砖块一样的手机便响起来啦，是县委办公室主任打来的。

"昌书记和四大班子这会从县城开始出发啦。"

"明白！"

周旭山马上拨通了方书记的电话。

"昌书记和四大班子领导，已从县城出发！这里已收拾好，我马上也过去！"

"嗯！"

"你们几个就守在这里，准备好，昌书记一会就到！"

这几个人都是自己挑出来的人，比较听话，让人放心。这几个都听周旭山的话，也都明白，听他的话就是听方书记的话，这点相通的道理，再笨的人也都想得明白。在这县委大院的人，榆木疙瘩的人还是少数的，极个别的。她们都是几个女同志，心细还是女性的一大特点。在这点上周旭

山一是心中还是有数，二来还是比较自信的。自己的话虽不能说是"圣旨"，但这些人起码不敢敷衍和马虎。

他很快手握着手机，快步向村西走去，在处理这件事中，显示了自己的忠诚、干练，但内心在告诫自己千万不能张扬，肃穆稳重和低调都是十分重要的，至于在这事处理中自己的位置以及向外发出的信号，只能让别人去理解，想到这里周旭山不免有些激动甚至有一种按捺不住的亢奋，感觉自己的确有一种大内总管的感受，这在梅县，还有谁敢小窥本人。

很快，县委书记昌伟明带着四大班子领导，还是按时来到方家河村。作为书记，这个一班之长，方舟连失两位亲人，不是一件小事情，本来想到方舟家去安慰，但事一出后，方舟夫妻两人都很快回到了村里，心急火燎地处理后事，所以昌书记最后还是到村里去。

在门口，方舟披麻戴孝把昌书记一行接进门，周旭山跟在后边和其他人一样，胸佩小白花来到灵前，照例点上四支香，三支插在香案中，一支放到灵桌下边的盒子里，然后一行十余人在办公室主任的引导下行礼。

"向袁老人三鞠躬！"

"一鞠躬！"

"再鞠躬！"

"三鞠躬！"

走完程序之后，跟随来的县妇联主任特意看望了袁海茹。她处在失父丧子的双重悲痛之中，在感谢领导关怀之后，还是和方舟一起把领导送到大门口。

县委办的主任将一个信封递到周旭山手中，低声说：这是领导的一点心意，请转交。周旭山看了一眼方书记，方书记脸上没有表情更没有态度，但他的理解还是应该收下，便将写着姓名和款数的信封装进了随身的皮包里，显然这礼金是不能上村里的礼桌的。

"这院子小，人也多，请领导到方书记的屋里，厨子已把菜准备好了，吃个便饭！"

办公室主任用眼睛征询了昌伟明书记的意见，的确不知道这种场合，到底是去还是不去，饭是该吃还是不该吃。

"我看就不麻烦啦,方书记你节哀,专心把家里的事处理好,还有你这个周旭山,多操心,把方书记家里的事处理好,县委这边,要人出人,要车出车,全力支持!"

"知道了,昌书记,我们一定尽心竭力!"

周旭山满口应承下来。

"还有办公室的徐征主任,你是管后勤的,这几天带一辆车和几个人就留在村里,有什么事也好做处理!"

"是!"

"谢谢昌书记,不用啦,县里工作都忙!"

方舟连忙表态。

"就这样吧!"

昌伟明作为县委书记,一锤定音,连方舟也没有话好说的,把昌书记一行送走,但这红白事,收了礼金不待客也是不合规矩的,无论在城市也好,农村也好。整个面、菜、调料让厨子打了单子都准备了饭菜,虽然是白事,但情况有些特殊,最后决定全部不带酒水,不是舍不得花这个钱,而是这酒上了桌这事情的味道就变了,包括用烟的好赖,虽然方舟的身份不一样,但村里过事情抽的烟都是二块五一盒的烟,这也随着大流,冷不丁要把烟定到五块、七块钱的烟,也就会坏了村里的规矩,在这些琐碎事上,他还是听老爹的。总体想法是过得去,相信来的客人都会理解的。当昌书记带着人不吃饭,不到自己家里去,方舟也没有执意要留。

到吃过中午饭,昔日并不热闹而且有些平静的方家河村一下热闹了起来,来送挽幛、吊唁的车越来越多,人也愈来愈多,几乎如同赶集一样,来一茬,走一茬,除了方舟两口的同乡、同学之外,梅县的各乡镇、市直各单位的主要领导都相继到场,连礼桌一个人、两个人加到三人,显得都不够用,等着上礼登记的人都排了队,村里乡里乡亲的礼桌是专用的,村里人没收入,上个三块、五块的很正常。而来自单位的同志都在五十,领导的少则也是一百元,而且都是司机代上的,单位的选一个为代表,礼单都详细写上了姓名和款数,而且下面也有合计,收礼人只要把名字和数额抄上便是。

更忙碌是负责迎送的几班人，来的人大都是礼一上，面对停在灵床上的老人三鞠躬，看着熙熙攘攘的人群，饭也不吃，能见方舟的面打个招呼，就是让他知道自己来了，也就算完成了任务和使命。招呼人忙得颠三倒四的，负责摆花圈，挂挽幛的也是马不停蹄，海茹家院子里、巷道上的花圈摆成了两排，挽幛都没处挂了。

周旭山这位大总管，领着县委办、组织部办和方家河村所在乡办公室人员组成的几十位工作人员算是忙散了架，加上这院里时起时落的乐队，音响所播放出来的哀乐，更让整个方家河村笼罩在一片巨大的悲哀之中，人流如同是决堤的水，直往外溢。

方舟陪着丈母娘和海茹在上房原来海茹住的偏间中，各个礼桌上人员把满一千的钱，捆得整整齐齐送了进来，而且上边附着明细。海茹妈看到这一捆一捆的钱送到身边，连眼睛都直啦。她从小到现在，从来没见过这么多钱。她用一双干瘪的手摸着这一沓沓的钱，想了许多，甚至用一双迷茫带着辛酸和苦涩的双眼看着海茹，似乎在问女儿，这些钱都是自己的？她心里是不相信，但现实都是真实的，而此时袁海茹仍在巨大的悲痛中不能自拔。她贴着方舟的耳朵说，我讨厌这些东西，真的！

方舟点点头，知道她的心情，失去了父亲和儿子，这些东西是挽不回来的，而自己又何尝不是如此呢？

海茹点点头，离开现场扑向停放父亲的灵床，呼嚎着父亲，几个人连忙把海茹搀了出来，方舟搀着海茹的胳膊轻声说："咱到那边歇一会！"

海茹点头同意。

很快有两位女同事帮着把海茹送回到村南的家中，因为这种场面、这种气氛太容易引起她的悲痛，女人的感情是丰富但又是相对脆弱的，这突如其来、暴风骤雨式的灾难性打击，是任何一个女人都无法承受的，即使她是一个十分坚强的女人。海茹躺在平房里，目光呆滞地看着上方，大脑在一片空白之后，梦里看着父亲和儿子是如何过的奈河桥，恍惚之中他们掉进了万丈深渊的地狱。

"啊！"她惊叫一声。

这袁海茹睁眼惊叫一声，着实把相伴的同事吓了一大跳，甚至惊出了

一身的冷汗。同事是和她同在一个办公室的打字员马宏亮的老婆杨娟红。

"怎么了，海茹？"

"没事！"

她静下神来，回想刚才的一幕，额角从毛孔里渗出了星星点点的汗液，如露珠一样。杨娟红连忙用毛巾擦拭几下，又把毛巾放到桌下的脸盆中洗了洗，又拧了拧，然后展开轻轻放在她的额头，双手拉住海茹有点发热的手，给她揉搓着，扪心自问总不会是发烧吧。

"我让人把村里的医生叫来，量下体温，看是不是发烧？"

"不用，谢谢你！"

海茹看到自己昔日同学，甚至险些成为自己丈夫的马宏亮的妻子，心中想了更多。

"宏亮呢？"

"他在地里招呼着！"

她听丈夫也说过他们之间的这层关系，同是嫁到这方家河，所以有了一份额外的情分含在其中。

周旭山虽然忙得不可开交，但他仍旧惦念着两人，一个是在山阳开矿的柳成明，一个是同样是开矿而且开着饭店的汪云，这两个都是梅县的名人，平时打得火热跟亲兄弟一样，一有空便聚会，在一起吹牛、吃饭、喝酒、跳舞。自己都把方书记家里发生的事传递过去啦，为什么到现在还不到场亮相呢？不由心中有些纳闷，这来得太晚了，表现出什么呢？往后还指望在有事的时候在方书记面前递话？门都没有，真他妈的不够朋友和意思！他在心中骂道。

临近傍晚的时候，天空中显现出一点暮气和暮色，方家河村开进了两辆豪车，从一辆近二百万身价的奔驰车上走出来汪云，后边跟着两个抱着烟酒、挽幛的随从；另一辆车也是一辆百万的宝马车上走出柳总，后边同样有两个随从。一行人径直向村西走去，两人抽的都是美国进口的雪茄烟，听着村里几架锣鼓敲得咚咚响，人群进进出出。

"周主任，我和柳总刚从外地赶回来，刚到方家河！"

"你在车边等着，我一会就去接你们，这里正忙着哩！"

"好的，先等会，周主任一会来接。"

汪云知道这是来指路引方向的不一定叫去现场，况且自个也不愿意这样张扬把礼上到农村人的礼桌上，对自己对领导都不好！真是轻了要不得，拿不出手；重了，在众目睽睽之下又太显山露水的，自己心中也矛盾，来了正好！

在丧事现场，天一暗下来，按照先生看的时辰，经过各队的锣鼓一遍一遍地打，在这里叫闹丧，要经过三次的打鼓，各队的锣鼓都要来到院中的灵前击打，相配的有锣和钵。按理说每次进来后都要孝子们在管事人带领下穿着白色孝服与请锣鼓，在漆黑的夜晚每个锣鼓队都选一个地方，上边放着一个凳子，上边放着引路照明的马灯，管事的人在凳上放一盒烟，众孝子行礼。这样往返够三次，锣鼓声此起彼伏，在场人的耳朵都被震蒙了。三次过后，便开始在长辈的带领下，灵前烧纸，方舟和男女磕头号哭一阵后，被长者搀起。

"把门关上！"

这便开始进行入殓，扯下灵前用布搭的帷帐，将逝者小心翼翼地从灵床上放进垫好的棺材中，然后海茹和姑姨们将遗体的四周用衣服和卫生纸填好，尽一份亲人对逝者最后一次的关爱和孝敬。外边的锣鼓音乐声一停下，村中帮忙的人都已离去，显得院里静悄悄的，后来灵床的床板和凳子被撤走啦。屋里边正进行最后一道程序，那就是要与逝者告别，也就是看逝者最后一眼，主事的人，也就是海茹的长辈端上一个白瓷碗，里边倒了半碗的酒精，一边放有新的棉花，用棉花蘸着酒精，依次在逝者脸上擦拭一下。

方舟和海茹走在前边，海茹一见到父亲那张仍笼罩在痛苦表情的脸时，特别是额头那一块虽经修复但仍然有着明显的凹陷痕迹，又不由得伤心起来——"爹，女儿今生再也见不到你啦！"

海茹百感交集，想到从此父女阴阳两隔，不禁泪如泉涌，但这已是残酷而不能改变的现实，说什么都晚了，在心中也默念着，在下边的阴间，在另一个世界上和你的孙儿毛毛相伴也不寂寞。想到这里，她用毛巾

擦干了眼泪，用棉球蘸上酒精在父亲的脸上擦了又擦，然后重重地把擦后的棉球扔到墙上。

方舟深情地看着老岳父，心里默念着，毛毛娃小，动性大，出了事是他的命，你又何必搭上自己的一条命？真是太不值得啦。这刚当上副书记不久，家中就发生了这种怕人的血光之灾，他隐隐感到了一种不祥的兆头，难道方家就不能出这样一个县官？对于上苍这种安排和惩罚，他有一种极度的不满和愤怒，以为这是神灵的不公，是对方舟、对家庭、对自己的不公！他把擦过的酒精棉球重重地摔在涂白的墙上，贴在海茹那块的上方！

入殓仪式结束了，屋里的布帷帐又挂了起来，所不同的是灵床变成了漆得发亮的棺材，盖板斜盖上，只露出一头的缝隙，待下葬时再钉上木楔。烧完了纸，这时的门才打开，都是一身白装的男女鱼贯而出，轮流着守灵的留在那，看着烛火与香案。

方舟扶着海茹走出来，进海茹的屋里，院子开始坐席，亲戚在先，村里相忙的在后，一茬坐不下，便分几茬，熙熙攘攘的人流和嘈杂声，加上乐队音响，亲戚为老人点戏，掺杂在一起。

"你喝点水！"

"不喝，你回家去吧，我想再陪父亲最后一个晚上！"

海茹闷声说道，泪水不自觉又淌了下来。

"好吧，一个女婿半个儿，我也同你一样为父亲守灵！"

方舟的这话让海茹很感动和感激，毕竟父亲无儿，就自己这么一个闺女，虽然姨舅家的儿子在守灵，但毕竟都不是直亲，所以得到自己丈夫的响应和支持，感觉有一种心灵沟通的震撼，毕竟是在人生的一条船上，可谓是风雨同舟。作为丈夫的方舟，这种选择与态度也是正常的，没有什么特别的溢美之处。而在此时，周旭山又过来啦，知道老人的入殓仪式应该结束啦，便过来，立在外间方舟能看见的地方，见海茹如小鸟依人一样安然地依偎在方书记怀里，不忍心去打搅，也不知该不该因此事而打搅方书记，不知道他会是什么反应和态度，偶尔看一眼方舟的脸色，说实在的心中是没有底的。

方舟看见周旭山，知道肯定是有事要告诉和请示自己，知道肯定是来了什么人，便安慰了一下海茹，站起来踱了过去。

"怎么啦？"

"汪云和柳总来啦，我没让过来，在那边家里等着，你看见还是不见？"

"噢。"

方舟略加思考，便知道其中包括的内涵，掂量着分量，权衡着利害，按照常理，这自古以来，好官不打上门客，这种面子还是要给的。

"我过去下。"

他给海茹打了招呼。

"嗯。"

海茹知道有事，轻轻点了一下头。

"我一会就过来。"

方舟连忙补充一句，知道这个时候，海茹最需要自己的理解支持和在她身边，丈夫就像一根粗壮的柱子，支撑着这个大家，形成的巨大的树冠的绿荫，连自己同样在树下乘凉，享受在夏日炎热下的一份清凉。她深情地看着自己丈夫离去，相信他此时肯定有比较重要的事情，不然在这个特殊时间点上，自己特别需要他的时候，他也不会选择离开自己。

走在路上，他仍回味着对梅县煤矿领导班子的安排，由山阳镇的史书记任矿长，又从另一国营矿山调了一个副的主持常务工作，从省地质局二队调了一个工程师任总工，三个单位成掎角之势相互制约，在不长时间内，生产、管理上都取得明显成效，为城市新区建设注入更多的财政资金，作出了巨大贡献，昌伟明书记对此非常满意，但这些人都来过了，也表示过啦，自己当领导的同样也只有感谢的份，诚然不会说出别样的话，除过忧伤就是悲痛。对于这种灾难，对于任何一个人，任何一个家庭都是无法承受的灾难，这块伤痕可能许久，甚至是终生也不会忘却，若此时面对善意的慰问和关心，除了沉默，还是沉默。

当周旭山推开院门时，安在父亲住房的屋檐下的灯亮着，五十瓦的灯泡，在偌大的宅院中显得如同是一支红烛。

"方书记！我们来晚啦，请节哀！"

汪云第一个发话，并上去握住方舟一双冰凉的手喃喃说道，并用手巾擦着湿润的眼角，声音中竟能有哽咽悲伤的味道。而柳总却做不到，对于自己的水平感到惭愧，心里大骂这戴眼镜、文绉绉的就是他妈的装得像，说假话就像喝水一样简单。

"真是出差啦，下午五点下的车，就往这赶，这周主任不让过去，咋着也得给老人上支香，鞠个躬！"

"不用啦，那会人多，有这份心愿就行啦！"

方舟坐在中间的沙发上，漫不经心地说，一见几个人都站在面前。

"都坐下，这是在家里，没那些规矩。"

汪云和柳总知道方书记会过来，也早把搬东西的几个随从打发到车上啦，这让下边人知道多啦，肯定不是什么好事，这也就是领导有领导的秘密，下边人有下边人的秘密，一但捅破了这层窗户，都难堪，都觉不好意思。这规矩还是要有的，这就是领导有领导的待遇，同志有同志的报酬，是不一样的，这种约定成俗的东西，大家都是认可和尊重的。

"请方书记节哀，保重。"

汪云鞠躬，连眼里都透露出深度的悲哀，那显现出的诚挚，把握的分寸，十分得体和到位。眼眶里的眼角的确是湿啦。柳总这一看汪云跟演戏一样，自愧不如，连忙向汪云看齐，学着汪云的样子，按理说自己并不缺钱，你当你的官，我做我的生意，我开我的矿，我挣我的钱，管你当什么书记、县长与我没球大的关系，何必看你的脸行事，好像要巴结你，低你一等。但这钱是如何挣的，没人家放行和照顾，你能挣得了钱？这样想着，不由得打了颤，倒吸一口凉气，这一掂脸，这瓜蔓就会就给撸啦。这两个人，连同周旭山在内都不敢坐，这一坐下，就是和领导平起平坐啦，那是什么概念？

汪云扶了下眼镜，迅速看了一眼正在寻思的周旭山，昔日里趾高气扬的汪云也像下架的茄子——蔫啦，更是看风向随大流，不敢自作主张了，这才从心里明白政治和经济的区别，况且自己的子女，自己的亲戚有多少事日后还要仰仗人家，看方书记的脸是一定和肯定的。说白了，自己

的儿子就在方书记的手下，只是早把这个信息给周旭山说清啦，就是没敢在方书记面前说透，人家让座你就坐？他瞄了又瞄周旭山。

"坐下来，还瞅什么？"

方舟看着几个人眉来眼去的，心中便有几分的烦，有什么话就说，这扭扭捏捏的是什么意思？

"方书记叫坐下就坐下，这立客难打发，站着成何体统。"

虽然周旭山这样说，汪云忙给方书记递上烟点上了火，柳总也不甘落后，把冲好的水又倒了出来，续上新水，这场面上的气氛一下和谐了许多。

"方书记，你看还需要帮什么忙，跑什么路，要不，我的车给你留下？"

"不用，这里有旭山招呼，都安排好啦，你们的车吗，是豪车，都是一二百万的车，放在村里太扎眼。在这村里，也不好招呼你们，随后到县里再请你们！"

两人赶忙表了态，被一口回绝了，而且说这车好扎眼，还要到县城请吃饭，这明摆着是下逐客令。

柳总张了张嘴，似乎还想说什么，比如说上的礼，买的东西，是不是应该让主家知道。一看汪云的脸，一下明白啦，这当面说岂不是自寻苦吃，万一说出来，人家脸一变，叫把东西拿回去，这场如何下？这不是自取其辱，自讨苦吃？这还需要说明，自己真他妈的笨，方书记会不知道来的目的，肯定不会是两个肩膀抬一个脑袋来吃饭的。

汪云一行还是坐下啦，但没什么说的，挠心抓脑也不知如何说，索性喝了半杯水便起身告辞。

"方书记你早点休息，我们先回去，明天一早早过来！"

"有什么事，旭山会叫你们，你们忙你们的事情，企业嘛，挣下钱是原则！"

"好吧，旭山，你去送送两位老板！"

"那我们走了，方书记您多保重！"

方舟起身把二人送到大厅门口，周旭山一下把二人送到车前，待车离

开后,旭山手仍在挥着,然后匆匆回到方舟身边。整个屋里、院里静悄悄的,旭山感觉连自己的呼吸声好像都是那么的清晰。

"什么情况?"

"两人各送了一箱酒、一箱烟!"

方舟起身踱步来到里间,看到是包装精美的五粮液和十元一盒的云烟。方舟心中算计着这东西值多少钱?

"汪云给了这个,柳总给了这个!"

旭山把两张现金支票递给了方舟,方舟瞟了一眼收进了兜里。

"这些暴发户、土财主!"

旭山在心中续了句:该宰就得宰。

"你把明早安排下,晚上把东西送到城里,这些东西不能在这过夜!"

"明白,方书记!"

第十二

轰轰烈烈、热热闹闹的丧事结束了。

在家里陆续散去的亲朋好友，海茹的院中又恢复了往日的平静，一切都和往常一样，只是海茹妈，坐在院中的小枣树下阴凉处，双手撑着脑袋，茫然地望着门口。她知道老伴是从这扇门抬出去的，而且再也看不到他，从此自己将孤苦伶仃，形影相吊，一个人在这院小屋中度过余生，女儿还会上班去，离开自己。想到这里，湿润的眼又淌出了泪水。海茹知道当妈的心思，蹲在妈跟前用手巾擦着她满是皱纹眼角下的泪水。

"别哭了妈，回去歇一会吧！"

当妈的没动，只是用一双奇怪的眼神看着女儿。

"妈，你这是怎么啦，我害怕！"

海茹的确是害怕，这眼里似乎除了冷漠还似乎有一股怒火在喷发。

是呀，也是自己求的，非要父亲去县城招呼毛毛，不但送了儿子的命，还送了父亲的命，夺去母亲的希望。自己有罪呀，海茹蹲在母亲的面前。

"妈，你打女儿吧，是女儿不孝，害了爹的性命！"

海茹跪在地上号啕大哭。母亲抱着女儿，拍着海茹的背。

"我茹不哭，妈不怨你，这是你爹的命！"

待方舟和周旭山赶出来时，母女二人早哭成一团，难解难分。方舟看着哭成一团的母女，想到一同逝去的儿子，同样是悲痛交加，伤心落泪。他看着挂在西天的火红太阳，似乎在询问苍天，你的仁慈何在？你的公正何在？泪水在阳光下滑过鼻梁，流进了嘴里，一阵酸苦进入了他的五脏六腑。

"方书记!"

周旭山小心地递上湿毛巾,方舟沉思了一下接过擦了擦脸,旭山连忙接过又在里屋的盆里洗了洗,拧了一下,又递过去。

方舟连忙拉开母女,把毛巾递了过去。

海茹接过来,抽泣着给母亲擦了擦脸,然后又把自己的脸擦干。

"起来,茹,这天要杀你爹,我们也是没法,没了你爹,咱这日子还得过。起来,海茹,你爹走了,凉凉地睡到地下,他丢下咱母女享福去啦,我们怎么办?光伤心哭也不是办法,妈给你弄点吃的,厨房剩的肉菜、馍多得是!"

海茹点着头,嗯嗯应着声,母女俩相互搀扶着进了屋,方舟和旭山也在一边招呼着一同进了上房,一律的土墙、土地、土炕让方舟看了心酸,一双忧伤的眼流露多种遐想。

旭山一下明白啦,理解对这的不满。这一个眼神就是指示也同样是在下达任务和命令,说实在的就是把这土房推倒重建,也同样是小菜一碟,一件很容易的事情,但还得琢磨和判断,甚至要探问和请示!

来到母亲住的里间,整个丧事下来收的钱和账单,都整齐地放在老式的桌上,上边的礼单、钱数,下边的合计都一清二楚。方舟只瞥了一眼合计,看到成堆成捆的钱放在桌上。老妈抹了抹哭红的眼角,不相信地看着桌上的钱。

"你爹不在,这事,就收这些钱?"

她惊讶地询问女儿,站起来走到桌前,抚摸着那扎得整齐的钱。说实在的,老妈活了这么一把年纪,压根还真的没见过这么多的钱。她几乎不相信自己的眼睛,用手摸摸,这才觉得是真的,但总有一种梦幻的感觉。

海茹没有点头,也不应声。因为她从心里知道和明白,这是丈夫方舟这个县委副书记的钱,是他的脸面钱,不是袁家的钱,不是袁家应该拥有的钱,她是想让方舟把钱拿到方家去。但看着母亲那眼神,那动作,又怕伤了她的心。她毕竟也清楚,没了父亲,母亲将要面对的孤独和艰难,这些钱对她而言也是一笔不小的养老救命钱,不忍心开口。要是在县城家里,她真敢把这钱扔到门外去,但此时此刻她不能这么做。这一摞摞的钱

像磁铁一样，吸引着母亲历经风霜雪雨的一双眼睛和一颗久旱盼甘霖的渴求。虽然自己也喜欢这东西，但讨厌这类的钱，因为送礼的这些钱除情分外还包含着不可告人的利益和一些诉求，是来做交换的中介，在家中，是反感别人送的一些东西和钱。她看着方舟，方舟也看着她，两人用眼睛做着交流和沟通，在相互碰撞之后，海茹认输了，不再坚持自己的观点和认知。

"你去和旭山把这些钱给咱娘存到村信用站去，这三万多块钱算是她的积蓄。"

"你们在外边，用钱的地方多，我年纪大啦，也用不上这些钱，也花不了它。"

"娘，没了我爹，我和海茹都在县城，回来一次也不方便，钱存在那，也在村里，你要用时可以取，当然，你用钱，我和海茹随时都可以给你。"

这话说到了当母亲的心里，钱就和庄稼人家中的粮一样，有了这两样人心就不慌。况且，方舟从丈母娘的眼神和手势中准确号到老人的脉，对钱的向往和渴望。海茹也没有什么好说的，寻了个纸箱装好钱放车上。毕竟这家里放这么多的钱，也不安全，外人知道有这么多的钱，若有歹人惦记，就会出事的。

海茹给母亲留了一捆钱，也就是一千元。母亲连忙把钱锁进了箱子里，黑色的铁锁哐当一声落锁，老人的心也放下啦……

汪云那天从外地出差回来，来到矿部所在地，在黑黝黝的夜晚，四周的大山隐约只能看到它的轮廓，漆黑的晚上在空旷的河道，灯火通明，卖吃的卖喝的，唱歌跳舞，热闹非凡。他到矿部以后，给春桃打了个电话。

"汪总，您好！"

电话一端传来了胡春桃甜甜的声音。

忽然感觉去找方书记带她去不合适，遂打断了这个想法。

"没事，你休息吧！"

汪云挂断了电话，这令胡春桃莫名其妙，不知道老板心中想什么？但又为什么突然戛然而止呢？当然她也不知道，原本想带她一块去，临时又

改变了主意，思虑这一想法简直荒唐可笑，几乎将自己费尽心思的一副好牌差点毁于一旦。

"神经病！"

胡春桃在心里骂了一句，老板欲言又止的做法，着实让她猜不透，萌生出几分无可名状的愤懑。不知老板哪根筋又走神了，猜这猜那的理不出个头绪来，看来这人世间的难事就是猜测人的心事啦。既然猜不到，索性也不费这心思，莫不是肚里想吃葱，嘴里胡念经吧！要是如此，也不会有第二个结局，自己早晚也是他盘中菜和刀下肉，但她想不到这老板的葫芦里到底卖的什么药？这么久也不动自己，不近自己的身，又不要别的男人碰，想必自己可能是给有数的几个人准备的菜，猛然想到了这里，也想到了方舟，她把事情的前后联系起来，一些脉络也渐渐清晰了起来，自己还有选择的余地吗？老板还会征求自己的意见吗？在这大是大非问题上，恐怕自己是没有这个权力的。这也是自己的命，由不得自己做主。想想人生也就如此，吃好玩好，尽情享受人生，也不枉在人世走一回。想起电影中的一句话："人生如梦，转眼百年。"做子女的能挣来钱，让家人和自己能享受生活，也就知足啦。想到这里也没有什么可忧虑，也就坦然面对，只希望用自己有限的青春美貌来赚取更多的金钱，也没有什么错。有什么样的人生定位和选择，也就有什么样的人生追求；有什么形式的付出，就有什么样的收获。

春桃仰头看了一下天，好像在询问三尺之上的神明，真的是这样吗？夹在大山中的河谷地带，在这公司成排的简易房的院中，太阳游离在天空，零星的白色浮云，如同一幅画挂在天上。放眼栅栏外、河谷上仍有很多很多的人，有挖煤的，有运煤的，山上不时响起隆隆的响声，让她弱小的心灵也颤一下，久而久之也习惯这种环境。每月在固定的时间也就是发工资的日子到镇上的邮局为父母汇上一笔钱，也就心安理得，万事大吉啦。当然绝对不告诉父母自己的处境和将要面临的人生抉择，这事也不需要和父母商量和请示，自己毕竟是成人了，有决定自己命运的权利。她是这样想的，也会毅然决然在这条路上走下去。如若当时不走出大山，找一个丈夫，同样结婚生子，怕一辈子也走不出大山，更看不到外边的花花世

界，享受不到坐在大山中几乎想不到的生活。春桃感到生活很充实，也很满足，甚至对将来的生活有一种憧憬和希望。

此时的汪云却不是这样。他知道春桃长得漂亮而且是个尤物美食，也是垂涎三尺，的确是有占有的欲望，但冷静下来之后，知道自己是开矿做生意的人，要想利益的最大化，要想让自己的后代不但像自己一样有钱，更要像方舟一样有一个美好的政治前途！光知道挣钱有什么意义，钱不能光宗耀祖，有几个钱大不了是个"土财主"，要挣钱保住自己的钱，不然的话，一个政策、一句话就会把你弄得倾家荡产，甚至扔到号子里去。到那时，什么是你的，人扔进去了，什么家产、银行的存款都是公家的，都是国家的。这个道理，他的心里还是明白的，这就要攀龙附凤，构建一个保护自己的网络，不怕刮风下雨，也就到了一个任凭风雨起、稳坐钓鱼台的神仙境地。想想自己父亲过一个寿，过一个七十大寿，这村里村外，镇上镇外的动静多大，这大小工头、大小老板，都是提着钱袋子上礼，一个事情下来，光收的钱拉了两辆吉普车，到了信用社去存，几个工作人员整整数了几个钟头才数清。填写了存票，引得周围的人咋舌。

"这钱跟粪土一样，一筐一筐，一包一包的。"在山阳镇的街面，汪云的确也算一个人物，他要办的事，没有办不成的，他要玩的女人没有不抱进被窝的。

但能有这么一天，还是得益于当年修水库，打穿山洞，学会了打钻杆，用炸药。因此修完水库，这偏僻贫瘠的山上竟然遍山有了煤矿，一个国营煤矿根本适应不了这有水快流、强力开发的政策，集体、个人一齐上，遂形成了万马奔腾齐上阵的局面，汪云看着天时地利有了出头之日，不但挣了钱，而且成为有头有脸的人物，上上下下的人，没人敢小看汪云，加上这货也有些文化，长相斯文慈祥，三天两头帮困难群体，村中捐钱修路，给敬老院老人发钱发衣，发好吃的，有考上大学的家庭奉上学费、生活费。屡屡在地方媒体的报纸、电视台报道和露脸，俨然成为当地有名的慈善家，这是其闪光的一面，而阴暗险恶的一面却很少有人知道，在这山沟里谁要是敢招惹了他，那真是死活不下。打过交道的人，都

叫他外号"活阎王",可想他的威望有多高多大。

汪云正在回忆往事,电话响啦。

"嗯!"

"我是旭山,今晚回来啦!"

"是周主任呀!你在哪里?"

"我在街上,刚办完事。"

"我也在县里,你说,去哪里!"

汪云忙从车里坐起来,知道这周主任在方书记老丈人家忙活了好几天,嘴馋手痒的肯定是想开荤。

"梅县酒店吧,吃好喝好,浪一下吧!"

"嗯,听你的!"

汪云遂拿起电话。

"哎!是张总吗?"

"什么张总的,汪总你有何吩咐?"

"安排一个大包间,能吃能喝能唱,寻几个漂亮的小姐。"

"明白了,汪总!"

这梅县饭店的张来军一听是"活阎王"汪云的电话,魂都吓没啦,擦把汗连忙安排了饭店最大的一个厅,按最高标准迅速下了单,好在大酒店的凉菜是现成的,热菜要费点时间。

"十分钟凉菜上齐,上晚了小心挨板子!热菜配好,晚了,小心老子炒你鱿鱼!"

张来军板着脸,在厨房大吼大叫,把下边的人吓得一溜小跑各干各的事。

"挑最好的小姐,一队八个让人家挑!"

"这钱?"

主管好像做难的样子,怯生生地看着老板的脸,因为这好小姐要有好价钱的,怕老板不掏钱把自己装进去,坑了自己,让自己里外不是人。

"哪这么多的废话,叫你去,你就安排,误了事,就卷铺盖滚蛋!"

主管一看老板真的发火啦,吓得也不敢吱声,吐吐舌头,做了个鬼

脸，忙去干自己的活了。他最怕的是安排后没人出钱，把自己夹在中间，挺难受的。

这不管是上菜的、做菜的、准备上桌器具的都紧张起来，知道这老板亲自上阵督战，明眼的人都知道，这打勤不打懒、专打不长眼的道理，此时掂脸和马虎都是拿手榴弹擦屁股的怕事。

周旭山感觉汪云安排的一切，都是天经地义的事，没丁点儿的不好意思和受之有愧的味道，酒足饭饱之后，便搂着小姐跳起了舞，闪烁的灯光，悠扬而且柔柔的舞曲，把年轻漂亮的小姐抱在怀里，跳着标准的两步舞，甚至透过衣服摸着小姐嫩白的肉和敏感的部位。

"先生，你弄痛人家了！"小姐撒娇。然而，周旭山却假装听不到她的声音，把她搂得更紧，身子贴得更近，连下身都出现反应。

"疼吗？"

"嗯！"小姐有点感觉害怕，有一种羊入虎口的感觉，但讨男人喜欢，挣男人的钱，虽然是一股臭味的男人，但感觉一次和十次甚至更多次，并没有多大的区别，知道臭男人要爆发啦……

"疼？老子叫你真的疼，而且要发出声音！"

这时候，空旷的大厅里，只有两个人，而且靠里就是房间，旭山使劲吻着小姐的嘴唇抱起来，在小姐的尖叫声中把她抱进了房间扔上床，脱掉身上的所有衣服，直至最后一件裤头，一个白花花的胴体呈现在那，小姐两手抱着胸部，还在做最后的抗争，还想再保护自己……

小姐完成了任务，坐在床沿穿好衣服，拉上门，关了大厅的音乐，轻快地溜了出去。

旭山穿上衣服，净了手，叼上烟，端详自己的脸，回到床上仍旧在品味着这个女人的味道，回味着那销魂的美妙时刻，那种满足简直是在品着唇间的蜂蜜一样甜！

正在这时，外边的门发出"咚、咚"的响声，他屁股抬了一下问道：

"谁？"

"周主任，是我！"

"谁？"

他没听清楚又提高嗓门问了一句。

"我是汪云，周主任！"

这鬼东西，这会跑这干啥来啦，忙整了一下，穿上拖鞋走了出去。

外边的汪云听到里间的门响了一声，拧开了门，手里端着杯泛红的水杯，探头探脑晃了进来，好像不知道什么，又好像怕看见和撞见什么。

"我都喝晕了，这不刚睡醒，给周主任老弟泡了杯人参茶让你品尝！"

这东西，自己安排的事还他妈的装蒜，好像他什么也不知道。这送参茶也是没安好心，名义上是让自己品，品个屁，还是要让自己补补，这不明着告诉他什么都知道。真他妈的心眼多，但这事这参茶也有巴结之意，况且好主不打上门客，也是常理，这一举动包含许多许多的信息。

两人遂在沙发两边坐定，汪云连忙把好烟递上，捂着手用打火机给旭山的烟点上。

旭山伸了下腰，屁股也没抬下，任由汪云来点，因为在他的眼里和心中，他怎么做都是应该的，并没有什么不妥和过分。

"还满意吧？"

汪云也点上一支烟，靠在沙发上腾云吐雾，感觉这旭山不谦虚一点，便漫不经心地问了一句。

直到这个时候，旭山才感觉自己做得是有点过分啦，想自己也是狐假虎威，并不是自己能给人家办什么事，也收敛了一些。

"谢谢汪总的美意！"

两个谢字，在旭山的印象中，说的都是很难的，特别是这几年，自己的嘴里很少吐出过这两个字。这汪云知道这两个字的分量和内涵，虽彼此心照不宣，然而心中的站位还是明确的，自己就是服务生一个，旭山伸了个懒腰，把一串钥匙扔在茶几上。

"我给你再续点水，这参茶要趁热喝！"

汪云站起身来为周旭山续水，显得很恭敬，上下之分也很明显，人家就是上位的领导，自己就是下位的同志，泾渭分明。旭山虽不是什么领导，一个副科级的办公室主任，说不算领导也能说过去，关键他是方书记肚里的蛔虫，他在那里，在一定程度上就代表了方书记，说实在的今天和

柳总去方家河送了那么多东西和钱，在方书记面前一个屁都不敢放，许多的话也只能让旭山去递，这主任的权力太大啦！想到这里，不由心中打一个哆嗦，但在他面前，都是弟兄们，什么话还是敢说的。

旭山喝了一口茶水，挺美，他在品尝其中的味道，咂咂嘴，同时在体会被人伺候和巴结的味道。

"小姐咋样？"

汪云试着问。

"不错！"

旭山答完话就有点后悔，随口说是参茶的味道，想起汪云问的是小姐那码子事。脸一下觉得热热的，但又一寻思这五十步还笑百步，你汪云不天天干这种事，而且几乎天天换，我这偶尔吃点腥，在你面前也是小巫见大巫啦，心里也就没了那种发热的尴尬和惭愧，遂与汪云拉近了距离，带着一双淫秽的眼光看了汪云一眼。

"够味！"

"满意就好！"

"与你老兄天天过年，夜夜新婚差远啦，还要注意身体呀！"

旭山伸手拍了拍汪云的肩，好心又是重重说了最后一句话，这心有灵犀的一句话把个汪云的嘴一下牢牢堵上啦。

两人同时哈哈大笑起来，双手同时伸出来握在一起。汪云就是在这种情况下，也不忘儿子的正事，他希望尽快提拔下去，趁着年轻将来上升进步的空间会大一些，自己的实力肯定会让儿子在官场上青云直上，只有在政治上有建树才能光宗耀祖，光宗耀祖呀！说白了在政治和经济方面，有政治可以轻而易举地捞到经济，但经济反过来要捞到政治的东西就没那么容易啦，这好像就是自己眼中的政治经济学！其中也许还有更深奥的东西，也许自己还没有悟到！

"回家！"

"晚上不回啦！"

"不回，你弟妹知道，非拧烂我的耳朵，现在的通信多方便，一个电话你就栽啦！"

"说的在理!"

临别时,不忘给旭山的车里又装了好烟好酒,旭山也不挡不拦。

"谢谢啦!"

旭山挥挥手,开着车一溜烟离开了汪云的视野,街上一片灯红酒绿太平盛世的景象。

看太阳

第十三

时光在有人欢喜有人忧虑中悄然而过,逝去的岁月毫不留情撒下人们的痛苦与愉悦,我们依然一往无前奔跑在时光隧道中,无论是刀光剑影还是血雨腥风都无法叫停它坚定的步伐。

虽然时间过了几个月,从酷热难熬的热浪中已入初秋,一早一晚的凉意慰藉着人们燥热的心。

袁海茹并没有因为时间的逝去和季节的更替而忘却往事,每到夜深人静时,总梦见浑身是血的儿子在呼救:"妈妈救救我,妈妈救救毛毛!"

此时,她便会在梦中惊醒,醒来早已是泪流满面,睡在毛毛睡过的小床上的方舟也被这哽咽声所惊醒,惺忪着眼,连忙从小床上一跃而起,穿着裤头,赤身裸体地来到海茹睡的大床前,看到呆头呆脑、神志恍惚的她在流泪。

"怎么啦?"

方舟依坐在床头,拿毛巾为她擦泪,心疼自己的妻子,更心疼自己失去的儿子。

"有什么别窝在心里,说出来,我们一起扛着!"

海茹仍旧在哭泣,不过她怕夜深人静自己的哭声惊醒邻居,所以捂住了自己的嘴巴,把哭泣的声音降到最低的限度。

方舟见海茹不吱声,不回答,知道又是因为孩子毛毛的事情,便小声问道:"你又梦到毛毛啦?"

海茹闻听方舟这话,"哇"一下失声痛哭,依偎到丈夫的怀中,凄然泪下如雨,泪水顺着方舟的胸部,一下流到腰际和下方。方舟的泪花飞溅,也顺着脸流下,湿了脖子,湿了下身,两人的泪水融合在一起,全然没有反应和感觉，抱在一起，放肆地号啕大哭了一阵。

忽然想到了什么，哭泣中的海茹一手捂住自己的嘴巴，一手捂住方舟的嘴巴。

"别出声了，这深更半夜的！"

"怕什么，想念自己的孩子，有什么错？是在自家屋里哭，又没有在大街上哭，又没有在别人家的门口哭，碍他们什么事啦！"

方舟一把捂住海茹的嘴，一副当领导的相和姿态摆了出来，好像忘记了刚才夫妻的痛苦心情。

霎时间，这里的空气也就变了味，连同二人的感情都一下又回到生活中的原点。

"歇吧！"

"你也休息吧，这也许是日有所思、夜有所梦的缘故！"

方舟知道自己又现了形，又在家中摆当领导的谱，摆当领导的架子。也许又刺激了海茹那颗自尊的心，但一碗水泼了出去，是一时半会和一生一世都收不回来的事情！他后悔自己的鲁莽和一时的冲动，失去了重新和好的机会，但作为一个堂堂的县委副书记，又岂能看别人的脸色说话和办事，这是自己的天性，自己也不想这样说，但留在大脑中的天性和秉性驱使自己脱口而出，并显露出那种神情和颜色。

方舟无可奈何地给海茹盖上薄薄的毛巾被，悄然走向自己小床，关上了灯。瞬间，屋里边又是一团漆黑。因为明天依然如故有许多的事要办，很多的会要开，不休息根本就没有精力去应付和完成工作任务。但有这么一点心中不明白，海茹对自己的冷漠是一时一地，还是会无休止地持续下去。没了毛毛，总该再要一个孩子吧！但两人总这样分居，近不了身，是永远不会有自己的孩子的。想到这里方舟便生出一股烦躁和不安，这海茹也不知道心里是怎么想的，难道她真的不想要孩子吗？不会吧，没有孩子老了靠什么？到时走不动靠谁招呼？将来不在的时候又靠谁给你送进土中？

妈的，方舟心中骂道。心里真不知道这从小青梅竹马、两小无猜的她心里在想什么？又是如何打算的？他想到了今晚也许是个机会，过去哄哄

她，女人在最悲伤和无望恐惧的时候，往往最需要男人的呵护和疼爱，想到这里，方舟便打起精神起了床，蹑手蹑脚也没有开灯，更没有给她发信号便凭着感觉摸到海茹睡着的大床上。

"谁？"

海茹的一声惊叫，倒把方舟吓得几乎是魂飞魄散，连头发几乎都竖了起来。一个男人的自尊，一个领导的尊严，还有一个人性的尊严，几乎在一刹那间便荡然无存，方舟感到一股愤怒和不满，便悄然退回到自家的小床上。

"嗯，天凉了，我是怕你没盖好！"

方舟也自然地为自己圆场，虽然是夫妻之间的事，但这脸面还是要的，他轻声在黑暗中向妻子解释道，表明自己并没有别的企图和意思。

海茹并没有吭声，但想到刚才的梦便害怕，因为她的记忆中，凡做了噩梦后，若不及时醒来，一眨眼，很快这个噩梦会继续上演，恐怖将再次来袭。的确还是害怕的，但更为可怕的是再有孩子，再怀上孩子，眼见着养了九岁的毛毛，便突然离自己而去，多少年的心血汗水和希望都化为泡影，连自己年迈的父亲的一条命也赔了进去，那可是自己的亲生父亲，那可是母亲的希望呀！难道老天爷要惩罚自己？难道这方家不配出一个县委副书记？

袁海茹辗转床头，仍旧是百思不得其解，脑子特别清醒，怎么也不能入睡，反正不会再要孩子，不能让自己担惊受怕，承受如此大的风险和压力。也许随着时间的推移会遗忘这些伤痛的历史阴影，改变自己的这份感受和这一抉择，但起码目前几年里，这一想法是不可改变的。也希望方舟能用一种什么办法和理由来说服自己，改变自己。

方舟不敢多想，还是得赶紧休息，心中在骂海茹是个臭女人！是位不识抬举的臭女人，不知珍惜夫妻情的臭女人，等到后悔的时候就晚啦！因为他知道，凭自己如今的地位要一个女人那真是太容易不过的事情，漂亮的女人恨不得跑到自己怀里，溜进自己的被窝里。

哼！这狗肉不上桌的东西。

第二天，太阳依旧从东方升起，方舟照常履行自己的工作职责，忙忙碌碌的一个上午加上昨天晚上没有休息好,是感觉有些劳累啦。中午在县委的伙上吃了饭,便回到办公室关上门,倒在床上很快便睡着了。

　　正好是个周末,下午的事又不怎么多,经过中午这么一觉起的作用很大,突然也就有了一种轻松的感觉,喝着茶水,浏览着当天的报纸。虽是初秋,但见窗明几净,外边树上的绿色仍给人希望,看着墙上的闹钟已到了五点。他记得原来的刘书记,如今的人大常委会主任,上午说他的同学柳总约他去他那喝茶,感觉是可以去的,一是有老领导的面子,二来家里有事时,人家还是出力的,在这点上心中还是有数的。他下意识地看着表,看着桌上的电话和手机,心想这电话该来啦。

　　方舟的感觉还是特别准的。

　　电话铃响了。

　　"喂,你好!"

　　"怎么样,走吧,柳总刚打电话催啦!"

　　"好吧!先到他在县城的企业看看!但有一点,不要安排电台和报社的人去了。"

　　"嗯,我明白,一会儿见!"

　　对方挂断了电话。

　　方舟感到对方的话有些硬,像铅块一样。也在暗自思忖着自己说的话,是不是在语调和口气上有什么不妥。这口吻还是有些领导对下属说话的味道,故而有短暂的后悔。毕竟原来还是自己的领导,况且这人大常委会主任也是正县级,虽然排位在自己这副书记的后边,在感觉不妥的同时,就想再回个电话,但又恐这事会越描越黑,起到反作用,索性作罢,想他这位老领导也会谅解的,这人人心中都有一杆秤。他打电话给旭山,一会和刘主任出去一下,没等旭山答话,自己的电话已经挂断。

　　周旭山早把车停在下边,这黑色的桑塔纳擦得锃亮,旭山心里甭提多美。这00003的车牌号到哪里,明眼人都知道是谁的坐骑。方舟隔着玻璃窗看到自己的车停在下边,而且也瞅见车里的旭山就坐在那里,正好两人的目光对在一起,这让旭山有些不自然和害怕,害怕的是领导怪罪自己,瞅什么?催什么催,该下来就下来啦。

果然刘主任的00005号车开了过来，而且喇叭响了清脆的一声，旭山再看方书记的窗户根本瞅不见人影了，心想八成是下楼了，遂下车为书记拉开了车门，立在一边候着。

不过两分钟的工夫，方舟夹着棕色的小皮包，伴着脚步稳健的"蹬蹬"声响下了县委大楼的台阶，黑皮鞋碰击院中水泥地坪仍旧发出戛然有音的声响。遂到刘主任车前点了一下头，打个招呼，刘主任连忙开了车门下来，笑吟吟地打了个手势，算是心有灵犀一点通，这也是尊重别人也就是尊重自己的道理。

方舟在旭山的手遮掩下很轻松地坐在后边，旭山轻轻关上车门。

"跟在刘主任的车后！"

"嗯！"

后边的五号车按了下喇叭，旭山回了一声，手伸出去示意让他走前边。这种手势不代表他自己的意思，而是代表自己领导的意思。在这样约定成俗的沟通中，后边的车遂开到前边，两辆车先后依次驶出了县委大院，沿西边的街道疾驰而去。在前边的十字路口往北边的黄河大道而去。

"我和方书记马上到！"

"明白！"

这柳总，全名柳成明，是城关镇柳庄人，从小和汪云一样在修水库过程中，开山打洞也是一把好手，从成千上万的水利大军中脱颖而出，同样是戴过大红花、上过主席台的人，加上有高中同学当副书记，着实是风光了一阵子。虽然从面相上看起来有点呆和笨，实际上并非如此，显得木讷是让别人看的，实则脑子转得特别快，看事也非常准确，他是不会放弃任何一个和领导接近的机会。之所以要安排这个活动，是不想让汪云抢了风头，把自己晒在一边当电灯泡。心想你有钱，老子也有钱，你砸我也砸，反正这钱都是身外之物，它生来就是为人服务的，要是它成了人的负担，甚至人受制于钱，那不能不说这就成了人的悲哀！

柳总实际早已安排好，在山下的城里，建了一个铸造车间，生产采煤的设备，其中并没有过多的技术含量，大的部件都是从相关的厂进来的，几乎都是现成的，在这车间组装调试后便大功告成了。在强力开发政

策的大背景下，山上和城里一样汇聚来自全国各省各地方的遍地开花的采矿热潮。这些成本低、收效快的设备，一下变成十分抢手又十分紧俏的抢手货，设备价格也随着设备的更新换代，也翻跟头一样涨，其中的利润空间也就更高。作为一个服务地方经济和煤矿业发展的民营企业，同样成了梅县里的明星企业，来自省地的领导同样常常光顾这里，也使得柳成明的声望骤增，他的声音和身影同样伴着领导，出现在当地的电视和媒体上，这个结果使得到处有人认识自己，人气旺得很，令他眉飞色舞，时不时地飘飘然，让他得意忘形，几乎不知所以然和所以为然，但只有领导来了和领导在一起，他才知道所处的位置，明白领导就是领导的道理和内涵。所以在这种场合无论自己心中有怎样的高傲，见到这些领导都要唯唯诺诺、小心翼翼、唯命是从，不敢有越雷池半步的言行和表现，这就是规矩和潜规则，是一条永远不能踩踏的红线！知道踩线意味着什么，需要付出的是什么，心中还是十分清楚和明白的。

接到刘主任的电话，他便带了一帮企业的大小负责人，早早立在厂的大门口，而且大门口早已洒了水，加上门口的两棵粗大的梧桐树，枝繁叶茂，特别让柳成明心中总是美滋滋，心中偷偷高兴，因为这也预示着自己的生意树大根粗，有盼有发头。特别是有客人向这方面表述时，他心里的这种念头更为明显和强烈。

虽然时间过了五点，西天的太阳斜挂在遥远的山尖上空，已显得没有光芒万丈的灿烂，而变成彩色的余晖，但站在路边的人们，身上和脸上都热成了一个汗人。两辆黑色的轿车在门前停了下来，车后随即卷起了一团尘雾，车上的主人也看到了这种情况，并不急于开车下来，弄得柳成明一帮人如同接新娘的公公婆婆，站在车前请新媳妇下轿一样，但所不同的是，公公婆婆看媳妇的身价，"车到门前，还得一个牛钱！"柳总一看这车后的尘土，连忙唤手下的人。

"看啥哩，还不快洒些水，眼睛长那是做样子的！"

手下的几个人这才醒过神来，用勺舀出水在车后洒了一番，尘土很快被压了下去，但他们的汗水和尘土早已混合成了泥水挂在脸上，全成了五花脸。

"去，去！"

柳成明一看这眉眼，连忙打发手下人回去，让领导见了，这不是丢人扫自己的架。手下人精明，知道老板发火的原因，连忙在桶里手撩起水把脸一洗，用长袖袄襟胡乱擦了一下，脸便亮堂起来，柳总脸一下变得慈祥和高兴，知道手下的人还算机灵，反应也算快。

柳总看着前边的三号车停在前边，五号车停在后边，这自然是有讲究的，老同学刘主任将方舟让在前边，也自然有他的道理，故而毫不犹豫地站在方书记的车门前，让自己的副总同样站在刘主任的车门前，两人几乎是同时看着车四周的情况后，伸手拉了车门。

"方书记，欢迎指导工作！"

"柳总，太客气啦，来和刘主任到这看看，谈不上指导呀！"

方舟款款离了座，下了车，很客气地和柳总握了手，很自然也是客气说了几句，又和同时下车的刘主任挥手打招呼。

"这里的环境不错呀！"

方舟深有感触地说。

"是呀，是我的老同学治理有方！"

刘主任和迎上前的柳总握手，应了方舟的话，也算是圆了场。心想这柳总也是顺杆爬的猫，顺杆也就上去了。感觉有些世事炎凉，人心不古，真是这二年不是那二年啦，连老同学也这么势利和现实，心里顿感巴凉巴凉的。

"走吧！外边还是有点热，到会议室里我先汇报一下，然后到生产车间看看。"

方舟听完这话，意识到刘主任把自己的车让到前边的用意。但老领导毕竟就是老领导，所以没有急于回答，而是把眼睛看了看刘主任，等他来决定拍板。

"客随主便，我们也是随便走走，方书记你说是吧！"

"是，客随主便！"

这样，一伙人在柳成明的带领下，披着夕阳的余晖，来到一楼的会议室门口，柳总亲自撩起条状塑料门帘，亲自把两位领导迎进了会议室。

一进门，一股凉气和果香气扑面而来，门口的一边两盆清水放在架上，上边镶着明亮的圆镜，旁边搭着一条崭新的红黄相伴的毛巾，桌上的盘里放着早已切好的西瓜、水果很规则地摆在那里，一切都显得是那么井然有序。

领导洗了手，随即入座，手里被塞了一块鲜红的沙瓤西瓜。

"真甜！"刘主任咬了一口。

"好瓜！"方舟也发表了意见。

按照事先的安排程序，柳成明在会议室念着稿子作了汇报，虽然县上的媒体没来，但柳总这办公室的工作人员还是拍了照，美其名曰留个资料，包括到生产车间去看都在不同的角度拍了照片，当然柳总和两位领导在一起的角度是十分重要的，而且脸上的表情、神色、气质、角度、光线都是最好的。

忙完这程序后，已是夕阳西下啦。出了车间的门，方舟看看落山的太阳，又看了看手腕上的表，发出时间晚了、要走的信号。柳总怕留不住方舟，忙把眼神递给了刘主任。

刘主任一下便理解和接收了这一信号，立马接了话茬。

"走，上我老同学的办公室坐坐！"

"好！"

刘主任说了话，方舟自然不能不给面子，准备走的话也没来得及说出，便被堵在喉眼中。当然他心中明白下午来这是放松自己来的，但他不想让别人知道自己的这点心思，要不这领导就不叫领导，顺便也来个顺坡下驴，也是再自然不过的事情，这也正好打在自己手背上，何乐而不为呢？心想也正好欣赏一下这黄金大户的办公室，听刘主任的口吻，好像光顾柳总办公室已不是第一次啦，但方舟的确是新媳妇坐轿——第一次。他不想什么都让下边的人知晓，特别是自己的手下，但又不方便明说，便看了一眼旭山。

"我在这办公室等着？"

这透精的周旭山，也果然不一般，一下便猜到了领导的心思。

两个司机不约而同地，坐到办公室。

"也罢，你们就在这，有瓜有果，有茶有烟的。"

方舟没吭气，打内心还真是佩服这旭山，号自己的脉，那还真叫一号一个准，还是刘主任发了话，就这样定了下来。

这样只有三个人出了办公室，正好柳总的司机开着黑色的奔驰车蹿进了院，方舟的眼睛一亮，这不是奔驰吗？油光锃亮而且车型大方，把自己和刘主任的车比得如鹤进鸡群，相形见绌呀！方舟感觉有一种深深的失落，一个堂堂的副书记在此一下黯然失色，心中涌出一种怪怪的味道。难道这也叫公平？难道这叫一部分先富起来？他给国家社会比自己贡献大吗？

"刚买没一个月！"

柳总看到方书记眼不眨地盯着车，便打开了车门，方舟也不反对，打心眼中还真没见过这车，更不说看到里边的设施和坐过这种车。

车打开啦。

方舟的头伸进去，顿感一股凉气扑面而来，心中便纳闷，这外边这么热，里边竟这么凉快。柳成明猜中了方书记的疑惑，便挺随便地说道。

"这车中有控温设施，车内高于设定的温度时，机器便会自动调温，无论车上有无人！"

"这么先进？"

方舟问刘主任，知道这刘主任肯定坐过这车。

"嗯！"

刘主任挠了挠头下意识地答了一个字。

"方书记，这车也是为像你们这样的领导准备的，随时要用，打个电话就行！"

方舟感觉这柳成明这句话说得还是蛮有水平的，自己爱听，原本是想坐上去感受一下，猛一想不对，这样显得自己井里蛤蟆没见过天，坐上去叫人笑话，怕丢了自己的人，遂摸摸鼻子，轻轻关上了车门，那声音和自己的坐骑的关门声都不一样，沉沉的。

"好车呀！"

"这车速放到二百，都稳稳地如履平地，放杯茶水都不会溢。"

"旭山!"

方舟喊叫周旭山。

"方书记!"

听到喊声的周旭山,连忙来到车跟前,聆听领导有什么吩咐。

"这车你会开!"

"会的方书记,这车虽是外国产的,但汽车的原理都一样!"

"真的?"

"这车可一百多万呀,可不是弄着玩的!"

"再多的钱都是让人坐,替人服务的!"

"嗯!"

这周旭山真是挺会说话的,这话说得有骨气,说得不失身份。

"要不,我开会让你看看?"

方舟看着柳成明没说话。

"那有什么,小孙那把钥匙给周主任让他开开!"

柳总的司机小孙听到老板的招呼小跑过来,毫不犹豫地把钥匙交给旭山,怕他不熟悉操作,坐在了副驾驶的车位上,旭山也心领神会,扎上安全带,伸手打开了发动机。

"慢点!"方舟不忘叮嘱道。

"放心吧方书记!"周旭山打开车门把头伸出来说道。

"去吧!"

要说这周旭山还真是个人才,车稳稳开出了大门,风驰电掣地消失在马路上,不到五分钟,又稳稳停到原地。

方舟松了一口气,这隔行如隔山,没想到这旭山还有这般技艺,心中暗自为他竖起了大拇指。

"这车开着就是舒服!"

旭山摇了一下头,话和眼里充满无限的感慨和羡慕!

柳总很是大方地从小孙手里拿过旭山交还的钥匙,一手扣在旭山的手心里。

"给你留一把,早晚用,我在不在车净开啦。"

"这？"

旭山拿不定主意，把眼睛投向方书记。

"哪能呢？用时给你打电话！"

方舟从旭山手心里把钥匙拿过来又交到司机小孙手里。

"好，用时打个电话。"

"这一百多万的车呀！"

"只要钱能解决的都不是难事，你说是吗？"

柳成明拍拍旭山的肩膀笑呵呵地说。周旭山虽说精明，这话问得自己一时无法回答，想这家伙在领导面前出自己的洋相，心中亦有不爽。

"柳总财大气粗，一百万的也是小菜一碟呀！"

柳成明自觉话说得不妥，连忙回口。

"胡说哩！"

"好，咱们去柳总办公室参观一下吧！"

刘主任怕这话续话续出事来，连忙转移话题。

"好！"

方舟应声，这下边的话也就画上了句号。总算找回当领导一锤定音的气势和感觉来，包括面对昔日的领导、如今的人大常委会主任也毫不掩饰内心的感觉。

这位柳成明声名显赫的梅县老总的办公室就在办公楼接待室的北边，走了没几步便到啦。同样是柳总掀起彩色塑料条的门帘恭迎领导进入。这回方舟立马意识到自己前边想得有些过，做得也有点出格，走在前边就在要进门的一瞬间停下了脚步，伸手拉住刘主任的手。

"老兄先请！"

方舟这一恭让，弄得这刘主任一时手忙脚乱得不知所措。

"还是方书记请。"

刘主任知道自己现在的角色和位置，屁股不由自主地往后溜，知道自己要在梅县推荐安排一个人，不还得看方舟的脸，这锅里下谁的米，他是说话分量最重的人。让人是礼，人家叫你先进你就先进，这叫不懂规矩，在梅县摸爬滚打几十年的他，这理心中跟明镜似的清楚。

让到最后，谁先进这个门都不合适，最后还是并排进了柳总的办公室。

方舟一脚踏进，除了清凉外，又加了阵阵袭鼻的四溢花香，足有一百平方米的大厅，地板全是进口的金色瓷砖，在灯光下熠熠生辉，头顶是装潢的一大圈长方形的图案，五颜六色的灯具，更是各个精致典雅，别具特色；中间是一盏巨大的心字形吊灯，一颗颗小灯如珍珠般镶嵌在大灯周围，如同是众星捧月一般。方舟一猛被这种场景和气势镇住啦，有些眼花缭乱，心神不定，几乎想到自己的皮鞋是不是应该擦拭下再进来，在自己的眼里，这办公室几乎是人间可梦不可见的天堂。

墙壁上更是散发着浓浓的墨香，后面的墙上是一幅巨大的漫漫秦岭长龙一样山河图，里边山的气势神韵，花木、草香、飞禽走兽更是活灵活现，画风强悍、气势恢宏。面对三米多高、近二十米长的画卷，几个人站在下边如置画中一样，令方舟目瞪口呆，想也没想过，更别说见过。

"这是陕西画院院长的墨宝，人称一画难求！"

"真是大手笔，妙笔生花呀！"

刘主任伸出大拇指，方舟一时不知道如何表达自己此时此刻的心情，缄口不语，只是感觉心潮澎湃。

与进门遥相对应的北面是一幅黄河万里奔腾图，那浑黄奔腾的黄河如同一条金色巨龙给人逼真雄伟的感觉。柳总介绍的知名画家，方舟几乎没有听说过。东西两面尽是一幅工整典雅、错落有致的字画。

"这是范增的画？"

方舟知道这画值钱。

"范增的画如今是百万难求呀，他的画已被大公司买断了，国内市场已买不到，这还是去年咱出了二百万才购得的两幅！"

方舟心中透着一股凉气，俯瞰秦岭图下的放在玻璃匣中的金矿石样本，但见上边的明金星星点点，闪烁着金色的光。

"这是金矿石？"

"是的，这矿石品位都有两千克的含量！"

"都是咱梅县出的？"

"不是，咱梅县不出金矿！"

柳成明毫不掩饰，神采奕奕地介绍道。把个方舟弄得跟叫天书一样，只有惊呆、惊奇和对自己无知的埋怨。

在黄河万里奔腾图巨画和秦岭巨画一样四边都是用金线封镶的，黄河图下玻璃匣里是一个龙腾的雕刻。

"这？"

"这龙的面上都是九九纯金镶的，保佑咱的公司如金龙横空出世！"

"什么？"

方舟猛问柳总，在方舟的眼里，在中国共产党的领导下，还有这迷信的讲究，让自己不免有点愤懑，扭头用一双质问的目光问柳成明。

"不，是我失口，这龙本来就是中华民族的象征，龙腾虎跃、龙飞凤舞都是吉祥物！"

"哈哈，这还差不多。"

方舟对这样的解释感觉还说得过去。

大厅的中央是一件巨大的红木桌子，太师椅是红木的，一边的茶桌也是红木的，上边都是红色的软垫。

三个人坐下来，公司的女服务员早泡好了上等的雨前毛尖，香气和放在墙下的盆花一样清香喷鼻。

方舟怎么也想不到，从柳总在自己在山阳镇时开矿以来，就这短短的几年时间一下子就能挣这么多钱？真是神奇，这钱不像是挣的，而像是揽来的。

他坐下来，冷静下来品着茶叶，如同是来到《基督山伯爵》里的孤岛地下别墅一样神奇，那可是基督山伯爵藏金子发家的地方呀！他想到了，并没有说出来，这书柳总和刘主任未必读过。

进门北边靠里边有一间开着门的是柳成明的临时休息室，对面有一间餐厅，这都是听柳总介绍的。

天色已暗，但在里边是感觉不到时间流逝的，只有摆在太师椅后面的立体大闹钟，在提醒主家柳总是到了吃饭的时间。

"通知上菜！"

冲茶的女服务员，连忙起身略表歉意地出去安排。

一会儿的工夫，凉菜便一个接一个地上来了，不到十分钟，便上好了。

"入座吧，方书记、刘主任！"

"这么快！"

方舟感觉神奇，这安排如此快捷，效率也真是高。

"客随主便吧，你说呢，方书记？"

"到哪山唱哪歌，听你的，刘主任！"

方舟并不推托，这样说，知道下午肯定是要在这里吃饭的。

"旭山！"

"哎！"

周旭山小跑过来，方舟低声说道："给你嫂子打个电话，下午不回去吃饭啦！"

"明白！"

周旭山听完点了一下头便出去啦。

柳总耳尖。

"让周主任把弟妹接过来，下午正好烤了一只梅花鹿！"

"谢了，不用！"

方舟很有礼节谢绝了，这自己来这放松，还叫家属来蹭饭，这传出去让人笑话呀。他的心中还是有谱的，怕她来了，无端会生出事来，多数时候连自己也想不到会发生什么样的事来，感觉她的精神，好像有点不正常。

唉……

方舟叹了一口气，表示出他心中的憋屈和无奈。

酒上来了，还是国产的茅台酒。

"这是前些日子，从茅台酒厂拉回的，绝对正品，你们看！"

柳总拧开盖，倒了小半杯，放到高处让酒滴下，连成了一道线。

"黏糊糊的，假的没这种成色！"

"呦！你这酒比我们县委的招待酒都上档次呀！"

刘主任夸道。

方舟明知这话是真的，但不说话不坠话，相对表现自己的矜持，让别人不知道他想什么，是否定还是肯定。诚然领导想什么，做什么，下边都知道就完啦，那还有什么领导？领导不但要有气质、能力和水平，同时还要有一种让人捉摸不透的神秘才行。

方舟这样想着，眼瞅着酒被从分酒器的玻璃嘴倒进透明的小玻璃杯中。

"先吃点酥饼、水煎包和本地凉粉炒馍花，先垫垫底，一会儿好下酒！"

按说这样的场合领导都不让司机上桌，一是为了安全，司机是不允许喝酒的；二是怕这种场合，万一酒喝多了，话多了，让司机知道会影响领导形象，万一司机嘴不牢，传扬出去，更是后果严重。但方舟想想今天是放松来，叫来也无妨。

"刘主任，怎么样，把两个司机也叫来，起码做好服务？"

"中嘛，怎么都行，我听你的。"

刘主任也不摆老领导的资格和架子，顺水推舟把皮球踢给了方舟。

"服务员，有！"两个副总一听，这又失职啦。

柳成明面有难色，又不能开口说什么，只能起身去叫坐在大厅里小桌上的周旭山和小孙进来。

"我和小孙就在这吃点！"

"你和方书记说！"柳总努个怪脸，一脸的无奈。

旭山知道这是领导的意思，自己不去柳总交不了差，但领导叫你去，你就真去，你去了，领导该说，叫你来你还真来，叫你跳崖，你跳吗？他知道有时候领导翻脸跟脱裤子一样容易，这些年的教训还少吗？记吃不记打是要吃大亏的。

他的眼睛翻了几下，心中是有些犹豫不决，感觉还是不去的保险。

两个穿着旗袍的女服务员怯生生地往餐厅走。

"磨蹭什么呢，客人都到桌啦，还不赶紧去倒水点烟，不想干了说声！"

柳成明想着来气，这两个小姑娘真他娘的不让人省心，不知道的还以为是自己慢待领导，不欢迎留领导吃饭。他心里明白，这细节决定成败，千里之堤、毁于蚁穴是什么意思，就是说小事干不好会出大事的。

正在旭山犹豫不决时，里边传来了方书记的声音，可能觉得这两位司机一定不肯进来。

"柳总你进来吧，让他们在外边吃点也行。"

方舟言外之意，这桌上有人服务啦，他们也不用进来啦。

周旭山和小孙如释重负，推着柳成明往餐厅走。

"好，好。你俩慢慢吃，想吃什么，让厨房给你们做！"

随即，迈着噌噌的碎步就进了房间，又轻轻关上了门，里边的声响，在外边的旭山和小孙再也听不到一丁点儿的声音。岂不知道，柳总当初装修时，特意是上了隔音板的，外边的人根本听不见里边的一点声音！旭山和小孙还奇怪。

"这里边声音一点听不到？"

"听不到！"小孙侧着耳朵。

第十四

那天，方舟由于心情郁闷，放开了，在人劝人敬中，不知不觉喝多了，喝多了他自己并没有感觉和意识到，只是感觉思路清晰，口若悬河，好像一猛有说不完的话，讲不完的理。而且没人敢挑开他的话题，也没人敢拦住他的话语，一圈人似乎都在洗耳恭听，唯一见不到的是没人用笔在记录，他心里还纳闷和奇怪。

直至他感到尿急，要站起来，险些掉到地下，幸亏旭山早已候在身边，连忙把自己扶起来，他定眼看看一圈人，心里一咯噔，知道自己真的是喝多了，喝高啦。

"不好意思，喝醉啦，说干话啦！"

方舟双手合一，拿出作揖状向一圈人致歉。

"没有多，没有多！"周围人都一脸的笑意。

"真的没多？"

"真的！"

"那怎么我都站不起来了呢？"

一圈人面面相觑，无言对答。

旭山搀着方舟不敢松手，能说这话，说明领导心中还是清楚的，喝多了是肯定的，领导哪会说这么多的话？心中亦有怨气，这柳总也太不懂规矩，领导高兴归高兴，岂能把领导灌晕，用眼睛抠了柳成明一眼，柳总立马意识到了，赶紧过来也帮忙搀着方舟。奇怪的事，方舟猛然觉得也不尿急啦，这些东西不知一猛又憋了回去，还是从哪里冒了出去，反正现在没那种感觉啦。

"上卫生间？"

"你去吧！"

方舟回头给旭山撂了一句，因为现在自己的确不想上卫生间啦，还以为是旭山要去卫生间。

旭山感觉领导还是晕了，赶忙附到耳边说："咱到外边喝点茶水，醒醒酒？"

"醒酒，醒什么酒？这是茅台酒，对吧，柳总？"

"对！"

"好酒，好酒呀！"

两人还是把方书记搀到大厅的沙发上，大厅里没有那些散发热量的饭菜，显得分外地凉快，方舟用柳总递过来的毛巾擦了把脸，大脑立时清醒了许多，好像如梦初醒。

"我又喝多啦？"

方舟看着柳成明。

"没有，方书记只是喝得高兴！"

柳总见到方舟醒过来，心中甚喜，也不敢说话啦，连忙递上了烟，双手给点上。知道这招呼领导是苦差，让喝不好骂自己不长眼，喝多了又会训你没规矩，反正多少都不对，谁能有那本事都成神啦。

柳总看着方舟的脸，小心地问道：唱会儿歌？因为他是揣摩不透领导的意思，故而亦小心翼翼地问道。

"算了，这喝得晕乎乎的，还唱什么歌，让人笑话呀！"

方舟抿了一口茶水，摇摇头。

这柳总生怕没把领导招呼好，但又不敢硬让，把眼光投向坐在一边的周旭山，他知道这是领导肚里的一条蛔虫，知道领导在想什么。

周旭山知道今天多喝酒的意思，没有去唱歌和搂漂亮小姐跳舞的意愿，领导要有这样的安排和想法，就不会喝这么多的酒水。

"改天吧！"

"对，改天好好唱几曲，把我心中的闷气好好吐吐！"

领导心里有闷气？这当领导的要什么就有什么，饭来张口，衣来伸手，要风来风，要雨得雨。

柳成明左手摸了摸下巴，根本不明白这话的含义。

周旭山看着方书记的话匣又打开了，怕这又收不住，不知这一会又会说出什么让人难堪的话题，遂起身看了一下表小声问道。

"咱回去？"

"嗯，回去！"

方舟要起身，柳总连忙过去扶了一把，以示尊敬，但方舟并不买账和给他面子，以为自己喝多啦，伸手便把柳总的手推到一边。

"没事！"

"那就好，没招呼好领导，本人有些诚惶诚恐！"

"没事，今天喝得很高兴，谢谢柳总啦，有什么事给周主任说！"

里边的几个人还在喝酒，门好像开了缝，划拳声便从门缝中飘了出来。

领导决意要走，这是挡不住的。柳总一猛明白了道理，用眼睛盯了倒茶小姐一眼。

"领导慢走！"

穿着黄色软绸缎旗袍的小姐拉了一把方舟，方舟笑眯眯地并没有反对，而是仄着身子，正好让小姐扶上，方舟的手便无意搭在她的肩上，柳成明感觉对这小姐的有那么一点意思，随即他也便记在了心中做了记号。直到小姐将领导送上了车，方舟仍在车里向小姐招着手，再一次证明了自己的这种判断的正确性！就这么一段距离，从办公室到车上，前后不到一百米，夜晚这外边的热风一吹，立马，不过两分钟的光景，旭山听到坐在后边的方舟便发出呼呼的酣睡声，知道这又给自己出了道难题。

车开到楼下，旭山喊了声："方书记！"后边还准备说到家了，提醒该下车啦。但一听后边没回音，往后一瞅领导倒在车座上呼呼大睡，连忙停好车，关好门打开车的后门，轻轻拍了拍方舟的手臂。

"方书记！"

"嗯！"方舟蒙眬着眼。

"到家了！"

"噢！"

方舟打了一个哈欠，不愿意地又闭上了眼。

"回家吧！"旭山拉了方舟一下胳膊，眼见着睡在车里可不是长久之法。

"走，回家去。"

旭山慢慢将方舟扶下车，轻手拉着，实际做好了安全应急准备，凭在体校几年练就的基本功，眼前一个人，自信无论遇到什么情况，他都能应付和处理的。

果然，方舟脚一落地便软了，这么大的一个人，突然倒下去，光凭搀扶着是不行的。旭山身子一缩，钻在了领导的身下，"哼"的一声把领导背起来。这样一个动作大有迅雷不及掩耳之势，熟练而且是神速，稍有疏忽和慢怠，领导都可能倒在地上，其后果都是十分严重的，在这点上旭山心中还是有数的。

方舟在这楼上，提拔副书记的时间是晚了些，所以按顺序排到四楼，虽然楼层好的住户没自己的排位靠前，但当时的情况挨到哪就住到哪，后勤机关事务的领导和同志也没法调整。

按理说，周旭山的体力还是挺棒的，但一百多斤体重的人，背一个一百多斤的上到四楼，按说都十分不简单啦。而且是一手扶着楼梯的木栏杆，一手护着背上的人，况且楼梯上也没有灯泡，全凭感觉往上走。到了门口，旭山喘着粗气，早已是大汗淋漓，浑身都让汗水给湿透啦。

"咚、咚！"他艰难地敲了门，看看表也不过九点多，这时候不至于嫂子就上床休息啦。想把领导放下，让自己喘口气，又怕这一放下，万一他躺在地下，又该如何收拾！故而憋了口气，在急切地等着海茹开门。

门很快开了。

"怎么成这样了？"

"方书记遇到几个朋友喝多了！"

"把我放下！"

"把他放下，看你累得全身都湿透了，像一个水人！"

就这样，旭山放下了领导，诚然也实在是太累了，但方舟脚下仍旧是没有根，像一团水一般瘫坐在客厅的地板上。

"方书记！"

"旭山，你把他先放下，你先把脸和身上擦一下！"

他接过了海茹递过的毛巾，把领导交给海茹，怕万一落空，方书记摔下去，那可不是弄着玩的事情。

待他把脸上身上的汗水大致擦了一遍，海茹试着拉，方舟就像是一块石头沉甸甸贴在地板上就是拉不起来。她原本想打发旭山回去，可这眼见着把方舟弄不上床，这如何是好！

"我把方书记背过去。"

旭山在海茹的帮助下，又一次把方舟从地板上背了起来，径直把方舟向那张大床奔去。

"放这！"

"怎么？"

"我是这张小床子，你嫂子不要我！"

"嗯？"

旭山感到一头雾水，海茹也没接方舟的话茬，他也只好听方书记的话，把他放到小床上。

"你回去吧！"

"嗯！"

周旭山这才放心地从房间出来，知道这身上湿透啦，下来楼打了个电话，不忘给老婆请个假，立马到酒店里开了房间，洗了洗澡，把这一身的臭汗，全冲进了下水道中。这当儿子、孙子的味道还真不好受，随即他拿起砖头块一样的手机拨通了柳成明的电话。

"喂，柳总你好！"

"周主任，你在哪？"

"在哪？刚把方书记送回家，是背着上四楼的，你们喝酒，让我收拾呀，这酒气还是挺浓的。"

"周主任辛苦啦，你现在在哪？"

"在梅县饭店三〇六，刚把一身汗冲干净！"

旭山满口的怨气，这柳成明同样心领神会地知道这话里的意思和味

道，哪还敢犹豫和马虎。这货是领导在场上时没法喝，这送走了领导八成是想喝两口玩一把啦。

"马上到，还有什么盼咐！"

"嗯，那冲茶的妞能过来凑凑兴？"

他嗯了一声，心想这在领导面前是孙子，而在这些人面前自己的身份就变了，想想也是，人总不能在任何人面前都是孙子，总还有当老子的时候和地方。他在想这晚上是只喝酒还是再玩点别的，想到那穿旗袍的小姐挺迷人的，遂不好意思地张了口。

"没，没问题！"

这柳成明心中一愣，这小姐不能说是公司美人，起码来个领导也能撑起个门面，而且是大学生，有文化，有人样，而且是个十八岁的妙龄，一朵鲜花嫩嫩地一掐都流水，他妈的自己都还没顾得沾上腥，谁知先让这周主任馋猫给盯上啦！打心眼里想这还真有点于心不忍，舍不得呀。但他心里跟明镜似的，让他盯住，能跑掉吗？她跑掉啦，自己能跑掉吗？自己要办的事能跑掉吗？这山上洞中可是出"黑金"的，那都是钱呀。一个少女算什么？想到这心里痒痒，也想今晚就找个这样陪自己过夜，晕乎乎的，同样是想入非非。猛一想，不知让这女的陪周主任，人家是否愿意做这事，自己是老总，又无法明白地挑明问这码子事，要不提前沟通好，万一弄翻了，这不成事反而会砸了锅坏了事。遂叫办公室主任过来，从抽屉中取出五千块钱。

"叫小徐去陪好周主任，若是不愿意，明天走人。"

"人家可是大姑娘，又是大学生，怕这打发不了吧！"

"那你说！"

办公室主任挠挠头，知道这是啥事，不敢说话，也不敢报数，一脸孙子相。

"好，再加五千，马上就去，让收拾得性感些，办不成你也滚蛋！"

柳总没想到这么一个乡下的姑娘，竟花了自己这么多钱，虽然钱多，不免有点心疼，毕竟不是为自己花的，心中还是有一种怪怪的酸味，自己看上的人，竟落入别人的怀抱，如是羊入虎口，不免有些不甘

心，故而把一肚子的怨气洒到下属身上，感觉这骂了人，出了闷气，心中亦感觉舒服多啦。

柳成明感觉周主任晚上应该一是想喝酒，二是想要女人。而且他在梅县的知名度高，认识的人多，引着这么一个漂亮的大姑娘，肯定不想让人看见，心中便有了底和谱，便叫自己的司机让梅县饭店的老板，准备六个名贵的菜，点了一个特色鹿肉，那也是壮阳的菜，实践证明这菜还是有效果，虽不能说是立竿见影，起码还是很有效的。让直接送到房间，反正也就二三个人，把女的带到房间，进去象征性喝些酒，自己便借故退出，不能像盏灯泡似的横在人家之间碍人家的好事，况且有这方面勾引和影响，自己也不能闲着，找个小姐开个房间也乐一乐。

他想好了，便让司机开着车，带着两瓶酒一条烟，径直来到饭店的三〇六，好在这是个大的豪华间，有客厅，有饭桌，进去寒暄了几句。

"哟，欢迎柳总！又让你破费啦！"

旭山一看，一切都按自己的意图办事，感觉十分的满意和高兴。

柳总把周旭山介绍给徐小姐。

"幸会！"满面春风，穿着一身粉色的连衣裙，洋溢着青春气息的小姐，伸出了纤细的小玉手。

柳成明知道这一万块钱砸响啦，事办成了，又高兴又后怕，满嘴的醋味，这如花似雨的她又好过姓周的啦。

不大的工夫，六个下酒的凉菜便在桌上摆好，三个人坐定，便按柳总的安排和程序，很快把程序进行到地方。

"晚上，公司还有点事，你陪好周主任！"

柳总盯着姑娘。

"嗯！放心吧柳总！"

"这可是大学生，有文化的一朵花呀！"

"谢谢柳总！"

周旭山双手合十表示感谢，两人送柳成明出了房间。

"别送了，回去吧！"

柳成明主动关了门，听到房间里出现撒娇的声音，知道是旭山在捏姑

娘的什么部位，自己心里痒痒，亦出现了一种欲火。快步上了四楼，来到了自己的包间里。一开门，一个漂亮的女人，已从依偎的沙发上款款站起，带着一份清香飘了出来，他很疑惑，这是哪位，难道似曾相识，他惺忪着眼，回想着，在犹豫中走向棕色的软绵绵沙发，风情万种……同样有天天过年、夜夜新婚称号的柳总，大脑中出现很多奇怪的念头……

袁海茹看着和衣呼呼而睡的方舟，心中有说不清的味道，这时间在一天天、一个一个小时、分分秒秒过去而成为往事，但心中的悲伤却又是无法忘却的。她恐惧，更害怕，害怕和方舟在一起还会再怀上孩子，而她不愿再看到毛毛的悲剧在自己和这个家中重演，她没有告诉方舟，而是偷偷吃了药，让自己无法怀上孩子。她知道这对于一个官居副书记的丈夫是苛刻的，甚至是无情和残忍的。孩子对于一个人，一个家庭来说，其重要性是不言而喻的。但在这种艰难的抉择中，她依然选择了不要孩子，因为自己再也无法承受这种打击。

她默默为方舟脱了衣服，为他盖上了薄薄的毛巾被，倒在自己的双人床上，想着心事，连白亮的电棒也没有关，心想这日子可如何过，和方舟又如何相处呢？自己心中的这些想法又没法向任何人说，包括方舟，故而只能闷在自己的心中和肚里，慢慢让它发酵和消化。但办公室的事又少，免不了要想自己的事，感觉那种孤独和压抑，几乎要发疯，说真话，一个妇道人家亦无法承受如此大的压力。

怎么办？她在问自己。

如此这样下去，自己迟早是要崩溃的，更不知道会出现什么样的严重后果。既然无法面对和解决那就逃避，去换一种环境，让忙碌的工作淡化自己的这种焦虑甚至有些神经质一样的毛病。只有一个选择，那就是下乡，而且是下到生养自己的方家河的所在地——西昌乡。一来工作上的事会多些，抽些空可以陪陪同样孤苦伶仃的母亲，因为压根她也没想再把妈接到县城来住，怎么着，没了父亲，她一个人生活在村中，自己心中的担心并非多余的，记得有一次回家问母亲。

"妈，听说县里最近要请山西剧团唱戏三天，那生角、旦角唱得可好啦！"

海茹看着母亲的脸。

母亲一开始，有一种前往的兴奋，一辈子没文化，也就好这口——看戏，能看得懂，明白其中的道理，什么《铡美案》《墙头记》《三娘教子》听得舒服，看得过瘾。

"去看看，过一把戏瘾？"

"不去！"

母亲的眼神瞬间发生了转折，从嘴里吐出两个硬邦邦的字！

"怎么啦？我和方舟天天晚上可以陪你！"

"嗯。"当妈的点点头，眼角明显有些湿润。

"怎么啦妈？"

海茹连忙靠近当妈的。

"哪不舒服？"

"好好的。"

"那就去吧？"

当妈的看着女儿仍不吭声。

"你说话！"海茹有些声嘶力竭。

当妈的眼里更湿了，明显露出了晶莹的泪花。

"你爹到县城走了，带走了他的外孙子，难道你让你妈……"

海茹一下明白啦，连忙捂住母亲的嘴巴，潸然泪下。

"妈，你别说了！"

"好，妈不说了，我的好闺女。"当妈的看到女儿号啕大哭，知道同样伤到女儿的痛处，连忙挡住自己的嘴，把海茹抱在自己的怀里。

"闺女不哭，是妈说了不该说的话！"

"妈妈！"

海茹的一肚子苦水，只有倒在母亲怀里的时候才可以尽情地哭诉。

母女俩，哭成一团，抱成一团，久久的，久久的哭声在屋子里回荡着，回荡着。

从此以后，海茹再没有敢在当妈的面前提及去县城的一码事，并成为自己立下的一条戒律。因为她明白，县城是让母亲伤心的地方。

海茹在床上翻来覆去睡不着，闭上眼不行，心中数数也不行，就是睡不着。

不知什么时候睡着了。

电棒一直亮着……

看太阳

第十五

次日的清晨，在不到七点的时候，按照习惯，袁海茹熬了小米粥，煮了两个鸡蛋，端到饭桌前，喊醒了方舟，吃饭了。

方舟惺忪了一下双眼，打了一个哈欠看着表，知道是到了起床的时候，上午八点半还有一组织工作会议，呼了口气，仍有一股浓浓的酒气，回想起来昨天好像又喝多了。

"闻什么？昨晚喝多了，让人背进来的。"

"谁？"

"还能有谁，周旭山呀！"

"我说了什么？"

"没有，就是说，我不要你啦！"

"胡说，我咋不记得？"

"你喝晕了，还记得住？"

方舟想想也是，回忆不起来，肯定是喝多断片啦，也不敢再吭声和辩论什么，这事越描越黑。便向海茹拱拱手，让她走开，毕竟自己还是一个男人，一个领导，就这几句话都够丢人啦，传扬出去肯定让人笑话，这么没出息和不光彩的话，怎么能从自己的嘴里说出。简直不可思议，但想想现实，不就是这样吗？在这样的回忆中方舟麻利地洗了脸、刷了牙，随即又梳了头，在镜子前整了整衣服。

海茹见方舟洗漱完毕，忙揭了饭菜上的碟子，饭菜上冒出热气，方舟也不假思索，蒙下头抄菜吃馍，又麻利地剥了个鸡蛋，用勺搅搅金黄色的小米粥。

待见方舟看着手腕上的表，喝完了粥，用餐纸擦了嘴时，知道他有事

要提前走。

"方舟，有件事给你说下！"

"什么事？"

方舟眼一翻，不知这妇道人家冷不丁地冒出个什么事。

"我想下乡！"

"下什么乡？我吃什么、喝什么？"

"县委里有你们的小灶，况且当领导的一天东请西请的，一月不知能在家中吃几顿饭！"

方舟感觉这么大的事情，事前也没听到一点风声，这女的嘴真够严的，让自己猝不及防，还真是有点措手不及，断然表明了自己的态度，想着海茹，心里不知道在打什么小算盘，由不得心生一种愤怒来。他用眼抠了一眼海茹，言外之意，别太任性，在家里、在梅县这块地方都是容不得撒野的。她惦念着家里的老母亲，这种感情还是情有可原的，毕竟一个老妈，一个人待在家里，孤苦伶仃，也是怪可怜的，但也不能丢了西瓜捡芝麻呀！

"咚、咚！"

门响了。

每天早上准时，周旭山都在七点半，准时敲响方舟的家门，这是雷打不动的规矩。

海茹努了努嘴巴，想说什么又没说出来，还是怕被门外的人听见了。但她决心已定，你不同意也不行。她有自己的主意和打算，远亲近亲，相距远点才亲，也许就是距离产生美的缘故吧，也许对生小孩的恐惧症能改变和消失，况且目前这种过日子也不是常法，时间长了，免不了出现变化。

想到这里，她的心中如同打鼓一样，不知道会发生什么变化？自己无法预见，只是感到这种生活不会持久的。一个男人，一个正直年富力强的男人，一个没了儿子的男人，一个希望繁衍子孙后代的男人，他能耐住这样的寂寞和孤独吗？

她不敢想，也不愿想！她只想能有多点时间去照顾孤独在家的母

亲，她也只想通过繁忙的工作让自己忘却伤痛和对未来的恐惧！在她的心灵深处，无意去改变别人，同样也不希望别人改变自己。心中不愿这种后悔和恐惧陪伴自己的生命，不愿让历史这样重演，也许自己这样的选择是错的，甚至是自私的，甚至对于自己的丈夫方舟是不公平的，有些话也只有埋在自己的心里，永远不能让别人知道，在得与失的选择上她心中没谱的，是不知自己会失去什么，进而得到什么？但为了心灵的安宁，看来为这件事可能要与方舟弄翻啦，等他同意几乎是不可能的事情。她还是毅然做了最终的抉择，哪怕是一条道走到黑！

　　的确，在梅县妇联办公室，袁海茹作为副主任科员，妇联也把她当领导来对待，单位开班子会也少不了叫上她，与原来不同的是，现在是作为班子成员参加会议，而原来是作为办公室主任做会议记录。如今，自己解决了副科，也不再兼办公室主任。她管的是企业活动这么一块，遇到三八、五一、十一、元旦这些要紧的节日组织企业的业余文艺团体排练些节目，在全县活动中补个缺、凑个数，也不费多大的劲，关注度一般，因而这工作的压力也不大。

　　开完会后，坐在自个儿的办公室，冲了杯水，看了会报纸，感觉无聊，便到县委的后院走会儿，走到半路处，突然想到后边是县委主要领导的办公室所在地，吓了一大跳，感觉自己竟如此马虎。县委院里的苹果树，上边的果子已是绿生生地挂在树枝上，桃树上鲜红的桃如沐春风般地朝着自己露出红彤彤的笑脸，海茹看着这些充满生机和活力的景象，一下被迷住了，同时也忘记这是什么地方，走上前去近距离欣赏，要搁在小时候，手早伸上去摘下送进口中啦。

　　她一猛想起来在上初中时偷吃果子的事情。这苹果是有几树早熟的苹果，在麦收时就成熟了，可看园子的老头很认真，一到天黑眼睛贼似的盯住这几棵树。海茹和三五个伙伴，先开个小会讨论了方案，园子里这几棵树，具体位置都知道，故而便由两个人去东边树下去偷袭。

　　"谁？"

　　看园老头一听有动静，大吼一声蹿了过来，两个小女孩从树上抢摘了几个苹果，眨个眼苹果就不知藏到哪去了。

"干什么？"

"没干什么呀！"

"没干什么，明明摘了树上的果子！"

"没有呀！"

两个女孩伸出手，手中的确什么也没有，况且夏天的口袋要是装了东西也是藏不住的。老头一下蒙啦，明明看见摘了果子，怎么会不见啦，就在这里正纠结之时，那边的海茹三人早上了树，把那苹果装了半大背心，揣在怀里一溜烟跑啦，等老头发现上当赶过去，这边的跑啦，那边的更没了影！气得用电灯照着没了果子的树枝直跺脚，后悔上了这小娃的当。

看着眼前绿绿的青果，伸手动了动，感觉很有趣。

"怎么，在这逗果子玩？"

忽听背后有一个浓厚男中音，一个很熟悉的声音在耳朵后响起。

海茹着实吓了一跳，扭头一看竟是县委的昌伟明书记，虽然没单独见过，但参加会议多了，书记还是认识的。

"我可不是来摘果子的，书记！"

"那是什么呢？"

"我是看到这些苹果，想起孩童时和看园的老头捉猫戏偷吃苹果的事，所以在这逗留摆弄了一下苹果！"

海茹脸一红，面对书记的责问，不敢说假话，因为一时想不出也编不出一个合理的故事来进行搪塞和解释。

"噢，是这样！感觉你说的是真话！"

"嗯！"

这海茹眼睛也眨巴一下，谁还敢在你面前说假话。

"你是方舟的那口子，妇联的？"

"对，书记，你的记性真好！"

当书记一猛神情顿时严肃起来，知道那件事对这个家庭都是不可承受的巨大打击，故而一下闭住自己的嘴巴和话音，准备回去，也是因为刚开完常委会憋得慌，心想在院里走走，透透新鲜空气，不料正好碰见有人在

摆弄苹果。

　　海茹一见书记要走,一时慌了神,自己的事不找书记,谁能办得了,这真是天赐良机,稍纵即逝呀!

　　"昌书记,我有件事要向你汇报,我是妇联的,前年解决的副主任科员,这办公室把人都坐老啦,我想下乡去,到西昌乡我的家乡工作!"

　　"好呀,乡下能锻炼人呀!"

　　"对呀!"

　　"不对呀,你想下乡,方舟是管组织的书记,给他说不就办了,怎么找我呀?不行,不行!"

　　"方舟不同意,我才找你的,你是书记,他是副书记,他归你领导呀!"

　　本来这要求下乡到一线去,是好事,同样对自己来说,也是芝麻大的事,但这涉及方舟的家属,还是比较棘手的,这小事弄不好还会整出大事来的,答应是不可能的事,可撒手不管又不合情理,况且自己说了下乡能锻炼人的支持话,这见机开溜也有失自己的脸面和威信。

　　"好,我跟方舟商量一下,有结果你随时就知道啦!"

　　海茹听到这句话,心里感觉这事有门,有希望。

　　"谢谢昌书记!"

　　"先别谢,不一定行!"

　　"你说行就行!"

　　书记挥了挥手,径直往自己的办公室走去,没想到这绕了半圈,给自己找了个烫手的山芋,真是运气不好,运气不好呀!心中这样想着,嘴里也是叹着气,悻悻而去。红红的太阳照着他的全身,连个身影也没有。一猛想到让年轻干部到一线和基层去,也是一件大事。

　　而此时的袁海茹,一时来了精神,连蹦带跳地回到自己的办公室,打了盆水,清洗了自己的脸,擦干后,拧开了吊在房顶的电扇,任一股清风吹下来,吹散了她的头发,一股难得的清凉,一下沁到心中。她怎么也没想到竟一猛能碰见书记,把自己的一个天大一样的难题给抛了出去,因为在自己看来这就是一个天大的难题,是无解的题,但在书记手里要解决，一句话的事，太简单啦，连这个方舟，自己的丈夫，身为副书记的他也不会想到，自己会出这么一招。

几个月啦，今天是海茹最高兴的一天。相信只要昌书记提出，方舟也得看书记的面子，事情就会有个眉目的。她想到了在方舟听到这一消息时可能的反应，是恼羞成怒、火冒三丈，还是会坦然应对，和颜悦色地解释和辩白？但她明白和清楚的是，自己不找领导，这八辈子领导也不会想到会管这样的事情。

但令海茹没想到的是，这点撞到了书记的点上啦，一猛触动了他的神经，上升到干部队伍建设和导向上来，成为全县组织工作的一件大事，他想了一会拿起电话：

"接方书记！"

"好的。"

接线员知道是书记的电话，急忙接了过去。

"喂，你好！"

"昌书记，我是方舟，有什么指示？"

"这会忙吗？"

"不忙！"

"没有急事的话，到我办公室来一下，咱们商量件事！"

"好的，我马上到。"

方舟不敢马虎，急忙拿了本和笔，急匆匆朝后院走去，这领导当得很有水平。一个当副职有什么比书记的事大呢？

进了书记的办公室，这比自己的办公室大，因为在这里常常召开常委会会议，要坐八九个人，自然地方要大些。

既然书记叫，肯定是有事，但自己还是要借着这机会把矿山的事情捎带汇报一下。

"梅县的新区建设，矿山这块累计向财政拿出了两亿三千万元，并承接了梅县标志建筑，梅县国际大酒店一亿八千万的投资任务。"

"这矿山在梅县最困难的时候，为新区建设出了大力，功不可没呀！记住告诉矿山的同志，还是要鼓励节约，不能大手大脚。要保证持续发

展，站位要高，这好钢要用在刀刃上，用在最关键时候。"

"关于梅县煤矿领导班子的调整……"方舟拿出本子，准备汇报。

"你拟好名单，把好关，下次常委会上过一下。"

"坐下！"书记挥了挥手，倒了一杯茶水。

昌书记也参加工作时间长，对梅县的情况熟悉，作风扎实，铁面无私，人称黑脸包公。方舟打心眼里佩服，心中亦有几分的敬畏之情。

"抽支烟！"

书记递过一只带锡纸的大前门，方舟连忙接过来，上前为书记点上了火，书记也不谦让，更不介意这种事情。

"咳咳。"书记咳嗽了两声。

两支烟点着，屋里立马便显得烟雾缭绕。

方舟不知道书记叫自己来是说什么事情，凭以往的经验，叫自己来，不是钱，就是人的事情。但事情要简单，电话一说就行啦，何必叫自己来到办公室呢？

方舟想不明白，抽了口烟，喝了口茶水，慢慢等待着。

"今天，也就是刚才，在这后院碰到县委机关的一位女同志！"

女同志！他心里一惊。

"她要求到乡下去！"

啊，莫不是海茹？方舟没敢问，但心里已开始打鼓，因为自己断然拒绝了她，她要下乡要达到这一目的，也只有找书记这一条路。看来她是铁了心要撂下自己到乡下去，不由得倒抽了一口凉气。这人常说，最毒莫过女人心，说得一点不错。但只能心里这么想，耳根只是感到隐隐发热。

"由此，我想到，我们县委，我们的组织部门应该组织一批年轻人到基层去，到一线去，充实乡镇的力量。所以叫你过来商量一下，由组织部牵头，先把大院和县直部门的年轻人摸个底，组织搞个集中培训，该压担子提拔的就提拔。"

方舟挺认真地记着。

"不用记，你看可行吗？"

"可行，这都是我这主管领导工作没做好，是我工作的失职呀！"

方舟明白，这些都是应该自己考虑的事情，结果让一把手操心，方舟感到一种自责和不安。

"什么你的我的，都是党的工作，何况你又分管着全县煤炭工作，为梅县的新区建设贡献很大呀！特别是在干镇长时建议把矿山的权利收到县上，集中力量办大事，集中资金支持新区建设，很有胆识，很有见地呀！"

"过奖了！"

方舟感觉头上都在冒汗啦，这明里是表扬自己，但自己感到是在批评自己，成绩归成绩，贡献归贡献，但眼前海茹这件事本身就是很让自己丢人，这些家务事都扯到了县委大院，而且惊动了县委书记，让方舟感到一种被动和耻辱，无法向领导交代和解释。

这个臭女人！方舟在心中骂道。书记并没有把海茹的事情点破，这也是给自己很大的面子，虽然没有明说，但真正的意思也是明确表达了，就是支持她下乡，而且同时支持一批年轻人下乡。这种理解肯定也是正确无疑的，方舟相信自己的判断。

"我让部里尽快拿出个意见和方案，让各单位上报名单，部里统一考察，拿出个名单和意见。"

"对，尽快安排，过一下常委会。培训班举行时，没有特殊的事情，我争取亲自参加一下。"

"好的。"

"我们当领导的，是人不是神，都是要吃喝拉撒睡的，后院一定要安全！"

书记最后的这么一席话，一下把自己弄蒙了，这话到底是什么意思，到底是同意海茹下乡，还是不同意她下乡呢！

此时方舟，深感是莫名其妙，不知所措，不晓东南西北，他迷茫地看着书记。

"相信你会处理好的！"

书记递给方舟一支烟，欲言又止，这让方舟的心里七上八下，更加地困惑，知道这是在下逐客令啦，不解这留在脑子中的方程式，回去慢慢去解吧！

方舟告辞，书记也只是接着电话向他摆摆手。出了门，这才感觉自己的衣服好像都湿了，黏糊糊，浑身不舒服、不自在。看着几近中天的太阳，火辣辣得感觉身上发麻！他回到办公室，看着距下班还有四十分钟，连忙拨通了旭山的电话：

　　"方书记！"

　　"通知部委会同志，现在到我办公室开个会议！"

　　"现在？"

　　"啰嗦什么，还让我说两遍！"

　　方舟放下电话。

　　那边旭山脸上的汗都下来，不知领导到哪吃了炸药，自己无故挨了一顿熊。真是多一句话确认一下，竟弄了个脸红脖子粗，卖个乖挨了一顿，真是得不偿失，也都是自己这张臭嘴挣来的，好在部委会的成员都在机关，没有人缺席，很快地，参会人员都在方书记的办公室坐定。

　　方舟控制着自己的情绪，非常镇定地扫视了一眼。

　　"全部都到齐啦？"

　　周旭山挨了那顿训，好在方书记的脸不那么严肃和难看，拿着笔和本，心中点了人数向领导汇报。

　　"全部到齐！"

　　"好，现在开会！"

　　参会人员都摊开笔记本，准备好笔进行记录，场上出现轻微的掀纸的声音。

　　"刚才，书记交代了一项任务，就是县委、县政府人大、政协机关和公检法、市直各单位，都要推荐年轻人下乡镇和基层工作的事情。下午让周旭山主任先拟一个文件，让各单位推荐，基本上年龄在三十岁至三十五岁，具有中专及以上学历，有三年工作经验，咱拟几个条件，要求一周内完成推荐，汇总上来后，组织部进行考察，然后上常委会最后确定，这项工作由谢金部长负责，各项工作都要靠前！"

　　办公室的电扇在上边呼呼地转着，旋出来的风，掠过在场的每个人的头顶，在酷热的夏季，还是有那么一些凉意。一圈子的人虽然知道这是一场紧急任务，但领导并没有发火和训人，人们的神情和心里也都显得很平静。

谢部长作为常务部长，主持着部里的日常工作，自然有不同一般的责任。

"刚才，方书记把这项工作进行了安排，要求很明确，选派年轻人下基层工作，为基层输送优秀的年轻干部，是我们组织部门的一项重要任务，务必做细做好，要按照要求做好各种准备工作！特别是干部科，要把各单位的年轻干部的履历和表现弄出来，做到心中有数，严格把关！"

谢部长最后一句话加重了语气，坐在长沙发上的周长法正在记录，看到部长的眼瞅着自己连忙放下笔和本站了起来。

"好的，干部科会尽快将材料准备好！"

"嗯，你坐下，另外，周主任下午尽快将通知拟出来，争取明天一上班就发出去。"

"是，谢部长！"

周旭山只是应了声，但并没有站起来回答，继续摆弄着笔在本上记着什么，实际上他此刻是在思考着这通知的具体内容，故而听到点自己的名字一猛下意识地应了声。

"方书记，你还有什么指示？"

"没有了，散会吧！"

安排完这件事，方舟一猛觉得有些累，想到海茹找书记要下乡的事，心中也真是五味杂陈，说不清心中是一种什么滋味，看着人们陆续离开了办公室。

"旭山，你留下！"

"嗯！"

旭山想想，这快下班叫自己留下，不知什么事？不知道要去哪，会叫自己开车在楼下等着。故而心里有些忐忑不安，看着方书记一脸不高兴的样子，感觉不是什么好事，莫非，方书记知道了自己什么事？心里愈加有些恐慌和害怕。

方舟想到海茹的事情，一猛想到也是怀疑莫非是这周旭山在海茹面前

透露了什么信息，因为也实在想不起来这海茹为什么突然萌发这种念头，而且如此固执地坚持，完全不考虑他的感受。

但当周旭山站在自己面前的时候，方舟倒不知要问旭山什么？怎么问？看看手腕上的表，犹豫了一下。

"没事，你去吧！"

方舟突然改变了主意。

周旭山感到领导转变了态度，肯定是有事要问自己，而且不是什么好事，这突然的变化更给自己心里放了一个秤锤。

"中午？"

"我在机关吃饭，饭后在办公室休息一会就不回去啦！"

"好的！"周旭山给自己放了假，中午可以自由啦，相对腾出时间把通知的事加个班，因为感觉这风头不对，还是要夹着尾巴做人。周旭山感觉领导的眼中有一种揣摩不透的神情，总好像藏着什么话，把自己叫去又什么也不说，更证明了自己的判断的正确性。但只能这样猜想，更不敢去问，这一问，明摆着是背上锣鼓寻槌的差事。

这又能是什么事让领导知道了呢？是谁在领导的面前吹了自己的什么风，说了自己什么坏话？

他想到了柳总，想到汪总和其他一些人，摇摇头，这些人不可能出卖自己，这都是一条绳上的蚂蚱，害自己对他们会有什么好处？难道是有人眼红自己的位置准备取而代之，想想部里的人，一个个掐了一遍，没有呀，也不可能呀！但这块石头便丢在自己的肚里，让他不安。说实在的，自己绝不甘心丢掉这个位置！

第十六

袁海茹在时隔不到两周的时间就到自己出生的西昌乡担任了副书记,因为其文化高和丈夫的背景,顺理成章地担任了乡的党委副书记,主管机关和党务工作,成为全乡最年轻的副书记,虽然排名第三,就连排在前边的书记和乡长,也没敢小瞧海茹,但她仍旧保持低调和谦虚的本性,从不敢傲慢自大和越权行事,一张温和的脸和一腔温柔的话语,总让下属同事有如沐春风,但在原则问题上从不退让和马虎,让她的同事也渐渐明白了,在工作上什么事该说该做,什么事不说不做?

调到乡下的第二天,她便带着一辆绿色吉普车回到村里,在集市上给老妈买了一身秋衣、秋裤和一件外套。感觉天慢慢凉啦,老人也该加衣服啦,又割了二斤肉和一些菜,感觉没什么遗忘的事情,连忙给妈打了个电话:

"妈,我是海茹!"

"嗯,知道,你调到咱乡啦!也不告诉你妈,把你妈忘了?"

"没有,妈,我一会就回去看你,你还需要什么吗?"

"不要,你人回来就行!"说完就挂了电话。

海茹便拎着东西找到车,开车的是位不到二十岁的年轻人,原来是乡里的通讯员,名叫冯凯,中等个子,人挺机灵的。一见海茹掂着东西,连忙迎上去,接过东西。

"袁书记,你提这么多的东西,咋不叫我给你搭个手!"

"没多少东西,叫你开着车费油又张扬。"

"我不开车,帮你把东西提回来,现在走还是?"

冯凯见买这些东西,知道肯定是回家,抬头看看天色,太阳已到西山

的尖上，应该也是要到下班的时候。

海茹看看表，五点二十啦。到办公室问了一下守在办公室的主任齐之社。

"小齐，没什么事吧？"

"目前还没有！"

"好，我下午回方家河看看老妈，有什么事打我电话！"

"嗯，知道了袁书记！"小齐站起来，拢着手应承着。

外边，冯凯已把东西放在车上，立在车的一边等着出发的吩咐。

正在这时，另一辆白色的面包车驶进了机关院中停下，从车上走下李大中书记和王冲乡长，看到海茹的车擦得锃亮停在那。

"小冯，袁书记回城？"

"不是，可能是回方家河！"

冯凯挠着头回答道，说完便有些后悔不知自己当说不当说。但他知道都是领导，这书记比副书记大，自然对领导要实话实说啦。

"王乡长，这袁书记都来西昌乡几天啦，要不咱一起去方家河？"

"嗯，我也正有这个意思！"

王冲比李大中年轻，当然也明白这话的意思，连忙在司机耳边说了几句，车便又跑出了院子。

机关的大院还是二十世纪五十年代修建的，在国道一边，下了一个小坡便是挂着白底红字和白底黑字的西昌乡党委、乡政府的木牌子。进了院两边是一排平房，足有二十间，门上挂着不同的小牌子，再往前便是一个砖砌的大花坛，花坛后边是机关会议室，西边是伙房，东边有两排和门口两边一样的砖木结构的平房，住着几个领导，靠南边是四间平房，是李大中书记办公和住的地方。

再往南是一排二层楼房，为了隔热上边像农村盖房一样搭有木架，上边摆有瓦，可谓是土洋结合的一栋建筑。一层两个办公室都在一楼，海茹同样住在办公室的隔壁，一明一暗，明的放着沙发和办公桌，里间是她休息的地方，在办公室的墙上开着门，吊了一个门帘，这也成了她在西昌乡的一个临时的家。

李大中和王冲往办公楼方向走来，正和走出办公室的袁海茹几乎撞了个满怀。

"李书记，王乡长！"

袁海茹一猛脸变得绯红，感觉自己失礼啦。连忙把二位让进自己的办公室，冯凯一看连忙脚下生风一股跑进来，连忙倒水冲茶。

"不冲啦！"王冲乡长拦住了冯凯的手。

"下午准备回家看婶子？"

"嗯！"

"你怎么知道？"

"我有千里眼和顺风耳呀！"

李大中说完哈哈一笑。

海茹这才看了一眼怯生生的冯凯，知道是他给领导跑了风，漏了气。

"去吧，等会就走！"

"嗯！"

冯凯一看领导没有怪罪的意思和神情，喘了一口气，这才放心地又回到车前。一会工夫王冲乡长的车轰然有声地进了机关大院，办公室主任从车上下来，显然这去方家河的礼物已经买好啦。

王冲向李书记使了个眼色，意思是事办好啦，要不要启程。

"走吧！"

李大中起了身，作为书记，这全乡五万人口的一把手，是有一言九鼎的习惯。

一时海茹有点为难，看母亲，这冷不丁地去了这么多的领导，不知老母亲会怎么想，会不会适应和接受，但书记起了身发了话，是板上钉钉的事情，没有商量的余地。

"好！"

西昌乡是平原乡镇，这里不靠山，又不临水，纯粹的农业乡镇，书记是个好点的面包车，乡长是新的吉普车，作为副书记袁海茹的车稍微旧点，这也就很奢侈啦。

"去方家河！"

三辆车，一前一后出了机关大院，海茹连忙拿起手机，拨通了妈家里的电话，"嘟嘟"几声后，仍没人接。

这老妈上哪去啦呢？

海茹的心一下慌张，并且有些忐忑不安，这老妈不在，这一行人去了，家里没人，甚至进不了门，可就尴尬啦，连忙又打家里电话。

"谁呀？"

电话接通啦，里边响起妈妈的声音。

"我是海茹！"

"知道，你公公都告诉我啦，你这个疯女子回咱这干啥来啦，不招呼方舟，惦记你妈干啥哩？你呀，糊涂呀！"

老妈不等女儿接话茬，便挂断了电话，把海茹弄得心里如同灌了铅块一样沉重。她知道，这老妈的话中有话，表达了无尽的担忧、无奈和害怕，心中的五味杂陈，她这个当女儿的是能够理解和体会到的。

当妈的在怪自己下乡的唐突，而自己心中的恐惧只有自己清楚，连当妈的也无法告诉。她害怕辛辛苦苦再怀上孩子，再辛辛苦苦养活大，再出现像毛毛那样的情况，她无法面对和承受，这心中的苦水，该向谁去倾诉呢？

她在问自己。

她摇摇头，眼前一片茫然，知道这枚苦果，只有自己吞食。

李大中和王冲对方家河也是轻车熟路，这是方书记的家乡，在自己的属地，二位领导并不敢马虎，想昔日海茹的父亲，方舟的老丈人不在时，两人没有少跑路，那实事求是说也是心甘情愿、无怨无悔的事。这两家情况肚里很清楚。就是谁在这干领导都不敢马虎和大意的，不说巴结领导，起码力所能及地照顾好。

方书记的父亲方天兴在村里干书记快三十年，让报进乡党委班子，方天兴也知道报上去了。方书记不批："我爸年纪大了，紧年轻的人报！"

"方书记的工作成绩优异，方家河年年都是先进，这举贤不避亲，向来如此！不能因为你是书记就把机会给舍弃啦！"

"不行就不行，干得再好，他是我父亲，不能解决就是不能解决！"

方舟一锤定音，拦住了李大中的话。

"我找昌书记去！"

"找谁都不行！"

方舟站起来。

李大中一看这领导有点火，心中害怕这弄不好应了那句：献个勤，打了盆，这才得不偿失呢！赶紧回过话头。

"那就按领导的意见办！"

"对！"

方舟拉大中坐下来，递过一支烟。

"不过，我和乡党委保留意见！"

"意见可以保留，这是原则！"

方舟给李大中倒了茶水，抽着烟说："你都没想想，我是管组织的书记，让我爸进乡党委班子，这让外人如何议论！理由再充分都不合适，这会影响党的形象，特别是组织工作的印象呀！"

李大中点点头，这才完全明白，这是方书记的真实想法，说的不无道理，到底是有文化的领导，想的就是多，看的就是远呀！

与此同时，在方天兴得知消息后，寻思了许久，他也感到意外，还是给方舟打了个电话。

"是你让海茹下乡的？"

"不是爸，是她要下乡的！"

"你这当书记的是个摆设？"

"你不知道，她直接找到昌书记啦！"

"老子要抱孙子！"

方天兴提高嗓音，说完挂了电话。把个方舟弄得哭笑不得，感到父亲没错，也是人之常情，一点也不过分。有错的是自己，是你方舟呀！忙叫了旭山开着车又到街上的门市部里买了些食品，同样一股脑儿往方家河奔去，太阳渐渐从西天的地平线上落下，落日把西天照得一片通红，望着一片通红和稍纵即逝的景象，心里有说不出的心酸，摇摇头。父亲为有自己

这样的儿子失望，堂堂的七尺男儿，跺地梅县都动的副书记，感到有一种斗败公鸡的沮丧。原本这海茹要下乡，争吵之后心中就憋着一口闷气没处出，这父亲又添了一口，更是难受。

自海茹到西昌下乡，方舟也没去过一次，不是没时间，而是不想去，这别人和自己对着干，有多种办法可以收拾，而自己老婆和自己对着干，还真没什么好的办法。想想也只有"冷战"这一种办法，静观其变。然而这海茹，连同乡里书记、乡长都去，自己再不回去，这父亲、母亲和孤独的丈母娘一堆的人，都会骂自己的，这海茹的一步"将军"迫使自己这"帅"得动一下。

这鬼东西，还长心眼啦，你回去我回去，还让人家书记乡长都去，真是可恶！

"可恶！"

"方书记！"

旭山听到坐在后边的领导一猛似乎咬牙切齿地说了两个字吓了一跳，不知道是什么意思，下意识地叫了一声。

"开你的车！"

方舟没好气地给了一句，这旭山也是狗咬汽车多管闲事。

旭山知是自找羞辱和苦吃，后悔自己这张臭嘴，管人家是什么意思？

唉！

上了塬看着西边红红的太阳渐渐褪色，遂悄悄加快了车速，但乡下的路并不平坦，车里一猛有些颠簸。

"慢点，谁叫你开得这么快啦？"

加速惊动了方舟，让他感到身子摇摆和惊惶不安，不由得勃然大怒，这股气直泼周旭山。

周旭山连忙放慢了速度，急中出错真是聪明反被聪明误，想早一点到村，解脱自己挨训的难堪场面，反而弄巧成拙，劈头盖脸又是一顿黄瓜。他的头这回是彻底蒙了，一时没一点主意。这几天的领导，自己心中真是没一点谱，昔日里引以为荣的"蛔虫"美誉，一点也不称职。频频的无端莫名的发火、训斥让旭山感到一种害怕。他不知道这是一种什么信号和兆头，满头的雾水和七上八下的心形容此时的心情一点都不过分！

他妈的，这几天是碰上鬼啦，这么倒霉。旭山在心中同样是恶狠狠骂道。但他双唇紧闭，只是在脑海中宣泄这么一句话。生怕张嘴把这句话给蹦出去。但说真的，这话真说出去，那就是给天捅个窟窿，自己的饭碗彻底给砸啦。庆幸他闭着嘴，还带着双保险，同样是老汉叫门——没事。

本来这方家河在西塬上，距县城也不远，虽然路况不咋样，不到二十分钟便到啦，车停在村台子下边的广场处，方舟坐在车上，旭山急忙下来为领导开了门，心中直打鼓生怕又做不好什么再挨顿训。

方舟自己觉得对周旭山发火太重，下了车遂和气了很多，何况这回到家乡再板着脸，摆一副当领导的官架官态，村里又该指脊梁骨啦。

"先到海茹家，她今天回家了！"

这一提醒，还真起作用，如果领导不说，自己又该拿着给老爷子的东西，那不又得挨训，遂到后备箱取出了奶粉，食品之类的东西掂着，跟在方舟背后小心地迈着步子。

虽然太阳已落山，村里还是三三两两的人过来过去。

"方舟回来啦！"

方舟一脸的灿烂，称自己的名字更亲切，方舟点头哈腰给村人递上烟而且客气地点上火，简直让周旭山看蒙啦。噢，回村了给乡亲亲近的印象，也是一位当领导的姿态。

高！

旭山在心中为自己的领导打了一个满分！什么是领导，这就是领导；什么是水平，这就是水平。

来到村西海茹家门口，海茹也刚把李书记和王乡长送到门口，两拨人撞了个满怀，眼尖的王乡长一眼看见。

"方书记！"

"方书记！您回来啦！"

"嗯，听说你们来了，我丢下手中的事也赶了回来。"

这是走还是不走？乡长看着书记，用眼神望着书记，显然是等乡里的"班长"来拿这个主意。

方天兴虽然只是村里的书记，但儿子却是梅县的副书记。他心里憋着一股气，见到方舟也不搭理和吱声，立在一边，显得若无其事。

"爸！"

"嗯！"

好在方舟机灵，随手给在场的人，发了支烟，特意为父亲点上，全场的气氛才有所缓和。

"方书记难得回来一趟，晚上我做东，请领导吃个饭！"

"不，不，这海茹到了咱乡以后还得你们帮忙，晚上我请你们！"

领导话是这样说的，也同样有理有情，很是中肯和实在，但李大中心里有数，连忙附到王乡长的耳边：叫机关伙上抓紧准备一桌好菜，拿出最高的水平！

王乡长应了一声，连忙到一边打了电话就安排。

一切都安排就绪，又随着方舟进院看望了老岳母，老人揉着双眼看着出院的人又折回来。

"方舟回来啦！"

"娘，我回来看看你，这回把海茹给你送回来，招呼你方便些。"

"我一个人在村里吃穿不愁，也不是七老八十走不动啦，你叫她回乡里做什么？在城里不好好的，刚才我还骂海茹，跑回来干什么？"

老人的话说到自己的痛处，方舟全身就像过电一样，有一种颤抖的感觉。

"娘！"

方舟看了海茹一眼，扶着老人的手，把人搀进屋里的凳子上坐下。

"我给咱生火做饭，你看这天都要黑啦。"老人看着天色渐暗和这一片人影，心中不免有些着急。海茹拉开了灯，屋里亮了起来。

"不用啦，晚饭方书记都安排好啦，你别着急。"

周旭山放下东西，连忙给老人解释道。

"又拿这些东西，我一个人能吃多少呀！"

老人嗔怪地说道，看看方舟，知道自己摊上了一个好女婿，怪都怪自己这女儿任性不听话。

"什么都不缺,在方家河村,亲家是支部书记,村里照顾得不错!"

"别夸啦,都是亲家,这样做也都是应该的!"

一堆的人在客厅里喝了会水,说了会话,不到十来分钟时间,王乡长的电话响了,说了两句话,随后凑到李书记的耳边说,凉菜上好啦。

"嗯!"

稍等了一会,李大中对方舟说:

"方书记,伙上已准备好了,你看?"

"不是说我晚上请你们吗?"

"方书记难得回来一次,就让我们在基层工作的同志尽一下地主之谊吧!"

"好吧,客随主便,改天我到县城再请你们!"

领导这么一表态,落得满场欢喜的结果,关系一下拉得更近,交流起来更方便,也没有领导与被领导的拘束与隔阂。

海茹立在一边,早知道是这种结果,这种形式不过是走走过场,摆摆样子而已。她压根不想去,原本是抽空回来看看陪陪老妈说说话,一猛被方舟的突然到来,把一切的安排和想法给搅乱啦。这去乡里吃饭,自己不愿意,但不去显然又不合适。诚然,自己和方舟的关系是很微妙,也不想在这种场合当着单位领导和两位老人面暴露出来,让人猜测和说闲话。

虽然妈心里还是埋怨女儿的选择,但女儿是妈身上掉的肉,哪有不想和不心疼的。

"你这一回来,屁股都没暖干就走?"

"嗯!"

海茹拉着妈的手,看着,把妈那惨白的头发捋了几下,轻轻点点头。当妈的知道留不住女儿,这嫁出去的女儿也如同泼出去的水,收是收不回来的。

这时候,外边已经是完全黑了下来,从门里射出去的光照亮了有限的一片,四周已成黑影。

"去吧,忙你们的公事去!"

方舟走在后边,借着有光的地方,随手给老妈塞了一沓钱。

"不要，我有钱。"老妈的话音还未出口，瞧见女婿伸出手，不让她说的手势。不想让人知道这档事，那就不说啦。这一个女婿半个儿，对自己来说，没有儿子，又没了老汉，这一个女婿就是整个儿。一切希望都寄托在方舟的身上，也是再正常不过的事。故而她也听方舟的话，悄悄把钱塞进裤兜里，捏捏底，知道放好放安全才作罢。

这院里并没有装灯，好在这周旭山想得周到和细致，布袋里就准备有小手电灯，在前边照着路，一伙人才安全地出了大院。

"是这样，你们先走，我和海茹到家里把我妈看一下，不停，一会就赶上你们，咱乡里见！"

"方书记，是这样，这会天也黑啦，改天我和王乡长专门看咱婶子，要不，我们在村口等着？"

李大中用征询的口吻说着，因为他知道这黑灯瞎火去方家而且是空着手，显然是不合适的，反正去不去都不合适。

"好吧，你们在那等一会！"

"娘，你回吧，把门关上！"

"哎！"

李大中和王乡长在一名村干部的指引下朝村西边的大路走去。方舟和父亲、海茹一行向村南自家方向走去，一路上，没有一个人说话，在夜幕下，只听一阵沙沙的声响。

周旭山心里有数，路过村台子前时，他急忙赶过去打开车门取了东西掂在手里。方舟给老父亲准备的东西，无外乎烟和酒，方天兴知道这些事，心里埋怨的事，不是他不孝顺，但他的理解对父母孝顺就是要听老人的话，按老人的意思办，这才是孝顺，否则就是不孝。

进了方家的大院，这坐北向南的平房上门口的大灯把院子照得一片通明。

进了院，方舟感觉到父亲的脸上的表情，明显告诉他有什么话要对自己说，八成是要抱孙子的事，这点方舟和海茹都能猜得出来。

方舟心想这老父亲要抱孙子，不是自己一个人能搞定的事，这父亲在电话中没少为这事训自己，正好拉上海茹，把这事挑明，要受训都受

训，让她也知道其中的缘故和道理。

进了院，他从旭山的手里接过了东西，旭山先是一愣，遂明白了，自己在这不方便。

"好，我在车里等着!"

"嗯，就一会!"

周旭山随即出了门，顺便拉上了大门，大门发出咯咯的响声。

"妈!"海茹上前亲热地喊了一声，把准备的一份东西提了起来。

"回来就行了，还拿什么东西，听说你都到咱乡里几天啦，也不回来看看你妈?"

"不是忙吗，这不回来啦!都是你儿子给安排的工作多!"海茹一回来，不想让一家人不高兴，故而把责任推到一边。

"等下!"方舟张张嘴动了几下没说出话，这海茹反咬一口，把这责任往自己身上推。他瞅瞅海茹的脸，苦笑了一会，摇摇头，这还真是无可奈何，没法说，没法说呀!总不能当着父母的面说她不和自己在一起吧。

就这样，这么一来一去的，把方天兴的话题一下给绕得没了影，方舟放下东西，坐那和妈扯了几句话：这是海茹给你买的一件上衣，到时你试下合适不?

"海茹买下的，一定很合适!"当妈的高兴得嘴都乐开了花。

把个海茹弄得不知所措，但反过来他给当妈的买了衣服，把名和功劳记在自己的名下，自己为什么不接受呢，可自己明明买的是菜和奶粉，刚放下没多久，这婆婆是看得见的。

"爸，这是两瓶五粮液和两条烟!"

"不稀罕!"

"看你说的，这是娃的一片心!"

"这农村人不讲究，他拿的东西都死贵活贵，说实在的话，抽着都心疼!"

"心疼什么，这些东西都是为人服务的，旧的不去新的不来。"

"如今当领导啦，别什么都大手大脚!"

当妈的听完忙挡了儿子的话茬，毕竟农村人都是从过苦日子过来

的，方舟能理解。

"今个你俩都在场，妈说一句话，赶紧让我和你爸抱孙子！"

方舟又一次把目光投向海茹，心想这是老人的意思，同样是人之常情，想她该给两位一个明确回答吧？

海茹当然不能讲心里话，看着一圈人炽热期盼的目光，还真是不好回答，看见老公公掂着支烟，忙起身取了火机给火点上。

"抽烟！"

方天兴知道这在家里，自己是长辈，而在公事场上，这儿媳都是自己的领导，这烟点得让自己坐立不安！

"方舟，这李书记和王乡长还在村口等着咱们呢？"

方天兴也一下想起来了。

"对，你们快去吧！让人家等的时间长啦，就失礼啦！"

两人起身便出了屋。

"这说走就走，连饭都不吃啦？"

方天兴不容老伴多嘴，就这样一个打岔，打得把抱孙子的事一抛十万八千里。

周旭山听到动静，连忙发动车子，车灯正好照在几个人来的路上。

"回去吧！"

车转过弯，朝村西的方向奔去。

夜幕下的车灯显得特别地明亮，两个人坐在后座上，谁也没说一句话。这种寂静的冷漠，让在前边握着方向盘的周旭山同样感到一种蹊跷和怀疑，这两人最近到底怎么啦？

第十七

方舟一万个没想到的是，自己在西昌乡机关伙上吃过喝过之后，心想海茹应该顾及面子有所表现，因为这次回家也算自己的回头和一个姿态。方舟想起码她能和自己回县城，那就是一夜泯恩仇，摒弃前嫌，和好如初。作为乡里的书记、乡长也是这样寻思的，夫妻嘛，本来也就是那回事！

本来这乡里亦有招待酒，但还是让旭山从车后取了两瓶好酒，一下为场上增加许多的光彩！

"以后海茹还要靠各位鼎力支持！"

"方书记说哪里啦，袁书记很优秀！"

各位喝了书记端的酒，都心情激动，兴高采烈，把领导端的酒一饮而尽，而且杯子一扬到九十度，表示喝得精光。

晚饭在十分和谐的气氛中落下了帷幕。在来到机关院里时，明亮的灯下，方舟的眼睛望了袁海茹一眼，那双眸子里，好像在说，还不跟我回去！

海茹神情沉重，此时也在做最后的选择，因为夫妻俩相处多年，也明白这眼神的意思和内涵，但她仍然坚持着自己的意念，不想承担这样或那样的恐惧和害怕，不愿前功尽弃或功亏一篑，虽然也心疼自己的丈夫，但在选择的一瞬间，她还是毅然作出了痛苦的抉择。

"我晚上还是想陪陪咱娘说说话。"

"嗯，你去吧！"方舟重重关上车门，默然靠在车座上。就这样一个理由，不软不硬让作为县委副书记的方舟吃了个闭门羹，这样一颗软钉子，硬到他的额头。让他感到了一种羞辱和愤慨。一猛意识到就这么一句

话，似乎一下关闭了两人生活的大门。

有这么严重吗？有，直觉告诉自己就是有这么严重，这也是自己和海茹感情的分水岭，虽不能说是天各一方，起码这个伤口和裂痕的愈合比较困难，自己也从根本上也愤然关上了这扇大门。人生虽然有人性的需要和追求，但这只是人生的一部分，不是人生主要的，更不是人生的全部。人生的价值在于展示自己的能力和价值，一个人的生命意义也在于，当你离开自己的岗位后，人们会如何议论和评价你，一个人的生命意义更在于当你的肉体离开这个世界时，文字和历史如何记载你，你的思想，你的学说还会不会在这个世界上，仍影响着人们的言行和思想。

这一次短暂的晚餐，在方舟的思想和心灵深处留下了一道深深的烙印！一猛有一种与海茹有一种互不相识的概念，甚至萌生她十分可恶可恨的认识和感觉，并为有这种思想而感到后怕，这也许是爱恨转变的道理吧。

坐在车里，一时间方舟有种万念俱灰的感觉，这么近二十年的情分，似乎一猛被一阵人生的风吹得干净溜光，什么都没有啦。可这样任其下去，如何向父母大人交代，总不能说这熊媳妇不和咱睡觉，生不下后代，生不出娃吧？

从后视镜中，周旭山看到一脸阴云和充满愤怒的一张领导的脸，但一时又没有什么话可以安慰的，况且这时候说错话，那是要挨骂的，他也不敢说一句话，专心致志手握方向盘，眼盯着灯光扫过的路面右脚轻轻踩住刹车，尽量把车开得缓慢而平稳。他心里知道，愈是在这个时候，领导愈是容易因为枝节的小事发火，甚至会莫名其妙地训你一顿。

就这样一个事件，从此改变了方舟的人生轨迹。

第二天一上班，方舟如往常一样，在县委的伙上用了早饭，看看时间距八点还有二十来分的样子，便踱步来到县委的后院，这里梨树、苹果树已挂满了成熟的果子，似乎在空气中飘着浓浓的果香。

方舟漫步在窄窄的水泥地板的小路上，看着东方冉冉升起红红的太阳，呼吸着早晨的新鲜空气，心中便有一种憧憬和希望。他伸开双臂，活动着四肢，感觉身体仍然是那么有力和强健，全县煤炭业有序地生产着，大量的资金源源不断地通过县财政的渠道，输入到新区建设中，那近五十米的人行大道，的确是超前的宽广，一栋栋高楼拔地而起，新区一天一个样，热火朝天的工地到处都是，一派欣欣向荣的景象。那一张张蓝图将很快变为现实，想着其中有自己的一份力量和贡献，心中感到了一种满足和成就感。

"方书记！"

"嗯！"

与此同时在后院管理园子的老张头一手拿着一杆长长的烟枪，一手拿了个鲜红的苹果，走了过来。

"尝一个！"

"不，不！"

"尝一个，今年的雨水多，苹果可是香甜可口呀！"

看起来这老头执意要给自己，盛情难却，伸手接过来，端详着苹果的颜色、大小，捏捏硬度。

"尝下，我都给你洗过啦！"

"刚吃过饭！"

老张头满是皱纹刀刻一样的脸上露出笑容离开了。

看着他离去的背影，他想到了农民，包括自己的父亲和逝去的岳父，想到自己活蹦乱跳的毛毛，瞬间又勾起了往事，心情沉重下来，苹果从手中脱落掉在路上，自己竟然全然不知。

待回过神来的时候，连忙弯腰拾起来，又把苹果放到树的下边。总不能大白天手里掂个苹果，不知道的人以为自己一大早摘了后院的苹果吃，这样对自己的影响也不好，也不能专门给别人解释这是老张头摘的给我的，感觉把苹果放在树下是对的，是一个正确无误的选择。当再抬腕看表时，时针已过了八点。连忙加快了步伐，向办公楼走去。

刚要进县委办公楼，县委门口的传达室门口响起了大声地喊声。

"怎么不让我进去？"

"现在上班哩！"

看大门的是从公安局调过来的，穿一身的夏季公安服装，一脸严肃的

样子，伸手挡住要闯进的上访者。

"上班怎么啦，难道老百姓的事就没人管？"

"现在是法治社会，扰乱机关办公是要负责任的！"

"怎么，你是公安，莫非你还敢铐我？来吧，把我关监狱去！"

上访者见门卫从后腰拿出了明晃晃的铐子，大惊失色，开始有几分的害怕，毕竟这铐子像枪一样都是冷东西，老百姓知道这就是王法，但一想自己的委屈和冤情也孤注一掷，翻着眼把双手伸了出去。

门卫本意是劝他回去了事，没想到乡村来的人，不吃这么一套，连忙收好了刑具，挂到屁股后面的腰带上。

"谁要铐你？你来县委反映问题，你还背着铺盖，莫非你还要住到县委大院？"

"不解决我的问题，我就睡到这县委门口不走！"

方舟此时已走到两人的跟前，门卫一看，连忙转过身。

"方书记！"

"怎么回事？"

来访者一听这话，也见凶神恶煞般的门卫卑微的样子，不由一惊：这不是管组织、管煤矿生产的方书记吗？

"他说村干部欺负他，挡住了他家的门，而且还打人，找到乡里没人管。"

"方书记，你可要为我做主呀，这老百姓可真是没法活啦，我求你啦！"说着泪眼蒙蒙，就要跪下。

方舟连忙拉住他，知道这是有冤情呀。

"共产党不兴这个！你说村干部欺负你，乡里没人管，你有材料？"

"是呀，我有！"

上访者如遇救星，只要是要材料，说明领导要管这事，有门，连忙颤颤抖抖掏出两页纸递了上去。

"把我老婆都打得住院了，没人管呀！"

方舟粗略看了遍材料，知道是苏南乡百和村的阎来科状告村主任刘文山。

"你寻到乡里啦?"

"寻了,他们官官相护,让我找派出所,派出所去人拉偏架,不晓得干部得了什么好处,还说我不占理,难道我在自家院里开个门都不行,把人打伤还有理?"

"你是这样,这个材料我收下了,这秋收季节,忙忙的,你先回去收庄稼,这事县委一定要调查清楚,给你一个交代。"

"好,方书记,我听你话先回去收庄稼,等你们调查,这现场还摆在哪!"

回到办公室,方舟的心久久不能平静,这干部作风是该要整整啦。如今是发展经济,但党的宗旨没有变呀!欺负老百姓,骑在人民头上作威作福是要不得呀!这是一个方向性和导向性的问题,随即在材料上做了批示:组织部门牵头,公安、信访部门参与,一周内对此事做一个详细调查报告!

随即让组织部来人拿去落实。

方舟感觉自己也是从农村走出来的,有人利用的是干部,有的利用家族势力大、兄弟们多,恃强凌弱时有发生。但像这种情况还是不多见的,干部作风问题关乎党和政府的形象和威信,这可不是小问题,作为负责梅县主管组织的副书记,此时的心中沉甸甸的。

苏南乡位于秦岭脚下,在梅县的南边,从县城南弯弯曲曲跃上一个土塬便是一片平坦的土塬,这里土地肥沃,昼夜温差也大,盛产苹果,且色香味美非常独特。百和村便坐落在这片土塬上,近千人口的村在全乡也是大村。

阎来科就在这个村,阎姓在村里是外来的,全村没有几家,而且都是没什么文化,老实巴交的,话语权很少,更没有当村组干部的,平时说话很少有人听,就更谈不上有什么号召力啦。如今,土地到户啦,一家和一家,谁和谁也没有过多的纠缠,几乎到了各做各的活,各干各的事,老死不相往来的地步。

可正巧,这阎来科隔着一条路和刘文汉隔路相望。刘文汉可不是一般的村民,哥哥刘文山是村里的副书记兼村主任,也是响当当的人物,加上

弟兄们多，儿子辈也有十几个，村里也是没人敢惹，加上这刘文汉的女儿嫁给了村党支部书记唐炳义的儿子，更是如虎添翼在村中更是了不得。

前些年，两家隔着一道墙和一条路，也相安无事，虽然刘文汉隔着路把柴火一类的东西堆在阎来科靠南墙下，而且把树栽在墙根，阎来科一家看在眼里，也不敢说什么。

一个偶然的机会，原本坐西向东的院子，原来开的是东北门，生活劳作也不太方便，便有了改门的打算。阎来科一家商量后，便寻了先生看了日子，给小组长说了声，便在南边顺路的地方，放了鞭炮，在南墙上开了一个门，鞭炮声中这一条出门的路开通了，后来东北方向的门也给堵上了。农村讲究的是门不能多开，跑风漏气的，存不住财而且不吉利。

这天开门时，正好对面刘文汉家不知有什么事，没人在家。一家人加上几个亲戚也是热热闹闹，顺顺当当把南墙门给开了，架子车进进出出也挺方便的。阎来科拍着脑门说："这几年都没这个窍，这出门下地干活要省多少劲！"

这说完老婆儿子们都有同感，一家人在说这门是用老木门还是用新式铁门。

"爹，咱也用带轱辘的铁门，把院子到门口也用水泥一铺，也弄得样样的。"

"你是不当家不知柴米贵！"

"这苹果一年几万……"

"光知道一年几万，这一家的开支，吃的、喝的、穿的、戴的都不花钱？你马上说媳妇结婚不花钱？"

儿子伸了下舌头，再也不吭声。当爹见老婆当众这么熊儿子，心中不由得也为儿子鸣不平。

"屋里人（媳妇）别啰唆啦，儿子说得对，这门口，院里不弄得亮堂堂，哪能引来姑娘来，这就是人们常说的家有梧桐树，招得凤凰来！"

儿子在一边，看着父亲支持自己的意见心里挺激动的，挤挤眼看看妈，当妈的一甩脸进屋去了。毕竟这家里的事一向是自己说了算，这一猛父子俩尿到一个壶里，当众又没法说，况且这开门又是喜事，一家人争

吵，别人也会笑话，只好板着脸到屋里干活去啦。

满场的人都没意识到，这门正好对着刘文汉的半个门，这门对门可是有讲究的，同样是讲风水的忌讳。这看风水的先生，深知其中的道理，但这坐西向东的院子，不开东北门，也只有东南门一个选择啦。

把刘文汉放在墙根的东西，一股脑堆成一堆扔在一边，连阎来科在清理这些东西时，也下意识地望了一眼对门的刘文汉家大门，好在大铁门关得严严实实的，但心中仍有那么一回事，毕竟他是村主任的兄弟，平时在村里又是那么的横，在村里没把别人放在眼里。

他心里如同揣了只老鼠忐忑不安。脸上也飘了一片愁云，知道这关不好过。但回过头想想，这是在自己的院墙开门，与他有什么相干呢，想这解放多少年啦，这朗朗乾坤又不是他刘家的天下怕个球，咱有理着呢，心里一下硬气了许多。

阎来科不知道这开门捅了马蜂窝，点了火药桶。

刘文汉从外边回来时，左看看，右瞧瞧，这冷不丁地隔着路，莫名其妙地在对门这阎来科的东南角便开了一道门，斜对着自己的门，而且把自己原本堆在墙下的柴火、砂石之类的东西一股脑儿扔到一边，这狗日的还真有胆，不打一点招呼，便私自对着自家的门私改了大门，还真让自己开了眼，长了见识。这门对门是有讲究的，自己也略知一二，反正是对自己不怎么好！

刘文汉四十来岁，在深秋的季节，穿着一件小夹袄，在这门口转悠了一会儿，心里憋着一口恶气，风吹着，头上不时有枣叶和桐叶落到自己的头顶和衣服上。心烦意乱地把树叶一挥而去。这还了得，不是明着尿泡打人，明着欺负人吗？侧着身子瞅见阎来科院中哄了一堆帮忙的人，生怕自己单个一个，吵闹起来没帮手吃亏，便哼了一声，开了锁，咣当一声响，心里打了小算盘，待这些人走了，再收拾也不晚，先叫他兴哄一会儿，他想在这百和村，咱也是眼里不容沙粒的，这阎来科就是个老王八，平时里眼中根本不把这家在眼里拾掇。也不过是一团烂泥巴，自己随手一动，捏他一家想捏成什么就是什么。这冷不丁一只绵羊变成一只狼，一下子翻了天啦？

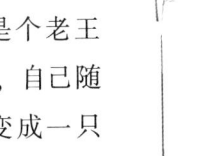

虽然隔着一条路，但这开锁开门的声响还是让阎来科给听见，不是他耳尖，而是本来开东南门心中就不踏实，总担心会有事，会发生什么事情，心里的一根弦总是绷得很紧，所以对面的一切声音对他特别地敏感。

他挠了一下耳朵，知道刘文汉家有人回来了，而且看到这开门啦，在心里担心害怕的同时，有点后怕，但反过来想，给人家说了，横行惯的不让开咋办，这门总不能不开。想想还是先斩后奏的办法对头。管他妈的，在自家墙上开门与他有球相干？看着周围的好多亲戚心中也就硬朗了许多，见大伙也吃完饭，便敞着嗓门，故意让对门听到："门开了，趁热打铁，全全和你叔，下午就去县城买铁门，拉砖、水泥，叫咱村的匠人上工！"

儿子全全站在一边，也是一脸的高兴，这南门一开，一向压抑的阎家一下像通了气，连院里的空气也像畅通了许多。

"嗯！"

儿子全全应着声，看着父亲的脸，点点头，因为父亲的话，一句句都说到了自己的心里啦。记得打记事起，还没有像今天这样高兴过，像这么扬眉吐气、这样舒畅过。二十岁的他，真想给父母伸出大拇指点一个赞，但看着周围这么多的人，显然有些唐突和不合适。但他知道买东西容易，这钱是硬货，他眼瞅瞅父亲。

"瞅什么？饭都吃好了，都二十岁的大小伙啦，得操些心啦，到你妈那取钱，至于门楼上边的瓷片和颜色，等工匠来了再说。"

"嗯！"

"记住给兜里装几盒烟！"

"知道了！"

全全腰里别了钱，一下腰都像挺直了许多。

"钱装好！"

当妈的反复交代。

"这有扣子，上边又用别针扎着，双保险，万无一失！"

一拨人开着几辆停在门口的三轮车，沿村里的道路朝县城方向奔去。巍巍秦岭脚下平坦的一片大地，路边的果园成片的苹果，露出红艳艳粉嫩的脸蛋，果农的心里充满了希望和喜悦。这就是他们的摇钱树，不用一星期，外地客商上来，这一颗颗苹果换来的是一张张崭新的人民币呀！乘着秋风，三轮车后面冒着黑烟向县城方向奔去，三轮车下了土塬，偌大的县城轮廓便呈现在人们的面前，随着城市新区的建设，这里一片繁荣的景象，县城的一座座高楼正在日新月异地拔地而起，展现出现代化城市的氛围与气势！头顶的蓝天白云同样令一群年轻人心旷神怡、精神焕发，那兴奋劲，着实张扬着年轻人的个性。

外边人是高兴，然而待在家里的阎来科和老婆，心中就没有那么高兴和踏实，虽说理是那个理，话也是那么说的，然而村中的现实让他心中不免有些担心，毕竟对面是村主任刘文山的兄弟刘文汉，生怕这会冒出什么事来，连对面开门的响声感觉都是那么的响亮和刺耳。

阎来科的担心并非空穴来风和多余的，刘文山进了门想想不对，见对面的一群人张狂着去了县城，忙又锁了门，朝对面恶狠狠地抠了一眼，便到几个兄弟家，说了情况，一猛叫来了十几个小伙子，围在了刚开门不久的门口大喊："阎来科！"

"哎！"阎来科一听喊自己的名字，知道这是村人称为"土匪"的刘文汉声音，应声后连身子都在打颤，知道门口乱哄哄地来了不少人，这人众自寡的场面还真不知道如何应对，他用眼睛看着老婆。

"看我干什么？"

老婆反问，显然也是没什么主意和办法。

"出来！"

外边的嘈杂声，刘文汉破着嗓子吼着。

"来啦，来啦！"

心慌意乱的阎来科拆了盒烟，战战兢兢来到土墙开的豁口处，连忙把烟递给了刘文汉，刘文汉一手打落递烟的手。

"谁吃你的破烟，我问你谁叫你在这开门的？"

"谁叫我开门的，我原来的门不方便，我给组长说了，怎么啦？"

"怎么啦？你给组长说了，组长算个屁，你给大队说了没，你给我说了吗？"

刘文汉恶狠狠地问，指头就要戳到阎来科的眉头上了。

"我在我墙上开门，与你有什么关系？"

阎来科怕这熊的指头伤到自己，下意识地往后退了几步。

"放屁！怎么没关系，我在这栽的柏树呢？我在这放的柴火、砂石呢？"

"你凭什么在我的墙根栽树！你凭什么在我的墙根放东西？这土地证上可是我阎来科的地方！"

"你说什么？我一巴掌拍死你！"

刘文汉被问得面红耳赤，一时答不上话来，便要起横来。

"你这文汉，说你是土匪，你还真是土匪，你还骂人，还想打人？这是新社会，可不是旧社会，我就不信你还能把百和村给霸啦！"

阎来科老婆一看，老汉当众遭人欺负，也是憋了一口气不吐不快。

"你这老婆子！"

"怎么，你还敢打人，这是新社会，旧社会的地主恶霸都让枪决啦！"

这刘文汉一听勃然大怒，连脸都变成猪肝一样的颜色，这老东西竟敢这样侮辱自己，心中的火立刻冒三丈，心里想说的是，老子就是百和村的老爷，你又能怎么样。他屏住呼吸，想想不收拾这老东西，她还不知道马王爷是几只眼睛。

"去，把那边的桐树抬起来，把这门给他封上！"

"好嘞！"

可怜的阎来科老夫老妻，如何挡得住这十几个人的队伍，眼见着众人把一根根粗细不一的桐树摆起来。

"你们这群熊货！你们把门堵上，让我们如何出去！"

"如何出去，从哪里来还从哪里去，老子管不了那么多！"

阎来科眼看着，这刘文汉以多欺少，顿时血往头顶涌去，转身从院里摸了把粪叉冲了出来。

"谁再敢堵门，老子今天跟你们拼啦！"

别说，这阎来科手掂着这铁器往人前一站，一圈人立时愣了眼，停下手中的活看着刘文汉的脸！

"去拿家伙去!"

这刘文汉一声喊叫,一边的年轻人知道这不是弄着玩的,这粪叉可不长眼,捅住谁都受不了,便忙回到刘文汉的院子里,四处寻找打架的家伙,有的拿棍子,有的拿铁锨,反正手中都有了自己干仗的东西,一圈人把阎来科两口子给围了起来。

阎来科的老婆也从屋里摸了把明晃晃的镰刀拿在手里,她手一挥,被一年轻后生打住了手腕,立时疼痛难忍放下了手中的镰刀。

她在地上疼得打滚。

"耍赖哩,这老婆要讹人哩!"

"走,中午到村里喝羊汤去!"

刘文汉引着一群人扬长而去。

阎来科连忙搀起老婆。

"怎么样了?"

"这手像断了一样,疼死我啦!"

"赶紧送你去医院!"

"去医院,这屋里谁招呼,还是等全全他们回来再说!"

阎来科一想,这老婆说得有道理。这门大开,虽然说屋里没啥值钱的东西,没门没锁的,门敞开总不是办法。

"我让村里卫生室的永过来,先给弄点药止住疼!"

老婆应允着点点头。阎来科来到村里的卫生室,这是二十世纪六十年代大队部的所在地,永在这卫生室已开了二十多年,人态度和蔼,没有架子,收费又不多,在村里的人缘还是挺好的。

"快去,你婶叫刘文汉狗日的把手腕给打断啦,你先给上点药止止疼!"

"好!"

永拿上药和针,随着阎来科风风火火向屋里奔去。

待上了药打了针,老婆的疼痛一时给控制住啦。

"你去寻支书去!"

"嗯!"

村支书唐炳义去镇上，这是听他媳妇说的。

"怎么啦？"

"刘文汉把全全妈手给打断啦！"

"这惹事精，炳义不在，你寻他哥去，他也是村主任哩！"

阎来科听这妇道人家说得也在理，忙往刘文山家去，正好到门口和刘文山对了个满怀。

"怎么啦？"

"怎么啦，你兄弟叫十几个人把我全全妈打骨折啦！"

"有这事？为什么呀？"

刘文山听完阎来科叙述事情的经过，眼一翻立马拿出了村主任的架子来。

"你这也是，你开门得给村里打招呼，私自开门，这是你不对，好赖和文汉是对门，这农村讲门对门不好，你都一把年纪啦，难道不知道这个道理！"

"门开了，你说咋办？总不能把我们一家憋死在院子里吧！"

"你先看病，我找文汉问问情况！"

待全全回来把妈送到县中医院骨科再回到村里时，见门口已被桐树堵了半人高，上面还泼了屎尿，人根本进不去。从县城拉回来的门、砖、水泥都放在外边的墙边。

全全跳进院子，拿了把镰刀，在刘文汉门口大喊，而且是破口大骂，把这一根根桐木扔到一边。

刘文汉的大门紧关着，听到骂声，知道是骂自己的，也不出来接声，知道这一接声，都在火头上，说不准这小子敢来拼命，弄不好要出人命的。他的心中未免有一些后怕，这个时候才意识到自己的所作所为，是不是有点过啦，不知这一棍子把老婆子打得如何？心中实诚也是没谱，故而任凭这小东西在门口叫骂，索性把耳朵捂起来。

"造孽，人家开门与咱何干？这下捅下事眼亮了吧！"

媳妇听着外边的叫骂声不绝于耳，摔勺子弄碗，朝文汉发脾气，这气是出了，可人家又折过来叫阵，心里也憋着一肚子的火。

方舟看完工作组关于百和村堵门事件的调查报告，感觉事态严重，这股歪门邪气在梅县具有一定的代表性，遂向县委书记汇报了自己的想法和打算。

"方舟，你做得对，我全力支持！召开现场会，惩一儆百很有意义，另外通知县上的电视台和报社对这一事件予以全程报道。"

次日，经过仓促准备在百和村召开了大会，各乡镇的领导，各村的支部书记、村主任主要成员，共计约一千人，来到这平日里不起眼的村子开会。

现场会开始前，各乡镇人员参观了事件的现场，大会在村中的舞台上举行。

工作组宣读了事件的调查报告，由公安部门对刘文汉等堵门事件的直接责任人进行了刑事拘留和治安拘留，对纵容兄弟行凶作恶的村党支部副书记、村主任刘文山给予留党察看一年处分，对村党支部书记唐炳义给予党内警告处分。

"现在，请县委副书记方舟同志讲话，大家欢迎！"

随着主持人的声音，场下参会的干部和村民响起了热烈而持久的掌声，方舟心中也很激动，站起来向下边挥挥手，一是感谢，二是让声音停下来，然后移了移话筒。

"同志们，今天在百和村召开这个大会，是经县委常委会研究决定开的。我让同志们都来看了现场，我也看了现场，真是不看不知道，一看吓一跳，触目惊心呀！在我们的农村，这样一家人被树木堵住门，而且还泼了屎尿，臭气熏天，一家人出不了门，阎来科家人被人打成骨折住进了医院！我实在不敢相信，这还是在中国共产党领导下，人民当家作主的新农村吗？

"这刘文汉不就是仗着其哥在当村主任吗？不是靠家族势力大吗？不就是因为这村党支部软弱涣散吗？

"这刘文汉所作所为，横行霸道，令人发指，这是比南霸天还南霸天，长此下去，这怎还了得。我们是共产党人不能打倒了一个旧社会的南霸天，再允许产生新的南霸天！"

方舟扬起拳头把桌子捶得咚咚响，下边又响起了长时间的掌声，他趁势饮了一口茶水，稳定了一下心情，平静了一下语调。

"同志们，我们共产党人打天下，为的是什么？为的是让老百姓过上好日子。坚持全心全意为人民服务，这是我们党的根本宗旨。各乡镇、各村党支部都要举一反三，回去后到各个村进行调查走访，有借家族势力和村干部仗势欺人的，发现一个处理一个，决不能让这种恶势力祸害百姓！同时也希望在场的每一位干部不要做这反面教材，若发现有这种情况，一经责任落实，一定严惩不贷，绝不留情，绝不手软！因为我们是人民的公仆，不是人民群众的老爷！"

场内外，坐在那，及立在一边围观的村民伸出热情的双手，报以经久不息的掌声！

此后，方舟又和有关单位协调，促成了梅县阳光发电公司的筹建，作为一个大的项目投资达到二十亿元，在东阳地区都是最大的重点项目，梅县煤炭生产链悉数建成，结束了梅县无终端产品的历史，得到上级党委、政府的高度重视。他的民声、官声都非常好！

从此，他迎来的又一次政治上的变化，考察提拔正县级领导。据说县委书记要调走啦。这一年他才四十五岁，在正县这个位置，方舟是最年轻，而且有文化、有能力。在政治上的如日中天，许多事都使他始料未及，许多观念也都发生了天翻地覆的变化！

第十八

袁海茹自从下乡以后,一猛像变了一个人。这乡里的事情和工作,一天忙到晚,总有干不完的活,落实不完的事情,就是躺在床上仍想着明天的工作,直到实在太乏了,这才酣然入睡。接连几个星期连给方舟一个电话也没有打,一猛似乎忘记了方舟仍是自己显赫的丈夫。

起初,她作为党委副书记,是负责南片的工作,这个片有五个村,分别是辛庄、牛庄、营湾、梨园和车村。当然,每个村都有包村干部,她负责协调解决包村干部解决不了的问题。

作为领导干部,她需要更多地了解党史、党章及党员干部的规定,更多地了解党的知识。她也在有意无意中开始回过头来看自己的过去,反省自己,也就是在这种反省中她突然萌生了一个念头。

一个下午,天都要黑的时候,她带着车回到家里,孤独一人的母亲,大门早已关上,她叫了几声:

"妈,妈!"

也许老妈在看电视,听不到外边的声音,便用手抓住铁栓敲打着木门。

"谁呀?"

"妈,是我!"

"哎,是茹呀!"

随着"咯叭"一声响,院里亮了。

老妈一阵欣喜,女儿又回来看自己啦,但一看这天都要黑啦,该不会有什么事?想想这女婿是县委副书记,茹也是乡里的副书记。能有什么事!想想自己这出门,人人都得高看一眼不是,就是村干部也是看着自己

的脸色说话，心里感觉这种变化的确很明显，渐渐也有了一种高贵的感觉，甚至也开始不苟言笑，轻易不与人交谈女儿、女婿的事，因为涉及的都是有事要请女儿、女婿办事，无论是宅基地还是孩子上学、参军，甚至邻里之间闹矛盾打官司的，乱七八糟的，什么事都有，好像自己成了神仙，什么事都能办，什么事都能摆平。故而平时大门看得比较紧，只有听清是谁，弄清是什么事的时候才开门。她心里也在暗暗地思索，这老婆子的门也不是好进的，她也是在凭自己的印象，什么事该接，什么事不该接，自己在乎的事不一定对，但起码有自己的思考和尺度。对与错不重要，重要的是要有一套理由和说辞。

到了深秋时节，海茹已穿上了秋衣和厚外套。

"妈！"

听着妈的脚步声和门楼的开关声，随着呼啦一声响，老妈拉开灯，惊喜地把海茹拉进了门，灯光下母女俩走在水泥铺就的路上。

"快进屋，看这外边凉的！"

"不凉，看我穿得多厚！"

"司机呢？"

"我让他回去了，明天来接我！"

"嗯，老是拿这些东西干啥，你妈啥都不缺，别乱花钱！"

当妈的点点头，知道女儿今个是要陪自己过夜，遇到这样的好日子，就跟过年过节一样高兴，毕竟在这家里总是一个人形影相吊，也是很清苦和孤单的。看着放在正间中堂的丈夫遗像，半夜里常常惊醒。

"他爹，你别吓我！"

这样，她常常在念叨中，神志恍惚，不知不觉进入梦乡啦。

进了屋，忙问女儿：

"吃饭了没？"

"都啥时候啦，不吃饭不把人饿死？"

海茹知道妈是在心疼自己。

"你吃是吃了，可方舟呢？你跑到乡下上班！"

"不用担心，他如今是县领导，一天请他吃饭的人排着队，再说县委

有小灶，成天都是好吃好喝！"

"真的？"

"嗯，这还能骗老妈！"

"你这茹，甭拿你妈寻开心！"

海茹擦把脸，和衣上了炕和老妈并排坐在一起。虽说仍是农村的土炕，但全是砖砌成的，外面全上了水泥面，加上地面上打的水泥地面。自从老爹去世后，这也盖起了四间平房，屋里倒显得十分干净和整齐，窗明几净的。

"今个怎么想起回来啦？"

"想妈啦！"

她倒在妈的肩膀上，孩童一般。

"打小，就你嘴甜，哄妈是有一套的！"

"没有呀！"

"就你贫嘴，小狐狸精！"看到撒娇的女儿，当妈的心里就嘀咕，知道这东西又在算计着什么，不由得打了冷战。但这猛一想，自己除了这身老骨头，还有什么呢？

"妈，和你商量件事？"

"说！"

"说的不对，你可别生气！"

"不生气，你妈就这身老骨头啦，你不会要了卖它吧？"

当妈的哈哈一笑，显得相当镇定和坦然。

"妈，你说到哪啦，女儿能有那么坏？"

"也是，我茹从小心地善良，尊老爱幼，你妈心中有数。"

"是呀，不愧是海茹的好妈妈！"

海茹又依偎在妈妈的肩上，深情地看着当妈的那张饱经风霜雪雨、充满皱纹的脸，和一双耷拉着松弛的眼帘，在最后思考该不该这样说和抉择。因为毕竟还是有选择和补偿的方案和办法，说白了谁不想让自己的父母过上好日子，有更多的钱让老人支配，增加他们的生活幸福感和幸福指数。自己这样做则是釜底抽薪，在背道而驰呀，毕竟自己和方舟的政治事

业前途的砝码要更重一些。

"妈！"

"哎，说吧，别吞吞吐吐的！"

当妈粗糙的手，轻轻按了按海茹白净的小手，海茹便这样就决定了，从兜里拿出一沓子的钱，递到妈的手里。

"这是？"当妈的大惑不解。

"这是我今年攒的钱，五千块钱给妈补贴家用。"

"你妈，用这些钱做啥？"

当妈的把钱又放到海茹的手心里，自己一脸的不高兴。

海茹当副书记多年了，也同样知道和明白这"将取之，必先与之"的道理。

"妈，你拿上，先听我说！"

她一听这话，把钱又捏在了手中，心想人这一辈子，这钱也真是好东西，可惜老伴没福享用呀。想到老伴，不由得眼睛湿润了起来，但女儿给了这么多钱，不想让女儿也因此悲伤。

"闺女，妈在听你说呢！"随之，腰板同样挺直了许多，脸上也露出了一丝喜欢高兴的笑容。

"妈，有你女儿在，就不会让你受苦受症！"

"嗯！"她点头相信，因为在这个世界上，也只有女儿这个亲人，说白啦，也只能靠她了，女儿不会把自己往沟里推的，不相信女儿的话又相信谁呢？这是一道没有选择的问答题。张着的嘴在用舌头舔着上下的嘴唇，海茹心想下午当妈的不知道吃了什么？连忙下炕给妈倒了杯开水，轻车熟路地从糖罐里用勺倒了些糖，搅搅吹吹放到了砖做的炕台上。

老妈一股暖流从心中淌过。

"上炕来！"

"不用！"袁海茹坐在炕洞上，仍在给当妈的搅糖水，用勺尝着温度，感觉不热不烫的时候递了过去。

母亲又看了一眼，把钱放到了枕边。

等到妈喝了几口，听着妈喉咙里发过咕噜的声响咽下去时，见她摇了一下头，用毛巾擦了嘴巴，知道这是不喝啦。

"妈！"

"哎！"

"妈，当年我爹不在时，那些记的礼单还在吗？"

"在，在抽屉的下边，保存得好着哩。你妈寻思着，人家上了礼，到人家有事时，你们也要把礼给人家还回去，没这底子咋办？"

"嗯！"母亲也真是细心，同样是实诚的农村妇女，但她不知道，这许多、大多的礼是不用还的。

"你要？"

"嗯！"

"就在抽屉下边一个油纸袋里，你去取！"按照母亲的指点，袁海茹取掉了抽屉，从下边摸出了那个油纸袋，翻开了账单，姓名、金额清晰可见，连同村里的、乡里的、县上的都明白记着，两本合计总额是两万九千五百元，当时也是自己到信用社把这笔钱存母亲的名下的。

"存折呢？"

"我在箱子里锁着，你要用？"

"是的，妈！你舍得吗？"

"你要用，净拿出用，你妈有你月月给的钱，都够花啦！"

当妈的也不问女儿用钱做什么，反正她在外边用钱的地方多，溜下炕，手中拿着那摞五千块钱！

"这钱给妈啦？"

"对！"

"好，妈先给你保管着，用时你再取！"老妈取了钥匙开了箱子的锁，把钱放进去，从卷了一层又一层的布里把存单拿出来递给海茹。

"就是这张吧！"

"是的！"

海茹一看两万九千五百元，就是当天自己存的。

"你把妈的身份证拿上，取钱是要用的！"

"好！"

海茹接过妈的身份证，连同账单、存票放在一起，装进随身带的小包中，她不想告诉母亲取这钱干什么？她人老了，少知道一些也少操些心。当妈的也懒得问，好奇心使她几次都张开了嘴，但想想女儿不告诉自己，自然有不告诉的理由，也随之把要问的话咽了回去。

她瞅瞅女儿，女儿瞅瞅母亲，谁也不吭声。女儿笑了，妈妈也笑了，相互心领神会也是一种默契，同样是一种母女之间的和谐！母女之间隔着一层薄薄的纸，谁都不想把它捅破！

这张纸就搁那！

两个人意思都是这，一位不想说，另一位也不想听。

他根本没有想到，一个堂堂正正、在战场立了三等功的男子汉大丈夫能失业。随着化肥厂改制的深入，马宏亮下岗了。一想到这么些年来爱厂如家，但结果还是如此地残酷和无情。

下岗，等于没了工作，丢了饭碗！来得竟如此的快，如此迅速和突然，几乎是迅雷不及掩耳之势，根本来不及反应，更谈不上适应，眼睛一睁开，下岗失业了，成了一个社会人，办了手续收拾了东西，推上自行车回家。

回到家中，媳妇在妇联还没有下班，看看自己的家，儿子在丈母娘家，想想一猛没了工作，一个大男人没了收入，盖上被子蒙住头号啕大哭了一场。

媳妇杨娟红打扮得花枝招展地回了家，一看马宏亮一个人蒙住被子睡大觉，进屋也不说搭锅烧水做饭，感觉有些不对劲，更不晓得出了什么事。这还真是奇了怪啦，她心中这么想着，伸手掀起了被子。

杨娟红身上洒的香水，立马喷了过来，马宏亮睁眼盯着媳妇的脸。

"盯住看什么？不认识啦？"

马宏亮用鼻子闻了闻，发出响声。

"是狗，用鼻子闻气哩！"

"你才是狗！"

"反了天啦，敢反嘴，长本事啦！"

杨娟红摸了笤帚就往马宏亮的屁股上搁。

"妈呀!"

"叫大都不行!"

两口子折腾了一会儿,言归正传。

"今儿是怎么啦?"

宏亮抬眼看着媳妇不说话。

性急的杨娟红,哪受了这样的折磨,急得眼珠子都好像要蹦出来。

宏亮怕把娟红急出病来,连忙叹了一声,双手拍了拍屁股。

"下岗失业啦!"

"这化肥厂千把号人就你下岗啦,你是犯了什么事啦?"

"没有,我能犯什么事?"

"你是保卫科的副科长呀!"

"这科长是个怂,上一次因为他的一个亲戚带了厂里东西要出门,被我给逮住啦,这不记仇报复,这改制后重新组合,这不把我坑了!"

"就这样毕了?"

"补发一个月工资,这人事关系退到劳人局的失业科啦,准备二次就业!"

"放屁,这能毕了,你能咽下这口气,我咽不下,走,找他去!"

杨娟红袄袖一撸,拿出要闹事打架的样子,马宏亮唉了一声,挡住媳妇。

"这样闹腾更丢人,人家该说咱还能吊死在化肥厂这棵树上?"

杨娟红也知道,这老公是部队战场上下来的人,让自己是个理,若真闹翻,这拳头和巴掌打人还是挺疼的。

"你说怎么办?"

"另谋出路!"

"另谋出路,这口恶气咽啦?"

"咽啦!"马宏亮点点头。

"不行!"

"怎么啦?"

"对，我寻海茹姐去，她丈夫可是堂堂县委副书记，下边要管多少干部，多少领导，多少头头，化肥厂的头敢不听他的话？那是不想混了吧！况且，你和方舟是同村同学哩，不看僧面还要看佛面哩。这叫山重水复疑无路，下句是什么来着？"

"柳暗花明又一村！"

马宏亮经这么一提醒，还真是蒙了，糊涂啦，怎么把这层关系给忘了。想想昔日同学一个在天上，一个在地下，这样求人，还真是羞死人啦，恨不得变成一条小虫钻到地下去。

他不吭气，心想，你想寻，你自己寻去，反正自己不会去求他。

"还装什么好汉，连饭碗都丢了，还不肯低头，就你这犟脾气，不碰头跌跤才怪哩！"

"我又没犯错误，为什么要求他呢？"

"还嘴硬！"杨娟红抬手拧住宏亮的胳膊。

"去，一边去！"

宏亮一挥手，把她的手挡出好远。

"狗肉不上桌的东西！"媳妇吹吹生疼的手，撇着嘴叫道。

"滚一边去！"

马宏亮手一扬起，拿出要打人的样子，杨娟红早跑到外边做饭去了。知道这东西手上没轻重。夫妻过了多年，也不是没尝过这拳头、手掌的力量。那股劲上来，谁也拉不回头，只是心里惦念宏亮下岗失业这码子事，便端上锅，开了火，咣咣当忙开啦。

"看着锅，锅滚了下米，搭几个馍，你这男人脸面薄，我给海茹打个电话，把你的事给她唠叨唠叨！"

马宏亮看了媳妇一眼并没有吭气，心想反正又不是自己求她说情办事。女人嘛，想说你就说去吧，心想手续都办啦，灶火里还能抽出柴火？白折腾，折腾过了，心也就净了、死了。

宏亮媳妇杨娟红是一个心急、爱面子、挺讲究的城市女人，总有一种从小是城里人的优越感，就是宏亮的父母来城里，总怕农村人不讲卫生，一个字"脏"。母亲来到城里总不让她动手，弄得当妈的不知所措，总是待不了几个时辰便又匆匆回农村去啦。就这些事当妈的还没法给儿子说，想想儿子过一家人不易，心里明白装糊涂，也不打那份"小报告"，也让这个小家安宁一些，憋口气独自闷在心中，宁让自己受委屈，也不让子女过得不幸福。

杨娟红本身就有海茹的电话，都记在一个小本上，出了门拿出小本本，来到街道一边的一个电话亭前，拨通了电话，"嘟——嘟——"响了没几声，电话就通了。

"喂，你好！"

一听就是海茹的声音："海茹姐，我是娟红！"

"你好，娟红！"

"海茹姐，这几年都不见你，妹子想死你啦！"

"谢谢妹子挂念，你有什么事吗，娟红？"

"嗯，是有一件大事，马宏亮下岗啦！"

"什么？为什么？"

"企业改制，优化组合呗，你知道宏亮老实，听说坚持原则，得罪了他科长，借着这次机会把他给撸了，海茹姐你说咋办，这日子还如何过？"

这娟红跟演戏似的，说风就是雨，一猛便抽泣起来，海茹心肠软，听不得这种声音。

"别急，娟红，咱再想想办法！"

"嗯，真没法！你给方舟哥说声，他可是县里的领导，一言九鼎，谁敢不给他面子？"

"好，你别急，我给他说说！"

"谢谢海茹姐，我这一家人谢谢你啦，改天回来请你吃饭！"

娟红一脸灿烂，满口说出了一个承诺。

"不用，吃什么饭，八字没见一撇，都是老同学，一个村里长大的，一个谢字都是见外啦！"

"嗯！那我们记住你的好处，以后一定要报答的！"

娟红点着头说着，不这样说，自己不放心，人家为自己办事，她知道这感恩是做人的基本素质，为人处世也是十分要紧的，人常言无利不起早，人家为什么帮你，为什么给你办事，总要有个理由和目的吧？

挂了电话，付了电话费，脸上荡漾着一股希望和喜悦的春风，感到在梅县这块地方，抱住海茹丈夫这棵大树，估计没有摆不平的事情。

这件事过了两天，海茹给娟红打电话，让宏亮寻改制后的企业法人李举去，就说是方舟叫找他。

娟红这是标准的"一炮药"，心中搁不下一点事情，立马请了假，一路碎步回到家。这个时候，马宏亮仍旧埋着被子睡大觉，一是想着这方舟出面，会不会有转机，二是万一这事情办不回来，自己干什么，如何办？

"起来，方书记叫你寻你的李举厂长，海茹姐说，就说是方书记让找他！"

娟红一把掀掉了盖在马宏亮身上的被子。

马宏亮闻声，立马一个大翻身，起来，利索地穿好衣服叠好被子，一套部队的基本功得到酣畅淋漓的发挥，立马刷牙，洗了脸，照照镜子，用梳子整了整头发。

"怎么样？"他问娟红。

"嗯，很精神，赶紧去吧！"

马宏亮骑上自行车就要走。

"装盒烟！"

"兜里有！"

"买盒好烟！"

"知道啦！"马宏亮知道这办事，两个肩膀抬个脑袋是不行的，自己抽的烟和领导抽的烟是不一样，抽烟也是一种身份地位的体现和象征，狠下心，买了一盒十块钱的烟，装在兜里。

来到厂门口，昔日的保卫科同事不见啦，一副副生疏的面孔。

"干什么的？"

"找李总！"

"有什么事？"门卫一副不让进的样子，两只眼睛盯着马宏亮骨碌转。

"肯定有事！"

正在这时，昔日当伙计的科长，满面春风晃了出来。

"是马科长呀，稀客，到里边坐！"

盛个球！马宏亮在心中骂道，仍强忍着心里的不快，努出个笑脸。

"不用啦！"

礼节地掏出好烟，拆开，拍拍烟盒屁股，递上一只。

科长看看这烟，也不作假和客气，放在鼻孔处闻闻，感觉还是不错的，遂点上火，咂了一口，深深吸了一口，又吐出来，见马宏亮的烟也点着啦，同样是烟雾缭绕，彼此都看不清对方的面孔和表情。

马宏亮知道新任董事长的地方，这外地的企业老板还听他开过几回会，讲过几次话哩，要说还算熟悉，可到了门口，一张桌子挡住了去路，一位漂亮的女郎端坐在桌子旁。

"请问你找谁？"

"我找李总！"

"有什么事，能告诉我吗？"

马宏亮想，我找李总怎么又能给你说呢。

"你能担了李总的家？"

"当然不能，但我可以传达！"

女郎被问得一脸绯红，显得十分尴尬，像一猛被什么吓住啦，但在很短时间便转了话茬。

"你就说方舟书记让我找他！"

说完一屁股坐在一边的椅子上，大腿压二腿抽起烟来。

女郎一听方书记，惊得屁股动了一下，连双眼都直了，抬起屁股。

"我去通报李总！"

她知道，这可不是小事，误了事可要受处分的，便扭着小屁股晃了进去。

"快，请！"

得到指示后又亲自恭恭敬敬地伸出手，客气地把马宏亮请了进去。

马宏亮第一次意识和体会到，这一个书记的震慑力量和权威性，昔日从小一起长大的方舟，这头上一个副书记的光环竟有这样的作用，自叹职务的差别，分工的不同，在社会上受到的待遇那是有天壤之别的。他挺起

了胸膛正步跟着走了进去，连脚步也有劲啦，感觉有了底气，有了根。

"请坐！"

李总推开桌上的一堆材料和文件，从能转圈的黑皮椅上站了起来，移步过来和马宏亮握手，和马宏亮掏烟的手碰到一起。马宏亮连忙和李总握手，双方的烟都掏了出来。

"抽我的烟！"

"一样！"

双方都接住对方的烟，马宏亮一阵激动和感慨，给李总点烟的手都有些颤抖。

"请坐！"

想到有方舟这老同学的金字招牌，也不客气地在软软的沙发上坐了下来。

"你是？"

李总看着客人的确有些面熟，但他一时想不起来，毕竟全场上下有上千号人，别人认识自己，但自己未必认识每一个人，这也是再正常不过的事情。

马宏亮简明地介绍了自己的情况和要反映的问题。

"你和方书记是同学，又参过军，上过战场，为什么不早说呢？方书记也是改制小组的成员，他是同意了这件事的，弄到这个地步怕是一碗水泼到地上啦。"

这马宏亮一听这话，心中一落千丈，心中冰凉，这明明是水泼到地上是无法收回的。

"没法啦？"

"没法啦，你们这批人的关系已移交到了劳人局啦！不过将来厂里再招人，会优先考虑的。这事，我随后打电话专门给方书记汇报一下！"

这不是说的屁话吗？将来，那是什么时候，明日复明日，明日何其多。想想还是那句老话，自己总不能一辈子吊死在化肥厂这一棵树上！马宏亮不想听这李总的废话和客套话，更不想为这没办成的事让方舟小看昔日的老同学。

"不用啦，也不用麻烦你给我老同学说啦！"

马宏亮感觉脸在发热，抬起屁股就要告辞。

"那不坐啦？"

"嗯！"

"小张，来送送客人！"

马宏亮被送出办公大楼，看着天上的太阳，感到一阵眩晕和不适。

事后跟跟跄跄地，连自己也不知道怎么走出化肥厂的大门。

后来，杨娟红接受不了马宏亮没有工作的现实，加上城里女人特有的高贵和娇气，经过几番吵闹和折腾，两人便毅然离婚了。

城里没了工作，婚又离了。马宏亮又带着孩子回到生养自己的家乡方家河！

从此，他心中对女人有一种厌恶，甚至是一种憎恶，产生出了一生不要女人的念头！想想，人家都是荣归故里、光宗耀祖，自己算什么，什么都没有啦，纯属灰溜溜回村了。心中的那个味甭提有多难受！

回到家里，一股脑儿埋在被窝里睡了三天三夜！

他想了很多、很多！

连袁海茹听说此事都回村里安慰他，作为老同学弄到这个份上，她心里也很难过。

"我已经尽力啦！"

"谢谢你们！"

"你要想在乡里干份工作，我会帮忙的。无论是计生、房建等部门，都是临时工作，一下转不了正，得有个过程！"

海茹知道，有了上一次的事情，马宏亮受到了打击，自己也不敢把话说得那么肯定和有把握。

马宏亮坐在院里，听着海茹的话，知道她是个善良的人，心存感激。他不想让别人知道，自己是因为认识袁海茹而有了一份工作。

他不这样想，他就不是马宏亮！

把海茹送出门，马宏亮心里说道："用不了几天，你老同学又会堂堂正正站起来的！"

第十九

方舟在时刻关注着对自己的正县级考察工作，毕竟自己分管组织工作多年，东阳市的组织部部长、副部长，连同一些科长都很熟，到了梅县少不了礼节性的招待，部长、副部长来了就不要说了，就是年轻的科长、副科长来，只要自己在梅县，都会推掉一些应酬来亲自作陪，端酒敬酒是少不了的礼节，加上自己又是改革开放的第一批大学生。

"谢谢方书记，谢谢学长！"

每每听到这话，心里就会很舒畅，这样一猛便拉近了彼此的距离，无形中加入了私人感情，免不了多碰几杯酒。有眼力、没架子、接地气成了人们对他进行赞誉的话语。而且方舟要做县委书记的小道消息越传越快、越传越多。方舟怕这组织还没考察完，就是说八字还没一撇，这么传下去怕会对自己的影响和政治前途产生副作用，生怕是有人出于不可告人的目的要坑自己，搅黄了自己的书记梦，便让纪检部门严格查处，处分了几个干部，此事才得以消停下来。再说，这前边还有县长这二把手，论资排辈也轮到县长接。

自从方舟升为副书记后，虽还是常委，但头上加了一个副书记，那也是了不得的事，很快就在常委们住的小红楼里，调整了一套另一幢的三楼，面积由过去的七十平方米也调到了八十八平方米，整整多出了一个房间，显得宽敞了许多。

但仍有方舟高兴不起来和忧虑的事，媳妇海茹仍没有和自己在一起生孩子的念头。眼见着时间一年年过去，父母那抱孙子的事一年一年搁浅，当面责骂自己这个当副书记的儿子，气得父亲手颤抖着要打自己耳光。

他没有反抗，更没有回答，仍旧是那副不气、不恼微笑的样子，因为他至今没法解释其中的原因，总不能说，海茹不和我睡觉，哪来的儿子吧！

"笑，你还能笑出来，把你爹都气死啦，这方家总不能到你手里断子绝孙吧？副书记算个屁，没儿女你照样是绝户！"

"不急，爹，慢慢来，这生孩子可不是那么容易的事！"

"不急，这毛毛都不在几年啦，你爹能不急吗？你爹当了几十年干部，在人前也是条硬汉呀！你让我如何面对方家的祖宗呀！"

说完，当爹的哽咽了，泪水淌了出来。

方舟上前抬手要擦父亲的泪水。

不料当爹的一把挡过来，瞪了他一眼，自己把泪水擦了。

"我走啦！"

"我让旭山送你！"

方舟拿起电话要拨。

"免了，你的车子是好车，是装人，可你们要是不生出儿女，你爹在村里都抬不起头啦。有人私下说，这方天兴当书记，坏事做多了，要断后啦！这不是要你爹的命吗？"

"放他妈屁，谁说的，找人揍死他！"

方舟勃然大怒。

"算啦，你甭耍书记的威风，一个老百姓胡说你能咋办？还是你自己不争气，再生个一男半女的，这满天的云不就散啦！"

方舟听完，想想这当爹说的不无道理。

"那你坐班车吧，慢点！"

"没事，还没老到那种程度！"

方舟还要给父亲拿东西，方天兴一个不要，十个不拿。

"等有了一男半女的，老爹再抽你的烟，喝你的酒！"

方天兴撂下一句狠话，令方舟目瞪口呆，没法接这话茬。

从此他有了一种心病，更有了一种忧郁，在单位人来人往，如众星捧月，可回到家中便就是孤苦伶仃，的确有几分凄凉，一天路过桥头市

场，看到了买卖猫狗市场。

"停下！"

周旭山不解，但脚还是踩下了刹车，这是习惯性的。说实在的，他真不明白方书记叫停下来是什么意思，这猫狗的腥味和臭味充斥在满天飞的空气里。

他停好车跟在方舟的后面，偷偷捏着鼻子，这也不是法，随即抽支烟也遮遮臭味和腥气。

看着方书记蹲在卖猫卖狗的面前问情况，周旭山一下从心中明白了，这海茹不在家，方书记他孤单寂寞呀！

"这是什么品种？"

方舟看着白毛黑嘴头的小狗，小狗看着善意的客人摇着尾巴，一双乌黑明亮的眼睛看着客人犹豫了一会儿，竟摇着尾巴跑过来，顺从地趴在方舟的面前。这让主人也十分诧异。

"过来，咪咪！"

这只名唤咪咪的小狗，并没有理会主人的训叫，而是盯住方舟的眼睛，好像在等待着什么，连方舟也感觉很奇怪，这哑巴畜生怎么了？

"这狗半岁啦，是京巴，是咱中国的品牌狗，可灵性、可卫生，拉屎拉尿不在屋里，它在屋里叫唤就是要办事，屋门一开它就会去外面拉。"

"能长大不？"

"半岁就定型，就这么大啦！"

看着小巧玲珑的小京巴，方舟有些喜欢，明白这小狗好像知道自己喜欢它，早早趴在自己的脚下摇尾巴。真是神奇，也真是聪明，好像知道自己会成为它的主人。他抚摸着茸茸的狗毛。

"干净着呢，上午才给它洗了澡！"

"没事！"

方舟把咪咪抱起来，这狗也不反抗，也不吭不叫，任由自己摆弄。

"多少钱？"

"这狗咱梅县不能说没有，起码很少！"

"多少钱？"

"二百块钱!"

方舟铁了心要买名唤咪咪的小狗,毫不犹豫也不搞价地从兜里掏出两张百元递给了卖主。

"好,这咪咪有福,找了个好家,我把这件铜铃和带扣的狗圈、狗绳一起送给你!"

卖主一看不搞价,知道是个好家,便慷慨地将一套全新的装备送了出去。

"这一套,我可花了三十多块钱呀!"

"那给你再添点?"

"不用,你没杀价,算我送你啦,不过这狗也金贵,一天喂两次,放一至两次。那边有狗笼、狗碗、狗盆,还有整袋的狗粮!"

"好!"

等把这身装备弄好,狗绳便从方舟手里转到旭山手里,一同买狗笼、狗盆、狗粮去啦。作为一名堂堂的县委副书记,碰到认识的人看见,岂不有失大雅,是很没面子的事情,任凭旭山把狗绳从自己的手里拿过去。

抬眼望去,太阳已从遥远的大山的尖上,徐徐沉了下去。方舟隐隐感到,这太阳跟人生一样有起有落,目送着太阳隐去。天边霎时泛出红彤彤的光,若有所思地沉默着,好像一猛忘记了来到这里的用意。

"方书记,你看!"

周旭山看到方书记心不在焉、若有所思的神情和样子,虽然这些都是芝麻小事,但还是要征求下主人的意见,知道这并非多此一举。

"这狗笼大点,好让咪咪住得宽敞些,活动空间大点,狗碗、狗盆都用铝制的,扎实好看。"

"嗯,就这!"

方舟点了点头,认可了旭山的选择,他这人还是可以信任的,跟着自己时间长了,说话办事,学都学会了,耳濡目染,同样是一种学习和调教。唯一心存的顾虑,也就是一直怀疑自己和海茹的事,他是否说了什么?虽然没有得到海茹的印证,反正这事成了心中滞留的一个疙瘩和心结。

从此，方舟的个人家庭生活发生了一个不起眼的变化。

从市委组织部那里，方舟也得到一条可靠的消息，这次调整自己正县，也只是县级别的调整，县委书记调走啦，市里下派一个副部长来任书记，据说是任正阳，自己也很熟悉，是一个比较讲原则，甚至是一个比较固执性格的人，同样自称是"学弟"，比自己还小三岁。得到这个消息后，他的心中一下凉啦，想想自己的顶头上司是一个比自己还小的人，在梅县停他个三年五载的，自己的政治前途还有什么呢？况且是从上级市委组织部来的。

方舟的雄心壮志，如同是打得滚圆的皮球，碰上了尖锐的一颗钉子，里边的气，慢慢在跑，硬度和弹力在无形中渐渐消失。由此，从原则上而言，本地的干部不能当书记、县长、主管组织的副书记，这的确是中央、省出台的干部使用原则。出梅县？他打心眼里不想离开这块土生土长的故乡，溜了一遍周边的县，哪也不想去。这是一块风水宝地，一辈子也不愿离开，这是铁了心的一种选择，甚至无论结果怎样都会是无怨无悔的抉择。什么失与得，自己完全不会在乎的，但自己得到的这个信息和自己的想法，只能存在自己的大脑中，跟谁也不会说的，也不会告诉任何人，包括有自己肚里"蛔虫"之称的周旭山。

的确，周旭山不知道这些，虽然东阳组织部有几个朋友，但他压根不敢打听这些事，只能是蒙在鼓里，凭自己的感觉和臆测。就算有熟人打听这些信息，也只能是缄口不语，推托不知。自己的感觉告诉自己，这"雷区"是不可触碰的，但对于方书记养这小狗，他的理解也只是排除一个人在家的孤单和无聊，但这个信息是十分重要的，表明了领导需要什么，同样是方书记的一个脉象，同样给自己布置了一道作业！他一下子知道自己应该做什么啦。这未来领导坐上县委书记这一宝座，这可是历史的时刻，自己的位置会是什么。连自己也猜不着。

回味起方书记那怀疑、不满意的眼神，他的心都在打颤，不知道自己做错了什么？还是领导听到什么？发现了自己的"尾巴"？反正这些都是要命的，一旦对自己不信任，一切的一切都将成为过眼的烟云，彻底得一去不复返。这就需要在关键时候来表达自己的"忠诚"，以打消方书记心

中的疑虑。

同样地，梅县的干部都在等着结果，谁来梅县当书记？各种风声和消息纷沓而至，而方舟的心里是最清楚的。随着方舟考察的结束，这种声音便更大、更响亮。

最先感觉到的是汪云，虽然开煤矿让他富得流油，穷得除了钱还是钱，但他近几个月约不到方书记，感觉自己是被边缘化了，被遗忘啦，中途让这柳总插了一足，但自己知道自己发迹的本在哪，根在哪。他想到了自己还有一件法宝还没有用，这还藏在那，幸亏还保持了她的处女之身！

汪云感到自己的做法是对的，有钱能使鬼推磨！虽然这胡春桃这一天在自己眼前绕来绕去的，把自己绕得心痒痒。她知道自己有钱，眉来眼去的在暗送秋波，但他知道，这货是领导看上的人，自己怎敢和领导争呢？他只要碰到风姿卓绝的，还真想给领导留下，这种真诚和忠诚只是无法启齿告白，也只能藏在心中，偶尔只能向周旭山表白，言外之意，由他看机会向领导透露和转达这种信息。

想想对领导的付出太少了，这当口，听到方舟要当书记啦，这才意识到对领导的任何疏忽都可能对自己的人生铸成大错！

汪云感到了一种前所未有的恐惧和后怕，也急忙想立即见一下周旭山。

有了这种想法，也就立即付诸实施。

周旭山在这关键的时候，八小时以内和以外更不敢有丝毫的马虎和疏忽大意，他心里知道马虎和疏忽大意的严重后果，虽然表面上十分镇定和自信，但内心却是战战兢兢、如履薄冰，那种傲视一切的心态被这么一场大风吹得无影无踪啦。

"周主任，上午好！"开车同行主动打招呼。

"什么主任，都是弟兄们！"周旭山说得很客气，连忙掏出烟给小王发了一支。

小王受宠若惊，感激地连忙给周旭山点烟，周旭山连忙用手捂着，微笑地点着头表示感谢。他知道这人外有人、天外有天的道理，更知道烂棉絮有塞窟窿的说法，甭看着不起眼的小司机，有时候冷不丁吐口唾沫说不定还会伤人的。他一猛好像成熟了许多，也看清了为官为人之道。

方舟得到内部消息后，经过几天的思前想后，终于还是想通啦，心里顿感一种轻松坦然，是有一种到头、到顶的感觉。一个农村出身的子弟，能在家乡这地方干到正县的位置，已是祖上积德烧高香啦。许多人干了一辈子连个科长、副科都混不上，而自己呢？美美啦，这就叫知足者常乐！

这种心态反映和表现到他的言谈举止和晴雨表一样的脸上，那板起的严肃的国字脸，一下变得和蔼可亲了，如同一缕春风轻柔地飘到和他接近的人的脸上和心中，那种镇静和坦然非常人所能表现出来，所传递的信息，让人们更加尊敬和敬畏。这种信号更让风传他要接县委书记的可信度大幅度增加，连这周旭山也感觉到领导要有大的变化啦。

渐渐地，这咪咪，进入了方舟的家庭和生活中，方舟在自己吃饭时便想到了这条狗，这个小东西。周旭山总是在领导想到这事时，也已做了处理。他在要说什么的时候，便贴到方书记的耳边：咪咪已喂过了。

方舟欣然点点头，一脸的满意，放心开始吃饭喝酒，旭山在一边殷勤地添着水、倒着酒。全场一片的和谐和轻松，方舟也不拘束，场上人端的酒，因为虔诚几乎是来者不拒，照单全收。因为他也知道这多了就多了，多了有车送，有人送。这是没有任何悬念和问题的。同时对自己郁闷的心情也是一种轻松的释放，酒喝多了，什么烦心事都就忘了。

好在自己并没有喝多，更谈不上醉了，而是大脑十分清楚地吃完了饭，挺舒服地喝了玉米糁甜汤，和同桌打了招呼走出了饭局。

"你们继续吃！"

"不，我们也走！"

这说得这些人不好意思。诚然领导在饭桌上除了恭敬端酒是没有别的动作的，领导一走也就放开码子，伸手、猜宝、玩牌、数点的本事花招都出来啦。方舟自然知道这些，便吃好喝好早早退了场。

车送到常委们住的红楼下，旭山赶忙停下车为领导打开车门，用手挡住上面，以免领导头碰到车顶。

"今天没事，你回去吧！"

方舟下了车，很客气地对旭山说道。

旭山并没有坠领导的话，而是掂着包，随方舟上了楼，开了门，交了钥匙进了屋。

这门一响，透精的小狗，便发出吱吱的声响来，告诉人知道主人回来啦。

"咪咪！"

方舟也惦念着小东西，站在阳台摆放的狗笼前。小狗伸出爪子，摆着细长的白尾巴和黑嘴头伸出来舔着方舟的白皙的手，那种亲热让他倍感一种温暖。

咪咪舔了一阵后，便用双爪攀住笼的铁丝网蹿上蹿下，表达要出去大小便的愿望。

"走吧！"

方舟拉开了笼的小栓，笼一下拉开了方形的洞，咪咪呼地一下蹦了出来。围着方舟的脚撒欢，甚至双爪搭到方舟的腿上，方舟给狗拴上绳。

方舟吼道："走！"

小咪咪也很通人性，撒腿连蹦带跳地冲到前，冲过了客厅，来到门口，头不时折回来看着主人的脸！

"嘭"的一声响，打开了一条缝，小咪咪并不急于出去，而是用眼看着方舟。

方舟脱了皮鞋，咪咪转着圈，不停地嗅他的鞋，狗绳虽然握在旭山的手里，但咪咪并不跟他走，因为它也知道，自己的主人是谁。

"走，咪咪！"

小狗并不听旭山的话，而是掂着一张狗嘴和狗眼注意着方舟的一举一动。直到方舟走出门，这咪咪也才跟出了门。

门"咣"的一声关上啦。

咪咪才一蹦一跳地下着楼梯，而且是下一格，回头看主人一眼，再继续下。

旭山感觉到了，这哑巴畜生对主人的忠诚和信任，连自己这隔三岔五来喂它，同样代替不了主人的位置。

下了楼，下边是水泥地，光溜溜的地面，小狗咪咪便更高兴，跑得更欢，长长的狗绳，根本不够用，把个旭山拉得喘着粗气，仍跟不上小狗的节奏。

往东边走，是一片宽阔的空地，空地处是球场安有一对球篮，饭后在高杆的灯下，年轻人穿着背心和裤头在挥汗如雨地打球。

球场东边是一片铺着鹅卵石的林荫小道，隔一段同样有一盏路灯照明，方舟从旭山手里接过狗绳。

"咪咪，过来！"

小狗似乎能听懂方舟话的意思，掂着小腿跑了过来。方舟把狗绳解开，咪咪瞅了一眼便放开腿快步跑了出去，然后在前边不远的地方等着主人过来。

方舟二人往前边走去，小狗又跑过来，摇着尾巴撒欢着跑过来，走到方舟脚边摇着尾巴，又折回头快速迈开一双小腿向前卖力跑去，在主人面前尽情宣泄着自己的兴奋和力量，又在草丛中闻来闻去，撅着屁股蹲在那拉了屎，立在那不动了。

"怎么了，咪咪？"

方舟感觉这小东西反常，便蹲在小狗面前抚摸小狗茸茸的毛问道。

说实在的话，这时候这小狗在想什么？为什么愣在那里，说真的，连旭山也猜不到的。

很快，旭山还是猜到了，拿出矿泉水瓶，咪咪连忙凑了过去，用黑嘴头喝了许久，便又恢复了原有的兴奋。

这一惊一乍的，令方舟长出一口气。

"小东西！"

方舟随口说道。

小狗咪咪走在前边，一会折回来和主人捉迷藏，一会钻到树下，又忽然从草丛中蹦出来。一猛出现在二人的面前，跑这一段，扑着双爪，瞪着眼等着和它玩耍，因为这附近并没有同类的小狗和它玩。

旭山知道这方书记特别喜欢这小狗，他也理解这咪咪发出的信号，可

让领导怎么和它玩，也只有自己充当这一角色啦，索性快步走过去，趴到了地上伸着头，学狗汪汪叫几声。

旭山这样一连串的动作，把小狗也给弄蒙了，它迷惑不解的是，这原来立在那的，怎么一猛趴在地上啦！

它很纳闷，也很不解，故而愣在了那里。就是这样一个动作，令方舟一下也愣在了那里，顿生许多的感慨，一下子想到，这立在那里就是一个人，趴在地上就是一条狗，为了自己的这个小狗，旭山宁愿卧在那狗一样和自己心爱的小狗玩，所表达的是一种无私、无怨无悔的忠诚。

方舟从这一刻起感到了旭山对自己的一种忠诚，昔日对他的怀疑，甚至猜疑都化作一股风，把这心里边的满天云给吹散啦。此时，天上没有一丝的云，处处是一片蓝蓝的天。

"起来！"

"没事，方书记，小狗是想玩！"

旭山起来拍拍身上的土，满不在乎地说道。好像根本不在乎这一举动，而此时的咪咪，却因为看不懂的变化而郁闷不欢，也不再来回兴奋地奔跑，连向主人摇尾乞怜的常规动作也没啦，恐惧地看着又站起来高大的周旭山，莫名其妙地发呆着。

"旭山！"

"哎，方书记！"

旭山凑近一步，来到方舟近一点的地方。

"你也跟我多少年了，正科虽然解决啦，不想换个地方？"

"不想，跟着你就满意啦！"

"总不能一辈子当使唤丫头呀！"

"我哪也不去！方书记别撵我走，有什么做得说得不对的地方，领导尽管批评教导、训斥！"

旭山回想有几次无缘无故对自己发火、甩脸。的确是不明白为什么？

"不是这个意思，你跟我这么久，对你的人品、能力我还是信任和了解的。"

旭山一块石头落了地，如释重负地长出一口气，说明领导对自己并没

有什么成见，并没有捉住自己的"小尾巴"。

"谢谢方书记，我会努力的。"

"嗯，这样吧，要不你去到山阳镇干个书记，把史书记顶下来？"

"啊！"

旭山竟然不相信自己的耳朵，这么重要的岗位，这么有权力的部门。当然这不能喜形于色，只能谦虚而担心地小声说道：

"这么重要的单位恐怕难以胜任吧！"

"怕什么，有什么还有我呢！"

方舟意味深长地拍拍旭山的肩膀。

"不过，这只是我的想法，如今县委书记调走了，这要做工作，想办法。"

"嗯！"

旭山知道，只要方书记有了这种想法和思想，那就是既成的事实，在梅县没人能阻拦和否定他的思想和意见，也是不争的事实。

"先别把这个消息透出去！"

"一定的，这里边的轻重，我心里还是有数的。"

旭山连忙表态，相信领导对自己这张嘴还是信任的，这是做组织工作者的基本素质和起码的要求。

咪咪跟在两人的后边，虽然听不懂二人话的意思，但它仍是迷惑不解地偶尔盯着周旭山的一张脸。

在随后的几天中，咪咪一直在犹豫中夹杂着忧虑，有一种像人的闷闷不乐，不进食也不饮水，急得方舟不知所以然，喊上周旭山把咪咪拉到兽医站给看看。

此时的咪咪，早已没有那种兴奋和快乐，连下车都是旭山抱下车的。

兽医站值班的是位老兽医，一头的白发几乎白了整个头部，他认识这位方书记，心里直打鼓，这领导家的小狗自己是不敢马虎的，连药也是不敢随便用的，万一这药用错了，不但会毁了自己半生的声誉，而且也许会有一些其他的后果。

"这狗怎么了？"旭山问道。

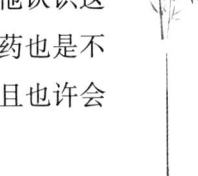

"进食如何？"

"已经两天不吃不喝了！"

方舟随口答复道。

老兽医看了看咪咪的眼皮和舌头，挠挠头，显然是看不出来个究竟，所以也不敢贸然回答，但作为一位兽医，对这病狗，总还要有个说辞，不然也太没面子啦。针对领导的狗不吃不喝的情况，初步下了结论。

"我怀疑是狗的肠胃有了炎症，先打一针，包点药，看看怎样！"

兽医都这样说了，也没别的什么好办法，只能按照这个办法处理。

旭山抱着咪咪给打了针。

"这药可咋喂，这狗不吃不喝的？"

"得把药片碾成末，用水灌服！"

"嗯！"

周旭山的眼看着老兽医，用眼神询问，这能行吗？但他不敢问，以免影响领导的情绪，直到方书记巴望着咪咪好起来，怕这样一问扫了领导的兴，保不准还会挨上一顿训，那就太不值得啦，抱着咪咪上了车。

"谢谢啦！"

"不客气，都是应该的。"

然而，事与愿违，这吃药打针并没有改变咪咪的命运，还是不吃不喝，虽然又到兽医站打了糖，以维持它身体的营养，又找到老兽医时。

"这京巴小狗的病我是看不了，另择高明吧！"

他看到小狗一天天消瘦下来，没一点好转的迹象，心里便打了鼓，感到有些害怕，也不敢再瞎折腾啦。

"还有什么办法？"

"没有，我是真的没有啦！"

老兽医如同送瘟神一样，把咪咪从兽医站送了出去。

结果，后来又辗转了几个地方，周旭山又拉着咪咪到周边几个兽医站看了看。

但结果仍是没有效果和转机，这个小咪咪无福享受，在一个深夜，大约十点的时候，方舟和周旭山没离场，在小咪咪的呻吟中，一声短过一声，终于闭上了它一双酸楚而凄伤的眼睛。

"弄个小木匣，把咪咪埋到楼下东边体育场的一棵松树下。"

"嗯！"

显然，方舟很伤心，虽然是条小狗，但它通人性，和主人有一些特殊的沟通和交流，时间长了也会产生感情的，回想起来这小狗到家的这段日子一天天的变化，猛然想到了一幕，那天晚上周旭山趴在地上逗狗玩的情景。大惊一声，这周旭山把狗给吓死啦！对呀，一个好好的人怎么会像狗一样趴在地下呢。

这个周旭山！

反过来一想，这周旭山还不是为巴结自己，逗狗玩是表面现象，讨好自己高兴才是真实想法和目的，他有什么错呢？

这显然是没错的，何况，这份情自己已经领了。

他想，在新书记任正阳到达梅县后，不长时间，在方舟的提议下，周旭山拟任山阳镇党委书记，而且兼了梅县矿业公司的总经理，党委书记和董事长由梅县的一位副县长兼着，实际工作还是总经理管事，原山阳镇的史书记，回来担任组织部的常务副部长。

方舟解决正县级待遇后，不再担任县委副书记和常委，升任了人大常委会的主任，不过任正阳和方舟也熟，仍然让方舟主抓煤矿这一支柱产业。

对于这一想法，方舟很知足和满意。然而，这个时候，他的心态一猛产生了一个比较大，甚至影响他一生的变化，甚至伸手抓住了致命的绞索。

第二十

马宏亮睡在屋里躺了三天。

好在孩子由妈和爹给照看着。

他想到了在战场上自己是位堂堂的男子汉大丈夫，枪炮一响连死都不怕。当然这也是有这么一个过程的，当在广场上看电影时，当时的电影是《英雄儿女》，还没有结束便停下啦。首长宣布：接上级命令，我部将奉命开赴老山前线，这显然就是上战场，没经历过战争的，心中不免有些害怕和恐惧，毕竟那是真枪实弹在打，况且这炮弹和子弹都是不长眼睛的，满天乱飞，自己连媳妇还没有，难道就这么扔在战场啦。马宏亮第一次哭了。想归想，现实归现实，部队仍按正常安排进行了负重训练，结束后就开始剃头、填地址、验血型，最难受的是要写遗书。有什么写的呢？就是牺牲在战场上也不能认怂让家人笑话，在最后他写道：战争来临时，军人就是用血肉之躯浇筑的一座长城，为了祖国和家乡的父老乡亲，冲锋陷阵，抛头颅、洒热血也无怨无悔。写完后，躲在外边痛哭了一场，神情严肃地把遗书交到了班长手里。

"写的好，有军人的气质！"

班长当众读了他写得激昂的遗书，迎来战士一片的掌声和欢呼声。

紧接着第三次哭也是在战斗中，当时在阵地上与越军在拉锯式地争夺，有时白天敌人占了，晚上咱又夺回来。这过程中，避免不了伤亡。但最让自己不能忘记的是，自己的班长和几个战士都是一个县里同一时间参的军。刚才还在一起开了会，邻村的两个战士还是自己高中的同学，刚才还在抱着枪嬉笑，各自守着自己的阵地。转眼间，一阵呼啸声从天而降。

"卧倒！"

班长连忙让战士卧倒隐蔽，凭经验知道这是炮弹过来的信号。

"轰"的一声巨响，炮弹落在了阵地的一侧！

"快！"

炮弹炸响后，还活着的人连忙大喊，因为眼见有一些战士被抛到半空中，硝烟散去后，人们跑过去时，包括班长在内的七位战士已倒在血泊中，残阳和战士流淌的鲜血成了一种颜色。七位战士的遗体被装到白色装尸袋中，就这样结束了他们鲜活年轻的生命。

"班长！"

马宏亮也叫着两位同学的名字，他着实哭了，哭声震天。

"为战友们报仇！"

阵地是一片复仇的呐喊声，从这么一刻起，马宏亮再没有害怕过，因为他知道生命并不掌握在自己的手中，也真不知道自己的生命掌握在谁的手里，直至战争结束和光荣退伍。

难道遇到这种情况你马宏亮就认怂啦，在战场上死都不怕，难道还怕这点困难吗？战友的战友，同学的同学，一声没吭就倒在战场上，留在战场边沿的山峦，一块石碑写着名字，镶上一张照片，便永远留在异城他乡的那片土地上了！自己能活着回到家乡、回到生养自己的这片土地上结婚生子，已是感天谢地啦，还有什么不满足的呢？

仔细回想和媳妇娟红离婚的事，心中就恼火。

娟红是城里人，从小娇生惯养，作为城里姑娘，本身就有一种有别于农村姑娘的优越感，也好像扎根在骨子里，而且不仅仅表现在举止言谈上。当马宏亮的工作无可挽回地定格在下岗的时候，这位娟红的心里的天平立马发生了变化。一猛原来躲在大树下乘凉的她，马宏亮没了工作，没有了马宏亮这棵大树，感觉心灵空荡荡，生活、人生似乎没了依托。难道一个男人要自己养活，一个家庭要靠自己一个弱女子来支撑。这种状况，让这位具有优越感的城里女人一时没法接受，包括人前好像都要矮别人半头，显然她无法在这样的环境下进行生活。终于向马宏亮摊牌啦。

"怎么，嫌我下岗了？"

"这一家人怎么生活？"

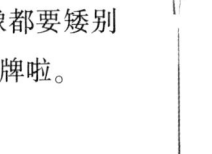

"这下岗的人成千成万，这些人都不活啦？"

"反正我过不了这种生活！"

"你说怎么办？你这个水性杨花的城里人！"

"什么水性杨花，人谁不想过上美好的幸福生活？"

"朝三暮四，这山望着那山高！"

"反正要男人就是要男人养活自己，养活这个家的！"

"那怎么办？如今下岗了，没了工作，你嫌弃了，要离婚？"

"离婚就离婚，这可是你说的，这个日子不过啦！"

马宏亮跳将起来，想不到这娟红完全不把夫妻情分放在眼里，这一日夫妻百日恩，她竟如此绝情，把自己一个大男人不放在眼里，感觉一个男人的人格和尊严受到了极大的凌辱，已到了是可忍孰不可忍的地步，严重踩碰了自己人生的"红线"！

在这样一种对抗中，第二天两人便赌气地来到民政局，经调解无效，竟神奇地办了离婚手续。儿子判到了马宏亮手里，诚然娟红既有再成家的想法，自然也压根没想要儿子，反正干净一人也好再找对象。找男人就是图生活舒服些，一个需要女人养活的人，在娟红眼里是万万不行的。办完离婚也无丝毫后悔之意，娟红反而感觉有一种释然的轻松。

最后娟红还是从二人存的三千块钱里边给马宏亮分了两千块钱，她心想骑着自行车、一个人带着孩子、光身离开家的马宏亮，还是需要钱的，毕竟从这个月开始要带着孩子，在没有固定工资的情况下，要靠自己的一双手去生存。只有在这个时候，娟红才感到自己的自私，抛弃了这个家和孩子，心中才有一丝浅浅的愧疚之意，而这种愧疚主要的还是面对只有十二岁的孩子。

"没事还来找妈妈！"她拉着孩子的小手。

十二岁啦，也明白这父母离婚意味着什么，诧异看着娟红不吭声。他似乎在幼小的心灵中浮现出娟红再找一个男人，而且会再生一个小孩的情景和画面，感觉这可能是最后一次和她拉手，因为一个抛弃自己的妈妈，自己一生再也不想见到她，不由得心中顿生一股的怒气，他甩开了娟红的手，在法院大门口，大吼一声："妈妈，我讨厌你，再也不想见到

你!"说完跑到马宏亮的自行车后座位边。已绑好的被褥，牢牢捆在车帮上。他一跃坐到车座上，马宏亮蹬起车轮，向西塬方向奔去。

娟红还想说什么，然而随着马宏亮的加速，车子渐渐驶出了娟红的视野。只看到中天的太阳，似乎没有一丝的暖意，她感到瑟瑟发抖，这十月的天还真是有些冷啦。

她反复回味着孩子的最后一句话音，毕竟这孩子是自己身上掉下的肉，孰能无情，十二年了。兴许这就是人生无缘，不能走到一起，不能陪伴自己走完人生的路程！抬头看看天空，小风在吼着，她也若有所思地蹒跚在回家的街道上，宽敞的马路上，车辆好像特别的稀少，偶尔有骑自行车下班的人一晃从眼前驶过。她把随风飘扬的那张离婚证书，用一张颤抖的双手叠好以后装进了兜里和那张这些年像宝贝一样的存折放在了一起。

马宏亮起来了！

首先他安排了孩子上学的事，他已把自己和孩子的户口迁回了村里，他并没有打算在城里混，说实在的话，这退一万步，家里还有可生万物金子一般的土地，起码可以凭着自己的一身力气饿不死自己。

父亲听完后，拉着孙子也来到宏亮的身边，咂着一口的旱烟，把屋子熏得跟起了雾一般。

"咱祖祖辈辈都是农民，也没见饿死一个人，城里人就是怂，忘恩负义的多！孩子都这么大了，她能狠心丢下？"

马宏亮沉着一张黝黑又窄长的脸，并没有坠父亲的话，他心头在琢磨着做什么？

"爹，你带我上咱的地里走一走！"

"行！"

父亲收起烟袋锅子，在鞋底上敲了几下，知道儿子在看家里坡场，可这几块地，他不心里有数吗？为什么偏要自己带他去呢？

"你不知道？"

"知道！到那不是还要和你商量吗？"

"知道了！"

父亲把烟袋往脖子上搭好，站起身来出了宏亮住的房门。

这个时候，女儿也已出嫁，平时也只有老夫妻俩守着这一座不大的院子，收种三亩庄稼地和两亩果园。特别是曾经的果园，价格正好的时候，一斤一块钱，落果也是这个价，这老品种的秦冠，不分大小年的结，好红火了几年，一年几万块的收入，点着钞票的场景令老汉回味无穷呀。可是随着水果市场的萧条，搞得老百姓也跟着心灰意冷。

马宏亮随父亲到村外的地里转了一圈，实际上，这地还是那么几块地，果园还是那几块果园。来到村口那只有不到半亩的园子里待了一会，而且是手托着下巴若有所思地考虑了许久。

父亲看出了这种变化，也燃起了长枪一样的烟锅。

"怎么了？"父亲眯着眼问道。

"东边这溜地是谁家的？"

"这是你二伯家的地。"

"能换吗？"

"换了做什么？"

"做什么？"

"圈起来养鸡！"

"养鸡！"

"嗯！"

"能行吗？"

"这果园卖不下钱，不够本，把树都给刨啦，搭几间简易房，种上草，做个鸡场，鸡下蛋是钱，喂肉鸡也是钱！"

老爹虽知道这个理，但一听说要办一亩大的鸡场，可是大姑娘坐轿头一回！在他的心里只知道这农民没钱时，总是把平时攒的鸡蛋卖了，买盐买吃的，都是零敲碎打的。但儿子这些年在外边闯荡了这么些年，肯定比自己见多识广的，想必有他的道理，年轻人嘛，不闯一闯，怎么能知道行不行，许多事，人老几辈的都没想过。这过去说的，楼上楼下，电灯电话，开始说的时候，农村的老百姓都知道是说天话，这没多少年不都实现啦？

"行，你说行就行，晚上跟你二伯说下，用咱南埝的六分地，跟他这五分地换了！"

父亲又用烟锅在鞋底敲了几下，言外之意，事就这么定了。宏亮明白父亲的意思，二伯是父亲的哥哥，这是木板上钉钉子的事，也就放心啦，自然有了主意和盘算。

回到家乡的这些年，的确也经历了许多大的变化，由于家乡特殊的地理位置，特别是有"黑金"之称的煤炭，加上特有的苹果，使得名声远扬。富裕了地方财政和一方百姓，从全国首届农民摩托车赛到汽车拉力赛都在这里举办。特别是在南山脚下的柏树村，出了一个叫徐光录的，一个十足的老实农民，到外省去走一家亲戚，在郑州火车站上见到一个独自哭泣的姑娘，好心地上前询问："怎么了，姑娘？"姑娘边哭边说，好一会才说清缘由：原来姑娘回南京，在火车站挤着买票时，钱包被狠心的小偷一把给摸去了，到轮到自己买票时，才发现这钱包让人偷了，这人生地不熟的，身上连一分钱也没有啦。这位徐光录听罢，毫不犹豫从兜里数出二百块钱，并亲自陪姑娘买了张去南京的车票。

"你再等会，我这趟车就要进站啦！"

徐光录给姑娘打了声招呼，掏出自己的车票只是看了一会，姑娘只看到上边有个"观音山"三个字，姑娘没想到的是，年轻人为什么帮自己，难道不怕自己不还这二百块钱吗？他竟然不问自己的姓名和住址就要坐车而去，心中的疑问成堆成堆地涌来。当她畏缩在墙脚哭泣时，在人山人海的车站，只有这位年轻人毫不犹豫地救助自己，给了钱，而且拉她到饭店吃了面条和几个鸡蛋。她心里知道这就是自己的恩人，自己的救星，她上前拉住徐光录：

"你不能走！"

姑娘好像有一肚皮话要说。

"车进站啦，晚了就来不及啦！"

徐光录轻轻地快而有力地掰开姑娘的手，一个再见的手势和微笑的模样，便消失在茫茫人流中。

姑娘直到不见了徐光录的人影，恍然地呆立在车站的进口处，但她记

住了这个"观音山"车站。从郑州往西车站的地方寻到了这个地方，是洛阳以西的一个车站，从而记在自己的心里。

然后这个姑娘，十几天后便出现在观音山车站。然而在这里，在几万人口的地方，想找一个人，一个不知姓名的人，同样有如大海捞针一样。姑娘到了派出所去求助，把当时的情况又说了一遍，派出所的民警也很感动。连忙又联系当时仅有的广播站，以"寻人启事"在全区连续播放。而正好在这个时候徐光录听到这个广播，才知道这姑娘追到观音山来啦。

遂怀着前所未有的激动，来到派出所，当姑娘见到这位失而复得的年轻人时，竟当众扑过去偎在徐光录怀里号啕大哭。

"你让我找得好苦呀！"

徐光录愕然，脸红一阵白一阵的，面对一圈炽热的目光。

"走，到我们柏树村去！"

"嗯！"

姑娘抹了抹眼泪，点点头，背上包，随他回村里去啦。

更为神奇的是，当天下午，一辆黑色的卧车，加上几辆绿色北京吉普车同时出现在位于南山下边再平凡不过的柏树村。在村部广场的地方，一群车都停在那。一大群着警服和军装的人员出现在村中，县乡的领导更是围了一圈。

原来这位是某军区的一位将军来寻他姑娘的，寻找的这位姑娘正是寻徐光录的这位姑娘。这位将军同意了姑娘的人生选择，同意了闺女的要求，嫁给这位标准地道的农民，并举办了简单的结婚仪式。

从此，这位徐光录就有了这么一位将军老丈人，同时也成就了他一番雄心勃勃的一个大计划。这柏树村，正好在塬的边缘与下边的县城隔沟相望，这个徐光录从小喜欢玩飞机的游戏，有了这位岳父的身份便有了想在村边一块废弃土地上建一座飞机场的梦想。

这徐光录还真把这事弄成，从航空部门取得合法手续，当地的煤老板也大力支持，还买了一架小蜜蜂的飞机，停在了长长的土质跑道上，建了相应雷达站，挂了牌子，自任站长，老婆任副站长兼财务科长，热热闹闹地把这台子给趁势搭了起来。经过培训和实践，徐光录也会开飞机了，不时在天空盘旋，把飞机当车用。一天，他听说邻近县的豆腐脑好吃，一时兴起，开着飞机去了这个山区县找个地方落下来，买了二斤豆腐脑上了飞机，引得山里人瞠目结舌。又有一天，正逢阴历十月初一，徐光录猛然想起一件事，今天是给老人上坟的日子，索性开着飞机上了天，父母的坟地在山根方向，道路崎岖，也真是不好走。徐光录索性弄了一块石头，用绳绑了一卷白纸，飞到那里，肯定没有飞机降落的地方，他把飞机尽量飞得低些，看着父母的坟头把石头投了下去，也不知扔到坟头没，慌忙开着飞机就离开了。最后落得一个"徐光录开着飞机上坟——吓他先人"的歇后语。

当马宏亮脑子浮现徐光录这些故事时，他心里着实对徐光录还真是有一种敬畏和佩服，我行我素，敢想敢干，挑战人生的极限，甚至几次都想去柏树村去拜访一下这位徐光录，但都因为自卑这种难言之隐而打消了，想想这墙上的烧饼好看不能吃。还是要因地制宜，量体裁衣，一味瞎折腾，怕到时候连一条裤衩都没得穿啦。这有老有少的，还要吃饭，还要过日子，就老老实实起来，也打消了这种念头，心想别人有的运气，放在自己身上，就不一定有了，就如同守株待兔，偶尔为之，以为会经常有之，饿死在树下，可能也不会有第二只兔子会撞死在这树上。

说干就干，马宏亮也不含糊。父亲把地也换了，就这一亩地，大小苹果树也就那几十棵。马宏亮也没再寻人，和父亲硬是用两天时间，把地收拾得干干净净，地里连一个柴火棍都没有，光光堂堂的一块地整了出来。然后又在地里打了土墙，搭了塑钢瓦，弄了几间房，周围用指头大铁丝圈把四周都网了起来，留下一个门过得去进出拉东西的三轮车，人一走亦落锁。马宏亮开着三轮车，买回了一车的红黄绿蓝的一大堆的公鸡、母鸡和上百只刚出生的小鸡崽。

这个鸡场也就建成了。

马宏亮长出了一口气，这就是自己创建的一个小企业，他搬了把椅子坐在门口，看着这成型的鸡场，心中不由产生了一种成就感。也索性弄了张桐木板刨得溜光，漆得雪白的牌子让村里的一位擅长写字的教师写上"宏亮养鸡场"挂在门口，在阳光下显得锃光发亮。在挂牌时，特意也响

了串千响的长鞭,也图个吉利,在村里也引起了一定的动静和反响。

　　这在大路边的方家河村,也算一个零的突破,村支书方天兴也赶来祝贺,问个究竟,也看个究竟。这马宏亮还是方舟从小的同学,自然也多了几分的关切。虽然这方、马不一个姓不一个祖先,可这一个村住了几十年,人还是都有份感情的,况且他又是弱者。自己的儿子方舟如今都是县上响当当的人物,可这宏亮却下岗丢了饭碗回到村里无可奈何养起了鸡,由不得产生了一种怜悯和同情,这就是人性中对弱者的同情的一种天性。

　　"天兴叔!"

　　马宏亮同样感到不好意思,心中同样是种怪怪的味道,有种抬不起头、直不起腰的一种感觉。一是村支书,二来又是长辈,连忙恭敬地抽出支烟递过去,小心地给点上了火。

　　"好好干!"

　　"嗯!"

　　"别泄气,这三百六十行,行行出状元呢!"

　　方天兴看着马宏亮的脸,连忙抽口烟,以长辈的口气鼓励道。

　　"这场是建起来啦,把我和我爹的钱都扔了进去,往后还得靠叔多多支持!"

　　"没的说,有什么事找叔,全力支持!这海茹也在咱乡里,如今都是乡长啦,咱村报个项目,能支持肯定支持!"

　　"嗯!"

　　这些他都知道,但又不敢说自己也知道,只是听着嗯着,一副谦卑的样子。他心里清楚如今是钱都砸到这里啦,心一下空啦,胆子也小啦,感觉再也经不起风浪和折腾啦。

　　"需要款,给信用社申请下!"

　　"暂时不用!"

　　他只敢这样说,保不准以后需要钱,先别自己堵了自己的门路。

　　"这大鸡喂喂食,净收鸡蛋啦,可这几百只的小鸡崽,马上天一冷,可怎么办?"

"生煤炉子呀！"

方天兴心想，这煤气可以致人死亡，难道这鸡就不怕。心想这刚开业的，自己作为支书和长辈不敢说出这样不吉利的话来。

"这屋里架有管子，炉子上盖，烟都从管子里排出去了。"

"嗯，好！"

这马宏亮想得周到，看到马宏亮的父亲在干活。

"这下宏亮建厂，你也不得闲啦。"

"瞎折腾，不知成不成！"

马宏亮的父亲，见到方天兴，也是仰头望，自知他的儿子和自己的儿子的天地差别，自然也不敢卖弄什么，更不敢得罪人家，毕竟这方天兴在村里干了几十年的干部，那人缘和能耐，更不是自己一介平头百姓所能比的。

"这养鸡场红火了，挣钱啦，你也该享享福啦！"

"借你吉言，但愿如此吧！"

他点了烟锅子，猛地狠抽了一口，然后吐出来的时候，虽然在屋子外边，但那浓浓的烟雾，还是把那张同样窄长黝黑、带着几分惨白的刀刻脸，笼罩在一片烟雾中……

农村人认准的事和理，那也是经过深思熟虑，既然选择了，也就是在心中确定啦，那就要按自己的思路和想法干，传统农民的骨子里，舍得出力，也不怕出力，感觉这力气也没什么成本，今个活干多啦，乏了累啦，吃完饭晚上睡上一觉第二天又是跟充了电一样，又是满身的劲头。

马宏亮的确不怕出力，认准的事，像一头牛一样只顾往前拽。

到第二年春暖花开的时候，马宏亮养鸡场已成规模，上门订货的客户已是门庭若市、客户如云。客户图的是新鲜而且数量上有保证，做生意讲的是信誉，无论是商家和个体户，如今这手机普及啦，一个电话，城里的鸡蛋行情便昭然若揭。虽然在乡下，商贩和客户也哄骗不了自个。作为一个大男人，续妻说媳妇的事儿，也忙得顾不得想，一天除了喂鸡、给鸡打防疫针，就是进料，甚至一天操心的事儿，偶尔想起来哪只鸡该下蛋了，吃不准逮住就用手指头摸鸡的屁股，以确认这事情，这也是一天的正

事情，松开两扇鸡翅膀，"扑腾"一声响，鸡抖抖身子便又跑到地上的草丛中觅食去啦。

鸡一天天在轮着下蛋。

儿子也一天天在长大。自己养的鸡，自己养的鸡下的蛋，家中自然都不会少吃，孩子对吃鸡蛋并不陌生和稀罕。他只是在算计着，数着钱算着钱，计算着本钱回来的事。

一天下午，马宏亮从县城买回了二斤大肉，心想让当妈的包顿饺子吃，这肚里也想吃点荤腥的东西，不料放学的儿子见到肉。

"肉？"儿子的眼中似乎放出一种从没有的亮光。

"猪肉，怎么没见过？"

马宏亮也甚为诧异，儿子眼里怎么会有这种光。

"猪肉，让我摸摸！"

儿子把手在衣襟上擦了擦，小心地用小手摸摸肉，然后放进嘴中尝尝。

"等你奶奶做好了，中午管饱！"

"嗯！"

果然，儿子中午吃了两碗，直到打了饱嗝，实在吃不下了才停住拿筷子的手。

马宏亮看着儿子的样子，心里实在想哭，回想起来，这回村这么久啦，除了过年，这好几个月的确是没割过肉改善了，儿子和自己的父母肚里也的确是缺少油水啦。

他把儿子抱到自己的怀里，感觉辛劳的同时也对不起儿子，这从城里到村里，生活和环境发生了巨大的变化。但在这稍微好起来的时候，一场更大的挑战甚至是灾难，正酝酿着向他奔来……

第二十一

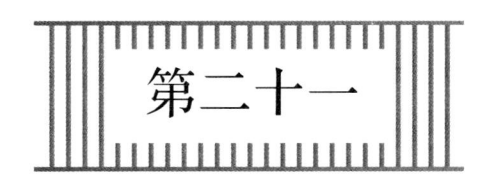

汪云，作为梅县的煤老板并没有闲着，而是同样盯着地下的黑金资源和掌管这些资源的决策者。因为与周旭山的特殊关系，周旭山向汪云提供了方舟书记官场的最新动态和思想，再顺理成章地让儿子汪涛从干部科出来，接管了周旭山的位置，办公室主任兼着方书记的司机。这汪涛仗着自己父亲的实力和地位，对这一位置不太满意，在周旭山的办公室当着汪云的面表达了意见。

"我不想干！"对伺候人的差事，汪涛显然不感兴趣，心想应该下乡给一个副书记或乡镇长的位置。

"真的不想干？"周旭山盯着汪涛看着汪云的脸问道，显然是要看汪云的意见。

周旭山为这事和汪云是通过气的，说实在的话，就自己这个位置，也不是谁想干就能干得了的事情，要不是这一天狗屁袜子没反正地混在一起搅和，加上自己也没少拿汪云的钱，这差事还轮不到他头上的。

"小娃家懂个啥，这你方叔要当了书记，你这位置，人家嘴动一下，哪个好位置都是你的！"

"你看呢，汪涛你可想好，要干赶紧接，过了这村还实在没这个店了！"

"好，听你和我爸的！"汪涛挠挠头皮，点点头应允了下来。

周旭山又给汪涛交代了开车注意事项和一些规矩等一大堆的经验和教训。

"想好了，我就上楼给方书记汇报，这事就算是确定啦！"

"你去吧，我和你爸说点事，你这事先埋在肚里，谁也不能说，到时

自然水到渠成！"

　　这汪云一听到这方舟可能接县委书记，周旭山又要到山阳镇干党委书记和梅县煤炭集团的书记和董事长，一跃成为自己的顶头上司和靠山，心花怒放。看着儿子走了，轻手关上了门，坐到那，稍作犹豫便从小皮包中掏出一张存折推到周旭山的面前。

　　"这是一点意思，未来还要靠你关照！"

　　"都是自己人，何必呢？"

　　周旭山瞟了一眼，好像是一张五十万的票，推了一把又退了回去，言外之意，好像还有说不出来的难言之隐。

　　汪云是个明白和很聪明的人，知道他的意思，随手从小包中又抽出一张存票。

　　"这是方书记的，这些年没少照顾呀！"

　　周旭山一看是一张一百万的大票，便欣然全单照收，放进了带锁的抽屉中。深深握住汪云的手，紧紧拉了几下，传递的味道和意思有千万种。他同样知道这单子的分量，这五十万块钱可在当地买一套一百多平方米的房子，这一百万可在西阳、梁州买两套像样的房子，这礼的厚重可见一斑。他心中也清楚，在山阳的矿区中，划出的近两平方公里的矿区，这源源不断的"黑金"何止千万，多少个亿呀。自己清楚，明眼的人眼一闭一算都能算出来，这事总是这样，哄不了自己的事往往同样哄不了别人。

　　办公室两人都抽烟和喝茶，但汪云唯一不放心的是给方书记的那张一百万的存票，在哼哈中，随即表达了这个意思。

　　"放心吧，给我一百个胆，我敢？要不你给送去？"

　　周旭山显然对这种猜疑有些不高兴，起身要去，汪云连忙便把周旭山挡住。

　　"没这个意思，咱俩谁和谁，我不相信你相信谁！"

　　汪云这时心中同样是一块石头落了地，这两张票绑住了两个人物，心想这人物都成了钱的奴隶，同样是我汪云的奴隶，让他往东不会向西的，有这条绳拴着，总归是跑不远的，拉他，他就得回。

　　想到这里，汪云心中暗笑，偷偷地乐了。

"方书记还缺什么？"

"缺什么，嫂子下乡了，你想缺什么？"

周旭山狞笑了一下。

"那个小春桃，最近情况如何？"

周旭山无意问道，他和汪云对这事都心知肚明的，这叫响鼓不用重槌！

"还在办公室呀！"

"你怕早尝了鲜吧？"

周旭山眼中带着淫荡的笑。

汪云立马脸色一变："这是方书记喜欢的人，我岂敢造次！"

周旭山心中知道这话也不假，只要有钱捏着，什么样的天仙都能搂到怀里。汪云对方书记的忠诚也着实让周旭山感动，由不得在心中为汪云竖起一个大拇指，怪不得方书记总是惦念着汪云的公司，那一句话、一个电话可就是铺天盖地的钞票呀，故而对奉送的钱心中亦有一种心安理得。

外面已是初秋，雨后的风吹着，街道两旁高耸的杨树上边零星的黄叶，从树上摇曳着落在地下，透出一种秋天的清凉的意味，有"早上立了秋、晚上凉飕飕"的味道，但在这里，也有"秋后还有一个母老虎"的谚语。

虽然立了秋，但冷不丁的人不敢换衣服，一猛天气会突然温度升高到夏日酷暑的天气，使燥热的人一猛不适应恨不得脱光身上所有的衣服。

当天，汪云从周旭山那里出来，一路在思量刚才周旭山问春桃时的神情和颜色，感觉在这个事的处理上，好像自己显得被动，本来想给周旭山打个电话商量一下，但这涉及领导的事情又不愿意让司机知道，虽然知道这都是自己的铁杆人，不会传到社会上去，但是这知己放心的人，还是得少让知道些自己的核心秘密，况且春桃又在办公室，这男男女女的都爱嚼舌头，捕风捉影的事爱叨叨，故而打消这个念头。心想，这万一方舟接任了书记，埋怨这事时，嫌没办好这事，自己的损失就大了，领导翻了脸，这翻脸跟脱裤子一样，后果是自己和公司所承担不了的事情。感觉身后好像吹过一股寒风，心急得跟打鼓一样。诚然这钱虽然送出去了，是安

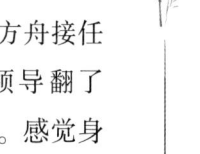

生了一些，但这事要做好了，方舟这个人彻底都会像泥巴一样捏在自己的手中而遇事游刃有余。

下了车来到山上公司的办公室，山沟里温度明显低于山下，看着头顶天上的太阳，眨巴着眼，太阳强光，自然逼退了他的目光，稍感眩晕和不适。

"汪总回来了！"

春桃穿一身淡红色的连衣裙，已为汪云拉开了二楼办公室的大门，窈窕的身材，眸子里闪烁着一种年轻和迷人的气息。他带着审视和不解的眼光只看了一眼。

"你是想，我怎么会这样准时为你开门吧？告诉你吧，车一进院我就注意到了，你的一举一动都在我的监控之中。"

"嗯！"

他很欣赏春桃这样的聪明和那一双白皙的大腿，也知道，她和公司的人都在巴结和奉承自己，因为自己一高兴，这钱就会向他们飘去，人嘛，谁都不傻。好在刚才在外边一个人和周旭山进行了短暂的沟通，心中自然也有了主意。

"怎么就你一个人，办公室其他人呢！"

"都去矿上啦！县里来人检查安全！"

春桃手脚麻利地将茶水放到汪云的太师椅一样的办公桌上的一个茶垫上。

"喝茶，汪总！"

伸手做出一个请的手势，然后双手礼节性地放在胸前。

汪云看看里外也没人，索性从办公桌后的老板椅起来坐到一旁带玻璃茶几的沙发上，显然这办公室开着空调，温度也相对适中，身心感到一种舒适和惬意。

"坐下！"

"我不敢！"春桃轻声说道，连忙把茶水从桌上端到茶几上放好，又端立在一边。

汪云抽出一支烟夹在指头中间，春桃拿起火机弯腰给汪总轻轻点上

火，又端立在沙发的一边。在春桃的心目中，她已习惯了这样的工作要求和动作，朋友是朋友，主人就是主人。

燃着的烟，显得悠长和缥缈。透过烟雾，汪云感觉自己是第一次近距离审视着自己在办公室养的这朵花，她的腼腆、她的秀色、她的小鸟依人的样，的确和别的女孩不一样。他嘴动了一下，想说几句真话来。

"春桃，到公司几年啦？"

"两年了，汪总！"

"待你如何？"

"恩同父母，情同兄长！"

就这两句话，一下把个汪总说蒙啦。

"哪学来的？"

"自己想的，说的是实话！"

"嗯！"汪云点头承认这话不假。

"可惜！"

"可惜什么？"汪云又一惊，不知所以然和所以为然。

"可惜，汪总待我这么好，小女子无以回报！"

"报什么？你给我工作了，我和公司付给你工资、奖金，这天经地义、合理合法！"

"我春桃愿终生伺候服侍汪总！"说完这话，春桃出乎意料地不请自坐挤到汪云的身边，弄得他猝不及防、不知所措，连春桃白白大腿上的肉他都感觉到了。

毕竟春桃也是二十岁的女孩，这一天喝酒、跳舞、唱歌，男女在一起的事情，她也看得很清很透，同样有一种成熟女性气息和冲动。她更知道，汪总待自己这样，要什么，自己会心甘情愿地奉献出去的，但不晓得，这样待在办公室两年啦，汪总竟没有这样的要求，哪怕是一个眼神。在她的内心，不知这是为什么？汪总为什么对自己这样好，不染自己一个指头，对这个问题同样是百思不得其解。

汪云在烟雾中深情地审视了这迷人的小春桃，心中荡起许多梦想和画面，但都很快消失并打消了这种念头。联想上午和周旭山所谈论的话

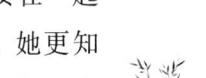

题，也知道不敢再隐藏，这层窗户的薄纸是到了捅破的时候啦。他轻轻挪开了春桃那双诱人的小手，把她一个人留在沙发上，自己站起来。他内心清楚春桃的意思，知道贴近自己的信号和内涵，但他更知道，冲动是老虎的道理。一旦抱住这棉花一般绵软的美人，那必然控制不住自己，酿成严重后果，这一锅夹生饭将是唾手可得的现实，必让自己哭笑不得！

他的心里飘过一句话：春桃，我可以认你这个干闺女。但他想到了，这认闺女的形式、过程，在社会的影响、对家庭的影响，甚至会造成"此地无银三百两"的话柄，所以也只能把这句话、这层意思，咽在肚里，埋在心中啦。春桃惊愕地眼看着自己的双手滑落，汪总起身离开座位，踱到玻璃茶几的对面客厅的地方，很是迷惑，真弄不清这是啥意思，一时有一种失落和被抛弃的味道，很是沮丧和伤心，眼皮一时便耷拉下来。

"春桃！"

"嗯！"怎么不理自己又喊自己呢，她带着问号地应了一声。

"方书记喜欢你呀！"

"什么？"春桃惊得一下站了起来。

"难道你心中不清楚吗？"

"啊！"她一听一回忆，惊得又坐了下来。那次在一起跳舞、唱歌的情景又浮现在自己的脑海，如同是电影一般又神速过了一遍，脸霎时便又略带羞涩地红了。

"不会吧？"她没自信地小声说道。

"不会？那你的小脸怎么会红呢？"

汪云笑了，转身又坐到办公室的旋转皮椅上边，叼上了支烟。发愣的春桃竟待在那，忘记去给汪总点烟。

汪云自己用打火机点着烟。

春桃这才如梦初醒，起来忙走过去。

"不好意思，我又失职啦，请扣我这个月的奖金！"

"不必啦！"

汪云知道这机灵鬼的意思，挥挥手示意不予计较这事。

"你坐下。"

"我站着听，接受汪总训斥。"

"谁训你啦？别给我扣帽子！"

汪云笑笑，紧接着左腿便架上了右腿，显出一副悠然自得十分高兴的样子，但这话题还是得往下说，是要挑明，而且是要急办的一件事情。

"方书记是很喜欢你呢，前段时间见了我还问到你的！"

"真的？"

"是真的！"汪云口气十分肯定地说。

"那他怎么不来看我？"春桃努起了红嘴唇。

"这方舟，原来是咱山阳的镇长，一跃荣升为梅县的副书记，一天要管多少事，多少人找他汇报工作，哪有时间呀！"

春桃瞄了一眼汪总。

汪云话锋一转问道："在县城那套房子还满意吗？"

"太好，太漂亮啦，一百三十多平方米。四室一厅，装潢得好气派，而且院中有绿地，周边风景秀丽。我十分喜欢，谢谢汪总！"

"这是公司对你工作的奖励！"

"我对公司有什么贡献！"

"那贡献大啦！"

"可我记得汪总一次都没去过！"

"不敢去呀！"

"怎么，一个大老总，一个大男人会这样胆小？"

"嗯，是胆小！"汪云点头承认。

"怕什么？害怕上我的床？"

春桃努着嘴说道，说完顿感失言，捂住嘴，满脸通红。自己一个涉世不浅，且还是黄花大闺女的怎么能从自己的嘴中说出如此不雅的话呢？

的确，春桃这话，把个汪云惊得几乎有些目瞪口呆。但细细品味，对她也有些许的理解和同情，毕竟二十岁的成熟少女，话里也是暗藏许多的难言之隐呀。如果今天不把这层纸捅破，稳住她的心，一旦心血来潮出了轨，捅下事，自己是没法下台和向领导交代的。

"方书记喜欢你呀！"

"嗯！"

"你是他的人，其他的人是不许碰你的，包括我在内，你明白吗？"

春桃一下子明白了，汪总为什么对自己这么好，原来是把自己看成是为领导准备的一件礼物，心中一下感到有一种被卖了的感觉。

"为了你的公司利益？"

"是的！"

汪云注意到春桃眼中那种无奈的感觉，但为打造她，所付出的金钱是巨大的，怕她一个外地女孩，一生工作也挣不下这么多钱，这点春桃同样心里是清楚不过的，怪不得自己年轻美貌，一天在他面前晃来晃去的不动心。现在像这样的老板也真是太少了。原来他有如此的算计，自己能怎样，汪云为老家修房，在这里发的工作奖金，在县城为自己买的车、买的装好的房子，就连自己的这一身服装，四季的衣服，金银珠宝首饰，也不是十万八万能解决的，几乎可以说是把自己完完整整买了下来。对他的要求，是不可有半点折扣的，一旦不听话，她也知道后果是什么？连远走高飞想也甭想。一个下属的职工，酒后失言对汪云不敬，不几天这样一个大活人便不明不白死在了采煤厂，一个意外事故，几万块钱，就这样交了户口本，从这个地球上彻底消失啦。

"反正我春桃的一切都是你给的，命也是你给的，绝对听你的就是啦！"

"好！年轻懂事，孺子可教呀！你要紧贴着方舟书记不放，用你的一切手段迷住他，粘住他，可以跟他做一切，同时可以跟他提要求！比如说要出国，比如说要在山阳等地买房子，甚至可以给他生孩子！"

"什么时间？"

"如今方书记的妻子下乡当领导，他长期孤独一人，正处于感情的空白期，是一个绝佳的机会，一旦升任梅县的一把手，怕到时再攻把握性就小啦，因为许多的对手会与我们来争这个人。"

"有这么重要？"

"是的，到时候你就成为咱公司最大的功臣，可以这样说，你因此会得到一笔你一生都花不完的钱!"

对于年轻人，这样的诱惑同样是巨大的，其兴奋的程度会让一个人浮想联翩，甚至走向失去理智、走向彻底疯狂的巅峰程度。

"你不用考虑和担心任何事，你只需完成你的任务，今晚正好是礼拜天，方书记不但在家，而且他的媳妇在乡下有重要事情，就是有情况，随时会有人通知你安全撤离的!"

"为什么不把他约到我的屋里呢?"

"你要听方书记的意见，我是想第一次他会不放心，你们可以联系，真要去你的房子里也可以是一种方案。今晚你要用最好的化妆品，穿最好的流光溢彩的衣服，以少女最迷人的形象来打动和战胜他!"

"嗯!"

春桃点了点头，答应下来，凭第一次把自己抱得那么紧，相信方书记还是喜欢自己的，是有拥有自己的动机和念头的。

随后，汪云把方书记的电话号码、住址和注意事项一一做了交代。

"你什么时候和他联系，要听我的电话!"

"好!"春桃从汪云的脸上看到的是他如临大敌，好像在安排一场战役一样，同样感到自己的人生将面临一个重大的转折。春桃寻思着真有这么重要吗？反正对自己来说，一切的一切都交给了汪总，自己这么一个异地的女孩，在他的手心里，自己如同是一撮小小点点的泥巴，攥在人家手里，捏是啥样就是啥样，是绝对没有选择余地的。一切都是那么无可奈何，也许这就是自己的命，就是想跳跃过去也是不可能的，还是听天由命吧!

她用一种近乎审视的目光在汪总的脸上身上扫描，弄得汪云心中毛烘烘的。

"瞅我干什么？还不快去准备，不看都什么时候啦!"

春桃对汪总是一种感恩和爱意，她想最后得到的一点点东西，汪云同样没有给予她，眼中盈溢了一点晶莹如玉的泪滴，没有出眶，便被她揉掉啦。

"好！我去准备!"

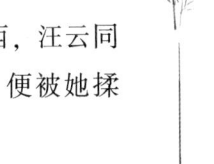

"记住，准备好了，让我瞅一下！"

"还不放心？"

小心无大错，汪云在心中这样说，但话语并没出口。

"下午六点在梅县饭店请你吃饭！"

春桃在想，不知这是老板是为自己送行，还是在为自己壮胆。故而在想别的事，也没注意回汪总的话。

汪云见她不吭声，也不知道这是怎么啦。

"没听见？"

"听见了，下午六点在梅县饭店吃饭？"

"你今天也别上班啦，回去准备吧，可不要丢三落四的！"

汪云仍旧是不放心地叮嘱，春桃感觉今天的老总怎么就这么啰唆，似乎没完没了的，这女人的事情，女人明白，你一个大男人这不是咸吃萝卜淡操心！心里这样想但又不敢这样说。

"好的！我现在就走！"

"去吧，路上开车慢点！"

"谢谢汪总！"

春桃闭门而去，来到自己在公司的住宅，把重要的东西打了一个大包，想了一小会儿，便径直来到院中自己的红色夏利车边，打开车门把东西放进后座中，又抬头朝公司的办公楼看看，朝远山看看，似乎有一种生离死别的感觉。是呀，这今天一去，就不知道明天还会不会来这上班？汪云老板是怎么想的，自己完全不知道。

公司院里几乎是空荡荡的，春桃在院里按响了车喇叭，满院只有汪云一个在，汪云知道这声音是叫自己的，便出来站在栏杆上向春桃挥手。

"下午见！"

"下午见！"

春桃的红色夏利车缓缓驶出了公司的大院，朝山下的县城方向奔去。

吃完饭后已是六点半的时候，天已完全黑了下来，但县城里仍然灯火辉煌，新区老区连成一片，高楼大厦把偌大的县城装扮成一座雄伟壮观的

不夜城。

春桃惦记着晚上的任务，亦忧心忡忡。汪云特意点的大龙虾，味道不错，这晚餐几乎把梅县饭店好菜都点上啦。作为春桃对汪总的一番美意，同样是心领神会。汪总几个喝了白酒，都是上档次的五粮液，桌上抽的是清一色的中华烟，满桌的上空飘着烟雾。

"我有点事先走啦！"

"去用车送她回去！"

"不用啦，我开着车！"

"噢，你开有车，看我的记性！"

汪云拍了一下自己的脑袋，手一挥算是送客人的招呼，想到这一朵花要送给别人享用，心中也是怪怪的味道，便把双拳放在胸前，点点头传达另一种信息和意思。

"算了，都散了吧！"

"散了！"

看着满桌的菜仍放在那里，几个人不由显得有些可惜，况且这热菜还没上完，肚里还没吃饭，撂下这好吃的就走。但汪云的话谁敢不听，那真是活腻啦，没人敢提反对意见，收拾了烟酒便散啦。

出了饭店，春桃便独自开了车，看了一眼汪云，谁也没说一句话，便打开车门，车便消失在夜色里。

汪云和一群伙计同样没有敢贪杯，生怕晚上有事，也不敢放开去喝，因为看老板的脸，没有让放开的意思，只能作罢。汪云开着车就远远停在龙城家园给春桃买的家属楼下，他今晚也没叫司机开，自己开着车，放着音乐，窝在车座上听台湾孟丽君的歌曲，在充满微笑和甜蜜的歌声中，充满了漂亮女人对男人的诱惑和吸引。说实在的，汪云真想上楼去看一下，打扮入时的春桃是一个什么样子。但他还是害怕自己没有定力，一旦冲动，便前功尽弃，一手的好牌就会被自己玩砸！

在春桃的住房里，各种彩灯把客厅和卧室装扮得富丽堂皇，地上的大理石被灯光一照，更是金碧辉煌，客厅里放的歌舞更是嘭嚓有声，整个的窗户都是厚重的窗帘低垂着。

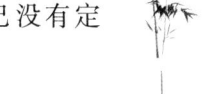

春桃已完成最后的出场彩排，衣着软缎连衣裙，白里透红的一张小脸，更显妖媚动人。万事俱备，只欠东风。一切的彩排也都全部准备就绪。看着放在玻璃茶几上的砖块一样的手机，上边的信号源上的红点在有节奏地不停地闪烁着。

她不安地盯着，等待着这样一个电话。也兴许今晚的活动和安排会取消，因为掌握这一切的不是自己，而是别人。自己一介女孩，不过是领导手中的玩物。有一种别人为刀己为肉的感觉，心中不免有几分的凄凉，一时没有了那份激动和冲动。人生总要有个希望来激励自己，人生总要为个什么，图个什么，但她相信的是假若一切从今晚开始，自己的人生的节拍将发生一种变化，因为从此自己人生的角色将有一个全新的定位。立在客厅的穿衣镜前，审视检查着自己的全身，甚至一个妖媚的眼神和动作。

"嘀嘀!"

手机的铃声响起，但知道肯定是来消息啦，心急但此时并不着急去接，而是故意让它连续响了几声，然后拿起放到耳朵边，一手撩起长长的秀发。

"喂!"

"领导刚吃了饭，回到家中，过两分钟你就可以联系了，我就在你的楼下!"

她知道是汪总打来的电话，那声音也是那么的熟悉。车停在楼下，他也不会上来看自己一下，看来，这个领导对汪总和整个公司是多么的重要呀，自己的位置又是异常的特别。由此，对自己的处心积虑的一种理解，原来如此，一切的一切都顺理成章啦。

为这件事，连周旭山也参与了，为了堵住后路，连媳妇都用上啦。趁方舟回家之际也到书记的屋里小坐一会。旭山也不告诉她为了什么？就这么晃悠一下，媳妇感觉莫名其妙地奇怪，这冷不丁地上方书记的家，难道领导缺这么一箱牛奶，显然是不缺这个，但又是为什么呢？对这些年对旭山的关照表示感谢，这不马上就要到山阳镇干书记啦，这也说得过去，那么这些年就想不起这档子事，想想，这媳妇当的都成木偶啦。

坐那寒暄不到五分钟，便没有什么可说的呀，这方书记的老婆不

在，家中连个小娃都没有，可说的话题，实在有限，很快就起身告辞啦。

方舟也很感激这么一家对自己的支持。无论何时，这旭山总是忙完涉及自己的事，才回到家里办事，这同样是一种奉献，故而方舟把两人客气地送到门口。

"方书记，你回！"

"好的，慢走！"

方舟举双手恭送两口子下了楼。

下了楼，媳妇心想这一路怎么回去。

"你走着回去，反正晚上也没事，我还有件急事要办！"

媳妇愣了一眼，这还实沉沉把自己扔到这里不管啦。还想说什么的时候，旭山开着车早从自己身边蹿了过去。

神经病！

她在心中骂道，不知旭山的耳朵是不是发烧发热，反正自己也真是骂他啦。歪着头，掸掸身上的土，这好不着的，不逢年又过节的上领导家干什么？媳妇挠着耳朵百思不得其解，不晓得这丈夫葫芦里卖的什么药。回去一定要问个明白，不然这疑团闷在肚里，像一块疙瘩可如何是好？问了，他不说，不方便告诉自己，为这事再生气得病，又觉不甚值得，遂不想这等事，径直回家去，晚上还有那一天一集的电视剧等着要看，便加快步伐往家里赶。

春桃接住了汪云的电话。

"方书记刚回家，现在就联系！"

汪云没有多说，便挂了电话。春桃用细挑的手指撩了一下长发，回到卧室把一颗心平静了些许，便拨通了方书记的手机。

"嘟、嘟、嘟！"

手机贴在耳边，显然是响了三声。春桃明显地感到自己的心跳是加快，兴许是屏住呼吸专心接听的缘故。一猛这声音停下，春桃一阵欣喜。

"喂！"手机那头传出一个男人的声音。

"方书记，您好！"

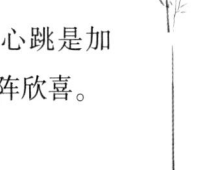

"你好，你是……"

方舟虽然下午饭局上少喝了几杯酒，虽然酒是好酒，都是几百块钱，甚至是几千块钱一瓶的外国酒。但再好的酒喝多了人都会晕，都会不省人事。故而礼节性喝了几杯，亦感晕乎乎的，待到旭山接自己回家时，仍然浑身都感觉轻飘飘和恍惚，但大脑却显得异常清醒。听到一个陌生女人的声音，他由不得一愣，警惕地问道。

"你猜呀！"

"到底是谁？"

方舟显然有些不耐烦，春桃不敢马虎，一旦挂掉电话，这线一断，又如何接得上呢？连忙直入主题。

"方书记，我是山阳镇汪云公司的春桃，那天晚上在山阳镇我们还一起唱过歌的。"

"噢，是春桃呀！"方舟立马想起那个充满诱惑的夜晚。

"嗯，方书记，这就把春桃忘了？人家可一直在等你呀！"

"真的？"

"这还有假，这么长时间还没有让别的男人沾过手呀！"

方舟的心一颤，连手都抖了几下，心中同样是五味杂陈，啥味道都有，但首先作为一个男人，被这种真情所感动。

"那怎么不和我联系？"

"你是书记，春桃一个弱女子，哪有条件获得你的手机号？"

"那汪云？"

"汪总从那以后不许我交友、上歌厅、舞场，不准和任何男性来往。直到今天上午才从他办公室的桌子上看到你的号码，偷偷记下来！"

"真的？"

"哄你，春桃是小狗！"

"言重了春桃，相信就是啦！"

"人家都想你啦！"

"真的！"

"嗯！"

"那你过来，你嫂子正好不在家，你过来聊聊？"

"好，我收拾下来！"

"你知道地方？"方舟心有疑惑。

"知道！我都在你住的门口晃悠过多次啦！"

"多长时间能来？现在是十点半！"

"十分钟就到！"春桃好生激动，话音带着一种难言的喜悦。

"中单元，三楼西！"

"知道！"

方舟想到这迷人的小春桃，竟还如此痴情，能让自己这个贵为书记的人动情，但他一想到一个二十岁的大姑娘来家，自己还是要好好收拾一下，这十分钟就到，也太快了吧。顾不得想得太多，连忙整整床，把胡子刮了下，再次洗把脸，显出自己的精气神来，一改官场上板着严肃四方脸的常态，在镜子上露出礼节性的厚道诚挚的笑样来，板着一张冷脸，不把姑娘吓跑才怪哩。甚至一时性起，也不考虑春桃这姑娘，快半夜啦，来找自己做什么事？只是忙于应付春桃的到来，直到把卧室、客厅和自己的一张脸看了几遍才端坐在沙发上屏气息声地恭听楼梯和门的响声。心跳加快，一年不见，不知这位迷人的姑娘会有什么变化，方舟还回味着春桃的模样和甜甜的笑容。

"咣、咣！"

方舟忙起来，仔细一听没人叫门，兴许是自己的幻觉，挺责怪自己的冲动和失态，好在这屋里也没有第二个人，也就没有人会笑话自己，忙又看看摆在玻璃茶几上的水果、糕点，都井然有序地摆在那儿，到卫生间对着镜子看着镜中的自己仍然是两眼发光和精神焕发，又用梳子整了头发，便踱步在客厅里走动，好在棉拖鞋下在地坪上发出的是几乎微弱的声响，楼下的住户是不会有任何声响感觉的，毕竟都是县里的领导干部，为这芝麻大的事弄出意见来，尽量不在地坪上弄出刺耳的声响来。但在今晚这特别的时候，怀里却像揣了只活蹦乱跳的兔子，甚至有一种馋猫想偷油的感觉。

方舟更知道，这时候春桃深夜到家里来意味着什么，连自己的心里都

跟明镜似的,连嘴角同样都渗出黏黏的唾液来。虽然晚上喝的酒也不多,脚下走路感到轻飘飘的,但大脑却十二分的清醒,被这一通的胡思乱想搅得有点晕头转向,也有些迷糊,眼中不时有一种奇怪的幻觉,眼前好像总飘着人影的头像。

"咚咚!"方舟竖起耳朵,感觉这次真的是有人敲门,而且似乎从门的缝隙中夹杂着使用香粉的味道也钻了进来。

"来了!"

方舟整好头发忙起身应了一声,向门口走去……

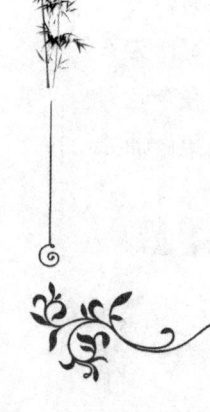

第二十二

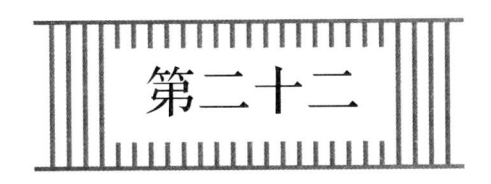

马宏亮，在春季突遇到一场鸡瘟疫，大棚里的鸡一只只不明不白地死去，虽然四处求医，到乡、县的防疫站请人开药喷洒鸡舍，甚至把买来的书一页页地翻，和鸡的症状一一对比，得的是场瘟疫，他的心开始害怕，甚至有一种恐惧。这都是自己的血汗钱，甚至这一颗鸡蛋都是一个一个摸出来，到成排的鸡舍建起来，这都是用钱和自己一家的汗水垒起来的。

但好像一切都无济于事，这瘟疫如同一座大山一样压过来、塌下来，使自己无法承受和抗拒。

一家人，包括父母亲、在家小妹子和自己的孩子，在这圈起来的院中，眼见着，四间平房里的鸡，一只只挣扎着，闪着翅膀，然后被扔到院里的空地处。

"怎么办呀，难道是老天爷要灭我马家，马家的祖先你们要保佑马家呀！我求你们啦！"

老妈跪在院里，对着苍茫的上天，双手合十跪下磕头，起来又趴下，嘴里念念有词，一脸的虔诚，面如灰土，近乎痴呆，仍有寒意的春风拂起她那残色的古铜脸和凌乱的白发。

"起来，别求这求那啦，不顶用，这是瘟疫，求神仙也没用。"

"妈，我爹说得对，这是传染病！"马宏亮帮着爹把妈从地上搀了起来。

"哥，又有鸡不行啦！"

妹子大喊。

马宏亮的妹子在门口大喊，他和爹丢下当妈的连忙跑进屋里，几乎在

眨眼之间，网里的鸡又倒下一排，邻里活着的鸡，连"嘎嘎"叫的声音，似乎都小啦。

两人打开笼子，伸手把死鸡拉出来，和爹一人提十几只鸡扔到空地上，眼见死的鸡成了小粪堆一样大，而且还没有停止的迹象。

"我的鸡呀，你可不能这样呀！"

当妈的眼睛都红啦，看着一只只平时下蛋的鸡被扔成一堆，都死啦，拎起一只还动弹的鸡！

"这鸡还没死，不能扔，不能扔呀！这都是下蛋的鸡呀！"她一双颤抖的手，喃喃地说，一双浑浊的眼中滴出两行泪水。

"你呀！"

马宏亮父亲一脸的无可奈何，两手拍了一下身后的屁股，嗔怪着咂咂嘴，不知下话该如何说，怎么说？跺跺脚，蹲在房檐下边抽出旱烟袋抽起自己的闷烟来，那脸上的岁月的褶子一下爬满了脸颊和额头，他同样不知道如何面对和应对这种局面。

这时村里干部也闻讯来了，看着堆得跟小粪堆一样的死鸡问道：

"这死鸡如何处理？不能总放到这吧！"

"你说呢？"马宏亮接住了话茬，虽然来人是村干部，也没空没心思给来人掏烟，况且听这话音也是找事的，有点免不了有几分的生气和窝火。这人倒霉啦，碰住的都是吊丧和打墓的。

见马宏亮瞪了一眼自己，村干部也感觉自己说话，不一定合适，将心比心，但一挡归一挡。

"反正不能露天放在这，离村又这么近，全村的鸡呀、猪呀又这么多！"

来人没把话挑明说清，无外乎怕传染，这点马宏亮心知肚明，知道他想说什么，细想人家说得也没什么错。

"烧了？"

"还是挖个坑深埋了安全！"

"这么多，要挖多大的坑呀！"

"花子把你妈领回去！"

"这事你就别操心啦，我来挖！"

马宏亮父亲同样心里极度不舒服，把烟锅在鞋底敲得梆梆响，呸呸唾了一口，把烟袋往脖子上一挂站了起来。拿了一边的铁锹，同样感觉老婆碍手碍脚，在四下瞅了瞅，向东北角方向走去。

虽然是村干部，但都是一个村的，多少年也在一起共事，低头不见抬头见的，况且意思已说清，也没什么架子，更不能摆谱。这眼见着马宏亮进进出出地把一串串死鸡从屋里摆出来，显得自己坐立不安，显得十分的别扭和无趣，还是三十六计走为上策。

"我走啦！"

"慢走，不送啦！"

马宏亮父亲已开始给死鸡挖坑，远远地说了声，又低头干起自己的活来。想当初曾告诉儿子马宏亮，这张口的东西不好养，一旦有传染病，哭都来不及，那就会赔得精光，这回算是应验了。但儿子如今都长大啦，又不好责怪，捅下祸啦，说啥也是白搭，全无济于事，只有自认倒霉。但还是盯了马宏亮一眼，心中骂道，你这怂娃不听话，这下眼亮了吧？

没用两天时间，马宏亮在村口地里建的养鸡场的下蛋鸡，四间房里的鸡，死了个溜光，连一只哼哼的鸡都没留下，昔日里上千呱呱叫的鸡，全都撂进了父子俩挖的大深坑中。

昔日里叽叽喳喳的小院，死一般的寂静，老父亲看着儿子马宏亮，想说什么？但嘴动一动又没说出话，知道说了也没用，想想还不如不说，不说呢，但心里憋气，看了儿子一眼，点了烟锅子，抽了一口，背着铁锹，把鸡场看了一遍便回家啦。

马宏亮知道父亲这动作眼神的意思，心中也是十二分的感觉对不起辛勤操劳的老父亲、老母亲。他也知道，这样意味着什么？这可是一家人的钱袋子和希望呀，吃的、喝的，甚至连上大学的大妹子和上初中的小妹子的学费和开销都靠这个呀，可是要命的事情，这可是砸锅卖铁撑起的这么一摊子！实在是输不起、赔不起呀！

要说这，自己也是上过战场，见过生死离别，经历过炮火连天的场面的，心里承受的能力，应该说是比较强的，但面对这突如其来的灾难，心

里仍是没有丝毫的准备。面对这严重的后果，他的心里开始颤抖和害怕，再次来到鸡舍中，面对空荡荡连一只鸡的影子都不见的房子，里边只有一边堆放的鸡饲料高高堆在那里，这鸡都没了，饲料又要它何用呢？

马宏亮一拳捶在饲料袋上，"哗哗"一声，饲料从开口的袋口流了出来。这在城里被撵回来，回村了又弄了这事，自己连死的心都有啦，但想想这一家的老小都还要靠自己，还真死不得，不能死。堂堂的七尺男儿，岂能就这样认输作罢。他从兜里摸出一支烟点上，在鸡场的院里开始转悠，直到西天的太阳落进大山，夜色降临下来时，他仍在走。

"宏亮！吃饭！"

当妈的声音很大，很响，好像生怕宏亮听不见一样，但这么大的声音，宏亮确确实实是听到了，而且听得很清楚和响亮，他害怕的是这一村人，或者是半村人都听到了这么大的叫声。

"回来了！"

宏亮的回声也很大，这个时候他已顾忌不了许多，因为他害怕当妈的再这么吆喝一声。他不明白，悲恸欲绝、死气沉沉的母亲，怎么一下还有这么大的劲头和声音？

这天晚上，马宏亮无论家人如何说，他仍旧是没有吃饭，倔强的父亲还是违心地来到宏亮和儿子住的房中。

"吃饭吧，这人是铁，饭是钢，这回咱是赔了，很平常，人嘛，都没长前后眼，你还年轻，有的是翻盘的机会，只要有一个好的身体，什么样机会都有！"

宏亮知道父亲是在安慰和鼓励自己，这么大的一家子人，他指望什么，还在指望自己这个儿子吗？回忆当初父亲劝自己的话，心中深感惭愧和后悔。

他慢慢坐了起来，怯生生地看着父亲的这一张刻着岁月印记的脸，像做错事的小孩子，表达了一种认错的态度。

"没事，反正咱农村人有二亩地就饿不死，钱嘛，有了多花点，没了少花点，没事的。这钱就跟身上的恶水，今天搓净了，明天还会来的。"

这一席话，把个宏亮说得心里轻松，顿感这压力被一阵风吹得没了踪影儿，心中叹服这没文化的老父亲，竟还有如此的水平，由不得在心中为父亲竖起了一个大拇指。起来乖乖跟着父亲下床，在屋檐下洗了手脸。刚擦完脸，儿子来到自己的身旁，像一条虫子黏在自己身边就是不走。

"蛋蛋，还不去吃饭！"

当爷的吆喝一声，蛋蛋好像并没有听到，也没什么反应，反而离宏亮更近啦。宏亮知道这小东西又是要钱，村里最近有人买了一台游戏机，专哄小孩的钱。

"吃了饭再去玩！"

宏亮从兜里掏出两块钱，塞到蛋蛋的手中，他不想让父亲看见。因为这农村孩子和城里待过的孩子毕竟还是有区别的，况且孩子失去了母爱和自己回到农村，总觉得欠着孩子什么，故而许多时候还是由着孩子的想法，同样维护着孩子的自尊，从不当众熊孩子，更不要说伸手教训儿子啦。

"我不饿！"拿上了钱，蛋蛋一脸的高兴，一阵风似的，离开了宏亮，跑出了上房和院子。

"你总是这样，这惯子如杀子的道理你不明白？"

宏亮心里知道这些，但他不想解释，更不想和父亲辩白，低头只管夹菜，父亲也瞅了儿子一眼，知道他有难言之隐，也就不吭声啦。但是一个活人不会让尿憋死的，何况一个大男人。晚上，他寻思了好久，对这个家有了一个统筹的安排。

他开着农用三轮车，把一车三吨的鸡饲料拉到县城的一家挂着"农家乐"的饲料公司，此时已是中午十二点半，把车停到门市部远点的地方，进门对着一个胖嘟嘟的长着四方脸的人，打声招呼"冯老板好！"又连忙递了支烟，又跟着给点上火。

冯老板一脸的憨厚笑影，做生意的人就讲个和气生财，况且这宏亮又是常客和老户，自然也不敢马虎和慢待。

"你好，坐下喝茶！"

马宏亮接住杯子，抿了一口热茶，耷拉着一张窄长的脸。

"怎么啦，老弟！"

宏亮唉声叹气地把发生的事情叙述了一遍，说得两行的眼泪几乎都要掉下来。冯老板心里扳指头一算，正是宏亮进饲料的前几天，八成是要说退货的事情，这可是做生意的大忌，这货卖出去又退回来，生意如何做。随即冯老板下意识地瞅了一眼门外，也不见车呀！

"是这样，这东西卖出去，要退回来，按常理不退是正理，退是人情！我这一折腾，捅一片账不说，这一家人吃饭都成了问题，冯老板也是心善之人，也就当是解兄弟的急，帮兄弟大忙啦。这一吨少退五十块钱，也算是报答冯老板的一点心意啦。"

冯老板是个生意人，同样是富有好心情和善良之心的人，听宏亮把事说到了这个份上，也没有什么话好说的，挠挠手："你把东西卸到后院仓库吧！"

"谢谢，冯老板！"

这饲料都是整袋，冯老板锁了门，跟着马宏亮进了一个巷子，来到一个门口，打开铁门，点了点数量，马宏亮一股脑儿把撂倒堆上。

回到门市部，冯老板拿出计算器，一五一十一算，退出了八百九十块钱。

"你再算算？"

"不用啦！谢谢冯老板的菩萨心肠！"

宏亮长出一口气，压在心中的一块石头，终于是落了地，感激之情同样溢于言表。昔日里对于这八百九十块钱也不怎么看重，而在这个时候，这样的关口，这钱对自己来说，就显得十分地重要。他一张黑黝黝、窄长的脸上表现出来一种实实在在虔诚感激的表情。

"好好干，还年轻，跌倒再爬起来就行啦！"

冯老板还是鼓励宏亮，从这中年人感恩的表现来看，还是看好他的明天和前程。

"借你吉言，一旦有那一天，再好好感谢你老兄！"

马宏亮在一个亭子里给远在南边卢山县的战友打了个电话，安排了明天的事情。

闪过中天的太阳，游泳一样向西山飘去，马宏亮怀揣八百九十块钱开

着乱蹦的三轮车，一路向东，朝出城的方向奔去。

第二天的上午十点多的时候，马宏亮安排了小妹子、大妹、儿子的费用，把钱一把全交给了当妈的，宏亮知道这自小就她当家，父亲只知道干活，钱的事从不过手。但父亲面对儿子这样一个动作，心中不由得发毛，感觉儿子这跟安排后事一样仔细。

"这是……"

"没事，我跟我战友联系了，他在外贸公司上班，去他那转转，一个班几年啦，也是一同生死的战友，这都几年没见面啦！"

"没别的事吧？"

"爹，什么事都没有，说实在的，看山上有什么合适的生意，这总闷在屋里也不是个办法。"

当爹的听这话顺口也实在，知道儿子有了压力同样有一种责任感，这对于一个家庭而言也是好事情，点头应允啦。

"屋里的事，你也不用操心，就是蛋蛋这小东西，不好好学，光知道耍不好管！"

"没事，这娃还小，贪玩是天性，你不听人常说，小着不疯，长大不中嘛？"

当爹听这话不中听，想熊他几句，但想想这宏亮一会要远行，也不想驳回他的话茬，以免这出门时给他肚里塞个疙瘩，同样不忍心，想想算啦，一笑了之。当儿子的也不知道当爹这笑的本意是什么，也装糊涂笑笑看了老人一眼。

一切收拾停当，宏亮给绿挎包里塞了几个玉米与红薯面蒸成的"两半馍"，又放了桶绿茶和牙刷、牙膏，以及崭新的黑工字烟，这两毛钱一盒的烟过瘾耐吸还便宜。

他告别了父母，随后急忙走出了方家河村，不到二里地便来到村南的路边。这条路是国道，东来西往的车一天也很多，这里不仅有往东到东阳市的车，还有往西到县城方向，更有往南去山区的，山区县不通火车，山区的人也只有通过这条公路进进出出。

马宏亮很悠然地坐在路边的埝埂边，点上一支烟抽着，看着一辆辆的大车、小车呼啸而过。他并不慌张，因为这里竖着一块"方家河"字样的铁牌子，这路南、路北几个村人都要到这上下车，也算是一个比较大的站，各路班车都要到这停，况且自己蹲坐的地方，就在牌子下边不远，车一停，自己一个跃身就蹿过去，误不了上车。突然，想到了钱，一摸放钱的地方，下意识地掏出来，一看，吓一大跳，在这皮革做的钱包里，只有张两毛钱的纸币。这钱是人的胆，这话一点也不错，翻来覆去地找和寻，钱包里也只有这两毛钱，而且连一个一分、五分的硬币也没有。埋怨自己如此粗心，记得准准地有一张五块钱放在里边，怎么会没有了呢？翻遍了口袋，还是什么都没有。虽然没坐车去过这卢山县，可也知道也有一百多里的路，车票听说是六毛，可这只有两毛，是无论如何上不了车的，这可如何是好？

宏亮的心中不由得坐立不安起来，回去取显然已经来不及，况且若闪过去，得明天啦。这卢山去不成可就误事啦。猛然他有了一个主意，这也是听村里几个年轻人说的一个门道，据说这班车上有一个副驾驶的位置，和司机并坐，在右边，这个座是不卖票的，只要司机高兴，让你能坐到这上，是不用买票的，关键是这司机要认识才行。可这司机，谁能认识，但只要你能给司机买上一盒好烟，套套近乎，说说好话要说也不难。

他不敢大意和马虎，连忙来到附近不远处的一个代销点，问问烟，最便宜的有九分钱一盒的"散花"，买这肯定是不行的，再往上就是两毛五一盒的蕉叶烟，但自己的钱包里都只有两毛钱，这两毛钱自己也知道无论如何也是拿不走这盒烟的。他用眼看着代销点的中年妇女，中年妇女也感到奇怪，用眼警惕地看着宏亮把烟拿起又放下，放下又拿起，潜意识地以为又碰上流氓。

"你到底是买还是不买？可别把我的烟都给揉烂了！"

中年妇女很愤怒，一把把烟从宏亮的手中夺了回来。

宏亮感到受到了很大的侮辱，也很恼火，但想想自己今天还真买不起这么一包烟，这也真是叫作一分钱难倒英雄汉。他蜷缩着又一次蹲到代销店门口一边的台阶上，斜眼看着有些浑浊的天空，木木地、呆呆地，任凭太阳光在他的面部流淌和挥洒，甚至放弃去卢山县的念头，但不去那，又能去哪里呢，况且给战友打了电话，说不了人家都在那等着，念叨自己。他很苦恼，同样很无奈，像霜打的茄子，没一点精神，沮丧的心态，有一种丧家之犬的感觉，怎么活得如此窝囊呢？

"宏亮，你在这干吗？"

抬眼一看，是本村的一位叔，长着一下巴的络腮胡子，骑着一辆八成新的自行车，上集赶会，平时做一些小生意，好吃好喝的不断嘴，光棍一条，无儿无女，一人吃饱全家不饿。在村里有"小神仙"的外号，看到村里的熟人瞧见自己这份穷酸样，马宏亮恨不得变只蚂蚁钻到地下藏起来。他瞅了眼"小神仙"，怯生生地没有回话。

"看你的熊样还不吭声，有什么事？"

"小神仙"感觉这东西好像有什么事情，便刹住自行车，弯腰询问马宏亮。

"想买盒烟，兜里带的钱不够，回家取又不值得。"

"差多少？"

"差五分！"

"就这事，叔给你五毛！"

"那谢谢叔啦，过几天还你！"

马宏亮颤抖着手接过钱，表明自己不是借钱不还的人。

"这五毛钱不用还啦，你知道叔也不缺这小钱！"

说完，蹬上车扬长而去。

马宏亮看着远去的"小神仙"，一股劲地点头，心中亦在默默地念叨着。看他远去，忙理直气壮地把五毛钱往台上一拍。

"取一盒蕉叶烟！"

老板娘取了烟，找了两毛五，马宏亮取出钱夹把这款放进里边，同样昂着头扬长而去，跑步往站牌方向跑去，因为他知道不能错过这趟车。

他也不敢再坐在埝塄上，老实地拿着绿挎包站在路边。不大一会，上边写着"东阳—卢山"字样的车停了下来。马宏亮一瞅，这副驾驶上果然空着，猫一样利索地坐到上边，趁人不注意，把烟塞到司机的手里，这开车的心知肚明，笑笑点头。

"坐吧！"

马宏亮也明白。

当售票员要宏亮买票时，司机搭了话。

"是位朋友！"

卖票女的"嗯"了一下再没吭声，脸上不自然留下一个笑影，马宏亮心中一阵窃喜。没想到别人说的这招还挺管用，立竿见影，一下省了两毛钱！马宏亮窃喜，看着售票员不太愿意的表情，就这一盒烟，成了根本不熟悉的师傅的朋友，不由得狠狠再看了师傅一眼，加深一下印象，把他有意刻记在自己心中，潜意识中，他这个"朋友"是结定了。也许就是缘分吧，冥冥之中，都是不以人的意志为转移的事，想想自己一个堂堂七尺男儿，竟为五分钱难倒，而且亦十分地狼狈和难堪。想到这里，马宏亮由不得下意识摸了一下衣袋的钱包，虽然里边只有四毛五分钱，但这一分钱的力量都是不可低估的，就差那么一分钱，你笑十下都是不行的。

到了卢山车站下了车，又和司机寒暄了几句套近乎，人家照顾了自己，少不了表示一下感激之情，他问了司机跑这条线路情况。

"我姓刘，以后叫我刘师傅，逢一、二、五下午一点东阳出发，五点到站，二、四、六早上八点卢山出发，十二点到站。"

司机也知道马宏亮那点小算盘和心计，忙来了个一口干，把他要知道的事一股脑儿全倒了出来。

"谢谢！"

他下车把这车号也牢牢记在心中——豫M66258，点头向立在车头前的刘师傅道了别，背上绿挎包走出熙熙攘攘的出站人群，向外贸公司走去。但他想到的是凭这钱夹里的四毛五分钱，这吃饭、住店哪一样也不够，这可如何是好？这样的话要让战友小瞧自己啦。万一这战友不在，人生地不熟的，莫非要睡在大街上。这样一想，心中一猛倒抽了几口凉气，不免有些慌张和后怕，在街头人来人往的人群中都是陌生人的面孔！

嗨！正寻思着，路过卢山的木材公司门口，一辆大卡车拉了一车的圆杂木，都是十几公分粗，看来是一车椽，正在为没有卸车工的发愁。

马宏亮忙闪了进去，上下看着车上的木头。

"看什么？你能给卸了？"

"多少钱？"

"十块钱，一个钟头卸完！"

"十二块！"马宏亮想想还是增加了两块钱。

"十二就十二，能按时卸完？"

"没问题！"

"一言为定！"

说时迟，那时快，马宏亮瞅了一眼手表，把挎包往车帮一拴，待打开后门，看了一下阵势，分两次先把橡从车里扔下来，然后再给整齐摞起来，他清楚的是这木头收购是要量方的。

因为有时间的要求，马宏亮说了自己的打算。

"行，反正一个钟头要卸完摆好！"

"好，你们都到一边歇着。"

马宏亮拿出部队训练的劲头，拉开了架势，凭着有力的手臂，有条不紊地把一根根还算通条和标准的小橡一根根先扔了下来，又一根根摞起来，方方正正弄成一堆。

"好啦！五十五分零二十秒。"

马宏亮来到司机和木材公司人面前指着表说道。

"厉害！这么有力气，以后没事来这给卸货，我姓孙，是公司收购科的！"

姓孙的伸出手，马宏亮握住手。

"走，到办公室打个条，把钱领了！"

"好！"

马宏亮取了绿挎包，随着姓孙的走进了办公室。

"洗洗手，喝口水！"

姓孙的还是很客气的。

当打完领条，把十二块钱塞进钱夹时，心中一下踏实了许多，这个时候他才感到胳膊的关节有些酸痛，全身一下像散了架一般，喘着气，是有些累啦！

"喝口水！"

"嗯！"

茶水下肚，肠胃发出了响声，知道这剧烈的活动，肚子也该到喂的时候啦。

瞅下表已是五点啦，山中已看不到太阳的影子，天上已有朦胧的暮色，连忙告辞出了大门，向外贸公司奔去。

"大力！"

"宏亮！"

在外贸公司的大门口，一下看见蒋大力，跑过去拉住手抱在一起，这战友之情也是人间的一种特殊的感情，况且是经历过战场生死考验，同样是打断骨头连着筋的，不一样就是不一样。

蒋大力也是外贸公司的一个小科长，到公司连忙给经理做了介绍，经理是位姓宋的近五十岁的中年人，听说是蒋科长的战友，同样分外的热情，从眼神中知道这战友的味道和情分，随即表了态。

"蒋科长，战友来看你，难能可贵，下午在咱公司宾馆安排一桌为你战友接风洗尘，晚上就住在咱宾馆！你看还需要叫谁你定！"

"好的！"

蒋大力要的就是经理这句话，多给力，多有面子，他瞅着马宏亮的眼中溢出满意而骄傲的神情。马宏亮在有几分的激动之余，感激之情，油然而生并不由得挂上了眉梢。

"谢谢！"

马宏亮双拳举在了胸前，很有礼节和分寸地向经理虔诚地表示感谢。

"别客气！先喝水，抽烟！"

看到递上的烟，可能都是几块钱一盒的烟，自己挎包里放的黑工字烟没敢拿出来，接住烟，在手中捻了捻，放到鼻子上偷偷闻闻就是挺香的，点着吸一口，感觉和自己抽的烟就是不一样，里边有一股香味，看来人常说的，一分价钱一分货，也是有道理的。

整个晚饭，大力叫了一桌的人陪自己吃饭喝酒，连经理在内的都为自己端酒，人人都说客气和好听的话。岂不知这位战友的真实来头，要是知道啦，怕一桌人都会跑得精光，感觉自己一位穷要饭的，竟受到如此奢侈和隆重的接待，吃得饱嗝连连，喝得满脸通红。这打部队回来，就没有喝过这么多的酒，也没喝这么贵的酒，这几十块一瓶的酒，都是粮食精呀，他心满意足，也同样恭敬为在场的各位端了一杯敬酒，而且是离座亲自走到各位的眼前，显得十分真诚，一桌的人，皆大欢喜。到战友大力面前，端不下去，都是战友，没有大小和上下之分，在一圈人的吆喝声中，连碰了三杯，他很知足，也很感动。

天下没有不散的筵席。随着外边夜幕的降临，一桌人都离场散去，唯有蒋大力执意要陪马宏亮到了房间，毕竟两个战友还没有聊聊知心话，在大庭广众之下是没法说的，两个人都有这个意思，所以马宏亮也不说推辞话，跟着大力来到房间。

服务员送来了茶水，大力连忙给泡上。酒足饭饱的马宏亮，眼睛放出一种满意的光。

"老战友，今天是开眼啦！你这科长比我的科长干得好，比我强呀！"

战友之间没有什么可隐藏和忌讳的，马宏亮便把自己十几年的经历如竹筒倒豆子一样，一股脑儿全给抖了出来。

"老战友也不怕你笑话，今天混不成人样，甚至显得像叫花子一般来上门讨饭的。"

"哪里呀，你就说，要让老战友帮什么忙，我义不容辞！"

"好，谢谢你老战友！"

他说了自己的想法，蒋大力也把自己的情况说了说，一脸的自信。

蒋大力感到老战友这些年吃的苦太多啦，心中有些过意不去，毕竟一个大男人，竟活得如此的苦和累。

"宏亮，今晚依我一件事！"

"什么事！"

"今晚我叫一个山妹子陪你？"

"万万不行！"

马宏亮连夜招手叫停，头摆得跟拨浪鼓似的。

"没事，老战友为你买单！"

蒋大力知道马宏亮没钱，但是男人，能不想这男女之间的事吗？大力就想不通。

"你的好心我谢谢啦，等老战友挣下钱再谈这些吧！"

"莫非看不上这山里的妹子！"

"不是这个意思！"

马宏亮心中有分寸，就这样还敢在这异地他乡贪色，不要说老战友看不起自己，连自己也会瞧不起自己！

"这边有舞厅？"

"有，多的是，要不去哼一曲？"

马宏亮有些心动，但想想这活干得一身酸臭，喝得一身酒气，左右看，还是不自信地摇摇头，这令蒋大力十分诧异……

第二十三

方舟志忐忑不安地向门口走去,心里清楚肯定是那位让自己心潮澎湃的春桃来访,也知道这深夜来访的目的,在心中也应允了这种事情的发生和发展。

"谁呀?"

他走到门口,停下脚步,明知故问地小声问道,并没有随手将门口的灯拉着。因为在这个时候也不排除上下楼的人从门口经过,让别人看见也是相当不雅的事。

门口没有应声,方舟拧开了门,春桃像条鱼一样溜了进来,几乎连方舟也没来得及看清她那张脸,便来到客厅的灯光下。

哇!方舟一看惊得心中几乎叫了一声,但没有出嗓门也不会造成怎样的事实,只是下意识用手在嘴边动动。

春桃仍立在那儿,高挑的身材,纤细的小腰着一身粉色的连衣裙,披肩的长发,瀑布一般散落在后背上,苹果一样的脸蛋上白里透红,明亮如水的眸子中带着少女特有的一种腼腆和羞涩,樱桃小口着了一层粉嫩的口红,如一朵出水芙蓉,天然的一个美女。

"坐,春桃!"方舟情不自禁地溢出了口水,连忙咽了下去,嘴蠕动一下,从冰箱里取出两瓶饮料,打开了一瓶,放在她面前。

"谢谢领导!"

春桃看了客厅一眼,用心地审视这位书记的家,便坐到沙发上,把自己的小包放在膝盖上。

"在家里哪有什么领导?"

方舟坐在春桃身边,把她的两只白皙小手放在手中,看着春桃的

脸，诧异地笑了一声。春桃也不推辞，任凭方舟摆弄自己的小手，抿着嘴，笑得非常的灿烂和妩媚。这个时候，两个人已挨得很近，肉贴住肉了，方舟的反应非常迅速，春桃看在眼里。

"你一天忙什么？"

"没忙什么，总在办公室打杂。"

"想我吗？"

"想，自从上次在歌厅遇见你，就忘不掉呀！"

"真的？"

"真的！"

看着春桃娇滴滴的样，方舟的心灵一下如倾泻的洪水，一把把个软绵绵的春桃抱到怀里，紧紧抱住，嘴上去吻得热火朝天。连手都伸进连衣裙里，摸着棉花一样的小乳头，心潮澎湃、热血沸腾，大脑中忘记了自己是一个领导，只知道自己是一个男人。

"你弄疼我啦！"

"就是要弄疼你！"

方舟把身体重重地压在春桃身上。

"人家可还是处女呢！"

"真的？"

"嗯！"

方舟感觉天晕地转，抱起春桃，走进了自己独立的房间，床上铺得一新，连被子也是红缎子的，在床前迫不及待地把个春桃脱了个精光，一个花色的小裤衩被扔到床上，一个光溜溜的春桃被扔进了被窝里。而此时方舟早忍不住，三下五除二把自己的衣服扒光，一个赤条条的男人同样呈现在春桃面前，而且亲自拔开了她的双腿，确认这处女之身。当破了春桃的处女之身后，她哭了。方舟眼见着一溜殷红的血，渗了出来，他兴奋、他激动，任她如何挣扎，方舟一鼓作气，完成了自己的任务，如同过年一样幸福，如同新婚一样兴奋！搂着白花花的春桃，仍在回味着销魂的一刻。

"人家是处吧？"

"真处！"

"都是为你留的!"

方舟连忙又吻了一个满口。

"有什么要求净说啦!"

"人家没什么要求,就是要对春桃好,能经常在一起就满足啦!"

"嗯?"方舟皱起眉头,一时无语。

"你不想吗?"

"想,天天都想在一起,搂着你真好!"

"我在西街有一套房子,条件还可以,到那会更方便些,在这里心里总不踏实,不放心。屋里什么都有,饿了春桃还可以做饭!"

"好!"

两人又黏在一起。

正在二人卿卿我我之际,在楼下的周旭山突然接到袁海茹司机的一个电话,这个司机是周旭山的一个远房小侄,是自己安排的。近来要求他把袁海茹去向一天要及时报告。

"什么?袁海茹要回城?这都几点啦?"

周旭山看看表已是十点多啦。

"是的,刚刚她交代的!不说了,袁书记在叫我!"

"好,知道啦!"

汪云人和车也在一边。

"怎么啦?"

"怎么啦,这袁书记马上要回来啦!"

"妈呀,这事可弄的,怕要屙酱罐里啦!"

汪云急得手一拍屁股,砖头一样手机也掉在地上,上边闪着的信号灯不停地闪烁。

"赶快撤,要不没时间啦,从乡到县城只是半个钟头!"

"你给春桃打个电话!"

"我,这电话怎么说?"

"怎么说,照实说呗,就说袁书记马上要回来啦!"

汪云一听这话让自己说。岂不是把自己往坑里关,最终自己里外都不是人？这个冤大头做不得，扶了一下眼镜把头摇得跟鼓一样。

"不行，不行这个电话还是周主任打着合适！"

"啰唆个球，这撞上啦，事可就弄大啦，咱都得吃不了兜着走！"

周旭山同样明白其中的利害，这让领导知道自己在掺和弄这事，后果很严重！虽然具体不知道会出现什么情况，自己也估摸不着。相对来说这还有半个小时的时间，也让自个好好想一想。既然都不想冒这个险当冤大头。

"汪总，你赶紧调一辆扎实的吉普车停在这门口，袁书记的车来了就撞上去！"

周旭山贴在汪云的耳边说道。

"好！我去安排！"

"电话联系，立马叫人车到场！"

"好！"

汪云知道这周旭山和自己同样是热锅上的蚂蚁，这也算是一种办法，能给春桃撤离争取时间，还有这死女子，做完就撤，在那磨叽什么？这是常委家属楼呀！况且这周主任说的也不是办法，总不能把袁书记往死里撞吧？要不如何挡住袁书记回家！

"这不是办法，解决不了问题！"

周旭山一听汪总的话也有道理，这心急火燎真不晓得如何是好？

"周主任，袁海茹的司机不是你的亲戚，你用手机给他BB机上发个信息，让给他车弄个毛病，车走不了就行了！"

周旭山一听这法子妙，连忙拾起手机，给远房侄子，发出了信息，车子熄火，不能让袁晚上回城。

他怕侄子开着车，听不见或不得看短信，连发了两遍，但还是心里不踏实，只有得到回信才安心，依据目前的情况，也只能是走一步说一步啦，听天由命同样是没办法的办法。

"那吉普车呢？"

"不用叫啦，还不嫌这乱！"

汪云见周旭山发火，也不敢反嘴，电话打过去。

"我都快到了！"

"废话，叫你回去你就回去！"

"好的，汪总！"

而就在这个节骨眼上，在方家河的邻村王家塬也在酝酿着一件不小的祸事。

王家塬靠在伏牛山脉下的黄土塬上，这里土地贫瘠，地里长的庄稼收成不好，时兴的果树也栽不成，村里的村民大都以放羊为生。村北头有户叫梁大为老两口的农民，硬是靠着养羊把儿子梁兴供上了大学，那红红的通知书，让全家人兴奋不已。

梁兴是个孝子，在开学前总想为家里减轻些负担，弟弟妹妹都在村里上学。他便拿起鞭子，打开羊圈，把十几只羊放了出来。

"兴，你不放啦，等吃完饭再去放，况且，天都快黑啦！"

"不啦，我去放！"

梁兴从屋里揣了个黄馍赶着羊出了村，上了山坡。十一月的山坡上，满是枯草，这片树林种的都是松树和槐树，好大的一片足有上千来亩，这是全县的一个像样的林场，山坡还有近百人专门管理，在山坡盖有两排房子，林场四周有铁丝网，梁兴只能在外围放羊。

天，阴沉沉的，看不见太阳的影子，夜幕像沙一样慢慢倾洒下来，从山沟里刮出来的风，生冷生冷得让人不由得瑟瑟发抖。梁兴蜷缩着身子，在一个避风的埝根坐着，眼见着羊群在林中的地上吃草，心想着有一天，自己工作了，有收入啦，一定要改变父母面朝黄土、背朝天的生活，让父母过上好日子。他憧憬着未来的生活，但不清楚是什么样的？进企业人家要品学兼优的，待遇也高，这进党政机关都是要考试的，反正不好好学习是不行。

风吹着，坐在那又冷，索性站起来，在树林中走来走去的，身上能热乎点。眯着眼看看表已是下午四点了，寻思着再让羊群吃上一会就回去。但经这么一转悠，肚子又咕咕地响，从怀里摸出馍头咬了一口，冰冷得吃不下去，抬头一看，感觉这风小啦，身上也不冷啦。看着仍在吃草的羊群，亦不忍心把它们赶回去，显然是没有吃饱。

又等了许久,天上仍旧很平静,感觉好像连一丝风都没有啦,但肠胃的抗议声不断。便有了生火烤馒头的念头。

他寻了一个地方,拽了一堆干草,轻轻划着了火柴,火着啦,把馍放到火堆边烤着,心想这用不了多长时间,馍就热啦。

天在这个时候,已完全暗了下来,也到了该把羊赶回去的时候,他顺手拾起了篝火中的馒头,火光下,馍已发黄!拍拍捏捏已差不多透了,咬了一口还烫嘴。但这山中林中点火是大忌,心中一慌,忙抬脚把下边的灰烬踩踩,谁知,就在这当儿,一阵不知从哪窜出来的山风吹来,一时火星四溅,转眼之间形成了小火,梁兴害怕啦,忙上前踩,但踩灭了这里,那里又着火。一时火借风威,遍地的干草火就蹿到一人多高。

林场的值班人员一见火,拿着工具,三五成群赶过来,眼见火势控制不住。

"快,快向县里报告!"

"快!快!"

梁兴见火势已失控,瘫在地上哭了起来,好在羊群都在火势的反方向,瞪着眼看这里的山火愈烧愈大,惊恐地叫着聚在一堆,在漆黑的夜幕中,显得十分地凄惨……

这林场着火的消息,通过县林业局的防火办公室上报到县委和县政府,同时传到了已升任乡党委书记的袁海茹的手机上。

火情就是命令,袁海茹第一时间要求办公室通知各村包片领导紧急集合抢险小分队,立马携带灭火工具,奔赴王家塬,消防车和县灭火队员、各村的小分队,通往林场的路上灯火通红。

袁海茹的车也疾驶王家塬村,现场指挥灭火,在她的心中知道这千亩林场安全的分量,一旦有失这责任大于天,也不是她一个书记能承担起的。

当周旭山得到这个消息时,一下瘫坐在车里,身体好像一下散了骨架一样,没有了一点的力气。

好险呀!这一场大火,免了场祸事,他真不敢想象,一旦袁海茹回家碰上,这现场都会发生什么事?出现什么后果和影响?自己心中完全没有

底和判断，关键是这社会影响和舆论发酵的后果，同样也是人不可预料和判断的。旭山深深感到自己导的这幕是不是也在玩火，一旦失控，这大火也会祸及鱼池的。但害怕又顶什么用？且木已成舟，这箭已放出去，也没法回头。

还有春桃，这么长时间啦，还待在屋里不走，要耍就是个意思啦，总不会还赖住领导吧？他慢慢走出去，来到汪总的车里，坐在副驾驶上，看着他的轮廓，同样窝在车座上，喘着粗气，好像也是心有余悸。

"咋样啦！"

汪云见是周主任，忙从车座上一跃而起问道。

"声音小点！还没见下来！"

"催她！"

"糊涂！怎么催？这露了底，可真要砸锅！"

"那就等等！"

"嗯！"

黑影中，周旭山深沉地应了声，算是自己的意见和此时的态度。

"你在这候会？"

"你可不能走，万一有什么事，连个商量人都没有！完事了，请你喝酒泡脚如何？"

汪云一听这话，忙上前去拉住周旭山。

"逗你玩的，这咱成了绑在一起的蚂蚱，走不了你，同样跑不了我，你包的饭店有新人啦？"

"有，天天都有！"

汪云一听周旭山不走啦，忙递上烟点上火，这人家弄事，自己在这站岗放哨，这也不是人干的活。何况自己也是有头有脸的人，未免觉得有几分的窝囊和沮丧，心中发誓，再不干这种事。

两个人心有灵犀，几乎想到一块去啦，哈哈一笑了之。同样是心知肚明，无利不起早，各有各的小算盘，并非是周瑜打黄盖那事，让领导高兴是有原因的。

汪云递上烟，为旭山点着了火，两人互看对方一眼，都有一种不明不

白的淫笑，为这场预谋的操作成功，为这件事的有惊无险而庆幸。他们不管王家塬的火烧得有多大，反正烧不到自己的屁股上。

但的确是烧到有人的身上，这个人就是已升任书记的袁海茹，这千亩的林场，可是连东阳市领导都十分关注的地方，也是全县的一个工作亮点，她也自知其中的分量，一旦这个林场出问题，不要说自己一个乡书记，就是县里的主管领导也难辞其咎，真不是闹着玩的事情，况且这也是人生政治生活最为关键的时候，容不得有任何的闪失。

原本，袁海茹并没有打算回去，不过她感觉眼跳心慌，饭后有点坐立不安的，她首先想到身在方家河农村的母亲，便带着司机到村里跑了一蹚，老妈一切安好！难道是方舟有什么事，打电话实际很方便，但觉得这样疏远也不是常法，她甚至有了一个两全其美的折中方案，抱养一个孩子，但她不知道方舟会愿意吗？明知自己能生育，为何又舍近求远，况且又不是自己骨肉和血脉。她心中还是有些犹豫，故而索性对司机说，晚上回县城。这才有了旭山闻讯大惊失色的一幕。

在王家塬林场的现场，夜幕下火光一片，到场的人，扑火的扑火，挖隔离带的挖隔离带。好在梁兴这娃点火的地方，距林场还有些距离。林场平时也有超过一百米的安全隔离带，树下的草平时也割得干净，树下基本没有火源，但四周的干草燃起的火势冲天，火借着风势还是挺怕人的。

得益于平时对各村的抢险队做了训练，连防火面罩都扣在脸上，进而数百人的队伍，有条不紊地在斩断火源，在接近林场的地方增加防火隔离带，火的气势有所减弱。满载水的五辆消防车来到火灾现场。

"袁书记，我们是消防队的！"

"谢谢你们！"

"我们把五辆消防车，摆在五个不同的位置上，火势很快就会控制下来。"

正说着，五辆消防车的水枪扑洒下去，一片片的火势渐渐被压了下去。

"各村的突击队员，立即开始清除余火的威胁！"

袁海茹吆喝着，拿着铁锹向现场奔去，几百人的庞大队伍，很快将大火在最短的时间扑灭啦。吕家塬的妇联主席在灭火中受伤，被送到医院治疗。

一场惊心动魄的危机，也同样这样过去啦。

但是这样一场大火，县上还是成立了调查组要追究点火者梁兴的责任。在这次火灾中，外线一圈的火还是越过了四周的隔离带，蹿进了林场造成了将近十亩的树木毁坏。同时，为灭火而负伤的妇联主席正是梁兴的母亲。

没几天，各种调查材料、现场照片、讯问笔录全部完成，按这过火的面积和损失，责任是不小的。

袁海茹作为属地的党委书记，她也是农村长大和出来的，对梁兴所作所为很是理解和同情。

"我以为，梁兴作为农村人，考上了重点学院的研究生，实则为家乡争光，为减轻父母负担，下午放羊也是一片忠厚的孝心。加上他放羊过程中饥饿点火烤馍并无恶意，特别是其母也在救火中负伤住院。建议对点火者进行批评教育，不予其他处分！"

县上来的防火办头一听袁海茹的意见，客观上也说不出来什么反对意见，何况又是方书记的家属，论哪一头也都没有出来唱反调的理由，遂挠挠头，几个人你看看我，我看看你。

"别看啦，事情就这样吧！下午乡里安排吃顿饭，给各位多端几杯酒！"

"就按袁书记的意见办！"

几个人就在办公室，将意见签了名，连同乡政府的意见也附在上边啦。一场风起云涌、惊天动地的事件就这样画上了一个圆满的句号。

吃完饭，送走了调查组的人员，袁海茹回到办公室，同样长出了一口气，通讯员也看领导喝了几杯酒，脸色绯红，连忙给冲了杯茶水。

"你喝杯茶醒醒酒！"

"谢谢！没事啦！"

通讯员走出了办公室。

她掂起杯子，晃悠了几下，看着红色的茶杯，吹吹，轻轻抿了口，看

看表，已是晚上八点啦，天已是完全黑了下来。

乡长是一位小自己两岁的张小旺，也是从县直农业局下来的，他敲门：

"袁书记！"

"进来吧！"

"关于咱乡的果园发展任务，我想汇报一下。"

张小旺递上一份文字材料。

袁海茹接过来，大概翻了一下。

"这都是乡政府的职责，你说有什么事，需要我拍板。"

"我觉得全县对发展苹果生产，提出了相应优惠政策，咱乡总的来说积极性不高，甚至还有一些怨言，说风凉话的，有一部分村干部甚至还有一种抵触情绪！"

袁海茹到乡里几年来，对这里的情况包括干部群众的思想和说法，是有一定的了解。加上这几年山上的苹果和塬下的苹果价格拉大，也影响百姓的积极性。

"是这样，明天上午十点召开全乡发展苹果生产动员大会，乡全体干部、村委干部参加，让办公室拟个议程，另外邀请县园艺局的专家来讲解，把咱乡的土壤情况、周边省县果品发展情况和发展前景分析透、讲清楚，一定要借县上这次机遇，把全乡的苹果生产发展起来！"

小旺虽然是乡里的二把手，但对袁海茹的指示毫不马虎，总有随身带个本和笔记录的习惯，这让袁海茹很满意，在工作中尊重别人，同样是在尊重自己。

"好的，让办公室给你准备个动员稿！"

"不用，张乡长你主持会议，最后我强调几点就行啦！"

"另外咱乡在县城的家属楼就要交工啦！"

"好呀，按合同进行验收和付款，不要一个人说了算，要征求大家的意见！"

"一定的！"

袁海茹起身送张小旺出了门，转身回来继续喝自己的茶水，翻阅办公室送来的文件，该阅的阅，该批转的批转，不知不觉地，一看墙上的闹钟，时间可十一点啦。想想这下将有自己的家属楼，但她也知道，方舟那，县委的家属楼也将很快交工，虽然方舟没说，也没让自己出钱，同样乡里的家属也没让方舟蹦一个子，感觉这两个人要了两套房子，未免有些奢侈，但自己的这一套关键还是为老妈准备的，毕竟她年纪大啦，长期一个人在家，自己也不放心，想想没了爹，妈也没享过几天的福，让老人进城，也尽自己做女儿的一片孝心。这是自己的盘算，也未和方舟交流过，两人的疏远，这几年到了近乎陌生的地步。想想就后怕，前段时间在提拔自己当书记时，有上告状自己父亲不在时收礼金的事，幸亏自己把这钱交到廉政账号上，当纪委来调查时，自己把交的小票和收礼单一并拿出时，一场近似风暴的事一下风平浪静啦。她认为当干部就是人民的公仆，利用职务来贪图钱财，不仅是不道德，而且也是一种违规和犯罪的行为。

就拿这乡里建家属楼一事，好些投标者找自己套近乎，甚至言语之中透露出要给好处和报恩之类的话，再笨，自己能不清楚这话的弦外之音？但不管别人怎样想，自己不会这么做的。不是自己的，收啦，得了，一旦东窗事发，秋后算账，真叫你哭也来不及。况且自己是一个党员，一个党的领导干部，公仆意识是不能丢的。这就是自己为什么看不惯方舟那做派，吃人家的，拿人家的。人常说的，吃人家的嘴短，拿人家的手短。在这座号称"黑金"的县里，灯红酒绿的各种诱惑考验着每个人。方舟又连续管了多年的组织人事和煤炭，袁海茹的心里时常为方舟捏着一把汗。所以，袁海茹从不向方舟讨要什么，一心一意忙在工作上，虽然辛苦但也充实，因为这全乡数万百姓的生计和发展时刻都牵动自己的心，占据着自己的心和属于生命之中的时间。想着，人活一生，也不过是春夏秋冬、花开花落的轮回。一个人一生壮烈和伟大的一生，为全世界，为全国人民谋利益，像焦裕禄，人民至今仍纪念、怀念他，自己没有那么伟大，起码也能为官一任、造福一方，为一方百姓谋利益也就知足啦。若干年后，老百姓还会惦记自己在任期间为地方的经济和民生做了一些有益的事也就心满意足啦。猛然，她想到了马宏亮，心中不由打了一个冷战，因为娟红给自己

说他下岗的事，帮忙没办，使其下岗，导致一个家庭的破裂。说真的，要是马宏亮没下岗，娟红也不会把事情弄到这一步。毕竟从小一个村里长大的，这种怨恨一直记在心中，总感觉是方舟不可饶恕的一个过错。前段时间听说他带娃回到村中，建了鸡场，又因为鸡瘟弄得倾家荡产。听说上山啦，不知近况如何？自己忙于工作，也无暇顾及。作为一个老同学，也应该关心他一下啦。下意识地拿出电话本，这才意识到马宏亮没有手机，本上怎么会有他的号码呢？袁海茹扪心自问，假若不是马宏亮为方舟家淘井受伤，要是他也考上大学，那么他的人生轨迹不是现在这样，甚至会不会和他走到一起都很难说。也许这就是人的命，冥冥之中人的宿命。

她感到心中很闷，便走出办公室，这天正好也是十五，虽然夜里飘过的风，夹杂着一丝丝寒意，然而晴朗的夜空，一轮明月当空，圆圆的月亮，四周是数不清的星星，看着无穷无尽浩瀚的夜空，也在回味自己的人生，她下意识地来到办公室。

"袁书记，你还没有休息！"

"小宋，今天你值班！"

"嗯！今天晚上没事，明天会议都通知下去啦！"

"好！"

袁海茹看看办公室的座钟，时间已是十一点，打了哈欠，忙捂住嘴，防止自己的失态，便又走出办公室。

"嘟嘟嘟！"

袁海茹知道是自己腰里的BB机响了，掏出来上边显示出一行字：妹子，一天忙工作，难道家不要了吗？这是谁发的信息，查查后边的号，怎么也想不起来这是谁的号，便用手机给其发了信息：你是谁？对方回过来：是谁不重要，重要的是你信吗？

这一信息，一时让自己更加忐忑不安，这家出什么事，老妈在村里好好的，难道是方舟有什么事？这考察都完成了，难道他要调走？不对，应该是男女之间的事。莫非，他……她不敢往下想，拿起电话给司机小张打了电话：

"袁书记！"

"歇了吗?"

"还没有!"

"好,你马上过来,咱马上回城!"

"回城,好的!"

小张是个机灵鬼,连忙给周旭山打了电话:"袁书记要回城!"

"神经病,这三更半夜的,知道啦!"周旭山挂了电话,想想忙给方书记发了个短信:袁书记要回城!

他抬眼看看外边,迷迷糊糊把这个信息发了出去,自己也不知道,晚上方书记在哪,反正把这个预警告诉他,作为下属,感觉自己也是尽力啦!

"你也一样,啥时候啦还发信息,人家都不睡觉啦!"

"你懂个屁!"

周旭山极不愿意地抠了媳妇一眼又睡下啦……

第二十四

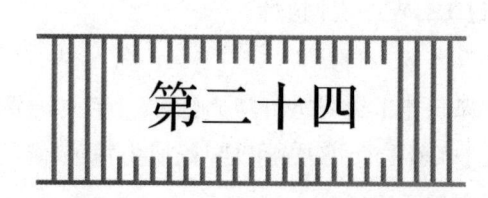

那天晚上,马宏亮被安排在外贸公司的宾馆里,酒桌上大块吃肉、大碗喝酒,一脸通红,这个敬那个端,给足了面子,跟过年过生日一样,他感到相当的满足,心想这里是穷乡僻壤,没想到这里的灯红酒绿竟也这般辉煌和耀眼。昔日里在部队温文尔雅的蒋大力,在几年的部队日子里,自己还是班长,他还是很听话的战士,自己大小也是他的领导,拿他当老乡和兄弟看待。这次见面安排这场,是给了很大的面子啦。

"大力,干得不错!"

"哪里,就是个战士退伍,当个小科长也很吃力呀,老班长!"

大力还是那样,通红的脸上,还是那样一副腼腆的样子,两手搓着,很不自然。

"没变,还是老样子!"

部队上下来的,喝酒不含糊,都是讲缸的,直肠性格,说话办事同样不含糊。

当说到去舞厅唱歌一码事时,马宏亮左右看看,诧异的大力说道:

"老班长,这里可以洗澡!"

"真的?"这身上一热可觉有点痒。

"嗯!"

大力不敢含糊,径直走到卫生室,一开淋浴器,满把的热水还烫手呢!

"洗洗,舒服!"

"嗯!"

马宏亮看了一眼大力,感觉没有什么圈套时才点点头,但这浑身的恶

水，肯定很脏，让大力见了笑话。的确，这一个多月都没洗过啦。

"你甭多虑，你在池子里泡泡，老战友给你搓搓背！"

感觉这战友情还是人生重要情分之一，在卫生间的水雾中，任凭大力为自己从上到下，从左到右搓着，成片的恶水掉下来。这让马宏亮更是感到，但同样为自己的能力和如今的处境而恍惚，不过大力临走时撂下话：

"在这里需要什么就说，我大力一定尽心尽力帮你渡过难关！"

临走时，悄悄给兜里塞了什么东西，笑笑便关上门轻轻走了。马宏亮一看是一沓十元的人民币，一数整整二百块钱。这东西是硬货，真是知我者大力呀，他知道现在最缺的是这票子。他又数数，原来扁扁的钱包一下鼓了起来。

钱是人的胆，这话一点儿也不错。有了这二百块钱，马宏亮一下有了许多的想法。想想不对劲，这自己又没向他借钱，怎么能让他知道自己缺钱呢？

你个猪，你谈了自己的经历和现在的困难，上这来还不是想挣点钱。难道老战友不知道你差钱，再笨的人也会想到这些！

第三天，天刚亮。马宏亮便呼一下起床啦，也没惊动任何人便悄然离开了宾馆，打听来到卢山县城的一个市场上。

这县城的地方不大，抬眼望去，四周都是大山。这挂着卢山畜生交易市场的牌子，实际里边就是一片偌大的一块空地，里边连一间房子也没有，倒是卖菜、卖粮食、卖牛、马和猪的分门别类泾渭分明。

一大早，里边显得冷冷清清的，来往的人又很少，几乎是买货人没卖货的人多。打心里想，今个还是想做一单生意。虽然，木材公司卸货对自己也有诱惑，但那活太费力也不雅观。做生意靠的是信息和精明，虽然也要出力，然而都靠的是智慧，这碗饭吃着比靠出力气强，那是昨天兜里实在没钱啦，又怕大力万一不在才出的应急下策。

他在市场上大致溜达了一圈，最后在一个卖猪娃的摊前打住了步，因为他记忆中下边的猪娃好像是二十五到三十块钱。

看摊的是位老汉，脸上留着白胡子，手里拿根二尺来长的旱烟袋。

"想买猪娃？这品种可好啦！"

老汉瞅着宏亮说道。

"啥价!"

"就这六个,一齐走每个十五!早上头桩买卖我是一口清!"

马宏亮看着个个编筐里的小猪娃,掂掂分量。

"这有秤,一个四斤多点,新品种叫杜洛克,瘦肉型,昨天才出的月!"

"一窝就六只?"

"还有几只,这几只大点,今天有空我逮到市场了!"

"噢!"

马宏亮若有所思地点点头,知道老汉没说谎,自己也不想过秤称一下小猪娃的重量。但还不想让对方看出自己想买的心思,一旦知道了,卖家会突然涨价,那么自己砍价的空间也会缩小,显然关乎钱的大事情。同样看到老汉乞求的眼神,对于一大早就出现这样一个客户也是有美好的期盼。

马宏亮心中有了主意,并不急而是若无其事地晃悠到别的摊上去,蹲在别的摊上看小猪娃和掌柜的搞价格,但一看这太阳从东边的大山中冒出来,才知道不敢磨了,看了一下手腕的表七点一刻啦,这才忙走过去,开门见山直奔主题。

"叔,这两筐猪娃我全要啦,你看能不能便宜点?"

老汉一看这买主折回来啦,心中窃喜,但山里人也没有那借势涨价的心计,图的是干脆,卖了也省得在这里受冷。

"你说呢?"

"六个一次走,给你八十块!"

马宏亮拿出一种说不成就走的架势,老汉眯眼一算,给的也不少。

"成!"

"这离汽车站远不?"

虽然昨天白天到汽车站下车,但这一猛也记不得这下站的位置和方向啦。

"就在前边往东一拐,五十米就到了。"

可这六头小猪，往那装，这一堆小畜生，活蹦乱跳的可如何收拾，马宏亮掏出钱包，犹豫了一会。

"怎么啦？"

"实话给老叔说，我是下边梅县的，这一堆猪娃，可怎么弄到车上？"

"这简单，这两个竹筐送给你啦！一会我帮你挑到汽车站！"

"谢谢，叔！"

马宏亮甚是感激，心想还是山里人实诚，而自己心中的那些花花肠子，显然是多余的。忙从钱夹中数出八张十块钱的票子，递给对方。

"你点点！"

老汉唾了点唾沫，用一双粗糙的手数了一遍，把钱装进了夹袄的兜里，挑起担子就往前边的汽车站赶。

到了汽车站，也就是七点半的样子，看到站边的饭摊上，热气腾腾，油锅里的油条在翻滚，妇女用两根长筷划拉几下，便把油条放进漏斗一样的筐中，这才想起早饭还没吃，那辆车号豫 M66258 的班车就停在出口处，驾驶室里没人，知道这刘师傅和卖票的，肯定在里边吃早餐。这又给自己一个机会，忙晃了进去找，见到二人正在吃油条和稀饭。

"刘师傅！"

"小马，怎么，今天就回去？"

"嗯！"

"有东西，放到车顶绑好！"

"嗯，好的！"

马宏亮拿出昨天蒋大力塞给自己的一盒带锡纸的芒果好烟，听说五毛钱一盒，自己都没舍得抽一根，真是可惜，实在不甘心和不情愿！寻思着这也是小钱买大钱占便宜的事。正好这时候派上了用场，又到前边收账处为刘师傅二人把账结了。

"不用、不用！"刘师傅收了烟，忙起身要阻拦马宏亮。

"都结了，看你们还要什么！"

"好了！"

马宏亮不敢怠慢，忙把两筐的小猪娃麻利地掂到车前，一筐筐背了上

去，在绳的网中绑好，这才喘着气下来，又到摊前买了四根油条，狼吞虎咽吃了，胡乱地喝完了小米汤，嘴一抹。一看车上已坐满了乘客，刘师傅按响了喇叭，马宏亮知道这是在叫自己，连忙抹了嘴快步跑了过去。

果然，这副驾驶的位置给自己留着，他坐上去点点头，表示谢意。车晃动一下便起步啦，眼前晃悠着稀少的车辆，感觉这山上山下区别大啦，和梅县县城的人来车往、热闹喧哗相比，简直就是天壤之别呀，渐渐在摇晃中，神志有些模糊起来，无意中进入了梦乡。

"小马！"

"啊！"

"到县城啦，下不下？"

"噢！"

马宏亮如梦初醒，心想这到县城还不下，莫非自己要把这猪娃逮到村里养起来，连忙下了车。

"慢点！"

他很麻利地，像只猴子从下到上，拎起筐子，然而这一路的颠簸使这群没见过这大天地的小生命惊恐，这筐上渗出了粪便闻着很臭，但自己也是老虎吃天，没法下爪，一筹莫展，只能是睁一只眼闭一只眼啦。

下边的喇叭响了，显然是有顾客等急啦，表达焦急和不满，第二次下来时，特意向刘师傅挥手表示感谢。

这才想起早上走的时候没给蒋大力说声，也没留话，觉得有些失礼和对不起老战友，在站边的一处电话亭给大力打了个电话，好在大力此时没有出去，正在办公室。

"大力！"

"哎，你这个老班长，一大早寻你吃饭不见人啦，吓我一跳！"

"不好意思，老班长也是挣钱心切，一大早从山上逮了一窝六个猪娃，坐车到县城啦，明天就上去啦！"

"好，吓我一跳！"

"感谢你的操心和挂念！"

"明天见！"

"好，明天见！"

这马宏亮的心眼就是多，他担心的是自己不辞而别，别让大力以为给了二百块钱，便携钱就跑啦，岂不成混子和骗子？弄不好让战友小瞧，虽有道是落架的凤凰不如鸡，但自己还不到那种地步！急急忙忙回了电话，心中长出一口气，猛然发现，那两筐六个猪娃还在哼唧着，把个编的筐弄得一声响。

他回过神，想想，看着县城的太阳升到头顶，也不敢再磨叽啦，掂住两个筐，就往猪羊市场快步走去，感觉轻飘，也不费什么力气。

走了约莫半个钟头，便来到了位于城中解放村南的一个牲畜市场，这地方可比卢山县的大多啦，足有一百亩大的样子，里边卖驴、卖马、卖牛的人成群结队，人来人往地跟逛会一样，煞是热闹。人多生意多，连卖吃卖喝的人都到这里做生意，也别说，这些做生意的人，手头都活，好吃好喝的价格高，卖得还快，别看这些人和牲口类打交道，穿得很一般，看着不怎么样，但就是钱不缺、出手也大方，看那一双骨碌乱转的眼睛，算是他们的强项，手不时在对方的手心和袖筒里比画几下，这生意便成交啦。

马宏亮把筐子放到卖猪娃的地方，他知道这筐子的缝隙大着哩，小畜生出气是没问题的，绝对憋不死的。当揭开两个盖时，三个一堆的小东西一下停止了叫声，白色的毛和红色的嘴唇，一双明亮的眼睛在看着这个陌生的世界，一个个憨态可爱。唯一遗憾的是，这一路的拉屎屙尿把筐里弄得不成样子，而且还十分的臭，虽然在这市场这种味带有一定的普遍性，别人也不一定闻得着，但他还是怕影响自己的买卖，最后还是把一筐放到另一筐，这样换着，弄了两次算是把里边收拾干净啦，闻着还有臭味，但只要看着干净就行啦。环境不一样，人的嗅觉和审美观念也会出现差异和变化的。若是刚才放在那副驾驶跟前，那么，会犯众怒的，满车的乘客都会指责和叫骂自己，况且也是不可能的，就是放到车顶怕都是违反规定的，着实庆幸自己的聪明和机智。

马宏亮心中亦有一种忐忑不安的感觉，下意识地扫视了一下四周，怕昔日里的伙计出现在这市场上，又一想这都是上班的人，要买肉肯定是往菜市场去，跑这脏乱的骡马市场做球来，就怕这方家河村有人来这转

悠，自己打心眼里不信运气这么差，掰着眨巴的眼睛，那窄长的黝黑的脸上一双惊恐不安的绿豆小眼，在可视的范围里过滤了一遍，庆幸的是还真没瞅见一个熟人，心中安稳了许多，摆好了自己的摊位，袄袖一挽，拿出一种要和人干仗的样子，把一边摊上的人吓一跳，不知这位弄了两筐小猪崽的黑瘦精干的人要干什么来？都拿出一种疑惑不安的眼神瞅着他。

马宏亮一看，这太阳也有些暖意，看往来的人多了起来，展展腰肢，伸伸胳膊，咳嗽了一声，清清嗓子，便像耍猴一样，张牙舞爪起来："各位父老乡亲，咱今天卖的是进口猪崽，名字叫杜洛克，这是外国进口的品种，你看着颜色，纯白如雪，瘦肉型的，牙口好不挑食，保你五个月出槽，最多可达到一百公斤，二百斤呀。这一斤毛的五块，就是一千来块钱，硬邦邦的票子呀！"

你别说，经马宏亮这么一忽悠和吆喝，还真喝住了许多人，止步过来观看。

马宏亮感觉这声音过大，感情的投入大了些，这唾沫沾在了发乌的嘴唇上，忙偷偷用大拇指的外侧刮了一下，也怕人看了笑话自个，这么大的人一点也不讲究！

马宏亮一看，这立竿见影，还真他妈的发挥了作用！

"多少钱？"

"你掂掂，这小猪娃肥腾腾的，足有五斤多吧？现在市场一斤肉多少钱？一斤五六块钱吧？这可是摇钱树一样的进口品种猪崽呀！"

现场还真有人掂起猪娃分量，一位白胡子老汉，逮住一只不松手，看来是号住啦。

"四十块一头！这是最低的啦，今天就这几只！"

马宏亮说得斩钉截铁，话语里没有一点商量的余地，看样子有点亏本大甩卖。

很短的时间，六只小猪就被一抢而空，没买到的后来人问：

"还有吗？"

马宏亮因为刚才当众说了就这六头，怕人说自己哄人，便一边数着钱，一边拉人到一边小声说，过几天还有六只，你到时间来！

"嗯！"

马宏亮经这么一吼一喊的，肚子也饿了，知道这早上的几根油条不顶饥，但又知道这市场边的小饭摊坑人，要价高。自己才不会在这里吃，把二百四十块钱装起来。这时候的钱包，已是饱满起来，如同一块砖头，硬硬地别到屁股后的兜里，摸着扣上。他知道这市场人多的地方，小偷也有，让盯住啦，早晚会着祸。但自己是干什么的？偷到自己，算他倒霉！他寻思着，到车站去吃碗老杨家的羊肉面，那个味，那个香，立马勾起了他的食欲，甚至嘴里的唾液都淌到了嘴唇上，忙用舌头舔舔又咽回了嘴中。

走在城里，昔日里曾在城里上班，似乎是城里的主人，城里人的一分子，而如今却感觉成了一位陌生的过客，匆匆而过犹如是惊弓之鸟，这座城里好像与自己没有什么关系。是的，自己和孩子的户口都迁回了方家河，从城市人变成了农村人，彻底打回了原形。往事不堪回首呀，现实往往总是这样残酷，是不以人们的意志为转移。

老杨家羊肉馆，是这里一家老字号的门店，因为做法独特，用料又是祖传的，在汤烩好后，总会放进一小纸袋里的调料，没人知道里边是什么成分。这是祖传的，而且是传男不传女，一代一代这样传下去，反正这里的汤味美好喝，甚至有人怀疑里边是不是放了大麻的烟壳，反正吃一回的，就会想吃第二回，想到那味，就会进馆啦。

实际上马宏亮也是想起这种香而不膻、油而不腻的味道，因而决定中午就吃这个。羊肉馆坐落在县城火车站的幸福路上，这里是交通的要道，天南地北的挖煤人、运煤人相对多，加上城南山区不通火车人出行，这里是必经之地。加上这下煤的、装煤的，使这一片的人流量特别大。

进了店，里边空位已经不多，忙找了个空位坐下，马上就有一个服务员来到面前："吃什么？"

"一碗拉面，外加一个烧饼！"

"二两？"

"不，随碗！"

马宏亮知道，这羊肉汤昔日就是两毛一碗，那是自己刚复员地方的价格。而如今涨了近十倍，一碗两块五，一个烧饼五毛，随碗就是一两肉，可要是加肉二两，那一碗就是七块五，马宏亮觉得自己不是吃二两肉的人，忙予以更正确认。要说这一蹚就挣了一百六十块钱，花这个钱也是吃得起的，但想想方家河的一家子人，最终还是打消了这个奢侈的念头和想法。自己可不是一人吃饱全家不饥的光棍汉，想这光棍一条，一天悠然自得，他不想那么多，同样也不想那么的远，心中没有太多的负担和压力，过一天是一天，同样是一种生活和人生。人生如同春夏秋冬四季一样，有春暖花开、绿树花红的春季，更有残风凄雨的冬季。由此，马宏亮心中感觉到人生特累，然而，这种压力同样是人生的动力所在，也同样和人生的理想、愿望追求一样，有滋有味、自得其乐。

羊肉拉面上来了，热腾腾地冒着热气，上面羊油辣子油乎乎地泛着泡，飘着一片葱花和香菜，闻着都香，浸肠入肚，就是这个味。马宏亮一手掂着焦黄的脆饼咬了一口，低下头吹了一口，咂咂嘴喝下了第一口汤，那种感觉，一个字：美；两个字：舒服！

一身大汗的马宏亮很舒服地吃完了饭，又美美地喝了两杯免费的茶水，嘴一抹付了钱又来到市场，掰着眼来到吊着半扇肉的摊位，割了二斤瘦肉，这在家的父母、小妹和孩子，怕好久没动过荤、吃过肉啦，让老妈给全家包上一顿饺子，改善一下生活，自己吃了羊肉，家人不该吃上一顿猪肉吗？家里种有地，米面之类并不缺，关键是这些年村里棉花没人种了，不种棉花，也就没了棉籽，传统上没了农村人离不开的棉油，虽然，农村也引进了种菜籽，也可榨油，但总感觉没棉籽油吃着香。

最终，马宏亮还是买了二斤肉、一壶油，给老父亲买了一条黑听子的芒山烟，进了村，回到家中。

儿子放学回来，见了马宏亮，便偎到马宏亮眼前，一股劲地挤着自己。

"爸今回来割下肉啦，让你奶包饺子。"

儿子吊着脸，小嘴努得能拴头牛，那是十二分不愿意。知子莫如父，马宏亮掏出钱包，儿子一看那么厚一摞的钱，而且都是当时十块的大票子，没等马宏亮发，儿子快手抢了两张一溜烟又没影啦。

"那是二十块！"

"我拿的就是二十块！"

"吃了饭再出去！"

"不饿！"

马宏亮眼见儿子出了院，连大门也没关就没影啦。

巷子里响起儿子小步快跑的脚步声。

"看你把儿子惯的，拿着钱又是打游戏去啦！"

父亲嗔怪地瞪了马宏亮一眼。

马宏亮心中自感有亏欠儿子的地方，打开整条的烟取出一盒，拆开封抽出一根给父亲，用火机给点上。

"咋样？"

父亲把烟袋放到一边，深深抽了一口。

"嗯，好烟，过瘾！"

父亲一抽，连脸色都变了。

"有什么好抽的，烟一抽黑白不停地咳、咳，你没听人说，经常抽烟，肺都抽黑啦！"

"这就是吃不上葡萄就说葡萄酸呀！听说东北女的都抽烟、喝酒呀！"

"那是东北的天气冷，都零下二十多度，不喝冻得都受不了！"

倒是在上初中的妹子回到家，看到案板放的一条肉惊呼：

"肉、肉！"

十几岁的妹子，惊奇地喊着，用指头戳着肉，然后舔着手指上沾到的油，欢喜得手舞足蹈，眼里发出一道神奇的光来。

"唉，这家里半年多没见过肉腥啦！"父亲嘀咕道。

看着妹妹的表情，马宏亮心里刀剐一样难受，连忙又从钱夹里拿出一张十块钱的票子递给妹子。

"哥，这是十块钱，太大了，有小的没？"

妹子翻了马宏亮的钱包，一块、两块的小币拿了几张，把当十块的又放进钱包里。马宏亮打心眼里感叹，真是懂事的好妹妹，同时心里也酸酸

的，觉得这个哥哥当得不够格，对不起这个小妹妹。

下午，马宏亮帮家里又扫院子又劈柴，直到太阳落山啦，儿子玩游戏还没回来，当妈的捏好饺子。

"还不把娃叫回来？"

"让他耍吧，反正今天是礼拜天，耍够了自家就回来啦！"

马宏亮不理会妈的话，说完，仍干他的活。做父亲的可不愿意了，知道这孙子拿了二十块钱，这钱耍不完是不会回来的，要说这孙子也是亲的，嚷吧，他不听；打几下吧，又舍不得。

父亲拉开了房檐灶火上的灯，对老伴说："算了，下饺子吧！他的娃，让他操心，他说不叫就不叫！"

随手给灶膛中添了几根柴火。这时候小妹子在屋里的灯下做作业，马宏亮给爹递了支烟，换自己去烧火。

"这惯子如杀子，你都是上过高中、当过兵的人，能不明白这道理？"

"明白爹！"

"这日后长大了，不成才，后悔都晚啦！"

"他还小嘛，今回来我好好收拾他一顿！"

马宏亮笑着对爹说。

当爹的再没有什么话说啦，就闭上了唠叨的嘴，一心抽烟。

灯光下，当妈的端着筢子在等锅水开了下饺子，那一缕的头发，看起来像都白了一般，一脸的愁容，让马宏亮瞅一眼都心疼。

"唉，亮子，前天邻居你二婶说咱邻村有个媳妇四十岁，丈夫出事了，留有一个六岁女孩，你不中多会有空见个面？"

"不见！"

"怎么，嫌是农村人？"父亲瓣着眼问道。

"不是的爹！"

"不是更好，别忘了咱祖祖辈辈都是农村人，没有农村人，城市人都吃什么，喝什么？"

父亲言外之意，你马宏亮也是农村人，连人带户口都回农村啦。这不能让父母眼睁着看你打光棍吧。想到这里，老人吸了一口长气，又拿起了

长长的旱烟袋。

马宏亮心中也憋着对儿子的一口气，今天倒要看看，饭中午都没吃，看你能熬到啥时候。

到晚上十点多时，马宏亮听到外边院子的门响啦，知道这小东西回来啦，遂出门拉着了灯。

"饿不饿？"

"饿死啦！不是说有饺子吗？"儿子马蛋蛋在厨房四处寻，一眼就看见了笣子上盖着的饺子。

"作业呢？"

"今礼拜天，没有作业，爸！"

"好！等着吃饺子吧！"

马宏亮又生着了火，下午劈的柴火，都很粗，生着火焰很大，从灶火中冒出来，把马宏亮窄长的脸烤得通红，他也觉得很热。

等蛋蛋狼吞虎咽地吃了一碗饺子，便跑到屋里的床上啦。马宏亮收拾了锅和碗，进了里屋，关上了门。

"下来！"

"我瞌睡啦！"蛋蛋动了一下屁股。

"下来！"

"爸，你怎么啦！"蛋蛋听着声音不对，也意识到今个不是好兆头，八成是要挨打，怯生生地看着马宏亮。

"下来！"马宏亮手拿着折叠起来的皮带一脸的凶相。

"下来就下来，那么熊干什么？"

在蛋蛋的记忆里，父亲还没有打过自己，不以为然地下床穿好鞋，站在床前。

"我问你，今年多大啦？"

"十五啦呀！"

"今个响午饭都没吃，拿了二十块钱干什么去了？"

"打游戏去了。"

"钱呢？"

"都打了游戏啦！你搜我兜，连一毛也没有啦！"

"你可知道这二十块钱是怎么来的?"

"是你挣的呀！"

"你知道是怎么挣的?"

"这和我有什么关系，儿子只管花，管你的钱是怎么来的！"

"告诉你，这二十块钱是你老子用一个多小时卸一车的木头挣来的！"

"那你还是没本事，听说有本事人坐在屋里把钱都挣啦，还吃香的喝辣的呢！"

"放屁！"

没想到十几岁的儿子竟有这样多的理论，拿起这准备好的皮带，顺着屁股狠狠抽了一顿。

蛋蛋疼得声嘶力竭地叫，知道这屋里门关着，不大叫，爷爷奶奶怎么会知道，不大声喊，这屁股蛋今晚就让爸给打烂啦。

"开门！宏亮！"

父亲听到孙子的哭声，连忙摇着门，大声叫着宏亮的名字，但宏亮就是不开。

"爹，你别管，这小子不争气，打断他一条腿省得他不学好到处跑。"随手又是几皮带。

这回蛋蛋真正感到了疼，穿着单裤，这几下感觉屁股上的肉好像被打烂了一般。

"说，还去玩游戏不?"

马宏亮抬起皮带再问。

儿子只是哭号，不回答他的问题。一猛感觉这当爸爸的好像不是自己的亲爸，要不，怎么能下这么狠的手呢？想到这，趁宏亮不注意，兔子一样开了门，闪过当爷的面蹿到院里。

"马宏亮，你不是我爸，我找我妈去！"

"去，滚出去，今晚不管是狼吃狗咬都别回来！"

马宏亮根本没想到，儿子竟敢直呼自己的名字，而且话说得很难听和绝情，感觉一时气得头都大啦！

蛋蛋见马宏亮掂着皮带又要下来打自己，连忙像只猴一样溜出了大门，呼呼啦啦的声音响彻在漆黑的巷子里。

"蛋蛋回来！"

当爷、当奶的跑下去，撵出了院子……

看太阳

第二十五

袁海茹在得到陌生信息之后，心中咯噔一下，意识到县城的家里应该有事。扪心自问，自己也是有责任的，自从这父亲和孩子出事，也有几年的时间，自己不敢要孩子，长久冷处理，又不和方舟在一起，可方舟又是堂堂的县委领导，请客的人多，巴结的人多。正值壮年的他能经受住诱惑和寂寞吗？虽然一个受过伤害的女人可以挺得住，可能憋得住人与生俱来的欲望吗？结果是否定的。这出轨也在情理之中，然而作为一个还维系着婚姻关系的海茹，一个正常的女人，对于这个信息，还是感觉到了是一种侮辱和欺凌，同样是把屎盆泼到自己的身上，这气味也是无论如何是无法承受的。

作为都熬到乡镇党委书记位置上的人，同样也不是平常庸俗的女人，对这种事的判断、理解和处理，总还是有一套自己的办法。

她悄然回到了县城，而且悄然把自己的司机换了，调整到房建办公室去，因为她从侧面了解和知道，他是周旭山的一个亲戚，周又和方舟是"铁三角"的死党，有可能自己的言行有暴露的可能和风险。让分到乡机关的一个女大学生杨凤丽为自己开车。

杨凤丽，二十三岁，身体颀长，足有一米六七，人长得端庄秀气，充满着青春和活力，加之又是外县的人，在当地没有什么背景，符合自己的要求。

"凤丽！"

"袁书记，有事？"

"嗯，休息了吗？"

"是的。"

"不好意思，晚上去趟县城！"

"好，我马上起来。"

海茹神情漠然地放下了电话。在琢磨着，思考着，想这趟回去，怕是要和方舟开始摊牌，显然一家这样过日子总也不是长久之法，这又拖到什么时候是个头呢？但又不知道这方舟在不在家，如不在家，岂不白跑一趟？

她犹豫地看了看表，晚上十点半，这回到县城就有十一点啦。拿起手机，想想又放了下去，不知道这个电话是该打还是不该打，实际上心中也很矛盾和纠结，怕这电话会打草惊蛇，看不到真相。要是他不在家中，自己一个女的，堂堂的乡镇书记，总不能满大街去找自己的丈夫，况且，县城这么大，又不知他会去哪儿。

外边小杨显然已起来，听声音，这车已发动着啦。没有什么，去撞一下，大不了再返回来。这也叫不入虎穴焉得虎子。她拿起小包，夹在胳肘窝里起身出了门，咣地一声门带上，又推一下，确认房门已上锁。

门外，天上没有月亮，也是一片漆黑，车的响声和车灯照得一片亮堂。外边虽然清冷，风丽早立在后边，为自己打开了车门。

"以后不要这样，车门我自己开，外边这么冷，站着多难受！"

"好的，袁书记，我记住啦。"

风丽目送领导上了车，这才忙跑到前边，跃上驾驶的位置，准确利索地启动了车。

小车缓缓驶出了乡机关的大院。

到达县城时，虽然快到半夜时分，可大街上远看仍是一片灯火灿烂，从东到西，从南到北依然如此，映衬出县城的巨大轮廓。

昔日里曾名噪一时的常委家属楼，这栋红色的楼房早已失去了往日的辉煌，显得平常得不能再平常啦，从结构、面积、外形都显出很旧很落后，取而代之的是新的县委办公楼后一排排新的家属楼拔地而起，不仅县领导有了新的楼房，连一般的干部都有了家属楼，同样拥有了明晃晃的居室。当然，海茹也不羡慕这些，乡机关的楼房业已竣工啦，她只想把农村的老妈接进城，享受一下城里的风光，让她享受人生幸福的晚年！但这一

点，并未向方舟透露和表明。还真不知道，说了以后，他会是一个什么样的态度？毕竟，他也有父母，手心手背都是肉，她还不知道对公婆，他有一个什么样的打算和安排。诚然，方舟有这种打算和安排，同样是天经地义、无可厚非的。

　　海茹是这样想的，同样会这样做的，虽为夫妻，在对待双方老人的态度上，也不一定有相同的看法和意见，甚至不排除有矛盾和争执，这也在一个正常的范畴里。

　　上了楼，来到自己家门口，海茹并没有掏出钥匙去开门，而是伸出中指。

　　"咚、咚！"

　　里边没有反应和回音，她想也许是他休息啦，要么还没有回来，要么……

　　她相信，这种事情可能发生，凭一个女人的知觉，再一个坚强的男人，同样忍受不了这样的折磨，如若真能挺过来，那也实在不易。此时的海茹，从内心的深处，倒同情起自己的丈夫方舟来。但从另一个角度，作为一个女人，同样不愿看到那一幕，自己的男人和别的女人厮混在一起，有一万条理由，这都是不可接受的，此时的海茹又感觉到自己还是一个普通人，一个普通的女人。

　　"咚、咚！"

　　她又敲了两下。

　　"谁！"

　　屋里出现脚步声，很快靠近门口。

　　"谁？"

　　"还有谁？"

　　方舟一听是海茹的声音，嘣一声开了门。

　　"这三更半夜的，回来也不说打个电话，还给我突然袭击，吓我一跳。"

　　"人常说，为人不做亏心事，半夜敲门心不惊，你害怕什么？"

　　"好了，快进屋吧，外边冷呀！"

方舟也不愿这没进门就吵起来，毕竟这一日夫妻还百日恩，忙把海茹拉了进来，关了门。海茹把小包放到自己的房间里，多年了，她习惯一个人待在这里，也不管方舟是怎样的感觉，这也是自己作为一个女人自私的地方，当领导在工作上可以做到这点，在家庭的夫妻之间，她感觉到自己做不到这点，这同样是一种心灵的碰撞和反思。但至于今夜回来，也不知为了什么？

她漫无目的，来到客厅，方舟穿着茸茸的黄色睡衣，也放下自己当领导的架子，冲杯茶水放到海茹的面前。

海茹瞅了一眼，心灵的味道怪怪的，难道自己真的错啦？她重新深情地审视了方舟一下，一猛想到那条陌生的信息。他可能出轨，可能与别的女性有那种关系，心中女人特有的妒火一下扑灭了自己的怜悯和同情之心。

"市委家属楼就要完工啦，有空去看看，这房子怎么装？"

"嗯！"

"你们乡里的呢？"

"方舟，我是这样想的，老妈一个人在村里，年纪大啦，出行又不方便，乡里的房子，我想把老人接下来住。"

"好的，应该的，对老人尽孝是做人最起码的要求！"

这个态是表啦，但方舟后边也没续话，言外之意，这房子都好啦，你海茹也没句话，既然这样，你说房子我也不续你的话。

海茹能感觉到，方舟同样也能感觉到，两个人的力量在比拼，好像在掰手腕，进入艰难的相持阶段。

两人你看看我，我看看你。毕竟，做夫妻都快二十年啦，彼此还是了解的。海茹虽然听到传闻，知道这不是空穴来风，总是有生活中的影子，但自己没有真凭实据，也绝不会贸然出口的，而方舟心中有种恍惚，面对海茹这一双带有疑问的犀利双眼，渐渐有些支持不住啦。

海茹也不想询问和质问这种传闻。

"我想商量件事？"

"你说！"

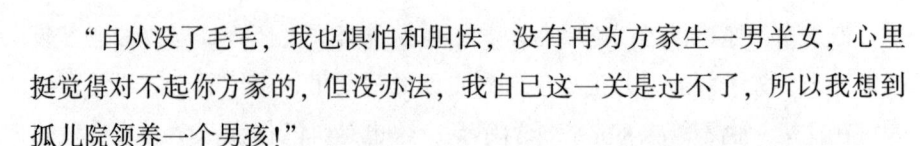

"自从没了毛毛，我也惧怕和胆怯，没有再为方家生一男半女，心里挺觉得对不起你方家的，但没办法，我自己这一关是过不了，所以我想到孤儿院领养一个男孩！"

"不行，我反对！咱自己能生，为什么又要抱养别人家的小孩呢？父母不答应，我方舟也不同意！"

方舟谈到这码事，立马激动起来，连说话的口气都带着火药味！

"你都没想一想，这方家和袁家，两个家没有留一个血脉，父母的心情，我想都是一样的，难道眼看着到我们这代让断了烟火，没了后代，你这样做是不是太自私，对老人太残酷了？"

方舟炮轰海茹，倾泻心中的压抑，连眼中都充满了愤怒和仇恨。

这海茹既然当了书记，心理素质还是好的，甚至她可以理解方舟话中的意思，但也知道连自己都说服不了自己，更何况别人？她实在是害怕悲剧重演，那再含辛茹苦，的确是一件很恐怖和害怕的一件事情。冥冥之中，她感觉是一种命运的安排，她甚至有这种不好的预感。所以便把心思投入到工作中，去爱母亲，去爱自己的数万百姓，让忙碌充实的工作，来掩饰自己一颗寂寞和痛苦的心，在这方面她确实没信心。

"你不同意，我可以理解，但你知道，你同样改变不了我的思想。"

"你不给方家生孩子，我们只有一条路可以走和选择，那就是离婚！"

"离婚？"

"没别的路，这是你逼的！"

"怕是有相好了吧？"

"有无相好的，是我的事，一个大男人总不会让一个女人给憋死吧？"

方舟离开沙发站了起来。

"好，算你真诚，总算是亲口承认了这档事，怪不得城里传得沸沸扬扬！"

"我只是打个比方，并不等于我和别的女人好了！"

"后悔了吧，说漏嘴了吧？"

"不是的，海茹，恕我激动啦，口无遮拦！"

方舟顿感失言，急忙坐到海茹的身边，动手动脚做出亲昵状，此时的海茹，感到这传闻是真实的，是没有水分的。想想，也十分地委屈和伤心，泪水禁不住地落了下来。

"别哭，都是方舟不对，惹我海茹生气啦，我方舟向你赔不是。"

方舟掏出手巾，上前就要给海茹擦眼泪。

"别假慈悲啦，你要真珍惜我们的夫妻情，就不会和别的女人混在一起！"

海茹断然推开了方舟，厌恶地把屁股又挪了一段距离，一猛感觉这昔日的丈夫有如同瘟神一般。

方舟很快感觉到了这种眼神和表现，显得有十二分的尴尬，堂堂的一个县领导，堂堂的一个男子汉大丈夫，竟受到如此的凌辱。但总归是在家里，如若在大庭广众之下，说真的，那杀了她的心都有啦。看来，在这个话题之下，两人已难有共识了，遂转了话题，也想绕开这一焦点，免得两人都难受。

"我的工作有变动啦。"

"这与我何干？"

海茹在此刻仍旧是不依不饶，心中可恨的还是他和别的女人一起的这档事。

"你是我老婆，能脱得了关系吗？"

"能，你是你，我是我！"

海茹说得斩钉截铁，没有丝毫的余地。

"真的？"

"我海茹从小不说假话，从小不爱听别人的假话，你是知道的！"

原本海茹也是听到方舟要动的信息，这副县级领导上级一考察，不是本地提拔，就是异地高升，听到最多的是可能破格成为县委书记，因为原书记已调走，书记的位置一直空缺在那，所以传得活灵活现，有鼻子有眼跟真的一样，说真的，这快五十岁的年龄，也正是人生精力充沛、创造辉煌的时候。她看了一眼自己的丈夫，认真地看了看方舟一遍，昔日里曾是青梅竹马、传为佳话的夫妻，如今却冷若旁人，各怀心思，好像再也拴不到一个槽上，而且有愈走愈远、分道扬镳的可能。

"你就不能关心一下我的感受吗？你就不能关心下我的政治前途？你就不能关心下我们方家的感受吗？"

"要想公道，打个颠倒，换位思考一下，你多会关心过我的感受，如今你也是位高权重，巴结你的人多得是，我海茹几乎成了多余的。"

方舟觉得这转换话题，但绕来绕去还是绕到这个死结上来啦。心中仍然没有打破这个僵局的办法，看来这海茹一定是听到什么传言，专门回来是兴师问罪来啦。肚里装着药，诚心找茬，谁也没有办法。

"海茹，毕竟我们还是几十年的夫妻，这样吵闹，无论是对我，还是对你，都没有好处。同样会影响我们的政治前途，对吧？"

海茹知道这是方舟的真心话，心中没有否认但却没有续他的话，同样也真不知道，两人这两股绳如何能拧到一起？如果两人要是去民政局办理离婚，毫无疑问，这将是梅县最大的新闻。

"你能改吗？"

"能改！不，我改什么？我没犯什么错呀，你不要听信外边的谣言！"

"谣言，咱这人说稀虫（麻雀）过去都有个影，何况是个人，你敢发誓吗？"

"发什么誓？都是封建迷信！"

海茹在此时此刻给方舟改过自新的机会，但方舟毫不犹豫地把这扇门关上啦。

此时，方舟意识到这是两人和好的机会，只要一回头，这个家还有恢复团圆的可能，但作为县领导一向高高在上的习惯，阻挡了他理智的选择，一下就把海茹拒之门外，让这个梦想彻底破灭。作为一个普通人，他心灵的声音告诉他，后悔了，知道这说出去的话如同泼出去的水，这都是无法收回的事，但作为一位领导，他并不后悔，在家中不想接受这种要挟，如此低下这头，就是这个家再次团圆，自己将一生背负着这些污点，承认此事将永远在海茹面前抬不起头，直至生命的终结，这是方舟最不愿看到和最不愿接受的。他想到了自己的那些钱，藏在家里的钱和存在自己名下的那些人民币，有钱可使鬼推磨，想到这句话，还是希望挽救这个濒临破灭的家。

"海茹，是这样，你乡里家属楼我可以给你付钱，房子装得好点，让咱娘也住得舒服！"

"不用！"

"你有钱？"

方舟没想到这昔日里视钱如粪土的海茹当上了乡镇领导，也捞到钱啦？

"不够，我可以用公积金贷款！"海茹站起了身。

"不用，你要多少，我给你多少！咱有钱何必贷呢，还要付银行的利息！"

方舟一时趾高气扬起来，说明她还是没有钱，他也站了起来，但反过来一想，她宁愿向银行贷款，也不向自己张口，这问题的严重性就可想而知啦。

他感到一股冷风从自己的后腰蹿了进去，全身一下子都感到冰凉。眼巴巴地看着自己的妻子，希望得到她的央求，扑到自己怀里，但他心中也清楚，这也是水中捞月不可能的事情。

"我怕你的钱不干净！"

方舟一下蒙了，完全蒙了。莫非这海茹成精变成了神仙，什么事情她都知道。

"你说什么，再说一遍！"

"怕你的钱不干净，说一万遍还是这句！"

这句话一下子彻底激怒了方舟，自己的人格自尊被剥得精光，如一把刀子直接插进自己的心脏，显然这不是治病，海茹这是要自己的命！

他一手抓住了海茹的衣领，一手抬起大大的巴掌。海茹却平静地看着方舟，想看看这巴掌是怎么落到自己脸上的。

方舟的巴掌还是软软地放了下来。

"离婚吧，这样折磨我，我会早早离开这个世界的！"方舟气呼呼地说。

"离就离！"

"不过，你我都是有身份的人，都丢不起这个人，就来个协议离婚吧，对外我们还是一家人，对谁都别说，包括家人！"

"行，你起草，一式两份，我签字！"

"嗯！"

方舟进了自己的房间，从桌子上取了笔纸，飞快地写好了两份离婚协议书。

上边写着：方舟、袁海茹自愿协商，自即日解除婚姻关系，可离婚不离家，互不干预对方的个人生活。存款、财产都是各自的，没有任何纠葛。此协议系个人的真实意图和想法，本协议一式两份，从签字之日起生效。

海茹看了一眼，随手签了字，从方舟拿的红色印台上按了按，压上了手印，各拿了自己的一份。

"清了？"

"清了！"

"你走你的阳关道，我行我的独木桥！"

"这个家，还是咱的家，该在一起的时候还要在一起！"

"明白，我会守约的！"

"我也一样！"

海茹夹着小包，回头又迅速看看这个家和方舟一遍。此时浮想联翩，多少往事轰然一闪而过，一闪而过，别了这个家，别了方舟，她拉开了房门。

"这么晚了就不回乡啦。"

"没事，司机在下边等着，愿你好运！"

海茹轻轻地关上了门。

门里，方舟也是一头的雾水和目瞪口呆，不知道这都叫办的什么事？但长痛不如短痛，也是到该了结的时候，不然这画不了句号，何年何月是个了呀！他走到客厅的窗前，拉开窗帘，看着夜幕下的老城区和远处的新城区，一片灯火辉煌，心中涌出对人生和社会变迁的诸多感叹！

此时，已过子夜时分，放在茶几上砖块一样的手机上信号灯有节奏地闪烁，它像赖以维持人生命的脉搏，闪烁跳动着，生命不息，跳动不止，闪烁不止。他感觉到今晚将是自己这生活和人生的一个转折点，再次想到这一个黑金的老板，一个坐豪车、住豪宅，享受着天天过年、夜夜新婚的花天酒地的生活，同样是人，这种落差，倒是自己的领导者，一落千丈自惭形秽！论能力、论贡献，自己比这些人差吗？

方舟心中起伏着，这股气，一猛使他心中更是不平静，思考人生的价值和意义，从而彻底改变了他的信仰、他的追求！彻底忘记了自己的身份！

这就是一个节点，一个人生的转折点！想到一句话，一个政策都会给一个企业，特别是私企老板带来成千上万、几百万、几千万，甚至更多的利益！而自己又得到了什么？这样公平吗？心中有了答案又似乎没有答案。

此时的方舟，心里说不出来的激动和兴奋，热血澎湃，便又想到了春桃，令自己神魂颠倒、如若痴狂。她是又一次点燃自己生命的那个人，是她赋予了生命的价值和意义。但这并非真的是爱和喜欢自己，而是一种交换，是利益的一种交换形式，各自在交换中都得到各自的利益和回报。

汪云，这几天心中有事，急得跟热锅上的蚂蚁一样。地下出煤的产量急剧下降。与此形成鲜明对比的是，这县上公司的产量却直线上升。按照事先的勘测，地下的方位是不会错的，工程师拿着图纸说，相邻的县煤炭公司正同向往东方向，也就是沿着边界线打，人家的意图很明显，就是先按图纸把所有的煤炭资源圈起来，这样完成后就会形成一个采煤坑道，其他相邻的就打不进来，即便打过来，公司就会很快发现和制止。

这工程师是苏工退休时推荐给自己的，苏工是自己的恩人，这李总也很敬业靠谱，是自己十分敬重的人。

"那怎么办？"汪云推了下鼻梁上的眼镜，一双钩子一样的眼盯住工程师问道。

"按理上，这人家是圈人家的资源，咱无权过问。但靠近我们边缘的煤矿，显然是一条优质煤的脉线，而且矿量大，煤层厚，从出煤可以看出来，每吨煤价至少比我们出煤高出近一百元。"

"怎么会高出这么多，李总？"

"我也很奇怪，这同一区域，相距不过五百米，我们打出的是散煤，不但燃烧起来烟大，而且不耐烧，而人家公司出的煤是清一色的焦炭，都是块状，当然价高啦！"

"这还了得，咱一天出五百吨呢就少挣五万元，这一月就是一百五十万元！"

"是的！"

"那有什么办法呢，你是苏工信得过的徒弟，这地下矿岩层的事你是内行，我是外行！"

"你是老板呀！"

"我是老板怎么啦，开采的事还不全听你的！"

汪云急得围着挂在墙上的图纸团团转。

"唯一的办法……"

李工用铅笔戳着图纸，若有所思，但欲言又止，显得十分地犹豫。

"说，什么办法，有办法我奖励你！"

汪云卸下眼镜，走到李工的面前。

"趁县公司未圈到这块的时间，改变方向把这块吃掉！"

工程师用铅笔杆的后部在图纸上画了一个圈。

汪云一下明白工程师的意图，这资源在地下，先下手为强，采就采了。

"可从县公司嘴上抢肉吃，你还是要三思，越界开采可是大忌！"

"怕个球，越界开采怎么了，这煤一卖钱揣到咱的腰里，莫非谁还敢从我汪云兜里抢跑不成？说实在的，有这胆的人还没生出来！在这山阳镇和梅县，还没有咱摆不平的事情！就这样干，明天就改变开采方向！"

李工是外地人，知道自己的报酬也是汪老板的一句话，自然首先考虑的是老板的利益。虽是私人企业，但这年头，私人企业吃香，什么事都敢做，什么钱都敢花，谁不见钱眼开，有钱能使鬼推磨这句话，说得太妙啦。

"通知工队，明天就调转方向，先把这块肉吃了！咱的矿，没人敢抢，留着日后慢慢采！"

"还是你亲自交代吧！"

显然这工程师是外地人，知道这事，往后追究起来，怕自己脱不了干系，也不想为此卷进这可能官事缠身的是非之地。

"也罢！"

汪云知道，这开采的合同是自己签的，这改变方向，工头自然要听自己的。

"你估摸，这块有多少储量？"

"少说有一百万吨吧！"

"值！到时少不了你的好处！"

"汪总，别忘记就是啦！"

"跟我这些年啦，我汪云说话算数，下个月，不，现在就兑现！"

汪云来到桌子后边的保险柜前，打开这半人高的铁家伙，里边都是成板的百元票子，随手取出五板！

"先给你五万，事情成了有效益再说！"

"谢谢汪总！"

李工毫不推辞接过钱，连忙揣进了裤兜里。

汪云扶扶额角下的眼镜，知道这也是虎口夺食，少不了要担些风险。人常说，这钱难挣、屎难吃，世上没有天上掉饼子、掉银子的美事，说白了，这挣钱也是刀刃上舔血，风险自然有的，况且这上千万上亿元的肥肉谁不想吃，其中的诱惑也是太大啦。放在谁的嘴前都会动心的，而自己更是见钱眼开、见利忘义之辈。

他笑笑，把一支进口的雪茄烟，在指甲盖上蹾了一下，狡黠地笑了，心想这到嘴的肉，绝不让它从自己的嘴边飞走的。

几乎同时，经营采煤设备的柳成明也遇到一个棘手的事，采煤设备面临着更新，一些厂商同样看重了这有煤都之称的地方，各种攻关活动也是悉数登场，弄得柳总这设备老大也是头痛不已，几个要害的企业几乎都被攻陷，自己的原有阵地纷纷告急。在这块地方，要说这外地产品要挤进来也是十分困难的，一系列的层层关口，要攻破也是不仅要付出惨重的代价，而且成功的概率也不大。厂家血本拼市场的力度也特别大，这一套设

备一上都是上百万元。厂家的价格优惠，厂家的回扣，更是五花八门，无所不用其极。丢了这市场自己这公司还不得关门歇业。自己也没闲着，与南方的厂家联手巩固当地的市场，起码在设备同水平情况下，与此开始竞争。后悔自己下手晚了些，好些客户已被对方厂家俘获，工作显得被动。在看不见的市场上，这一茬更换些设备，也不是三千五千万元的，动辄几个亿。

柳总在厂里的办公室闷了几个小时，也想不出来好的办法，这还得找周主任，还得靠方书记，这些部门都在方舟的领导下，他一个电话一个招呼，一下就能把这些竞争者哄得精光，毕竟自己是地方企业，自然要受当地政府的支持！

"说得容易，如今是市场经济，谁的东西好，东西便宜就买谁的，政府为什么要支持你的企业？"

在办公室见到周旭山，他的一席话，如同是连珠炮，一下把他给轰蒙啦，根本不知道东西南北。

"你这老弟，总不能见死不救吧？"

柳总翻了周旭山一眼，这言外之意，你周旭山也没少捞我的好处，这吃的、喝的、玩的、拿的也不少呀！这球都有良心，你周旭山不会过河拆桥，忘恩负义吧！

"只要下本，这事没有办不成的事！"

"只要钱能办的事都不是难事！"

柳总拍了拍胸膛，知道这事松动了，有门这花钱办事也是天经地义的事，只要这设备能拿下，他能要多少？花多少？

周旭山手一示意，柳总凑近周旭山的耳边说了一阵。把个柳总惊得眼珠直翻。

"干不干？一句话，这还是看你我多年的交情分上，才管你这事！"

"干！要尽快！"

"不干是王八，一周搞定！"

两人哈哈大笑，直到外边有人敲门，二人才恢复了正常的神情。

"这是东阳市委的文件！"

"好，你放这！"

此时，夕阳的余光，明晃晃照到二人的脸上。

"老地方见！"

"嗯，不见不散！"

第二十六

马宏亮在山上山下折腾了几个月，的确也是挣到一些小钱，在卢山县住的地方，进了多次的舞厅。虽是山上，但县城的居民亦不落后和封闭，人们的思想也挺赶时髦和开放，在这期间，他结识了一位叫芳丽的女的。她很少说话，一双眼睛跟个精灵一样，腼腆中总给人以微笑，高挑的身材，白皙的皮肤，跳起舞来，身材软得跟水一样扭动着，宏亮感觉很上眼，就是灯光暗的时候，宏亮捏她的屁股，她也不吭一声，只是她也会捏宏亮一下，把个宏亮逗得心中痒痒的，生理的反应也挺大的。

跳完舞，已是十点半的光景，请她吃饭，浓浓夜幕下，这芳丽也不拒绝，挺大方地甩一下长发，随他去了饭馆。宏亮在他乡异地，认识自己的人也是寥寥无几，故而在这小饭店，大大咧咧地又说又笑。这第一次招待人家，也不能太抠和小气，要不显得自己寒酸。

"吃什么，芳丽？"

马宏亮看着她的小白脸，两只小眼眯成一条缝，盯着芳丽，如同一只贪婪的苍蝇，盯着破了皮的鸡蛋。

"随便吧，吃饱不饿就行！"

芳丽甩下头发，双手托着下巴，同样用一双大眼睛看着宏亮，诚然这话是试探对方，真的吃一碗面，还用他请吗？

"要不吃点米饭，点几个菜？"

"嗯！"

芳丽应了一声点了下头，红红的嘴唇不由得蠕动了一下，心里想到肉，这香味来自小饭店的厨房间，吱吱啦啦的香味是从那里飘过来的。

"来，服务员！"

"来了。"

饭店的人不少,服务员拿着用一页硬硬的塑封薄膜的菜单很客气地走过来。

"你好,你要什么菜?"

"有米饭吗?"

"有!"

"来一个鱼香肉丝,炒个家常豆腐!"

"够了!"

"好,再来个苜蓿汤!"

饭店的人不少,但吃炒菜的人不多,服务员脸露喜色,大声地告诉了厨房的师傅。

"好,一份鱼香肉丝,一份家常豆腐,外加一碗苜蓿汤!"

师傅在里间应了声,又重复一遍也有为饭店装门面造声势的意思。

"让你破费啦!"

"小意思。"

马宏亮轻描淡写轻松而又是随便地回了声,以为这山上的女的,还是没见过大餐是什么样子,遂有一种高高在上的感觉。

米菜汤同时上桌,热腾腾的上了一桌,看起来也挺丰盛。

"好香!"

"趁热吃!"

马宏亮拿起筷子,先给芳丽白花花的米饭里,夹上一筷子肉丝。

"你也吃!"

芳丽很有礼貌,也来了一筷子菜放进宏亮的碗中,饭店的灯光很亮,这才发现宏亮眼很小,皮肤很黑,但人很坦诚,但很像自己逝去的男人。他早已到另一个世界上去了,扔下自己孤苦伶仃,好在还是自己领了一部分的赔偿金,还能生活在这县城中,不至于回到后山村里。在县城好几年,习惯了这里的繁华、热闹、方便,留恋舍不得这里的一切,她不敢想象回到后山又将是怎样的生活和日子。

一猛宏亮发现吃饭的桌子下有情况,是一卷钱,折叠在地上,露在外

边的显然是一张十元面额的人民币，就在刹那间，他屏住呼吸，先一脚上去踩在脚下，机警地在桌下向四周扫了一眼，发现并没有人注意到这个地方，弯腰将这钱捡了起来，迅速装进兜里，然后又若无其事地起来，相信没有任何人瞅见。

"多吃些！"

"嗯！"芳丽露出洁白的牙齿，还了一个浅浅的微笑。

想到了这钱，虽然不知道这沓钱有多少，肯定不止三块五块钱，想那日上山来时区区五分钱，难倒自己一个堂堂的七尺男儿。不管是谁丢的，现在已是归自己所有啦。但他心里害怕这丢钱的是附近的人，万一发现自己的钱丢了，又丢在这里，回来找怎么办？故而加快了吃饭的速度，但又怕在芳丽面前，狼吞虎咽的，没有个吃相，让她小瞧，故而扭捏着把握住节奏，很快也吃好喝好啦。

芳丽看见宏亮加快了吃饭的节奏，心中并不知道是什么缘故，只是觉得奇怪，但又不能询问，看着店里这么些人，显然不是聊天的地方，遂也很快完成了任务，放下筷子和勺，抽出一张餐纸，擦了擦红红的嘴唇。

"走？"

"走！"

这两菜一汤加上米饭，花了不到二十块钱。表面上无所谓大咧咧地结了账，实则亦很心疼，但又不能在脸上表露出来。

出了门，街道上的灯光也是一片片，宏亮知道这芳丽和自己一样都是租着一间房，都是一个人，看着冷清的大街上，行人稀少。

"送你回去吧！"

芳丽看了宏亮一眼并没吱声，显然这话是多余的。因而，故而走在路上，有意拉开了一些距离。毕竟在这县城也生活了三四年，城里还是有一些熟人的，这半夜三更和一个男人搅在一起，这让人会说闲话的，心中产生了这种忌讳。

过的几道巷子，都没有路灯，在夜幕的掩护下，二人黏在一起又抱又吻的，反正别人也看不见。芳丽觉得这男人花了钱，总想占一些便宜，这摸摸抱抱的，自己也少不了什么。这一系列的肉麻行为，同样激起了孤男寡女的生理反应。

来到楼前，芳丽敲响了房东的大门，显然到了地方。看着宏亮还是抱住自己不松手，又怕房东见了不好看。

"到改天，去你那聊，你那宁静！"

宏亮这回是听清了，软软松了手，只能点点头，知道这是不答应也得答应的事，遂离开了大门，消失在夜幕里。

芳丽回到住的地方，洗了脸便和衣上了床，这不到十五平方米的小房里，也是五脏俱全，桌、电视、茶几，做饭的锅灶皆都是现成的，除了厕所在楼道的拐角处，其他都在这屋里。她所想的是这外来的马宏亮，竟和自己死去的丈夫这样相似，原来遗憾自己没有为他生下一男半女的，如今看来真是万幸。虽然他比自己大那么三岁，年龄还算合适，看他的脸相和反应，这人显然是有力气的，但这人能吃苦，对自己又这么喜欢，保不准还是个茬口里，跟着他下了山，保不准还能享上福哩。她心中也是明白，这人显然是想谋取自己的身子，起码一两个星期不可能，先吊吊他的胃口，男人嘛，太轻易给了他会不珍惜，甚至对人品和品行会产生更多的猜忌。她肚里也清楚，这两人一到一起，肯定会发生那种事，这火见柴必着，是再正常不过和自然的事情啦。

宏亮回到住室里，打开灯，先把裤兜里的那卷钱弄开，一毛、两毛、五毛、一块的加在一起竟有五十多块钱，请芳丽吃饭的除过，还落三十块钱，暗自庆幸今天的运气好，但不知倒霉的是大叔还是大婶？马宏亮心硬如铁，才懒得管这些，生活让宏亮活得更现实，什么这呀那呀的，心中早已没有了印痕和记忆。

有一个夜晚，马宏亮如愿将这芳丽搂进了自己的被窝里，如饥似渴地得到了她的身子。宏亮很高兴和满意，很迅速地穿好了衣服，因为在这出租房里，还是有一些安全隐患，心中总不踏实。

"这是五十块钱，给你买点好吃的！"

芳丽一愣，接住瞪了她一眼，变脸失色，一下把这沓钱扔在地上，用脚踩了几下，又拧了拧。

"怎么了？"

马宏亮大惊失色。

"你太小瞧人啦，难道我是为了钱？你把我当成什么人啦！"说得宏亮目瞪口呆，不知所措。

"那你？"

"我图的是人，不是钱！"

"你也知道，虽然离婚啦，我家里还有个孩子，家也在乡下，我这一天东飘西游的，也没个固定的事业和收入，你跟着会吃苦的！"

此时的宏亮，听到这芳丽要跟自己，心里也是暖暖的挺感激的，忙又把她抱进怀里。只想和她玩玩，没想到这货成了热膏药黏住自己啦。他知道这小寡妇还是有几个钱，这都是听她亲口说的，丈夫车祸去了以后，她还是得到属于自己的那份赔偿金。

这女人感觉自己的条件比宏亮好，存在银行的几万块钱虽然也不少，但这坐吃山空，没有来路的钱，就像无源之水，早晚都会断流的，所以想到了要找一个男人，找一个能养活自己的男人，也就瞅上了马宏亮。

他感到很幸运，在落难之时，竟被一个女人相中，并愿意和自己一起过日子，感觉是老天爷在眷顾自己。

就这样因陋就简，叫上在山里的战友和几个朋友吃了一顿饭，两人便组成了临时的家庭。马宏亮答应回到村后再补办一场婚礼，芳丽也不太计较这些，两人便过到了一块。她虽然不能生育，马宏亮想到自己已有一个儿子，说真心话，这娃多啦，还真他妈的养活不了，有朝一日，翻过了身再说，目前有这种结果也叫不错啦。

过了一段时间，在山上的日子也过烦啦，芳丽嘟哝着要下山。

"听说咱那是煤城，人多，是个人都能赚到钱，何必一天窝在这山沟里，抬眼总只能看到这席大的一块天，把人都憋出毛病啦！"

宏亮眼看着在这里折腾着也挣不下大钱，便索性回到方家河，但这领着一个女的回村，那可不行，无奈便叫了主要的亲戚朋友，在村里摆了几桌，父母看儿媳的模样还挺俊，也没说什么，但儿子蛋蛋却有不同看法。

"得叫妈？"

"不叫，我妈在城里！"

"这你妈已不要你啦！以后吃喝拉撒，都要靠她！"

蛋蛋眨巴着眼，想了半天，他也知道这离开县城都几年啦，当妈的也没来看自己，心里由不得生了怨恨，故而点点头，在芳丽面前，亲切叫了声"妈妈！"

芳丽也很高兴，把蛋蛋拉到自己身边，从钱包里抽出一百块钱塞给了蛋蛋。

孩子似乎没有见过这钱，眨巴着不解的眼睛。

"傻儿子，你妈给你新的一百元！"

"一百？"

"嗯！"芳丽点点头。

"那就是说这一张要顶十张十元的钱！"

"对！"

"好好学习，不能贪玩！学习好了，将来坐办公室挣大钱！"

蛋蛋才不听这些呢，捏住钱一溜烟又跑出了宅院，院外响起"踏踏"的声响。

"这娃又去打游戏去啦！"

"蛋蛋，回来！"

当爷的追了出去，他知道这钱来得不容易，总不能眼见着又送到那游戏机上。

"爹，你不叫啦，他要一会就回来啦！"

"都是你惯着，这钱不耍完，他是不会回来的！"

"让他玩一会，再去叫！"

"唉！"

当爷的叹了一口气，蹲在房檐下，又从脖子上取下了长长的旱烟袋，塞上了烟丝点上了火，一副生气又无可奈何的样子。

在方家河的日子里，马宏亮的确是过了些天舒心的日子，一家人团团圆圆、热热火火地过了一个多月。因为天气寒冷，地里又没有什么活可以干的，一天就是吃吃喝喝的。起码，有这土地里长的庄稼，也够吃啦，反正饿不着肚子。但要置家具、买东西，凡动用钱的地方，宏亮就有些捉襟

见肘啦，自己折腾生意挣的那点钱要清零一样渐渐少了。宏亮知道这芳丽是有些钱的，但一味花女人家的钱，非大男人所为，也不是个长法，在女人面前也挂不住脸，心里便有了想法。

"丽，我在部队上那些年，开始当过汽车兵，开得可溜啦！"

"是吗？"

"是的，我还能哄你，这还有军照呢！"

马宏亮拿出了盖有部队大印的军照，芳丽看着上边的照片又瞅着马宏亮。

"是呀，那时候多年轻！"

"我想着有这个照，到县城买辆二手车，一天跑上几趟，钱不装进咱的兜里啦，这手握方向盘，一天挣个百八十的问题不大吧？"

"是吗！"芳丽一跃而起，忽又摇了摇头。

"你开的是大车，跑出租是小车。"

"这会推磨子就会捣碾子，原理是一样的。"

"嗯，那就试试！"

"好，明天就是礼拜天，咱到县城的二手车市场转转，看有无合适的？"

"好！"

芳丽一想不对，这买二手车，虽是旧车，但也是车，要银子要人民币，也不是笑笑人家就会把车给你的。这才意识到这东西是在算计自己的那几个钱，抠了他一眼。

"钱呢？"

芳丽伸出了白白的小手。

马宏亮傻了眼，挠挠头发，拉长了那张黑瘦的小脸，面有难色，嘿嘿一笑。

"这跑几个月本钱不就回来啦！"

"我是说买车时的钱呢，咱这嘿嘿一笑，人家会给你？"

"二手车不值钱，况且我对车的修理还是有一套的，小毛病不用别人修，咱都过成一家人啦，还分什么你我！"

这时的芳丽就有点后悔当初露了自己的底。这人常言，不怕贼偷就怕贼惦记。她想把这话说出来，但又怕不合适，说出来会伤了宏亮的自尊心，把他比成贼，显然背着锣鼓寻槌的事情，默认了这码子事，笑笑点点头，权当应承了这事。

"真是我的好媳妇！"他抱住芳丽亲了一口。

"什么媳妇，还没领结婚证呢！"

"没事，开过年补个手续就是啦。"

马宏亮很兴奋，立马意识到，这兴许是条脱贫致富的一条捷径，这一月敢有两千块钱进账，这日子就大不一样啦。

说到高兴处，两人又钻进被窝里啦，然后便又呼呼大睡去了。

儿子早被撵到当爷的炕上，上边是热炕，儿子巴不得如此。只是要钱的时候，会来两人住的房子里。往往是自己熊孩子，芳丽给钱，儿子不忘和后妈亲热，而且总是对宏亮瞪眼，表达不满的心情。

"花钱想起你妈我！不好好学习，小心打烂你的屁股！"

儿子并不怕宏亮，知道总是雷声大、雨点小，不会动真的打自己，遂吐了一下舌头，装出一副怪脸走啦。

次日，虽然是在冬季，但天特别的好，可以说是万里无云，没有风，太阳从东方爬出来，斜挂在东方的天空，红艳艳亮堂堂的。

在走往路边站点的途中，马宏亮穿着黑色的保暖服，芳丽穿着红色的羽绒服挽着宏亮的胳膊，引得村里的过路人挺好奇，感觉有些作态，又不是少男少女，还如此亲昵，连宏亮都觉得有点过分和不好意思。但想想这好不容易弄个媳妇到手，况且买车还要靠人家，也就由着她的性子来啦，想想这一会开着小汽车进了村，不知村中有多少人眼热呢。遂大咧咧地走着，管他别人怎么说，怎么看。反正在这节骨眼，也是青黄不接的时候，这芳丽就是我马宏亮的电褥子和钱袋子，其他可以没有，只是不能没有她。

搭上班车，上边还真是人多，连个座也没有，只好站在过道上，好在这车上方横着根铁杠，手抓住上边人还能稳定些、好受些，要不这摇摇晃晃，过道上的人会摔成一堆，不上摞才怪哩。而这芳丽虽是山里人可贼精

贼精的，她也不攀上边的铁杠，就抱住马宏亮的腰，一手按住装有现金存票的裤兜，做出一副小鸟依人的样子，让宏亮心中有说不尽的快意和安慰。有人说女人最忠心，有钱没钱都跟你走。虽说有些夸张和胡说，但凡女人大多是一个弱者，需要一个男人过来遮风挡雨保护的，而自己眼下还不是一个称职的丈夫。

到了县城下了车，正好赶上这周天，天气好，街上的行人也特别多，让芳丽大开眼界，抬头看天，天是那么大，无边无际的一眼看不到边。向下看这街上人来人往，摩肩接踵的，卖各种东西，一街两行，许多东西都是自己没见过的，好像比自己几十年看到的人都多。心想这跟着马宏亮下山来是走对啦。她抬眼看着宏亮，心中露出一股甜甜的微笑，跟灌了蜜一样甜。

"钱呢？"

"啊！"芳丽一摸钱包还在那里。

"在呢，你吓死我啦！"

这女人就是胆小，经这么一吓，连喘气都急促起来，她嗔怪地抠了宏亮一眼，连小喘气都像能拴头小驴，但这小心无大过，这人多正是小偷下手的好机会。

"城里也有小偷？"芳丽小声问。

"有！这种人什么地方都有！"

"还是你把它拿上吧！"

"嗯，聪明。小偷敢偷我，看怎么收拾他！"

马宏亮看了看，放进自己兜里。谁不想买个新车，省油、脸面还好拉客，但这吃饭穿衣亮家当，勉强不得。

看到走出了县城中心地段，行人渐渐稀少起来，想着自己去看车。"还是你拿着吧！钱包放到你兜里，一只手握着最安全！我去看车和砍价！"

"嗯！"

芳丽觉得宏亮说得在理，顺手又把钱包放到裤兜中，一只手不时摸摸。这时候的新车动辄都是二十来万元，时兴都是清一色的黑色桑塔

纳，那车子跟电驴一样快；就是旧的，没有十万八万的，你连想都不要想。这吉普车笨头笨脑的，耗油量大，跟喝油一般，谁养活得起。这二手车市场，虽然都是旧车，然而车都擦得锃亮，让人眼花缭乱，真假难辨。

马宏亮眼贼精，这机械上蒙不了自己，这汽车上那堆东西，闭着眼睛都知道它的功能，出了毛病，也能修个八九不离十，虽然多年没摸车啦，但这老基本功还是丢不了，好像刻在脑子中。

他看上了一辆拉达，看来年头已经不少啦，上边价格才写一万二。他知道要价一万二，这里砍价的余地还是比较大的，这款车自己熟悉，性能还是可以的。

卖家一看是个买主，也不问价。连忙拿出原始发票和年检证明，打开前边的发动机舱盖让宏亮看个仔细。

"不用！"

马宏亮一跃上了车，"嘣"一声打着了车，加减油门来听发动机的声音，又下车来到车前，看着机器的各个内脏的情况，来判断车况如何。这车毕竟快十年啦，里边的发动机等东西也都是斑斑锈迹，着实也是不上眼，看久了也就会看出毛病，甚至会影响到价格。

"让我开出去遛一会？"宏亮拿出部队的驾照让卖主看了一下。

"行！还是军照哩！"

芳丽看见宏亮是看上这辆白色的轿车了，听他要开车，心不由一阵紧张，贴近宏亮：

"行吗？"

"行！"车主显得很大方，答应得很干脆，没有任何的犹豫。

"只是？"

"只是什么？"

"只是这是旧车，怕你不熟悉，还是我陪着你遛吧？"

"还是不放心，我这么大一个媳妇在这，莫非怕把你这破车白白开走不成？"

马宏亮感到一种愤怒，但想想人家说的也在理，并没有胡说，可能也只是自己多心啦，连芳丽也白了自己一眼。

"好，老板说得对！"

他一下姿态来了个一百八十度的大转弯，伸手请车主上车。

车主是做生意的，大上午的也不愿和客户吵架，这也不吉利，便笑呵呵钻了进去，马宏亮看芳丽的样子也想坐车，便招了招手。

"坐上兜兜风，看老公的水平如何！"

芳丽因为没见过宏亮摸过车，心中也是半信半疑的，见这回来真的又有车主跟着，况且这小轿车还真没坐过，心中也痒痒的，实诚是想坐。

"好！"

马宏亮上了车，看看眼前的方向盘，只是熟悉了那么几秒钟，便进入了角色，点火、挂挡、车子便在人群中慢慢挪动啦。

看来这基本还是没丢，出了县城，上坡、下坡、低速、高速都试过。感觉车的性能不错，特别是这发动机挺给力的。

"怎么样？"

"还行！"

马宏亮一脸高兴，但不想表露出来，他的心里知道，这价钱还没说，要一味地给赞，怕这价格不好往下搞。

"老板，你听，这发动机的响声是不是有点大？"

"唉，这车年头多了，像人老了一样，有时会气喘吁吁的！"

车主被泼了一头的凉水，感觉这人也不笨，但他的心中也是明白的，明显是在为杀价做铺垫和埋伏笔，说白了是给自己下套子，塞块砖。

宏亮点点头，表示一种认可，毕竟这二手车市场，就是卖旧车的，要什么都好，那你来错了地方，理就是这个理，走到天尽头，这也是对的。

最终这桩生意还真是成了，芳丽由马宏亮带着到附近的银行取了钱、付了款。马宏亮感觉很高兴，终于买下一辆可以挣钱的车。芳丽看着宏亮的脸，似乎在诉说着什么？这都是丈夫的命钱，她不知道这步走的是对还是错。

"没事甭心疼，用不了多久就又赚回来啦！"

马宏亮读懂了她的眼神，知道这芳丽为这个家又立了新功，遂拉住芳丽的手说说宽心话。

芳丽知道这钱给了人家，那是绝对要讨不回来的，钱是人家的，车就是自个啦，这以钱换车，天经地义的，这是买卖，也是交易，是不兴后悔的。

马宏亮如愿以偿，沿着大路从国道到乡道，一路开进了方家河村。按捺不住心中的激动，有人没人不停地按着喇叭，唯恐村中人不知道自己买了辆车，引起三五成群的人，驻足观看，隔着车窗玻璃向外边的人招手，直至把喇叭按得没了声响。

"咋着不响了？"

"让你烧，把电都烧没啦！"

"哪里，这村里不曾见过小轿车，不知避路，要是碰住人怎么办？不按喇叭行吗？"

这里，马宏亮听到芳丽的数落，脸一阵的热，知道也戳到自己的痛处，但他总能编一长串的理由，为自己的言行辩解。

车安全地停到自家的门口，零星围上好多的人，但宏亮心烦的是这喇叭不响，掰着眼打开机盖，终于找到问题所在。一按，"嘀、嘀"响，把围在车周围吓了一跳，显出惊慌失措的样子，立马远离了车辆，马宏亮看到了觉得可笑。又按了两次，人们也不害怕啦，知道是喇叭响。而围观的人愈来愈多，像看新媳妇一样，络绎不绝的人前来观看马宏亮买的车，连一些村干部也不例外，因为几年来，除了升为县领导的方舟回家有车，就是海茹当了书记有车回到村里，马宏亮这车就是第三辆啦，村里人还是感到稀罕，不知道这马宏亮弄什么事挣来了钱买回了车。叽叽咕咕的一片议论声，有的赞叹，有的羡慕，还有的嫉妒。

看着太阳挂在当天散发着暖意，马宏亮回到屋里端了盆凉水，把车洗了一遍，然后用毛巾在车的四周擦呀擦，直擦得在太阳下油光锃亮，这自家的门能进架子车，可进不了小汽车，恨不得把门拆了重建，但心有余而力不足，显然是不现实的，父母肯定反对，不过宏亮在打算买车的时候，也就想到了这个问题。事先已选好了地方，既能住人，又能放车。肯定不会在院外放，不仅怕人偷，更怕村里人放车气、扎带，甚至把车砸得

稀巴烂。这就是人常说：你不如人，他笑话你；你比人强，他嫉妒你。马宏亮同样深谙此理。

老父亲见状并不吱声，只是手捏着旱烟袋在车的周围转了一圈又一圈，眼直直地看着，他是见宏亮回去了，怕有人动这稀罕物件，故而权当是为车看护警戒。

"吃饭了，你这看那车是能顶吃，还是能顶喝的！"老婆不满，在锅台前吆喝着。

"你们先吃，我在这招呼会车！"

老爹并不理会老伴的埋怨声，况且这妇女家，头发长见识短，自己也不和其计较。什么是大事，什么是小事，心中自然是跟明镜一样，她叨叨她的，自己干自己的，想想这也并不矛盾，不让她叨叨也不实际。

他笑了，又塞上一锅烟，蹲在地上点着啦。老婆是嫌这儿子在村里把这喇叭按得满村响，过于张扬，但这儿媳拿了钱，买回来一辆车，不看着吧，还是不踏实和放心。

宏亮妈中午饭做的是面条，她顾不得吃，摸摸身上的布围裙，擦了擦眼，下了台阶出了大门，转了一圈。

"就这就值八千块钱？"

"你以为呢？"老汉抽着烟，似乎很在行地说道。

"宏亮这娃不会被人骗了吧？"

"哼，骗他的人还没出生哩！"

老汉笑着自豪地说。

"看你说得太满口了吧！"

"知子莫如父，这几年的儿子不是那几年的儿子啦，吃了苦，遭了罪，啥都学会啦。"

"饭呢？"

"在锅台上，不吃一会都凉啦！"

"嗯！"

老汉拍了拍屁股，到锅台上端了面又调了辣子和醋，捞了一口进嘴，便又踱出了院门。

一猛过来个村里倒腾古董的苏云,这人慢言慢语的,看了车一眼。

"宏亮呢?"

"在屋里吃饭,你有事?"

"嗯!"苏云进了门。

"宏亮哥!"

"苏云,来吃饭!"

宏亮连忙站起来。

"不用,刚吃过。"

"有事?"

"县上来了一客户,急着见面,这等班车怕误事,你这车能跑?"

"能,咱买车就是跑出租的。"

"好!来回脚,多少钱?"

"都是一个村的,你出个价!"

"我也不亏你,你也知道我也不在乎这几个钱,来回给你三十块!"

宏亮知道这苏云这几年倒腾古董是挣了不少钱,出手也大方。他瞅了一下媳妇芳丽,言外之意这开业大吉,生意都送上门啦。

"好!"

"不急,等你吃完饭!"

"好了,我都吃饱了。"

"那就走!"

"走!"

偏西的日头还亮堂堂,宏亮拉着苏云在众目睽睽之下绕巷过道出了村,车里收音机里放着可人的小曲,肚里跟喝了蜜一样甜甜的,那真叫美,真叫舒坦……

第二十七

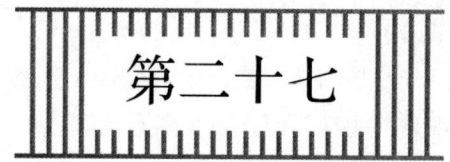

方舟感到万幸的是，当晚没让春桃过来。没想到的是海茹竟这样爽快地签订了离婚协议，几乎怀疑这海茹是不是外边也早有人啦？一个男人熬不过的七情六欲，难道她一个女人能熬过去？办成了一桩大事，轻松了许多，如释重负一样。

当晚有心再度放纵一下自己，拿起了手机，拉出了春桃的号码，准备拨出去的时候，抬眼看着闹钟已是十二点啦，遂打消了这个念头，免得她讨厌和小看自己，在她面前要永远保持领导者的位置和形象，试想连一个舞女都瞧不起自己的时候，那方舟又将是一个什么位置和角色。他还是急匆匆刷牙上了床，想想明天一早还有一个会，便躺到被窝里，想很快进入梦乡，但事与愿违，辗转床上，怎么也不能入眠，甚至怀疑自己患了什么病，脑子亮堂清醒得没法形容，到最后连自己也不知道什么时间睡着了，直到楼下的周旭山开车来接他上班，电话闪了几下，方舟一看便明白了，挂了电话起了床，急匆匆下了楼。他知道这周旭山卡的点，总是把早饭的时间计算在内，万无一失，多少年啦，都成习惯。

送走了领导，周旭山深情地看了方舟一眼。他知道领导想安排自己到山阳镇干党委书记兼煤炭公司的书记和董事长，但眼下县委书记调走了，东阳地委特别下通知，在新的县委书记未到任之前，县里的人事全部冻结，不说提拔，就是连正常的工作调动都停止啦。这是组织原则，没有哪位领导敢踩这"红线"犯这样的错误。方舟私下里说到这事，总说没事，但旭山又不能问更深层次的问题，虽然深信无疑，总归心里没底也不踏实，口头上又没法说更没法问，只有熬日子等待再等待。眼下最重要的还是把领导服务好，至于调动升迁事都是领导操心决定的事，自己同样是

无能为力。

屁股刚坐到办公室，电话就响啦。他一看又是煤炭机械公司柳总的电话，看了一眼也没有接，任凭响了一阵便自动不响啦。柳总自知旭山忙，也不敢常打，这人家烦了，事情又可能黄了。

办公室的小王拿着一摞的文件夹，旭山也轻车熟路，分别签批有关领导和主管科室。虽不是部领导，但在机关科室人面前，他是不是领导的领导，没有人敢小看他。

汪云的儿子，来到办公室，递上了烟点上了火。开始让这小子接自己为方书记开车，他还不干，让老子熊了一通，这愿意啦。周旭山都不给他断头话，是中还是不中，知道是来问这事的，可连自己都没动，你心急顶个鸟用。他翻了一眼，言外之意好好干你的工作去吧！这小的一看，旭山没有说的意思，便无趣地给旭山杯子添了热水，闭门而去。办公室又剩下一个人，只有他抱着杯子，唏嘘地喝着水，难得有这样悠闲的心情。

谁知无意间，门"吱"的一声，溜进个人，定眼一看，柳总猴一般已坐到沙发上，一张笑嘻嘻的脸，便一股脑儿伸到了自己面前。

"吓我一跳！"

旭山面有不悦，不高兴地放下茶杯，冷言冷语地说了句。

"见你没接电话，就跑到办公室撞撞运气！"

柳总此时也不敢摆自己老板架子，摆自己企业家的谱，虽然平日里和旭山说话随便，但一进这机关大院，一见坐在办公室桌子旁边的周旭山，他还是心中有一种肃然起敬的胆怯和害怕。心想，虽然自己比他们的钱多，住得好，吃得好，玩得好，但人家是吃公家饭的，管着自己。就连自己的政协委员这政治荣誉，都是周主任办的。虽然比不上汪云这小子的人大代表，但这一年一度的两会上也是风光无限，享受着少先队员、军乐队和四大班子领导的热烈欢迎，忙摸出一盒烟抽出一支，弯腰为周主任点上火。

旭山也不推托，毫不谦虚地任凭他点上，知道这几天为外地设备进县一事火烧眉毛。自己不搭话，他也同样像热锅上的蚂蚁。他吐了一口蓝色的烟雾，轻轻咳嗽了一声。

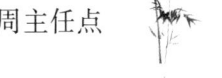

"你不看领导忙呀?"

旭山用眼睛瞄了他一眼。

"是呀,领导一天多少事!"

柳总坐下搓搓手显得很焦急和不自在,但他心中也同样清楚,领导除忙工作外,其他的事也没闲着,这汪云给送的春桃,领导也是没少享用。这是因为自己也安排有眼线,里边的曲曲弯弯的事也瞒不了自己,心里同样跟明镜似的。你周主任明白,我姓柳的同样清楚,只是不敢说,也不便挑明,挠挠头不知如何是好。

旭山也不敢把事做得过火,毕竟跟柳总也是有不少的交情,便端着杯子从办公室坐到沙发上,和柳总隔着一个茶几,唉的长出一口气。

"有什么不顺心的事?"

"自然啦,肚里跟吊个砖似的。"

这话把个姓柳的说得感觉头都大啦,看来这家伙在谋往上蹿,这有方书记撑腰,想上哪去,简单得很,不就是领导的一句话吗?能有这么难吗?他真想不明白?

"需要老兄帮忙吭一声!"

"谢谢老兄的好意,但用钱能解决的事都不是难事。"

"那是。"

政治,这词对于柳总而言,还真吃不透这里的内涵,但他明白的事是官场的政治路线和政治斗争。

"方书记不是都考察过了吗?"

"快了,结果就要出来啦!"

柳总战兢兢地说出了自己的忧虑和担心,毕竟这方书记还是为自己办事的,也算是自己的一座靠山。

"方书记不走!"

旭山的一句话便使自己一下像吃了定心丸,看来这接书记的概率还是比较大的。他经常接触领导又是在组织部门工作,这话都不是随便说,在这点上也同样深信不疑地轻轻点了点头。

"外边可不能乱说!"

"放心吧!"

"你们做生意多美。虽然有时起早贪黑,但是在为自己干,你看领导和我跑烂了鞋,跑断了腿,不多拿一分钱的工资,图什么呀!"

"你们都是领导,一声吼,满县城都动弹,光宗耀祖呀!"

"希望你们也能替领导想想!"

周旭山意味深长的话,顿使柳总茅塞顿开,联想到汪云送美女的事,他想这周主任在向自己提醒,看看门口,便附在周旭山的耳朵边嘟囔了几句。

"真的?"

"嗯!"

周旭山摸着下巴,满意地笑了。

"尽快安排,不要耍嘴皮子开空头支票,领导最反感这样的人。"

这种诱惑连周旭山心里都痒痒的,看来这柳总也是真下血本啦,这西阳市的一套房和一个洋妞,也真是够味啦。

"这两天就给领导说,把你的事办了,还是要支持地方企业吗?毕竟这税都交到地方财政啦!"

"先谢谢周主任!"

柳总显得很真诚,起码自己这胸口的疙瘩总算落下啦。想你汪云再能,我姓柳的也略胜你一筹,难事是因人而异,如今的政策,有理有据。

"走啦,事成了,老规矩,少不了老伙计的。"

"我倒无所谓,时间就是生命呀!"

旭山冷笑着说。

"走了!"

"不送啦!"

旭山开了门,送到门口便招手而别,柳总很有礼貌揖揖手。

"留步!"便匆匆而去。

组织部在县委办公楼的一楼,过道上人来人往,煞是热闹,也许到十二点下班的人有一种常有的一种躁动,想的往往是中午在哪吃,吃什么饭?

柳总看着人的神情如此想。

一猛有些后悔，没约周主任吃饭，想想人家应承的，对自己的公司而言，又是一件大事，说白了，同样决定着生死存亡，想想他说的"时间就是生命！"这话也意味深长，心里不敢马虎，中午约出来吃饭的事先搁下，上了车，也不急于发动车，一个电话立马打到了西阳市的朋友，开始落实房子和洋妞的事宜。在这点上不敢有丝毫怠慢。想想所干的事，同样是人，虽贵为企业家的大款，但还要违心地、不择手段地投人所好，低贱地做这些事，心中顿生一种凄冷和酸楚。但想想这人为财死、鸟为食亡，还不是为赚几个臭钱，才这样折腾自己。这也就是一种此时在人上、彼时在人下，世界上也许没有一个人一生总是在上，兴许，人活着就是对立统一的，在相生相克中不断发展和变化，也许这就是人生。想到这里，顿感一种释然。

外边，虽不能说是晴空万里，但静静地没一丝风，红彤彤的太阳还是怪喜欢人的。

"要买现成的，装修好的，地理位置要好，梅县的住户，越少越好，最好没有。"

"户主写谁？"

"先买下，随后办房产证时再说！"

"你不是给你买？"

"哪来这么多的废话！"

柳总实在是嫌这办事的伙计啰唆，操心过多，叫你干什么就干什么。

"好，这就办！"

"谈好了多少钱，吱一声，钱就给打过来。"

"没事，柳总！"

朋友知道这姓柳的财大气粗，最不缺的就是钱啦，这到中间摸他几个，只当九牛拔了一毛。庆幸中间又有了一笔收入。这种要求，最怕有熟人，这好事不避人，避人没好事。八成这柳总是要在这金屋藏娇啦！唉，人有钱自然就会寻着享受的事，有人创造生活，有人享受生活，啥时候都一个样，这可能就是难移的人性，只不过人面上都冠冕堂皇，戴个伪装而已。真诚也好，伪装也罢，总而言之，言而总之，交易都是要平等，所谓有所得必有所失，这是天理和法则。寻思到这里，柳总的心里舒畅了许多，那些不高兴、不愉快的感觉遂飘到天空，风吹云散啦。时间就是生命，时间同样是金钱，这"商人重利轻离别"太深刻了，简直就是一针见血，柳总一猛感到一种刺痛。

天下的人都有所求，但求的方式、目的都千姿百态，甚至大相径庭，千变万化，像大自然的树叶一样，无一雷同，这是自然现象，更像是人生的众生相谱。

此时的春桃，虽然汪云不让自己上班，待在家里，工资奖金照发，一月也不少收入钱，逍遥自在，过着神仙一样的日子。但她的心里明白，这绝对不是白给的，伺候领导是自己的新职责和新任务，心想一生总不能这样总是木偶一样的玩物吧？她想到了远在千里之外山村的父母，想到父母为养育自己兄弟姐妹，两个老人历尽沧桑，吃不完的苦，流不完的汗，操不尽的心。哥哥虽已成家，已出院独立成家，撇下父母同样是过着几乎日出而作、日落而息的生活。觉得父母辛苦甚至有些可怜，回想父母一脸的皱褶如同塑像一般，心中还是有深深的不安和内疚。虽然每月如期为父母寄钱，遂萌生了将父母接过来一起享受生活，也让他们知道这天到底有多大，世界上还有这么多的好吃、好喝、好玩的。但至今这房产权还没有拿到手，催了几次，汪总总是说快啦、快啦，感觉是有意在拖延。这房子不是自己的，这与方舟的关系只能是在夜深人静的时候，偷偷摸摸，岂是长久之法？显然，这父母还真是接不成，这种生活，见不得阳光的生活，也不是自己愿意的生活方式，待自己没有了青春，失去了女人特有的魅力，又将如何生活。

一天，到了月初，这是公司发工资的日子，春桃照开上自己的小红车来到了山阳镇的公司所在地，看公司的矿口处堆起的煤炭像小山包一样，耸立好几座，知道公司的生产和效益肯定不错。开着车刚停到院里，汪云早瞧见她的小红车，忙从二楼搓着手，精神抖擞面带笑容迎了下来，亲自为春桃拉开了车门。

春桃受宠若惊，这种礼数不是她所能承受得了的事，连忙熄火下

车，一脸惶恐不安的样子。

"怎敢劳汪总的大驾！"

"应该的，应该的。"

春桃不晓得汪总这话的弦外之音，但能联想到，自己新的工作，新的任务与此的关系。汪云知道春桃是来领工资的，到办公室门口：

"领完工资，到我办公室喝水！"

"好的，汪总！"

春桃满口答应下来，如今，好像一猛自己成熟了，长大啦，也没有什么可胆怯的。一时的心思把个春桃着实也吃了一惊，扪心自问，你是吃了豹子胆了吗？敢在太岁头上动土，这汪总甭看笑眯眯地和蔼可亲，动起杀机来连眼也不会眨一下。

她感到从后心吹来一股寒气，由不得打了一个冷战，为有这种心思而后悔和害怕。自己不外就是汪云棋盘上的一颗小小的棋子，用则宠你，让你出力，不用则弃之，手轻轻一动，说扔就扔啦。

到了二楼财务室，负责发工资是个女的，四十来岁，听说是山阳镇一个领导的家属，叫秋云。

"你好，春桃！"

"秋云姐！"看到秋云见到自己忙从椅子上站了起来，笑得一脸灿烂和亲热，春桃忙快步上前拉住了她的手。

"你这春桃，姐想死你啦，这么长时间上哪啦，见不到你人影！"

"老家盖房子，请了一段时间假！"

春桃拿出哄鬼的话，但表现一种真诚和谦卑。

"盖好了？"

"山里人，又是个穷山沟，有个地方住就行啦！"

"坐下，盖房是大事，一步到位最好！"秋云忙为春桃冲了热茶递上来。

"谢谢，秋云姐！"

春桃被秋云按坐在有靠背的椅子上，接过热茶水暖着一双白白的小手。

"愈发漂亮和时髦啦,开着这小洋车,回头率肯定高得很,真像人见人爱的白雪公主!"

"秋云姐又笑话妹子啦!"

"真的,漂亮得让我都嫉恨呢!"

闲话归闲话,正事归正事,秋云指着工资表。

"签字吧!"

"怎么这月又多出一千块钱?真是稀罕人呀!"

春桃签了字,眼看着多出的钱,眼睛骨碌碌乱转,一脸的高兴样。

"这月效益好,出了好煤,汪总一高兴,让给每人加了一千块钱的奖金,人人有份!"

"汪总真是好人。"

"嗯!"

秋云又瞅了春桃一眼,点了点头,是呀,这是私营企业,老板就是自己的掌柜,到处是耳目,谁敢说老板个不字,那真是脑子进水啦。一句闲话很短时间都会吹到老板的耳朵里,这人心难测呀!说话办事也人人自危。就像"皇帝新衣一样"给个胆,你敢说实话吗?包括春桃这公司的"交际花"肯定为公司做了巨大的贡献,不然这几个月人没上班工资奖金也不少一毛,虽然外边风言风语,谁敢咬舌头。人各有各的活法,也不可能如小学生写作文千篇一律,像一个坯子倒出来一样。

领了钱,看秋云还言犹未尽,心中怕误了汪总的事,遂努了下嘴巴。

"汪总还有事!"

"好,你快去!"

"说完话再过来!"

"噢,你忙你的,我一会上镇上还要买点东西!"

"好,那改日再聊,秋云姐!"

秋云把她只送到门口便立马止步啦,她内心也是在寻思,不想让老板知道春桃去他办公室啦,这年头多一事不如少一事。

汪云的办公室挂着一个白色门帘,揭起帘子,门是大开着。汪云扶了扶眼镜把春桃迎了进来,让她坐在自己大办公桌一边的黑皮沙发上。看见

隔壁财务室的秋云咣一声闭上门，然后就是钥匙锁门的哗啦声响，便轻轻掩上门。

老板的这些谨小慎微的动作吓了自己一跳，但反过来，春桃已不是昔日的春桃，没什么可怕的，真要是让自己上床也无所谓，反正已不是昔日金贵处女之身啦。说不了，当时还心甘情愿哩。女人嘛，同样也是背靠大树好乘凉，让有钱人心疼，同样是一种幸福；吃香的，喝辣的，穿好的同样是一种生活，今日有酒今日醉，甭管明天喝凉水，及时享乐同样不枉在人世间走一遭！

"几天不见，你更漂亮啦！"

汪云摘下眼镜，用软软的布擦着眼睛，瞄了一眼春桃说道。

"还不是托汪总的福！"

这样的巴结讨好的话，春桃也会说，说人家爱听的话，老板一高兴，钱同样会像水一样流出来，流到自己的钱袋里，这是最简单不过的道理。

"你也太会说话啦！"

汪云戴上眼镜，把椅子往春桃坐的跟前挪了几步，她知道老板这是要说悄悄话，不想让别人听见，虽然不晓得要说什么，但起码来说是非常重要的事情。

"你虽然年轻，但说得在理，这老板挣下钱啦，大家的日子都好过，这就是大河有水小河满、大河没水小河干的道理，老板是大河，员工是小河，你说对吗？"

"嗯！"她使劲地点点头。

"但至于分配制度，同样是多劳多得，少劳少得，不劳不得。凭对公司的贡献进行分配，贡献大的则另当别论。"

春桃在听这话的时候，也同样在寻思，用一种眼神在询问汪总，自己为公司把青春都给了人，算不算对公司有重大贡献呢？

汪云一瞅这种眼神，便立马感到春桃的意见。

"当然，春桃对公司的贡献是很大的！"

春桃感到很激动，大胆往汪总方向也移了移，汪云毕竟是见过大世面

的人，原则问题是不能碰的，这是自己为自己设的"底线"和"红线"。他更知道这给领导准备的女人，一旦自己碰了、耍了，传到方舟的耳里，会是一种什么结果？这可真不是闹着玩的，见状遂把椅子又往回挪到原位上。

春桃感到很无趣，这还真是所谓的落花有意而流水无情呀，但她心中的话还是非说不行。

"汪总！"

"你说！"汪云坐到原位时很客气地伸出手，笑吟吟地说道。

"我那房子的证办好啦？"

"快啦，快啦，一办好就给你，说到做到！我会讲信用的，一诺千金，这房子不过几万块钱，咱这公司你知道一天开支多少？"

"多少？"

"少则几万，多则几十个数！"

"这么多？"

"嗯，老板会在乎这几万块钱，况且你是为咱公司出了大力的，自然也不会亏待你的！"

春桃想，这一个房产证有这么难办吗？虽然汪云大乎乎的，但自己心中还是有些许的疑惑和谜团，这房价一个劲在涨，有一套房子，房产证写上自己的名字，对自己也太重要啦。

"难道你不相信你的老板？"

"绝对相信，汪总的一口唾沫都有一座房子，何况一句话呢？"

"说的好，这话我爱听，哈哈！"

汪云仰头大笑，没想到这一个山里女孩，竟能说出这样有水平、有内涵的话来。感觉听到这种话的是生平第一次，大脑回想起来还真他妈的没有第二次，想想这大事，收回了笑容，脸上的表情立马严肃了起来。

"春桃，大哥给你说个正事？"

"什么事？"

看到老板一下严肃起来，同样着实把春桃吓了一跳，不知要说什么事，和自己有什么关系？

"你也看到了，咱公司最近采了一批的好煤，这梅县公司硬说咱采了它的矿，这几乎天天闹事，还把这事告到了县公司和煤炭局。"

"这地下的煤矿，他采得咱就采不得，他说咱采他的有什么根据，咱还说他们采了咱的矿呢！"

春桃知道这矿的效益和自己的工资和资金是挂钩的，自然要向着汪总的公司，虽然是私营公司，但一切的手续都是齐全和合法的。

"对呀！可得有人说这话，为咱主持公道，咱们人微言轻，说了不算数呀！"

汪云摆出一副无可奈何的样子，瞅着春桃，透露出一种求助的意思。

这下春桃一下明白啦，这是要让方舟搭话，而有求于自己，但这么大的事，虽然对自己而言，也可能是轻而易举的事，又不知道自己能从中得到什么好处和收益呢？但当着老板的面，脸对脸，她也不敢提条件。

汪云一眼就看到了这一点。

"没事，只要把这件事摆平了，你就是我和咱公司的大功臣，有什么要求，我都答应！"

什么要求都答应？这是哄三岁小孩吧，她有点不相信但又不敢说，真是有点为难，不敢坦然应承下来。

"是这样春桃，我这有张十万块钱存票，你把事情办完，这钱就归你啦！"

汪云从钱夹里取出一张现金存票从桌子上推过去让春桃看，眼尖的她瞟了一眼便看清了。十万块钱，这可不是个小数字，立马显出激动的样子和神情。

"咱公司的事，义不容辞！"

"一言为定！"

"一言为定！"

"这存票我先为你保管着！"

"嗯！"

春桃点头应允，相信这是真的，这事办成了老板会多收多少钱？这区区十万算什么。她知道这当老板的都是生意人，生意人最讲究效益，这是

关键的关键。

"这事就这样定啦！"

汪云把这事也想得简单啦，不过是枕边吹吹风这事就成了。

"嗯！"

春桃又点了点头。

"另外有一点，要拿住一个男人，里边还是有讲究的，你也知道方书记如今和老婆的关系弄得很僵，没有儿女，没有自己的骨肉，这是男人的大忌和心病呀！"

这是要让自己为方舟生一个孩子？可这领导办事老要用安全套，如何又能怀上孩子呢？但这些事这些话自己又没法说，而且这领导很仔细，前几回房事都要亲自吹验，简直让春桃受不了。

"鸟不叮无缝的蛋呀！"

汪云神秘地笑了笑，撂下一句话来，而且站起了身子，拿出一种送客的姿势。春桃一下似乎明白了这句话的内涵和寓意。知道汪总也是为自己好，为自己长远考虑。

此时，汪总电话响了。

"什么？他们梅县公司的人又来闹，要下矿看？不行，谁敢放人进去，立马卷铺盖滚！"

"那我先回啦！"

"好，你开车慢点！你看这事闹得，没完没了！"

汪云还是把春桃送下楼，又前行几步，亲自把她送上了车。

春桃伸出头按着喇叭向汪总告别！

汪云举起双手作揖状，同样表达自己的心情和希望。因为他知道这条线自己不能丢，况且万一方舟升任县委书记，自己用的地方那就多啦。但从内心讲，春桃这货不知会不会给领导下套。他相信，起码她还是会尽力的，从目下的情形来看，也只能是走一步说一步啦。但这要未雨绸缪，先把这火从根上拧灭，不然这下边的火会越烧越大，一旦失控也难以收拾。这给书记、矿长的都打点啦，也都是熟人，多年的老伙计，吃喝从不讲你我的朋友，送出的东西除烟酒接住，现金和支票一概不收。汪云知道这肯

定不是嫌钱少，而是双方都心知肚明，知道里边是怎么回事？他是怕这吃了好吃，难消化！毕竟是国有企业，他也是想睁只眼、闭只眼。虽未说明，这下边生产科的几个人就闹腾得不中，一旦捅到县委和政府，怕八成倾向不到自己这私企来。

汪云把办公室主任和财务科长叫到办公室，办公室主任郑涛是个上年纪的人，跟了自己多年，忠诚可靠，而且很精明。财务科长马军是自己媳妇的兄弟，也就更不用说。

"郑涛，你下午安排梅县公司生产科的人吃顿饭，都熟吧？好吃好喝好玩的尽管上，必须拿下，咱这叫先礼后兵，到齐啦，我去敬几杯酒！"

"明白，都熟！"

"马军，你全程跟着，每个人准备一个大红包！"

"这些人都值这些钱？"

"少废话，办好了有赏，办砸了回家，别在这打主意！"

小姨子兄弟知道这姐夫的脾气和手段，也只有照办的份啦。

郑涛看着汪总。"怎么啦？"

"马军你去准备现金！"

"好的哥！"马军仰头出了办公室，知道待在这里，冷不防再挨顿训。

"怎么啦？"

"这生产科的大部分人熟，请来没问题，也能封住他们的嘴，摆平这事，就是这副科长是个大学毕业生叫冯盛世，书呆子气重，认死理怕不好请！"

"不识抬举，是活腻啦？"

汪云眼中露出一股凶光！

"礼多人不怪，先请到，真不来再说！"

"好！"

汪云来到外边，手扶着钢管栏杆，点着一支烟，若有所思地看着偏西的太阳……

第二十八

马宏亮感觉很悠哉，自己的女人芳丽坐在后座，虽然两人没领证，但在村里一待客，也就是约定俗成，既成事实，同样得到村人的认可，至于要补结婚证，同样是件烦琐的事情，况且这对于她而言，和自己一样也是二婚啦，也没那么娇气和讲究。她不说，马宏亮也不吭，"河南、陕西——两省"。她这样做，主要是怕一下把自己的积蓄几乎用完，心里还是没底和心虚害怕。所以，把这一天一天的钱攒起来，再存到银行里。当然，两人的生活费和加油的开支，同样要从她手里出。这一天一盘算，结果是落到手里的钱很少，攒不住钱，权当做了过路财神，心中也就没劲啦，索性也不跟车啦，反正钱也落不下来。到晚上等马宏亮回来算账，忙碌一天的马宏亮，把兜里的各种大小票面都集中起来，再叠叠，舔着唾沫数数记在一个小本上。

"多少钱？"马宏亮有气无力地问，这有没有生意车得照样跑，油也得照样加。

"八十块！"

"今天加了六十块钱的油。"

"那不错，也算有成绩。"

芳丽也安慰自己的丈夫，知道这不较劲，一旦她松了劲这回本的目标不免就要泡汤，自己不跟，车又不会开，连忙又给马宏亮又是捶腰，又是捏背，道不尽的温柔和关怀。

马宏亮得到了一种短暂的安慰，但女人的那点心思自己同样清楚，这种心思也没什么过错，就是两口过日子也得这样做，只可惜自己堂堂七尺男儿都挣不下钱，愧对她的诸多口头的承诺，心里就骂这钱，怎就这样难

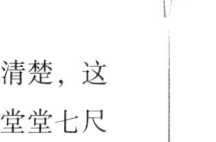

挣，还真是应验了"钱难挣屎难吃"的话语。但这再艰难，日子还要过，生活还要过，回想自己并不笨呀，但为什么就是挣不下钱，就是过不上好日子呢？

马宏亮很困惑和痛苦，但又不能对自己的芳丽说这种话，显得自己没出息，没本事，便独自披上衣服，叼上一根烟在空空的院子里转悠，快到十五的月亮，白白地吊在天上，一旁的星星点点，似乎也在眨巴着眼睛询问自己。

日月如梭，时间的四季在不停地轮转着，帮着父母收获了一季又一季的庄稼，无论如何挣，挣不下钱事小，这庄稼保证和关乎着一家老小的基本生活和口粮。

这天，马宏亮依然如故在街上跑出租，因为县上有了正规的出租公司，像他这些跑出租便有了一个绰号"黑出租"。这出租公司有专人来逮这些黑车，一猛形势有些紧张起来，一旦让逮住连人带车便会被扣，好说歹说，罚二百块钱才能出来。这就成了"一日被蛇咬，百日怕井绳"，马宏亮一天把眼睛睁得锃亮，生怕拉一下探子类的客人。白天在城里跑，要十分的谨慎和小心，一旦被罚，这几天跑的都是老鼠给猫攒食。安全，成了一天心中最大的事情，就是宁愿没生意闲在那，也不愿干这无用功，停在城乡接合部，在那转悠。

运气真背，这从上午十点钟出门，一直候到晚上六点半钟，眼看天都完全黑了下来，肚子都咕咕叫啦，仍没有生意，这天总不能交白卷吧？这油钱赔啦不说，连这饭钱都挣不回来。

在河边的电杆灯下，马宏亮焦急地靠在车体上抽着闷烟，咂了一口又一口，冷不丁把烟丝吸进了喉眼里，一股恶心让他呕吐不止，索性扔掉烟蒂，狠劲在水泥地上拧了几下，呸呸吐了几口，进车拿起水杯喝了几口，胃里才算舒服了一会儿。

"咚、咚！"

车玻璃被一个小指头敲响，心中暗喜，这是生意来啦，忙摇下玻璃，车旁站着两个不到二十岁的年轻娃，嘴上叼着烟。

"去中原村！"

"上车!"

这一天头一趟生意,马宏亮不敢有丝毫的怠慢,连忙伸手主动开了后门。

两个年轻人也不作假,大大咧咧地上了车,马宏亮连忙点火发车,这车便颤抖着发着啦。

"多少钱?"

"十块!这中原村离这最少十里!"

马宏亮还生怕这十块钱吓跑了这桩生意,连忙补充说道。

"走吧!"

车跑起来还挺给力,好在这中原村周围都算是城中村,路好,又在路灯下,左窜右拐的,忙活得也顾不上饥啦。

"好,师傅到这停一下!"

"怎么啦?"

"我想解个手!"

马宏亮无奈,只好停下车,眼见着两个溜进了路边一人高砖砌的厕所,车没敢熄火,他也跟了下去,因为这万一碰住不想掏钱的主人,一溜烟跑啦,那就把自己坑了。

没一会儿工夫,两个年轻人从厕所出来,又很快上了车,马宏亮心中一块石头落了地,长出了一口气,瞬间感觉这裤带松了,连忙又赶紧上了车。心想这两个年轻人,吃饱喝足了,又是尿又是拉的,可自己下午还没喂肚子,拉着他们到处走,不免有些烦躁和不平衡。进了村主路仍旧清一色的水泥路面,偶有一只挂在电杆上的灯亮着,辐射到很远处仍是明亮的,起码可以看清路。

"到前边第二个巷子。"

马宏亮点了下头,就算是应允,但心中不满的是送进村应该就是完成任务啦,耐着性子,到了巷子口下来了一个。

"你把师傅钱清了。"

"知道!"

留下的一个瘦高个不耐烦地应了声。

"到右边最南的巷子。"

马宏亮耐着性子又把车开到地方，瘦高个长头发的年轻人，晃下了车，根本不提付钱的事，感觉这事情怕有些麻烦，于是车不熄火，顺手拿上备用的摇把放在身后。

年轻人下了车。

"这么黑。"

"钱！"

"什么钱？"

"车费！"

"这还掏钱？"

"你以为是在你家里，什么都不用钱？"

马宏亮恶狠狠地说道。

"都到我村里啦，你还敢横？"

"就是到你屋里还是这句话！"

"哟，你这黑车还这么凶，不然我举报你领奖，怎么样？放羊吧！"

马宏亮一听，这放羊就是不给钱啦，一时火起上前抓住高个子头发，一下摁倒在地，一手抡起铁管做的摇把。

"你信不信，老子一下弄死你，敢放老子的羊，是不想活啦吧？"

高个子年轻人，没想到这师傅竟有这么大的劲，原本想大喊，但恍惚中看见扬起的铁摇把，这下去怕自己的小命就没啦。

"叔，我是说笑话哩，十块钱，我给你不就行啦。"

年轻人从兜里抠出十块钱递了上去，马宏亮一看是真的，接着放下摇把，看着吓得浑身哆嗦的年轻人，上了车扬长而去。心想，这小家伙真敢不给钱放了自己的羊，还真敢一下敲死他小子，老子下午连饭也没吃，饿着肚子送你们，为的就是挣这十块钱，谁想你还想放羊，这不是在找死吗！车子飞快出了村，肚子又响起来，想这时候连一个小卖部都难寻，何况想找一个饭店，遂感觉头有些晕，飘飘的，心想还是回到城里，到处都是饭店。

进了城，到处灯光闪烁，附近露天歌厅的音乐和歌声缠绵动人，那种

逍遥自在，自己也是经历过品尝过其中的感觉和味道，这芳丽就是在这种情景下被揽进自己的怀里，进而搂进自己的被窝里成为自己的女人。

到了一家饭店，里边的饭菜的香味直往鼻子里钻，弄一碗羊肉刀削面，弄个小菜，要瓶冰镇饮料，美美吃一顿也是情理之中的事情。但一想这一天只挣了十块钱，总不能一股脑儿全给吃啦，这屋里还有一大家子人呀，故而停下车，改变了主意，掏两毛五买了一包方便面，坐在车里狼吞虎咽吃了一通，充了饥，干吃挺不好受的，连忙喝了口水。看看时间都十点多啦，连忙开车往村里赶，心想回去让媳妇下一碗面条好好吃一顿。好赖还有这十块钱收入哩，也好给媳妇芳丽交代。

村里的主路都铺了水泥，平展展的，往自己住的地方拐时，却有一段土路。远远看到自家院子啦，说好借用邻居家的地方，门宽，门楼下的地方过个行人正好能停下这辆车，平时用于拉水打药的三轮车都推到院子里啦。这段是土路，小车上的两盏灯贼亮贼亮的。

方向一打，驶上土路，这冷不丁的，车速没减横到土路上。

"呀！"

一声女人的尖叫声，着实把马宏亮吓了一大跳，立马踩了刹车，车晃动了几下停下来。车灯仍亮着，拿着手电筒，他掰着眼寻那声源的地方，见车跟躺着一个老妇人。

"二婶！"

马宏亮连忙搀扶起。

"怎么啦？"

"怎么啦，你这小汽车碰住我腰啦！"

"不会吧！"

"看来这腰让你小子给撞坏了！"

二婶呻吟着。

马宏亮惊叫一声，脸上立马渗出了一片汗水，这车都快到门口啦，咋能闯下这祸呢？

芳丽听到小汽车的响声，早早都站到开着灯的大门前，但随着二婶的呻吟声，连忙赶过来，嗔怪马宏亮。

"还不快把婶扶回家，我去把村里的张医生喊来！"

"给，拿上手电！"

一时马宏亮门前灯下，聚了好些人，一群人把隔壁的二婶扶回了家。二婶虽然与马宏亮一墙之隔，但姓方，是村里的老户，不同于马家只有零星的几户。

"你是怎么开车的！"

二婶的儿子虎子是个急性子，一见老妈躺在炕上不停地呻吟，上前抓住了马宏亮的袄襟。

"不怪宏亮，我见车过来，没躲过，让车给捎了一下，都是邻里邻居的，他也不是有意的。"

二婶见儿子虎子要耍横，连忙挡住了儿子，村里的张医生，背着药箱赶了过来，揭开衣服检查撞的部位按按捏捏。

"痛，痛！"

"这？"

"痛！"

"可能是伤着筋啦，我先开点西药吃两天，另外我开些外敷的药，你擦擦。"

"嗯！"

也许二婶因惊吓一时害怕，听医生这么一说感觉一下也没那么疼啦。

"你说没事，到时有事咋办？"

"没事，你让婶晚上歇会先吃药，明天一早我拉婶到县医院拍个片，需要住院就住院，花费都是我的！"

马宏亮拍着胸脯说，起码自己有一个态度。

"这还差不多！"

二婶的儿子虎子，听着马宏亮的话感觉还可以，加上马宏亮的父亲和芳丽一味说好话，又取了吃的药、敷的药，这个事情很快就平息啦，只等明天一早到县医院拍片。

车开进了邻居家的门楼里，熄了火，宏亮垂头丧气地轻轻关上了大门，回到自家院里拖着疲倦的身子，一下躺倒在床上。

父亲掂个大烟袋，蹲在地下，呼呼抽着烟，眼不时瞪着床上的宏亮。

"你这娃子，不听你爹的话，非要买车，跑什么出租车？这下闯下祸，眼亮了吧？"

宏亮不愿听，扭过脸。

芳丽毕竟是过门不久，知道老公公也是好心数落他。

"咱爹和你说话哩！"

芳丽看不过眼，在宏亮的屁股上拍了一下。

"拍球哩，我干了一天还没吃饭哩！"

马宏亮的一肚子委屈，一下发泄出来。

老父亲一看，这也不是训儿子的时候，忙收了烟袋别到腰带上出了门。

"好，我去给你做！"

"擀点面！"

"嗯，这撞了人还有功劳啦？"

芳丽噘着小嘴说。

马宏亮瞪了她一眼没吱声。心想说，就你这舌头长话多，但心中理亏，还是怕影响两人的感情，瞪他一眼算是回答她的话，心想这男人在人前说话，女人最好不要插嘴和指画，不然往往会自取其辱。男子汉大丈夫要的就是这份尊严，哪怕回家跪搓板哩。

芳丽很知趣，忙到厨房做面去了，心想这还真应了半夜吃面，赶到这了的话。心中虽然不悦，但宏亮忙碌一天啦，吃顿面条，要说也不过分。就是把邻居撞了，虽然不知事的大小和结果，但从目前情况来看并无大碍，歇几天就好了，心中也暗自祈祷二婶平安。

半夜时分，厨房响起擀面杖的响声，然后又响起了锅里加水声和灶火边的风箱的拉动声，而马宏亮回想着一天的风雨历程和惊险，感到很累很困也很沮丧，身累心更累，不知不觉便呼呼而睡，进入了梦乡。

"宏亮醒醒，面做好啦！"

芳丽端着满满一大碗的面，放在桌子上，伸手摇着倒在被上的丈夫。

"嗯，咋啦？"

惺忪着双眼的马宏亮，一猛从睡梦中惊醒，昏头昏脑地问道。

"你要吃的面好了！"

"噢！"

马宏亮这才醒过神，抹了一下脸，这才感觉饥肠辘辘，下床穿上鞋。

"这还真是半夜吃面哩，这都十二点半啦。"

"什么是幸福，半夜吃面就是幸福！"

他也瞄了一下挂在墙上的闹钟，笑嘻嘻拿起了筷子，很香很甜又很幸福地从冒着油花和葱花的碗里挑了两根面，塞进了嘴里。

第二天，天刚亮，马宏亮和芳丽胡乱吃了早饭，便将车倒出大门停好。这时候，太阳刚露出遥远的东山，红彤彤的一片，煞是好看，预示着今天又是一个好天气。来到邻居二婶的门前，见大门仍然紧闭着。

"人家还没起来吧？"

芳丽小声贴着宏亮的耳根说。

宏亮听到了，但没有回答。他在想，一大早去叫门是否合适，然真诚是真的，眨巴下眼睛，心中便有了主意，回去再等等，一时间来没事，从屋里提了桶水放上块毛巾，开始擦车。

芳丽有点不愿意。

"这车一天都擦几回！有这么主贵吗？"

"你不懂，车收拾得干干净净，咱看了顺心，顾客看了也舒服！"

宏亮不与其辩论，只讲了个道理，芳丽便不吭声啦，本来也就是这个理，她从内心也没有反驳的理由。

在太阳下，他把车擦得油光发亮，心中似乎有一种成就感，咂着烟围着车转了一圈又一圈。直到听见二婶的大门咯吱一声响了，这才连忙走过去，迎面碰到二婶的儿子虎子，几乎撞了个满怀。

"你！"

"咱婶起来了没？昨晚说好了今一早去县医院拍片！"

"你来得正好，我妈疼了一夜睡不下觉，我正要找你！"

"啊！"

马宏亮吓了一跳，知道这事不是拍个片就能了的事啦，可能还有大麻

烦，伤筋动骨的，自己难脱干系，弄不好又是一笔不小的开销，这又到哪去弄钱，这进医院可不是别的地方，给人家笑笑，说自己困难和可怜就能解决问题。没有钱免进免住，就是中途账上没钱，这停药都是再正常不过的事情，没有商量的余地。

"啊什么呀，赶紧拿上钱，开上你的破车先去拍片检查！"

"哎！"

宏亮是准备大声应承一声，但出口的话音仍然很低，因为一说钱的事，当真没有底气。诚然，兜里近来攒的二百块私房钱，还是不够，显然要动用芳丽攒的钱，但又实在是难以启齿，她为这车投进去的八千块钱，才回来不到一千，这又要张口去要，自己答应过她，出租车得钱，先紧本钱还，虽然是成家了，但人家实腾腾投资，先抽回人家的也是正理，天经地义的。

"咋还不叫上二婶去拍片？"

宏亮拉长着脸，看了芳丽一眼，嘴动了动没说话，拖着长长的懒腰进了院，来到自己住的房间，低头抽起了闷烟。

芳丽一看他一声不吭，说好了去叫人家拍片，这门都开啦，怎么又折回来，而且一言不发，自己是性急之人，肚里藏不住事，真是急死人啦，跟在他后边"哎，哎"几声，宏亮也连理都不理，随他后脚进了门。

"怎么，又变卦啦？"

"不是，是二婶疼了一宿，怕这伤着骨头啦？"

"怎么能这样，张医生不是说是什么软组织损伤吗？"

"这伤筋动骨一百天！"

宏亮向芳丽翻了翻白眼，窄长的两颊更显得黑瘦和干瘪，连同一种无奈也显露无遗。

"这咋办？"

"咋办，得花钱住院！"

"花就花呗，到我存的五千块钱取，治病要紧，在这愁不顶半分钱，解决不了任何问题。"

"那就走！"

"走，我先到村里的信用社取一千块钱！"

芳丽拉开箱锁，揭开柜子，从中摸出信用社的存折随手扔给了宏亮。

"你去取吧，反正就这几个钱啦！"

声音和动作中表现出一种不耐烦和生气。

宏亮拿起存折，又递给了芳丽。

"还是你取吧，我又不知道密码，拿了也是白拿，又取不出钱！"

"好，我取就我取！"

宏亮一听这声，她显然也不想把这密码告诉自己，自己心中也能理解，女人嘛，攒点钱也不容易，况且这攒钱也是为了这个家，为应付突然情况，不像自己只管今日有酒今日醉，不管明日喝凉水，全然没长远的思量和考虑，故而也不怪罪芳丽。

眼见着芳丽揣着存折，向设在村里的信用社走去。自己则站在车旁抽起烟，钱是人的胆，钱更是男人的胆，有钱的男人是男人，没钱的男人是狗熊，放屁都是蔫不唧的连个响声都没有。

很快，芳丽从信用社回来，宏亮连忙把二婶又从屋里背出来，几个人小心地护着，到车前又慢慢放下来，拉胳膊弄腿，小心翼翼把人塞进车里。

这宏亮的出租车小，坐不了过多的人，这边芳丽跟着，那边二婶的小儿子跟着，车里也基本都坐满啦。他发着了车，放下手刹，车便摇摆着身子，在晃悠中上了村里的水泥路。

后边一边坐着芳丽，一边坐着二婶的儿子。

"招呼着婶子！"

"嗯！"

宏亮这是打招呼，也显然是上了好路，是要加速啦。

出了村，换了挡位，车子明显跑得快啦，路面干净，天气阳光明媚，但马宏亮的心中很潮湿和阴霾，迎着初升的太阳往东跑，很快间断了这种思绪和心态，这人常讲的"手握方向盘，脚蹬鬼门关"的话是有道理，静心和专心对司机是至关重要，一念之差，都可能把自己和乘客送进另一个陌生的世界。宏亮平心静气开车，不让烦人的思绪干扰自己。

心中一下释然。

心静同样是开车人的福星和天使，烦躁是司机的灾星、克星一样。

车径直开到了位于县城中心街道两侧的中医院，宏亮知道撞伤、骨伤治疗，这里的医生最专业，办法最实用。这看的病多啦，自然经验也多了，效果就会更好，反正他就是这种想法。

车熄了火，他又拉了手刹，便稳稳地停在中医院台阶下的水泥地上。

二婶的儿子方虎子虽然小，脾气不好，但也是高中毕业生，这人家无冤无仇，又不是故意所为，宏亮又这么积极主动，何况这邻里邻居，抬头不见低头见。

"宏亮哥，这上医院要上楼，我来背！"

这一句的宏亮哥，把个马宏亮叫得十分感动。

"还是我来吧！"宏亮坚持。

"我年轻，还是我来！"

宏亮看这孩这样说，自己也不敢坚持，几个人便搭手把二婶搀出车座，扶到她儿子的肩膀。

"骨科在几楼！"

"二楼！"

"你们先上楼，我办手续！"

"好！"

马宏亮看着，还是到住院窗口，办了入院手续，交了五百元块钱的押金，拿着条子急急赶了上去。病人很快住进了病房。拿着听诊器的医生已开始询问和填写入院的资料。

"办好了！"芳丽问。

"好了！"宏亮扬扬手中的入院证和押金条，问清病情，填好资料后，医生对护士交代。

"刚上班，一会安排病人拍片，我看这伤处已红肿，可能有些炎症，一并把血抽了，做个常规检查！"

"我昨夜疼了一夜！"二婶撇着嘴向医生诉说。

"我怀疑是伤着骨头啦，等下午片子出来再给你开药，一会先给你开

点止痛消炎的药先吃着。"

"嗯!"

就这句可能伤着骨头的话,给宏亮的心里像一下扔了块沉甸甸的石头,心里沉重而冰凉。这祸是闯下啦,又给坐实啦。原本心中还有一丝侥幸的想法,随之也破灭啦。这二婶伤处红肿绝对不是一个好的兆头。同时他也想到了,这六十来岁的老人,如同是一辆旧车,时间长了,各种零部件都会磨损,甚至需要更换,农村人又不经常来医院检查,肯定这毛病那毛病,一堆毛病。这一处出现问题,可能引发其他部位也出问题,后果也十分的严重,他心中一下感到恐惧和压力,不由得倒抽了一口凉气。

原本宏亮还是在想,等二婶安置好了,自己让芳丽和虎子搭手招呼二婶,自己再去跑出租挣点小钱,一看这祸事闯大了,不知这"萝卜"会发酵长成什么样,心里着实也没个底。

但这种思想又很快被自己给否定了,这挣一个总比丢一个好,有一个比没一个好,安顿好了病号,当着几个人面。

"芳丽你招呼婶子吃点饭,我去给咱到街上跑几圈,能挣几个是几个!"一副无可奈何的模样,显然这话中有话。

"好,宏亮这几年也不顺,你婶轻了,就不住院,不花你的钱,你也不容易,总是没钱也可怜呀!"

"婶说哪去啦,我就是再苦再难,挖地三尺也要让你看好病,你安心在这治疗看病!"

马宏亮看自己的话中话,二婶是听懂啦,特别是医生给的止痛消炎药起作用,腰上没有疼痒症状,起码不会赖在医院不走讹上自己,心中甚感欣慰,看来是自己想得太多,二婶不一定有这种想法。

"是呀,婶子听宏亮话好好看病,我给咱下去买饭吃,这太阳都老高啦。"

"嫂子,我去买。"虎子拦住芳丽。

几个人争来争去的,显得都有些外气啦。

宏亮看看这乱哄哄的病房,也不是个办法。

"那我先去了!"

"去吧，去吧！"

这宏亮满脸都是感动，满心都是二婶理解的激动，差一点淌出来几滴泪水。

这一上车，宏亮便感觉又到了另一个战场，精神高度紧张起来，车开得比较缓慢，他是在盯住有无有意搭车的顾客，感觉有可能便有意按响喇叭，是的话，客人就会抬手，不是的话便没有反应，有的人还会礼节性地挥挥手。

这果然是客人，伸手示意停下来，宏亮感觉今天的运气不错，也是好兆头，赶忙伸腰为客人打开了前门。

"到哪？"

"去老区卫生局，多少钱？"

"五块！"

"走！"

这生意来了还真是挡都挡不住，刚起步没开多远，前边有个妇女伸手挡车。宏亮也没征求先坐的顾客意见，便停了下来。

"去哪？"

"到建设大队部，多少钱？"

"六块，不过先把这位送到卫生局再送你！"

"行！"

"那上车吧！"

马宏亮心中甚是兴奋，这一趟的功夫，收入可比昨天一天啦，这辛苦也是快乐，更有一种甜蜜的成就感，这就是我为人人、人人为我。理智再一次提醒自己要平静地开车，专注地开车，时刻都要牢记这脚蹬着万丈深渊的鬼门关，全神贯注是必须的。

他根本没想到，今天就这么顺，城内城外跑了五六次，不到一个上午竟进账将近一百元，瞟了一眼放在手边的钱夹，心中只有个大概，停在路边，索性掰着一双小眼，数了一遍，有零有整，不多不少就是九十八元。

想到这里，便有了慰劳自己一下的意思，遂下车来到临街的一家小卖部前，要了一包两块一盒的烟，又掏五毛钱买了两包方便面。他娘的，一

天都像上午这生意，何愁芳丽那八千块钱的车本回不来，何愁全家过不上好日子？谁也说不清这人时来运转的时候会发生什么？借着这运势又开车转了几圈，又进账了二十多块钱，知道这时间差不多啦。

把车又停到中医院的老地方，庆幸这块地没有别的车停，停好车，小眼瞅一下天上的太阳，约莫时间，但这看日头还是准确，抬腕看了手表，已到下午三点，这是取片子的时间啦。

"噔、噔"上了台阶，又上了楼梯，径直来到二婶住的房间，一看几个人都拉长了脸，都显出十分忧愁的样子，这让马宏亮感到十分地奇怪。

"怎么啦？"

"怎么啦？你看看！"虎子睁着眼，递过了诊断书和一摞的检查单。他恍然接住单子，一眼看到在诊断书上写着：腰部肋骨左边骨折，建议手术处理。一时眼冒金星，害怕的事情终于还是发生啦。

"你这宏亮，真是把我的腰撞断了，这让我以后如何生活呀！怪不得这块这么疼呀！"

二婶想到这里竟失声痛哭。

"这可怎么办？我的腰呀！"

"婶，别哭，没事，我给你看，到了医院有的是法子！"

幸亏医生赶来，仔细看了单子和片子又检查了受伤的部位。

"没事，老嫂子，这骨折不错，但只是开了道缝，你看……"

病号最听医生的话，二婶擦着眼看着，如同是盲人看书，根本看不出个究竟，一猛也不呻吟，也不痛啦，在场的人全部松了一口气。

"那怎么看？这诊断书上不是说要手术吗？"

虎子十分着急和疑虑地问。

"这娃，你别急，你妈这伤，得打个石膏固定住，再吃点药，输点液，歇上几个月就长住啦。"

"那，手术？"

"这打石膏固定也是手术，等肿和炎症下去就给上石膏！"

医生一脸的自信，根本不把这当回事，现场的气氛一下便缓和了许多，连宏亮心里都长出一口气。

"在医院要住多久？"

芳丽笑着问医生。

"得半个月吧！"

"让病人吃好，有了营养这伤就好得快！"

"哎！"

马宏亮也不跟芳丽商量，独自下楼到门市部买来了一堆的奶粉、蛋糕抱进了病房，让病人吃得美美的，恨不得明天后天人就能出院。

"想吃什么，你净说啦！"

马宏亮所庆幸的是，这二婶的血常规检查，倒没有别的病症。那诊断书上的建议手术这四个字把自己可吓得不轻，这要动手术，可是要花大钱的，不是千二八百块钱就能解决和摆平的事。他想不通的是，这打石膏怎么也算是手术？

这有一个病号住院，同样是很麻烦和琐碎的事，特别是晚上这上厕所就成了大事，也不敢掉以轻心，稍有疏忽便会出大事情。马宏亮心中绷着这根弦，思忖着这事如何处理，但目前的几个人没法安排，自己留下吧，这病号是女的，让芳丽留下吧，这虎子又是男娃，左右为难，这是自己绞尽脑汁也无法解决，愁得抓头挠腮，非常现实的问题就真没有个破法。

好在下午四五点天还亮堂时候，二婶的大女儿来啦，换走了虎子，这满天的云才算散去，最终还是把芳丽留了下来，好在这病房两个床位，一个床位空闲着，两个人轮着休息的地方有啦。

芳丽一脸的无可奈何，眼见着这半个月就要在这医院里度过，虽不情愿又不敢有半句的怨言，把宏亮送到楼梯口。宏亮看她沉着脸，连忙把今天挣的钱一把塞到她手里。

"怎么？"

"今天挣的钱，交给掌柜的。"

芳丽淡淡地努出一个笑影。

"也罢，留下来买饭吃，可这日子还长呀！"

"今个交了五百块，剩下五百块，你也拿上！"

马宏亮虽然是闯了祸，有意在她面前讨好以减轻自己的罪责，讨得欢心。

谁知，回到家中……这屋漏偏遇连阴雨，儿子又给宏亮闯下祸事，手忙脚乱的马宏亮，肚里像吃黄连，一猛连死的念头都有啦！

他仰望星空，怀疑这老天在捉弄自个，要灭自己和这个家，这一桩桩、一件件的真是要把自己往绝路上逼，往死路上赶……

第二十九

方舟很快利用空闲和礼拜天，在极短的时间竟学会了开车，并拿到了驾照，连周旭山也感到蹊跷和纳闷，很快他发现了一个秘密，在方书记新搬家属楼下的车库中，停了一辆崭新的奥迪车。用方舟的话说，学会了开车方便些，不至于三更半夜有点事还得把你从被窝里拽出来！

周旭山一猛打了一个激灵，看来跟着领导太近也未必是好事情，自己知道的事越多，自己也越危险，越不安全。看来不能再待在领导身边啦，这可能就是古戏中所说的"伴君如伴虎"的道理。领导的事最好少掺和为好！但这掺和了的事又如何办呢？如何向领导打包票呢？领导要不放心自己，又会出现什么情况和后果呢？

方舟作为领导干部，心中所考虑的当然不是周旭山所能猜想的，同时领导也不会把所想的全部告诉你，只能在关键时候画龙点睛，点点题而已。

自从春桃给方舟吹了枕边风之后，方舟意识到一种商机，一改过去的"模式"，不能像这样躲躲闪闪、战战兢兢"弄事"，没有一个正当的办法，长久下去，必然会东窗事发，这种紧迫感令自己十分地惶恐和着急。

情急之下，方舟单独开着车在河边非常安静的一个小亭里见了汪云老板，就一些非常重要的事情交换了意见，达成了一致。匆匆分手以后想到给父亲打个电话，一想又不妥，遂开着车，风驰电掣般赶回到了方家河！

车停在大门口，进入了一年一度的秋收，农村也到了忙碌的季节，村中和巷子静静的，很少有人扎堆闲聊。

当妈听到门口的车声，知道是自己的儿子回来啦，连忙开了大铁门。

"方舟，你回来啦！"

"妈，我爸呢？"

"上地了，怎么啦？"

"快去叫他回来！"

"出什么事啦？"

方舟显然对当妈的啰唆显得不耐烦，看到妈的神色恐惧又不忍心。

"妈，叫他赶紧回来，儿子有事和他商量！"

"噢！"

当妈的点点头，知道儿子说的事肯定是大事。

"你叫司机回家喝水！"

"没有司机，我开的车。"

"噢！"

方舟目送母亲急匆匆地身影远去。

父亲方天兴在果园里为果树撑枝，见到老伴急急忙忙的样子，忙放下手中的活。

"怎么啦？"

"方舟回来了！"

"回来就回来，回家看老子有什么大惊小怪的！"

"不是，叫你赶紧回去！"

老伴怕一时说不清楚，忙拉住丈夫的胳膊往回拽。

"好，别拉拉扯扯的。"

回到家中，来到北房中，方舟见父亲进来，忙递上烟点上火，然后又轻轻关上了门。方天兴感到很纳闷，这大白天的关什么门，但知道如今儿子是大领导，这样做必有他的道理。

"爹，儿子今和你商量件事。"

"啥事？"

"今天你就把这村支部书记辞了！"

"辞职？我又没犯错，凭什么呀？这几十年都干得好好的！"

"听你儿子说，把书记一辞，到山阳镇的一家煤炭公司去上班。"

"去挖煤？"

"不是，去当副总，是拿年薪，拿高工资的！"

"我是一名党员，要那么多钱干什么？"

"党员，你儿子也是党员，是党员就不食人间烟火啦？你不看多少煤老板，吃香的、喝辣的、好车、好房！"

天兴想这人比人，气死人。这些人都是钻了政策的空子，发国家的资源财，但反过来，谁不想有钱，谁不想过好日子？

"嗯！"他点了下头。

方舟一看老爹一下就转过了弯，心中甚喜。

"你儿子也是，这三十年河东，三十年河西，这领导也不是方家祖先留下的，过了这村也就没这个店啦。"

方天兴渐渐听出名堂啦。

"你把辞呈递上去，推荐个信得过的人，然后到信用社去见张主任，贷上一百万元，入股到公司。"

"一百万？好娃哩，这咱拿什么还呀！"

"这不用操心，然后年年分红，股金老在，用不了几年，咱什么都有啦。"

"能行？"

"肯定行！"

方舟说得很坚决和果断，当父亲的一下明白了儿子的用意，分明是在为洗钱铺后路。想到有钱的前景，心中也很激动和兴奋，但也隐隐感觉有一丝的畏惧和害怕。

"真的行？"

"没问题，有了咱入股的企业，一切的收入都合法啦！"

"海茹知道？"

"问她做什么？我们都有了离婚协议，互不干涉，各走各的路！"

"你到乡里，不要找海茹！你找副书记，这辞呈和贷款申请我已给你写好啦，你拿着去办就行啦，都交代过啦。明天下午，汪云汪总就会来接你上班。"

"今天周六，有人？"

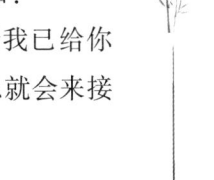

"交代过了，都在等你，今天两件事都要办成。"

按照安排，方舟把父亲捎到乡政府所在地就开车回县城。

"办好了给我打个电话。"

方舟头伸出车窗交代。

"嗨，记住了！"

方天兴忙回答道，一头便踏进了乡政府的大院中。

果然，方天兴的两件事，很顺利履行完了手续，辞呈一下就批了，好在海茹今天不在机关。再者，这海茹儿媳已形同虚设，好久也没回来了。连这一百万的钱也顺利转到自己名下的账户上，妈呀，这可是真金白银的一百万元呀。简直连自己也不相信是真的，虽然，眼见自己也是过路的财神，但这入股到公司可就不是一百万啦。这源源不断的黑金煤炭涌动的是无尽的钞票。儿子让办的事也肯定是错不了的事情，他心中如是想，甚至想到这当了副总，有了钱生活会有什么变化，也值得自己幻想和回味。

当第二天汪云带着矿业公司的股东和办公室人员来到方家河时，方天兴已早早候在门口，因为儿子已给自己打过电话，汪总已进村啦。嘟嘟响的一行车把个方家河叫得一片慌乱，这一次这么多的车辆在方家河村，历史上还是姑娘嫁人头一回，就连自己干了几十年的村党支部书记，在这乡村也是第一次看到，这一群车也只能停在村里大戏台的广场上。

方天兴，知道这些车是冲着自己来的，也走到村中指挥这些车的停放，来往的村民慌张地给车让路，站在一边挺神奇地看着这些车，扭来扭去整齐停在戏台下边的广场上。

汪总是个机灵鬼，一见前面有位年长者在指挥车的停放，只瞭了一眼就知道是方书记的父亲，急忙下了车。

"是方书记吧？"

汪云连忙递上了烟。

"我是方天兴！"

"我是汪云，这都是咱公司的大股东来接你呀！"

"噢，是汪总，欢迎、欢迎，到屋里坐！"

"叔，这车就是给你配的！"

"给我配的？"

"是呀！"

方天兴一看这乌黑锃亮全新的车，还绑着红色彩带。

"这是给你配的司机，小张！"

汪云一一做了介绍，他是老支书，这种场面还是不会失场、不会失了礼数的，很真诚地一一握手。三三两两的进入了院子，坐在方舟回来住的四间平房里，客厅坐得满满的。

这事先已有准备，茶水烟也都一应俱全。

"这是方书记，入股一百万，从今天起就是咱公司的股东兼副总啦，方书记干了几十年的支书，有管理方面的经验和能力，也是咱公司之福呀！"

"哪里，这隔行如隔山，到公司还靠各位帮衬和支持！"

这一猛就被安上了副总，连钱都还没给人家，连忙示意汪总连忙出来。

"这一百万股金还在我账上。"

"你看，要不一会让办公室财务转到公司账上，回去再给你打个收据！"

"行，这到你公司还靠你啦，这钱赶紧转出去，这么多的钱，我都有些心慌啦！"

"没什么，要不钱先放到你这？反正公司一时半刻也不缺这钱！"

"不行，一定要给公司转去！"

"好，一会到信用社一转过去就行啦。"

"这去公司我还准备什么？"

方天兴挠挠头，这到公司上班，总不能光搭着两手去。

"叔，什么都不用带！山上什么都有，什么都给你准备好，对了，小马，把方总的工作服拿来！"

"哎！"

衣服递上来，方天兴，早把自己的胡子也刮了，进屋，一换上工作服，立马如换了个人，显得十分年轻和有精神。

一圈人在客厅，鼓起了热烈的掌声。

"好吧，咱这就走，中午还要在山上酒店为你设宴接风呢？"

方天兴的老伴听到下边噼里啪啦的响声，不知是出了什么事情，连忙出来，才见这方天兴换了一身的工作服，掰着眼，似乎一下陌生了。

"怎么，不认识你老头子啦？"

"你呀，你呀，这是穿谁的衣服，吓我一跳。"

"这人的衣服马的鞍一点不错，这方书记这身衣服一换，谁能说这不像位大老总？"

"是呀！"

"方总精神！"

老伴也知道了这件事的来龙去脉，但农村人还是不大放心。

"老方，这山上的公司可不比在咱村里和家里，做啥要小心！"

"放心婶子，他是我们公司的老总，老总就是领导，这一天坐着车，开个会，提提要求，出出主意就行啦！"

小张说着。

"这是给我叔开车的司机小张！"

方天兴如腾云驾雾一般的感觉，听着汪总的介绍，老伴更是呆若木鸡，这一会天上，一会地下的让她瞠目结舌，这八字没一撇的，这车呀，这司机都有啦，还成了什么方总啦！稀罕，实在是稀罕事，心也决意一会非要看看给老头配的车是啥样子，但又怕人家笑话自己这乡下人没见过世面，车不是没见过，好车也见过，就是没见过这给老头配的车。

老伴闭上门，把一行人送到车前，方天兴坐到了车里，老伴笑得合不拢嘴。

"看着坐到那还像。"

"老婶你也去转转。"

"转什么，这猪、鸡，还有地里庄稼还得招呼。"

"没事，过几天我让几个小伙子去，收庄稼出力气的事，你就不用操心啦。"

"好，托你们的福！"

一行车又缓缓驶出了村子，直奔县城方向而去，老伴眼看着老伴又离自己而去，心中甚不是味道，顿感一种凄凉和孤单，没有风，但心中透过一丝无形的寒意。

自从方天兴到了公司，汪云老板的腰杆硬了许多，这方舟把老子安排到公司，而且还投了一百万，他有他的考量，但汪云明白其中的玄机，但有了方书记的虎皮和招牌，这种社会效应的经济价值同样是无价的，这样再不用提心吊胆啦，因为已把他绑到了自己这条船上，心中一猛踏实了许多，想想为采这批矿的事就恼火，还上下左右又花了那么些的钱，都是这书呆子副科长捣腾的事，还死猪不怕开水烫。软硬不吃，不收拾教训他一下，怕不知道本人的厉害，遂把内弟叫了过来。

"哥，有什么事？"

内弟马军是个急性子，且爱打架喝酒，网罗了周围一批闲杂人员，在这一片人送外号"活阎王"有摆不平的事，他一出手便迎刃而解，几乎没他摆不平的事情。

汪云往外瞅了一眼，便刻意把门轻轻掩上。

"这隔壁公司那个二愣子生产科副科长叫什么来着？"

"冯盛世，就是个书呆子，死脑筋！"

"捣得咱没少花钱！"

"修理下。"

"给点教训！"

"要胳膊要腿？"

"教训一下就是啦，你不明白？难道你还想闯下人命。"

"弄死他如同踩死一只蚂蚁！"马军架起二郎腿恶狠狠地说道。

"好啦，你别露头！"

"明白，放心吧哥，办这事轻车熟路的。"

汪云在想，听说这货还在厂长面前大放厥词，硬说采了他公司的矿，拿着图纸比画，这不治治他怕是不行啦。谁都想在我这捞一把，眼中忽视了我的存在，那肯定是要吃大亏的，杀一儆百是必需的，这冯盛

世，这小子，叫你盛，你和我作对，是要付出沉重代价的。

实际上，大学毕业的冯盛世工作讲究认真，遇到原则性的问题，是要硬抗到底的，不注意变通坚持原则，这便成了他最大的优点，同时也成了他最大的缺点，成了自己的人性的标签，虽然在这开挖黑金的浪潮中干了好些年，也不过拼了个副科长，在一些大是大非问题上还没有话语权。但对隔壁汪云的公司，违规侵吞资源，多次要求下去采取证据，科长不采纳，过几天便找到副矿长，副矿长是位四十多岁的中年人，知道这冯盛世说的是对的，但许多的话无法向他说明。

"是怎样，有无越界开采，需要向县煤炭局裁定，也需要有证据呀！"

"证据我可以下去取，不能眼见着咱的煤矿就被这私人企业白白挖走啦。"

"好啦，这个情况我们开会时再研究！"

副矿长同时也感谢公司有这样责任心强的中层，拍着盛世的肩膀，把他送出了办公室。

而盛世没有来回拉扯的习惯，上班就在矿部，在矿下奔走。这马军布置的人寻不到下手的机会，这些都是来自邻省的年轻人，都是人说"吃飞食"的，好吃懒做，喝个酒、唱个歌、闹个事、打个架是真的专业。领头的叫大黑，高大的身材足有一米八，黑黑四方的脸膛，暴凸起的豹子眼，一脸的杀气和凶相，脖子下挂着一副金色的粗链子，黝黑粗壮的胳膊上绣着龙虎的文身。引着同去的一伙人来到汪云的公司办公楼上，径直来到财务科马军的办公室。

马军不在，几个人又悻悻离开了办公楼，下了楼，大黑拿起了电话。

"喂，马哥，我是大黑！"

"嗯，事办妥了？"

"没，这小怂不出矿部咋办？"

"你在哪里？"

"我在你矿部院里！"

"啊，你跑厂部做球啦！"

"咋得？"

"咋得，你还想要钱不要，说好了，办完事我付钱，咱不见面，你忘啦?"

平时挺横的大黑一听这话，显然是自己违规在先，江湖就讲个规矩和义气。

"好，马哥，是兄弟错啦，对不起，对不起，实在惭愧，下不为例!"

"别在院里转悠啦，赶紧办正事去!"

马军蛮横地挂断了电话。

大黑同样把这都咽了，毕竟吃的就是这口饭，得罪了老板，自己这帮人喝西北风?

"快，快点离开这!"

"怎么啦，老大!"

下边人感到十分异常，在这山阳镇，这样惊慌失措的样子，不知道遇到什么样的人，出了什么事。

"叫你走，你就走，哪来这么多废话!"

这大黑同样不是省油的灯，饶人的货，转手把这股怨气批发给了手下的人，心里顿时也有了种轻松和平衡。在他想来，这冯盛世不可能一个月、半个月都不出矿部，遂弄来的冯盛世的照片让参与人都认识，一经发现便开始行动，人不够赶急呼，特别是在厂门口开始轮流值班，守门待兔，不信他不出来。

功夫下到了这个程度，总是会有效果的，不出两天便传来了消息，目标出来了，冯盛世出了矿部大门。

守门大黑手下值班的梁文，发现连忙呼了同伴，自己则戴上眼镜向目标靠近。

这冯盛世只是想到镇上买瓶牙膏，正好午饭后没事，趁空出来溜达一下，殊不知这有人早已盯上他啦。

正当人们吃午饭的时候，路上的行人不多。天是一眼能看到边的天，太阳在中天，虽然是立了秋，但天气到中午时分仍然很燥热，太阳像一个挂在天上的一轮火球仍然是热得疯狂，穿着蓝工装的冯盛世瞅了一眼天，心想这还这么热，掏出手巾擦了下额角的汗水，刚醒过神往前边

走，一头与戴着眼镜的瘦高个子的大黑手下的梁文撞了个满怀，大个子的眼镜，摔在了水泥路上，啪一声碎了。

"嘿，你这个人眼睛是别到裤带上啦！"

"你骂谁，谁撞住你啦？"

"你这怂货撞了老子还敢嘴硬，我看你是欠揍。"

"怎么回事？"

大黑几个手下已闻风赶到了现场。

"这东西把我的眼镜给撞掉了，这眼镜可是我家祖传下来的石头镜，是无价之宝呀，你赔！"

"谁赔，是你撞到我，凭什么赔？"

冯盛世往后瞅了一下，感觉这里距矿部不远，加上这本来就不怨自己，便大了胆！

瘦高个见自己的人到了场，同样也气盛起来，一个大耳光，顺脸就打了过去。这些人平时练得一手的功夫，霎时，嘴角被抽烂，鲜红的血便从嘴角流了出来。

这一巴掌也着实的又狠又重，把这个冯盛世一下给打蒙啦，头晕脑涨，眼冒金星，一时分不清东南西北，缓过神来，嘴角生疼，一摸，殷红的血便抹了一手，心血来潮、怒不可遏，有生以来还没接过这样的巴掌，伸出一只手，另一只手变成拳头，冷不防一下便砸在对方的嘴巴上。

这大黑手下没防住冯盛世突然出拳，这一拳立马打掉了对方一颗门牙，同样张了血红的大口。

"敢打老子，真是不想活啦吧？"

大个子，一见自己吃了亏，连忙从腰里抽出平常练功用的鞭，一顿猛抽，直打得这冯盛世遍体鳞伤，连出气都困难。

"赔我的眼镜，这眼镜可好几千块钱！"

"赔！"

这冯盛世见这货把自己往死里打，心中也是害怕和胆怯，好汉不吃眼前亏，只好认怂认赔。

"我到办公室给你取钱去！"

"快！敢跑我见面弄死你。"

"好，你等着。"

进了厂大门，看门的保安见状大惊失色。

"怎么啦，冯科长！"

"叫人打啦，就是后边那几个，快，快报警，叫咱厂警务室人来，把这几个抓住，别让他们跑了！"

冯盛世说完，浑身血淋淋地倒在了门卫室的门口。

最后，事情移送到派出所，对方被拘留了几天，冯盛世住院，对方赔了冯盛世三千块钱的医疗费，便草草结案。

冯盛世的这顿打也算是白挨啦。

方舟很悠然独自一人开着车到了西阳，联系好看新房，户主是父亲方天兴的名字，都已是装修一新，柳总特意在那候着又把一把小保险柜的钥匙交给了方舟，方舟试着打开，里边放了三沓子整齐的人民币，方舟感觉有二十多万的样子。

"这些是你在西阳市的花销，需要时再给你拿，屋里的灯光、音响都是进口的，搞个小舞会都没问题。"

"嗯！"

方舟感觉柳总这事办得很扎实，满意地点了点头，在吃晚饭的时候，也是华灯初放，更有都市的景致，也只有柳总陪的两位客人碰来碰去。

"不敢多啦，这不是在咱家乡，这是在西阳市，喝多了……"

"没事，这里有咱公司的分部，各方面的人很熟，一个电话，啥事都摆平啦！"

"真的！"

"我哪敢哄领导，借我两个胆！"

"有劳柳总啦！"

"应该的，方书记帮了多少忙，柳某无力报答！"

柳总十分地谦卑，很有分寸，也很真诚，连忙又给方舟端了一杯酒。

方舟欣然接过一饮而尽。

"方书记!"

"怎么?"

柳总在耳边嘀咕了几句,方舟面露喜色。

"那叫进来吧,总不能让人家饿着肚子陪咱跳舞唱歌!"

柳总又是拍了两下,一位金发蓝眼睛,裙子露出的大腿都是那么嫩白的洋小姐便晃了进来,来到方舟的跟前。

"这是方书记!"

"你好,方书记!"

"还会说中国话!"

方舟惊叹不已,连唾液都要出来啦。

"我叫米力!"

"米力你好!"

"赶紧叫小姐坐下吃饭!"

"坐到方书记的身边!"

"好的!"

方舟不知道这洋妞喜欢吃什么?正犹豫时,米力指向了牛排。

"噢!"

方舟连忙把一块牛排,夹到她的小碟里。

"谢谢!"

米力客气地吃了两块牛排,又夹了几块红烧鱼块。柳总看着她吃得差不多啦,米力虽是洋妞似乎也懂得中国的规矩,擦了红红的嘴唇,站了起来,倒了一杯酒。

"我得敬方书记一杯!"

方舟感觉没啥说的,这洋妞端的酒,不接的话怕有失国人的礼节,连忙站起来,挺有风度地慢慢喝下。

"中国人讲究,好事成双,我再敬你一杯!"

方舟又站起来喝了。

"有幸认识方书记,我们碰一杯!"

"好的，有幸认识米力小姐!"

"今天是周末，一会儿好好陪方书记跳会儿舞!"

"在哪?"

"方书记的家里音响很棒的!"

"一定让方书记舒服和高兴!"

这酒方舟喝得已是不少啦。

"喝多了!"

方舟摇摇头，还憧憬着晚上的好事情。

"没事，一会儿我开车!"

"噢!"

吃完饭，柳总开着车，方舟和米力在后面坐着，抱着浑身光溜溜的洋妞，他感到从未有过的幸福和满足，恍惚在梦中，睁睁眼，这是现实中。进了大门，这成排、成幢的家属楼，晚上的灯亮着的并不多，车到楼下，柳总把车停到车库中，把车钥匙又还给了方舟。

"上去坐坐?"方舟礼节性让道。

"不用了，我那还有几个朋友!"

拿钥匙开了门，便进了楼道，上边都是感应灯。

"米力，好好表现，明天上午十点来接你!"

"放心吧!"

柳总眼见着方舟搂着米力的细腰走进了电梯。柳总便露出了奸笑的面孔，迈着坚实的脚步走出了大门，抬手挡住了一辆出租车便消失在灯光灿烂的都市车流之中。

一天的中午，方舟正在午休，还在回忆幸福西阳岁月情调，电话突然响了起来，感觉是个电话亭的公用电话打过来的，原本不想接给挂了，但没过一分钟，同样的电话又打了过来。

"谁!"

"方书记，我是春桃!"

"什么事?"

方舟着实有些不耐烦，这货什么时间都来打搅，连基本的规矩都

不懂。

"没有什么事，我已怀上你的孩子!"

"什么?"方舟感觉五雷轰顶。

"我要把这个娃子生下来!我走了，到时候再把孩子送回来!"

方舟已经两个星期没见春桃的面，心中不由生疑。

"别胡来，你在哪，我去找你!"

"几个礼拜都不见人影，忙呀!"

"晚上也忙?"

"你去哪里?"方舟一边起床一边穿衣服。

"回来再告诉你!"

"别走!"

"车要开啦!"

"再见!"

此时的方舟，大脑一片空白，连忙拿起电话拨通了汪云的电话。

"汪云!"

"方书记!"

"春桃去哪啦?"

"不知道，今天到公司借了一万块钱，说家里盖房!"

"唉!"

方舟没法说，也不知道这说什么，这事情来得太突然。

"方书记!"

方舟无力地挂断了电话。

看看窗外，太阳的一束光照射到窗帘上，变成了碎碎小小的金星，惶恐弥漫了他的大脑。忽然想到这事的严重性，又拨通了汪云的电话。

"汪云，无论如何，挖地三尺也要把她找出来!"

"这?"

方舟无力地挂断了电话，阳光仍然是那么的灿烂和辉煌……

第三十

　　这个马蛋蛋，岁长一岁，调皮增一年，更增加了马家的烦恼，上初中不在本村，更加没人管得住，个头长到了一米六、墙头高的身材，更是爷奶无法动手，城里住过的孩子和农村土生土长的孩子也就不一样。

　　一天，马蛋蛋在放学的路上把邻村的孩子打得一脸血，被打学生让家长引着追到方家河村。蛋蛋躲得远远地，跑得连个人影也寻不着。

　　父母把孩子引到院里。

　　当爷的下地啦，只有当奶的在家里正在生火做饭。

　　"这是咋啦！"

　　当奶的一见两个大人引一个孩子进了院，抹着眼睛看，都不认识。

　　"咋啦？"

　　"你马蛋蛋把我娃脸都打烂了！"

　　当奶的这才知道是孙子又闯了祸打了人，连忙上前，看着孩子的伤。

　　"快，快坐下，先消消气，我给你倒水去！"

　　"马蛋他爸呢？"

　　"去城里啦。"

　　"你是？"

　　"刘村的。"

　　"噢！"

　　"听说他爸是开出租车的，是不是有钱就怂恿孩子欺负人？"

　　"不是，这蛋蛋从小就疯，不少挨打，就是管不住，赔罪啦。"

　　"一句赔罪就能完啦？"

　　"是呀，看娃伤到哪啦，叫医生给娃看看，走，到卫生室给娃看看。"

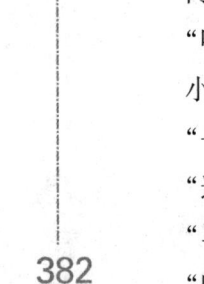

当奶的也不再让客人坐了,连忙拉着抽着脸、坠着屁股的娃出了院,关上门向村卫生室走去。

太阳已落在西边的山头,红红的太阳把村中的房舍和树照得红彤彤的。

卫生室就在老大队部的地方,一掀门帘便进去啦,几个人进去,里边这个时候,正好也没有病人。村医是本村的,又不是专业医生,要忙家里活,又要给村民看病,都是几十年的老熟人。

"丙旭!"

当奶的直呼在里边药房忙活的医生的名字。

"婶,咋啦?"

丙旭医生应声出了药房,一看有几个外村的人连忙问道。

"我这死蛋蛋把刘村的同学给打了,你赶紧给看看。"

"哎!"

丙旭取了酒精和棉球,先把脸上的血擦干净。

"呀,好疼!"

小孩一蹦老高,挣脱了医生的手。

"一会就好了。"

"这是用什么打你?"

"马蛋蛋用棍子戳到我脸上啦。"

"噢,不要紧,我给这伤口清洗干净上点药两天就好啦!"

这刘村的家长,看着孩子的伤也不大,遂长出了一口气。可看着自己的孩子脸颊上贴着这一块药棉和胶布心中就怄气。

"这事不能就这样完了?"

"你说,都是小孩,低头不见抬头见的,这有伤咱给看,消消气。我这当奶的给你们赔不是啦!"

当奶的双手成作揖状。

女的一看,连忙拽了一下男的衣角一下,言外之意这事就算啦。

"不行的话,蛋蛋爸回来,上你村给娃买些好吃的!"

"好了,婶子,我们走啦!"

"回家给你们做饭,吃了再走!"

"不用了!"

当奶的一直把三个人送出了村,一直等到都看不到人影才想起这大门未关,不知老头子回来了没有,连忙往回赶。

前脚进门,听屋里有动静,吓了当奶的一大跳,定神一看,马蛋蛋从北房晃了出来。

"奶!"

"还叫奶,你怎么把刘村的娃脸打烂了?这刚给人家包扎好,刚才去哪啦?"

"奶奶,他也打我啦,我就拿个棍子戳了他一下!"

"你这娃,这棍子都敢往脸上戳,要是把人家眼戳瞎了,咋办?"

当奶的抡起了巴掌,这马蛋蛋早躲得远远地,出了门又跑得没影啦。

"耍会回来吃饭!"

"奶奶,知道啦!"

马宏亮回到方家河村时,天色已暗下来。他停好车,关上门看到父母正在房檐下吃晚饭。

"快来吃饭!"当妈的停下手中的筷子,站起到锅台拿起了勺,揭开锅舀了一碗黄澄澄的小米汤,在小桌子放了双筷子,知道这儿子一天不容易,也辛苦。

马宏亮一看。

"马蛋蛋呢,还没放学?"

"又出去耍啦!"

"捅祸啦!"

"就你嘴长!"

当妈的瞪了老头一眼说道,心想这事归事,还能放坏不成,先让娃吃了饭也不迟。

"捅什么祸啦?"

马宏亮吓了一跳,睁大眼睛问道,心中害怕出事,连声音都带着

颤抖。

"把人家刘村的同学打得一脸血，在村卫生室包了扎！"

当父亲也是对儿子惯自己的孙子这事的不满和愤慨，这越大越不好管。

"没事吧？"

"没事，就是脸上戳烂了一点！"

当妈的心疼儿子，跑了一天，让儿子坐下吃饭。马宏亮理解老人的这份心意，一听事不大，也放下心，上了台阶，坐到小凳上吃起了菜。

"说，认错不认错？"

"认！"

"声大点！"

"认错，都是我不好，给爸惹事啦！"

蛋蛋想想，自己没有亲妈，让别人欺负，回来还受爸爸的体罚，心中也委屈，"哇"地一声哭得泪流满面，呻吟不止。把个马宏亮也给惹得也抱着儿子号啕大哭，父子俩哭成了一片。

还是上房的老人听到这哭声，起来下房叫开门劝住了父子俩，当爷把马蛋蛋拉住。

"走，跟爷爷睡觉去。"

"疼！"

蛋蛋脱了小衫，这皮带下边是紫红的一道印，而且还肿了。马宏亮也看见啦，自己下手也太狠了，怯生生地看着父亲，意思在说，你不是叫管管，打一下你就心疼啦。任由当爷的把蛋蛋拉回了上房，不过想想也不对，忙寻了点酒精送到了上房。

这一夜马宏亮，半夜都翻来覆去睡不着。

在这场不大不小的风波过去之后，县里成立的出租公司，又对未登记的运营车进行了突击整顿，马宏亮连人带车又被扣了几回，罚了几回，眼见着想靠出租车发家致富的梦想又一次破灭了，和芳丽一商量又把这出租车以五千块给甩了，算来算去，这八千块钱又扔到河里啦。

芳丽虽然是山里人出身，然而成家后，长期住和生活在城里，作为平常人，下地干活的事也不愿做，但全家都下地劳作，自己待在家里，又不合适，想想也不是常人。两口子也别扭得无法在这里生活下去，但仍不死心扔在这里的几千块钱，马宏亮知道这样的女人自己也留不住，好聚好散，早分手比晚分手好。

"放心，我马宏亮风水轮流转也不能穷一辈子，有钱啦，一定把你的钱还给你。"

芳丽相信他的话，点点头没有话说，收拾了自己的行李，一个红包袱，一大清早，马宏亮推着自行车把她送上了回乡的班车。

看着她伸出窗的手招着，马宏亮也招着再见的手。

心里真是怪怪的，说不出是一种什么味道，又推着破旧的车子回到村里，自己还不想让村人知道，这好不容易带回一个媳妇又跑了。

很快，方家河都知道马宏亮的媳妇跑了、走了。马宏亮又成为光棍一条，感觉十分地没面子，甚至丢人，这日子过不下去，连一个女人也留不住。

有一次，马宏亮睡在床上没出门，还是到了吃饭时候，老妈把饭菜放到桌子上。

"起来吃饭，这是人的命，别难受，太阳总有照到咱家门口的时候！"

想想也是这个理，马宏亮一下摔了身上的毛巾被，呼一下起来，很快吃了饭，心里是来了精神，可这现实呢？又能干什么？几乎没有了家底和本钱，能做什么呢？寻思不到出路，这日子还要过，妹子和娃还要上学，这一个大男人躺在家里，这不是坐以待毙吗？他想到去车站给人卸货挣钱，辗转反侧，不知如何是好？不知不觉中，又进入了梦乡。

马宏亮家的事还是传到了袁海茹的耳朵里，她的心里很不平静，也有一种自责，都是从小的同学，要是当初盯住方舟，不让宏亮下岗，他原来的家也不散，同样也落不到今天的地步，便让司机开车到了方家河，在马宏亮家门口停下，海茹没有下车，因为老妈已被接到县城，招呼着自己抱养的一个男孩，她也不想再回到村中。司机敲开了门，马宏亮妈开了门，小司机立在门口：

"这是马宏亮家吗？"

"是，你是?"

"乡里袁书记听说马宏亮日子紧巴，让捎来两千块钱!"

"这，不合适吧?"

"别推辞啦，袁书记和马宏亮从小是同学，只是尽一份心，有什么困难去找她!"

宏亮妈接过钱，厚厚的一沓，沉甸甸，这海茹当了书记也不忘和宏亮同学一场，危难时伸援手呀，真是感激万分。

"海茹是好人呀!"

目送着乌黑的小车消失在阳光下，她还在招手，小车早已远去，她仍木木地相送着。

外边的车声，早已惊醒了熟睡中的马宏亮，他不知道这马家又摊到什么事来，心中甚是忐忑，夹杂着一丝的惊恐，直到母亲把情况一说，又递上一沓两千块钱。

马宏亮惊恐地喊道：

"人呢，海茹的这钱不能要!"

"车早走啦!"

马宏亮还是追出大门，可车早已没了踪影，只有扬起的余尘在太阳光下漂浮着，证明这里曾有小车碾过。

"想起来了!"

"想起什么啦?"

当妈的觉得儿子有点不大正常，神经兮兮的。

马宏亮一猛又突然想起了东阳市的另一位战友，好像在一个派出所工作，翻箱倒柜地找出了那封信，就叫申正义。

虽然马宏亮家没电话，但方家河村里的电话也不在少数，无外乎掏块儿八角的电话费。

他一时也顾不得向老妈解释什么，把钱放进抽屉里披上衬衫，边走边把扣子扣上，到有电话的邻居家走去，进门先说打了电话，该掏钱就掏钱，所以很快有了下家，随着电话铃的"嘟嘟"声响，这电话竟通了。

"你好!"话筒里传来很客气的声音。

"正义!"他真想大喊一声,就是他,这都快二十年没见啦,还是豫东那声。

"你是?"

"我是马宏亮,还记得吧!"

"噢,是老班长呀!你好呀!你现在在哪?"

"我在村里呀!"

"我还以为你来东阳啦,有空过来呀,几十年不见,想念老班长呀!"

"真的?"宏亮很感动。

"当兵出身的人,不会说假话。"

"那过上几天去东阳看你?"

"欢迎、欢迎、热烈欢迎!你来了提前说,我叫上几个同班的战友,为你接风洗尘!"

"好,让老战友,也到你们的大城市看看,开开眼界!"

"确定?"

"今天是周五,明天下午到!"

"一言为定,下火车坐二十一路车到西城派出所,我在所里等你!"

"一言为定!"

放下电话,付了一块钱的电话费,走在回家的路上,心想这战友情还是很重的,顿觉大脑飘飘的,兴奋得都想喝上二两酒。

在马家,虽然看父亲的话比较多,但在这个家庭还是母亲当家和管钱,这芳丽一走,宏亮还是依着这个规矩,虽然海茹给的这钱母亲交给了宏亮,但他这个当儿子的还是要把这钱交给母亲。

"唉,你妈这只是过把瘾,用时你们又要走啦。"

当妈笑笑,满意地接过钱,数着。

"妈!"

"怎么?"当妈的警惕地问道。

"我明天去东阳战友那去一趟,到大城市转转看有什么赚钱的生意没有,这蒙在家里也不是长久之法。"

马宏亮不好意思地挠了挠耳朵,毕竟都老大不小啦,但在母亲面

前，感觉永远是个孩子。

"我说吧，这钱到我手里还没焐热，又要了不是，说吧，要多少，反正你妈又花不了这钱！"

"五百吧！"

"这么多？"

"万一有什么生意，没钱也不行，反正你儿不会把钱白扔给旁人，花不了还交给你！"

"嗯，妈知道你也不是胡花的人，记住，这海茹的钱，以后有了还是要还的，这人情债不能欠，欠了一辈子都还不了！"

"知道了！"

马宏亮接过钱，连忙放进了自己的皮夹子钱包里，小孩一样冲母亲笑笑。

"还有，这出门在外，多长个心眼，没把握的事甭干，能干就干，不能干的事别干。就是你爹说的一句老话，这种庄稼人饿不死，祖祖辈辈都这样过来啦，真不行就回来！儿行千里母担忧，别让妈操你的心！"

都四十来岁的人啦，还让老妈操这份心，宏亮从内心而言感觉对不起她老人家，这混个媳妇又跑啦。想想自己弄的都叫什么事呀，脸燥热得吱吱响，原来在村里就是外来的独门小户，过到如此光景，免不了村人笑话和戳脊梁骨，叫父母也同样在村里直不起腰，抬不起头。这次去东阳市可比要上卢山县好多啦，起码腰里有钱这心不慌，起码不窘迫和寒酸，便特意刮了胡子，穿了件整齐像样的衣服。这人的衣裳马的鞍，拿起圆镜上下左右看看，也挺顺眼和上相，咱马宏亮这一收拾，不说是人样子，起码过得去。因而暗自发笑，日子都到这步田地啦，还对着镜子臭美，真是脸大不知丑，还死鬼作乐哩。

出租车，这曾让自己风光一时的小轿车没了，生活好像又回到了原点，自行车骑不成，只有徒步几里，掂了个黑包来到路边候车，感觉这马宏亮，还是过去的那位马宏亮，但又想想，生活本来也就是如此。

到县城的火车站时，已经十一点啦，知道这十二点前有趟经东阳的一列火车，虽然是慢车，可票价也比快车差得近一半，反正人多，站票也就

站票，能省几个是几个。拿定主意就坐这趟车，下了班车，急忙来到火车站的售票窗口，把十块钱递了进去：

"到东阳!"

卖票的是位中年妇女，还特意看了宏亮一眼，遂敲响键盘，找好钱，连票一起又递了出来。

"拿好，赶快进站，十一点四十五发车，下一位!"

"谢谢!"马宏亮不忘回应一句以显自己的素质。

从售票窗口出来，来到人不多的地方，装进钱包。他也知道出门在外，安全第一，一旦这东西丢了，到人生地不熟的地方，那得拉着棍子讨饭回来。确信万无一失，这才放下心，在人多的地方不忘把左手放到屁股后边装钱的兜中，这是个不能忘记的动作。

不出所料，这去东阳的车上，还真是人多，上去便人满为患，过道上、车厢的连接处挤满了人。此时马宏亮也顾及不上这些啦，皮包夹在胳肘窝处，屁股靠在车厢连接处的铁门上，时刻能感觉到钱包的安全状况，也不至于被人掏走都不知道。站的功夫，还挺自信，就是那么三四个小时，没有问题的。他也清楚，在这种场合，只要不往人多的地方凑热闹，想盗窃的人对自己就没有下手的机会。只要有人靠近自己的身体，宏亮都会特别地警惕，不妨用眼睛过滤扫视一下，也向靠近的人发自己小心防范的信息。

出了站，按照战友的提示寻，找到而且坐上二十一路公交，心想这大城市也没有可怕的，就是怕迷路、坐反车。

当太阳还有半竿子高的时候，看看表也才四点半，下车便来到了西区派出所的门口。这一个派出所门楼高高的，很像一回事，这申正义就在这上班，能在这上班比自己有出息，比自己这个班长强多了。

看着时间，太阳还没落山，估摸着距下班还有一段时间，不妨到附近的市场上转转熟悉一下周围的环境，同时也会增强自己大脑中的记忆。便过了人行道，来到对面的街上，入口处写着文化路，上边用红色的箭头做有指示。

他想这文化路应该是文化人去的地方，自己跑这是干什么来着？但谁

要它在这西区派出所的对面，便悠闲地走在一边的街道口，反正正义说叫几个战友为自己接风洗尘，去早啦，人家还在上班，立坐都不是，还不如在这晃会，悠闲自在，近距离免费看看这城市的风光，注视着平日在农村里和小城市所看不到的喧哗和热闹，看到更多的是一副副陌生的面孔。

　　信步而去，也许快要下班，人流在无形中增多。蓦然中，宏亮注意到人行道边挂着"美香拉条子店"小招牌的店面，门口挤满了人，这是什么口味的拉条子，竟然吸引这么多的人光顾，还真奇了怪啦。索性也驻足想看个究竟，这是座六层楼一层的一间小门面，门口有一张写着"收银台"字样的桌子，里边放着五六张桌子，已经座无虚席，后边相连的是厨房，开着一个长方形的窗口，用于把做好的饭菜递出来，瞅瞅里边也只有一位大师傅，穿着蓝色外套，戴着口罩的一张脸，露出一双滚瓜乱动的双眼，铁勺在刮锅时的响声，特别地响亮和刺耳，一会油热时，放进肉菜时瞬间发出巨大的"吱啦"响声，随之，锅里腾起一股火苗足有一尺来高。

　　饭店里没有服务员，顾客都是掏了钱买了张小票自己到窗口去取，六块钱一份的拉条子，竟然是供不应求，而且这后面也排成小长队。说实在的，马宏亮也闻到这种香味，若不是下午有场，自己也是一定要尝尝这味道，这特殊的香味捣得肠子直蠕动，发现桌子上一两鬓斑白的老者吃得津津有味，有这么香吗？特意看了老者一眼。他也不敢再站了，下意识地看看时间，走过去也就快到下班时间啦。

　　果不然，当再次过了马路来到西区派出所的门口时，门口一位穿着警服的人在张望。

　　"正义！"马宏亮一眼便认出了他。

　　"老班长！"申正义快步跑着上前，握住马宏亮的手，又毫不顾忌大庭广众之下拥抱了马宏亮。

　　"我想你啦，老班长！"

　　"我也想你呀！"

　　马宏亮也很激动，连眼角都有些湿润，用抽出的右手深情地拍了拍正义的后背，两人渐渐恢复了正常，相互注视着对方。

　　"快二十年啦，正义你变化不大，还是那么年轻！"

"老班长,你也是,还是那个样!"

两个人都十分的高兴和开心。

"东阳的,我昨天约到了三位,都是周边的,说好了,我安排在对面的东阳饭店二楼,今天不醉不归,住的地方也在那里,挺方便的。"

"好,让你破费啦!"

"说哪里话,应该的,都是生死战场下来的,不容易呀!"

马宏亮心想,那家拉条不错,实诚想吃那个,但没敢出口,知道这话一出口,这战友又该笑话自己啦。

由此,马宏亮感到很惬意和一种满足。

太阳在西天的云层中游动着,明闪闪的光也不怎么热,他和申正义向东阳饭店走去,边走边聊,当路过"美香拉条子店"时,还是无意停下了脚步,向里边注视一下。

"这拉条子味道很独特,想品尝,明天一块吃!"

"嗯!"马宏亮无意应了一声,马上又十分后悔。

马宏亮心想,就一个大师傅,一个收钱的,就会把生意做得这样好?

马宏亮不可思议地摇着头……

第三十一

自从汪云把冯盛世整进了医院,这县上的煤炭公司从此也消停啦,再没人吆喝汪云的私人公司吃了公家公司的矿,生产形势相当地好,堆起的煤炭存得跟小山似的,汪云偶尔围着这里走上几圈,心里也是美滋滋的。

这方天兴负责管理生产,一来二去的也熟悉了工作,更熟悉了下边的工队和科室的人。自从这身份被人知道后,同样是三天两头有人请吃请喝,俨然在这片土地上像个太上皇似的让人们孝敬着,他做梦也没想到竟有这样的好事轮到自己,比一个支部书记权力大多啦,这吃喝玩乐都有人管,拿的是年薪,年终还有分红。自己的生活习惯,方式也都有了翻天覆地的变化,大有做梦娶媳妇,梦想成真的感觉。还有人送上有两副带色的天然石头镜,戴上也蛮像那么回事,到了矿下一路灯火通明,同样是吆三喝四的,生产科、安全科、销售科都有一堆的人陪着,跟众星捧月一般,特别是外地的工队人,特聪明,特机灵,他无意咳嗽一声。

"喝水,方总!"

立马有人就递上茶水来,刚没喝几口,有人又递上烟,有人点上火。坑道中,自动运煤的传送带,源源不断把煤块运往外边。

"这煤成色好!"

"是的,方总,这都是上好的焦炭,耐烧而且价格也高,市场需求大。"

愈往里走,愈接近采矿区的位置,机器的轰鸣声愈大。

"不进去了吧?这声音太大。"

方天兴犹豫了一下,扶了扶头上的安全帽和额头下的眼镜,对负责采煤的小个子工队头说道。

"要确保安全生产，进度不能减，产量不能减，要全负荷安全生产！"

"放心吧，多产煤也是为公司增收，同样是为我们自己增加收入，这工人的积极性高着哩，这一个班，一个工人也有好几百的收入呀！"

"好，说得好！"

方天兴停下了脚步，若有所思地点点头。

"难得方总来矿下一次，下午我都让办公室安排在聚贤山庄啦，这是刚开业不久的，新人新店新菜。"

"这咱公司可有规定，吃饭非山阳饭店不聚，你可知道？"

"知道，这政策是死的，可办法是活的，况且咱这饭店时间太久，菜都吃腻啦，方总何不到新店尝尝鲜，也让我这些下边人，有亲近领导、巴结领导、结交领导的机会！"

这工头的意思，话里有话方天兴完全明白，只是会意地笑了。

"你这人不大，鬼主意不少，好的，就按你的意思，今晚就去聚贤庄。"

"多谢方总赏光！"

这个叫林旭的小个子工头，一脸的灿烂和欢喜，他也知道方总的位置和力量，况且这一天生产多少？劳务费每吨多少？都是方总一念之下，一笔之下呀，再笨的人也知道应该怎么办！

"回矿部！"

方天兴一句话，戴安全帽的人全部向回走，毕竟这矿里的空气流通都不如外边，时刻感觉有一种压抑和危险在脑际萦绕，巴不得赶快离开这地下。他同样也不想在这多待一分钟，愈往外走，这采煤区的轰鸣声就愈小，停在耳边的是均匀的传送带的声音。

到了矿部，正赶上汪云坐车要出去，一见方天兴忙停下车走了过来。

"辛苦了，方总，这么大的年纪还亲自下矿！"

"汪总说的，我方天兴如今吃的就是这碗饭，这矿上生产安全正常啦，我也能睡上安稳觉！"

"说得好，生产形势好，大家的收入也就高呀！"

"还是汪总站得高、看得远，说话有水平！"

"叔，批评侄啦！我汪云还得靠叔撑腰呀！"

"放心，就是天塌下来，叔也会替你顶着！"

汪云听这十分舒心的话，随之转向几个科长：

"你们这些小科长就听方总的话，不好好干，就让你们下课、滚蛋！"

"是、是、是！"下边一片附和逢迎之声，不乏点头哈腰之状。

"县里有个事，我去应酬一下！"

汪云上了车，小车瞬间消失在几个人的视野之外。

"五点钟聚贤庄见！"

老总就是老总，方天兴有自己的车，自己的司机，这些官不大的小科长同样有自己的车，只是没有方总的车好而已。

方天兴出现在刚开业没几天的酒店，一下引起了轩然大波。

宴席在一个酒店最大的宴会厅里，地上铺的是吉祥花纹图案，色泽鲜艳，华丽的吊灯，装修一新的墙壁，都是最一流的和最时髦的，里边喝茶的座椅，长方形的茶台，还有音响、点歌台，完全具备了在此吃饭、唱歌、跳舞的功能，显得格外地豪华、宽敞和庄重，连端菜、传菜的服务员都是清一色服装，都显得有礼节、上档次，特别是站在那的礼仪小姐，更是穿着统一的粉色拖地长裙，细高苗条的身材，清一色的年轻和漂亮，每一个手势和微笑都是那样得体和动人，客人一听那迷人的《迎宾曲》更像是踩着舞步进入了美妙的天堂。

方天兴踩在软软的地毯上，听着悦耳的音乐和节拍，由不得心旷神怡，茶桌上，司茶小姐更是熟练地冲茶、分茶，一杯杯茶，金黄清亮。

"大气、漂亮！"方天兴左顾右盼，大发感慨。

"只要方总满意就好！"

林旭是南方人，大小也是个头，老乡也称为林总。一听方总这话，心里也高兴，连忙又递上烟点上火。

"这林总也非等闲之辈，找到这个地方，算你有眼光！"

林旭一听这话，这开天辟地第一回，方总也称自己为林总，也倍感荣幸，心里激动得无法言表，但仍要做出谦卑的样子，不敢人家撂个针，咱当棒槌拾，自己的勺大碗小，自己最清楚。

"什么呀，还林总，就是民工头，就是方总下边跑腿的。"

"谦虚，谦虚使人进步呀，看来林总的前途无量呀！"

"感谢方总的提携和关怀！"

"好，喝茶、喝茶！"

品了几道茶，这转盘桌上的凉菜已经上好了。

"怎么样，方总？这凉菜上好了！"

"好，开席，开席！"

在这坐南向北圆桌上，因为南边对着门，对着门的地方在当地称为"上席"，就是俗称的上座，在朝门的北边放了一张特殊的带有花纹、铺盖红座套的太师椅。

"方总请上座！"

小林总恭恭敬敬地欠身让道。

"这合适？"

"就你的职务高，就你的年龄大，就你的威望大，你不坐谁敢坐？"

"是吗？"

方天兴没见过这把特殊的椅子，立在跟前左看右看，不时用手摆弄着，觉得实在是好奇。当了几十年的支部书记，没见过这种椅子，一圈的人没人敢坐。

他看到一圈人都站在那，像看猴一样看着自己，心里觉得不舒服，也感觉很怪异，心想你们坐你们的，我欣赏一下这把椅子都不行？

"你不坐，没人敢坐！"

林总解释道，反正得把方总让入座。

"我不坐，你们都不坐？"

这么大一圈，都几乎在点头。

"那你们都站着吃饭？"

一圈人还是没有什么反响。

"好，我坐我坐！"

方天兴欣然坐到大师椅上，一圈人这才拉着凳子哗哗啦啦一声响，一个个坐了下来。

"方总，先吃点小吃，垫垫底！"林总把一块牛排夹到方总的小碟中。

"嗯，好！"

方天兴一想这不对，这垫底是为了喝酒，自己才不上这个套哩。

"我先说，本人的酒量不行，就一杯酒，你们尽兴喝，我的这几个科长酒量都大着哩。"

"我们方总，在村里干了二十多年的支部书记，没有点酒量，能应付了一年那么多事情吗？"

"对，当村党支部书记的哪个都有酒量！"

方天兴见自己的几个小科长"反水"，供出自己能喝酒的底，自己打的埋伏和小九九全泡汤了，眼瞪了几个一眼，想想这也是善意的"反水"，无外乎让我多喝点，他们自己亦可多喝点，年轻人嘛。他拿起筷子，戳戳他们几个，然后笑了笑。

"一会替我喝酒！"

"一定的！"

按这里的规矩，酒场先碰三杯，然后是敬酒，最后才是划拳猜宝。

酒是好酒，整件六瓶装的五粮液，桌上就放了两瓶，都是净一色的透明玻璃杯子，大小都一个样，没有作假的可能。

酒过三巡，这也是履行完了既定的程序，便开始敬酒，而且是从主位上开始敬酒，人常言：酒桌上感情深是一口闷，感情浅是杯子上舔一舔。大家都认这个理，几乎成了约定俗成，一口闷的都喜欢，那舔一舔的可就没面子啦！甚至一个场，喝多喝少都不一样，那是泾渭分明的，不一样就是不一样，一碗水总有端不平的时候，干瞪眼，干生气。

这场是林总安排，称为"做东"，就是这场掏腰包的人，自然是先敬酒的，这同样也是不成文的规矩。

林总端起了杯子，站方天兴的身边说道："方总到咱矿上，时间也不短啦，今天能请到方总一行，是我林某的荣幸，也十分感激，方总就是我姓林的和我带来的百十号人的衣食父母，在此，林某恭恭敬敬给方总端上一杯！"

"这不是一杯呀！"方天兴瞪大眼睛，眼看着不是一小杯酒，而是一大

杯酒，但说真话，这几百块钱的一瓶酒，就是喝着顺口，就是和那几块钱、十几块钱的酒味不一样。

"一杯小酒，难表我林某的谢意！"

这话得真情意切的，满桌的人都在用眼睛看着自己，把个方天兴给呛住啦，只好接过这高脚杯子，站起来一饮而尽。

桌上响起了掌声，林总觉得很有面子，连忙又端起茶水递了上去，又请方总坐了下来。

"喝口茶！"

"好家伙，这一杯太厉害，怕有二三两吧！"

"不多，也就是二两半！"

然后依次为在场的人每人端酒，到方总的起点高，各科室大小人物每人都是二两半这标准，把一个个喝得脸嘴都变了形，连自感酒量不小的方天兴都感到有些猛，捎带几分的蒙，心中嘟囔道：这再好的酒，只要喝多了都一个味、一个字晕。刚拿起筷子站起坐下，屁股还没暖热，门口便来了一群的人。走过来自我介绍，什么山阳镇党委的，派出所的，酒店老板，连山阳煤炭公司的领导也过来敬酒，一个说的比一个好听，反正就是一个字：喝。这些都是有身份的，开始大脑清醒时还知道推辞，这一猛喝多了也不知谦虚推托，任凭这个端，那个敬的，很快大脑便不听使唤啦，最后也不知怎么回去的，起来的时候发现自己赤身裸体的躺在宾馆的房间里，而且身边还躺了位漂亮动人的女孩。

"我怎么在这？"

"你喝多了，抱着人家不松手……"女孩羞答答地说道。

"能有这事？"方天兴一阵的羞愧，觉得自己的老脸热得没处放，拿起电话就要叫自己的司机。

"不叫啦，你把司机打发走啦，让明天一早来接你，没事我再给你捏捏！"

"舒服吗？"

"嗯，就是舒服！"方天兴想来这一不做二不休的，既然上了这船，便索性放纵自己一下，抱着女孩，一下像年轻了几十岁，尽情享受人生的极

致,像过年一样,像过生日一样。

窗外,黎明的曙光渐渐显出端倪,不知哪户农家的鸡叫了一声,便响起连锁反应,此起彼伏的鸡鸣声便响起来啦。

令方天兴和小林总没想到的是,煤矿发生了一件了不得的大事情,几乎是灾难性事件,真应了一句话叫作乐极生悲。

县上的公司在两山中央盆地的南边,也就是在上边,汪云的公司在北边,也就是在下边,县上公司怕汪云的公司吃自己的矿,沿着图纸的分界线,用另一采矿机把自己的矿沿边沿圈起来,而汪云则沿着朝上的位置,一直向前推进,两家都在暗暗使力,一天二十四小时三班倒不停产,因为没有沟通信息,在地下谁也不知道谁在哪里,采煤机打到什么位置,加上各自机器的轰隆隆的声响,根本听不到相撞的危险信号。

到上午九点多的时候,随着一声巨响,两台采煤机发生了相撞事故,当场双方的机器,几乎全部报废,操作机器的双方各有人重伤,现场一片混乱,各自抢救自己的伤员,送往县城的医院。

方天兴刚回到矿部还没睡着,仍旧沉迷于昨晚的美好回味中,电话的铃声就响啦。

"方总,井下与县公司打通,两机相撞,采煤机报废,另有两人重伤!"

"快,先救人,上报煤炭局!"

"人已送往县医院抢救,我把事故情况已报安全科!"对方的林总说话的声音都有些颤颤抖抖啦。

"好!"方天兴也没遇住这种事,也不知如何是好?但他知道这下捅下大事啦,一是人命关天,二则是公司就这一台机子,一旦报废,整个就处于停产,而且这一台机子也不是三五十万能解决了的事,蹬上裤子穿好上衣,拿起电话拨通了汪云的电话。

"什么?发生了这么大的事故,让矿部人全部下去,全力抢救伤员,保护好现场,我就去县煤炭局汇报!"

此时方天兴呆若木鸡,完全愣在那里,对方的手机都挂断了,他仍拿

在耳边听，直到手机连续响起嘟嘟的断线音，才知道对面的汪总早挂断了电话。

在地面上双方并没有衔接和沟通，而在地下则又发生了纠纷。

双方的人都集中在各自的采煤机前，都是工程队的，眼见各自的吃饭家伙扭七裂八地横在一边。

先是县上公司的一位包工头出来发难。

"你们是怎么打的，竟然打到我们的矿区？"

"谁在说话，是放屁吧？"

"你骂谁放屁？"

"骂你是轻的，你这头猪，看你是欠揍！"

这林总一看这吃饭的家什报废啦，早忍不住心中的怒火，拿起一个铲煤的铁锹，也看不清这人是谁就抢了过去。

"这帮北方人打人啦，操家伙！"

双方的工人都不少，看看工头发了话，也为了自保，拿不到工具的，就掂起又黑又大又重的煤块，在昏暗的灯光下厮打起来。

然而这南方人是给县公司干，闻风而至的工人越聚越多，把北方人打得鼻青眼肿。林总一看这吃了大亏，连忙电话求救老板，他知道汪云在黑道上有人，马上出来打电话："吃亏，挨打啦！你先顶住，我马上叫人支援你，不行掂上一袋辣子面呛死他们！"

这汪总的一席话一下提醒了小林总。

"去，小三，快，把咱灶上的一袋辣子，马上送到井下！"

他急红了眼，用脚蹬了一下同乡的小伙。

"快去！"

"好！"

当林总匆忙来到现场，脚下被横七竖八的废旧轮胎绊了一下，看见自己手下的一个个被打趴在地下，但不敢恋战，看着对方人黑压压的一群人，有点怯场。

"撤，人家厉害，我姓林的服气啦！"

"服气啦，这就是偷采别人矿的下场！"

对面发出一片喝彩声。

"别跑，别装熊，再打三十回合！"

林总眼看着自己的人渐渐撤离了现场，便对手下的下了命令。

"点！"

手下将一小瓶汽油泼在成摞的轮胎上，随着打火机嘭一声响，一刹那间，变成了巨大的火球，乌黑的滚滚浓烟随着火势向洞内飘去。

"北方人放毒啦！"

对面一百多人的队伍立马捂着嘴仓皇四散逃命去啦，不通风的巷道中，浓烟夹杂着刺鼻气味，把众人呛得一个个落荒而逃，余下的被熏趴在地下，坑道中，留下十九人，都是年龄稍大一些的。真是大难临头各自飞，各顾各的命，也没人管倒下的是谁，喊救命的是哪位。

"北方人烧轮胎，把人都要熏死，气都喘不过来！"

"后边还有人？"

"有！"

公司的矿长听说发生了大事，带着人员赶到矿口，领导连忙吼道。

"安全科的人，所有矿部人员，戴上防毒面具，没有的戴上口罩，立即下矿救人！"

平时在演练时，这些东西都挂在矿口的一间房子里，这人命关天。矿部的人立即戴上防毒面具，拿着手电迎着滚出洞口的黑烟，跑着冲了进去。

当众人扶着、背着、架着把留在巷道里的人弄出来时，这120的救护车已到矿部输氧、打强心针，十几个人抢救过来的有多半人，剩余三个人成了僵硬的尸体。

"这三个人已没有了生命迹象，我们先去救活着的！"

"这可是三条人命呀，能再救救吗？我求你们啦！"

矿长跪了下来。

"这就是烧几条破轮胎，能熏死这么多人？"

"轮胎燃烧后，产生一种有毒气体，可致人死亡！"戴着口罩，脖子上垂着听诊器的医生解释道。

"好呀，这下可捅下天大的娄子啦！"

"快、快向公安局报案，这可是三条人命呀！"

这边北方人撤回到矿部，一个个被打得伤痕累累，有如是打了败仗的残兵败将一片的呻吟声和叫骂声。

公司的医务室挤满了人，有包扎伤口的，有抹药的，有挂上液体输液的。

汪云和方天兴同时到了现场，汪云脸色铁青。

"怎么回事？"

"这南方人太多，根本打不过人家，不是跑得快，这些人都回不来啦，汪总！"林总哭嚎着脸说道。

"你们长的手呢？掂着家伙往他们身上抡，都是饭桶、孬种！"

"实在打得受不了啦，我让人把平时当坐垫的轮胎点着扔了过去，才救了这几十人的命，要不都叫这些人打死啦！"

"这是正当防卫，这是正当防卫！你们做得对，有我汪云给你们撑腰，怕个球！轻的在医务室处理，重的用通勤车送到镇卫生院！"

"对，就是正当防卫，他们把人往死里打！"

方天兴嘴里嘟囔着，附和赞同汪云的意见，他没想到这矿竟会发生这样可怕的事件，刚才还活蹦乱跳的人，眨眼间阴阳两隔成了三具遗体，这事可如何办？自己主抓生产和安全的，自然是难逃责任呀，想到这里，方天兴还真有几分的害怕。

看着马军领着一队人马跑了过来，拿着刀棍，三节鞭足有五十人。

"人呢？"

"都跑回去啦！"

"找他们去，把咱的人打成这样不能就这样完啦！"

"滚，都滚！"汪云吼道。

"这吃亏大了，以后还怎么在这混！"

"叫你滚，你不知道什么意思？你还嫌这事不大？"

"都散了、散了！"

"那，这事？"

"去吧，钱少不了你们！"

这样五十多人的队伍，零散地离开了矿部，诚然这些人都是吃这碗饭的，如同是饭店给你上菜啦，吃不吃，钱得照付，理就是这个理，在这山上也是这个规矩。

汪云和方天兴的人刚到楼上，办公室有人传来消息，那边矿上死了三个人。

"怎么死的？"

"熏死的！"

"啥，属实？"

"抢救过来的都拉到县医院啦，死的人就放在矿口！"

汪云立即站了起来，惊叫一声，知道这事闹大啦，这怕不是几个钱能摆平的，但反过来一想这事出有因，况且有方书记在，心里硬气了不少。

"谁让你烧轮胎的？"

"不是……"

林总支支吾吾看着汪云。

汪云知道他后边要说什么话，但大是大非问题上他可一点也不马虎。

"要敢做敢当，自己捅下的祸事要敢于承担责任！"

"这？"

"这什么，他们人多势众，咱被打得要死要活的，烧轮胎是正当防卫，明白吗？正当防卫是法律允许的！"

"记住，实话实说，你汪总还能帮你，若要开口乱说，那可谁也帮不了你啦！"

汪云狠狠地拍了拍林总肩膀，那言外之意对方是完全明白过来啦。

"放心，我一人做事一人当，绝不牵扯别人！"

"这就对啦，放心去吧！"

这林总，充其量也就是个小工头，这让放心去吧，一句话把林总说得心里冰凉，这不等于说，这要进监狱啦。

"汪总，你得救我！"林总一时的可怜相全都出来啦。

"在这，除了我救你，还有别人吗？"

"嗯！"

这还真是应验了那句话，怕怕处有鬼，鬼就在怕怕处，这一转眼的工夫，戴警帽、穿警服的就来了矿部。

"谁叫林旭！"

"我就是！"林旭颤悠悠地应声。

"你被拘留啦！"

警察出示了一下拘留证，林工头还没看清楚，人家就收回啦，只大概见上边的拘留证和公安局大红印。不由分说，一双银色的铐子便戴到了他的双手上。

"签字！"

林旭看了警察一眼，又看了汪云一眼，默默拿起了笔，歪歪扭扭写上了自己的名字。

"林旭，是啥就是啥，如实回答，也别怕！"

林工头默然点了点头，又看看朝夕相处的老乡，就这样被两个公安局的人带上了警车。

这新书记还没到任，方舟又是负责这一块的县委主要领导，这么大的一件事，又不是一件小事，在初步了解了案情后，在常委会会议上方舟作了简单的汇报。

"据初步了解'11·9'坑道熏死人事件，是一起因矿权纠纷引起采矿穿透引发的械斗群殴案件，事件造成三位南方民工因窒息死亡，我已责成由县公安局、县煤炭局、县煤炭公司、县检察院组成'11·9'事件专案调查组，最短时间写出事件调查报告和处理意见，到时再报常委会研究，每位负责人也可发表意见。"

作为县委副书记，没有书记，常委会还是由副书记主持，县长是负责政府方面工作，也不想插手这件事，心想把这烫手"山芋"甩给了方舟，当然方舟也无可奈何接了过来。来的四位部门负责人，在这常委会上自然是没发言的权利，况且这调查没结束，报告没出来，但方书记既然初步定了性，别人自然不好说什么。

常委会会议结束后,方舟特意把四位又留了下来,语重心长地说道:"这是一起严重的械斗事件,我们县正在发展中,煤炭又是我们的支撑产业,如今我县的发展形势很好,新区建设又初具规模,这样大好的形势来之不易呀,告诉我们的同志,一定要珍惜来之不易的发展势头,该生产的生产,该调查的调查,该处理善后的事宜也要同时进行,要做到三不误!你们可以发表下自己的意见和看法!"

下边的四位能说什么,快速听着方书记的指示,你看我,我看你,还是公安局的刘局长,合上笔记本表了态。

"按照方书记的指示,尽快拿出调查报告和处理意见,上报方书记和常委会。"

"好的,刘局长是公安局的老领导,这个调查组就是由刘局负责牵头,大家有什么意见?"

"没有!"

"好,就这样定啦!你们都回去,抓紧开始工作。"

会议散后,方舟仍觉不放心,连忙让办公室通知出事两家公司的负责人来见自己。

两个人接到电话,立马第一时间坐着车来到新县委的办公楼。山阳矿业公司的矿长,是当年党委书记调任的。一进门,就开始检查自己的错误:"方书记,我真是有负县委和你的信任,弄出这么大的事情,给领导惹这么大的麻烦,你处分我吧,免了我,我也没怨言!"

方舟很客气,从办公桌旁走过来,给这昔日上级史书记执意倒了杯茶水又递上一支烟,意味深长地说:"你都是老书记,工作能力、责任心强都是县委放心的老同志,在这件事上,我要批评你啦。一是,对采矿界有意见,可以提呀,可以向县煤炭局反映呀。退一步说就是煤炭局不受理,你可以找县委,找我呀,难道这界限能弄不清?以至于酿成今天这样惨痛械斗事件,而且死了三个人,明说了,你这个矿长是有责任的。"

"是的,方书记,我是有责任的!"

"我们党的干部,不怕你犯错,就怕你错了不认错,不改错。这改革开放,我们都是摸着石头过河,无经验可学,犯错误是正常的,不犯错误

才不正常。你要回去立刻召开会议,一是要全力配合好联合调查组的工作,是啥就是啥,不要护短,不要怕问题暴露出来;二是要迅速安排好恢复生产,耽误生产就是犯罪;三是要成立组织,立即着手处理伤亡民工的善后事宜,防止矛盾激化,死者家属上访,该花的钱一定要花,赔偿高点就高点,一定要息事宁人。"

史书记把方书记的讲话,原原本本记在了笔记本上,感觉到出了这么大的事,领导还是苦口婆心在教育自己,但觉心中有愧组织和方书记。

汪云见史书记耷拉着脑袋从方书记的办公室出来,也知道下边轮到自己啦,这吃黄瓜挨训是肯定的啦,也不敢等叫,自己敲响方书记门。

"进来!"声音很大。

汪云进到办公室,他就没史书记那么幸运啦。方舟坐那就没起来,屁股在凳子拧了一下,"咚"地一声拍桌而起。

"你好大的胆,想反天了不是?光天化日之下,竟敢怂恿工队熏死三人,重伤十几人,影响极坏,这就是明目张胆的杀人犯罪,你知罪吗?"

妈呀,这一说还把个自认为见过世面的汪云吓了一跳,也没让坐下,更别说让一杯水喝。

"都是工队干的。方书记,你消消气!"

"好啦,退一步说,这事就算你不知道。但我问你,你私自超越图纸划定的界限,越界开挖煤矿,抢采国有煤矿资源,这几个月你多采了多少煤炭?以为别人都不知道,就凭这一点吊销你的执照,关闭你的煤矿,封存你的所有房产、存款,把你扔进去,你服不服!"

汪云没敢回话也没法回话。

"什么是你的,这资源都是国家的,把你人一关,资产一收,你就是光棍一条、老百姓一个!"

"方书记说得对,这胳膊拧不过大腿,自古如此!"

"你捅的祸太大啦,怕是我方舟也帮不了你啦,还是另找人吧!"方舟抽了一支烟,自己点上,深深吸了一口,毫不客气地给汪云一个屁股。

汪云连忙过去。

"方书记是我汪云的恩人和救星,绝不会见死不救的!你消消气!"汪

云拉下脸皮，拉着方舟书记在椅子上坐下，也知道这雷声之下必有所求，心想这不就是事大、多花些钱吗？在这块土地上，他也知道的确没有他方舟摆不平的事情，这点他是确信无疑的，但就是不知道这件事情上要自己放多大血，出多大的力。

"知道该怎么办了吧？"

"知道！"

汪云知道这话的意思，但不知道具体的数字，更不知道他近来一反常态，许多事情都隔过周旭山，中间少了一个知情人，难道他不相信周主任了吗？种种迹象表明，连开车也自己学了，这表明许多事情，他不想让第三个人知道。

"知道什么？"方舟问他。

"嗯！"汪云挠挠头，扶了扶眼镜。

"这个……"方舟伸出左手五个手指摇了两下。

五百万，汪云一惊，这胃口也太大了吧！这简直是在割自己的肉，但要不应允，怕他说的都可能做出来。想想，只要煤矿照样干，这羊毛出在羊身上。他敢要这么多钱，肯定要给自己办这么大的事，便咬咬牙应了。

"明白啦！还是老地方见！"

两人分别握了手，心知肚明的是合作共赢，互利合作，方舟笑了，汪云也笑了，知道这场风暴也就过去啦……

马宏亮感到自己十分地幸运，好像上苍有一道光在映护着自己。这是因为，他一到东阳市关注留意的拉条子店，不但店主和战友申正义认识，而且还是一个县的，名叫尹军朝，人也爽快，就这么一来二去的，又成了熟人和朋友。

战友申正义是直性而且重感情讲义气的人，了解到老班长心思后，特意请尹军朝吃饭，在饭桌上，提出了这件事情。

"尹老板，咱都是老伙计，我战友这次来到东阳，他可是二十年前在部队上的老班长，看到你这店生意好，有心学学手艺，回去在家乡梅县也开个店，你看如何？"

马宏亮盯着老板的脸，生怕被回绝了，心也吊得老高。

尹军朝是位高个、圆脸蛋的中年人，听了这话，一时犯了难，答应吧，这增加一个人等于增一张嘴，自然要增加开支，明明是要分自己的收入；然而这些年在这块开店，没少麻烦老乡，况且这片归派出所管辖，多少事还是有劳老乡照应。犹豫彷徨一时难以决断，用细长的五个指头在饭桌上不停地"帮帮"敲着。实际是很矛盾，但反过来想想，这多一个人也多一份力量，起码可以省去自己的辛苦，他学成回到了外地，距此处也有几百公里，同样影响不到自己的生意，构不成什么威胁。

"正义老兄说哪了，这也是小事一桩。"

尹军朝终于还是憋不住，吐口答应了，但嘴动动吸溜了一声，没往下说。

"谢谢！"

申正义眉开眼笑，庆幸给了自己面子，不至于在老班长面前装不起人。然而这言犹未尽的表现，不知下边还有什么话没说，这一天卖多少碗，挣多少钱？难道他想白用老班长，要是这样的话，这事还是要砸锅弄不成。如此的安排，显然不是老班长的意思，虽然捎带学点手艺，但毕竟当一个人用，他看了一眼正义。

"放心，我会帮你做些店里的活，比如扫地、配菜、切菜，给客人端菜送饭，不会让你作难！"

马宏亮一眼便看出了其中的症结，连忙打破了僵局，但申正义并未坠老战友的话，仍在看着尹军朝的脸，似乎要他什么态度。

"好吧，既然是正义兄弟的班长，那这事就这么定啦，一月付给马宏亮八百块，管吃管住，学会为止。"

"好，这才像哥们，来干杯！"

三个同时举起了酒杯！

申正义在军朝出去的工夫，贴着老班长耳朵小声说："我在这派出所干了十几年啦，一月也才一千多点！"

"很多啦，都是借老战友的光啦！"

马宏亮很知足，同样很感激，来到这生疏的异地，能有吃的、住的、学手艺的地方，还有工资，的确是很满足。自己这颗星星碰到的都是银光

闪闪的大月亮，还有什么说的。待老板进来，主动端了杯酒给两位又端上，也算是一种真诚的感谢啦，摸摸身上的烟，还是几毛钱一盒的，寻思着也拿不出手，干脆作罢，连自己也不抽啦，好在申正义给每人发了根烟，马宏亮趁机起身给一一点上。

"何必客气，都是弟兄们！"

尹军朝连忙用手盖住火，点点头，看了一眼马宏亮，抽着了烟。

这件事定了下来，作为战友的申正义也静下了心，基本不再为老战友的事操心，自己接着喝酒了。

想想事情办到这个地步，也算尽了地主之谊和战友之情啦。

甭看这"美香拉条子店"，这店虽小，但在这块影响大。本地的，无论是打工的，还是上班的，好像这一天不吃这口，睡觉都不香。一到开饭点上，人来人往的，如同个小集会一样热闹。马宏亮自从上了班，就感觉如同是磨坊的驴上了套一样，八点天一亮起来，尹军朝把拉条、菜买回来，他就开始择菜、洗菜、切菜、扫地、擦洗桌子。悠然感觉像店里的一位男短工，偶尔也有失落感。但想想这人为财死、鸟为食亡，都是为了生存。这两天便站稳脚跟，也实属万幸啦，还想咋哩？

这大师傅是位微胖中等个子，姓苏，连老板也称苏师傅，说胖也就是挺着一个凸起的圆肚皮，四方脸，留着小平头，不爱说话，性格有几分的腼腆，比马宏亮小几岁。

"马哥！"

"苏师傅！"

这一句马哥把马宏亮的心里叫得跟鸡毛掸扫了一样。想这城里人素质就是高，知道尊重人。实际上知道尊重人，同样是在尊重自己，因为尊重了别人，别人过来也会尊重你自己，就如同有人说的一样，家里的父母就是一尊佛，尊佛等于尊敬自己一样，因为自己最终也要成为父母，成为家中的佛的道理是一样。人家虽年龄小，但是自己要拜的师傅，也是自己依靠之人，给自己希望之人。

"这菜都择净了，你就按这个菜样和数量，一份份切好，到时候不误事！"

"嗯！"

马宏亮应了声，走进了厨房，同样系上蓝色的外套，扣上白色的工作帽，咣咣切起了菜，什么葱、蒜、辣子、香菜加上生鲜的羊肉，足有十几样东西放在一个外部蓝图案的大碟子中，一下摆了两行，老板看着这师徒二人配合得很默契，效率也大大提高了许多，心中和眼里同样感到很欣慰高兴。看看墙上的钟表，马上就十一点半，也到了吃饭的点上，便把原本只开着一扇的门全部打开。一下，从白色条状门帘中，太阳光明晃晃地洒了进来。第一个进来的客人，是一位两鬓斑白的老人，穿着一身的半旧工作服，两眼炯炯有神，手指上夹着支烟，进来后泰然地到桌上买了票，递到了开着口的窗户上。

"苏工，今天来得早呀！"

"哎，早来省得挤，省得等，你这一家子的手艺名声大，吃的人多啦！"

说完这位苏工晃悠到桌子前坐下，老板尹军朝也不马虎连忙给客人倒了杯茶水。

"谢谢啦！"

"谢什么，苏工也是老客户啦，理当服务好！"

"抽支烟！"

尹老板也不客气，接过来看看是带把的玉溪烟，放在鼻孔处闻闻。

"咋样？"

"好香！"

"这烟真过瘾！"

这边苏师傅已开始工作，虽然是煤火，可这油一放，很短时间，整个炒锅起了二尺高的火焰，菜往里一倒，吱啦一声，只见苏师傅戴着手套的手摇了几下，炒锅很快平静下来，一股肉香、油香、菜香浸入人的五脏六腑。接下来是把现成的拉条子倒进去一搅拌，盖上盖焖上几分钟，便好了，随着一勺勺舀到大碟子中，冒着热气的拉条子就做成了，紧接着刮锅、洗锅的声便响起啦。

"好了，苏工！"

坐在桌子旁的苏工，便悠然地来到窗户前端了拉条，放到桌子上，取了生蒜，开始津津有味地品味心中的美味午餐。

作为帮厨的马宏亮，还是不太适应这么大烟雾、气雾弥漫的厨房，浑身热得出汗不说，熏得连眼几乎都睁不开。

随着外边顾客的不断增加，苏师傅的节奏也在不断加快，好在这一切都准备就绪，炒好后，品尝后，再增加些调料，这是苏师傅的事。

马宏亮总还是想学点技术，所以说，这热也好，呛鼻也好，肩上披条白毛巾，有汗擦了就是啦，看看表，这一盘拉条子就是不到三分钟。

这来一茬，走一茬，到一点半左右时，历时两个小时吃饭的大部队已过去，零零星星的客人，也使这个小店一下也宁静了许多！

"出来喝口茶歇会！"

大汗淋漓的马宏亮洗了脸，把收的条一数整整卖了六十张，这一盘六块钱，中午营业收入三百六十块钱。他知道，这下午还有一茬，一天两拨，一天毛收入就是七百二十块钱，刨去人员工资、各项税收、原材料、房租开支和人员工资，这起码也是百分之五十的利润，老板一天也能落个二三百来块钱。这一天就按二百元，一个月就是六千块钱，顶住多少个上班人的工资，生意就相当不错啦。就是辛苦，马宏亮心想，这古人常言，钱难挣，屎难吃，做什么不辛苦？这辛苦些没啥，只要能赚到钱就行。寻思着这也不亏，趁着空闲，一猛对进店的第一个人感到了兴趣。

"尹老板，这苏工是干什么的？"

看到他一脸的迷茫，老板笑了笑，挺随意地说："说起这苏工呀，还真有意思，他原来一直是你们县地质队的，当了一辈子的地质工程师，退休多年啦，七十出点头，就喜欢咱拉条子这口。"

"在我们那车站路上，早听说有个地质队，怎么看着有点面熟。"

"去过地质队？"

"没有！"

马宏亮想想肯定地回答道。

马宏亮想问得更多，怕老板起疑心，但心里知道这工程师的肚里肯定

都是宝，这哪里有矿、那条矿脉线上矿好，心中最清楚。在大脑的记忆里，又还原了苏工的模样，不一样就是不一样，好像他的眼中充满常人少有的智慧。

自从在东阳这里落住脚后，他向家里的父母打了电话，说了情况和打算，两位老人不但同意，而且很高兴。

一个月后，发了工资就给家里邮回六百块钱，自己一个月留二百，有带来的钱垫底，心中踏实了许多。况且自己又不怎么花钱，就是抽烟，又不抽好烟，仍然是买那几毛钱的烟吸，一个月也花不了几个钱。知道家里总是有那几张嘴要吃饭，从不敢浪费乱花钱。

这日子过得也快也平安，连这做拉条子的手艺也达到了炉火纯青的地步，有时候苏师傅有事一个星期不在，马宏亮也顶上干，接住这大厨的角色，客户也没有不良的反应，尹老板为此，还另外一个月给加了一百块钱。

"谢谢尹老板！"

"谢什么，都是你自己挣来的。"

按理说，这手艺学到手，按照当时的约定，也到了该回家的时候。但老板也没说这事，自己也不想提及这事，好像暂时双方没有这种安排。马宏亮也习惯了东阳这里的生活，要冷不丁回去，还真怕一时还不适应。对于苏工，每次给苏工炒拉条时候也特别细心，油肉菜也无意多了些。苏工有时也特意在店里多停一会和他聊聊天，给马宏亮发发烟，甚至拿一些好茶叶让马宏亮和老板喝，彼此也建立一些私人的感情，无意中知道了苏工的住址的大致位置。苏工礼节性请马宏亮去家里坐坐，虽然也没去过，但大致的方向他想应该能够找到的。他所能想到和感觉到这个工程师兴许对自己有用处，所以有意在苏工这件事上特别留意，也就利用他喜欢这口和店里大师傅这几天不在的空闲，为自己搭搭桥、铺铺路，也是一举多得的事情，何乐而不为呢？就是他对自己没有什么用处，我马宏亮也不损失什么，想想这也是放羊拾柴火、捎带的事。

功夫不负有心人，机会就在这琐碎事中出现啦，谁都不曾想到，竟然就这么神奇。

马宏亮关注的苏工，竟然两天没来店吃自己做的拉条子啦，感到十分奇怪和着急。扪心自问，是自己做得不好，没学成不是原来师傅的味道吗？他摇摇头感觉不是，因为苏工连续几天吃了自己做的还直夸口呢，这一大盘子的饭吃得干干净净；难道是苏工出差了？他退休多年，是不用上班更不会出差的；只有一个原因，他年龄大，可能身体不舒服，甚至有病了，或者是住院啦。

他的判断告诉自己，苏工肯定是身体不适。遂在忙完中午这茬活后，特意炒了份拉条子，放在保温的塑料饭盒中，放弃了中午休息时间，洗涮了一番自己，刷了牙，刮了胡须，穿上自己认为最好的衫子出了店。最终还是找到了苏工住的家属楼，按响了住在一楼的房门的门铃。

一眨眼的工夫，门"吱啦"一声开了，露出苏工的头，脸色明显有几分的苍白。

"哎，这不是马师傅？快进屋，看把你热得一头大汗！"

"苏工，我找了不下五栋家属楼，终于还是寻到了你的住处。这是刚做的，你老趁热吃了吧！"

"快，快进来！"

苏工进门打开开关，屋里虽然很大，但没有几分钟，客厅很快就凉了下来。

"怎么了，叔？"

"没事，前天感冒啦，烧到三十九度，这年纪大了，儿子远在广州。"

"那我婶呢？"

"去看孩子啦，屋里就剩咱光杆司令啦。这不，在社区诊所输了两天液，今天刚输完。"

"感冒了，不敢吹凉风！"

马宏亮连忙关掉了空调。

"没事，看把你热的。"

"我说这两天你不去店里，心想八成是身体不舒服，这是我中午做的，你趁热吃了。"

"你这年轻人还真有爱心，还能想到我这老头子，难得、难得！"

马宏亮把饭盒打开，里边还淌着热气。

"正好，刚输完液体，还没做饭，这拉条子，我还是真想吃啦！"

马宏亮也不生疏，忙从苏工的厨房中取来了筷子，苏工也不客气，放在客厅的茶几上，便津津有味、大口大口地吃开啦。

马宏亮又从水壶里倒了杯白开水，在两个杯子间倒来倒去，直至感觉温度合适啦，才倒好进苏工用的杯子里。

苏工一下被眼前的景象所感动，脑海中浮现出女儿、儿子和老伴的身影。在没有亲人的两天中，他感到一种无奈、孤单，甚至是一种凄凉。马宏亮的到来便也使他感到一种亲情的关心，苏工眼眶湿了，他感到一种从未有过的委屈，想说什么，但又说不出来。他走南闯北，这样的感觉还是第一次，继而是声嘶力竭地号啕大哭。

"苏工，你怎么了？"

马宏亮被这突然出现的一幕弄得不知所措，不知是自己做错了什么，引得苏工如此这般难受和激动，吓了一跳，连忙走到身边，小心惊恐地问道。

苏工很快就平静下来，拉住马宏亮手让他坐在自己的身边，把个马宏亮看得是丈二和尚摸不着头脑。看到马宏亮诚惶诚恐的样子，苏工连忙拍了下马宏亮的手，又紧紧握住手背，感慨地说："我活到七十一岁，第一次见到你这样有善心的人。"

"我想问，你对我这退休的老头这么好，又有什么想法呢？"

"没有任何想法，只想你是位两鬓斑白的老人，和我家中父母年龄差不多，能帮老人就帮帮老人，希望父母出门也能遇上好心人的帮忙照顾；再者，你能喜欢我做的饭，也是对我最大的鼓励和支持，我很荣幸。"

说完，他又为苏工续上水。

"嗯！"

苏工点了点头，注视了这位中年人许久，大脑进行了分析和筛选，认为马师傅是发自内心的声音，没说假话。苏工问了马宏亮的人生经历和家

庭情况，马宏亮都一一如实做了回答，并毫不隐讳自己的不幸和贫穷。

"我在这地质探测行里，二十四岁大学毕业到六十岁退休，整整在这个行业干了三十六年，几乎走遍了中国的大江南北，最后十年是在你们梅县度过的，你们那是个好地方，煤炭资源很丰富呀。我就想不通，你怎么守着一个金饭碗到东阳这生疏的地方来谋生呢？你不应该在这里寄人篱下，为别人打工。你们那里的黑金，富裕了多少人？"

"那是要投资的，我没有本钱，是入不了那行，所以挣不到那一行的钱！"

"不用，我给你写封信。你们那有个叫汪云的人你知道吗？"

"听说过，是个大款、煤老板！"

"知道他有多少钱吗？"

"不知道！"

"他这些年开煤，最少要赚个八千万到一个亿！"

"有这么多？"

这个数字把马宏亮吓了一跳。

"是，我说的是至少！"

马宏亮相信苏工说的是实话，这隔行如隔山，自己根本无法估算出一个煤老板一年能挣多少钱。心想，这和自己有什么关系？人家有再多钱，也不会无端给自己一毛钱。

"你可以在那办个煤厂，我附近有几个朋友在火电厂当领导，可以常年订购你的煤炭，其中的差价就够你花了，不用在这东阳这样耗，这么辛苦！"

"能行吗？"

马宏亮一听，这可是桩大生意，开煤厂，自己就是老板，但不知道能行吗？自己没一点本钱，汪云会把煤赊给自己？等卖了再付钱，天下能有这样的好事吗？他真的很怀疑。

"你愿意做我的儿子吗？"

苏工平静地问道。

这犹如晴天霹雳，马宏亮根本没想到苏工竟突然提出这样一个问

题，真的一下全蒙啦，但很快反应过来。

"干爹，请受儿子一拜！"

马宏亮双腿跪了下去，说完向苏工连磕了三个响头。

"快，起来！"

苏工一脸的高兴，连忙把马宏亮扶了起来。

"从此你就是我的干儿子啦，我现在就给汪云写封信，他穷困潦倒时我帮过他，我有大恩于他。他也会帮你的。"

说完他就当面向汪云写了封信，从下边的落款才第一次知道苏工的名字叫苏朝晖。

"你拿着我的信，这上有我家里的电话，你也记一下，让他给我打个电话，我可以给他再口头说一下。"

没想到这么大一件事，眨眼间就搞定啦。不说苏工是自己的干爹，就是自己的亲爹，又能如何？苏工就是自己的再生父母，是自己的大恩人、大救星。原来认自己做干儿子里边是有讲究的，并非平白无故的行为。

马宏亮感激万分，在自己贫困潦倒之时，竟遇到这样的一位大福星，抱住苏工失声痛哭。

"别哭了，男儿有泪不轻弹，要是需要钱，多的干爹没有，十万、八万的还有！"

苏工拍了拍马宏亮肩膀，又给他加加油，马宏亮擦干了眼泪，使劲点了点头。

临走时，马宏亮记住了苏工的电话。分别时，苏工，忽然想起什么。

"你等会！"

苏工拐回到里屋，出来塞给他一沓没开封的新钱。

"这是给你的见面礼！"

"这？儿子不能接！"

"拿着吧，你还很紧巴，会有用的，等你将来有钱了再报答，反正你干爹年龄大啦，再多钱也没有，只能给你指条道，其他的还要靠你自己，明天你就回梅县吧！"

"好了，听干爹的话，好好干，有空多给干爹打个电话，等你事弄成

了，身体要还行，我过去看看！"

捏着这一沓没开封的一万块钱，简直感觉是在做梦，这有天上掉馅儿饼的、天上掉银子的，没想到这还有天上掉干爹的。他感到这时来运转，感到这通红的太阳总归是照到我马宏亮头上啦。

怀揣着一份激动与渴望，感到血液在加速流转，涌动一种震颤，回到店里，原来的苏师傅正好也回来啦。

谁也没有告诉，连申正义战友也没说，结清了店里的手续，说了感谢的话。下午特意找一个饭店，带上烟酒，感觉是这么多年，自己最大方和奢侈的一回，与尹老板、苏师傅及战友搞了场正式的告别和答谢宴席。四个人喝了一瓶白酒，谁也没喝多，马宏亮更不会喝多，看着一桌人酒足饭饱了，拿起剩下的酒，每人倒了一杯。

"再次感谢，我的正义战友、尹老板和苏师傅，祝你们工作顺利，生意兴隆，财源广进。有时间到梅县玩，我一定盛情招待！"

"干杯！"

一场告别和报答的宴席，就在全体站起来碰杯之后便这样结束啦。

次日上午九时，马宏亮搭上了回梅县的列车。这回他买了快车，无外乎多掏几块钱，人是少多了，连座位也有，浑身一种轻松。感叹有钱就是好，瞅一眼，车窗外的城镇、楼房在眼前飞速掠过，心中有发不完的感慨。很快，开始思考着这事，回去该如何去做，如何去说？感觉需要做的事还很多，不时走到晃动的车厢连接处来回踱步，唯一的行李就是一个帆布做的挎包，斜挂在胸前也在晃动着。

回到梅县，也没敢搭班车，因为清楚这包里揣着巨款，县长可曾为万元户披红戴花、牵马游街！便不假思索直接叫了辆出租车，径直把自己送到方家河的自家门前。听到门前又响起的小汽车响声，当妈的出来一看，儿子竟从小车上昂首阔步走了下来。

"宏亮！"

老妈抹抹眼角，满脑的诧异。

"妈！我回来了。"

"哎，回来就好，人常说这好在外，不如赖在家。省得一家操心，你就不知细发（节省），回来坐个班车，走几步路怕啥，非要搭着出租车，把钱都糟蹋啦！"

"没事的，妈！"

马宏亮与出租车告别，车喇叭响了一声便开走啦。

"没事？这一分钱还难倒英雄汉！"

"好啦，是儿子错了！"

马宏亮想起了那几分钱，买不到烟，上不了路，蹲在墙脚想苦恼的往事。连忙向老妈认错。进了院，老父亲仍是那个样，手掐大烟袋蹲在树荫下"吧嗒"地抽着烟。

"爹！"

马宏亮忙从包里掏出两包好点的烟递了过去。

"又浪费钱，我这旱烟锅子蛮好，省钱还过瘾！"

这开煤厂的事，八字还没见一撇，想给父母说，但又不敢说，最后决定还是先不说的好。他也知道这希望愈大、失望愈大的道理，省得折磨老人，这个家也真是再经不起折腾啦。

"吃饭，宏亮！"

"妈，不吃啦，我在火车上吃过啦！"

"跑的火车上还有饭？"

"嗳。"

宏亮点下头表示肯定。

老妈自言自语，宏亮也不敢数落她。说实在话，老妈这辈子还没坐过火车呢，自然不知道火车里的情况。

思来想去，这一万块钱也不给老妈交，匆忙去村信用社存在折子上。留了两千块钱，知道这见汪总，办煤厂的手续和租地方都是要花钱的。

在次日的早晨，经过紧张的准备，不仅问到了汪云的电话号码，而且确认今天就在山阳镇的公司。不敢急慢，便一早从县城搭上开往山阳镇的

班车，班车在阳光明媚的山道上行进。时隐时现的太阳光，不时明亮地照在脸上，仍然是斜挎背包，白色的衬衫配着黑色的长裤、黑色擦得溜光的皮鞋，把黑瘦、狭窄的小脸也衬托得特别有精神。

马宏亮印象中，从未到过这山阳镇。不长时间便到了，一看这两山之间这一片特别地宽，镇的中心被一片高低不一的小楼群包围着。

下了车，路也特别地宽，也许是产煤的缘故，天空似乎有一层烟尘笼罩的薄雾，空气中也有一股煤的味道。但此时也顾不得这些了，一打听汪总的公司，一位出租车司机很热心，宏亮也知道其意图，因为自己也曾干过这行。

"送到矿部，多少钱师傅！"

"十块钱吧？"

"行，走吧！"

钱真是男人的胆，此时此刻的马宏亮感觉要再和司机搞价，显然就掉价啦。

出了镇往北也就是不到二里地，车缓缓停了下来，下了车司机指着前边一幢三层楼的几排平房。

"这就是汪云的公司。"

马宏亮一眼看见院子的大门口竖着一块白底黑字的招牌"汪氏煤炭有限责任公司"。随即向出租车付了十块钱，一想这汪云这么大的老板，不知肯见自己不？也不知苏工的信能不能起作用，心中也是十五个水桶打水，七上八下的。

到了门口，在桌子的本上登记了，就要往里走。

"你找谁？"

"找汪总！"

门卫瞄了他一眼，看着还文质彬彬的。

"等会儿！"

门卫拿起电话，拨通了电话。

"哎，汪总，有一个东阳的客人要见你！"

"东阳？好吧，你带他上来！"

马宏亮跟在门卫后边,上了楼,来到西边的大门前。

"汪总!"

"进来!"

"我下去了?"

"去吧!"

此时的汪云正一脸的愁容,一支腿搭在桌面上,手一挥,哼了句门卫就走啦,走时不忘随手轻轻带上门。

"有什么事?"

汪云漫不经心问。

"我想在附近开个煤厂?"

"开什么煤厂,卖给谁,我这煤堆得跟小山一样还卖不了呢?"

汪总翻了马宏亮一眼,他正在为这煤矿纠纷的事烦恼,不想来的人还想开什么煤厂,真是不知好歹。"我这有封信,请汪总过目!"

马宏亮感觉这老总的眼里,根本就没自己这个人。莫非,这事不成还受一顿羞辱,连忙从挎包里颤悠悠地摸出了干爹的那封信,递了过去。心中知道,这是自己最后的一招,事情的成败,同样在此一举。心中亦默默祈祷着不知是否存在的上苍。

"什么信呀?"

汪云不屑一顾地问道。

"是苏朝晖苏工的一封信!"

"啊,什么?是苏工!"

"嗯!"

这大爷似的汪总听到这个名字,大惊失色,连忙把腿放下来,迫不及待地拆开信一看,上边写着:

汪总:

　你好!多年不见,老朽十分想念,今有我的干儿马宏亮想在山阳镇办一煤厂,请给予支持!

　有时间打我的电话。

苏朝晖

汪云的那种惊慌失措,令马宏亮都十分震惊,虽然不知其中的原因,但见他连忙起身离开了太师椅连忙伸手倒水。

"宏亮兄弟,慢待了,慢待了,请见谅。矿上这几天出了点事,正烦恼着呢,请原谅!"

连烟和火都上来了。

"苏工可是我汪云的救命恩人,没有他,也就没有我汪云今天的一切!"

马宏亮只是点点头,一脸的茫然。

"你甭急,我先给苏工回个电话。"

"我这有!"

"不用,苏工的信下边有!"

汪云用放在桌上的座机拨通了苏工的电话,随着"嘟嘟嘟"的响声之后,里边传来了"喂"的话音:

"你好,哪位?"

"我是汪云,苏工,你好呀!"

"噢,是汪总呀,你好呀!"

"什么汪总,叫我小汪,你身体还好吧?没有去看你是我的罪过,过些天,把手头的事忙完专程去东阳拜谢苏工!"

"不用,谢谢,我的干儿子马宏亮想办个煤厂,没本钱,是否可以让他先拉煤建厂,卖了再付钱?"

"苏工,没有问题,先拉,要多少拉多少?有你这句话,晚辈一定照办。"

"不中的话,我先给你打十万?我也就这点积蓄啦!"

"不用苏工,晚辈欠你的太多啦!"

"算你还是个有心人,你苏工还给你准备一份厚礼,来东阳时带上图纸,你那还有一条矿脉保你再发大财!"

"好,啊,苏工……"

苏工已挂了电话,言犹未尽的话里,是在告诉自己,自己的矿脉中还有一处丰富的煤矿,这让汪云的心一下吊得老高,没想到这苏工还为自己

留有一手！

心想这也玄呀，如若没处理好苏工交代的事情，怕这个秘密也许就被他带进另一个世界啦。

汪云气喘吁吁，心里和身上都惊出一层的冷汗！

"宏亮兄弟你坐。放心，你建煤厂的事我汪云包了，要多少给你拉多少，包括地方、手续我让人帮你办，你只管当你的老板！"

汪云没想到这马宏亮成了自己的又一个救星和恩人，带来又一条矿脉，拉住他来到楼道东头，指着东边隆起的几座煤山。

"你看，这是咱公司堆的煤，少说也有百万吨！反正近来销量不好，价格也不行，既然你是苏工的干儿子，也是我汪云的兄弟，要多少，给你多少，先把你的煤厂建起来，只需要你签个字，价格还是要优惠再优惠……"

马宏亮没想到这封信和这个电话，竟有如此大的力量，在人生地不熟的地方，诸多的事都一下搞定啦。

"谢谢，汪总，太感谢啦！"

说实在的话，马宏亮的膝盖骨都有些软啦，这漫天的红运当真照到了自己头上。

"中午我在咱山阳的酒楼为你接风洗尘，为你煤厂的事情进行安排！"

"不用，我来请汪总！"

"你要出一分钱都是打我汪云的脸！"

汪云又拿起了手机，一是让饭店准备酒菜，二来是让通知作陪的有关人员。

太阳，在两山中间的太阳，的确是红彤彤照在大山里，照在这幢小楼上，马宏亮实实在在感觉到，这金光一样的太阳确确实实照到自己的身上和心里。

他感动得想哭，抹抹眼角，给忍住了；激动得气喘吁吁，想敞怀大笑，摸摸胸口给憋住啦，这一切来得太神奇，也太突然。

方舟很快把"11·9"事故完全给摆平啦。说心里话，这样一块巨大

的石头，总归还是盖棺定论，画上了句号。

对于春桃一事，方舟问了几回都没有结果。寻思着，难道一个大活人还能消失了不成？但作为一位领导干部总对这一个女人的事情一味地追问，这脸和面子也是挂不住的。心中也有一种侥幸的心理，也许是和她的哪一位相好的私奔去了，还美其名曰为我方舟生小孩去啦。有没有我的孩子，我方舟心里能没谱没底，哄鬼去吧。

从那以后，也就没有把这当回事。在大脑的印象中，也渐渐淡忘了。

旧的不去，新的不来，还是有许多漂亮的年轻女人还会自愿送上门的，自己并不孤独和寂寞。没有了海茹，没有了春桃，自己的生活仍然是幸福和甜蜜的。

有时夜静下来，扪心自问，知足了吧？要什么就有人来送什么。这也许沾了大形势的光。外来的企业甚至外国的投资老板，要在这里投资，就要求有"红灯区"，要求有女人陪，怎么办？不满足这些条件，动辄几千万、几个亿的项目就飞了。为了企业发展，为了地方经济，怎么办？必须满足老板们的要求，照顾人家的生活习惯，说白了，都是西方那套肮脏的东西，方舟心里很清楚。

按照要求，连领导干部也要求要会唱歌跳舞，陪吃陪喝，这样才能和这些人能接上头，拉上话，有共同语言和爱好。

招商引资，在一些地方和一定时期，都成了一口巨大的染缸。

方舟觉得，对自己放松一些情有可原，政策和形势都到这啦，一些干部，在圈子里，你不笑话我，我也不笑话你。

中国毕竟封闭的时间太长，打开国际窗户一看，外国人原来是这样生活的。要是没有这样一个历史机遇，自己同样不会弄到这一步，要什么就有什么。这权力就像一个魔棒，要什么它都会给你变什么，而且让你实实在在看到和用到，就是这么神奇，谁也没办法，如同是好运来了，挡也挡不住。

方舟忍不住的窃喜。

对新县委书记的到来，使他的心中感到一丝的凉意。原本这任正阳，自己干副书记的时候，他还只是干部科的副科长，早晚来梅县吃喝拉

撒都是自己做东，只要没有重要的工作和应酬，都会亲自作陪。为什么？人家在市委机关，又是要害部门，要害位置，而且小自己近十岁，年轻呀，这眨个眼，保不准哪一天下来就成了决定你政治命运的领导。你要小看啦，慢待了，你会倒霉。所以说，那个时候，任正阳当时大不了也就是正科级。连每次见到方舟，他总是一种愧疚，总像欠着方舟的人情。

梅县县委书记空缺的这段时间，不但冻结了周旭山的好事，连方舟自己的县人大常委会主任的任命，也给叫停啦。

所以，这次听说他来当书记，方舟的心中很坦然，也很放心。

中间和任正阳通过几次电话，还专门去东阳见了一次。任正阳也不马虎，叫了几个组织部的老手下，大大咧咧在最好的东阳大酒店摆了一桌。谁知，任正阳点了烟酒，等吃喝到七八成时，方舟发了条短信，让周旭山快去把账给结了。

然而，任正阳早有准备。给前台做了扎实的安排和交代，任何人不得结账。而且在前台丢了两千块钱，周旭山来到前台要结账，服务员说："这桌的账已有人结了！"

"不会吧，这饭还没吃完？"

"真的，账已经结了。"

周旭山呆若木鸡愣在那里，拿一沓人民币的手都颤抖，这请书记的账自己没结上，可给方书记如何交代？

"服务员，麻烦一下，这账我们领导叫结的，不结交不了差！"

周旭山一脸的可怜相，知道这是在东阳市，不是在自己的一亩三分地上，对一个小小的服务员，也不敢横，也横不下来。

"我说你这人，这么磨叽，都说了有人结了，怎么还在这啰唆！"

服务员变脸失色，显得不耐烦啦。

周旭山只好悻悻而去，这结不了账，挨训、吃"黄瓜"是铁定的事。但在这关键的时刻，他不想看到这样的结果，但又没法摆平这事。连件小事都办不成，你还能做成啥事？想到这，更感这事情后果的严重性，便壮了胆子，心急火燎硬着头皮进了包间，来到方书记面前。

"来，我介绍一下，这是我们梅县组织部办公室主任周旭山！"

"坐、坐！"

任正阳连忙伸手让座。

"还不快给任书记和几位领导端个酒！"

这一岔打得，周旭山也不敢就坐下，知道这里没有自己的位置。连忙面带笑容，谦卑地给任书记端了一个酒。

任正阳也认识周旭山，知道他是方舟的干将，接住酒思量了一会。

"方书记知道，我喝不了酒。"

任正阳连忙摆手。

"喝一个吧！"

方舟的言外之意得给自己个面子，虽然他已是梅县的书记，但毕竟是出于礼节自己让旭山端的。

"那就碰一个？"

任正阳站了起来。

"这是任书记高看你啦，碰一杯！"

方舟虽然是这样说了，实在也是无可奈何，心中不乐意，但又没办法，只好打着手势，让旭山和任正阳碰一杯。这样下来，一会的工夫，周旭山屁股没落座，将近十杯酒可就下了肚。

好在旭山早有准备，让汪云的儿子来开车，这点酒也拿不住自己。在酒场，他也习惯为方书记保驾护航当酒缸，但在任正阳面前，感觉到这官高一级，压倒泰山的威慑力，心怯了，根本没有那种自信，也知道来到这不是来蹭酒的，并没忘记刚才的事情。匆匆走完圈，碰完酒，便又来到方书记身边，嘴伸到方舟耳边小声说：这账早就让人结了。"任书记，你这太见外了吧！"

"一样，在东阳自然是我做东！"

这话说得不软不硬，于情于理都无可挑剔、无可厚非，方舟干张嘴说不出话来。

"好啦，你去吧！"

周旭山双手作揖状与桌上人告别，心里也轻松了一些，先把这件包袱给卸下啦，轻步走出了包间，心想就这东阳大酒店与梅县差远啦，还他妈的地级市！

殊不知，这任正阳正在等公示期过去，省里文件批下来就去梅县上任。他可不一般呀，亲历了东阳市主要领导被"双规"、被判刑，同学在东阳干副局长被处分，险些被双开扔进监狱，所以在这方面，政治生命大于一切，特别地小心谨慎，也知道梅县这些年经济发展，煤炭储量大，城市建设日新月异，更明白这经济越发达，政治风险更大的道理。

这顿饭把个方舟吃得心中透凉。

这任正阳一下成为县委书记，成为自己的领导，一下这个人就变了，变得连自己都好像不认识啦，一句一个方书记，把个方舟叫得都生分和疏远了许多。心中硬气的是，自己在梅县经营了也几十年，大多数领导干部都是当地人，连前任书记、现任的县长，都高看我方舟三分。你任正阳来梅县当书记，没我方舟配合与支持，怕你也伸不展，工作拿不下来，照样得灰溜溜走。

方舟如此想，但肯定不敢如此说。毕竟这官大一级压死人，东阳市委听他的话，不会听我方舟话的。况且上边政策有变化，本地人是不准在本地任书记、县长、副书记，甚至公检法的一把手也不允许，显然上边在这方面已未雨绸缪，防患于未然。这种信号让方舟感觉得很愕然，甚至是有些震撼，同时夹杂着一丝的恐惧和害怕。

过了没几天的一个上午，方舟和县长，各带了一辆车，又新购一辆车，到东阳市接任任正阳到任。回来梅县便召开了全县领导干部大会，市委组织部宣读省委文件，宣布省委的任命决定，任正阳作了表态发言。

"同志们，今天受组织委托，来到山清水秀、风景优美、文化底蕴厚重的梅县当县委书记。梅县的前任书记和县委、县政府一班人，励精图治，在改革发展的大背景下，经济社会、城市建设诸多方面都取得了巨大的成绩，在此，我向勤劳智慧的七十万梅县人民致敬，向为此付出辛劳工作的梅县干部致敬！"

对于站起的任正阳，主席台上的干部、下边的干部也都站起来，响起经久不息的掌声。

"来到梅县，我深感责任重大，使命神圣，在全国的经济发展浪潮中，不进则退，希望今天参加大会的领导干部都能率先垂范，创造性地开展工作，充分发挥黑色煤炭的优势，进一步延伸产业链条，把梅县装扮得更靓，力争保持在东阳的领头羊作用，在全省各项排名由前十名，争取移到前五名！"

全场又是一次响亮的掌声。

"下边我讲三条：一是欢迎新的常委会、纪检委全体干部对我任正阳进行监督。二是从今日起不接受任何人、任何单位宴请，不收任何礼品、礼单，不听相劝者，把人名和礼金全送纪委备案。三是有公事到办公室谈，请见谅。四是看政绩用干部，凡跑官、要官、买官者一律不提拔，半年到一年不动干部！五是县政府要负责全县经济发展的重任，全面考虑谋划经济等问题，想想'煤炭采完，梅县怎么办？'"

场上、场下又是齐刷刷地站起来，给予热烈的掌声。方舟虽然也是站起来鼓掌，但脸上热辣辣的，好像都是对着自己，心脏都好像是在忐忑不安地跳动着。东阳组织部同时宣布了方舟等人的工作变动，根据工作需要，方舟同志不再担任县委常委、县委副书记，任人大常委会党组书记，同时宣布了其他县委副书记、纪委书记、组织部部长的任命。

方舟接任县委书记的传言，到此也彻底画上一个句号。方舟很早就知道是这个结果，但仍觉得来得突然，这是自己选择的结果，无怨无悔。说到底不愿离开这片故土，梅县是自己最好的归宿。干部大会结束后，又开了常委会。会后，任正阳把方舟叫到自己办公室，让其坐下，客气地倒了茶水递上来。

"你是梅县的元老，情况最熟，贡献最大，对组织这次调整，还有什么意见？"

"没意见，服从组织安排！"

对于这突然不参加常委会，虽有思想准备，但这种失落感还是强烈刺激他的自尊心，有一种进二股道、被边缘化的感觉，更何况还想把周旭山

安排到山阳镇干书记兼煤矿公司的董事长，眼见也没戏啦，要是硬着脸皮提出来，怕任正阳也不会开这个口子给这面子的。不提倒好，一提遭打脸，反而更丢面子和伤心。

论自己的年龄在正县的位置至少还有十年，虽然配上的领导比自己更年轻，学历更高，水平更高。仅就这任正阳书记提出的"煤炭挖完了，梅县怎么办"、强调可持续发展就是远见卓识，同样令方舟心里佩服，联想自己，自叹不如。反过来想，你们年轻，政治生命还长，有上升的空间，你们就去奋斗、拼搏去吧。这萝卜白菜，各有所好，反正我方舟也就这样啦，等着在这位置上退休。

上班自有公车，下班后有事便自己开自己的车，有时只是应景的事情，还是叫周旭山。

方舟也知道，这与下边的好多事都是经他牵线和处理的。但，有十分重大事项，还是自己亲自开车，亲自处理为好，原则上是不会让第三者在场的。

这和海茹的事情一直搁在那，自己搬到新区的市委家属楼，海茹搬进了乡里家属楼，把老妈接了下来，而且还从民政的孤儿院领养了一个男孩，老妈负责接送和做饭。方舟也知道，但从未去看过丈母娘，反正两人的事，双方家庭都知道是怎么回事啦。

一天，周旭山陪方舟饭后走步，实在是憋不住啦，试探性说道：

"方书记，你和海茹的事，总不能这样吊着，这也不是个长久之法？"

"你说怎么办？你跟了我这么多年，什么事也没瞒过你，有什么主意？"

此时的体育场，人很少，方舟看看四周，停下脚步，在隐隐的路灯下问道。

这周旭山聪明得跟兔子一样，他原本的真实意思是，今天和这个，明天和那个，走马观灯似的不是个法。他敢这样想，但不敢这样说。这一天又一天，一年又一年，到老了怎么办？指望谁来养老，有个病、有个灾谁来招呼？

"你是担心我老了没人养老送终？"

方舟的心也是明镜如水,眼中也不容沙子,感觉到一种相当的不舒服,甚至是一种愤怒。

"不是这个意思,方书记!"

周旭山一听这反映,才知道自己说错了话,又十分后怕。领导的家务事,自己是不该掺和,更不应提什么建议。领导就是领导,说白了自己能想到的,领导都能想到。这是标准的六个指头瘙痒——多一道道;在领导面前耍小聪明,纯属背上鼓寻槌——找打。

我是说你和海茹姐从小青梅竹马的,还是可以和好的。原本周旭山准备这样说。心想,不中的话,自己找海茹穿穿线让双方摒弃前嫌,重归和好。这什么都是原装的好,夫妻更是如此。但一想,这又是杞人忧天,要和好,难道人家两人不知道沟通说和,让自己这个第三者在此多事?一时把想说的话全部咽了回去。

"都这个时候啦,说这些还有意思?"

方舟漫不经心说道。

周旭山一下听出了领导的意思,这个话题已不在领导的考虑之列啦。

"你的事先缓缓,任书记大会上都说了,一年内不动干部,你也得好好干,干出成绩,我也好说话。毕竟你是我带出来的干部,干好了就是给我方舟脸上贴金!"

"一定的!但是……"

"但是什么?"

周旭山是想说,在这组织部能干出什么政绩?只能汲取教训。还是没敢出口。但这领导一换,从心底已没有信心啦。

"没什么?再找个位置也能干出成绩。"

"无知!服务好领导就是最大的政绩,帮领导料理部里的工作也是政绩,不是人人都能干好这个主任的。"

周旭山没有吭声,只是点点脑袋。心想这物是人非,弄不好干到底给你弄个蛤蟆过门槛——碰鼻子伤脸,最后落个献个勤打了盆结果。

同样,这话可想而不可这样说。

"要适应领导的工作思路、工作方法、工作习惯、生活习惯,才会得

到领导的信任和组织的重用。"周旭山在肚里哼了一下，这大话换了自己也会说，关键是谁听你的？今天是想说自己的事，说白了是想在他的身边工作。看来方书记也没这个想法和安排，说了也是白说。好在方书记还是县煤炭领导小组的组长，还是大权在握，实权在手，别人同样不敢马虎和小觑。

与周旭山分手后，回到家里，心中就是感觉不踏实，就想和任正阳打个电话，知道他这次为了避嫌住进了当地驻军的楼里，但电话说什么、问什么呢？他从东阳来到梅县，这人生地不熟的，自己这个做师兄的，关心一下也不出圈，最后还是拨通了手机，电话很快就通了。

"你好，任书记！"

"哎，方主任好呀！"

"吃饭了吧！"

"刚吃过！"

"听了你的讲话，备受鼓舞呀，有水平，令我方舟十分佩服呀！"

"客气啦，在梅县还需老领导指导和支持呀！"

"义不容辞！我有个想法，不不不，不谈工作，待这两天开完会专门去给你汇报。"

"好的！"

"再见！"

方舟忽然想起来，任书记有八小时以外不谈工作，有工作的事办公室谈的要求。这任书记立的规矩自己不能首先破坏，连忙改了口，听电话的口气，任正阳并没有和自己继续聊的意思，连忙结束了通话。

一种从未有过的失落感油然而生。多少年了，什么时候看别人的脸色说话？这他妈的也是大围女坐轿头一回，下决心也是最后一回。这低三下四的算怎么一回事？固然人的职务有高低之分，但人格是平等的。况且他还比自己小，出道还晚，不知道的话，还以为我方舟巴结他。显得太俗，降低自己的人格，是应当有一个正确态度对待新来的领导，包括他任正阳书记。说白了，你是书记、正县，我是人大常委会主任，同样是正县，不过自己也明白和知道，这正县和正县还是有区别的，甚至差别还是

巨大的，这就是现实。

他倒在了沙发上，耷拉下曾经高傲的头颅。这与海茹的事是不能拖下去，但又能如何办呢？彻底断裂，办了离婚手续，同样会对自己产生较大的负面反应，也就更坐实了自己外边有女人、有第三者的传言风声。但任其下去，总归不是一个办法，也是应该重新组成一个家庭啦。父亲在汪云的公司里，自然是幸福自在的，让他享受一下也是自己这个当儿子的心愿。这些事头绪多，剪不断，理还乱。自己的政治生涯已到了最高峰，再想进步也无可能。

他内心烦躁和不安，抬起头，站了起来，吸了口烟，走到自己的储藏间，先折回头又来到屋门口确认一下这门已反锁，再看看几个窗户也都安全地带扣关着，便打开了。活动的书柜后面是一个暗柜，钥匙打开，里边当百的人民币整齐地堆放着，全是崭新的没开封不乱码的钞票，一半喜悦一半愁。喜得是凭这些钱自己这一辈子都花不完，这东阳、西阳、海南、梅县都有自己的房子，都放有动辄几十万的现金，拥有自己的豪车，各地都有自己的女人，自己说白了并不寂寞和孤独，愁的是这千万之巨的现金，往哪搁？放银行显然不行，这都是实名制啦，进出都有原始票据和记录，长期放在家里也不是好办法，一旦出事，不仅是钱不安全，连生命安全都成了大的问题。想想，这普通人家都是发愁没有钱花，而自己愁的是钱没处放。一旦东窗事发，这东西成了把自己送进去的证据。投资到汪云那吧，自己更不放心，虽然百万的投资款已还，这要让吐出来的再送回去，无异于狼入虎口，一旦他变脸反口，吃亏倒霉的仍是自己。

这放哪安全呢？方舟百思不得其解，他关上了柜子的门，牢牢地上了锁，把书柜又重新推上，这里俨然是书柜中的书柜。猛然，他想到了一个办法，但他知道必须遇到一个合适的机会！

反正这东西放在家里成了方舟的一块心病，总觉不安全，甚至晚上做噩梦，进来了一群蒙面黑衣人，手持利刃，对住自己的脖子。

"啊！"

终于醒来，庆幸的是，原来是一场梦。

想来想去，没有合适的人选。他想到了周旭山，但最终还是给否定了，摇摇头，这什么都让他知道，什么把柄都让他捏住，一旦有变如何是好？何况这么大一宗事，还是自己独立去完成安全。

忽然，他想到了邻近金山县的一个朋友，他好像是黄金局长，那里矿产资源丰富，盛产黄金，这东西国家已允许民间买卖。

他急忙找到了这位朋友曹鹏德的电话，还是在山阳镇工作时认识的，不知是否还在位上，便试着用座机拨通了电话。

"嘟、嘟、嘟！"

方舟屏住呼吸！

"喂！你好，哪位呀！"

"你好，我是梅县的方舟！"

"噢，想起来了，你是梅县的方镇长！"

"是的，曹局长！"

"那次到你们山阳镇，招待得很好，虽然十几年过去了，仍是记忆犹新呀！如今，我已不是局长多年啦，在此为自己经营一家选厂，为自己挣钱呀！"

"好事、好事、恭贺啦！"

这方舟一闻喜出望外，兴奋之情溢于言表，这不正打到了手背上啦，瞌睡了，有人塞上只枕头啦，真是舒服死啦！

"你呢？我自从退下来后，两耳不闻窗外事呀，政治方面也不再过问关心啦。"

"我退到县人大啦，也算是退到二线吧！"

"记得你还年轻，听说早都是副书记了，咋就到人大了呢？"

"这就叫长江后浪推前浪呀，还有更年轻的干部！"

"也是，人总是有退的时候，有老的时候，正常现象，到二线更安全些。听说，如今的工作也不好干呀。"

"是的，都不如自己干自己的事，没想到你的电话一直没变。"

"也就这样混着，有事做不寂寞呀，我的座机近二十年都没变，我是个怀旧的人，家里这号一换老朋友都找不着啦！对啦，你老弟有事？"

"没事，一是多年不见，十分想念，问候下老兄！"

"谢谢惦记！"

"另外，的确有件事，我的一位同学要买些金子，不知你老兄能否帮忙？"

"能，咱选厂的金子就是国标的，纯度达到三个九！"

"真的，那太好啦！"

"要多少？"

"现在行情如何，曹局长！"

"前两天是每克三百五十元，一斤就是十二万元！说实在的，最近价格处于低谷，往后可能会涨，要进还是要抓紧呀！"

"好的，我的同学想要八百万元的货！"

"好呀，这东西我这就有？可有一条是要现金交易！"

"现金交易！"

"也就是三十二公斤，也没多少！"

"一言为定！明天正好周末，我就过去办！"

"一言为定！"

"谢谢！"

方舟放下电话，这真是踏破铁鞋无觅处，得来全不费工夫！原本不想让人知道，然而毕竟这近千万的资金，拉回近千万的黄金，毕竟不是个小事，也不容有丝毫的闪失，想想还是让周旭山开个车陪着跟着，觉得叫任何人都不合适，也不安全，到时不让他到交易现场，这三十二公斤的货，自己也掂得起。

当天晚上，他用了两个大皮箱，把现金凑齐了八百万，只留下有十万的现金，满满装了两箱子，趁着后半夜夜深人静，悄悄分两次将两个箱子放进车库的车后备箱里，累得一头大汗，回到屋关上门时，心跳得咚咚乱响，那个紧张害怕的状况，就像当贼一样惊恐和害怕，生怕有人碰着。他担心的是，院里遇上去外边喝酒、打牌的人。万幸的是，轻手轻脚的方舟并没有碰到，平安无事。

他是用吃奶大的劲在掂着，好在自己在三楼上，虽然楼道上的感应灯

都亮了，并没有人注意，想着大都进入了梦乡。更没有人会想到，在神不知鬼不觉的情况下，方舟把这巨额现金从楼上转到楼下的车库中。

次日，他还是临时改变了主意，没有让周旭山去。

到那顺利交易后，神不知、鬼不觉地将黄金存到银行这个自以为最保险和安全的地方，四下瞅瞅，并没有熟人，也没人注意自己，便拿好了据说唯一的保险柜的钥匙，风尘仆仆、心情轻松地开着车回到梅县家中。

晚上，他把周旭山约出来，又到山阳镇上着实放松了一把，酒足饭饱之后，汪云不忘方书记那口，夜里，他又在汪云的山阳饭店轻松地唱歌跳舞，满足了他的欲望。

心里没了疙瘩和包袱，方舟非常放开，对什么都不在意。人生在世也就是享受，在剩余的岁月中，享受人世间一切美好的东西。过了这个村，就没这个店啦。他想要周游世界的名胜古迹，看看世界的样子，总而言之，要不枉一生。但还要名正言顺地在位置上完成出国旅行的人生旅途！到周一，经过深思熟虑，他召开了梅山县煤炭生产领导小组扩大会议，按照会议日程安排，上午由各主管部门，各重点企业汇报情况，下午由方舟讲话，然后分组讨论，再重点发言，副组长、副县长总结。

为了响应县委的号召，中午的饭很简单，在饭店安排的是自助餐，没有整桌的宴席，也没有带酒。下边的人都交头接耳感到很反常和奇怪，但大家感觉都吃得很舒服。

下午一上班，在人大会议室继续进行，主持会议的副县长，摆弄了下话筒，"喂喂"两声，感觉语音还行。

"同志们，上午各位都对前段时间我县煤炭生产取得的成绩，经验和存在的问题，以及未来发展的目标进行了汇报，大家都能畅所欲言。下边请县人大常委会党组书记、主任、县煤炭领导小组组长方舟同志讲话，大家欢迎！"

场下响起了零星的掌声，方舟明显感觉到一种冷落和失意，这副书记一撸，讲话连掌声都七零八落的，抬头扫视了场下，招招手让掌声停

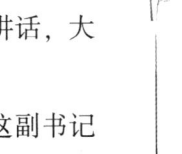

下，看着写的讲话提纲，清清嗓子。

"同志们，今天召开这个会议是报经县主要领导同意才召开的，会议的主要议题是贯彻新来的县委书记任正阳同志在全县领导干部大会提出的'煤炭挖完了，梅县怎么办'的问题开的，现在我讲三点意见：一是要树立危机意识，从长久谋划煤炭生产的可持续发展。大家知道，这些年来，我们梅县的经济发展、财政收入、城市建设等许多方面都靠的是煤炭产业的发展，但资源是有限的，也就是总有一天要挖完，况且我们不能全部开采完，还是要给我们的子孙后代留点，这样可持续发展就显得非常重要。二是要走过去，到国内国际上走走，比如说国内的平山，国外的新西兰、澳大利亚，看看人家是如何把这个产业做起来并且做大做强的，从而得到借鉴和启迪。三是要克服小富即安的错误狭隘意识，有更高的站位，有更高的追求，使我们的梅县经济发展更快，城市更现代化，更适宜人居！"

最后的话，方舟特意提高了音量，几乎是在愤怒之中吼出来的，下边这才响起热烈而响亮的掌声！

"今天的会议和想法，我将向任书记专门汇报，听取他的指示，制订我们的详细规划和安排！我今天的发言就到这里，谢谢大家！"

随后，主持会议的副县长又强调了方舟讲话的重要性并提出具体要求。

"今天会议到这，散会！"

如愿以偿，方舟给任书记汇报后，得到任书记的肯定和好评，同意县人大常委会和煤炭领导小组组织相关人员到国内、国外进行考察，并强调指出：一定要把国内、国外先进的技术、先进的管理经验、先进的发展理念学回来，形成一份详细的考察报告。

"一定，那是必须的！"

"由你亲自带队，具体实施这次考察任务！"

"好，一定完成好任务！"

方舟回到办公室，关上门，长出一口气，几乎在心里哈哈大笑。但毕竟是新的县委给自己的任务，不可马虎从事，对人员的组成都详细进行考虑，确定人员后，让办公室尽快办好出境的一切手续。

方舟认为自己的这事办得很漂亮，一是在任正阳书记面前好好亮了一手，也让梅县的上上下下都知道，虽然不是常委，不是副书记，但仍然在梅县说话是算数的！

由于心情激动，又到柳总那去了一趟，因为他也是这次考察团的成员，这姓柳的感觉欠方舟的"债"太多，需用承的"情"也太多。

"方书记，你可是我姓柳的大救星呀！"

"不过都是举手之劳，何足挂齿！都不是常委，也不是副书记啦！"

"仍是书记，仍是梅县煤炭行业的大官！"

方舟点点头，浅浅地笑了，而且感觉很惬意和轻松，搬掉了心口上的一座大山，心情就特别地舒畅，感觉美好的人生在向自己招手！

出门在外，望着夕阳的余晖，便想起"夕阳无限好，只是近黄昏"的名言，遂感受到人生的抛物线转得这样快，连自己也开始走下坡啦。但愿这速度慢点，再慢点。然而日月如梭，谁又能挡住它的步伐，调整得了它的节奏呢？的确不能，方舟深感这种力量是人的力量无法扭转和左右的，就像日出日落，阴晴圆缺，都是不以人的意志为转移的，能享受一天是一天，能多享受一年是一年……

精明的人是生下来的，马宏亮就是这样的人。汪云虽然这样说，但心里怎么想，马宏亮也能猜到几分，毕竟是要注册建一个煤厂，空搭两手想要弄人家万吨以上的黑金，也就等于是空手套白狼，世上没有这么便宜的好事情，况且事情也不能这么做，虽然有干爹的面子和承诺，宏亮还是决定要给汪总交一笔保证金，汪总眨眨眼也不推辞，这事便成交了。

回到家里后，好在同村的一位姓方的在梅县信用社当主任，听了马宏亮这样的好事也挺热心，给他说了现在各金融单位都有一个政策，也就是存票抵押贷款，大致是十万可贷三十万，想到这里，便有了主意，给远在东阳的干爹苏工打了电话，说了自己的想法。

"怎么样？还得用干爹这十万块钱吧？想想汪云做的也对，毕竟这么大的摊子，进出的钱也不是个小数。你是做正当生意的，我也支持你，有

你干爹给你撑着，净放心，赔不了。今天下午就去邮电局给你汇！"

"谢谢干爹，这总共就是十一万，到时连本带息，儿子还会奉还的。"

"好了，先把厂建起来！"

"嗯，你去邮电局时要注意安全。"

"没事，邮局就在咱门口不远，最多也就一二百米。"

"好。"

马宏亮心中的一块石头落了地。他有自己的盘算，这想建万吨煤厂，不给押金、不立字据，过后翻脸，怎么说得清？在这点上，心中还是有数的。

没过几天，就用这样的办法，十万块存票在信用社贷出来三十万，又用十万块在另一家银行又贷出三十万元，三次倒腾，贷出了九十万，其中三十万存在各银行，马宏亮手中拥有了六十万现金，给汪总五十万的押金，写了合同，白纸黑字放在那。马宏亮手中仍有十万块的流动资金，在人家的煤厂后边建起了十几亩大的煤厂，注册和招牌都是"马宏亮煤厂"，同时在附近招了一班人，帮助自己看门和管理，同样签了合同，定了工资待遇。

五辆运煤大平板车，日夜不停，因为距离也不远，不到一个星期，一算煤厂运进了两万余吨，山包似的煤山隆了起来。

马宏亮与汪云合同上白纸黑字规定了价格，明确了付款办法，这一切都有据可查，都是按印章和指印的。加上还有方天兴叔也是副总，这些办下来很顺手，因为煤价的低迷，汪云心想这马宏亮也是为自己排忧解难的，是上苍降下帮自己的人。

在马宏亮建厂后的一个星期，价格仍然低迷，这让马宏亮心也悬得老高，毕竟贷九十万，对自己来说几乎是天文数字，赚起赔不起，说白了一旦失手，怕这辈子都翻不过身，弄不好也是死无葬身之地。所以他一下感到了后怕，好在家里和厂里都装上了电话，他把自己的担心和害怕一股脑儿给干爹说了。

"没事，有落有起，我感觉这煤炭还是要涨，因为国家都在发展中，这煤炭资源到目前，还没有别的资源能代替它，我给东阳发电厂的一

位朋友打过招呼,一旦需要,你这两万吨还不够他们塞牙缝里!"

"那就等等!"

"等等,好事多磨嘛!"

马宏亮感觉干爹的这种轻松不是装出来的,因为一旦自己赔了,他的十万块钱也得打了水漂,这也是他一生的积蓄呀,他会把这钱往河里扔?透精的马宏亮,也听出干爹的电话的声音中也有害怕和结巴的音调,心中便立马产生了一种无法言状的恐惧和害怕。虽然干爹信誓旦旦,但没有雄厚的经济来支撑,同样是苍白和没底气。这种信号,更让自己脆弱的心理也不堪重负,因为这市场行情的变化是不以人的意志为转移和改变的,存在着很大的变数。

马宏亮并没有闲着,也不敢闲着,他打开电视节目详细听新闻频道的消息,揣摩着中国经济的形势和走向,特别是有关中国经济形势的分析,用自己的智慧来判断煤炭市场新变化。

在场外的庄稼地边,在满是土坑和煤尘的道路上,他抽着烟,苦苦地思索着,也深深感到自己个人的命运和这个国家的兴衰和发展牢牢地绑在了一起。他想到了一旦有钱了,做什么?怎么办?哪些是急事?哪些是紧事?哪些是大事?

但在这谜一样价格没出来之前,他也想到了这一旦市场持续低迷、价格走弱,不说别的,仅就这九十万贷款的利息,足以压死自己。后怕的是这一把下的注、押的宝太大啦。扪心自问,自己的胆子是不是有点太大啦?看路边的庄稼地里,玉米秆已干了,成熟的玉米苞穗上边的红缨在风中摇曳着。连从山梁上刮过来的风,已有几分的凉意。马宏亮手里夹着烟卷,围着煤山在看,为了防止风的侵蚀,小山包一样的煤垛上边,罩了一层厚重偌大的帆布棚,四周用铁钎扎在地上。他知道要不是有这样的东西罩着,一夜的山风吹下来,不知多少煤都会吹得无影无踪。因为汪云叫他运过来的是散煤,那堆石块一样的焦炭没让他动,宏亮更知道,那炭比这散煤要值钱得多。

"马总,你在这转转?"

来换班的是这块地的东家,是一位小伙子叫长青,工作也特别地认

真，见有人在这转悠，以为是有不怀好意的人在"踩点"，撵过来一看是掌柜的，忙着又是打招呼又是递烟。马宏亮对这小伙很满意，有这样责任心的职工也是难能可贵。

"老远看见有人在转悠，吓我一跳，原来是马总在这检查。"

"没事，你去接班吧，晚上要多留意！"

"没事，咱这场里养着一条狗，一有风吹草动它就会汪汪大叫的，看护的人闻讯早起来啦！"

马宏亮心想也是，这叫有备无患，虽然现在的价格不怎样，可一吨也二百五十块钱，这两万吨也价值五百万，也不是一个小数。虽然这里白天黑夜有人值班，但他还是不放心，晚上同样睡在这木板做的活动房中，这知人知面不知心，还是小心为好，毕竟这身家性命都堆在这，马虎不得呀！

忽然有一天，喜从天降，从东阳干爹那来了电话。

"煤价涨了！"

"真的！涨到多少？"

"听说涨到一吨五百五十啦！"

"会涨一倍还多？"

马宏亮不相信自己的耳朵，喘着粗气又问了干爹一句。

"干爹能哄你？好事，你这臭小子还真有福，宝押对啦。这一把挣的钱够你小子花一辈子啦。"

"有那么多？"

马宏亮挠挠头皮，在心中算着。

"一吨赚三百，两万吨你挣多少？"

"六百万！"

"你甭急，这两天我让发电厂的人去找你，把你的煤先处理了。记住，一定要签合同、交押金，煤拉完清账！"

"好，我的干爹，你真是我的救星，我的福星！"

马宏亮一激动，听着苏工那边的话音同样也带着颤抖。六百万，这是什么概念？这简直是天上刮树叶一样的票子在飞向自己。真想跪在地下向

电话那头的干爹"咚咚咚"磕三个响头。

就这样,正如干爹所言,发电厂来人把合同签啦,马宏亮的煤厂的账上,一下打进了五百五十万元的钱。随之,电厂的十几台车不分昼夜,用了一个多礼拜,终于把煤厂的煤拉空了。公家办事就是干净利索,按照合同,剩余的五百五十万又打到了马宏亮的账上。

这个时候,汪云十分地后悔和不甘心。没想到这穷小子一下挣了一倍多,但这白纸黑字有合同,写得明明白白,还真没法。

小舅子马军是黑道上的,不忍心这么一大笔钱让马宏亮得了,急得双眼通红,有如冒死一般。

"哥,不中,就寻几个人把这小子给'做了'。总不能眼睁着就这样把几百万拱手送给他!"

"放屁,你杀了人不怕偿命?你的胆子是越来越大,净说些有天没日头的话!这苏工还要送咱一份大礼,咱矿上还有一个大矿区,马宏亮是他干儿子,你敢把他干儿子做了,苏工还会把这个宝藏告诉你吗?说白了,这煤厂是有苏工的股份哩!"

"这两万吨,他要拿走六百万呀!"

"小不忍则乱大谋,要是把苏工的煤矿找到,采的煤何止十万二十万吨!"

"别让老头把咱哄了!"

"不会的,苏工不是胡蒙的人!"

汪云扶了扶眼镜,若有所思说道,说实在的,他是根本没想到,短短一个月,这煤价竟涨这么高。内心亦是十分懊悔,但说出去的话如同是泼出去的水,是无法收回的。况且这是签有合同的,想着马宏亮他穷小子拿不出钱,没想到他还真能捣鼓下这五十万。想想,这事也只能吃个哑巴亏啦。

这真是鬼使神差,让马宏亮一下有了六百万的进账,这是实实在在进了自己名下的钱,扣过付汪云的煤款四百多万,这六百五十万明明白白地装进了自己腰包。

眼见着自己是行了大运,转手赚了这么一大把的钱,也赶紧收拾了摊

子，付清了各种费用，还清了所有的贷款，包括苏工这干爹那也还了人情。

"没有你的十万，我就挣不到这六百万，你说给你多少？"

"既然又挣了这么多，你再给你干爹三十万，我也够花啦！"

"行，听干爹的，我连本带利给你五十万！"

"谢谢，你马宏亮。你让干爹十万块，一个多月挣了四十万，美美啦！"

马宏亮听到电话里，响起干爹的朗朗笑声。按照规定，这马宏亮还是交了几十万块钱的税钱，光明正大、理直气壮地挣了五百多万，他到县城里的信用社提了二十万的现金装进大包中，在众目睽睽下出了门，招手叫了辆出租车径直开到方家河。

晚上他关上了门，独自一个人待在屋里，把二十万块钱，摔了又摔。

"你这东西，过去真难挣？现在来看又是这么好挣。真是他妈的踏破铁鞋无觅处，得来全不费工夫。"

抱着硬铮铮的钱放到怀里，然后想到自己的人生，想到为那几分钱，买不上一盒烟，登不上去卢山的班车，让一个妇女也瞧不起，蹲在路边发愁发呆，一时老泪纵横，伤心委屈得号啕大哭。

住在上房的父母和儿子听到大惊失色，慌忙从炕上下来。当爹感觉这也是奇了怪啦，这下午回来兴冲冲的，割了一块猪肉，买了两条好烟，还有一堆好吃的，这突然怎么又号啕大哭？惊恐的父亲，还真害怕儿子为什么事想不开呢？

"咣，咣！"

老父亲用劲拍打着两扇木门，手都打红了，门里竟没有什么反应，儿子的哭嚎声仍在继续，这可把跟在身后的老妈也急坏了。

"这是怎么啦？"

"宏亮，你给老子开门！"

父亲的声音很大，很响。

正是这声嘶力竭的吼叫，才把马宏亮从悲喜交加之中喊醒，他立马意识到这是父亲对自己的担心。在农村，要养儿防老，独子的父亲都是这

样，小时宠着，长大还操心，甚至一直到老。在这个家里，像一次花这么多钱，买这么些东西，连过年都是少见的，自己这样大手大脚，又突然大哭大叫，又没有告诉真相，老人的担心并非多余的。至此，这才意识到问题的严重性。

马宏亮想到这里，连忙抹了眼泪。堂堂男子汉大丈夫，这鼻涕一把、泪一把的成何体统，立马让自己露出高兴的模样，真像是演戏一样破涕为笑。

"爹！"

他呼啦一声打开了门。

老爹不防，一下跌倒像是跪在马宏亮的脚下。气急败坏的父亲，在宏亮的搀扶下爬起来，灯光下，老人一脸的愤怒。

"你这熊娃子，三更半夜的嚎什么？你老爹还没有死，你号什么？"

"爹，没事，你娃子今天高兴！"

"高兴？高兴什么？是又讨下媳妇啦，还是路上拾下钱啦？"

三个人进到屋里，看到了桌上明晃晃的二十万票子，一家人立马全惊呆啦。

"宏亮！哪来的这么多钱！"

父亲抹着浑浊的双眼，指着放在床上的钱。

"这是你娃挣的！"

"挣来的？干什么一下能挣这么多钱？"

老父亲小心地摸摸钱，简直不相信自己的眼睛，抹抹眼，再擦擦眼。

"这都是真钱？"

老父亲的双手在颤抖。

"真的？"

"莫不是从银行抢来的？咱庄稼人没钱就是没钱，可不敢偷人抢人，那是犯法、掉脑袋的事！"

"是你儿子挣来的，比这还要多得多！"

"还多得多？"

老父亲更诧异和迷糊。

"我咋没见过这钱?"

"老婆子,这都是新出的当百元大票子,上边有咱中国伟人的头像,你看毛主席在上边呢!"

"爸爸,这钱都是咱的!"

儿子马蛋蛋抱着一堆钱,笑得眼都像开了花,宏亮看着儿子见钱眼开的样子。

"都是你爸挣来的!"

"爸爸真伟大,我爱你爸爸!"

马蛋蛋上前抱着马宏亮,在他脸上狠狠几乎是咬了一口。

"你把老爸的脸都咬疼啦!"

"你就是我的好爸爸,爸爸万岁!"

马蛋蛋手舞足蹈欢喜地跳了起来。他知道有了这些钱,家里的日子,自己的生活都会好起来,特别是玩游戏再不愁没钱啦。

"快收起来,收起来,别让人看见了。"

老妈小心地看着窗外,胆怯地把钱抱起来放到抽屉里,但怎么也放不下,情急之下,索性卸掉抽屉,把钱一股脑儿塞进下边的大肚子里,然后又把抽屉推上,用身体紧紧挡住抽屉。

"爷爷,今晚我要和爸爸睡在一起!"

"为什么?因为你爸有钱啦?"

老父亲捋着雪白的胡子笑着问都墙头高的孙子。

"声音小点,小心隔墙有耳!"

老母亲手伸出去想捂孙子的嘴巴,没想到先把自己的嘴给捂住啦。

连忙开了门,往外瞅瞅,又到大门口,拉开灯,大门开了条缝,伸出头看外边有人没有?确信外边没人偷听,这才又关好门,进了马宏亮住的北房,一家人在听马宏亮讲挣大钱的过程。

"还真是天上掉银子,老天爷在帮咱马家,受了多年的苦,终于熬到头啦,这太阳也终于照到咱马家的屋檐下啦!"

钱可以装扮一个人,同样可以改变一个人,甚至可以改变一个人的命运,对于马宏亮而言,更是如此。

那天晚上父子二人，硬是把二十万的现金，全部铺在褥子下边，让这些票子实实在在压在自己和儿子的身下，听着钱随着身子挪动而发出悦耳的响声，陪伴着二人进入甜蜜幸福的梦乡。

　　马宏亮所不知的是，老妈一夜都没睡。过一会总要在三间北房门前转悠下，像幽灵一样，用眼和耳朵注视聆听着四周的动静。真是不放心，也睡不着觉。这年纪大人本来就瞌睡就少，加上这几捆大钱，像给老妈的怀里揣了只兔子。

　　没过几天，马宏亮从县里叫了拿着罗盘的阴阳大先生和建筑设计师看了院里的风水和地势，经过沟通交流后敲定，决定在一个黄道吉日，将土木结构的五间上房，连同简陋门楼、土院墙全拆啦。到时院墙围起一圈铁栅栏，唯独留下马宏亮住的三间北房用作父母孩子一家临时吃住的地方。

　　按照马宏亮的意思，上房的二层楼带地下室，实际是三层，修好之后，这三间北房也将被拆除，宽大的院子，按县城最时髦的小院别墅，将建起几个花圃，院子将全部打成水泥地坪，一切的一切都是最好的。设计师承诺，起码二十年不落后、不过时。人的衣裳马的鞍，马宏亮再也不用遮遮掩掩。马不停蹄地从港口接回了一辆五十万元的霸道豪车，黑溜锃亮。马宏亮也西装革履，皮鞋跟车擦得泛着黑黝黝的光，衣服也都是名牌，一身装扮也是几千块钱。

　　建房工程大包给了县上建筑公司，按照设计图纸，全部按城市单元式结构总共连拆带建造价四十五万。马宏亮的这回动静可不小，拆的拆，挖地基的、运钢筋水泥的各行其是。整个马宏亮家，一天到晚真是机器轰鸣，尘土飞扬，引得村里的男女老少都来看热闹，这可是方家河开天辟地头一遭。连当县委副书记的方舟盖房时也没这么大的动静和影响。

　　马宏亮家在村中是外来户，家族势力小，在农村中是没有什么发言权的，遇到事总是受欺负的，虽然不能说像过去的那样，自己分的土地，一夜之间，突然被越界邻居犁过一溜，自己地里的果树，伸在自己的地里，突然被剪去、树枝扔了一地。

　　"怎么把我的树枝剪啦！"

　　"为什么，你想想，你的树枝遮过我地里的庄稼，荫了我的地，怎么还有理不成？"

这说话的人，怒目圆睁，挽起袖子，伸出了拳头，摆出一副要打架的样子，马宏亮的父亲憋着一肚子的火，找村干部没人管，只好咽下了这口苦水。久而久之，马家几乎在村里成了似乎人人都可欺负的恶水缸。

虽然，从马宏亮参军、参加工作，情况是有了变化，但马家在村里还是没地位的，不要说村的班子，就连小组长都没有人提过父亲，一家人也没有这种想法和欲望。

这响声，一下在方家河砸了锅，成为村里的一号新闻，各种各样传闻，如长了翅膀满天飞。

"这马宏亮这回发了，这拆旧房盖楼房，光那辆车就快五十万，比县长坐的车还好！"

"听说搞'黑彩'发了！"

马宏亮听着各种各样传闻，又气又恼，也后悔这次弄得动静太大，这树大招风、高处不胜寒的道理他也懂。

自从方天兴辞了这方家河的支部书记，推荐自己的副手，也是近门的方树东接住这位置。

这方家河不穷也不富，一不靠山，二不靠水，地下又无资源，属于吃不饱又饿不着的村子。实际上村里没有产业项目，农村的特产税取消啦，村集体没有什么收入来源，政策不允许乱收费、乱摊派，也没人敢撞这红线，当干部的也没有像过去的有油水和盼头，挤破脑袋争当干部的积极性也不高。

然而这批宅基地、计划生育等大事，还是干部说了算。这当不当干部还是大有差之毫厘、谬以千里的差别。虽然村里没了收入，但凡村主要几个干部都由各级财政发工资，或多或少，这总是一份荣誉和权力。

从这时起，马宏亮开始回忆自己的一生，自己家庭的历史，特别是一块长大的方舟、袁海茹，一位是正县级干部，一位乡党委书记，在政治上都比不过人家，怕一辈子到死都追不上。这让自己很伤心和痛苦，好像这是上天造就的，无法逾越。

都是一个村的，我在政治上比不过你们，但我要在村里干得热火朝天，干出个名堂，让你们也不敢小瞧我马宏亮。因此，在他有了钱后，就有了这个想法。

现任村支部书记的方树东住在村东边，马宏亮主动来访，不为什么，就是想到书记家遛遛。

"方书记！"

马宏亮扶着眼镜，若无其事地晃进了方书记的院子，进门就喊。

"呦，今天老兄可有空到寒舍来，真是稀客。什么书记不书记，这都叫官？快屋里坐！"

马宏亮一听这方树东，还用文绉绉的词，心里就不太乐意，在自己面前还卖弄什么文化。狗屁，都是高中毕业，也不比我多喝一口墨水。

方树东一见这马宏亮都刮目相看了，甚至有些许的自惭形秽。一向瞧不起的马家，这一下马宏亮一下跳将起来，还真了不得啦，那势扎得，简直三村五邻都伸大拇指！

因为方家屋里还有人，马宏亮随便扔了盒招待烟，也不便说什么，也不想说什么，便起身告辞啦。

"不坐坐？"

"不啦！"

"有事净说啦，我这老弟一定尽力帮忙！"

"没有！"

马宏亮仍旧是晃悠着出了院子。

方树东不知道马宏亮今天到家是为什么，反正他无事不登门，但终究还是摸不透此行来院的目的和想法。马宏亮来到村东头老光棍、号称"小神仙"的院门前，门打开着，院里收获的玉米堆了一片。"小神仙"正呷着旱烟袋在剥玉米，黄亮亮的玉米棒，后边带着玉米皮，宏亮知道这是要把玉米拧成串，挂到屋檐下晒干，这种活自己太熟悉啦。

"宏亮？"

"哎！"

宏亮也不作假，拉了凳子就帮"小神仙"剥开了玉米。

"宏亮你甭动手，省得弄脏了衣服！"

"叔，今年的收成咋样？"

"一般化！"

看"小神仙"一脸的愁容，知道他的收成不怎么样。但他是方家河村对自己有恩的人，做人不能没良心。

"小生意还做着？"

"不做啦。年纪大了，跑不动啦，就这种点收点，不饿肚子就行啦！你这回耍得大，又是买车，又是盖楼房，在方家河是盖帽啦！"

"叔，这是一千块钱，你拿着用！"

马宏亮从钱夹子里抽出来，数了数递了过去。

"小神仙"一见这一摞子的新钱，眼都直啦，搓搓手又缩了回去。

"这是新出的大票子，我还真没见过！"

"拿上看看吧！"

"小神仙"是一人吃饱，全家不饿的货，想想最后还是接过钱。钱是好东西谁不喜欢，除非是呆子、傻子。但君子爱财，取之有道。他一张张看了，一看都一个样，过了眼福，又数了数，还给了马宏亮。

"我不能要，这一千块钱，我一个光棍又不跑生意拿什么还？"

"叔，不用还，这是侄送给你的。"

"当时你叔只是给了你五毛钱！"

"这叫滴水之恩当涌泉相报，以后有什么难处，你就找我！"

马宏亮说得很诚恳，说完拍拍手，起身离开了小凳。

"你盖房需要帮忙说声！"

"小神仙"手拿着一千块钱站起来，知道这马宏亮有良心。

"不用，整个都大包出去了。"

马宏亮离开了，"小神仙"呆呆地看着马宏亮走远啦。

"回去，叔！"

"小神仙"也算走南闯北的江湖人，知道马宏亮困境的这事从不给人提起，因为他知道，如说出去，这是扫人家的架，要真传到宏亮的耳朵中，怕就没有这样的回报啦。做人、做事、说话都要有个分寸和度，这就是人常说的，一句话能维持一个人，一句话同样可能得罪一个人，就是这

番道理。

马宏亮在盖房期间并未闲着,他也知道这坐吃山空的道理,煤厂明显是干不成啦,也不想在人生地不熟的地方再投资和发展。

方家河地处黄河岸边不远处,土地平整而且空气湿润,适宜发展食用菌生产。据说,食用菌具有防癌抗癌的作用。如今无论是农村人还是城市人,谈癌色变,人们把命看得很重,知道只要一患上这病,就是等于判了死刑,谁都害怕。特别是经济发达和富裕的南方,食用菌的需求更是十分的火爆,这东西成了饭桌上必备上品,而且价格持续攀升。

有了钱,宏亮有了想法,胆也大了。似乎也有了智慧。马宏亮又发现和嗅到这一商机,又一次果断出手。

他拿起了自己的手机,思虑再三,便拨通了袁海茹的电话。

"你好,袁书记!"

"谁呀?"

"贵人多忘事,海茹,我是宏亮!"

"噢,是马宏亮,你还会变音,把我也听蒙啦!听说你成了企业家,发了财致了富,在全乡都炸锅啦!"

"哪里,只是运气好!"

"是事实,你都知道谦虚啦!"

"我最近考察了一下,咱村的地理位置和气候,适宜发展食用菌生产!"

"不谋而合,你别电话说,开上你的豪车来乡里说吧,海茹在这里专门恭候!"

"好,你这大书记屈尊恭候,让老同学受用不起呀!"

经这么一谈,你来我往,两人谈得十分投机。同样,这西昌乡这几年果品价格下滑,果农收入减少,生产积极性受挫,许多村的果树都刨掉啦。乡里也是急需一个产业来带动全乡的经济,增加农民的收入。

袁海茹叫来了乡长、副乡长和方家河的支部书记、村主任、副书记等主要班子成员集中讨论了"马宏亮食用菌生产发展有限责任公司"的土地使用、建设等事宜。

"马宏亮同志是部队退伍的一名党员，参加过对越自卫还击作战，也是和我袁海茹一起从小长大的同学。目前，在全乡也是数得上的企业家，这次回村创业，我们全乡的领导要全力支持他的公司建设运作。希望以此为契机，以食用菌生产为龙头，增加农民就业，增加农民收入。"

　　全场响起了经久不息的掌声。

　　真是时来运转，占地近百亩的大棚投入生产，经过一个秋冬，到春分时，由于规模大、管理人员专业，除过各种开支外，一算账马宏亮食用菌生产公司竟又赚到了数百万，跟着沾光的老百姓欢欣鼓舞，在村里的人气、威望大增。最后，连村党支部书记也主动让贤，非要推马宏亮上，推来推去的，这经济能人终于走上了自己人生巅峰，马宏亮第一次也有了政治待遇，开了方家河姓马的没人当干部的先河。

　　经济方面满足之后，马宏亮不仅在村里拥有的话语权，而且有了一锤定音的决策权，从而使他的理想、信念都发生了难以想象甚至是天翻地覆的变化。但不知命运之神，又会如何来安排马宏亮的未来和明天。

　　方舟的建议，得到了新来县委书记任正阳的重视和好评，感觉这种思路包含着一种长期可持续发展的理念，很有意义。后经县常委会研究，同意方舟的提议，组成考察团，从国内到国外进行考察。一行十几人，涵盖了各个主要煤炭企业、政府主管部门等，浩浩荡荡组成一个车队，最后到香港停留了一个晚上。夜幕下，看看这国际大都市的风光，让一行人大开了眼界。

　　这一路的吃喝住行都由县财政局的人员负责，一切的开支安排都由考察团的最高领导方舟说了算。这些平日窝在梅县的大小官员，也算是大饱了眼福和口福。这里的高楼大厦似乎都比天高，站在高楼往下看，成群结队的人如同蚂蚁在前行；站在低处看高楼，有如是井底之蛙在看天。

　　无论是汪云、柳总等与方舟关系好的，基本都是考察团的成员。又以整材料写报告为名，把对自己忠心不二的周旭山拉上，这漂洋过海的美差，不是人人都能赶上的，何况这是公差，不用自己花一分钱。多少人，怕一辈子也没有这个机会。参加的人从心里都要实心实意感谢方舟的八辈子祖先。

方舟唯一遗憾的是不能带上老爹也一路逛逛。但也清楚，这样的公差，无论如何是不能这样安排。他心想只要有钱，父亲也有机会，随时都可以随团出国旅游，不花公家的钱出去，也没有什么影响和麻烦。

人的一生，无论是显赫的富贵，还是一般人的平凡和贫穷，总会有遗憾，这种遗憾，也往往是人生的一种追求和活下去的动力。

次日，经过几个小时的飞行，来到了澳大利亚。按照行程安排，参观了这里煤矿及相关企业。考察团成员一个个西装革履，但没有一个懂英语。这些不用操心，有导游和随团的翻译，沟通交流不成问题。让方舟一行最动心的是，这些企业利用资源挣来的钱，投资到房地产企业上，相对为企业的发展增加了一个巨大的平台和收入来源。这在方舟的心里留下一个深深的烙印。当然，这里的企业管理办法很先进，环保做得更好，根本不像梅县的煤矿弄得乌烟瘴气，也许是四面临海的缘故，空气特别好，让人心中感觉特别舒畅。

当然，好不容易出一趟国，去旅游景点转转，自然也在行程安排之列。方舟安静地坐在海边，遥望着一望无际的大海，任凭太平洋海风的吹拂，同样浮想联翩，也有无限的遐想。大有乐不思蜀、乐不思归的感觉，但面对现实，知道那都是不可能的事情。

回国后，车队又完成对国内考察任务后，在最后一站山西，方舟主持开了一次全体人员的总结会，每个人都谈了收获，有些还谈到国内企业和国外企业的差别，谈的群情激昂，现场气氛很热烈。方舟最后作了总结。周旭山一点也不敢马虎，伸着耳朵认真听，拿着笔快速做着记录。因为他知道，这许多的内容和观点都是回去写考察报告需要填充的内容和材料。

在回国的过程中，在相继造访旅游了广州、苏州、杭州等处的过程中。按照规定，在国内国外购买的奇珍异宝主要是手表、珠宝等，这是要掏自己的腰包的，参加考察的人员大都不差钱，结果一个个都是满载而归。

但方舟感到这人生地不熟的，无论是在国外，还是在国内，吃的也不习惯，也要不成，更不敢要，觉得还没有梅县玩得开心和舒服。回想起来，走在国内的城镇里见到蓝眼睛、黄头发的外国人，就像看猴一样有趣

和好玩；当出国后，自己和一行人，在外国人眼中同样也成了一群猴子。人生也真是有意思，竟如此异曲同工。

回到梅县不久，周旭山起草的考察报告出来了，洋洋五千言，仅在常委会上，方舟就念了半个多小时，最后的结论总结时说："总而言之，人无远虑必有近忧。梅县这些年的发展得益于煤炭产业，但若不及时调整结构和转变观念，梅县的经济可持续发展就成为一纸空谈。我们建议梅县的产业应该转型，向房地产、果品加工业、发电业进行转移！"

经过讨论，县委常委会形成了一个会议纪要，确定了梅县今后五至十年的发展纲要。

随着煤炭行业的转型、升级，方舟也借着这领导小组的权力，更加肆无忌惮地变相收礼、洗钱，达到了登峰造极的地步，而且是雁过拔毛、六亲不认。

方舟的一位远房亲戚陈周在新区的车站市场开了个棉油店，平日里生意不错，人来人往的，天久日长，收入颇丰，不想突然被人给盯上啦。

一天，陈周出来，一长发年轻人手捏着一串玻璃珠样的东西碰了他一下，一串玻璃珠掉到水泥地上，砰然被摔得粉碎。

"唤！你把我的水晶珠摔碎啦！"

年轻人操着外地口音，一把抓住了陈周的衣领，恶狠狠地吼道。

"谁撞你了，明明是你故意碰我的！"

陈周明知道是遇到"碰瓷"的社会混子。在当地，心中并不惧怕，毕竟是在梅县，用右手有力拿下对方的手，毫不示弱。心想，自己在这里开了多年的店，周围的都是熟人，真动起手来，也吃不了亏。

"好怂，你还嘴硬！"

碰瓷的人，摆了下头，使了个眼色，在周围游荡的四五个年轻人轰了过来，把陈周围在中间。怎么？你们还敢行凶？"

"行凶不敢，但这水晶珠弄碎得赔！"

"赔多少？"

陈周想到自己的生意，这冤家宜解不宜结。

"这一颗三百，十二颗三千六！"

"啊，这分明就是玻璃蛋，什么水晶珠，给你二百块钱，算我倒霉！"

"二百块钱，打发要饭的？"

一伙人上前就要动手，这下陈周还真害怕啦，面露惊恐之色，正好，这时有一辆警车开过来。

"不赔，你等着瞧！"

果然，从此陈周的店门口便热闹了起来，堆了一片的油壶，里边卖的油卖七十，外边就卖六十五。陈周又降到六十，外边又成了五十五，捣得生意都没法做，无奈他报了警，但一报门口的这伙人就不见啦。

"人呢？"出警的民警询问道。

"刚才还在这里！"

警车和人走了，可刚走不大一会，这伙人又来了，陈周看得清楚，偷偷拨了报警电话，但奇怪的是警车没到现场，这伙人又神奇地没影啦。

"人呢？"

这次拿着登记本的民警有些恼火啦。

"刚才还在！"

"你把110当你家的啦，有事没事都拨，再谎报警情，把你关起来。"

民警愤然而去。

陈周吓得不轻，知道这110是不敢再打啦，可自己要做生意，这总不是长久之法。于是无奈之下，他想起了方舟，虽是远房，但总归还是亲戚，也知道这亲戚贪钱，也不指望肩膀上抬个脑袋，空嘴说白话。便大胆进了大院，来到人大常委会办公室四层，找到方舟，把事情的过程一五一十说了清楚，知道这办事不能干让办，就从兜里掏出一沓一万元塞到方舟的包里。

"这是弄啥哩，都是亲戚！"

方舟虽这么说，但并没有拒绝和阻拦。

"好吧！"

陈周以为要给公安局或派出所打电话交代这事，没想到的是，方舟拿出手机拨通了一个电话。

"东北狼，在新区车站市场，有个棉油店，看看是怎么回事？"

"没事啦?"

陈周一看,这是自己以为摆不平的事,这一个电话就成了。

"没事啦,你回吧!"

陈周回去后这几个人再没有闹过事,风平浪静得一点事都没啦,吓得他直吐舌头,腰里直冒凉气。堂堂梅县的三把手和黑道有来往……

方舟的放纵,在梅县上下也引起了一些不满,告状信、检举信,几乎是满天飞,有的甚至贴到县委的大门口。

鉴于这种情况,任正阳书记建议调整方舟的工作。经东阳市委研究,平调方舟到市政府任正县级的副秘书长兼办公室主任。

这次的打击,对方舟来说是刻骨铭心的,被迫离开梅县这块肥美的土壤,人走茶凉是必然的,连父亲的差事,很快就被解聘啦,又回到了生养他的方家河村。

一天,市政府办公室会餐,方舟心情不好,失势失威的他酒喝得有些多,秘书长是从一个县委书记的位置上去的,资历比自己高。但在方舟的眼中,一个县委书记同样离开了一线,同样是落架的凤凰不如鸡。秘书长过来出于尊重,给方舟端了一杯酒,而此时他已是醉眼蒙眬。

"我不喝!"

方舟翻了一眼,屁股连动都没动,完全不把这位秘书长当回事,心想你是正县,我也是正县,凭什么你给我端酒我就要喝。

秘书长见他在大庭广众面前不给自己一点面子,附口到耳边对方舟小声说道:"给老兄点面子!"

"什么面子不面子的,我方舟如今也是凉水洗鸡鸡,越洗越小!"

"你说什么?"

秘书长同样勃然大怒。

"你说谁是鸡鸡?"

"什么鸡鸡?"

"你才是鸡鸡呢?"

这会方舟总是算过账啦,听出秘书长在骂自己是鸡鸡,而完全忘记了自己前边说的话。

"散席!"

秘书长一摔小酒杯,酒溅了一桌,拂袖而去,最终这场会餐不欢而散。

都是领导,办公室的人员扶着方舟送回了他的住处安顿好才离去。

方舟没想到自己竟落到这种地步,在梅县谁敢这样污辱自己。看着偌大的房子里,只有自己形影相吊,感到前所未有的孤独和凄凉。

第二天正常上班,但他起来的时候,已晚了一个小时,都十点啦,他没顾上吃饭,空着肚子开车赶到办公室门前,一个熟悉不能再熟悉的面孔突然出现在面前。这春桃抱着小孩,被办公室几个同志围着,不知在说什么事情,自己急忙推开一间办公室猫一样溜了进去。

"方主任!"

"别吱声!"

办公室人不知出了什么事,也不敢再吭声,给方舟倒了杯茶水,回到办公室里边坐下。

外边的吵闹声渐渐小了、消失了。他隔着玻璃看见春桃抱着一个小孩走出市政府大院。原来,春桃确实想靠住方舟这棵大树,把自己的一生都想托付给他。但当知自己怀孕后,又怕方舟反悔,让自己堕胎,想他在梅县的势力又大,要若堕了胎,自己找谁去,所以在临上车前给方舟打了个电话,联系到自己初中的同学,在大后山里偷偷把这个孩子给生了下来。

谁知,兴冲冲抱着娃回到梅县自己住的那套房子前,掏出钥匙却打不开,怀疑自己是走错了单元,下去又看看,是这里呀!抱着娃又上去,门还是打不开。又来到下边车库,用钥匙开仍然打不开,心中一阵慌乱,感觉六神无主。

心想一定是这汪总捣的鬼,把这门的钥匙给换啦,只好抱着嗷嗷啼哭的娃,拿着小本本,来到一间电话亭前,拨通了汪总的电话,想问个究竟。"喂!"

"谁呀?"汪云不耐烦地问道。

"汪总,是我,春桃,我给方书记生了一个儿子,现在抱回来啦!"

"啊!你还活着,躲到哪个鸟不拉屎的地方生娃去了?我派了多少人

寻你,就是找不到你!"

"唉,汪总,你不是叫我这么做的吗?怎么事到如今竟这样说话?"

"我叫你吃屎,你吃吗,你的脑子呢?"

"你怎么骂人?"

"骂你是轻的,见了面我捅死你!"

听着汪云凶神恶煞的话,春桃感到害怕!

"你说好的,梅县这套房子是给我的,怎么我打不开锁?"

"只是让你住一住,你以为几十万的房子和车就是你的?别做梦了,不收你房租就便宜你啦。有种你去找方舟,他现在已调到东阳市政府去啦,有什么事找他去,和我汪云没屁大的关系!"

汪云不等春桃说话就挂断了电话。

春桃一下觉得这天旋地转的,这话一句句都像刀子在扎自己的心,如晴天霹雳震撼着自己的心灵,原本是信心十足的她,一猛感到自己上当受骗啦。

方舟如今走了,离开了梅县,自己也成为一颗无用的"弃子"。苍天呀,你在无情地捉弄人,这家属楼换锁了,连车库的锁也换啦,自己的那辆小夏利车也见不到更用不了。如今又多了一个孩子,无依无靠的,喊天天不应,叫地地无声,这可如何是好?原本是心想背靠大树好乘凉,如今大树倒了,火辣的太阳要晒死自己。

她根本无法承受这样的打击,由此感到了十分愤怒,不晓得以后的人生路又如何走?没结婚就抱着一个娃在人前走来走去,这让自己如何回家,如何见自己的父母、朋友和乡亲?

这种恐惧害怕让春桃如刺在喉,现实又让自己走投无路。

春桃定了定神,强打着精神来到一家宾馆开了间房,知道身上的钱还是有的,还不至于流落街头。休息了一个晚上,想着人总是要生存活下去的,无论再苦再难,活下去是根本。待情绪稳定下来之后,思虑再三,最终还是拿定了主意。

第二天坐着首趟班车来到了东阳市政府。办公室的人,一看春桃这阵势,都觉脸上无光,连哄带骗把她弄出市政府大院,也不告诉方舟的住

处，只说是今天没有上班。在这里对春桃而言，更是人生地不熟的，这可到哪去找他？

就在此时，躲在别的办公室心烦意乱看报的方舟，突然接到秘书长的电话。

"方舟，我的方主任，你在哪里？"

"我在办公室。"

"哪个办公室？别啰嗦，现在就到我办公室来！"

秘书长毫不客气地挂断了电话。

方舟知道这是春桃惹的事，但反过来想也是自己揽的事，更是自己屁股上的屎，终归还是要自己来擦和处理。春桃在市政府这么一闹，自己的脸面、威信一扫而光，这人就丢大啦。

方舟的心跳霎时加快，脸色发红发热，知道随着春桃的出现，自己安生的日子到头啦。

他硬着头皮来到秘书长的办公室，如同成了犯了错的学生，耷拉着脑袋来受训。这秘书长就是那位老师，方舟感自己就是那位犯错的学生。

"方舟，你是怎么搞的，让一个女人抱着娃到市政府办公室寻你要生活费和抚养费？"

"不是的，根本没有那回事！"

"没有，这苍蝇不叮无缝的蛋，好好的，她怎么不找别人要，偏寻你要呢？"

"这？"

"这什么，你不要上班啦，省得丢咱市政府的人。你不嫌丢人，领导还嫌丢人，同志们嫌丢人，咱这政府的脸往哪搁！"

此时的方舟已是大汗淋漓，那种昔日高傲的自信，居高临下的威严，全被这一阵怪风剥的一干二净，连基本人格的尊严同样也完全丧失，甚至感到汗颜和羞耻，汗水顺着脸毫无节制地滴了下来。

"我就去处理。"

方舟终究是败下阵啦。

"去吧，处理不好就不要来上班啦！"

"知道啦。"

转过身，惊恐万状的方舟掏出手巾擦干了脸上的汗水，左右看着楼道的工作人员，人们都好像在用异样的眼光看着自己。

想不到，就这么一个上午，难道都知道啦？这才真是好事不出门，坏事传千里。

方舟开着自己的豪车，停到在门口四处张望的春桃面前。真是恨不得一下掐死这春桃，但思前想后又不敢这样做，弄死人家，自己还能活着吗？

"春桃！"

"方舟！"

春桃看见了方舟的脸，就一下像看见了自己的救星！

"上车吧！"

"方舟，我抱着娃，无依无靠，想死的心都有啦！"

春桃抱着孩子，坐在副驾驶的位置上，开口就说出这么不吉祥的话，更让方舟自己感到沮丧和生气，这即将到来的风雨，不知会有什么结果出现。

"不急，到屋里再说！"

"你不急？人都急死啦，你还这么沉得住气！"

方舟不接春桃的话，幼小的孩子胆怯地看着飞速奔跑的汽车，不时看着开车人的脸，好像天生一种父子的认知和感应，竟用小手动着方舟握方向盘的手，方舟只是小心、善意地努出个笑脸。到了家属院下了车，方舟急忙站在楼道门口的数字键盘前，等春桃过来，因为这里有密码，没有输入密码是进不了楼的。待春桃抱着娃过来，方舟急忙引着她进去坐上电梯，一会的工夫就到了自己住的八楼，方舟用钥匙慌忙拧开了门。一进去，春桃就被里边富丽堂皇的装修和到处闪光的家具所惊叹震撼啦。

"好漂亮，儿子，我们这下可到家啦！"

"怎么到家了？"

方舟很怪异地看着春桃和孩子。

"嗯，我给你生个男孩，你方家有后啦！"

"我的孩子？这不是信口开河吗？你怎么会有我的孩子？"

"怎么不会？我们好了那么长时间，你不是总说喜欢春桃吗？这回给你生个儿子，难道你不高兴？"

"不会吧？我们做事都戴安全套，你是怎么怀孕的呢？这可说不准是谁的孩子？"

"别没良心，这就是我们的孩子！"

"我凭什么相信呢？"

"因为在后来的时候，我在套上用针戳了小小的洞，明白了吗？不信，可以做亲子鉴定，看到底是不是我们的孩子！"

方舟闻听此话，一下瘫坐在沙发上，长出一口气，蔫里巴叽像霜打的茄子。

"你可把我害惨啦，我找不到你，还以为你跟着别人跑啦，没想到你还真跑出去生孩子啦！"

突然，他突然发现孩子的脸形和眼神，就和自己像是一个模子里刻出来的一样，竟那么的神似。

方舟深情地抱起儿子偎到自己怀里，轻轻地亲吻孩子那粉嘟嘟的小脸。从这一刻起，不用做亲子鉴定，他已相信这孩子就是自己的。

一向铁石心肠的方舟心软了，自己又有了儿子啦，可以告慰方家的列祖列宗。时过境迁，命运之神竟然又让自己有了传宗接代的儿子，这种意外的巨大收获，一猛使他心潮澎湃、激动不已，毕竟自己都过五十岁的人，不容易呀。方舟一时竟泪流满面，抱着半岁的儿子跪在朝方家河家乡的方向，哭泣道："方家有后啦，感谢苍天赐子！"

这方舟的举动，也着实感动了春桃，原来一肚子的委屈和愤怒，好像被阵风吹得没了踪影。春桃连忙接过孩子，此时此刻，方舟脸上挂着泪花，连做三个揖，连磕三个头，过来又把儿子抱上。

"孩子还没名呢？"

春桃破涕为笑，用自己的小手巾深情地为方舟擦了脸上的泪。

"这个简单，我方舟毕竟是堂堂的大学生，要说孩子叫个方圆就不错，就像古时候的铜钱，内方外圆！"

方舟破涕而笑，很自信地说道。

"叫圆圆好！"

春桃高兴得几乎要跳将起来。

"不行！"

方舟突然沉下脸，否定地摇了摇头。

"怎么啦！"

"想我一生就吃亏在贪欲上，才走上了邪道。孩子是咱的更是方家的希望和未来，他还是叫方正吧。人生有一个正确的方向最重要，不然再有才再有钱都没用，南辕北辙，跑得越快，离题越远！"

"好，你是孩爹，就听你的！"

"正正，你有名啦，可惜他还不会说话，不能叫你一声爸爸。"

方舟又高兴又悲伤，连忙到卫生间洗了脸，春桃抱着正正跟到卫生间，回到沙发后，平静地看着春桃，把母子俩抱在怀里。

"我们又可以团圆啦！"

可怜的春桃还甜蜜地认为方舟认了自己的儿子，一家人可以好好过日子啦。

方舟一脸严肃，如同一尊蜡像，面无表情，还是挺让春桃害怕的。

"你有三种选择：一是和别的男人结婚，把正正抚养大；二是你要嫌连累，可以把正正送到我梅县的方家河，我可以给爹妈写封信，二老会把正正抚养成人的；三是你回老家等我。"

"正正谁也不送，你舍得，我还不舍得呢！好好地怎么说这些不吉利的话，让人心里发毛？你别吓我，春桃胆小，到底怎么啦？出什么事啦！"

"感觉这次调我到东阳有点突然。我做的事，我心里明白。总感觉组织上好像暗中对我调查，一旦开始，结果必是墙倒众人推，你明白吧？这贪了人家这么多钱，搁前些年都够枪毙几次啦。听我话，带着孩子回老家吧，等我几年；要是我没事，我会去你老家找你的，我们就过一辈子，白头到老！"

"我不让你有事，我害怕你有事。没有你，春桃和正正如何活呀？"

春桃把孩子放到沙发上，抱住方舟哽咽着，然后又是号啕大哭。半岁

的孩子也躺在沙发上哇哇哭了。

方舟记忆中，所接触过众多女人中，这才意识到，春桃虽然有点憨，但她是对自己最忠诚的，而且执意为自己生下了一个儿子。不让她受苦，也就是不让自己的儿子受苦。想想，这也许就是上天的旨意，不可违背。

"别这样，会吓着正正的。你既然有恩于我们方家，我方舟也不会亏待你的。现在，这屋里还有一箱现金！"

方舟从床头下的保险柜中，取出带锁的中型皮箱，一按号码。

"这密码是98765，记住啦，五位数！"

"嗯！"

"这里边有三十万的现金，我今天就送你到火车站，你赶快回家，找个避人的地方住下来，记住只等我两年。"

"嗯！"

"这箱子太扎眼怕不安全，我这有件背包，装上些东西你背上！"

说干就干，方舟亲手将三捆钱倒进一件酱色的大背包，又塞了些方舟的衣服，给春桃背上啦。

最后，又抱起正正，生离死别地吻了孩子几下，真不知什么时候还能见到孩子？活着还能不能再见到孩子？心中的确是没底，一时悲伤至极，哽哽咽咽着，泪水哗然滴在孩子的脸上，吓得正正也大声啼哭。

"爸爸对不起你啦，让你才半岁就去流浪漂泊！"

"春桃，请受方舟一拜，正正就拜托你啦！"

方舟又一次跪下。

起来后，大小三个人哭成一团，又抱成一团，难分难舍。方舟突然向春桃母子跪下，磕了一个响头。

"快起来，方舟！"

"走，我送你上火车站，梅县也不回去啦，隐姓埋名，快走吧。这些天我总怀疑有人盯着我，到火车站前边一站你下车，再搭公交车、出租车，愈快愈好！记住，要是正正长大了一定告诉孩子要走正道，堂堂正正做人一生才能平安无忧，不要和有权有势的来往，因为这种人总觉得你有

求于他，会扭曲人生的性格，失去人的尊严；不要和有钱人打交道，因为这些人以利益为本，粘上了铜锈，人生就走偏啦！"

"记住啦！"

"好！"

方舟又把春桃和正正亲了一下，匆匆出了屋。

事情正如方舟所预料的一样，没过一个星期的时间，周旭山、汪云、柳总先后被纪委叫去留置审查，方舟一下慌张啦，知道周旭山是自己的红人和最信任的人，意识到这纪委刨树可刨到根上啦。

但毕竟方舟是领导干部，也知道纪委的方式和办法，由此，方舟惊恐万状，天天晚上都睡不着觉，一夜夜地失眠，听到警车鸣叫，都以为是在来抓自己，真是到了惶惶不可终日的地步。

接着市委又把方舟叫去留置审查。这东窗事发，纸还是包不住火。

进入法律程序后，2020年9月，最后法院作出了判决，方舟受贿等罪判处十三年有期徒刑；周旭山受贿五百万元被判处十年。汪云、柳成明也因行贿行为，最终被罚款处理。

马宏亮在收获了巨大的"两桶金"之后，按程序接任了方家河的村党支部书记，同时，也如愿当上了人大代表。在发展食用菌生产中，成绩也非常突出，先后受到省、市领导接见，三天两头都有各地领导来方家河参观学习。

马宏亮因此而成为梅山县的一大名人、经济能人、致富能手，各种荣誉和光环，相继戴到他的头上。出入县委、县政府主要领导的办公室如履平地。其照片和事迹屡见电视台、报纸。腰杆硬的不是办法，感觉也不是一个方家河村所能容得下的。

但对于儿子却疏于管教，也因为有钱，马蛋蛋也辍学流浪社会，吃喝玩乐，纠结了一批社会闲散人员成为西昌乡的一霸。

马宏亮几次放在家里的钱，少则是保险柜的数万，甚至十万元现金不翼而飞，知道是儿子偷去的也不吱声，偶尔逮住也训斥教育一番但并不奏效。

应接不暇地参观、汇报、开会，弄得马宏亮也身心疲惫，不堪重

负，儿子的事情也根本没时间考虑。当方舟出事之后，因工作关系，袁海茹和马宏亮走得更近啦，双方也都有走到一块的意思，最后袁海茹和马宏亮坐车到远在异地的看守所看望了方舟，并把两人元旦结婚的消息告诉了方舟，从而几乎把方舟送上绝路。

回到梅县后，年终的工作十分忙碌，村里的事、自己公司的事、儿子马蛋蛋吸毒被抓，把马宏亮弄得焦头烂额，疲于应付，心情非常地不好。

乡里为检查验收，要求方家河村在村里悬挂标语条幅，一位年轻的副书记前来督促。

"马书记，你们村的条幅横额得挂上，县里明天一早要来检查验收！"

这位副书记，非常严肃地要求，而且有不容商量的命令语气。

"今天，村里忙得跟吹鼓手一样，哪有人和时间搞这些华而不实的东西！"

马宏亮勃然大怒。在自己眼中这年纪的副书记算个鸟，敢用这种口气和自己说话？

"这可是袁书记交代的事！"

马宏亮一听这年轻人用海茹来压自己，气不打一处来，更是火冒三丈。

"袁书记怎么啦，村里有村里的实际情况，这高山有意、流水还无情呢？想咋地就咋地，我马宏亮还不稀罕书记这顶帽子哩！"

这话一字不差地汇报到了袁海茹的耳朵里，但她并没有吭声，而是让办公室人员把这些活都替村里给做了。心想，这全乡上下辛苦一年啦，总不能因为这些事，把大家的成绩埋没啦。

但是这"高山有意，流水还无情"两句话让袁海茹感觉是马宏亮捎话给自己的，这深深刺痛了海茹的自尊。迫使她重新审视这位从小长大的同学，他的一步步的思想变化和心灵的轨迹，一下浮现在大脑的记忆中。这种人重钱而薄情，成了"商人重利轻离别"之辈，与自己想的、自己的"三观"截然相反，与之走到一起，最终的结果仍是分离。两人的事也无须勉强，不能勉强，以免得将来后悔"既有今日，何必当初"之遗恨。在人生的重要节点，袁海茹在心中改变了主意，断然踩了"刹车"。

马宏亮说的这两句话，也是他的真实心理体现。他的确是后悔承诺了和海茹成家的事情。心想，老子有这么大财气，不要说她袁海茹，就是要一个大学生、研究生、黄花大闺女都能伸手一抓一把。这人老珠黄、半老徐娘的海茹算什么？一个堂堂的县委副书记不也是说滚就滚啦？只有这钱才是硬东西。还敢拿袁书记来压我马宏亮，真是开玩笑！故意捎信给她听，让她知道如今的马宏亮已不是落难时的马宏亮，此一时也非彼一时啦！

　　这一堆事搅得马宏亮心烦意躁，肝火上升。这方家河村里成立了公司，村主任方大年是法人，村里百分之八十都是方姓的人，村主任签字算数，记账员方虎和村主任走得近，狐假虎威。马宏亮交代办的招待费用票据一事马马虎虎，推拖着就是不报。这让马宏亮记住了他，怎么看他也不顺眼。

　　村里有了收入，方家河也火了起来。马宏亮沾沾自喜，感觉都是自己的功劳，自己才是方家河人的恩人和救星。什么事都是自己说了算，大家都习惯啦。村里不仅有了超市，而且村部有了小食堂，五个支委可以在这里就餐，这是不成文的规定。有时候乡里、县上来了领导也可以在这里吃上地方小吃，为村里着实减少了许多开支，原本也是件好事。一天下午，天都快黑了，都进入了腊月，天气比较冷。马宏亮刚撩起棉门帘，进到村里的小食堂坐下，服务员便端来了热乎乎冒着热气的羊肉汤，送上两个热烧饼，刚掰了一块放进碗里，猛然发现村会计也在这里喝汤，就停下，扶了下眼镜仰头问道：

　　"方虎，你怎么今天也在这喝汤？！"

　　"咋啦？"

　　"咋啦？你是村支委成员吗？你不过是一个小小的报账员，有什么资格在这喝汤？！"

　　这方虎一听，马宏亮当众羞辱自己，便放下筷子走到马宏亮的跟前。

　　"怎么？兴你在这里喝汤吃饭，就不许我方虎喝汤吃饭？"

　　"你给我滚出去！"

　　马宏亮伸出了指头。

"咋得，就兴你在这腐败，不兴我方虎腐败！"

方虎的指头也险些戳到马宏亮额头。

马宏亮一听说自己在这吃饭竟成了腐败，这帽子够大了。心想简直是翻了天，明明是挑战自己的权威和在全村人面前的尊严，玩自己在众人面前丢人，怒不可遏，是可忍，孰不可忍？站起来，瞪大双眼，冷不丁伸手一耳光重重地掴在了方虎的脸上。

"书记打人啦！"

方虎知道马宏亮当过兵，还上过战场，来硬的肯定还是吃亏，便捂着生疼的脸大声叫道。

"打你，打你是轻的，今天这桌上要有枪，老子就一枪崩了你！"

几位村干部连忙拉开挡住，让二人脱离了肢体接触。

这晚上的羊肉汤也都没喝成，外边嘶鸣的风叫声，穿过门仍是有些冷。马宏亮气得哼哼叫，拉着几个在场的村干部到县城喝更好的羊肉汤。

方虎到村主任家中诉苦，村主任也不是省油的灯，也对马宏亮飞扬跋扈也有意见，这书记啥事都要做主，啥事都想管，把他这个村主任不当回事。这明知方虎和自己走得近，这打狗还得看主人面！马宏亮也太张狂了，根本眼中没有自己这个村主任。

"去，到县纪委告他去！"

"敢？"

方虎捂着脸有点不自信。

"有我给你撑腰怕个球，反正咱这耳光不能白挨。士可杀，不可辱。就是再大的官、再有钱，人格都是平等的，他不能这样欺负人。况且这一巴掌白挨了，以后你还在村里如何混？"

"好，听你的！"

方虎被这一激，心中也是一片的怒火，一不做，二不休，连夜写了份材料。

第二天一早，便坐车拿着材料到县纪委把马宏亮给告了。

县纪委调查核实后把这信息反馈给西昌乡党委，征求袁海茹的意见，她表示同意纪委的处理意见。

马宏亮被通报，并记了党内严重警告处分，在全县通报。

原定元月一日与海茹结婚的事两人你不言，我也不语，这事也彻底泡汤啦，没了下文。

方舟签字离婚后，联想到海茹和马宏亮有可能走到一起，心凉如冰，万念俱灰。在自己挖的菜窖里，把落地的绳索悄悄套在了自己的脖子上，唯一不放心的是自己父母和儿子方正，但都鞭长莫及，这十三年的有期徒刑，连为父母尽忠尽孝可能都做不到，何况儿子呢？

不愿在这里受这磨难，也不想承受这么遥遥无期的等待。毕竟从小到大没出过这份力，同样也没受过这份症。想到这里人生终有一死，想到自己享受了人间的一切，也知足啦。唯一没想到的是，会这样吊死在自己挖的坑里。

最后，又看着上边的一块天，阳光还是那么的明媚。恍惚中，这些都不属于自己了。因为，自己已没有明天，同样看不到明天的太阳的升起啦。

忽然正正的模样又闪电一样浮现在眼前，"爸爸"、"爸爸不能走"的哭喊声，如惊天霹雳，在自己头顶炸响，又一次唤醒了自己。凄惨的啼哭声声声揪心。

是呀，自己撒手而去，谁又来抚养他长大成人？一个作父亲的良知和责任感，告诫自己不能死，再苦再难也要为自己的正正活下来，不能让孩子无依无靠、孤苦伶仃流落街头。

生的希望之火，又一次燃起，人常说蝼蚁虽小，尚且贪生，更何况一个大活人？最终，方舟生的希望，战胜了死亡的意念。随即从悬空中缓缓落下，决然地从脖上卸下了索命的绳索，瘫坐在窖底潮湿的土上，气喘吁吁，全身淌出一身冷汗。

静下心来，他想人世间的芸芸众生，如进窑的禹州钧瓷泥胎一样，进去的时候都是一样的，而经过重重的浴火，出窑后却是千姿百态，变化无穷，其中有内因更有外因，这就是窑变；也正如老子在两千多年前所撰写的《道德经》中所说的：天之道，损有余而补不足；人之道，损不足而奉有余。自己上过大学，同样读过历史。一个社会，是不会容许少数人长期占有大多数社会资源和财富的，这就是不可背离的天之道。中国五千年的历史进程中的改朝换代，无不证明这一点。

想想自己凭借党和人民赋予的权力，贪了那么多的钱，这些钱可以养活多少人？占有了多少女人？这不仅仅是作孽，更是犯罪，更是有违天道，自然会被党纪国法所不容。

想当初，自己风华正茂，满腔热血，年青有为，政治前途平步青云，雄心勃勃要干一番事业。但走着走着，走进了没有归路的死胡同，忘记了初心，忘记了使命，从而落得如此下场。思前想后能怨谁呢？纯属咎由自取，怨不得任何人呀！

要想早点出去，也只有老老实实劳动改造，争取立功减刑。

"方书记。"

"唉。"

"上料吧？"

"好的！"

方舟又看了窑口的太阳一眼，因为他知道，自己又可以看到明天升起的太阳啦。一个月后的一天，方舟向当地纪委写了一封信，提供了一条重要线索，方舟又立功啦。世界上事情往往都具有两面性，有人生，就有人死；有人哭，就有人笑。方舟此举，不知几千里外的地方，哪位领导又要倒霉了？

马宏亮被处分后，心情消沉，成天也开始不务正业，开着车吃喝玩乐。最后还是经不住诱惑，把自己的巨额存款的一部分放到一家有熟人的投资公司去"生娃"。

那时候的梅县，从乡下到城里，人们议论最多的就是在投资公司放钱挣利息的事。甚至有人手中没余钱，把房子抵押到银行贷款，又放进投资公司挣利息差，而且是亲戚引亲戚，朋友引朋友的成群结队，众多的投资公司门前，人潮涌动，如同赶集一样，很快在梅县成风，火得不行。而且一年多来，投资公司都是按约定月月付息，从没失信过。

马宏亮早知道这事，观察了一年多，眼见着男男女女，兴高采烈

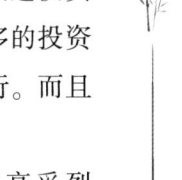

地，月月像领工资一样，按月领利息，买车买房的，大吃大喝的，比比皆是。

最后，马宏亮实在眼热不行啦，才拿出二百万元也投了进去。当月就领了三万块钱的利息。第二个月又领了三万。这真是钱生钱，躺在那挣钱。想不到世界上还有这等好事？心想一月挣这么多的钱，往那花，怎么花？还真是件事。马宏亮喜上眉梢，心里暗暗高兴。捶胸顿足的是晚进去一年多，少挣了几十万，真是肠子都悔青啦。

两个月后，风云突变。多家投资公司老总一窝蜂地关门歇业，携款外逃，不知去向。

马宏亮想这公司成立之时政府领导出席了，所以才有人相信，从银行里取出来，往这投资公司里投钱。这一事件，在当地就是一场大地震，影响很大。出了这么大的事，马宏亮想肯定要去找政府，这几百万块钱又不是小数。感觉政府里熟人多，就吊着一颗心，开车来到县政府，找到主管的一位姓常的副县长。

"有事？"

"就是投资公司的事，常县长。"

马宏亮挠挠头皮，连忙拿出一盒没开封的中华烟，拆开抽出一支递上，给常县长把火点上，随手把烟扔到桌子上。

"政府有言在先，投资有风险，存款要谨慎！"

"话是这么说，但钱飞了，这老百姓还是要找政府的。"

"那你们领高息时，拿着大把大把的钱，怎么不找政府呢？"

常副县长笑呵呵地反问道。

平时里感觉能说会道的马宏亮，一猛被问得面红耳赤，一时答不上话来。

马宏亮虽然背着处分，但仍是村里的支部书记，他不敢跟着上访起哄折腾。况且这么多的钱，纪委要查起来源，不知又要生出什么事来？马宏亮心里实在也是没底。也知道政府对付这暴发户的大款，有的是办法，所以也不敢胡说八道和造次。

但常副县长也知道马宏亮的底细，加上平时也是抬头不见低头见的，也不想为这事让他难堪，便立马换了一种口气。

"进去了多少？"

"两百个。"

马宏亮歪着嘴巴，摇摇头伸出两个指头。

"不少呀。这些黑心老板，携款外逃，也不是件小事。据初步统计，在梅县洗钱少说的也有几十个亿。你放心，县里已成立了专门机构，尽可能把钱往回追；不过，你也别抱太大希望，因为据了解，大部分投资公司老板，都是把到梅县这骗的钱，拿回去补了原来的窟窿。这叫柴禾进了灶火，全国其他地方也都大同小异，很难退出来的，也是不争的事实。"

这常县长的一席话把马宏亮说得心中冰凉。说白了这就是肉包子打狗，有去无回啦。

眼见这好不容易攒的钱又让狗给叼走啦，心里有底气的是账上剩余的钱也够自己花了。

然而，在随后一年中，因这场风波，梅县有离婚的、有跳楼自杀的，其中因纠纷械斗打伤、打死人的案事件多有发生。一大批相对富有的中产阶层几乎被洗劫一空。被抓回来的老板，也是要钱没有，要命有一条。基本躺平了，拿着蹲牢的准备，政府和投资人基本没辙。

然而，对马宏亮来说，屋漏偏逢连阴雨。儿子马蛋蛋因为打架伤人又被刑事拘留，送进了四堵墙里。感觉很奇怪，也很是邪门，这几年有钱了，相比而言，这耗钱的事就特别地多，难道自己无福享用这么多钱？

正在这时候，县纪委又因为村里违法圈地一百亩修建游乐场一事，把他叫到纪委。

"你违法占用耕地，数额巨大呀！"

"这不是开发旅游项目。增加老百姓就业和收入吗？县乡领导都是支持的，有错吗？"

马宏亮振振有词，一脸的不解和疑惑。

"支持？支持不等于让你们不履行审批手续，权不能大于法。这耕地是有国家《土地管理法》保护的，犯法是要负法律责任的！"

马宏亮一听到法，知道这负法律责任是要判刑坐牢的，连汗毛都吓得都好像竖了起来，这可不是弄着玩的，总不会父子俩都送进去吧？那到底指望谁去帮儿子呢？不害怕是假的，但一猛想到自己是村书记，一时有了底气和主意。

"我虽是村书记，但村主任是法人，手续没办，我让他补办！"

一句话把责任推得干干净净，纪委的人一听，这冤有头，债有主，有人顶着就行，也没有什么好说的。

"你让村主任下午就来纪委。"

"好。"

马宏亮像没事一样，又回到村里，十分庆幸自己书记身下还有个村主任，关键时刻还能为自个遮风避雨、挡子弹！

袁海茹所在西昌乡大力发展果品业，农民收入大幅度增长。没过多久，升任梅县政府副县长，得到组织的重用。

马宏亮因开发旅游非法占地事件，工作消极，自己所开办运行的公司也因市场萧条、资金链断裂而关闭破产，又赔了他很大一笔钱。

回到村里，马宏亮很是郁闷，开车来到县城好好泡个澡轻松轻松。

这梅县县城，新区和老区，又发展了北区和东区，遇到礼拜天，车水马龙的，到处是小车，就连搓澡的都开上了汽车，卖菜的老头儿都用微信扫码收钱。

春节期间，村里面条条巷子也塞了不少的小汽车。这短短几十年，国家的确是强盛啦，群众也的确是富裕啦。

马宏亮在新盖的村部办公楼的西墙跟儿，豪车停在路边，倒在小椅上晒太阳，一边放着专用的茶杯，他愁着一张窄脸歪坐在那抽着闷烟。

他想不通，也实在想不通。这是怎么啦，明明叫发展，却不容许占地？土地闲置在那，荒在那无人过问，这一搞项目开发造福老百姓就犯法啦？自己想咋地就咋地也不行啦。近千万的钱，几乎是河里捞的，又让水冲漂啦。还实在是想不通，这人生哪一步路又走错了。

想想这如今孩子要说媳妇，必须县城要有房子。县城的房价，这些年也是在翻着跟头在涨，一套好些的，连装修带家具，少了一百万也出不来。掐指一算，吓得立马站了起来，原地踱起步来。

这儿子眼看着不是考大学的材料，结婚成家也都是眼前的事。这事一安排，存的那几个钱，也快见底啦。一家的吃喝拉撒，日常的开支花销也不是个小数，生活又让自己几乎回到了原点！

突然，隔壁学校的教室里传来了琅琅的诵读声，那是毛主席的《七律·人民解放军占领南京》：

> 钟山风雨起苍黄，百万雄师过大江。
> 虎踞龙盘今胜昔，天翻地覆慨而慷。
> 宜将剩勇追穷寇，不可沽名学霸王。
> 天若有情天亦老，人间正道是沧桑。

噢，原来人间正道是沧桑，沧桑就是人间正道。他似乎一下明白了什么，猛然站了起来，再一次回味和思考自己的人生经历和未来。

原本是想给马蛋蛋个教训，便撒手不管，才造成被刑拘的严重后果。看来，自己这当父亲的真要不管，怕儿子真的要判刑坐牢啦。意识到问题的严重性，立马打电话给公安局办案人员和受害者的家属，表明态度，明明是花钱消灾的事，也只有认啦。

眼见和海茹的事没戏啦，还是要找个女人，好好过日子，五十岁出头啦，也不敢再耍啦，要是弄个父子俩都是光棍，在方家河人可就丢大啦。

连忙收拾了东西，发动着车，心想先去县城办理儿子出局的事儿，这光靠打电话是不行的，还是要见到人，心中才踏实。

马宏亮此时，心中有一种危机感袭来，迎着明晃晃的太阳，随手拉下车上方的遮阳镜，心急火燎地朝东边的县城方向奔去……

2021年2月24日23时25分（一稿完）
2024年5月二稿

回音壁

白描架构下的乡土情结

长篇小说《看太阳》是豫西著名作家强建才的最新力作。作者运用传统的白描手法，多层次的艺术架构，娴熟的文字表达素养，勾勒出恢宏的中国传统乡土人情和社会风俗画卷。塑造了方舟、马宏亮、周旭山、汪云、袁海茹、春桃、方舟父母、马宏亮父母、袁海茹母亲等鲜活的文学艺术形象。《看太阳》是一部充满泥土芬芳气息，极具原生态的中国传统乡土风俗类小说，本文将详细解构《看太阳》的文学艺术特色。

一、白描架构，泥土芬芳

方舟、袁海茹、马宏亮是《看太阳》的三个主要人物，他们是发小、同学，又是相知相托、无话不谈的朋友。方舟和袁海茹更是成了青梅竹马的夫妻。他们仨的故事交错辉映，却又独立自成体系。

三个人物的性格迥异。方舟聪颖，对事物的判断极具前瞻性，做事目的性强，狡黠自利；官场上的他脱颖而出，却又因性格使然，感情出轨，收受贿赂，而一失足成千古恨！

马宏亮沉默寡言，性格坚韧，敢拼能干；虽命运多舛，但顽强自立，通过不断奋斗，终从困苦环境中走向事业辉煌。成功后的他得意忘形，自我膨胀，在方家河村支书的位置上迷失自我犯错。再加上溺爱儿子，贪婪；最后，钱财所剩无几。

袁海茹，知性美丽，是方舟与马宏亮心中的女神。方舟通过自己的手段与能力，终抱得美人归，与袁海茹结为夫妻。但两人的爱情婚姻未经得住时间的考验。方舟的堕落，袁海茹痛失爱子后不能自拔，是这桩婚姻走向死亡的根本原因。

方舟与马宏亮的人物塑造，饱满而鲜活。两人的故事精彩纷呈，是小

说的主要看点。给人以阅读享受、启迪。袁海茹这个人物像是作者为设置而设置，她的出现仿佛是为了方舟与马宏亮故事的展开、铺陈而设置。人物形象虽然也有血有肉，但略显单薄。

小说中袁海茹的艺术形象是一尊完美的维纳斯雕像女神。作者为追求女神的人格完美，将袁海茹刻画得的冷漠、无情。痛失爱子后的袁海茹对方舟形同陌路，先是冷漠冷暴力……最后放弃。袁海茹应该是作者心目中正义、完美的化身。

白描手法使整部小说的架构直白而简洁，如潺潺溪流清澈而妩媚，细流润心田，给人以美的感受。乡土元素、质朴语言、原生态生活画面，犹如迎面扑来的新鲜泥土，给人以蓬勃向上的生发力量、鸟语花香的芬芳气息。

二、真情自然流露，质朴语言素美

《看太阳》这部作品的第二个艺术特色是"真情自然流露，质朴语言素美"。强建才先生从事文学创作四十余年，先后出版《金三角夜话》《天梦》《七色普》等文学作品。20世纪90年代文坛崭露头角，曾举办强建才作品四省作家研讨会。南丁、张一弓、田中禾等老一辈作家都寄予其厚望，为其作品题词留言。

在《看太阳》这部作品中，情节设置、情感表达都极具白描艺术特色。作品中的情节环境、人物对话、情感表达都呈现一种原生态的乡土真实美！

例如：马宏亮与前妻杨娟红，马宏亮潦倒时与父母、养鸡、出走、与儿子马蛋等情节环境、对语的表达，都极尽原生态的真实美！官场生态的描述、风尘女子春桃的刻画、黑白两道煤企老板汪云、官场掮客周旭山、方舟爹方天兴等场景画面、人物都栩栩如生。

《看太阳》的语言艺术简洁、直白、质朴。豫西方言的运用使情景表达、人物形象塑造更具特色。例如："一猛"、"有我给你撑腰怕个球，反正咱这耳光不能白挨"，等等。

三、寓意深刻，文而化之

《看太阳》取义：看太阳损有余而补不足。冥冥之中皆有定数。整部小说似乎在阐释一个道理：苍天有眼，人在做，天在看。当你穷困时，只

要脚踏实地，顽强拼搏，老天终会眷顾。让你走好运，拼出幸福。当你志得意满、骄奢淫逸，老天就会让你霉运连连，灾祸不断。得到的越多，就越要珍惜；克制欲望，推己及人，替天行善，方得善果。做人要有敬畏之心，要有仁爱之心，要有拼搏、自强不息的精神！《看太阳》，文而化之。

总之，《看太阳》是一部充满中国传统乡土风俗、原汁原味，极具豫西地域特色的好小说。它语言质朴，结构直白，情节如潺潺溪流连绵不绝，有情感真情流露，有故事引人入胜。有哲思发人深省……读一读《看太阳》吧，它会让您流连忘返、爱不释手！

孙天禄

2024 年 5 月 2 日于上海

红尘问道

强建才先生的新作《看太阳》在"喜马拉雅""顶端新闻"等媒体发布后,引起了较大的反响。作为一名晚辈和同乡,我为先生的作品和成就感到由衷的高兴和自豪,同时也想记录一下自己在过往与先生的交流中,得到的一些收获和感悟,以作纪念和庆贺。

我作为一个1986年的晚辈,大约是在2023年10月份,在喜马拉雅上收听完强建才先生的《看太阳》这部作品后,我深为作品的精彩内容所吸引,并且唤醒了我对于"道",尤其是"作家之道"的疑问和兴趣。

虽然受限于先天的禀赋和生活、工作环境的影响,自己未能走上文学创作之路,甚至未曾有任何作品问世,但从小就是"学渣"的我,却对于学习和生活中种种现象和问题背后的深层原因和本质规律有着超乎同龄人的兴趣和觉察,尤其是对各类文学作品及其作者相关的故事情有独钟。自能识得常用汉字开始,对于小说、散文、诗歌、剧本、寓言童话我都是来者不拒,逮着什么看什么,乃至于报纸、杂志上的新闻快讯、夹缝广告,我都能看得津津有味。

很多时候,在阅读的时候,我会猜想作者是个什么样的人?他有着怎样的生活?他写作时候的处境及心境?他写作的目的是什么?他为什么选择当一个作家?……

更多的时候,阅读的时候,我并没有一个明确的目的,只是单纯地享受阅读的快乐,乃至于只是为了打发时间,往往没有什么直接收获。但看的作品多了,特定的场合或不经意的时候,会有一些意外的启迪和收获,这让我在为人处世和诸多见解方面超越了许多同龄人。偶尔会涌动出"创作"的冲动,甚至曾经一度有过想要当一名作家的梦想。因此,对于

文学创作之"道",以及作家这个职业,我一直有着强烈的兴趣。奈何,自己禀赋实在低劣,加上生活、工作环境的限制,一直难以体察创作之"道"。而作家这个职业对大多数人来说,往往是个"神秘"的群体,现实生活中很难有机会接触。因此,当得知强建才先生是自己的老乡后,我就产生了一种想要亲近了解的冲动,希望能从他的身上找到我对于"创作之道""作家之道"相关疑问的答案。

　　出于上述原因,我在2023年10月份通过微信中的老乡群中,主动联系到了先生,并且很快便幸运地在家乡灵宝县城,亲自拜会了先生。虽然年纪相差近三十岁,但初次见面,我们便话题无限,相谈甚欢,更有相见恨晚之觉。之后我们通过微信和电话,有了更多、更深的交流。之后我又在喜马拉雅中文平台上,几乎是如痴如醉地一口气收听完了先生过往的两部作品《七色谱》和《金三角夜话》,对于先生的作品更加喜爱。之后又通过一些书评和其他渠道得知了先生的过往生活和工作经历,我更对其本人独特的人格魅力所折服。

　　我认为,在创作中,先生身上具有浓浓的家国情怀,让他的作品既充满了对国家民族的自豪,又不缺乏对社会各个阶层,尤其是平民百姓的殷切关怀。

　　在现实生活中的多次接触,先生给我留下的感觉是,他胸怀坦荡,为人恩怨分明、疾恶如仇,所以他虽奋斗业界几十年,但能坚守原则、独善其身;他性格坦率,处事率性洒脱、豪爽义气,让他酒场上豪饮不醉、坦率较劲;他内心柔软,待人真诚友善、平易近人,让他生活中关怀亲友、善待细心……

　　作为一个读者,我极其推崇先生的作品的取材真实、立意鲜明,敢于针砭时弊,同时又善于引发真意;文风独特、用语自然,既有方言俚语,又能兼顾当下习气。内容丰富、包罗万象,既有时政要闻,又不乏逸闻趣事,既有家国情怀,又兼顾民间冷暖。更难得的是,作品中体现了大量的具有豫陕晋三省交界之处的,以三门峡市灵宝地区为核心,西起陕西渭南、东至河南洛阳、北跃山西运城、南跨陕西商洛三省交界地区所独具的风土人情和历史传承。

先生的作品具有一些显著特点：人物众多，性格迥异，故事情节跌宕起伏，特别是对人性的真善美、假恶丑更是酣畅淋漓予以刻画和描写，构成了一幅幅波澜壮阔、气势磅礴的历史画卷。更为重要的是具有传播正能量的作用，令人荡气回肠，回味无穷，谱写了一曲曲感天动地、气壮山河的英雄赞歌。

　　或许是因为丰富的生活经历和严谨的考证态度，加上浓浓的乡土、家国情怀，这些作品让我感受到了先生作品所具有的独特的地方性，同时又具有厚重的民族性。所以让我在阅读的时候，既感觉到非常亲切，如临其境；阅读结束后，又感觉有些梦幻，有些遥远。也许这就是"艺术源于生活又高于生活"吧？

　　作为晚辈和老乡，我极其敬佩先生的安贫乐道和胸怀坦荡，更敬佩其对家庭的付出和对家人的孝养。在完成《七色谱》这部作品的过程中，先生十多年间，家中有七位亲人相继过世。他侍奉瘫痪的母亲六年，在母亲过世后又照顾九旬的父亲。喂一顿饭前后需要两小时，在卫生间一洗就是一个上午。就是在这样一种汗水和着眼泪的艰难的日子里，面对诸事不顺，磨难重重，却仍笔耕不辍，完成这部作品以飨读者。这种执着及与困苦作斗争的精神，又何尝不是我们的家乡（三门峡市灵宝市）这一方水土滋养出的精神基因呢？（上述这段话引自灵宝市实验高中校长王苏玉对《七色谱》的评论《民族的画卷，精神的长歌》）

　　行文至此，已搁置十余天，还未能完成此文，一方面是因为工作繁忙，时间有限，写写停停。更重要的一方面是那个呼之欲出的"创作之道"和"作家之道"似乎多次已浮现在脑海中，但自己却无法找到精确的文字和满意的语句将其记录下来。

　　或许是冥冥中注定的缘分，就在我苦思冥想、昼夜兴叹数日，依然求而不得的情况下，2024年3月16日那天，在微信群里看到了先生发表在顶端新闻上的《一面之师3》。文章中提到了，著名前辈作家张一弓先生于1994年的研讨会上亲笔题写赠与他的八个字"去粗取精，去伪存真"，并阐明了先生自己三十年后对于这八个字的理解和领悟，我看完后颇有醍醐灌顶之感——这不就是我苦苦追寻的"创作之道"和"作家之道"吗？

在此，直接引用先生的阐述：时至今天，经过三十年的摸爬滚打的创作实践，明白了真正的好作品是一字字、一句句改出来的，而不是一挥而就写出来的道理。从而，对张一弓先生赠给自己的八个字有了更清晰和深刻的领会：张一弓先生的"去粗"，就是要求从事文学工作的作者、作家，要对生活中获得的生活素材和故事时要精心分析、取舍，在构思创作时精心打磨，要毫不犹豫地去掉素材和故事中粗糙的东西，反复斟酌修改；"取精"，就是要取优质的题材，创作出无愧时代的好作品；"去伪"，就是要从思想格调上积极向上，用文学去陶冶人的思想和灵魂，去掉误导、祸乱人的思想、污染社会的东西；"存真"，就是希望作家要有一颗文以载道的责任心和使命感，有一腔文化人的铮铮铁骨，让文学给人以力量、给人以借鉴、给人以教育启迪、给人以希望，使我们这个社会更和谐、更文明、更进步。而文学绝不能被金钱利益所迷惑，而迷失方向、丧失人格、丧失文学立场，把历史传统优秀文化和当代文明和世界文明有机结合起来，保持和传承民族文化。赠送自己的八个字，不仅是如何面对生活题材、如何构思创作，更是对一位作家的思想、人格、灵魂的要求。方才明白张一弓先生的"真"字的良苦用心和至高境界……

  两千五百多年前，圣人老子路过我的家乡灵宝函谷关，在关令尹喜的殷切请求下，写下了流传千古的《道德经》，其中说尽了"道"，对中华乃至世界文明都产生了深刻的影响。

  两千五百多年后，我作为一个灵宝的普通青年，怀着对文学的爱好，对文人的敬仰之情，殷切地思索和寻找"创作之道"和"作家之道"而不得，却在强建才先生的作品中寻找到了答案。此间影响，虽远不及关令尹喜"求道"之功，但道大无边，莫过于心。对于一颗求道的心而言，大小又有红尘问道何分别呢？

    或许，道即心，心即道，有心即有道。

    或许，道非心，心非道，无心亦无道。

    妙哉！妙哉！

  谨以此文祝贺强建才老师作品《看太阳》成功出版发行，让更多读者有机会领略到"黄河金三角文化"独特的魅力，为家乡文化的传播、知名度的提升，贡献自己的力量！

       小老乡读者任金国
       2024年3月19日凌晨于西安

《看太阳》的艺术特色

终于,《看太阳》在"喜马拉雅"完播。对于作家强建才来说,心中五味杂陈。

尽管,每一个人物,每一个情节,都是那么熟悉,因为每一个字,每一句话,都曾经是他用心血浇灌出来的,但是,从一笔一画地书写,到一个键一个键地敲打,再到从四十多万字的文本,变成抑扬顿挫的音符,通过网络向他所未知的更远处传播,产生的效应让他始料未及,又感欣慰。更便捷的阅读,更立体的体验,让一部文学作品在进入人们当下快节奏日常生活的同时,裂变出多少种可能,他不得而知。但是,有一点是可以肯定的,关于人性的拷问,关于生命的意义,关于世事的变迁,关于物质的追求与精神的坚守,都在指向同一个广阔而宏大的命题:人间正道。

岁月变迁,时光流逝,物是人非。人与事都会轻如云烟,但,精神永存。他始终相信,永远相信。正因此,他才会在书稿交付平台之后,把自己老老实实还原为一个读者,一个听众,从头到尾,一集不落地追剧。像重新打量一遍其中每一个人物的命运。更像是每天,他都必须要做的功课。在与书中人物共悲欢的世界里,完成自己一生当中近乎命定的修行。

分享创作谈时,他表情凝重,沉郁的情绪像极了正在缓缓注入杯中的浓茶,混合着苦涩与醇香的热气氤氲着,袅袅飘散开来。而眼中,那不容置疑的坚定,让人感到一种力量,真切,分明,清晰而明朗。犹如干枯精瘦的茶叶,在历经滚烫的沸水冲洗、浸泡、碰撞、回旋之后的那种状态,前生的煎熬、苦痛、翻卷沉浮,而今只剩沉默与坦然。他举杯,吹一口热气,喝了一口茶,徐徐地吐出一句话:"人一辈子不管经历过什么，都不要忘了，人间正道是沧桑。"说完这句话，他长长地叹了一口气，如释重负。其实这句话，貌似说给来人听，其实更像是说给自己听。

人间正道是沧桑。他不否认，这是他创作这部小说的初衷。也是小说贯穿始终的一根主线。更是他小说中所有人物命运和故事情节殊途同归明确指向的一个价值坐标。

文运同国运相牵，文脉同国脉相连。过量的、多元化的信息浪潮席卷之下，究竟会有多少东西让我们留下记忆呢？短暂的、漫长的人生当中，又有多少人和事值得我们深思回味呢？小说以作者生活的时代为背景，以时间推进为脉络，以人与时代相互依存的血肉联系为素材，截取有代表性的事件交错编织，成功塑造了方舟、马宏亮、袁海茹等一众人物形象，通过同一个时代中不同人物的不同命运，演绎出一幕幕人生戏剧，深刻揭示主题，给人以思考和启迪。

在写作手法上，小说的语言风格不容忽视，可圈可点。而在细节叙事和环境描述上，更是有耐读耐品之处。无论是人物对话，还是故事本身，都非常真切，具有很强的地域特色。毫无疑问，小说离不开人物和故事。那么《看太阳》这部小说如何塑造人物？又是怎样讲述故事呢？

一是平铺，二是渲染，三是交融。平铺之处，直接拿来，口语的原汁原味，人物的真心性情，不加任何修饰，让人怀疑这是身边人身边事。渲染之处，精心描画，细致入微，生动传神，让人感觉呼之欲出。交融之处，将普通老百姓的生活日常与整个时代变革的宏大庄严，以独特的视角水乳交融地轻松呈现，把"人生是时代的缩影，时代是人生的舞台"诠释得淋漓尽致。有例为证。

比如：三人端着饭菜，围成一圈，蹲在门口的大柳树树荫下，做贼一样吃开了……方舟看着马宏亮，狼吞虎咽很快把饭菜一扫而光。"完了？""完了。""没饱？""你呢？""一样。"只有海茹小嘴在细嚼慢咽地吃着，看着两人的眼神。"要不，给你俩拨点？"两人头摆得乱转，自己没吃饱也不能图别人的那份，何况是女生的……"真香。""真舒服，跟过年一样，这肠胃好久好久没见过肉星啦，什么时候能像老师一样左手端个瓷碗，右手端个装菜的瓷盘，上边摆一双筷子，放上四两一个的白馒头，那

就知足啦!"方舟叹息道。"做梦!"马宏亮笑话道。"做梦,只要考上大学,离这么一天也就不远啦。成了国家人,转成市民,拿着工资和老师一样!"方舟才不服气呢。这海茹饭是吃饱了,但心细的她,总还是觉得方舟想说什么没说,天上不会掉馅儿饼,同样不会掉这白米饭。"饭也吃了,有什么话就说吧。""有什么话,没事呀!"方舟装着摇头。"对,有话就说,有屁就放。"马宏亮没想到这顿免费的午餐里边还会有什么事,这才如梦初醒。"要说也没什么事。""别藏着掖着啦!"海茹说。"事嘛,倒是有一样,也不值得说。""别卖关子啦!"听这口气,马宏亮没想到这方舟还真有什么事瞒着自己,不由得挠挠头皮。"明天老爹说要淘井,你们两个有空的话,也给我装装门面,说明我方舟也有号召力,还有几个朋友。""小菜一碟,就是下井把井底的泥水刨开吗,这活干过,别的没有,力气有的是,算我一个。"马宏亮满口答应,毕竟吃了人家的嘴软,这也算等量等价交换,也没什么吃亏占便宜的。"哼,就说你要有什么事,你不会平白无故地请我们吃饭,虽然像下井刨泥、搅轱辘的活干不了,打下手做个菜、烧个火没问题,算我一个。""一言为定!""一言为定!"方舟很满意,也很得意,觉得两个同学很给力,很给面子。这顿饭花得值,让父母看看自己长大了,会办事啦。可不是像父亲瞪着眼所说的,光知道要钱。

再如:当爹的坐在院里的小木墩上,吧嗒地抽着旱烟锅子,咳嗽声中,吐着痰,灯光下那紫色古铜一般的脸,被淹没在烟雾中。"爸,你少抽点烟!"当父亲地看了儿子一眼,本来想熊儿子几句,小娃知道个屁,这一家老小要生活,抽烟也不过是解解闷、解解乏。但一想儿子也算听话,又老实不惜力气,也全是为了自己好,老子不容易是真的。但正如他妈说的,当儿子的也不容易,便又咳嗽了一声,把烟锅在鞋底下磕了几下,收了烟袋。马宏亮同样也知道父亲的负担重、压力大,拼命挣工分在养活这个家。但一年到底分红时,总还是透底户,学费之类的全靠妈养鸡喂猪来维持,再接不住,就去亲戚朋友那借。所以多少次给父亲说,不上学啦,父亲开始不说,想了半天才说:"你有这个心,知道心疼你爸,知道你爸辛苦,你爸就是累死,也值啦。不过咱丑话说到前边,你好好学，考上了你就远走高飞离开农村，有出息了，你爸你妈你的弟弟妹妹都要沾你的光！你要珍惜这一年的机会，考不上就回家务农，帮你爸养活这个家，没有下年再考这说！""好，爸，儿子答应你，我刚都给我妈说了，一考完我就上水库去，一是能挣工分，二来吃在水库，也给家里省份口粮。"当时老爸点点头，泪水却悄然淌了下来。

又如：果然，待秋收之后，上边来了通知，土地真的分到一家一户，成片的土地被划成了一溜一溜的。从此，方家河也和全国农村人一样，完成了由吃大锅饭到土地下户的一个历史巨变。从此，队里的钟不响了，干活没人安排了，没人记工分啦。实现了各扫自家门前雪，别管他人瓦上霜。人们善待土地，把土地当成宠儿一样，因为老百姓都知道，这多收的粮食就会流到自家的粮仓里，多劳多得这也是实实在在、看得见、摸得着的事。

除此之外，还有心理刻画，让人物形象更为丰满。如：晚上他关上了门，独自一个人待在屋里，把二十万块钱，摔了又摔……抱着硬铮铮的钱放到怀里，然后想到自己的人生，想到为那几分钱，买不上一盒烟，登不上去庐山的班车……一时老泪纵横，伤心委屈得号啕大哭。"咣，咣！"老父亲用劲拍打着两扇木门，手都打红了，门里竟没有什么反应，儿子的号啕声仍在继续，这可把跟在身后的老妈急坏了……马蛋蛋手舞足蹈欢喜地跳了起来，他知道有了这些钱，家里的日子，自己的生活都全好起来，特别是玩游戏再不愁钱啦。"快收起来，收起来，别人看见了。"老妈小心地看着窗外，胆怯地把钱抱起来放到抽屉里，但怎么也放不下，情急之下，索性卸掉抽屉，把钱一股脑儿塞进下边的大肚子里，然后又把抽屉推上……"爷爷，今晚我要和爸爸睡在一起！""为什么？因为你爸有钱啦？"老父亲捋着雪白的胡子笑着问都墙头高的孙子。"声音小点，小心隔墙有耳！"老母亲手伸出去想捂孙子的嘴巴，没想到先把自己的嘴给捂住啦。连忙开了门，往外瞅瞅，又到大门口，拉开灯，大门开了条缝，伸出头看外边有人没有？确信外边没人偷听，这才又关好门，进了马宏亮住的北房，一家人在听马宏亮讲挣大钱的过程。

文学即人学。《看太阳》反映了改革开放进程中我国第一批大学生受

国内外文化影响，因价值理念不同、人生境遇不同从而人生结局迥异的故事与主题。小说以人物命运折射时代变迁，以对现实主义题材的准确把握体现历史沧桑，在时光演进的粗线条框架里布局谋篇，内容丰富地嵌入了恢复高考、扫黑除恶、反腐败斗争等重大事件，复杂多变的社会，各种各样的诱惑，深不可测的人性，正义与邪恶的较量，精神与物质的博弈……万花筒一样缤纷多彩，变幻无穷。得失成败的标尺怎样衡量？悲欢离合的人生如何评价？人性的欲望，现实的无奈，人情的冷暖……在小说《看太阳》这面多棱镜里，不断折射出交错明暗的光影。

一个作家的眼界和格局，决定了他能走多远。习近平总书记在中国文联十一大、中国作协十大开幕式上强调，广大文艺工作者要树立大历史观、大时代观，眼纳千江水、胸起百万兵，把握历史进程和时代大势，反映中华民族的千年巨变，揭示百年中国的人间正道，弘扬以爱国主义为核心的民族精神和以改革创新为核心的时代精神，弘扬伟大建党精神，唱响昂扬的时代主旋律。

尽管，小说仍有一些需要打磨的地方，但作为现实主义题材，《看太阳》的文学创作实践立足社会回应时代，在弘扬主旋律、传播正能量方面的积极意义值得肯定。这与作者的历史视野和文学追求不无关系。在此之前，作者已陆续出版《天梦》《七色谱》《金三角夜话》等著作，《七色谱》《看太阳》等四本书均在"喜马拉雅"有声书平台完本播出，受到广大读者欢迎和听众关注点赞，《看太阳》的播放量已近5万，可喜可贺。

卫伟
2021 年 12 月

我读《看太阳》

去年上半年一个春寒料峭的日子，在下班途中，遇见强建才老师。由于以前就是老朋友，又因为对他的文学成就的膜拜，没有过多的客套，直接就问：最近有什么大作？他谦虚地微笑了一下，说写了一部四十多万字的小说，暂定名为《爻变人生》。随后他向我简单叙说了主要的内容。我问可否拜读，他说可以，随后不久就通过微信给我发了过来。

收到《爻变人生》后，先是看了一下总页码和总字数，不由得感叹：乖乖，六百多页。匆匆浏览了几页，没想到却被其中的情节攫住了，欲罢不能，突然有一种想在最短的时间内把这部作品迅速读完的冲动。在第一章，作者就迫不及待地写到了主人翁在监狱里打菜窖，我不禁产生这样的疑问：怎么回事啊？主人翁因为犯了什么事情会被关进监狱呢？接着，每一个读者都会带着急切的心情迫不及待随着作者的思绪一章一章地接着往下看。这是作者的运笔娴熟的体现，先给读者一个设立一个大大的悬念，巧妙地攫住每一位读者目光，使我们在随后的阅读时间内随着作者的思路，剥洋葱似的，一层一层地，抖落出事情的缘由。其中的过程，有令人感动的地方，也有令人伤心到流泪的地方。或许这就是生活吧，悲伤和欢乐共存，成功和失败同在。欢乐和成功降临了，我们不要忘乎所以；悲伤和失败光顾了，我们还得冷静对待，这正如一位大师级人物说的那样：不要悲伤，不要心急，相信吧……愉快的日子就要来临。是的，我们每一个人，无论何时何地，无论遇到什么悲欢离合，都应该以一个平静心态去面对——尽管这样做很难很难，但是不管怎样艰难，我们还是应该尽量做到居安思危，泰然处之。我因为前几年机构改革期间转隶到新的部门，作

为现在单位的一位已经超过五十五岁新同志,承担的业务工作十分生疏,再加上记忆力和接受能力日趋减弱,需要比别人花费更多的时间去熟悉目前的工作,以便尽力完成单位领导分配的工作任务,免得给单位同事留下埋怨。在这种比较尴尬的情况下,一方面在某单位本职工作不能耽误,一方面,又想从这部作品中获得教益,不得已,只好在完成本职工作的下班之后,挤用所有的业余时间去聆听书中主人翁的诉说。可以说,这是一本截至目前我所看到的水准最高的本土小说。它就像一位良师,将书中主人翁的坎坷经历向我娓娓道来,讲述方舟、袁海茹、马宏亮等三个来自农村的三个年轻人的人生之路。他们当初是怀着美好的梦想从农村走出来的,决心凭着自己的努力,改变自己的生活,改变自己的人生,改变自己的命运,从而使自己的生活质量和人生地位有所提高。经过生活的洗礼,他们的最后境遇却大相径庭,甚至可以说是天壤之别。方舟,在成为一方官员,达到人生的巅峰的时候,本该利用自己的平台和资源尽到自己作为一个地方官的职责,为本地经济社会的发展和城乡居民生活水平的改善和提高做出自己应尽的贡献,可谁知他却迷失了人生的奋斗方向,忽视人生必须遵守法规制度的人生底线,将组织赋予的公权力视为自己的财产,任性作为,贪婪丧良,最后步入众叛亲离的境地,在囹圄之地进行痛苦的反思并度过自己的苟苟余生。抚今思昔,对于方舟来说,人生变化之大,堪称痛惜。袁海茹,作品中的一个亮点人物,在成为所在乡镇的主要领导之后,为官一任,造福一方,认真履行工作职责,躬身入局,敢于担当,和广大干部群众一起为乡村振兴尽职尽责,甘于奉献,得到了组织的肯定和当地干部群众的肯定。马宏亮,高考失败、婚姻失意、养鸡失败等诸多倒霉的事情使他连受打击,后来纵然也有苏工及老同学的帮助,但他却未能走出狭小的人生格局,对市场缺乏准确的掌控,最后成为一个坐在西墙根儿晒太阳的落魄之人,一蹶不振。可以说,这是一部近四十年来社会变化的历史,其中固有的主流,便是推动我们这个社会始终是在向前进步发展的力量,尽管在发展的过程中有好多我们大家目前还不太满意的地方,但是,只要我们去完善、去校正、去提高,我们的未来肯定会比现在更加美好。

我觉得，无论是谁，无论他后来的地位是多么地尊贵或者卑微，在年少的当初都是有一定的想法——尽管当时的想法是十分朴素的，并且也为这种想法的实现付出了巨大的努力，同时在奋斗的过程中，对照社会发展的主流，必须随时随地及时校正各种有可能偏离自己初衷的轨迹的诸多偏差，防止因为一时的疏忽给自己的将来带来无法挽回的经济上特别是名誉上的损失，给自己的人生留下无法抹去的缺憾。可怕的是，有的人采取了违法违规等不正当的手段，在达到自己的目标后，藐视法律法规及规章制度的权威，无视他人的告诫，视权力和公权为私有，视法律法规为虚设，恣意妄为，最后不可避免地走上了自我毁灭的地步。悲哉，悲也；痛哉，痛惜！

文学作品离不开作者学习、生活和工作过的环境，因此作品的一些事件和人物，包括一些地方方言，都可以从我们这些"60后"的小老头们、小老太们身上或多或少找到痕迹，谈论品评过，虽然以后好些语言在不少场合不再使用或者很少使用，一旦某个人在某一个非正式的场合偶尔说上一言半语，大家还是会倍感亲切，好像喝了一口陈年老窖一般。作品中提及的羊肉汤也是我们本地群众多年来十分喜爱的知名小吃，就连外地来的客人，想品尝我们本地的地方特色的饮食时，我们也总是隆重推荐，回到当地后还念念不忘，用一个"美不胜收"来表达自己的感受。对于痴爱着这片生他养他的土地的作者来说，在作品中提及这些有地方文化特色的产品，也算是一种对家乡的痴恋吧。借此机会，哪位文友如果有兴趣，可以来此一聚，一边品尝羊肉汤，一边畅谈文学作品，其间再尝尝灵宝苹果、烧饼夹肉、一生凉粉，其情其景，一定会使大家乐不思蜀。

后来，大概是去年年底吧，强老师发微信说，《爻变人生》根据几位文友的建议改名为《看太阳》，并在"喜马拉雅"平台开始播放，于是就每天抽出一定的时间收听。因为原来拜读过电子版的作品，可以说对作品内容比较熟悉，自然而然地在听的时候就格外认真，看看两者有什么不同的地方，有时候还打开存在电脑上的电子版，边看边听。随着播放的结束，我觉得余味未尽，总觉得作品还应该继续写下去，这样的话，对我，对许多和我一样有着同样感受的朋友们的一种满足和抚慰。但又一

想，文学作品能够使读者觉得余味未尽怎么能说不是作者进行写作的一种技能和高超水准的最大限度发挥呢？这样一想，觉得，还是到此为止吧，余味未尽的作品很大程度上讲也是一种华丽的结尾，给读者留下一个十分广阔的空间，使读者可以发挥充分的想象。截至目前，《看太阳》在"喜马拉雅"等平台的点播率达到50000人次以上，我想，这不仅仅是作者强建才老师的个人魅力，更是作品激浊扬清、弘扬正气的强大震撼力，也是各位读者发出的惩恶扬善、勤政廉政、关注民生改善的呐喊和期盼。

"文章合为时而著，歌诗合为事而作。"文学作品来源于现实生活，又高于现实生活，非常感谢强建才老师给我们写出了这样一部好的作品，但愿更多的朋友能够从"喜马拉雅"等平台中关注这部作品，花费一点时间来听一听，同时也希望这部作品能够及早付梓印刷，和更多的读者见面，得到更多的品头论足，或多或少地从中得到一些受益，对各自的人生有所启迪。

杜建超
2021年1月19日